李建昌全集 二

李建昌全集 二

成均館大學校
大東文化研究院

韓四客詩選 全

初筮集

李建昌字鳳藻號澹寧全州人及第授起居注陞宏文館校理知製教年二十二著有初筮集

澹寧弱歲蜚英華闡日邇而泊然燕居不枉一步其自守有過人者才富情多駘蕩纏綿閒亦有之嘗自言古人文言未嘗有二十前作者盖示人以樸良工不爲吾豈安於是哉即其進就尤不可量已

趙韋琚完熙折東邀飮阻雪未往

氷條晨結井華缾積雪旋着擁竹屛一色湯山迷遠矚

細聲墜地入愁聽同人枉有前書約獨士那堪此夜醒
擬向蒲團圓一夢穿花踏玉到霞亭

韋琚宅夜會

愛爾霞庄學老樵野情真與世情遙沈陰山郭明殘雪
寥寂江欄快上潮睡起却愁燈焰射茶餘偏惜篆烟消
自憐歌後詩無懶策蹇猶過鄭五橋

九里村

柳榆陰邊九里村村翁多是老黃門清朝自覺還無事
鎖廠歸來學灌園

夜直堂后 起居注寓直銀臺稱堂后

窈窕銀臺側清嚴玉署東晩花含重露弱柳受輕風覓句朝參後思家夜直中可憐人最少踈懶竟誰同

旅館書懷

一出承明病浹旬眼着節物近蕭辰荷花的的風情老燕子恖恖別恨新名士罕從心上許佳人只與夢中親耽閑並癈閑来事不設香茶不掃塵

日邊迢遞隔滄洲詩卷光陰水共流新進少年紅藥院端憂多暇碧苔樓何年一醉金錢會此夜重吟玉露愁忽憶前人賞心語文章烟月是楊州

鄭雲齋寢郎世大宅夜會

帬屐連宵遍往還小樓行酒足清閒秋花斂馥栖幽徑
曙月留輝罨遠山新話幾曾供硏北麗詞端合綴屛間
禿毫自覺無佳致願得風斤一砉删

歸山後作

星郎近在太微躔將比蓬萊是半仙試向太平書裡見
他時歷歷姓名傳
螭坳柱下昔稱榮盡省深居白玉京歸到鄕園說勝事
君王一笑識同庚北苑展拜日賤臣以起居注載筆而從 上命司謁亟見臣角牌且詢生年月日以奏 上笑曰是先我二月生矣是時方御齋次 天語琅琅聲聞于外

謝梅花館詩箋藥丸之惠

百顆句圓寫一囬清心蘇合更佳哉沈痾定不輸頑健
邀勸深情送藥來
訃切真似紫金丹位置還宜白玉盤觸色味香都可愛
半分咀嚼半分看

歲暮雜詠

人事天時自送迎也宜歡喜也宜驚休論舊雨非今雨
且道無晴即有晴好友相思如見面奇書邂逅不知名
此中大有關消受領略新詩幾首成

蕭辰風物愜幽居雪沍香濃小閣虛蒼翠自憐三徑竹
丹黄常對半床書詩如薄酒終難熟病似情朋不易踈

一夢剛成還自覺玉堂更漏定何如
即看冬日是春天撩眼風光轉可憐小院垂飛何歷亂
遙林鳥語故纏綿縱游那得交名士端坐深疑負少年
寂寂寥寥聊自觧子雲亭裏一床玄
幽居終日少經過閉戶翻成斫地歌馬耳東風誰管我
聱人西笑且從他盡將諸法觀如是獨抱深情喚奈何
綠酒燈花聊自喜今年詩較去年多

除夕次梅花館見示韻

良辰報答欲何如乍可喧闐慰索居落梅詩句懷人後
爆竹歌聲別歲初頻邀欝壘裝門帖勤囑長恩護篋書

案雪囱煤重拂拭坐看春日到吾廬

秋帆宅偕二堂小飲時海警方棘

滿城風雨入宵分坐對茫茫八表雲自愧少年無獻策
不愁適容有移文儲胥嚴密傳新事郎索微茫記舊聞
剛把心情陶寫盡案頭憔悴中書君

病思羈愁一笑平可人相對玉壺清緗簾雨過斑斑潤
竹戶風來軋軋鳴黃紙紅旗何許事綠樽緋蠟不勝情
古人終是名心在錯把書生較百城

初夏林亭

半幅園林透夕陽輕雲拖雨不成行閒庭小立緣何事

草樹風来陣〻香

洗劒亭

出郭尋名洞攀林得小亭平鋪溪石白澹抹夕烟青柳峪村容暗蟬清客意醒劒花何日洗惆悵一盃停

過廣城有感

晚泊孤蓬泣鬼雄海天陰澹起秋風揮戈日落人如在折戟沉沙事已空難道武臣皆惜死終憐國士少全功他年若續蕪城志莫把前塵一例同

行過州芝德津諸鎮堡記見

重到鄉園眼勢寬江城下馬一盤桓風雲已為儲胥重

陰雨終今戶牖完古渡魚龍應寂莫近村鷄狗各平安
書生白面非無用要作他年野史看

秋日見蝶

不知何處覓芳菲斷壠荒畦高下飛褭艸無情猶黠黠
殘陽相識乍依依佳人憔悴愁金彩公子飄零怨布衣
一睫風流應抵死黃花戀汝莫言歸

效青羊山館體却寄

歷落嵚崎總不禁誰知此老世緣深麁豪不死純陽氣
忠義俱生大慧心古壘儲胥頻悵望高門懸薄久沈吟
歸歟土銼繩床畔白髮秋來已上簪

納〻乾坤昌〻年英雄退步卻頑仙胥中石室書千局
眼底滄溟酒百舡耐可寸心爭得失終須一事了因緣
此生住得君知否文虎人龍揔可憐

十月二日盡室移居南江借玄湖侍郎世太別業

奉東玄湖

竹寒沙碧逈無塵去郭軒楹足敞神儘與閒人泛苔雲
金勝別業鎖松筠絨詩轉遞成來往鮮榻輪流作主賓
從此江湖添故事尋常魚鳥共相親

移居

未就凌雲賦真成浣水居蓋頭猶有屋遮眼可無書香

火歸心淨虀塩作計踈笑看浮世事流坎竟何如
水木清華氣禽魚澹蕩情初来如宿昔小住足平生日
射蓬窓暎雲烘草閣明交遊多不俗樵弟及漁兄

南湖寓園雜詠

青郊側畔白茅廬橫攬烟光畫不如海客無心移浪迹
江神有約證幽居枝〻樵笛雲烘處隊〻漁燈月上初
將比花溪頗相似拾遺只少數行書
十年纔得一枝安飲啄隨緣亦自歡筭計家貲書卷重
尋思世路釣船寬栽添竹樹標新徑折減蘆花記小灘
儘道風光無限好故園終是欲忘難

小閣踈簾月影斜香梅凍鶴伴侶紗烟中聞笛知漁艇
樹外看燈識酒家彩筆無心干氣象麁繪有計累生涯
休言夢想皆顚倒領畧新詩也自誇

舊病新愁顯共憐寒宵燃燭未成眠輕飈颯沓捎殘雪
獨火低回浸暝烟光景只消婪尾酒生涯都付橛頭船
長風破浪知無分小住江湖又一年

小醉騰〻信步過湖干風色定如何烟遮日脚黃昏早
水竊天容綠淨多路滑徧愁高齒屐力微只愛半肩簑
長篇短什無題目並付漁翁作櫂歌

讀蘇文忠集慨然有作

忠義文章共絶倫真成刪述照千春良金美玉原無價
流水行雲自有神本與韓孟爲嫡脉豈應仙佛是前身
頽瀾一柱終難得多少焚香念唄人

漁燈

水氣空濛夕氣橫似烟疑霧不分明漁燈自與踈星紛
撒入江流作隊行

遣悶

病冒紬衾闕撥灰怕寒齋閤不曾開只緣新買青篝好
擬向江村踏雪回

半壁斜陽一榻塵消閒無計或傷神扶頭自倚欄干坐

細數江船着幾人

四月十二日謁雲齋于孝陵齋舍述懷奉呈

適來踪跡謝公車問水尋山得自如偶到真成三宿戀
相從何止十年書殘春西塞頻移艇舊雨南陵共把鋤
有味無能君解否萬緣判却只乘除

閒意上雲齋

篋中收得手中裁顛倒元央摺不開非爲金針偏自惜
怕無人解苦心來
新將心力試粧臺故捲珠簾一半開深淺只應君自識
何須較計入時來

秋堂

秋堂風露夜來添徙倚西闌爲捲簾近水困風搖淨綠
遙山羅霧競新尖詩情已破三生幻官味爭消一睡甛
鎭日淸閑多好事燈花乹鵲不須占

二堂夜過談藝

淅瀝秋堂早掩扃兩人相對一燈青黃花滿眼詩全瘦
玉露沾衣酒易醒狂慧那堪牙後拾古音只合指頭聽
憑君拈出眞情性莫厭江湖問四靈

敬次靜堂韵志感

離索經年漢水南阿蒙重覺使人慙棲棲薄宦惟烏帽

歷〻前遊自篠驂塾舍春秋憐共苦家庭晨夕記分甘
悲歡錯莫今如此黙許心知未易談

友竹見訪

海雲江樹積相思此會依然似舊時未害雨風連日惡
還須鍾漏抵年遲承巾拉雜初中酒口鼻氤氳半吐詩
一往情深君解否五陵裘馬少新知

歲暮書懷

離索棲〻道路賒年光只抵半囪紗東風試手初生菜
小雨含情欲破茶浮世那得消感慨綺齡只合矜繁華
如何北牖斜陽夢多在山濱與水涯

秋堂

又到華州記令辰官梅驛柳許相親良家兒女青紅雜
大府樓臺赤白新薄宦只多行路事暫遊還是隔年人
板橋小店徧瀟洒也勝東華撲面塵

春歸

梨花撲地冷於錢柳絮濛天白似綿燕子鶯雛無氣力
放春歸去不能牽

槿花

簾纖春雨送春情數點朱紅着意明月姊雲君相慰藉
未須扶荔記芳名

晚夏夜坐

騷騷日馭不曾留鑠石流金取次休氣爽中宵君莫喜一番風露一年秋

澹寧文稿

書

上雲齋先生書 庚午

諭及東文一欵慨歎不已至以雪恥見託不敢當不敢當雖然既蒙不鄙請悉布之蓋聞兩間之氣數有變時王之制度各異文章一事與之推遷詩而爲栢梁爲河陽爲魏晉爲六朝爲三唐文而爲左爲國爲秦漢爲駢儷爲唐宋八家或泛彼而注茲或異序而同歸入者不必主而出者不必奴也遠者不必親而近者不必稱也日月猶明萬古常新金火代旺百世可知非天下之至變何以與此東人之膚識文獻始自唐宋而其所以尊尚而慕效之者又不出於唐宋故其家絃戶誦童習

粉白者文必曰八家詩必曰品彙雖然但知有八家而不知
八家之前有秦漢但知有品彙而不知品彙之前有漢魏由
前如此由後與論元明以來代有名公髯氣光燄蘢挫宇內
而此方之人兩眼如漆當一世代興之運拾前人陳腐之餘
爛套熟習支離曼衍村塾之學究而已偷字剽句撏撦剽剝
場屋之資生而已間或有一二聰明之士崛起特拔慨然以
一變齊魯為己任者而宿習難化孤掌不鳴拘攣蹇連窮老
盡氣世之人又不察其情也公然以肆隱好奇之誚相與群
趨而掊擊之此人者始之以自高之志卒之以不平之氣鋒
銳突出波瀾層激衝口信筆自不覺無忌憚之歸轆轉流遁
與特甚故某嘗論東文之病中古謂之風痺近日謂之厥

廷久安之人習性懶惰土塑木偶運動不得者非風氣耶而何浴之不以漸諭之不以和胃梗肺塞上噫下濡者非厥逆而何或者不深究此理從而爲之語曰山澤生龍蛇培塿無松栢東表之陋風土使之非人之過也信斯言也是邯鄲之風不當接武於二南屈宋之騷不應振響於三戶也東海有一人此心同此理同西海有一人此心同此理同此性理家之言而文章亦異以異若夫小國之卿視大國之大夫小國之大夫視大國之元士衆寡不鈞高下隨差古所謂雖鞭之長不及馬腹者斯亦然矣而何至於薰猶涇渭判然二途不可以復合者哉嗟乎斯人也亦有性情斯地也亦有山川風月六經二十一史諸子百家之書亦未嘗不至於此方也國家

五百年右文為治菁莪棫樸之化非不盛矣士大夫生乎五歲即入小學戲述所習之功非不勤矣雖其運意不活見理不透一轉再轉終無有超然以自拔卓然以自樹則於是乎歸其咎於一帶鴨綠之江以為天所以限彼此也可以發笑可以痛心若其苟輕材謏見固無能為役而徼倖仕籍專心於若剿襲斷爛之紙倣葫蘆之樣以求所謂儒臣學士之稱亦足以濫竽於當世矣文章千古悠哉悠哉夫何足興懷而寄慨焉妄言潦草終止於此言外之意唯執事諒之

上雲齋書　辛未

昨年寓游以來逢來京鄉得排體若干首藏諸篋中日者因苦無事手自抄錄都為一小卷命曰初筮不知此等事用之

付處祇以自見其癡騃也前此所爲詩文時已塵慁於執事鉛墨儼然洵足榮矣而此卷中諸篇或賜之以酬和或加之以删正未嘗有執事之所闕然者也惟歲暮以下十餘首似未經覽今并舉以呈一粲如何穎子由筮仕在京子瞻贈詩有遂知讀易西宮下車馬敲門嘆不應之句錢受之以爲古人立志在於榮進之初如此然子由眉山布衣立朝未久名動京師門庭已不冷落其所以閉門不應者正由少年豪舉眼中無可人耳非措大本面目也若某者雖嘗霑一命濫廁於承明之後而公退旅館襆被篝燈依舊是楊子雲一床書何車馬之相過乎其顓蒙弇陋固不及子由遠甚然古今人時代風氣亦自有異顧不當遽自菲薄引以爲不足也且某

心中原有隱然自恃賴以為鼓儛者即執事是已執事談藝
諸言故當追配唐宋辛敬之程孟陽不必道也而顧有殷殷
勤勤以某為可教左太冲之於皇甫徵君白樂天之於顧逋
翁千古朱絃人以為感況身親當之哉然徵君逋翁能使左
白之名貴重一時而執事之於某則恐未能爾向所謂時代
風氣之異者豈非然耶鄙集諸詩大都寄慨於此雖其興會
不同而覽之自可了也詩之工拙含賓勿論惟是執事不可
無一言或為小引與題辭以弁其首不亦幸甚哉某既不以
藉重於執事為意則執事於此不應靳之又不當加之以濫
獎為無益也但某亦自有小小可處如執事平素之所云則
此或言之無妨大要以辭約意盡為佳如何如何此卷原欲

以西窓為題而因思树筮二字兼有蒙求之意遂以易之又自語云予由讀易而能使車馬皆至真可謂善易者也我平生讀易僅得一蒙卦遂徹然以鳩車竹馬自處而仰望雲齋如見園老先生果哉其不及古人也執事聞此語倘謂其小兒口氣輕薄耶抑亦如子瞻之對秦少游不得無一番太息也歟

與宋小黎書 壬申

始其耳執事之名而私欲一覯者有年矣既而踵執事之門獲聞其緒論私心忻幸如飢渴之得飲食雖然是行也為同人所從吏而夭魚以為名此非所以納交之道也卒卒而歸懸懸而思惟繼此而得見是圖矣執事乃不鄙夷之委訪於

寂寞之濱情意欵欵踰於前日執事雖以往來為禮而某不
敢以先施自居耳感且愧久而不能忘也附從李兄厚卿審
已還舍伏惟體履不以行役有愆否某天性顓愚自度無他
技能雖嘗從事於文章粗知其故而行之未能也嘗謂立德
立言殊科而一致故卞莊子之勇冉有之藝臧孫之知皆足
為成人之一道而及夫王者之政聖人之大權則必夏之時
必殷之輅必周之冕然後法成體備可以行天下文章猶是
也故才不遺小而體不可以碍大用不乖時而法不可以不古
其用力也必深其收名也必遠今之學者何必然熠熠以為
慧譏譏以為識苟以取一時之譽而已如某者其所成立既
不足以自見而彼滔滔者方群然而交於前其不至於誘而

集之也幾希矣以此爲懼患得深湛好古之君子如穆伯長柳仲塗之倫以依附其末而保己之不畔而今幸而遇執事矣執事才邃學博過伯長仲塗遠甚而其言曰舉世喜之不足喜舉世怪之不足怪千秋萬歲有一楊子雲知我嗟乎所謂深湛好古者何以加諸世人親見楊子雲祿位容貌不能動人然其徒侯芭獨知之今之嘵嘵者固無論已某之區區顧不得竊比於芭哉韓文公曰芭文不傳不知爲人果何如某以爲芭文與人不足論但能一識楊子雲亦足以自名矣執事聞此語必輾然曰是夫也欲裨販我雖然以某之自憙且自幸也不敢以隱唯執事亮之某平生所爲文字叢雜無定本少竢秋涼當楷書一卷以獻今所舉似宗鄉對一首不

可使知之論一首皆近作也伏唯執事分揮之於門墻而賜之觀覽告之語言導其愚而進於古使千秋萬歲之知執事者庶得偉達以知某又使某既得有侯芭之名而又有其文與人則其自喜與同輩益何如哉語曰蓬生麻中不扶而直又曰附驥尾而致千里區區之望唯在於此唯執事亮之

重答小黎書

昨修謝卒卒未能萬一與闕然不報無甚異相應見恠某姿性下劣每見人文字苦不曉文理性又厭煩一過眼輒屛去唯讀古君子之文則愛重之心自生潛心易氣讀屢十過思之終日期必曉乃止今讀執事書也亦如是讀焉思焉一如古君子之文而不敢以並世者例之但初發緘時亦不能遠

曉故草草數語如世俗應酬而止職由此耳執事之文雖短篇小牘結構必謹嚴裁剪必明淨洵所謂天地間一種文字雖使古人見之猶將沈潛玩繹而不能舍況困學之如某者哉是書千百餘言纍纍如貫珠而究其指歸無不澤於道德仁義粹如也使讀之者如遊高山之間秀色可餐而仰之不可及唯有歆歎而已某前書中有云薛敬軒之醇正毛西河之辯博者蓋敬軒極不喜辯博而極醇正西河極不喜醇正而極辯博其事正相反故取以為對然而恐執事之不察以某為並言也來諭以為對擧人若舜跖之分誠哉執事之知言也執事又謂士當先器識後文藝主踐履少辯說此言一出然後天下之為士者定矣紀文達論西河之學以為眷

楚之君雖無道亦足以霸然昌之所大恨者有之立國以仁
義者患武功之不競立身以質行者患詞華之不耀故干戈
足以助虐而詩書足以順非蓋德藝之分久矣三不朽之能
兼者世鮮其人一藝偏能之士各窮其緒餘而自託於聖人
聖人之名愈尊而其術愈卑伏讀來諭歷舉漢唐以來風習
之所趨而慨然於忠質文之不作噫微執事昌何從以聞此
若夫攷證一派其名義不謬於正而用力爲尤難聰明之士
侈然以自大而名之所歸天下靡然〻天下之所謂學者當
務取其意而毋徇其名昔孔子之作春秋也使端木氏遍採
十三國遺書殷禮吾能言之夏禮吾能言之吾猶及史之闕
文也孔子之用心於攷證如此然其告弟子也必曰多聞闕

疑多見闕殆其誅魯之聞人也曰記醜而愽蓋孔子之意可覩矣今之學者自度其道德文章不及於古人而好名之意未已必欲聞古人所不聞見古人所不見以異古人瞋目語難於千載之下於是乎詖淫詭怪不經之說乘閒抵隙無所不至其性情已朡々然盡且惑而猶欲以筆舌禦人此亦無以異於魯之聞人[redacted]孔子之所醜也至若毛氏者乃所謂猖狂恣睢斯文之亂首也來諭以楊氏毛氏並稱然奇齡之罪實浮於[redacted]雄々美新一事只是怕死而已後來嘗主諸公詆雄太過比之於明處然雄之太玄法言頗未嘗一反於此即其心猶有不敢焉者矣彼奇齡以皇朝遺黎前不能爲黃陶菴書石倉後不能爲顧亭林杜茶邨薙髮入北以纂其館閣之

饑則斯已矣乃反含血噀人萌心發口至以為伏節死義非周孔之道噫是可忍也孰不可忍也夫太化寖微風俗日薄天下無可為之事惟節義二字得以扶植撐拄使人心不死而斯道不遂為禽獸論道之大原則中庸為貴論名教之大防則節義為先令天下歸於沙漠中華縉紳之族忍痛含冤為其臣僕而累百餘年鍾簴不移此無他立國之初崇尚節義前代死事諸賢表章之盛振古所未有故也彼奇險者以其能優之辭媢其所事無所不至而乃反排嘗義節如此是猶夫楊禹之治水惡砥柱而鑄之者也昌每論奇險之罪狀守節為首而侮前聖次之其輕重雖近於倒置而為今日立論者亦可以知其所以笑領亭林先生大雅不羣卓然為通

天地人之大儒道學經濟文章皆可以自名於後先生非一代之人茲書非一代之書者誣非過語也然若使亭林亦不免為博學宏詞召試內閣中書等人其於西河亦所謂大貊小貊之間耳何足以稱哉夫亭林與西河其學俱出於攷證而亭林審思明辨以理義為悅而觵然不猶西河則適足以成其不肖之名其得失為何如也管寧為龍尾華歆為龍頭後世之人視歆不翅若狗彘而聞幼安之風無不起敬嗟乎士固以大節為重其餘可勿論也真西山薛敬軒出處可議誠如所教此外胡康侯諸公亦皆有不厭於人者然其瘢纇非較然不可揜而今之儒者吹覓太過其意非毀諸公也欲因是而毀性理也夫以戴聖之贓馬融之頌西第岑之為漢

學者猶不廢之何獨斷斷於諸公哉前人往行是非顛末不可以千百計而或舉一而反三或指彼而形此要之不出於言語文字之間而已何由得十數日之暇得與執事縱論之以為樂耶厚卿才識茂美其用工於文字亦近日所罕見以執事之寡可也而某與厚卿得以與聞於緒論當交相賀也但批評彈論太過不惟某私心甚靦即厚卿見之亦必以為不敢當也覼縷至此不罪不罪

與宋小黎書

某既以深湛好古之說妄有以嘗蠡於執事執事退然以為不能當者及其所自道則曰愛才之性與生俱生如飢渴之於飲食嗟乎執事謂好古愛才容有二途耶士生斯世嘐嘐

然古之人試思此合從何以起豈不以古之人多才而今之人多不才歟然則人之取舍當在於才不才不當以古今為界限杜工部之詩曰不薄今人愛古人使古人而不才也愛之何有使今人而才也又豈惟不薄云哉但古人則言愛今人則言不薄其微意固可觀矣執事所引曾南豐遺令合古之說其意似與杜相反而亦實相須世之君子以曾之序自待而以杜之詩待人然後名實粹然天下無遺議矣某願執事無讓於好古之名而益懋於愛才之實則幸甚幸甚伏讀來諭尚論古人交游離合之際三致意焉可謂寄慨遙深矣某每悼中國之廣大人物之繁稠而江浙燕薊之士聲氣相通相去數千里無間關之阻海東彈丸一隅而漢京東西村

隔絶如天涯至若嶺嶠湖海則雖袒免之親有不得一面者
此無他華人好事而東人不好事也天下之人亦未始好古
愛才而不好事者東人之不好事如此其他槩可知已今某
有志於斯文者十餘年而始遇執事固不可謂甚早然執事
春秋未及中身某方小弱而以誼則中表之親也以居則萃
蒼之近也世故人事雖不可以預度然由今以往某之所以
奉教於執事以為自幸者未始不無窮也某既以好古愛才
加勉於執事又願執事交游之際壹以中華士大夫自居而
勿拘拘於風氣之囿則豈不盡善而盡美矣乎其學士聞名
雅矣向於公會得一日之懽語言娓娓而過半為執事發有
以見交道之深也若其造詣之何如雖未及詳而果如執事

之言是所謂天下之寶當爲天下惜者也但其人方有盛名某又深居簡出區區之意姑無以自效如此者亦勢之所不得不爾非所謂愛才之不足與夫不好事之過者也如何如何沆瀣叢談二集選錄誠尤當矣今並附覽廿八鑑姑未盡覽少俟之爲望不備

上靜堂從叔父書

詩固當以氣像爲主而但所謂氣像者亦須說得破乃明如今村學小生烏呼強吽非氣像也寒乞兒說金說玉作富貴語亦非氣像也氣像好處全在於無憍氣無浮響美滿柔和豔矣而不靡清矣而不促者是者至矣國風之好色小雅之怨誹何以加此其或造詣不高學問不深如陸平原所謂下管幺絃不免於

一備者亦當觀其用意之所在甘苦疾徐之何如而已不應摘其一題摘其一字以為氣象不好也假如宋景文兄弟作詩以落花為題其氣象可謂不好然二宋榮達正在此詩大宋不言落者亦謂其格高一等耳非忌字便當避也嗟乎歡愉之音難工憂愁之辭易好大抵詩人之不近情如此今欲摒一切之法而議其後使之粹然盎然為富貴福澤語而止則是使天下無詩也使天下無詩而求其氣象者猶夫吹燈而滅之煙煤雖盡而光燄亦歇其可乎哉如侄者學問造詣本不足以期聞於大方重之以年少病多發揚蹈厲之志無以自見比年以來每誦元微之長在閑處稀來後用怯不近道不能忘懷之語憮然若古人之知我心也情感於中物觸

於外不能不以菸事爲消遣柴烟糞火既愧蘭畹之名破曆
蛛絲何與玉府之遊寸心得失自知已明若其生活不過冷
潛習氣近於纏綿則固不敢逭其責矣至於村學生寒乞兒
憍氣浮響自信無是如近日所爲秋蝶南湖寓園　健陵道
中作數篇叔父試取而讀之深思易氣察其辭而諒其情則
當有以處姪矣意文章學問截然二途不可同日言也然亦
有可以舉一而反隅者即如小學篇中氣象好百事可做云
者豈不誠格論哉但今之言氣像者入麤處多入細處少此
所以人才日駁而文章學問俱無真正歸屬處也如何如何

二

第二幅下書以獻謏爲責縷縷數百言奉讀未半汗流竟趾

退自思念平生行已汚不至於脂韋鶻突以媚世者惟是文字言語之間好諫之過似或有之然其中亦有可取者不喜諫公卿大人而喜諫讀書能文章之士苟有讀書能文章者雖在南海北海姪猶將就而諫之況以叔父之親加之以是美所謂一門之內有阿大中郎者也姪雖欲默然得乎夫君子師友之道當取其直諒而與其多聞然是二者苟不能以諫為先則不可得以入也譬則先王制禮君臣賓主之間穆穆棣棣至矣盡矣而亦必以玉帛鐘鼓為禮樂以先之何者玉帛固人之所欲取而鐘鼓固人之所欲聞也故曰禮本於人情者也姪生性愚惷自度無他技藝可以見於人者然其行於當世而與師友處也若其人不鄙夷我饒之以顏色告

之以語言其情相孚而其事有可樂則我將儀儀然亟拜之誘之掖之薰之沐之惟其人所命矣或妄自尊大儼然踞先生長者之位而待我如童稚也或趍向各不同落落然相視而不相謀也或交淺言深過加以磨切苦之使不可堪也我則始焉而厭且悔終焉怫然有不肖之心生焉夫不肖誠我之不肖也然所求於彼者將以審其所有而輔我之所無今適足以怫我心使我益不肖也將焉用彼哉傳曰執柯伐柯其則不遠已所不欲勿施於人娃知其如此故其從遊之際言語文字之間或有以諫之夫諫者固人情之所欲而比之於鍾鼓玉帛無於禮之禮也使得之者惆惆然退讓稱云不敢有君子之風焉其情孚也其事樂也然後我得以陽秋焉

月朝爲唯我之所欲為而無杆格不入之患故直諒多聞之說可以行而師友之道全矣夫以程叔子之道德巍長公之文章氣節並世而同朝以慝言相加而流禍及於士林豈理也哉患不能少諫耳每念及此令人累唏然姪所云云亦謂納交之始條理也若夫如蘭之臭如醽之醇久而不已心敬而誠服者又豈可以諫例之哉姪於叔父亦正如是伏惟叔父賢清而學粹行安而節和詩律精嚴駸駸然入李唐而讀書見解尤出人意信乎爲法門正眼也唯古文一路著述姑未繁富伏望益勉其所不及卓然以自成一家自待使姪之不肖也亦得以周旋下風目擊以道存則幸甚幸甚前以諫進後以正告亦猶夫馳騁鄭衛曲終奏雅者也唯叔父恕其

愚妄而勿以人廢言

三

姪操文以行世者數年其深淺工拙之分數三先進以外舉無有知之者假使姪妄庸自高文以擬秦漢詩以摸盛唐其聲氣光燄未必能及前人之萬一也而不幸有晩明小品之目其始也未嘗不出於數三先進引進勉戒之語而往往有時世之人不見一面不聞一詩者亦謊以為之辭嘵嘵然可異姪嘗謂讀書觀人皆當取其實而略其名今也反是是亦今不如古之明驗也念之殊皆皆然其說頗長未能遽以聞明雖我叔父知我深而愛我厚者比數三先進不翅十倍且又端居深念不知時世人作何狀而及手書警飭則其所稱

引沕然如一辭是姪既見譏於時世而又見責於家庭內外名實俱不得以自揜也如是而又不得以區區之懷壹暴於叔父則是所謂可以言而不言烏乎可也姪於晚明諸人其實有不可報之恩姪自成童以後不作應試文字閉門深思啓發其昏蒙而闡寫其情鬱者皆晚明諸人之力也當時沾沾自喜便欲以此爲名每同人文會輒稱海東人風氣之陋頗言讕語不知忌諱又尋常出入衣袖中常貯纖書小說数三卷持以自詫於人如此者皆出羹塵飯兒戲之類也豈足道哉然今人家子弟挾册從村塾中求學究以爲師彼學究者陳談陋說例多可厭又往往有都都平丈之謬即其子弟之心稍識分數豈欲俛首帖耳求爲此學究而止耶盖將以

取逕爲耳夫晚明人之學問文章比諸前古誠有慚色然視今之所謂學究不亦如天淵耶取逕於學究則人不恠取逕於晚明則嘵嘵如此豈不異哉姪自近年以來倦游多暇時世之意淺而文字之緣漸窮自思量其見識不爲不進其造詣不爲不加其於秦漢唐宋亦未嘗不涉其津梁而游其堦閫矣反而視夫前所謂晚明者豈能無一二之可議如叔父所教乎因其新知而改其舊觀以一槩於人者非甚難也而至今因循未有以自異又每見案上有錢宗伯袁中郎等文集輒戀戀不能舍去是無他爲操戈入室誠有不忍使君子而聞之亦將恕其愚陋諒其心跡也且夫姪既以晚明自命僅四五年輒棄去又將沾沾焉我唐宋也我秦漢也云爾則

豈不亦屑屑然不憚煩哉默而識之後而求之徵前日之幼嬬而冀他年之成立此正姪至誠心大願力也斯言也不可使不知我者知之不可使知我者不知惟叔父深思而明教之幸甚幸甚近作京鄉對一首附上叔父覽之亦可以知姪之意也

答友人書

承書問病狀且以行己處世之方相戒殷殷勤勤無慮數百言非兄眷愛弟何從以得此三復以還寧不知感然觀兄辭意似以弟為孤峭狷隘不喜為時宜者豈兄待我之厚而欲引進於古道反辭以微諷之耶不然何不相曉如此弟天性本不近道愛慕芬華厭棄枯淡自童子時已然特以家世清

素生長鄉里又幸叢父祖恩德早襲書香一知半識亦粗有
以自發倚使生於綺紈之中長於輦轂之下不解文字飲唯
知醉紅裙如今一種人者不知其當何如也四五年前亦嘗
與兄語云古道時情須是莊行如古人所謂內閣宗風外服
儒行者正爾不得不然此語兄豈忘之耶弟自來心跡不過
如是世故多端人見各異俯仰隨勉馴至今者人之所以待
弟往往大有逕庭非所意者弟亦習見其如此而無以自異
又往往矯情飾詐因以自待古來才人名士皆不見知為庸
常者何限弟獨何辜為時所異每獨居顧影啞然失笑尋理
其故了不能得此亦欲一番舉似自謂其不然而此卻有未
妥者若人謂我道德文章不比尋常我自當披示其空空之

腹俾與過情惟是不合時宜一段雖是前賢之美稱萬萬不敢當者然若舍而之他是其意將儼然曰我時宜人也其文敢哉均之不敢與其敢於自名無寧敢於因人此弟心跡前後不同之故而兄所以見戒者亦由是耳雖然所謂時宜亦何常之有古來衣冠文物代各不同雖淳澆互見而風氣可想豈有囫圇鶻突都無指的如今日者乎弟自近年來有官時少有病時多不得不深居簡出以讀書遣日世之人見其如此便有所云云使僕買一馬借跟隨五六人日馳驟於街路彼之見者又將嘖嘖讚嘆之曰時哉時哉去矣嗟乎兄所謂處己行世之方不亦易乎朋友之道貴相責難兄不當以易者責我也如何如何妄言至此望兄之勿以我為誚也

擬客上平津侯書

漢武帝時丞相弘居中用事得人主意當世莫敢望焉然弘每休沐歸第中若有不懌然者子弟親賓以間請皆不應客之在東閣者知弘意乃上書於弘曰伏見君侯以儒術起家數年之内身都卿相不可謂不顯矣天子拔君侯於羊豕之間而置百僚之上視之如家人不可謂不幸矣然僕嘗怪君侯平居其容愠然有不安之色而忽然有不自适者何哉僕聞天子於君侯甚昵然君侯侍中天子或不冠而見之其他所以遇君侯者大率稱是是天子觀君侯而不以宰相禮之也君侯之所以不舉者無乃爲是歟然僕誠愚陋不曉君侯之指而妄有以復爲君侯有以察之幸甚伏惟今天子聰明

睿知不世出之主也臣民之在下者徒見其氣象之闊大規模之弘遠以爲大類高帝而不知其於用人察物之際較然有權衡而百不失一則又高帝之所未及也夫當世之士待詔於金馬公車之門者指不勝屈其醇疵枉直得失長短之分更僕不能數而天子之所以遇之者人人而别之務當於其所施爲不然則以天子之尊攬權綱何有乎一汲黯而嚴憚之如賓師又何以從東方朔之諫而止董偃於宣室乎然而正人君子外示敬重而内實疏遠嬖倖俳優之類日進於前而無所不至是志之士仰屋而不能諫百姓小民羣怨而不能聞此亦大可憂者也雖然是豈獨上之過哉君使之得志而用事者凡幾年矣其間海内多故如封禪游攬土木

之類其亦有一政一令爲上之所欲行而君侯止之者乎其亦有一人一官爲上之所可而君侯之所否與上之所進而君侯之所退者乎抑或有之而僕偶未之見聞也且夫仲尼有言曰斯民也三代所以直道行也而君侯乃曰陛下有先聖之位而無其民是導人主以疾視民也魯二生有言曰禮樂必積德百年而後興而君侯乃遠引周公之聖以爲期每而變三年而化五年而成是使人主務務然變更而唯功利是趨也豈所以格君心之非而躋斯民於雍熙者哉試論君侯能緣飾儒術嫻習法令以自結于天子而又能飾詐鉤名以售其所欲然以僕而論皆所謂毀譽之過者也天子之始知君侯不過以容貌之偉麗談笑之辯給而已君侯深知天

子以聰明自用惡聞方正之論故承奉將順悟悟恍惚以媚
乎上而苟一時之利而已夫立人之本朝爲其大臣其長短
本末天下之所灼知也況人主乎而況人主之聰明如陛下
者乎君侯長短本末固如是而欲人主之敬禮我者是猶蒙
不潔而求乎上帝也人主既不敬禮我矣而又從以懟然有
不寧之色者是猶身爲臧獲而耻受命也且夫君侯亦嘗觀
天下之士爲君侯之賓客者乎其上焉者講道德論文章其
次焉者典謁其次焉者掌書記其次焉者管貨幣其次焉
者掃除唯諾而已其或有以掃除唯諾之容而擬道德文章
之位者顧君侯遇之以何等也臣之所以事君者亦多術矣
士君子之忠由乎敬婦寺之忠由乎愛敬君者君亦敬之愛

君者君亦愛之其有上不能為士君子下不能為婦寺不敬而不愛者是謂之懟臣懟君則有後言君懟臣則有後禍僕懼君之及於禍也今之為君侯計者有三及君之未懟辭榮避利保全終始一也陳善閉邪從容中道以蓋前日之愆二也辱之不為恥侮之不為慍專專為婦寺之忠掃除唯諾之後而不恤其他三也唯君侯審思而擇處之唯不為天子所懟而天下後世所笑則斯可矣弘覽書憮然而太息曰謹聞命矣乃上書歸丞相印告老于家東方生聞之曰善哉客也吾聞善導人者伺其心之發而納之以言其公孫氏之客之謂也

序

導河積石集序 己巳

余志學以前詩稿一卷卷背導河積石四字先判書府君所
命題也伊時府君春秋踰古稀榮衛尚康旺每於花辰月夕
山椒水濱杖屨消搖風乎咏乎則輒命余作詩莞爾賜覽閲余
從他人酬唱亦以就正府君爲眡其字句可否批抹點竄鉛
墨儼然洵人倫之至樂而蒙養之嘉惠也今冬抱疾端居偶
於巾箱中得此編雖光景如隔晨星紀屆一閏而循今撫昔
唯涕淚滂滂下矣盖余於此有不忍覩亦不忍棄置篝燈撥
筆聊以小序志感噫余自惟愚騃不諳世務惡營業蠹於分
適矣或幸而如古人成一家言傳之後世苟溯其源亦惟曰
府君賜耳若夫辟咡負劍教誨式穀丁寧懇惻言猶在耳者

又豈止斯哉又豈止斯哉千里一曲盈科而進命題之意焉乎遠矣

澹寧未定詩稿序

文章千古事得失寸心知杜陵語也此老詩如鳳皇芝草賢愚皆知其美瑞洵千古一人耳然其操觚含思之際較之於得失裁之於分寸自顧自愛情見於辭雖良工獨苦者如是夫若余者幽眷詩道得之少失之多毋論千古即時世聲調亦不能學雖然若其寸心尚耿耿然有知耳唯其有知故自視益不當意譬如病婦挑粉攬鏡而投之其情則可見矣夫王嬙西子無其質不可杜甫李白無其學則不能不能讀萬卷書不能拔鬚眉皮膜而剔其髓離冰鏤脂費日損功余亦

可以休矣古人有焚其稿者有塚其文者雞肋不足惜弊帚無所珍委而去之其誰曰不通而必欲其鏤質削跡為灰燼為土壤者不幾乎已甚哉無已則有一焉悉取平生所作詮次若干命之曰未定詩稿繕寫之粫演之束之高閣冀之志域迦葉非相蒙莊故我從此以往恣虛几淨蕭然獨坐仰可以窮研六經俯可以冥搜百氏專精壹志從事於博約之工其尚賴天之靈洎晠朝作成之化公而黼黻乎皇猷私而箕裘乎家業夙昔之志尚不謬來世之名跡無泯當斯時也反求乎所謂未定之稿者則蠹魚蛛網尚留陳跡土羹塵飯真同幼嬉點檢箱篋能不啞然而一笑乎未定之稿本不足以有序聊書此語為他日之契

致仕李公七十入耆社序 庚午

蓋聞四百甲子晉史紀其遐籌七十神僊漢儒傳其異聞然而泥塗沆降是名陳人熊鳥屈伸彼游方外夫豈若稟星岳光氣之秀處巖廊訏謨之崇高明昭融黃髮之祉享焉魁壘通愽白首之望歸焉者歟故夫伊扈耆德遠在玄商文富耆英近聚奎宋徵諸圖史於斯盛焉伏惟尚書致仕閤下璿潢靈諜之胄珪璋特達之姿盧陵初年賢母授其荻筆琅琊名族太傅傳其寶刀既而首擢嵬科躬際熙運玉堂金省數歷乎清華紫誥黃麻發揮乎制作仙鶴下世風度冠東閣之班繁星麗天文章入西崑之府若其朝夕論思斷斷兮無他技出入風議喟然動衆心緇衣改造之思好賢如己白圭三復之

旨尚德若人斯尤賦得金擇不能慈喻書將銀筆無由既言
加以安道之治益州驟訖底定之君寵賚之辭樞府名節愈完朝
野傳誦厥有年所洎夫宗正新卿降太乙於天祿補國崇品
軼文昌於台垣一初隆毗展也司直　四朝宿望巋若靈光
而乃燕越榮觀玄對山水銀鞍精軸洛陽送客之筵蒼顏華
髮穎濱歸田之錄衡茅既愜於雅尚茵鼎較加於昔時秋圃
晚香豈惟黃花之媲節雲林高蹈庶見赤松之齊期今年庚
午以春秋滿七八耆老社是社也東國聖人上稽　三后西
樓故事下逮犀公周夢九齡而燕毛推其國老魯朋三壽而
皝鑑宜乎大夫徽規寔剏於當時　休命俾嗣於後世　眞
幀白表巖臨劒佩之班寶墨雲章昭回鷄踏隝之署申以銀罌

翠管每趂嘉平紫帕黃封時仿曲水風流弘長恩波汪濊擢紳以爲歌詠邦國與之光輝矧今 景命維新弘休遝至東朝之寶寔彌卲兩歲嵩呼正倚之光御有隆八域雲賀溢金謂玉璣美於華胥之封合辟連珠衡曜於狼北之紀恭平有象悠久無疆時乃玉露芝房降爲人瑞青雲芩葉侔于地靈壽域春臺庸賁保極之化華封天保統獻祝聖之詞上下同榮今古宰閒洵玄緯之篤祜而鴻朗之嘉徽也建昌故人稚孫小學童子通家舊誼御元禮於龍門弱歲偉觀識太尉於喬岳薰香警策珍重尺素之辞闡幽發潛洞徹寶珠之惠愚同骨肉感結衷腸湖海覽修縱違稱觴之席山斗瞻仰深切辨香之悃言懇不文義取善禱若夫鋪鴻信景萬麗比良

石室琬琰以述老成之德業兔園弗律以紀昭代之禎祥者非余顓蒙所能彷彿云爾

尚書鄭公司馬回榜序

東俗之稱壽者有三回甲也回婚也回榜也壽至於是則子弟飾喜以張之親賓祝嘏以美之斯通國之所同也嘗試論之古者紀年以事不以干支中世以後以干支紀年者亦久矣中華士大夫喜述人慶壽文字盈章累牘沿陳襲故頤無有舉干支而稱三回者是可異也夫回者斡旋推盪周而復始之謂也天道以回而貞觀日月以回而貞明四時之相成八卦之相生莫不以回又回者壽之象也以之壽人則玄髮兒齒延期而益篤以之壽國則舊邦新命迓祥而綿祚意者

天將以吾東爲壽域如古華胥栗陸之隆而有開必先之兆
著見於風俗言語斯所以三回之稱古無而今有也歟故我
國家撫泰寧永昌之運式至今休申子凡七回矣喬木故閤
儒林碩德不顯亦世咸受敷錫之化克享三回之壽者代有
其人雖然三回之中惟回榜尤重且貴早登科第晩躋耇耉
有一於此人猶艶之而況其兼者乎重設聞喜之宴復書綴
行之榜 人主親臨法殿引見以禮太史氏書之簡冊所謂
一家之慶一國之祥不翅若泥塗之老人閭巷之夫婦皆可
以重設桒弧復合匏巹者也今我蕉泉鄭公以 純廟庚午
進士歷事 四朝位躋二品以至今 當宁庚午春秋八十
有二而回榜之宴設焉時公之冢嗣安城使君以良二千石

登聞公之孫元夏甫年十七發解庠製有 旨命直赴會試以為民牧者勸放榜之辰公蒼顏華髮居於前元夏幼穎娟秀從於後衣青襴戴烏襆並受白牌入而肅謁於 寢門出而告祭於家廟則舊榜新榜儼然若同年也使君佩符竹縉墨綬承上率下怡怡如洩洩也安城一封之內齔童耆老之民朋酒躋堂賀賢侯之燕喜而慶其有後所謂千歲百歲之之祝出於千萬人之口信而有徵者也都人士女喧闐坌集搢紳大夫有來濟濟同聲以美之曰書云身其康彊子孫逢吉公之謂也又云率乃祖攸行元夏之謂也若使君則君子有孝子孝子不匱永錫爾類詩人之所稱也完山李某再拜奉觴而進曰某不敏於公為中表後世且年與元夏比今者

觀公祖子孫三代之盛而尤有厚望於元夏請以復於公願元夏禔躬砥行為公肖孫壽考康寧子孫詵詵繼自今六十一年之後此歲復回則元夏之回楊猶公今日而元夏之孫亦將有繼之者矣積厚流長如幾如式孫之孫為玄孫玄孫之孫為耳孫迭相與擁興乎前承藉乎後如繩之繼如環之循籌海屋而唱恒沙則庶可見回而又回為壽無窮而公家之盛匪今斯今矣竊覵公居寵若驚處未彌約矍然若不敢當者而乃其之言若是其夸且侈也豈其無所以然而妄陳於先生大人之前哉自家而言則公之浹仁厚德洵使君之樹績殊能所以詒燕其後人者方興未艾有足徵矣自國而言則泰寧永昌之運如升如恒大雅之亦世洪範之敷錫其

將愈久而愈遠矣其所謂吾東壽域之化著見於三回之稱者亦庶乎其知言矣敬書此語以俟他日

大司馬李公回甲詩序 代作 辛未

大司馬判宗正卿李公以天潢貴胄敦詩服禮少年策名於長楊羽林之間奕奕有聲望逮我 聖上初元首膺笠轂之命總分司枋中權寵光閎赫禮使鄭重公以特達之姿遭大有為之日慨然以憂國奉公鞠躬盡瘁為己任未嘗有夙夜之間夷險之殊幹實心辦實事所涖有成內而考工將作金吾闈胥緹騎夜士之職外而關防鎮鑰壁壘旌旗風雲儲胥陰雨綢繆之方凡所以薄違定辟隆上都而實三軍者既戒既敕有備無虞古所謂干城柱石之臣方之於斯亦云蔑已

公今春秋六十有一而聰明筋力不减少壯時每朝會辨色
長身竦立巍然不少徙倚衛士禁旅改容齊肅雖王事鞅掌
籌劃旁午而頤指部署汎應曲當鑿鑿中竅要不惟公德威
智量皆有過人亦其天賦絶異神王魄強由是而耆艾康寧
無疑也公既老且貴而太夫人在堂大耋尚無恙璜珩琚瑀
義方感備公晨昏燕喜抑搔疴癢蠲潔粻饍南陵白華有餘
稱爲公設弧之日席長筵擧瑶觴乃壽纍纍森列印組綵陳犀帶
金鞓俯躬徐趍子弟親賓後先緝御交歡胥悦融融如洩洩
如也既而感國恩祝 聖壽攢手百拜繞而歸之於華封天
保之頌人亦有言太和元氣在成周宇宙關家國同休唐乎
其盛矣余與公雅相善逖年以来俱叨宗正之列百代一室

異事同僚交際非偶然者茲敘其事大意以原本忠孝貴飾
升平爲辭系之以詩云

代人送燕行詩序 丁卯

聞之六幣修好娉典以命行人五善周咨宵雅以勞征夫采章嘉淑魯史攸載辭命修飾孔訓所嘉使乎之重有自來矣故夫客星隨八月之槎仰驗玄象賓鴻漸九秋之羽觀儀上京苟非其人曷膺斯美某學士炳靈胄於鍾嶽挺懿質於珪璋台庭過鯉襲謝家之蘭香鉤府乘龍儷衛生之玉溫兼之瓊基疊秀倚華邃發奇素園而游畫林佩秋賓而含春英斐然成章洵美且都遂乃射策公車之門屬籍承明之廬持青綾於北扉則鳳毛絢采簪彤筆於東壁則虹藻飛耀風流藉

甚於妙吟龍光密邇於　熙朝今以冬至書狀奉命之燕于
是承宣授臨軒之册度支裝賜槖之金象衣朱笏悵飲於都
門輶軒華蓋廚傳於郡邑國典之禮使有隃仕塗之榮觀斯
赫飲冰無內熱之憂采杞非獨賢之勞然而觚稜金爵遠隔
闕河南陔白華久曠晨昏公子懸魏之戀風人陟屺之思自
古有云何以為情嗟乎圜夏滯黲黷之運總章遜阜昌之美
衣裳玉帛非復舊觀皮幣金繒豈伊初心西京風泉之什神
州陸沉之嘆覽境興懷其可知已若夫遼陽過劫慨城郭之
猶存碣石遺墟想歌筑之如在停驂於薊門之朝弭節於玉
河之夕幽端滞緒鼓吹文心片羽零紈膾炙人口李冠陽之
初日芙蕖重序杏軒金清陰之澹雲蘭菊復話漁洋則康健

寶文淸讌遠媲石渠之芳徽礁鐵痕毫廣傳箕疇之遺風至於春秋覘國之謀社稷出疆之利村野庸愚匪宜與聞雖蕢康暹皇華行李無瑕雨雪楊柳歸程式遄君子于役尚愼旃哉某序忝聯䠥才愧續尾池塘夢草奉康樂之淸咏翶翔飛月陪謫仙之逸興今當薄送江郊言旋海陬奔影絶塵莫遂附驥之願臨水登山徒切離鴻之思玳筵銀燭此宵渭城金鷁玉柱明月溝水黯然惟別旣消魂於江上穆如作頌庶慰心於山甫文莫猶人詩以言志

送趙怡雲評事序 庚午

怡雲老兄以評事之命將赴關北屬余以贈言余曰丈夫有桑蓬之志儒者重冠蓋之榮輶游千里小別經年愼旃而已

余又何言或謂是役也有二難閫外有韎韋之雄幕中無嘯咏之侶節制齟齬起居局束一也烏舉烏合之徒欺異塞交市之會貿劑繁氄事務錯迕二也今以怡雲之賢循持故常裁度便宜從容允當識思其居斯亦何難之與有余聞海上金剛萬二千峰吾東之靈區仙窟而華人之所願見者也怡雲之行將道于此振衣於毘盧之頂濯纓於九龍之趾吾知其屏翳弭節徘徊容與而不能去也以其翕清煦鮮之氣劇奇鉥怪之才心開目朗筆騰墨飛宏肆奔放人與地肖將見赤城霞標之賦作而天台動色海風江月之詩成而匡廬吐氣矣朔方之地風氣粗厲人物猥獲然往往有凝雲碧玉柔曼秀惠通衢大邑名字相聞斯又異矣若夫譙樓鼓角之夜邊

庭風雪之晨舉目多牢騷之感回首起遠遊之思當此時焉千金一笑兩頭橫陳驚心動魄送履迎歡固夫人情之常也怡雲之於是也其將留連光景婉約風懷玳筵銀燭真成楊州之夢歌柳使烟雲過眼花草無心金房玉柱不滿周郎之顧歟夫聲色之娛潛而後不靡山水之趣深而後不俗緣情以體認其定力遇境以發揮其靈心斯之謂真學問斯之謂大文章今怡雲固已挾華佩寶蔚有令譽而新進學士風流儒雅束書裝劍將翱將翔譬之如蒼梧發軔黃河濫觴此行雖小可以喻大顧余顓蒙弇陋言又不文而重違鄭重之意姑以車馬所經歷耳目所應接山川物色可喜可樂之事鋪張揚厲引類屬義盖吉甫作頌先尉永懷河陽攜手俾崇明

德古人贈言之義有如是云

悟春列號序

坊市衚衕之墟設戲場焉倡優傀儡假面目衣冠出沒上下於其間者皆戲子也或有公卿大人得時據位棨戟於門鍾鼓於臺食前方丈從者數百既而解印歸第閉閣却掃玉堂金馬春夢遠遠或有佳人才子兩寶一合碧桃花下燕子樓中聯美儷香形影相隨既而衾寒尾冷雁濶魚沉夏簟冬缸恨緑愁紅若斯者其戲本也歡娛愉快痒騷鬱陶抽端屬緒迭發於瞬息之內斯亦天下之至變也然而觀之者顧自如前不求為之所也後不求為之戚也若有所戚於其間者不惟同觀者譏之以為傖父即倡優傀儡亦將笑之以為癡漢

假固不可以當真戲固不可以授正焉乎噫嘻我知之矣今
夫天地戲場也陰陽寒暑往來循環於其間者其戲子也花
笑柳眠燕歌鶯舞此一戲本也既而楓染菊散鴈哀蛩怨此
亦一戲本也綠陰芳草火雲烈日此一戲本也既而山枯水
涸雪虐風饕此亦一戲本也坊市祠觀之戲本一日而屢變
天地之戲本一年而亦屢変其爲変則同也坊市祠觀之爲
戲場所設者狹而天地之設廣倡優傀儡之爲戲子所假者
麤而陰陽寒暑之假巧其爲戲則同也唯之與阿相去幾何
而世之人方且紛紛焉擾擾焉耳目之所接體膚之所觸分
別想作焉差殊觀起焉強生知識顛倒顛倒淮南子則曰春
女懷秋士悲左丘氏則曰冬日可愛夏日可畏嗟乎嗟乎若

斯者其於傖父癡漢能有別乎古往今來賢愚滔滔顚同乎
我與若矣固無所辨若使天地有所見陰陽寒暑有所識其
能不窮窮然識其後啞啞然笑其前哉鄭子士允年二十餘
既多讀古人書閱天下義理殊深乃自號曰悟春謂寧子聞
之喜曰是其悟天地之爲戲場也悟陰陽寒暑之爲戲子也
悟春夏秋冬千景萬象之爲戲本也夫如是即天地不足以
役其命陰陽寒暑不足以動其形春夏秋冬千景萬象不足
以撓其精物物而不物於物可以全生可以永年至矣盡矣
不可以加矣有詰之者曰有四序焉奚獨爲春之悟哉謂寧
子曰春者四序之第一也舉一而反其三見始而知其終悟
春之悟於斯爲妙如令候分節解逐逐而求其所悟則悟且

不能而志已荒矣吾聞西方有大悟者闡示第一義諦方便
法門照見一切相如泡花幻影悟春乎可以與言悟矣

約雲別號序

宋子元春諗于余曰昔我八世祖約軒先生以道學文章遭
遇　肅景晠際為時之賢大夫余私心慕之遂以自號曰約
雲約雲者約軒之雲孫也子意云何余曰子之號善矣余又
何言雖然朋友相勉古之義也顧有以復焉世之重士大夫
者以其有家法也嘗觀閥閱家所稱其公其君為顯祖於前
者其家法大抵相似清慎而已恭儉而已澹而有味簡而無
弊愚者易為曉拙者易為守其所以緹躬砥行詒暨後人者
意甚遠也世級浸降遺風善俗邈乎不可得以復見而徊覘

改度舍其舊而新是圖者往往有之嗟乎無念爾祖大雅之所訓也凡人之情誰不欲念其祖先祖先之言行志業傳襲而及其身者亦誰不欲思所以勿替之而其奈名利鑠於外學力詘於內輾轉流遁不知不覺而所謂家法者已十失其八九矣若斯者雖或詭遇逆施得志當時誥贈三世祿庇九族其實則衰揚之貂蟬無以異乎胥原之皂隸斯亦可慨也已今吾子固閥閱家子弟而約軒先生即吾所謂清慎恭儉之士大夫也傳曰以約失之者鮮又曰學而反諸約約之爲訓優是以爲子之家法矣子今衣布衣讀書白屋中其立心行己固當有不期約而約者然以子之才席華胄遭明時古人所謂正恐富貴來逼子之謂也當是時也能使世之論

士大夫者褎然一辭曰約雲之約不愧爲約軒之雲孫云爾則斯尤難矣雖其有之是以似之吾爲子勉之

贈小隱金生序

自王李模擬之學廢而公安一變竟陵再變最後而有松圓之詩緣情比物適宋入唐其說固爲最優而錢受之又以其宏麗之文張皇臚列創爲兩非之論而獨與孟陽合一門戶此明末詩派之大略也王阮亭於松圓爲後輩而其從祖季木業詩以北地爲師雖與虞山竟陵俱擧南宮而其實則同床而各夢者也阮亭之家學門風既如是雖欲不染得乎故其學亦嘗以弘正嘉隆自命然其天性澹蕩又往往有文章烟月之態與所自命者絶異而初年知名時卽有國士之遇

於虞山絳雲碧霄之題金丹大藥之評極其揄揚終以代興屬之夫以虞山之論議得人一字一句近於王李則便斥之如糞壤詬之如奴隸而顧乃鄭重諈諉於阮亭如此蓋其去取有可見者矣阮亭敍述諸篇或稱歷下七子爲先進或稱嘉定四君爲名家交和氷炭雜同金銀殆若都無所曉之人而其爲詩也所謂如仙人五城十二樓縹緲天際如雲龍鱗甲東現西沒者或古或今乍近乍遠皆使循聲者莫能以軒輊探影者無從以模擬原其大意蓋內不欲偭規於季木外不忍操戈於虞山參差爛熳殊途同歸其情甚苦其迹甚工此阮亭所以爲阮亭焉已趙秋谷諸人吹毛覓瘢固不足貽累於阮亭而亦非原心之論也至若施愚山所謂瓴甓木石

一乙須從平地築起者斯實千古談藝之第一義而阮亭亦稱賞不已採入於詩話中世有善學阮亭者以此言為津筏則庶乎其有獲矣吾東人詩派不知從何以來而嘗觀前輩文集多述弇州滄溟之語又野史相傳崔簡易輩為隆萬諸公所詡此與鄉谷人假托朝貴都不可信然東人所稱諸名家大抵皆七子之餘習也近日以來又有一種人操觚弄墨必以阮亭為口實噫何東人之轉益多師也每觀其法囫圇如混沌拉雜如骨董趣舉一二撫類百出或援據事實而無端虛用或托寄凡近而故為難解或以唇吻吞吐如譫囈之發聲或以形影依附如罔象之隨身鏡花水月尚矣勿論離氷鏤脂削然何有廣山有語云彼國東坡體每二字含七字

意吾以爲今之阮亭體其亦無異於昔之東坡體矣小隱金生從吾游詩有別才平居錄阮亭詩一卷焚香肅拜慨然有朱絃之感吾知夫生之於阮亭也蓋有深思自得見之於諸相之外者吾無用加勉於生矣若夫詩家沿革詞人短長中華學士大夫連章累牘皆已詳言而吾所以縷縷爲是說者亦懸夫世俗耳食者之病而試擧其源委也

題跋

題四佳集後 壬申

人之所以傳世者三德也功也言也人主之所以馭世者二爵德也賞功也而言者無預焉何者蓋言者文章也不假良史之筆不托飛走之勢古之論文章者如此然往往多空言

奏論無當於世用而論人者亦往往以爲小藝末行而不之
取夫小藝末行固非人主之所當崇奬而若所謂不假不托
能自傳於世者又非人主之所能抑揚與奪乎其間者也故
歷代之設官也漢之博士掌故以經術唐宋之館職以制誥
皇明之閣員以贊襄謨猷之數者固未嘗不由於文章而若
古今所謂文章者或往往在數者之外此其故可思也國朝
大提學一員兼帶三館或稱太學士或稱太宗師或稱太史
氏集一代清顯貴重之名而加之一人者此古今所未聞也
而又侈而號之曰文衡是以人主之尊而俯取文章之柄操
縱與奪之與爵德齒功并峙爲三重也又其選之之法必使
前任文衡書名行圈大臣九卿與議焉其取之也亦必以科

目中人而有閥閲資望者是千古之得失定於一時而搢紳之月朝歸於岩廊也不亦鹵莽而空疎矣乎　國朝士大夫徒以右文崇儒爲美而不能識達事體通究古今爵賞之大義與夫文章所以輕重者徐四佳諸公踵華增美賁飾昇平而亦不免猜才好勝之誚皆君子所當責備也余嘗謂東方之士以大提學自期者非真文章以抄選官自期者非真道學識者嘗不以爲妄

題秋帆金剛詩卷後

物之交於前者有限而情之徇於外者無涯故曰光景一時感慨百年如世之好官好色種種因緣不可勝數方其未來也有一羨心及其過去也有一悲心二心迭發洶洶拳拳若

不可以自己者滔滔彷皆是耳若其中間所謂可戀可羨之
物或如飄風或如逝水暫得而旋失有一而無再嗟〻乎是
固不可以己乎夫羨生於未來即既來者之無可羨可知也
戀生於過去即未嘗過去者之無可戀可知也本無可羨本
無可戀即其中間一段可戀可羨之物皆屬幻妄總非真實
亦可知也既以爲妄矣何光景之足云而感慨之足道耶夫
金剛好山水也秋帆之好之也非如好官好色足以爲秋帆
之累者雖然秋帆試思之蒲團高几瞑目而坐向所謂八千
由旬八萬四千曇無竭萬瀑洞千佛岩者究竟皆在何處得
不如飄風逝水歸於無有哉然則所謂金剛者亦不得不以
爲妄於是爲向之羨心如拾瀋今之戀心如嚼蠟矣吾觀秋

帆之自金剛歸也卽鍵户攤書足跡不出户庭外曩時鵬子鯨魚之觀無復存者秋帆乎子真可與語者矣使秋帆循玆以往以無可憶想見過去以無可羨想見未來則好官一金剛也好色一金剛也種種因緣種種一金剛也省下多少光景便省下多少感慨昔龐公曰堅諸所有楊龜山曰人須任得方有爲皆此意也若夫紀行之詩人與地肖良爲美事然吾所欲言者有過於此故不能及

秋濤居士詩草跋　辛未

辛未長至病卧南江寓園中夜三鼓大汗良久乃止氣稍定聞江氷上砹大木聲砰訇可畏不能寐撥硯一灯䀹然如有喚醒者也忽憶晩間閱秋濤居士詩草餘數三板趣呼僮覓

詩置前定晴扶首從衣襟中讀之自迦葉宴坐居至聞雁有
感於是余讀居士詩已畢幾幾乎神滿大宅有起色矣余听
然曰諾哉其秋濤也客有知居士者曰居士方外詩也余曰
有是哉居士喜汗漫之游東持瓶囊颯然遐舉其紀行諸作
不言金剛絕頂即稱耽羅大海島剩水殘山不盡記也聞有
奔連書同人者又多窮鄉絕澨生姓僻字不識何狀之人如
是則居士固方外士也居士之詩固方外詩也雖然世間以
詩爲名者惟有二種不能作方外亦不敢作方外一待制金
華揚徽頌芬作富貴詩也一抗顏皐比諛陳說腐作道學詩
也不如是則才人情多名士數奇流離落魄今古一轍如欲
其引繩切墨不以方外自命者則斯致難矣客曰吾聞居士

學新城子於新城未能信而獨歎之於居士何也余曰談何容易且以此難余則余且窮矣雖然子盡觀乎居士詩乎自余學詩日瓣香在山谷欲從滄海橫流地獨溯江西一派歸今之頗學新城者能有此語乎學新城而有此語者非別手別眼不能也雖然江西新城又何足軒輊於居士哉余之取居士者亦有道焉取其響亮非也取其流麗非也取其超脫亦非也試觀夫居士之作鋪一篇安一句下一字如熨帖平如釘着任用兵唯有傳當善射不過手熟一字萬刼寸心千古是道何術而然哉讀書好古轉精堅志定力既固而慧眼自明故也余鈍根末學眼孔如針平生誤禪論詩最不喜頓悟一説以為頓悟之弊在指宮為狂禪在執林為懸詩故今

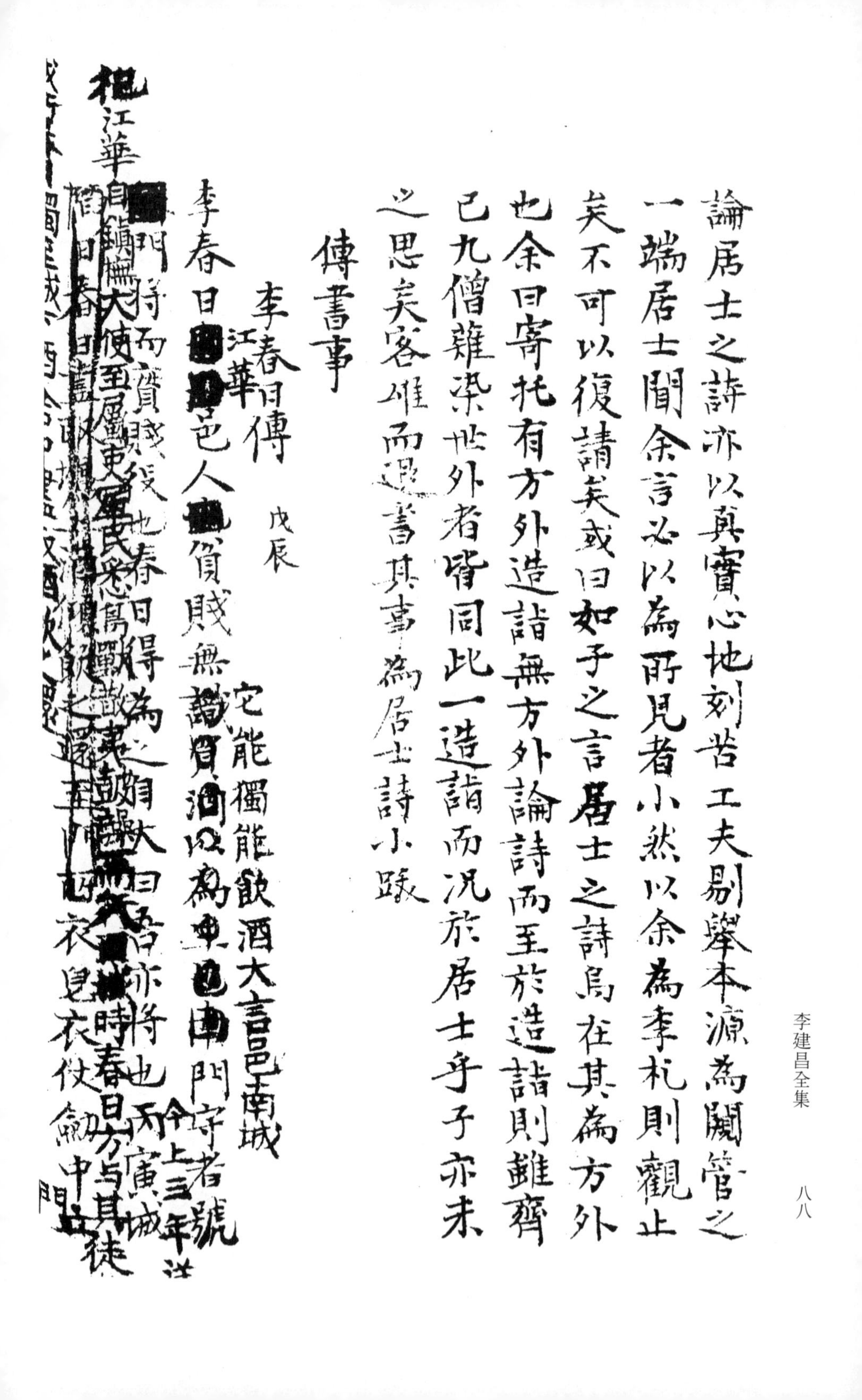

論居士之詩亦以真實心地刻苦工夫剔擧本源爲關管之
一端居士聞余言必以爲所見者小然以余爲李札則觀止
矣不可以復請矣或曰如子之言居士之詩烏在其爲方外
也余曰寄托有方外造詣無方外論詩而至於造詣則雖齊
己九僧雜染世外者皆同此一造詣而況於居士乎子亦未
之思矣客唯而退書其事爲居士詩小跋

傳書事

李春日傳 戊辰

李春日[redacted]江華[redacted]邑人[redacted]貿賤無識貿酒以爲[illegible]門守者號宅能獨能飲酒大言邑南城 今上三年 丙寅

[redacted]門將而賀賤役也春日得爲之朔大曰吾亦將也

江華自鎭撫大使至屬吏軍民悉爲戰[illegible]

[illegible]

[illegible]日春日[illegible]衣皂衣仗劍中門立 春日方與其徒

戊午[illegible]蜀之戊[illegible]

機所賊吹笛齊聞里許城中已栗栗弗敢鼠大吏小民雖各必殺

後於春中未知故邑不以見其徒 嘻吾此何時而飲酒為賊見責衣[redacted]

日宣視禁門其徒[redacted]嘻曰此子醉乃不知死耶[redacted]春

其徒從禍一便自去之去則至引春日

號而走之於春日[redacted]

取衣[redacted]

衣即自走[redacted]去春日亦不為動[redacted]

入者殺戒乃門賊怒以[redacted]

亂甫定[redacted]守死[redacted]以狀聞特贈春日從二品曰有從三品

旋其家烏乎泌邑之舊南門丁丑諸公殉義之所也諸公尚

矣下至校吏皁隸及大家傔僕同為一時之國殤者指不勝

摟計而門址有崇碑勒書其事節義風聲輝赫於一都之內

者非他州郡所得有而實南門為之冠冕耳目也後二百餘

年而有丙寅之變所謂南門殊寥寥然無足以比擬注蹟惟門外一小茅屋烏頭而朱楔者是爲春日之間而已蓋忠義天性未嘗有貴賤之分古今之殊而世道之變有若是其不同者歟

書金秉周事

吾鄉人金秉周狀貌甚麁事親無違一鄉稱孝子族御故吏胥秉周獨賣藥爲生恒不能給丙寅亂後蓋蕩析無餘時朝廷方鉤捕邪賊甚急有一賊在囚指認同縣濫連秉周自賊曹差發五百盡逮秉周一家繫諸京師於是沁之人咸涕滂奔告曰金孝子乃以邪賊就捕吾儕安坐不能救非人心也衆遂裹足尾秉周以行秉周既至押囚一地牢嚴防守待決

東周語卒卒曰吾有嫂少寡今俱至此雖倉卒不當同處乞
以舁分四從所卒相顧謂邪賊邪辨嫂叔此冤明矣以其語
告賊曹長賊曹長亦許之及見沁人陳狀訴東周冤遂釋然
乃召東周與衣冠上堂嘖嘖謂曰汝何脩而得此鄉鄰也即
日全釋其一家東周雖生還顧家無一粒米可以糊口朝夕
從隣里假貸窘苦萬狀一日忽悲恚甚曰吾苟不爲盜決無
活理寧早自爲計遂自戕噎東周其忍人也如使東周忍六
七日餓可端坐而死何故爲此欲速計也沁人之爲東周能
使免於不辜而窮而至死亦莫之免殆救焚拯溺之力易而
傾囷倒廩之義難也東周昔爲先王考所謂出入門下日久
捐館後來哭幾昏窒嘗過余值余方爽東周慨然曰昔年來

謁先相公見小主人侍側讀書未嘗不歸而詫諸人今者所見殊與前異東周此行惜不免垂橐矣又曰昔者夢謁先相公讀論語至如有周公之才之美使驕且吝其餘無足觀也為之三復曰此可一言終身行也覺而識之故以來告余瞿然改容而謝之昔范忠宣沒後其幼孫至宅後買豆食之劉顯子氏責之曰丞相棄背幾時便嬉游爾爾顯老門生見不敢不言東周語少婉義則近焉今日讀論語恐思東周語因念東周凡絕悲援筆而記之使得附余文而不泯則庶乎不負其忠告也

書金貞女事

自夫中壘順陽摹擬女史綵書彤管垂徽揭芬者亦云多矣

若乃晝燭無光皎日有誓青春白髮之死靡他斯君子之所
所難亦天下之至悲也然而伉儷之恩義綦重禮教之隄防
截嚴改柯易葉所惡有甚含堇茹荼安之若命天理人情不
容不爾至若媒妁有言甫定嘉耦天地無情殲此良人髫毛
總丱不曾面覿錦衾角枕何嘗夢到偉彼淑媛卓然自誓以
為皮帛之聘猶在璋圭之義同閑覩物思人雖死猶生矣心
則金石不渝指誠則神鬼同臨天只不諒胡忍聞斯女子有
行從此決矣於是縞非朝成素車夕發青廬是日白楊何山
有淚淚入徹泉有恨而直上干霄夫彼冥漠竟何知聞惟是
舅姑在堂終養有地入廚甘旨上堂起居涕淚成血而備婉
容於溫清朝夕飯素而極滋味於杯棬庶使庭闈寬慮明之

慽泉壤慰送理之恫其奈菁華外謝榮衛內槁志事未畢風燭奄及哀哉流恨結轄嫣語丁寧衣帶之故汚不去小冊之墨痕如新阿郎遺蹟此去歸裝尤可悲者茜襦藍裙繡靨花勝其生則無適為容其死則顧以為歛鏡奩春華同沈白骨佳城日色猶照紅顏斯知蘭摧玉折之辰便是珠還錦合之地魂魄依依心目娟娟冰人月老共懺既往之衙鳳觜麟角重續未了之緣泉流赴節尚傳異闇家樹連枝寧昧斯理至其空床淹疾既符納采之先庚前榮卑復又值喪餘之翼朝孰使為之豈其天乎嗟乎身後寂寞生前蕉萃撫跡則仍為室女畢身則乃在夫家十年栢舟已崩城而尤哀一夕草露尚同穴之無憾不亦傷哉吁其烈矣女姓金其夫朴年十七

守節事詳先王考誤記後七年而殞

祭文

祭外王考文 戊辰

維歲次戊辰上元前一日即我外王考祥隱府君小朞也外孫完山李建昌遣伻致奠爲文以哭之曰烏乎痛哉昔荀卿著書以勸學爲首而謂皓天不忘百年必復蘇軾亦言善報定於子孫蓋善者必資於學而百年所以待子孫也故二氏之說相須然後始暢烏乎痛哉前五年甲子公春秋六十有一先王考爲文以壽之美公以華國之才而惜其窮老貧公以多男之慶而期其式穀大意則曰古之君子欲壽其學於子孫是取荀與蘇之意合而爲一而福善之理自驗於不言

之中是時公居沁海之濱祥山破屋中布褐不繼糠覈不完人不堪其憂而清明在躬粹盎發外未嘗有窮戚之色皓首秉燭寓心書籍公之身蓋有以受其報者矣中歲叩盆復續弦膠商瞿晩福珠樹璉玥意貺陞貽之初若有吉神寔祐若所謂孔氏釋氏抱送於天上者而自在繈褓不離典訓起授經史以肆其業公之後亦有以壽其學者矣烏乎痛哉公行年七十竟不得一命以展布才猷之萬一挾其用而施之家以教誨此二嗣者慥慥不辭費盡心力人以公為固窮無所求者然公獨不求諸己耳若其求諸後者則有之公亦不求諸人耳若其求諸天者則有之且使公之生若無是二嗣焉則亦將何所慰意以自忘其窮如平日也卒乃遇亂飄泊饑

不得為食疾不得為治喪在旅舍與隔先軆雖使上天悔禍厚及其後以公而言乖盭亦甚奈之何一年之內一月之間析其兩嗣縗麻未練蠲禋相續寃乎痛哉夫匹士交與之義尚不以存亡易守則天之神聖其復於公而定於公者必有不意可必之理而公在則與之爲子公沒則棄而不祀於是乎荀卿之書禮載之言並歸無有而先王考臨亂取義沒先公世壽序之意亦無以仰贖嗚乎痛哉血氣之倫在今獨我織辭遠遺泣埀江左

祭季祖文文 庚午

嗚乎痛哉天不悔禍不慭遺我季祖以鎮撫我家而今以後小孫建昌將安所以更事我祖父耶嗚乎痛哉夫人之禰祖

父之兄弟也等之謂祖別之謂從從者何從吾祖而祖之也乃公之於建昌則有異焉皇祖判書公生平天倫篤摯視仲祖季祖若一己也建昌其敢不吾祖之志是從哉判書公將終撫建昌而告之汝勿恫有汝之季祖在焉予建昌其忍不吾祖之墜言是從哉唯其從吾祖也故建昌不敢以從祖事公願以事吾祖者事焉然心誠願矣顧未有以效之是則建昌之不肖焉已雖然建昌自失吾祖以來思吾祖之動靜語言則於公焉是即思吾祖之老而好學不勸則於公焉是得思吾祖之稱述祖先故事用以訓迪我後人則於公焉是識蓋於悽惋悲傷之間吾祖有不忘者矣建昌常私心言誠哉季祖之猶吾祖也願以吾祖之靈用相我季祖俾榮衛強起

居使至于春臺爾灝靡有害是吾祖之典型不遽泯于斯世而建昌得永有以託壽矣烏乎痛哉今茲之辰其夢也歟其真也歟我酒旣清矣公不我啜我殽旣馨矣公不我嚌我告我衷矣公不我聽烏乎公乎其又無及焉已曄其儀形戢于一木幷其神精欝于穚壤公焉至此而況吾祖之有不亡者其又奚徵焉於是乎建昌以隕望絶大痛長號謂吾祖之永棄我矣烏乎其忍言哉昔者公常勉建昌學曰汝胡不慥慥爲使余一朝溘然歸從皇兄于地下皇兄若以汝之問其何以對汝其圖之汝其勉之烏乎公乎今果歸而吾祖之從即吾祖其果問建昌公對之若何自今以往建昌尚賴天之靈庸其童昏使不至無成焉則公之冥冥尚有以察之以告吾祖

南與欣欣然悅豫之耶從察之矣從悅豫之實顧建昌將安所以求之嗚乎建昌其不得以復事我祖父矣嗚乎痛哉

祭伯叔父文 癸酉

從叔父摩尼先生郎遠之辰從姪建昌謹具醴脩之奠操文哭告于柩前曰嗚乎痛哉風凜雪摧以剝以蠹彼美梗柟如草萎露后皇來眂公寶嘉樹介立挺生既貞且固清明含蘊榮華發吐徵諸文苑允驗天賦公之記問如入武庫公之詞章如出古園天心月脇名理所聚公手採之萬秘森布世眼如漆徊徨眩瞀不受人知獨與鬼拓磨錫伺覺採虵獻禍九命之說信矣無誤既貧無食又病成痼三霜血泣萬事遲暮戚戚憒大鎖腸爍腑匯直也命繫維憂故雪屋淞窓寒燈一

娃沇沇若㾦烔烔如膺四十四年逢旅一寓哀哀慈母撫此
婦攜彼蒼者天何恁何怨衆災交榮群駘競騖胡椒於公憯
矣莫頑人亦有言遇於不遇如蜃得伸如春解冱此理茲
于何覺悟岱山千仞蓉城一路烏乎痛哉尚饗

祭亡室文

淑人徐氏皋復之旬有四日而葬葬之九日而返虞于京第
夫澹寧居士李某抆淚以呼操文以告之曰烏乎痛哉往年
余偶讀韓文至吊武侍御辭哲兮目存丁寧兮耳言忽不聞
兮不見莽誰窮兮本原之句懍中遠作悲涕淚涔涔四五行
下時君已病矣而尚未亟吾殊不知何心感烏乎噫嘻而今
以後吾乃知之矣俗語有之越近越親越遠越踈常人之情

孰不然而丈夫之於室家尤甚故嫕婉而篤恩愛契濶而渝
言說者無往而無是而況幽明之間一別千古形已離矣魄
已降矣雖帷閨寂鏡奩塵埃晝思則恨其無益夜夢則懼其
不祥向所謂旨旨云丁寧云者庸可復道耶余之哭君僅君
于日目不言神傷情豈遽忘而淚之熟而聲之疾者比之於
初十已三四減矣日月無窮哀樂有期由今以往吾心中幾
何不損然忘哉嗟乎嗟乎今之不能遽忘者固情也而由今
以往不得以不忘者亦未始非情也情本如是可哀爲誰述
者耳雖然君之生也通事理識大體與我居十年之內意感
義俠爲無間然然未嘗以兒女子時俗之態絲毫見於余余
以此愛君敬君倘使君精爽不昧聞余此言必不曰夫子真

少甚武矣雖然吾有一事女欲言於君而君女欲聞於我者君太夫人春秋高備嘗艱險逼年以來所鍾愛者唯君依以爲命若聖初與吾耳今君已矣諺云鑪無大婿無女言義絶而甚阻也今吾於太夫人以地則然矣以甚與義則太夫人女不忍於吾吾又忍於太夫人哉然吾聞之死者復生生者不愧夫覆言於死者之前而寧保其女不愧歟今謂吾於君太夫人甚義有踰即愧矣又謂雖不能踰未嘗有異亦愧矣若乃當行之分應盡之心要不至於甚愧耳吾於聖初又有總非之誼毋論姻串即朋友何嘗有如此者即此意區區須君自知焉乎悲夫春風時至萬物生輝何惜惜者之不可見而丁寧者之不可聞耶烏乎痛哉尚饗

哀辭

魚中軍哀辭 辛未

上之八年四月洋夷犯沁之廣城 王師敗績鎭撫中軍魚公在潤死之公武科出身累官至會寧都護府使清白剛正所至有聲績軀幹長大絶人有膂力世以爲壯士至是因大臣建白口傳下批除朝辭赴任甫九日而難作賊之犯廣也知其有備不敢遽入以大船上德津遠放子母砲數十九砲響如霹靂流丸四注公在將臺上堅坐不少懾分遣親校率京營兵埋伏于城背要害處俄而賊之下陸者迤邐從城後潛入伏兵恇㤼達風而遁船中賊又鋒擁而下緣塹爬岸內薄爭前前後交襲而墩堡中地勢甚狹彼我雜糅肩額相擊

憂公與本府千揔金鉉暻沫血徇師誓殊死戰毋敢旋踵也有一卒亡之鉉暻直前剔其背卒泣且譁語曰使道令我輩盡死公莞爾曰死則固死耳汝輩徧行伍幾年寧不知今日有一死耶是時京鄉軍僅三百餘精銳者不能半然短兵相接刀鐔斷折至用砲柄以[redacted]搏之飛血如雨咫尺不辨自朝至晡終不少怠公以士卒不能遍甲故惟衣挾袖衣戴氈笠手一佩劍揮霍其中又取大砲丸十餘袖之左右手以彈之所向無不立殪者有流丸中其左股乃仆賊恚公甚環立而刃之自腹以下糜爛無完膚良久遂絕公之弟某布衣也徒行赴軍顧以身殉凡是日公麾之不去翼蔽公以戰公死乃大號曲踊手格殺數賊而為賊所害裨將一人從者一人與

十摠金鉉暻皆從公死鉉暻泗邑人平常感慨勃發自言世
漢終當為國死蓋其天性然也烏乎公以視事不浹旬之官
率數百烏合之師守萬死不一生之地非有恩義之素加於
軍民也非有設置方略可恃以無恐也徒以忠驅義感骨髓
肉飛終日格鬪於礮石槍劍之中而所殺傷亦無算使公不
死賊可以少退而師不潰矣公一死而公之弟死於兄從者
死於主人褊裨卒伍死於軍抗志同日為國殤為鬼雄其烈
如是微公孰能使之然公材勇偉如足以有為其卒以一死
報 君父者不得已也誠得如公輩幾人使宜節制聲援勢
倚付之以一都之事則蠢茲匪茹其又奚難之與有國家不
幸雖得一真忠臣而失一真將軍此可為痛惜者也雖然自

茲以往賊之覩公死者相顧錯愕咋指吐舌不敢以東國為無人而凶鋒毒燄其將厭然而知所避矣朝廷士大夫暨封疆官守之臣邊戍巷戰之徒聞風起義誓報此讎為縣官出力血膂肝膽輪囷抑塞憤盈而愈不可解矣自古成仁取義之士不難以含血負向之軀穴胸貫腸棄之寇賊憯矣而莫之悔者其心固將以一身為天下先鼓一世忠勇之氣而補國家成敗之數也豈唯是自靖自獻區區為匹夫之諒而已哉余茲土之人也與公仕宦異途未嘗有一日之雅而聞公之死歔欷煩酲涕泗交頤既而充然若有得洒然若有釋于心也申朝不寐和淚成文系之以傳芭會鼓之辭庸以攄寫積憤激揚大義自附於野史氏之後其辭曰

孫石鎭兮祖江阸背樓櫓兮顚沙磧驚飈旋兮狂塵射日色
赭兮雲容壘大丸流兮長鎗束前茅竄兮後勁覆虜內薄兮
巘先登氣熛怒兮勢崩騰仗孤軍兮絶援兵衆寡懸兮不可
爭偉將軍兮武且剛抗義辭兮激忠腸波逬裂兮聲低昂響
將士兮同日亡舍砲石兮趣刃鋋短兵接兮空拳張頂踵糜
兮膏血濺紛格鬪兮殺過當天夢夢兮月荒荒左股創兮七
尺僵神將離兮鬼逾遁強忽反顧兮瀏睨長擲飛刀兮閃寒芒
免余胄兮縶余馬塗肝腦兮棄原野口血噴兮目炬射讎青
霞兮入脩夜僕從主兮弟從昆馭雲馬兮樹風幡衞精誠兮
欲煩寃莽超忽兮排帝閽格上帝兮處列祖神赫戲兮威
靈怒揚海旗兮震天皷從天兵兮下如雨拉大舶兮撞大礮

商虞惻兮光君虐妖祲豁兮海氣清民康樂兮桑且耕漢之曲兮汾之陽長終古兮思何存播要眇兮擷芬芳躅轂朝兮薦 國殤

哀辭後書

余家沙谷距廣城二十里而近方師之始潰余家居適沿津之避難者詢公何狀或言禽或言走最後乃有言力戰死者然其言力戰死亦互有異同余姑裁擇其人之可信而說之近於理者次爲哀辭一通酹酒西向而哭之蓋公死之三日也無何武士將劉禮俊等十人被俘而還語公戰時事甚詳而與余所爲辭合禮俊故奇士感慨自負不出金鉉景下至是中流丸創甚幾殊竟不能死及還賊以其衣衣之禮俊固

拒裸行匍伏至臂搏頰乞伏法耳言伏兵亡走罪顔與已駢戮無救以謝國殤留守特宥之伏兵亦實不閑禮儀雖不能竟死其人與言固可信無疑也余嘗觀史書所載忠臣烈士之事其耳目所覩記與夫後世之論議往往牴牾漫漶多不能明言甚則吹毛索瘢而甚其後者有之每掩卷深思而滋愍焉今於通公之死而得其故矣國家不幸師出喪尸其與將帥同之懂者既已爲猿爲鶴不可以復作矣其餘則與懦恇懾望風逃竄之士卒貪生畏法慮無不至特以爲彼之死事者苟明白無疵類則吾屬罪逾重矣顧乃往來唇舌然疑忖度以眩惑一世使死者不免於自取而逃竄者可以譏議司馬氏不云乎全軀保妻子之徒隨以媒孽良可痛歎有如

是夫向使劉禮俊不還則其時埋伏之策孰爲公明之伏兵
亡走者又孰知而孰言之耶即此一事可覩已世之以公爲
失計者三一即不設埋伏也二賊至百步始放砲也三歸咎
不移陣也我國砲法素不能及遠又不能堅利每一放輒改
藥發火一砲屢放數丸故用砲之利在近不在多須者長與
被瞰賊於莽蒼之外而砲之費藥丸無算而顧無一得中
者其得失何如也廣城背險臨流唯山脊一路可以北向龍
津而抵甲串然方事之殷也公登陣循師屹立不少動而麾
下尚有亡走者此時若帥旗一動則是公自爲走耳何有於
移陣將士走於前賊進於後雖欲至龍津得乎此二說與所
謂不設埋伏處實無不同而均之爲無知妄論不思之甚者

爲己顧余素不嫻於文所爲哀辭即用一時感慨憤激而成者尤皆拙無可觀雖然處於玆土得公事甚詳摭拾聞覩別白詿謬若所謂賤〔江〕廟〔淮〕人說逖遠者則後之論者亦將有取於余故爲此語摩連書之于其後且爲輦下士大夫相過從者遍示之

雜著

三惜題辭 戊辰

三惜者一惜光陰二惜身家三惜令福其所以惜之之道具詳下文臚列是說也皆經傳緒餘舊論所與詢足以公諸人士垂示鑒規而顧余歉然無實得而有空言言以人輕疇肯採之其意止欲以自警耳竊嘗思之天下之當惜是三者者

蓋真如余功余非欲過人也良以循撓掎踦故有異耳令天性愚惰凡於人世物事率多懵然睽雖文章為小技故年志學以前加冠而游薦紳間前輩同人咸以文賞此亦非慧悟有實然耳職由先王考勤勤懇懇耳提面命俾免金銀之誚抑又余於伊時顏小特甚故責備不至而濫奬加之令余年將二十非顏小也責備可以至而濫奬不可以加矣況文又不進駸由是也而疇昔教誨之力不可得以藉者已有年愚雖及此寧不撫膺而累息乎為今之計雖有進學修業夙夜不寧日計而蕞旬月計而蕞歲及此時也俾加十數年之紅始可以報塞萬一而猶未裕也則余於光陰若是乎其不可不惜也念稟受不腆夙嬰疢疾視數年內駸駸然衰矣况歛

食房室風露之失宜一日不慎數日不和今年端居寡歡爲
不以勞役有攖而猶尙耳目不相攝心神不體諦越滐梃解
幸以爲常况年紀有加事故無窮由今以往其可堪乎然此
猶不卹恤也顧幼少嬉〻狎長以成習危於事親服勤幹蠱督
勞之事類皆疏踈無足以當人子責者而使又不自戒慎以
重其疾病使父母弟受蓄養之實而徒貽重累之憂者是又
奚論其他哉則余於身家若是乎其不可不惜也念生世以
後承先遺業不能耕獲之勤而亦不識絲穀之憂天倫則父
母在堂兄弟相將不出閨閫之內而當心樂事有備無缺人
之疑我者多我之羡人者少雖學業是進疾病是袪是所謹
也若有外於此者即聖人所謂人欲釋氏所謂妄想作心害

事可損而不可益者亦審矣若夫少年不學之咎內省多疚非宜追道而重有可怵然者修瘵懷庭但昔云然況世降風下士尠能立衙時好而棄本分樂芬華而厭枯譜者滔滔一世不亦難乎使余又不免乎是則其身名所係至大至重貽忝先之識永斷自補之望者固不容論而即其日用尋常言語事為及輿馬衣服之間一有不謹當約而肆當損而濫皆足以集罪過而減壽祿則余於分福若是乎其不可不惜也夫是三者之於余可惜者如此此雖權其錙銖度其分寸心心而惜之事事而惜之以卒余一生猶恐不給此雖遍天下之人而較之循境揣跡莫如余切者前言豈謬哉是以請朝夜氣之所存潛處永思則未嘗不顧影自語矣心無護而

志惰餒弱動不能守如是者亦有年矣今若有省悟者以為藏之於心不思則失語而為文失猶可記故篝燈孤坐撥筆而書其顛末務要真實痛切警發深省若以槌言藻飾自衒文勝者亦不惟才之不逮也噫言居行先聖人攸戒如有覸是文者若有以譏我矣然君子樂與人之善亦可以憫其志而覆其後也歟 己巳仲秋書

二疑

事有不當然而然者袁盎之譖鼂錯蕭望之之構韓延壽是也彼四人者雖所長各有不同者書之史俱為漢名臣無疑何乃倏閒卻摘瘢瑕相戕至此死者固可悲而殺之者尤可悲也及夫強藩陰賊妖孽逼殺袁與蕭亦冤死者同或曰天

之報施定於斯信斯言也梁王不見誅石顯得保其首領所又何理天若曰賢猶不相容其他奚責云爾則是賢而殺賢者并歸殺不賢而殺賢者獨得活豈天之由為小人地而驅賢者而盡劉之歟嗟乎天固不可知吾無用疑夫安能起四人者於九原問所以不當然而然者

過說

人有悔其過而思所以補之者問於師師曰善乎問也夫人也鮮不有過過而知之者甚鮮知而悔之者尤鮮悔而思所以補之者絕無焉子能以人所罔有者為恥改而取絕無之善子之過不待補而自補矣予何言哉雖然子尚慎之世之人惡崔異者惡成人之美者子昔之過也毀之者多矣然猶

其所同有也毀之而不深予今欲補之云耶子勿察察自以爲潔子勿行行自以爲高予所以恥其過者勿宣於辭子爾以訑其善者勿見於色君子之道闇然而日章辭色不足以爲貴徒見世之人礪其吻而膏其牙攢鋒鏑樅府於子曰夫夫也雋有某言有某事其過如是今之爲也僞也夫如是子所以補過者未著而毀之者且十倍矣子尚慎之子之所以聞於我者爲己也我以爲人者應之吾不足以爲子師矣噫

京鄉對　壬申

有人於此生於東方而嘐嘐然願爲中國之文可乎不可乎曰凡人之情常鶩乎見之所不及而常惑乎知之所已至故能近取譬斯易曉矣之人也盡觀夫京鄉乎闤闠士大夫之

家其少年豪舉子弟甘美其衣食鮮令爛美步武便儇街童走卒目送而嘖嘖之然彼固不學而能者也鄉曲村野之人見而慕之劬劬然小冠大衣曲步細言以自詭于其黨雖然置其人於闤闠之內士大夫之間則其岨峿樸遬之態一見可知矣然則慕之者非歟曰唯唯否否有可慕者有不可慕者顧所見何如耳夫所貴乎闤闠士大夫者豈唯止於鮮令步武之飾街童走卒之觀而已哉其間自有法家拂士遺風善俗其聞見足以發蒙陋而持守足以禁澆薄者其視夫少年豪舉之徒不亦遠乎之人也以其鄉曲村野之資就而有合焉則其詭于其黨也不亦善乎夫鄉曲村野固不可合於少年豪舉之徒而往往有可合於法家拂士遺風善俗之間

者之人也欲爲可合而善者乎抑欲爲不可合而不善者乎

無名花頌　辛未

余固愛花者但不愛名花耳物之有名者即有矜心花亦物也彼雖不能吾何從而信之且彼既有名世之貴重者多愛之各從其類而已日者春意藹然余亦扶病而起逍遙於茅屋之畔偶見林中有花數種翳翳然相向而若有求於余者余顧而愛之曰彼其花而無名者歟花而無名而得愛於余者其幸也歟否乎噫不可知也作無名花頌彼猗其莖紛其英一點兩點紅如凝蒼皆白露翳草樹誰其私之雨露滋彼美人家華且奢國色天香何昌昌寔命不猶與其羞尚欣欣哉春風來春風藏離汜春輝誰爲花史無名氏

騎牛偈

家中舊有一驢昨年宦游燕其太小與人博一稍大者而益之以錢其冬蒙恩升六將歸鄉舍寄在旅資斧還賣之真所謂喫盡驢兒尾也舍舊謀新初爲妄想而看入偷是亦因緣天下事種種皆此類也端居多暇心神悄鬱脚氣又自甚無以徒步日者令小奚牽農牛來騎之或逍遙行郊坰或遠尋松楸間遇田父野老叩之吾狀何如皆云恰像牧童但一頂鬃帽不似耳因念先判書閒居出入嘗騎牛以余不肖固不敢追引家法自謂美談雖然有從我游者立一名號命之曰騎牛官人正爾不妨也口占一偈推廣斯義昔我有馬時騎馬不騎牛云何不騎牛牛賤馬貴故今我騎牛時騎牛不騎馬云

何不騎馬無馬有牛故當知貴賤相變幻無真實賤時貴亦
賤貴時賤亦貴一切無分別是名世間法當知有無相亦如
貴賤故有無無亦有究竟大空海是名出世法應作如是觀

李卓吾贊

大道之英日遠日湮人或有爲不自其身依聲附響拾唾取
津孤騖囓之死且不神卓哉卓吾其人也真乎自得己毋苟
同入道慧乂定化爲生新一家之言百歲千春匪堅曷依匪
賢曷親婉婉婦寺匪忠之純起疑發難有懷必申彼夫何知
群咻衆嗔身填牢獄氣干蒼旻激而贊之愧彼頭巾

論

可使由之不可使知之　壬申

孔子曰百姓可使由之不可使知之或曰先知覺後知先覺覺後覺知之何使之不知也使後之以權數用百姓者以爲口實將若之何余曰聖人固有權數惟其用之也以道故爲聖人後之用權數者其過在於無道而不在於權數且夫盤道者何足以爲權數哉彼以其淺易之術文其奸詐以濟其所欲竊竊如盜賊之夜行而已若夫聖人之道明光正大無不可以暴於天下傳於後世而聖人者重其道而愼其事使人不之知此其用意爲深遠而權數之不可及者也天下之道有可以兩言決之者有得者深而得於人者淺無所意者

通而有所意者蓋何以書之昔孔子問禮於老聃問官於郯子問樂於師襄然孔子之學非老聃郯子師襄之學也蓋自得焉已矣孔子十有五而志于學以至于七十而不踰矩然方其志于學也不知其將立矣方其不惑也不知其將知天命矣方其耳順也不知其將不踰矩矣蓋無所意焉已矣後之學者一以孔子爲法非禮勿視非禮勿聽非禮勿言非禮勿動欲修其身先正其心欲正其心先誠其意欲誠其意先致其知如女子之有姆傅出入言語無不待也如行于道路而披圖按籍瞭然識其所之也幸而生于孔子之後者其爲道也不亦易乎然孔子之沒今幾千百年矣而聖賢之傳于世者如伊尹伯夷柳下惠之風不可以復見矣徒見夫鶩虛

者少實踐遠者忽近擾擾爲滿天下而問其所願皆曰學孔子也故曰自得者深而得於人者淺無所意者通而有所意者蔽苟其得於人則雖聖賢不足以爲醇况詖淫之說有以亂之乎苟其有所意則雖正心誠意不足以爲正况利欲之情有以溺之乎今夫詖淫之於聖賢利欲之於正心誠意其是非黑白之辨夫人知之有比而同之者天下將誅之然亦往往有相因而生相藉而成者吾願天下之人毋徒御其名而察其實毋奪其大而謹其微也何者人之有利欲之情者十居八九爲有詖淫之說者十居一二爲利欲者人之所同有而不敢言者也能以人之所不敢言而張皇文飾以肆其詖淫之說彼其人非有文章學問才足以雜聖賢辨足以論

正心誠意者必不能也其爲說也亦非有聖人之糟粕正心誠意之緒餘近於理而疑於道者必不敢也焉乎聖賢正心誠意之學不幸而爲舊虛玄遠者所敗又不幸而爲利欲詖淫者所亂其所以敗亂者不同而其所以至于此者同斷之以兩言曰得於人也有所意也古之善言道者莫若莊子莊子曰儒以詩禮發塚又曰曾史盜跖之嚆矢世之學孔子者交口以斥之不知孔子者已默然應之故曰可使由之不可使知之此即莊子之意也或曰使百姓不之知有道乎曰有昔秦始皇任法律焚詩書擧天下之人而愚之夫既愚矣何知之與有漢興以來除秦苛法賈誼鼂錯董仲舒之徒相與亟起而復其古表章六經崇尚名教向使漢不除挾書之律

六經之書至今無知者矣唐宋以後詞章之學爲一世所慕仕宦科擧非此莫能得也士大夫專心壹志於章句聲律之閒不知其他宋時周程張朱五夫子始掃除箋註得不傳之學以心性理氣之說命於天下向使宋五夫子不作則心性理氣之說亦至今無知者矣世但知夫賈誼鼂錯董仲舒及宋五夫子有功於聖人而不知夫法律之禍詞章之蔽乃有以敺之也天下之勢極則必反天下皆不知然後眞知者出所謂眞知者其始也自得而其終也無所意夫賈誼鼂錯董仲舒生於法律之後而表章六經宋五夫子拔於詞章之閒而發揮心性是豈有口技耳傳而爲人之所沾丐也哉又豈欲以是爲名而冀後世之人祀之兩廡哉其自得而無所意

也明矣由漢以後六經之學者不爲不多矣然求其如賈誼鼂錯董仲舒之徒不可得矣由宋以後爲心性之學者不爲不多矣然求其如宋五夫子之倫亦不可得矣何者人皆曰余知而自得者少有意者多騖虛跂遠利欲詼謔之類又相與迭起而敗亂之也然今之百姓其自以爲知之者抑有甚於唐宋此無他心性之學尊於六經而聖人所以重其道愼其事者發洩披露無所不見而聖人之權數無所用故也夫聖人之道發洩披露無所不見則後之賢者何以自異聖人之權數無所用則不肖者何懼爲賢者無以異而不肖者無所懼於是乎聖賢之尊如天而其道如汚泥六經之明如日月而其術如烟霧愈尊而愈卑愈明而愈晦今之所以尊經

而明道者其心固以為聖不尊經不明則已之利欲詖淫遁
於理而疑於道者亦不得以明不得以尊故也焉乎百姓之
知之也其害如此然後孔子之言為不過矣或曰如子之言
是法律之禍詞章之學反足以為聖人之權數而使民不可
知者固如是乎曰否否夫孔子固嘗曰可使由之不可使知
之矣今欲其不知而使之不由是所謂因噎廢食也而可乎
哉天下有知而不由者矣未聞有由而不知者矣故欲使民
不知必先務所以知之欲使民知之必先務所以由之古者
人生五歲即入小學有洒掃應對進退之節長而入大學有
六德六行六藝之教日課月試進之則于朝退之則于野以
勞其筋骨而役其志慮納之於規矩之中而無遨逸跅弛之

悪由之既久而知之既熟則德性渾然若自如矣銜勒便則馬不知冠屨適則人不知豈不知哉知而無所用其知故曰不知也或曰是則然矣古者學必有師非所謂得於人乎不賢者屛於郊遂賢者爵於公朝非所謂有所意乎曰唯唯夫有所爲而無其害故其成也若無意得於人而無其弊故其就也如自得夫世之學法律者其師愈多而其文愈深學詞章者其用心於進取愈專而其術愈工此無他法律詞章之學其深淺工拙之分使人易曉而不可得以欺之故也古之聖人以其正心誠意之學納民於軌物猶夫法律詞章之易曉而不可欺夫如是則詖淫利欲之害何自以生騖虛鼓遠〃之弊何從而出哉夫得於人而猶自得也有所意而猶無所

意也故曰使之由之使之知之乃所以使之不知也爲乎古之聖人所以重其道而慎其事者豈不至歟而其用權數於百姓者又豈後世所能及歟

南松山館記

國中之山以松名者二而別之以其方其在建春之外者曰北松其在小貞小公之閒者曰南松癸之夏余自南江移居于山之側遂自號曰南松山人因以顏其館有過之者猶然笑曰子亦知夫山乎艸木蔚焉雲霞瀰焉滑泉白石映帶其左右珍禽善羽飛鳴乎上下若斯者山之所以稱也今茲山也處乎闤闠之內五步而朝十步而市車塵馬跡逕來不絕鍾鳴鼎食之家相望焉

而子顧山云山云予殆不跡之審而惟名之徇歟余曰
否否天下有名虛而跡實者有跡舛而名當者故徒名
失矣而徒跡亦未得也子盍觀夫世人乎南山之南北
山之非麋鹿友木石居而徵書不至則內熱者有之矣
端委於廊廟之上托寄於形骸之外建功立志而不害
爲高人名士者有之矣是可以一槩論歟今茲山也雖
處於闤闠之內而其所以峙焉結焉蜿蜒焉蟠屈焉者
猶失所謂山也其上雖不甚高而可以登臨其中不甚
奥而可以盤桓夫如是則何山去之不可乎余固山人
也時世之念澹而棲斂之志堅其居于茲也亦嘗窮擬
於大隱小隱之間而以自見耳良辰暇日偕里社數三

子携酒登茲山咏蘭亭之詩誦金谷序曠然而懷超然而立旣而矯首盱衡縱觀乎所謂闤闠者則麗洲植泉石也鳴吠猶毛羽也瀲而來穰而往者若草木之緡而人情之變世態之殊彷彿乎雲霞之起滅也夫如是則何名之徒以山而跡之不可以山乎且夫人寄於物爲跡物寄於人以爲名故名跡無定而惟人是眡況茲山也固有山之名而又得余以爲跡乎乃揮手謝客援畢而屬其語作南松山館記

送正使蓉山鄭公赴燕序

癸酉秋朝廷議可使中國者尙書鄭公棠膺首選十月

命假公樞密衛拜表以行既啓期搢紳大夫暨處公之
里巷者相與崇酒載詩餞公于郊昌以還家子亦与焉
或以私問曰公曷貴冑弟子以掌典故參機務則固以
鍊達著稱矣若夫踔萬里之遠騁絶域之表如古之膚
使者亦公之素所能欤子以謂何余曰唯唯士君子提
躬飭行自家而行於國自國而行於天下其能之則一
也舉小而知其大由近而及於遠而已矣吾東諸名家
鄭氏爲冠而公其家嫡也奉祭祀糾宗族責重任大公
自少時處之常綽如也鄭氏崇尚家法嚴恭厚重及公
擢高科登顯仕三十餘年口無擇言身無擇行號爲
如執玉奉盈惟恐失墜使國中之美鄭氏者得公而益

信蓋公之能於家如此今夫天下吾東曰禮義之邦
則一邦之名天下亦猶一家之名國中也公之是役以
名邦之大夫奉君命亦猶以名家之冢嫡承先訓也春
秋時最重使命齊國高晉韓范皆以世卿聘諸侯有能
名其所謂世卿者即吾所謂能於家者也能於家即能
於國能於天下皆由是也今朝廷嚮公甚殷不欲一日
去公而必以是畀之亦惟春秋重使命之意也公以其
所已能者推而行之使天下之美吾東得公而益信云
則其能之孰能上之或曰子洵知言矣然竊覸公於是
役也蹙然若不能顧何哉余曰詩不云乎駪駪征夫每
懷靡及君子之不自能乃其所以逾能也遂次其語以

質於公且以畢於公

人問[illegible]人無善疾人[illegible]言[illegible]人[illegible]其[illegible]

自節少未[illegible]可笑少[illegible]文無[illegible]王言以無少[illegible]今年朱余自[illegible]

從本[illegible]不[illegible]國少臣笑士大夫國

不[illegible]士大夫[illegible]

[illegible]

附茂亭

甯齋集 抄

附樾亭

甯齋集 抄

南遷紀恩集　李甯齋

青坡口占 七絶二首

江干楊柳試霜秋驛路黃花送逐臣老淚即今非曩日不禁沾灑向家人

薄譴南州罪亦榮稻魚蒐美水泉清不須遠說瘴鄉險看取同時過海行 時有南竄六人皆海島

紀恩 五言

小臣夫何慽　王言大如天　一則曰未可 臣疏批曰爾言予未知其可也 二則曰未然 大提李金永壽自引疏批曰言之既未然 三乃命之竄　誨諭猶諄諄 朝家命令未始不斟酌事宜而乃敢持難於叙其在事体道理當如是乎不可無懲爰前護軍李建昌施以遠竄之典 右八月二十三日 傳教 若將赦其罪若或傷其身　聖主雷霆威　蟣虱臣愼重乃如此何況畢告尊不可與不宜 大提李疏曰謂臣昏昧歸於不可不宜之地蓋摘臣原疏中語也 臣誠昧死言

況紀臺能定 約於中路相遇以騎騾爲識路見騎騾者皆非

故人到何〻處〻一路思依〻頻見青騾過青騾皆上非

為有道中約翻添江外楚青騾消息數三日過熊州

錦江秋雁 五七古

大之不如天池鵬扶搖羊角風雲乘小之不如人家燕雁

南遷紀恩集

青坡口占

江干楊柳試霜新驛路黃花笑逐臣老淚即今非舊日不應沾灑向家人

薄譴南州罪亦榮稻魚兼美水泉清不須遠說潼關險看取同時過海行 時有南遷皆海邑

紀恩

小臣夫何憾 王言大如天 一則曰未可 臣疏批曰 爾言予未知其可也二則曰未然 大提學金永壽自引疏批曰言之甚未妥矣 三乃 命之竄 海諭猶諄諄 朝家命令未始不斟酌事宜而乃敢持議於後其在事體道理當如是乎不可無警副護軍李建昌施以遠竄 乙興八月二十三日 傳教 若將疑其罪 若將傷其身 聖主雷霆威 何有蟣蝨臣 慎重乃如此 何況卑告尊 不可與不宜 大提

嘗歸曰歸臣昏城開於不可不
宜之地蓋觸臣原籍中語也 臣誠昧死言

沈氾堂能定約於中路相遇以騎騾爲識路見騎騾者皆

非也至公州悵然有作

故人到何處一路思悠悠頻見青騾過青騾背上非
爲有途中約翻添江外悲青騾消息三斷日過趁州

錦江秋雁

大之不如天池鵬扶搖羊角風雲乘小之不如人家燕雕梁
繡幕呈徊練江北江南道路長年去年來何事忙不呈畏稽
灑不呈䆉稻粱勞苦復勞苦心知不敢傷忽遇當年留處
瓜一般清怨滿瀟湘

黃花亭　湖南初界

黃花亭外對黃花陡性南州路更懸半世光陰多客裏重

陽風雨又天涯繞逕漠漠亭山野已見青青有竹家向晚浮雲

西北合樹身那禁一長嗟 余於丁丑重陽按廣湖右登樓此樓有關山千里一回首風雨重陽空把盞之句翌年復命坐事竄謫隆人謂關山千里語本不襯於於此樓乃詩讖也至隆過重九因有詩云亦知風露皆如夢那意關山又此面風雨每疑佳節至菊花偏為異鄉開此事忽忽今十六七年矣昨日過此樓明日值重九寧向不々讖者於今又合歟循環感慨不能已附書此焉

全州

陰美完山府扶輿遠發祥晚山如戴冀孫秋野似金黃 王跡崇郊禘物華修杳高連井問豊沛南北路何長 咸興全州俱有豐南沛西門

雷溪

寒山漠漠野悠悠真至長年亘不休慙愧漢陽城裏線使人相送到全州

任實途中

[illegible]日[illegible]青[illegible]入[illegible]行四山[illegible]葉雨一[illegible]溪明店[illegible]孤峯

出檣因癖確成險途何敢憚佳處或留情

淳昌至順天界沿海風景甚佳

吳深無恙石川永少鷺瀾晚風紅稻滑疎雨綠筍寒羸痕加餐飯還居當拜官湖南此地好合是一來看

松廣寺

永夜松聲撼客眠龍華臺外月孤懸前生應作江南夢不及舟公兩法年（虛舟為近世名宿去年示寂故其住持本寺也）枯木千年豈復春老僧原自不許人憑君勘取真虛話翠竹黃花總法身（寺外有普照國師手植枯木一株相傳師遺囑云枯木復生我即再來至今六百年木不加枯亦不復生圍以短墻以防人之攀撼云）

入寶城界絕見

稻壠魚梁宛轉通綠芋多在瀼西東村深水帶三分竹秋茂山街一半楓林景初翰詩卷裏羈愁添着畫圖中眼前不乏

林泉勝去向誰家作寓公

借坡集讀東坡八首次韻循便寄家弟

園中何所有脩竹與如蒿堂下有井泉可省便汲勞食罷何所爲
嗒如枯禪逃一日不梳頭飛蓬誰爲膏但恐鏡中人惟悴換鬢毛
時時自激昂抗志雲天高

小吏縣門去老農田野適墻頭小兒女刈竿撲棗栗亦有下山
僧日暮惟行乞而我獨何人坐受此安逸朝夕有兩盂起居有一
室室非我固有食當從何出聊爲丈夫語他時重報女

春來忽多病風疾匪肩背一指遂不伸閉戶受針艾胡復自
撥棄厄與流年會覆我者仁天其餘聽大塊幸此得頑健今
甘投荒外濟濟清溪流盡盡南山蒼雖謂千里遠長時眼中
存年來偶所獨夫豈不嗜膾

借書㘴復借書奏帙積可救既誦河南文復閱龜山語髯公目何
至屬我乾樣舉何獨非我師侑以香一瓣笑倚見人門户相持
在但見東邊日不知西邊雨君看澗溪毛昌邑府崔呂千古看
好入寥蕭昏黄土但恨不見我雖蜀誰道許

少小有奇志一舉蹈八荒中歲頗慕道河伯旋面壑憂患互相乘
頭髮倏已蒼謁〻同時彥衰〻朝既昌進退無彼利何殊羸角羊惟
茲好德願懷哉不可忘

湖南域物華元氣鍾𫓧　英俊亦時有意輕嶺表慙吾者高峯藉
暑天氣霜雪包陰既救百年後人傳此學顧言恨未從搜討窮海嶽
明時議直舉羣儒徵草萊耕種簫及時〻雨會沾灑爲我此方士斗
毛見犇角

京居不如御邑居不如村〻中信樸陋茅盖黄土垣舍下〻畜雞豚〻房

中長子孫但得長官好謀夜無打門兒盃醥濁酒匯々沙理存人生貴
適意一口寧兩飧老裳偶過我爲我仔細論豈惟感我心可以貽後昆
南土不知秋暄暖霜威歲年時栽宜長盛菊爛々黃金錢方今十月交禾
稼猶在田家今郎台州不愁坐無氈少寒憶極昔家有諸弟負書
此遠相慰餘外剛萬千

食鼈戲作

饞僧心願兩裙肥 昔有僧得道而不戒殺常願鼈生四足腿鼈生兩重裙 學子名聞九肋稀 詩話

袁州舉人劉沆江鼈九肋者稱 香霧滿盃初護々嫩霜隨箸已霏々縮頭未避臨門
客動指邦禁染鼎歸 堪笑老坡偏底壞岐亭免皓我全非

次坡詩蒼梧寄潁濱韻呈荷亭

藍關暮雪感孫湘淮水風濤悲子方此皆一去千萬里使人聞之
心碎々我輩亦稱遷謫客何殊小兒眩迷藏平生每恨蠻域陰此來

卯碧道路長況復這君過海去海上山多那可望憧憧之思徒為耳盡
於大易觀悔亡念我者毋豈復敢忘君佩我無或忘從今且閉二鳥
口春風梅聲遲故鄉

芰荷亭

相思何處辨瓊雷橋雨望烟暗不開想是一綠清芙好凌波羅襪訪君間

東荷亭

涉江雖異採芙蓉海隔西南重復重金甲津邊人獨去碧波亭
外鴈雖逢出谷自合酬山鬼宴坐唯應出洞龍每到相思無寄
處案頭塵坼舊封書
寶城那有寶珠真定無珠寶重重珠重相思空費神

黃花

但道黃花落黃花落復濃怕人愁殺莫故故發秋冬

題畫蘭 主人姪子林𣗳村号玉田頻學六法書并贈之

玉露娟娟碎化霜 江潭悱惻念羣芳 畫師不是無心者 會寫靈均九畹香

想見逢逢去魯心 猗蘭千載感何深 美人香草關情性 不信風騷有古今

用筆無多古紙寬 一花一葉補還難 空諸有處皆禪境 陣陣香風滿鼻端

雨打風披只數莖 莖莖玉立最關情 縱然放作欹斜勢 難道幽芳不是貞

病思羇愁於未闌 夜深風露獨徘徊 平生零落同心少 遂臭何妨海上來

此派南宗具莫箋 自將性格要人看 不須更問誰家法 似此堪目以蘭

秋老風流老更顛 海天一笠記登仙 殘香剩墨堪怊悵 交臂人間四千年

此下題金秋史侍郎畫蘭帖 帖上有一小像 自題云海天一笠閒為似元祐罪人 又題蘭曰 飄飄欲羽化登仙

過眼雲烟意也銷 琉璃厰外是中朝 可憐粉墹程紅紙 記取當年鄭板橋

金秋史畫蘭 說以鄭板橋為[illegible]

南海僧秉演自天乘菴來訪能詩解書〻以贈之且寄菴中諸上人

秋冬之際氣難慷蓬藋疑盆一笑開海上初逢太顛語山中誰道子瞻來天涯佩玦憐吾病法求幢竿賴爾才寄語南菴諸老宿他時要踏石頭迴

秉演復與順天僧擎雲元奇來時興陽吏朴寅淳亦能詩同拈坡韻

天涯流落已經時囘府盈觴病所詩偶然真成蓮社集那能長負菊花枝燈前十載曾諳面石上三生舊熟期將嘯流雲追明月歸向西畔下蓬

贈朴寅淳 頃年余在花林子舍最昏之暇與諸小吏賦詩為娛且為評定其高下一日得詩甚佳疑非花林吏所作詰之乃興陽吏朴寅淳因事謫來者也余為召見而亟賞之寅淳尋赦去此已十一年矣今聞余南遷攜酒與魚踰嶠遠訪人益老而詩益可喜也念余自花林以後重罹哀獨僅而不死不能固守舊廬復起從政終妄獲譴流於江海尚有歸日耶比生何可復得此花林時哉因話到花林事悵觸萬端寅淳亦未忘此懷也況此旁人哉臨行延前宵韻贈別仍叙余懷如此

望美軒中此一時花林洞裏舊題詩雪鴻何處曾留爪風木年來
不定枝鮭菜癡動歸遠饒海山追還黯前期縱然未可留連久
秣馬明朝且小遲

因話楞嚴富樓那義戲同肇雲

疑雲未決已多時且置塵喧且置詩明中本妄非花翳悟後仍修
定瞬枝了達何煩求證業真空那有厄緣期請公直下分明道
電裏穿針擬議遲

三起三點燈

今夜三起三點燈燈前顧燭對蠨蛸枕邊一霎淙淙雨雪到摩挲定幾層

有人來訪近處諸人詩多不契至兩行楊柳一灣沙柏袖亭亭野
菊花余為擊節知其為黃雲鄉也
不真猶堪識盡去林將老眼眩金沙故知江夏黃童語柏袖亭亭野菊花

即事

天風吹雪不到地々溼蘼蕪長綠膩勁篁貞菊何殊雜草自是老翁目嫵媚

百萬鴻鴈皆南徂何由得見北來書我正酒渴喫甘子家中今日思何如

讀蘇黃詩

子瞻作俚語爽々天仙氣魯直為艷句死々枯禪味子瞻無不可濁涇

混清渭魯直毗空方知希真我責子瞻尚可慕魯直不可畏俱枯

一瓣香千載遙相懸天太趙宋世何太不惜費

同宋南一明會李荊玉秉律拈披韻

南國英々兩少年明珠拾得韓江邊早將賈事開田地（南一有意於宋四子書）

別有靈心入洞天（荊玉詩）有才思同社結緣隨此始是時論價定誰先相看

偶初修身夜月不出高更惰坐

光陽崔雲阜炳勛携酒見訪聞其家居有深山之勝且誦黃

雲皐舊韵留別次贈

聞道幽居趣味長脩篁千樹抵研桑雲山送色連壺首（白雲山與方壺對峙）溪水分流入帶方（帶方南原古號溪水之名）秋雨延畦行採菜春寒路石坐傳觴寧城大筆風流遠留取兒孫翰墨香（雲皐嘗爲太史寧城公孫爾）猶塵京洛鬢　長鋏硯何時日出桑莫味固緣同近局（雲皐旅遊二黃宅）蹉看頹倒在他方奩妝玉手留囊孫袖裏金錢泛十觴歲暮客鄉悲思更切憶君歸去報黃香

同李元菴晦會宋德采憲會朴訥菴其彝南一菊玉譜人拈坡韵

十月南方氣似秋洌江西已趁行舟蘇爲遠客輕千里多識高人隘一州桂棹蘭檣時悵望荷衣蕙佩且淹留縱然漂泊　君恩重善地高常得勝遊

身如鴻雁已經秋心似烟波未係舟山郭年深微有棟海門天遠

更無卯行延綠竹題詩滿手擘黃橙勸客留晴雪隔溪梅破萼

君擬作近游

自題梧坡韻

旅懷無際日相侵四壁書圖一榻深佳句終然難弃擲古經
隨處好參尋松風正沸茶出雪海日初暾橘似金客去臺空時
宴坐自煙氣味近叢林

南原崔戚春九與其諸族人見訪梧坡韻

草浦橋邊楓葉飛記曾相見便相違雲山百疊終來遠歲石
重逢可當歸夢裏歡情惡易感醉中狂態莫相非勸文齋與
山靈語勤向碑陰洗石衣 君族祖退窩公碑余所撰而曾暴室書之聞已上石

次前韻呈韓素石太守二首

民吏相安歲有秋使君雅閑冷於舟衰年定計惟三逕聖代酬恩

且一州每愧芳樽頻見餉翻　齋子也容留藍輿於杖仍乘輿
不是山公愛出遊
瑤島朴生源大從荷亭學來致荷亭書年甚可感也臨別贈之次前韻
嘹唳霜鴻送九秋邦知人渡碧波舟山陽偶似逢區冊天上何曾
隔惠州說苦語多同不厭報歸心急正難留他年洛社揩青眼
硯北香南許共遊
宗友青阜遣其子亮秀美中來學甚佳披翁示之仍寄青阜
不通名字意先殊誰遣瓊枝入座隅年少較華聞已熟故人眉目
對堪圖身如老馬空知道情似游魚未忘湖休爵詭盃聊共賀
寄觀作瀝胥生兒如此百憂無
夜聽美中誦瑞高　狂讀書有感書示
一盞寒燈半龕餘追夜無眠聽古書旅舍未曾悲臘鳥講堂

翻欲賀鰣魚江河日下遺經遠艸木烟深舊学蹤剛為女娘画眉黛

自家蓬髮幾時梳

次保卿寄示韵却寄

木蓮花下舊園廬記取牽衣掩淚初憶蓮初時事十六年來俱老大別

離心事較何如黃花白雪淹時候碧海青山繞起居終是弟兄

非一体猶書頻寄在家余

夜々松風吼樂廬篝燈炊火對眠初情於切處書難盡想到真

時畫不如寡々而彭城衆舊恭之煇烟浪泊阻卿居安心定是安身法

遙祝平安但似余

不甘盡々守御廬湖海青英敗眼初杜亮猶能随韻士文君疚悔

緣相如已知鵬鷃俱齊物只是鳥駒未卜居歲暮梅花消息斷

天涯渺々欲維余

又寄諸弟

卯巷兄不苦寒初未信家居勝遠遊吸菜如今誰做事今年菜饉催租

從古易妨詩（來書云近為索債者所苦）惠連才調皆吾季泥氏家風定孰兒千

里相思無別語延豐書札共携持（先忠貞公諱延豐時有寄子姪書勉以兄弟一体之意）

順天大乘菴僧惠勤號藥月又號茶居博涉三教尤有詩癖

佳處不減齊己貫休訪余三宿得詩三十首第一詩外皆拈坡韻

竹裏初鶯午睡慵翻翻環錫下西峯猿攫欲過林間鶴擁重衣纏

鉢底龍妙語真堪洗筆笛鈍根那可鬪機鋒他時閏集看題品疏

筍從來淡勝濃

香爐峯頂白雲環餐术茹芝有好顏披墨伽梨來海上現優曇雲

鉢在人間情吾未捨多生綺較爾先輸一味閒頤借雲天龍求句

便令閒閒生高山

我亦曾年學道人多生緣業在紅塵此時未杜毘耶口龐士聊棲
舜若身留白鬢歡惟忘彷素華隨飽不妨貧涇陽也解靈雲意
好待桃花爛漫春
夢殘香燈亂哦舞衾涯陽曉雲棲海鶴寒月動林鳥語間
心明眼才豐惜少鬢古來風雅盛方外亦相扶
在昔饒齋志如今作老夫遠遊隨汲梗宜吐信枯棲護蔭三
莫顧嵯峨五岳圖只如橫浦子麼擱印蹇趺
覽子相貽發吾身不慨然本非枯槁士無補聖明年豈服喧
都市同肥載隔船榜燈寒小夢猶似對金蓮
云何是詩境豎指問天龍隔岸殘懸角心尋鹿蔴茸曙星時
入海寒日已登峯忽似聞鐘唄清晨禮梵宮
夏籠如吾老容皺骨轉清不為三昧縛獨保五言城南戎行初

逼西江吸盡平才高誰受屈久已伏無明

都來三日作詩莫一篇餘惠遠能同飲淵明不自書燈陰山

影落寒雨竹聲疎惟將枯禪客執筆歲晏余

錯莫江南夢愁來歎一年雪再閒自係風雁少相連觧帶圍

松竹携瓢汲井泉白隨緇管後無信杲師賢

孫竹黃橙地泉甘燈燁未深久留譜土話要處愧人心短晷垂

天影高風淺海音和詩無喫　明日定如今

詩興酣何似喻麋牧牛濃石頭斜出筆雲外側成峰眞急人

爭攫堆高壓不容老坡留硬韵千載一僧逢

雪晴山擁郭烟暗竹遮門偶見山中惠因知石上源蘭香終莫

襲蓮淨本無煩宴坐心平等緘書寄故園

曹溪有一味頓悟迴光登山下不要十方爲無盡登蒲團明者

歷峽雨各成氷文字情緣在筋心手裏藤

問如何是意西來一樹分芳五葉栽直到于今無可說靈山流水又開花

不獨非情鳥唱啟雲飛鳥過已多時教人那得尋思去卜度商量已是違

古德看無字滿園十二時如今知此若句短竟見逾違

善是讓先除妄從無始時熾然成世界佛出一何遲（破善惡無真之案已下三破皆因茶磨話而發之）

月與雲殊体長民各一時若來意外覺轉眼覺起遲（破心月起雲之案）

鉗勒雖防齧揚鞭自有時但能調馬性不用設甚遲（破鉗勒鈍遲之案）

先陽許卯橋奎順天君同堂鍾均黃梅泉則詩社中人也賀詩來荅但

看陳載喜甚同枯坡韵（蓮雲卿此中号梅泉）

天涯何必恨淹遲结客多從歲暮時一鼓雪霜寒梅春欲動滿西脩

怡月初垂眼前妙悟無諸境手裏芳馨有所思相是江西詩社

好戲洋一曲聲牙期

辛苦初田曳杖行徒篋聊復暢幽情鵲巢露壓盤空樹人亦參
差負古城誦舍每聽賓客聚癖鄉全賴井泉清連宵明月因無
寐閑看林風送雨聲
一墮南州瘴海間幾回青瑣點朝班村童挾冊時相問老僕思家
遠已還遲遲夜眠稀入夢靜時愁劇倒回顏十年再閱湛翁易
古義追追未可攀
所殊甘苦辰徐間彊墨千秋一曾班雅道陵夷吾輩在江湖歷落
幾人還香梢馥馥復沾吻華月娟娟亦照顏布襪青鞋從此始
名山何處不堪攀
石耳吟次林匡隱湧主韵效其体
白木長鑱劚黃精硐阿窮死松少生家居豈能食箪落老為遠謫真嗷名
[illegible]

調糅宜餌瀹宜湯絲雲玄雪浮清香傾筐穀穀徵有（見之硬澀參雜荷）
乃知物性有如此粟鴨稻雞徒軟美朝因敬者捫腹卧頸流上頂吾腹裏
故人縱有荷深情石丈能無嗔荊棘況聞辨命頭突襲（一邸性命頭室採采詩句）
何不便學神仙成（名）丹砂鍾乳雜青室環漿水一醉千年醒始無所聞
並不聞石上之耳安足聽

謝荷亭送女貞實次韻贈王仲素韵

五百秦女兒入海逐波泥海枯復為田靈性猶不迷（州土人相傳女貞實為徐市）
所遺亦人真仙采金砂不用齋廚盡冬青枝實落荒山畦誼如種
乾鼠屎（狀似鼠屎）使人氣如霓霞者及奔馬老夫思易妻屋驅昧
春生遠愧莊與嵇吾兄材且健爵命畧相齊誦含寄遠既苞
匭隨赫蹄叮嚀囑勸服咸欲為復走重以陸地蓮不煩華山
榜（法用稱甚旱蓮汁浸酒九蒸）太乙浸沆瀣正字邪自擠但愧彩學生高滯

誰望今年苟能病來艾猶腰悔啞賸湖海足唱酬歲晏風雪淒
老大誰爲情外家記栗梨

讀荷亭詩札走筆題寄

官職長低春屬單較僧身世不多歡如何更墮衡湘去苦羨
山中老嫡殘 投荒萬死年將暮羨煞山中老沈立朱詩句

席翁縱橫衲子稀霧中山日黯無輝只應五祖心猶在不向牛
頭寫佛歸 荷亭遊玟溪寺畏帰不待宿昌雨而帰

海內風流日杳冥入間德素尚縱橫情才覓屬吾儕事任是無
緣也有情 琢昌詩小癡以西名國中今年遊伍荷亭有詩悼之

曾公帖裏蔡明遠子美詩中黃四娘畢美人家好男婦倒巫不見醉
是良方 荷亭寄海南果金由熙送酒詩又和余崔歸餉酒詩

梅新永柳殘名在府驛荒村說玉州謫宦鄉知田舍好假饒多馬

不如牛犢鎮當年置玉州永梅遁驛到江頭而今興牧荒涼甚
十室村中只牧牛〻右亭汊溪道中詩

不逢一士獨遊時枉嚇深山老古錐落得吾與乙子笑雪松〻雪
謾何爲 右亭贈雪松禪偈有昔聞 吾與老妻寶徒有吾句

葛粉輕盈鼠尿乾 右亭方餉葛粉 餉余女真宗 不留靈藥不曾慳何由便學
飛仙術海上山中日往還

龍女献珠三寶喜麻姑試爪百憂亡 右謝和崔婦 餉酒作句 不知黄九窮緣
底窮苦風流合擅場

蟲魚細鎖注綺羅牛渚燃犀未足多盈笑韓公不識字南烹初食只諳蜆

諸人咏木枕聯句戲題其後

遠道相隨伴布衾禁床猶記倒華簪四方語合爲時用一床長
存向上心轉處思鄉必得路相來題句是知音回看絳幕多英
俊便腹邊韶愧不禁

次安春亭鍾鶴贈美中韵賭春亭本坡韵

聚首促膝椽筆棣開口瀉心餠注龍自我來茲得君賢不移放

府天脫鞋嗜痂逐臭君性癖木癭石筆吾病癖學道學文

本無形提搦不住如流永德義風節仰瞻詢春亭先祖牛山文康公牛溪高曾以風節名世

茲邦本以君家重但將奇志勗孟晉豈莫對流光悼虛送兩金

外物先分别性之定者無靜動不然闌置然廢牛背樵笛聞堪羨

同美中荊玉作拈坡韵時南一歸家

萬木春春梅欲香一年促促意何長諸君豈爲問奇字老我徒

思集驗方雪落函前聞更寐詩成被裏起遲意遠憐郢市

高歌者正復令宵憶此堂

士儀次西蘭韵詠梅寄意愛賞之餘復次以示仍要乃翁一

臺章兆作和

老幹雖披倒挂霜柔枝低亞逗春芳休將皮骨分妍醜内裏氤氳一種香
但加他時鉄石心滿耳未害龍情深梅花但似芙蓉好俗多風容映古今
萬樹香田拓地覽一腔春雪賞音難要爲衆患清和意不足鄉人世異端
暖閣重吞護寸莖虐霜踈瘦見真情漢南枯樹原憔悴自是黄門不是貞
日日聰明特早開老年心事獨排細江梅本擲今如許盡把瓊芳贈後來
牙旂江湖歲歲寒眼明詩札寄相看應憐正則無情思不種梅花只種蘭

復次湘字韻壽以蘅亭

五老峯筆硯三湘見詩使帝難爲方府並戮歎自屈迓旋面向若徒
茫茫帝臺皇居非常空清風明月無盡藏直遣九幽沉淪極直遣飄零九幽
隨也綫蒲酒作天游蘅亭句 其如萬丈光燄長寥寥天壤解人少長庚太白遥相望
豈無下士與中士聞之或笑聞或忘朧犹心開印佛性頭巾氣重真天
荒莊周自與惠施讀剌之悲之無乃鄉

遠者瓊儋近澧湘何處南之客何多旁因一流年各本命希究倚仗藏香
范始宦言事觸禁不諱足以非罪僕名山藏試官掄才畏嫌謗得失相補無
短長貪夫徇財本天性小懲大戒猶相望笑君云何鳳皆是（鳳皆是羊可亡蘇集詩中語）
如我初無羊可亡颶風浩々捲溟渤雪雲茫々垂大荒寡生常恐不如
我々居停美衣飯鄉
蘇詩善本收與湘（范注蘇詩宋板仲弟子湘校本）何意流落見猶方和陶者蘇和蘇我
於誰和我思范々道學先生太極說清淨猶子如來莊有來和我無不應
何須較短與量長心經千念笑鸚鵡仙字三食羞脈望三教起淨竟底
事楚囚未得凡非亡頸愛蘇公得此是吾眷年不悔投南荒聊借公是臘
句九蕭並放為第箴鄉
拏自皇英從南湘君子于役多四方回文織錦連環字傳雅恨別何迷范
兄有老嫂歸寧久破屋窺盜無人莊旁有賊喜守空邸寒衾惻々各

夜長玉房絃澀鳳皇悲銀漢橋斷牛女望殊々未免有情膺燈殘月遠頭

死亡峽州丈夫夔州女伏貌猴猩同傍荒可憐駒々相抱宿百年老與

溫柔鄉

濁者非淫清者湘靡自舒縮更非方本色唇長與童老也作是合々雅

幻苑馬性行地不暫係身体浮水雖能雁我姑乘之聽汝去々日雖多

來日長眼前今夕且歡讀書中古人空悵望柳舒梅放百昌鶯雪酒

氷釋春超々春風真見天地泰不我遐遺餘色荒二千長瓶一個盡

新年布利同醉鄉 歲抄得酒二十餘瓶

偶題

貫珠山外古城斜亭子村西 野家惆悵濃烟殘照裏老青楂樹送年華

遠村孤燈

溪西村壁點燈微壓木空懸辭四圍烟々不隨山月落搖々如出水螢

飛雪初隨金皆成蕩々春明朝可披衣望遠恨無千里目故園何處

照紫扉

孤燈真似野人微想見妻兒聚故園籬外蕭々聞犬吠四間歷々見

蟲飛須防蜀燈翻燒簀應怕添油易流夜銀燭無清消息報燈光

聊復借前韻

尹泰卿重訪聞閒失儷

湖南風氣日漸新下筆縱々六藝塵有友不堪千古遠亡妻自覺

半生憂濛々竹樹山中雪積々漁香江上春鬢愧往來緣底事隔

年看我未歸人

美中來同泰卿作

春到江南亦不違開櫺兒似去年時冰開水藻紛相映日靜空雲

瀬欲垂殘道孤居能自遣即看暫別費相思芒鞋踏破長堤若

此意終當與古期

贈李士吉

看君意氣在人先 鐵屑霏霏思湧泉 少壯幾時惟努力 古來此事不關天 春林雨過催花使 夜痛燈含寂照禪 儘有凌雲詞賦好 未妨山澤禮癯仙

次諸生韵

疎林漠漠淡烟橫 每到黃昏意不平 病與羈愁如有約 老爲經學恐無成 市橋人遠尨猶吠 野水春寒犢未耕 故里漁樵終可憶 何當揮手謝諸生

剪剪輕風掠素襟 娟娟瘦月度墻陰 窮春小市魚腥入 久卧虛堂菜氣深 披郡聯綿荊楚色 一宵揚扢漢唐心 古來南北精英在 要轉丹砂直到金

何須高擧學餐霞莫為虛名問飯沙案事但在牢看力好人多
是不雅家夜來然痛堪愁月春到盆池足灌花仰我龍鍾那有羨
莫年須惜鬢如鶴
鳥雲林雨各歸山談月盈庭未閉掩關久客風光新舊除薄寒春意
有無間宮樓賜酺人同醉海岸催耕事未聞豈敢便言歸去早
且將歸意一開顏

初春雜題

濛濛似雨還非雨漠漠疑烟不是烟苦道雲山遮世望南來原自少晴天
東風吹雨夜添池鳥喚窗前睡起遲莫倚晴暄減裘袷薄寒終是未花時
正月依然二月天溪西楊柳已堪眠經年但見冬青樹春樹青青逾可憐
終朝無語坐南榮細數庭階新草生記得杏山老人語暄和時節病心情
又[illegible]牧園移母去卧看風葉滿窗交

庭心仰出一泓泉雁脚斜侵五斗田澗物雖能收效易只從庭畔到雁邊

出寓灘水亭次韻示諸人

亭子村前亭子民趙根田去又吞新五年文字先留北千里湖山稱主恩出郭依依經歲月憑欄渺渺異鄉情今宵倘慰孤臣望野廻天長共斗橫

豈不情歸久未成病餘聊復作閒行誰人作記來時面沙鳥新參宿處盟春淺花枝先有態夜深溪水獨何情伊來也識安心好只識樽前逸氣橫

陂塘溝澮似天成一道清泉百道行不讀農書明水利能辭官職歸山盟躬勤無致傭無力懸厚翻令客寡情緣我歸岸應有夢雁邊休撤小橋橫 贈灘水翁

衣冠稠會笑談成未覺天涯在遠行經歲竄鹽憐客味 謂美中諸人

異鄉花樹感宗盟（公州族人某來訪）身霑剩覓年年跡德少難酬處處情
流却亭川好村舍通宵文墨亂縱橫
君家知易復忘難一路沙明竹樹寒水碓舂秔連小約木筒灌畓
倚田欄却悔經年今始到還疑何處舊曾看亭川也識山陽地
為底羇棲得暫寬
旧來裁袷補宜難正晝直暄多落暮寒寒病裏丈夫貪向暖春來心事
怕逢楓飛泉瀧瀧坐幽聽淺霜濛濛入遠遊看寄羨淺還答看家
世間還是釣船寬
逃墨搜麻寫并題淡青濃綠露葉寒芊芊菁菁漁艇竹樹渾渾
護呆欄峽水遠來洲鷺聽旅人閒步野翁看更憐曉霜遮前嶺
拓張空虛萬里寬
為農雖好亦艱難好老生涯未甚寒沙外魚梁連蟹甲竹間雞

楓帶斗楓買山券入羣邪避（□□多鬼自拔翁來而妖遊絶）灘水碑成過客看（□家灘水興利郡中人為之立碑）月下荷鋤歸便宿何須經界似兒寬

觀林翁所築灌水堰次諸人

綠溪十里遠相引曉氣幽幽晝正陰高樹灘流陂勢壯細穿岩竇磴痕深豈惟耕汲同資水合遣禽魚盡性林萬卷藏書無所補此來重愧老農心

一紙書來照面光孤臣感舊昔未曾望歸心已似登前道別緒猶然在吾鄉授館主人真意厚及門年少總才良何由攜手同時去西望吾廬說此堂

可知吾道未全窮盼望多時總不虛聖代絲綸方雨露故人襟袖正春風（李海鶴沂有約久矣適以是日來）訊題訪句從歡墨趣喚花枝發小紅不記經年為客苦是時佳夢在南中

東風吹雨試花新小閣明燈對客賓圍叙不知千里遠檢詩堪愧
一年負事殊雖合均如是天涯寒暄聊作春 正喜與君依 意
未應全喜是情真

喜雨

灑在寒露賦在塵一日無多五日頻已識無般能潤物却看有
意欲留人怒芽瑤瑤泥難往吉吉竹嬈嬌滴未均寄謝江南蘅杜
語相思千里好為春

走筆贈李伯曾海鶴字小東黃雲卿

十二年前曾見君一見已知君善文詩史論 二三策照清樓切空自衣雲
是時寒守正多故朝廷急士士如雨謂言見君中書堂布衣落筆動人主
豈知漂泊尚如今面貌唯覺皺痕深母老家貧失靜生旅多歸少長苦心
子美衛尉諸侯客元亮從買南村宅白雲山色一時高瘦梅梅泉（雲卿號） 老鶴

真相敲更聞山中去讀書世間此樂應無比嗟此樂應無比坐得與

之氏三笑黄匈蘿月對相炤（聞海鶴將與梅泉諸友社讀書白雲山中）

松廣寺

讒本嶔山寄者萬事不問人間雖則爲人後王春良獨厚無極長有

特以此期不負兒齊時見相磨琢竟慈母朝廷感莫訴四十已老

醜貴踣日軒軒雜情我亦久本末與長短知我惟我　右百誦亦何

篤和直終見取臣有曾重頤　右有曾重壽誦居無甚悲肯歸無

甚去亦餘生長如客百慮淡如水适然入山寺明日過親居即令歸得

早不可親將飛丁香木蓮畔竹露荷風裏返門一笑面已矣長已

矣徒慕之推隱莫悔身卑自任佛說恩重經昔為人子就中憶念

恩吾生无禍衰衰之身無報愧為名教士

昨聞鳳川去今過牛山陽怖歸山豈不函我馬不能驅蕭蕭賓朋列蹕

醒媚學徒能主及執役小子隨丈夫百里遠從 此意良誰孫無有
南榮笑何與多人俱鳥獸不可羣斯人宜與吾

聞滬報

天網恢恢信有靈長鯨初殪海關腥千年貸息益神怒萬里行
尸就國刑恨未當時罵孫翳雖能完事識寧舊朝廷與汝真何
負百代千秋識汗青

同福赤壁聖美亭戲題

俯看千丈飄巖從不信黃州可作憑拔地倚天無寸土美晴含雨
有橫江何人識撒懸厓手過客時聞空步跫 壁中皆空洞過者足音跫聲歷歷相響甚奇
聖美余懷來復重自翻新曲補前腔
雲屏重疊啓藏縫聖美亭前頫碧瀰手障全輸初日色一江長
似曉霞時苔深定是仙題字松老惟存鶴踏枝須信高標非絶

傍遊人嘆笑嘗相隨

過蘆沙奇公故宅與其胄孫松沙寢郎守蕃唔言

納涼巷裏傾懷久（奇公有納涼松亭）瀼對軒中萬曙新 四面高山堪起敬 一區疎竹不蔽貧 精心造道無前輩 樸學承家有後人 歎息而今邦易覩 反歸應復話津津

鄭雲盧鳳鉉道中送別戲云自公來此吾門庭甚冷落雲盧謂學人者此語誠爲之破顔書此奉示

書帶門庭可雀羅 先生弟子近如何 蘭陵勸學渾無賴 半向江潭習九歌

千竿碧玉付園丁 一隊青襟歸本師 細笑未曾虧子利 少年添齒竹添枝（余自貝州行時題詩于倍竹軒自署曰還竹今亦準此例還爲于雲盧）

自從流落漂清曜 擬看深衣學大儒 一匝荊村婆娑輕落 調調風骨

是京都時朴店舍中聞梅沙宅方行講會余謂青皐曰吾欲觀之青皐曰不必
避之余曰子謂我不會講學耶會有村婆在傍目余而笑曰研〻哉京
華態也青皐大笑曰誠聞此言要有研〻
京華態而能講學哉余爲之甚慙

荷亭寄青皐詩有聞君賢嗣師吾友之語青皐來余代擬走筆應之

且都春風淚〻　客星冊姻殫倍思君天涯未得寬飛鴉海上何來
一朵雲自笑山居甘寂寞也隨人事雜悲歡癡兒孫〻何堪數且
壽能〻知巫買文

俛仰亭　在潭陽宋判書純故居宋公有重名年九十退居此常出遊
朴思菴鄭松江李青蓮林白湖四公爲攙其輿　正廟時湖
南道科以攙輿俛仰亭命題

宋公名德使人思鄉国風流盛一時亭子依然江上在轎夫出曳
世間奇山光渺〻水千折野影漫〻天四垂俛仰無語一惆悵今誰
攙我〻攙誰

松江亭

兒時愛唱關東曲猶記江湖卧竹林今日松江亭下過江光竹色悵人心

直置丈車輿氣節因朝無非好風流至今想見園中卧滿面飛花不裹頭

轎中睡覺聞到湖西界

晚天花氣使人憨轎裏溫暾欲卸衫輕換歸翁訪兩字睡中不覺過湳

恩津道中

十年遊路易淒迷況復如生感旧悕一路心情如夢裏石陽（石城古號石陽）山色彩雲西（恩津古號彩雲）

北行吟卷（當在南遷紀恩集上）

將赴關北留題開運寺

此生非欲老漁蓑用舍違才可奈何懶性無堪饕事久慈心偏足嚇人多悲如春蘭添刺縛路似稷耶認旧磨（因念戡湖之役故云）一夕偷閒羞有味禪房明月照吟蛾

輶車重　洛陽輪振觸無端上十春可是桑蓬酬宿志多應驛馬

值元辰夜箱菓累憑置爵酒榼[illegible]戴荷故人九折坂前　下淚

王尊今日但為臣

過西溪

鳩鼠紛紛互啄餐鳳皇飢死為琅玕不堪重問西溪路水落尖滿地寒

梁文驛　在永平董山李相國旧居

旧時曾讀董山句親到梁文驛裏來疊嶺浮雲微有雪明沙

流水併無苔黃壚已自成陳　趙小荷墓在永平　孫野何由得暫陪　奉恢約山

金相公經過頻從郵吏問古今存沒意徘徊

金城

縣齋寥寥似僧龕盆怪石匽戢二十三本擬受人祝菊拜經將龕

菊句前參　縣令不在庭 [illegible]

楊柳邊邊繞水邊枝枝搖曳向春天行人未有閑情事為是金城也可憐

淮陽

炎行風物轉蕭條未信東州勝隱饒茅屋半將青石蓋畬田

長抱白雲　林間處穿仍通路漲落魚梁替作橋憶到四時香稻

句頌執(他)炬又擔轎

炎店生涯極可憐買醪買飯不多錢黃昏又作行人導執炬前程

渡天川 路從荷坊出小荷 一畧四時香稻

細把鄭箴細論量東中偏是少風光好山都入金剛去那有空閒

在路傍

蒼影蕭蕭入遠林螺鼓擊擊動春禽不須候吏探程遠早有奔

泉報炎深鐵嶺 未至

安邊

振策褰帷意氣粗北來風物似南天軟莎官道無山石綠柳人家有水田草昧千年王氣壯花明三月客心妍嶺頭嶺底層層雪摠入龍池漾碧漣

見杏花

瀲瀲腥紅鬧晚天今年初見在安邊不知久客春將暮却許花開此地先

德源梧月亭懷二堂御史

鐵嶺行人有所思錦江歸客定何時招來梧月亭中見君我元來不暫雅 亭為二堂所作記則余文 二堂有詩板與記同揭

亭子初成作記曾去年那意得來憑簷歌茅檐看過好認是貪官不敢登

枚日春寒不下帷非關夾路有花枝南川檐直元山港愛看村村田使碑

綺香勝墨未全銷文彩風流映綺寮想見當年押舊使千帆明月宦途條 千帆明月二堂元山署中揭板詩語

王樂觀二首 咸興初境

恰似中州道上行滹河西北望燕京漫天白霧黃埃裏五色蒼龍瑞靄生

浮橋三百架特々馬歸風路迴江表綠樓高海日紅馳驅來々病

裏鼓祿入愁中且罷且明朝事臨風一盞皆

寄錦濵

十日咸山館停車奏瓛時學琺慚事物心輒見因悲夜燭頻停

筆素花不入詩故人應待我那得一携持

月明步出萬歲橋登樂民樓

盡々興王地映々表海邦山平皆在地橋大欲無江帶月行侵鑰

咍風生柘囿何當無事飲隨意倒千缸

恭祀 聖蹟

金盔鐵箭起邊荒鳳闕龍興返故鄉天下英雄誰得似璿中字第

最難忘國臺日出江山麗怪霞風來卉樹香原隰周咨多興感微

臣況復勞〻瘡痍

東民樓留別諸人

兒時艶聽說咸山及到咸山事〻難豈但時移風俗據自恐年大

興情難(閒)封固 蓬方通路東往歸裝且倚欄樓下長橋〻下水可

能勝似夢中看

夏雲

隨望殘粧故意慵喜雲爭比夏雲濃逢人若問淵明語但道巫山第幾峯

彩筆工猶晉体楷新訪雌雄迺能嬌他時閨集論題品萬歲橋西萬里橋

一色紗籠夜〻燃可能無意戀風流只緣到處多荊棘纔近花枝意便羞

永興

桃花楊柳暑汀洲水氣魚香滿地流多謝正逢烟雨景詎興江上看仍再

龍興江水映朱旗鼓角春聲夾道喧好是梨花明月會心齋王似蘭

鄉知府尹泰石侍郎
方伯徐心齋尚書

用心吾豈羨西人治獄終疑近著仁不々義公居方面者々義公專

欲治斯民 寄心齋

道中聞解官志喜

民閥絶得幹當由漢署仍聞替代來我比溫舒真情々解官今日始心開

元山望海

滄海東臨萬里遙霧愁於此恨堪銷天光似與春相合來面

如槃湛不捲恨未淹留看出日終難窮究解無潮三韓一幅經

行過會有出人賦反招

書菊癡詩黃柴傲

為愛古人賦去騷霏々風露滿江南不須別棟高枝去如此榆林隱不愁

將赴海州友竹數高石巖聽蓬會于萬南宅有詩餞行依韻留別

故人圍外有將維時芳茶丹岡 基縈写盈皆送餞逢萬事不如鄉里好一樽非復少年時孤舟浩渺長風外遠夢榆楊缺月知重愧水邊林下處頻將塵跡滌清思

自茅島遇順風一日抵海州

大島如象馬小島如鳧鴻指顧忽相失已復西為東無縫帝青幕上下空復空孤舟安所托但覗旗脚風只要風趕我切忌我鄉風雖有旨無力不能謀天功昨日茅洲宿枕驚波濤洶雞鳴舟子起寂若耳 聽風從東南來吹我何 是日潮又盛直豐西海通碧意延平道覽係文津桐碧城正出畫夕陽山半紅舟子前致辭此福歸我公我生亦有命何須今始 悵悵無人會搔首倚疑逢匠乎

睡鴨山南龍媒西（睡鴨龍媒皆山名）大小延平高復低海天萬里青一色便風
直路無燕齊達川將軍真勇者手持一鈎睨天下雖疎事敗脫身
亡猶能使船如使馬潟俟海若感其義將米養魚為相餽（世稱林將軍慶業航海入南朝始獲石首魚于延平今漁人祠祀甚愛）將軍一去二百年無魚至今留此地鱗光
出水金的爍箇々首中俱有石真不可論黃晃更美鯢鰌雖大
孫難敵家々子孫享祖先邑々守峯遺親戚可憐人情遂腥腐
遂令此魚名滿國五兩高帆舸岸翩張網勢若雲垂天有物驅
魚々不覺淒風驟並輕雷闐舉網百夫齊呼那拾魚如芥積如
沙前重人々歛西鼓召鼓齊鬧高者還家々中少婦喜無驚手
攬雲鬟出門迎海風鬢亂面腥逆鼻抱郎但道郎復媚

芙蓉堂

高生出遊還道我芙蓉堂芙蓉雖未花荷葉滿池擁直置花

與業佳麗故誰忘清池三百畝高閣水中央濤流漾碧漣人行自
有光左右垂楊柳金鄉千頸強山岸有乘論者望之似　鄉何幸
太平時刺史風流長堂前粛綠竹池底照籽粒我聞默不言惻惻
心内傷昔在龍蛇歲宗國勢阽亡此堂任璽輿身官猶我強
（宣祖癸巳自龍灣還蹕御吳翥書即今天光閣）灣灣羣輔感羈靮以從　王太平不敢
羨所羨在蒼黃

季弟終祥日在海州正覺寺次東坡鄭州別子由韻以志哀

海上首陽山嵂峞秋蓬一夜散悲風吞殘家十日無多遠別吊
三年來冥漠在尔在家何須問此形已久殊存沒追想家人羅
酒饌繳膺時倚西峯月我獨久泣一聲哭念汝魂來否舍惻
人世與我何所惡汝家未歸長忽忽兩手不備体已殘入室況復
無理今如此外人不識此情苦但堅搖頭辭官職眼中奇氣長突

瓦篋裏遠丈邪忍脊寘我不言人不知此人此意竟誰寘漉
海橫流非一日砥柱碣石隨波沒罔裏氣落顛回死暍天那得
留殘月歸鼻艾母定倫〻傍瞰人世在閒〻死生之理君所請一
明一臨原芒忽善惡雖履出之敢輕鑿而求之志膠瑟只將苦
恨托無舊淨明忠孝補仙職

清聖廟

巀嶭高峙巔海隅（首陽山有兄弟山石地誌所謂二子峙也）墨胎兄弟此爲祖春
山雨過蘇而長古廟風來竹不孤（海州古稱孤竹國）地敎灣河在更
勝書憑少室未全誣（李齡拾遺曰朝鮮海州有首陽山夷齊采薇處又有箕子避東之跡 李齡居少室山號稱少室山人）回頭更向檜京驂白馬遺蹤果有無

待命九日伏奉免官照律之旨

來去悠〻夢裏如只清明月半輪虛閏門却忘殖鄉遠還

樹葉於拜職初營園西楊原興漫石潭香火奈緣蹤廢勤
獨有西山色一路清風襲滿襟

店墟

店墟燈前語營門事可傷芙蓉帰夜雨鍾鼓徑晨霜
將士新鴉隊官員舊鷺行堪憐渠眼小兩見止茲方

海州記見

哀二官僚不可呼旧時曾見沒指麾悉歸幟破書生膽任憑弓刀繞坐隅
聽樵別訪云見妓幸相憶老鰥語可念雨中悶坐戲為韻語
我憐金進士十年長獨宿送我海州去執手累叮嚀不要石首魚
不覺私烟里州府多名妓紅粧耀銀燭見之幸相憶君自稽我
目教火嚥盃酒療飢與倉粟拒君不費事了我非宗慈華嚴經曰
雖言手五慾亦可看笑共畫而我惑情曲準擬華筵用些云首見爲九

日碧城邱園云并所瞻昨聞免官報且復當遠竄罪大分所甘未
至驚寵辱薄 風雨夜深坐意幽獨忽思故人論悵并負勤篤
非直我無聊惡亂 君小猶此居有一嫗少時顏如玉許年今未高
六十尚不足於此叙酬君寄詩勸君裝匆令檀郎知面冷如
在腹 面冷如在腹東坡詩句檀郎亦解故戲之

雨中同生用離字韻

出城心似矢離弦爲底輕裝又滯遲驛樹自青山數處海雲
如墨雨鳴時浮生未定飛鴻跡長路惟應老馬知田首故園
芳草綠松醪風味正堪思
何意殘生又別離不爭歸早與歸遲出門已自違前約觸境
那堪溯往時一紙音書潮信過孤燈心事雨聲知遙看海水
粘天綠憑仗西風寄夢思

登途

登途因服之息怡然春霧秋霜總化權 聖主寬恩非一日孤臣
知罪已三年 老無殘夢詩柯蟻之禍有深心拜杜鵑且喜餘生
能復到長安猶在五雲邊
揮手安西十六城身隨鞭騎赴嚴程行休在我何須問龍廟
于今不復驚再驛向雞愁霧暗碧津驄馬去江明泗御一路
無多遠遊獨樹寒潮照悵情
磨磨此今敢憚頻呂將來去巷 君恩菴里已但豈舊夢艾浦
更留係纜痕高士閒着在一石天墨君寫怪是多云 海州邑志有三多石多風多云多
石潭夫子風流遠樞墳憑誰導我谷

登延安城望南大池攬物懷古慨然有作

添霧濛濛晝未消月川祠外野色遙龍莊大澤天無執士守初

賊賊不驕少日謾思編簡映危時空惜鬚毛凋荷花十里津風
事休唱詞人望海潮

碧瀾渡

海西不足游驅馬碧江頭岸倒嵩山影潮通泌水流大魚
時自躍稻鳥遠何投正有平生興題詩已抵愁

過嵩陽

愛叢嵩陽耆旧文風疏勝事慣曾聞天游老死子霧豈閒脚扶崗裡雲

次前韻天圓山房

苦海花々沈復升仙山福地詎見曾去年送子百憂集天寒雪
一雁雲憑々衫居孔樂角韵遠吉人天相非子能松聲繞屋歌枕
聽泉竹滿地想僅承溪老園菊路相混宰官居士隨意稱閒中
聊識小徑𨑳種漆南園瓜東陵況有佳況是文史將期樸學

點雲仍此外萬事浮雲耳蠅頭蝸角老堪羞人生知已一不
少良烟郁穠無高朋（郁穠良烟劉昆詩）玉山兩峯烱相照山河桂樹
花蕾〻我摺胡爲困于彼日夕悸惧必甚冰清福在天豈敢
羨德彝到老真可憐知予此時窮無事意猶爲我皺眉稜
幸復護以身處想必有苦誠當服膺此詩但寄南山君去
銅筵勿令入口謄

請室雜題

已識京華舊夢非不堪身到更歔欷衣冠一代經殘劫宮殿
千門對夕暉籠裏因鸚猶欲語柱頭題鶴可當歸君王聖
更知無遠矚思何由慰式微
經年金闕翠華移天步艱難奈此時 聖主獨憂用社稷愚夫
痛憶漢家義軍之日月急靈偶淪胡籬風回 我難涕淚不經

無所苦寒一體敢道一宵逢隣杵擊霜扉

風雨鴒原有夢求送迎誰合總閒趣班荊救蕊々劉窺管相看

脉々休從自家望見且復城中同此夜不知獄外又何再鳥始別有傷心

事四海如今一子由

紫閣峯陰對翠微故情回首更依々孤身過海無消息訪鄭茂亭兄弟

一簾中山又是非二重連彈出處多少楚朱彼因別雅賬係素心違何因

暫借來仙術回道人家爛醉歸

自笑癡情尚繫身此來首識舊官樓警署即前之京兆府門街頭障面非京

尹獄裏敬冠是楚囚一枕黃昏成惡夢西窗風雨似殘秋只應

有耳聰為患聞蟻鬥々作吼牛

側睨堂皇氣自吞孫文盤結亦情原向來但得君王春今日方知

獄吏尊嚴指何論蕭傅性摧頹堪愧夏侯言歸來企脚圍扉卧

賴有紅顔舉一樽 赴義判所作臨隨作

申香農大將軍正熙來莅沁府代候

九重推轂注安危一路桐鄉獨被私 公之先考公曾莅此府 直夏甚嚴公觀釣

日聞如蘄圍蹕駐時仙源碑外春生笛静海堂中晝現旗幢府

少年今亦老 余昔赴公御營之壁 兩舟江漢有新詩

萬頃古羣山鎮銅嘯樓

十二鵬峯蔽亞聖登高聊復起新涼天連蜃閣雲多態地近龍

祠雨有香制使不來樓寂々流人相顧海茫々神中祗鉄彈何用

萬里西風一嘯長

孤居無術破愁城且復相携倚晚晴天際雲從何處起樹頭蟬

是故鄉情聲野老饒言多故事旅人惟食是深情美來獨少年

安信日落蒙朝只自生

泛舟菱湖別金韋觀 時同配古今鎮因蒙赦典

嵒嵒亭外各西東仙侶遲遲與子同誦客縱歸猶別恨荷花雖好已秋風垂舷浸足凌蒼碧舉盞權頭壓丈紅為底三年仍再異時佳夢滿南中

韋觀

好收行篋下江淮相對南冠暫展眉遠岫雲橫濃似墨空明潮匯淨如池三鈴赦典來何速枝幢歸帆去不遲滿袖快當涼海氣羈逵途正是脫籠時

說上人語攢愁眉波動蘆回雨映雁秋水縱鱗方淺蕩晚風歸燕暫差池宵因罪大翻驚速行為心悲却恨遲明日布帆定無恙渡河烏鵲正知時

望美軒記

寶城郡治古城東南隅其山曰望美隨山而不甚高松篁楓栝之屬隱映愛郡中相傳曾有仙女降此山山以得名山下有川曰懸瀦有潭曰珠簾皆以此余思果如其說即名美可也何云望也無乃忘有還人遂客如昔之蘇子瞻者嘗至于此山旋面北望而不能已因以名之歟今不可知已然子瞻之謫黃州雖距汴京為遠猶在夏口武昌山川相繆之間若寶城者湖南之窮陬也自此以外惟大海接天風濤澒洞可以謂之天下方矣可以渺渺兮余懷矣嘗試論之人有天屬即有天性其恩愛鍾乎有生之初無俟言也若夫男女之間內外截乎臣主之際尊卑適乎一日由內而推乎外由卑而干乎尊至別而合至疏而密其事為人道之所不可無又以之所此顧礙而其主以義以為情乃有在乎天屬之外其愛慕之思芬芳悱惻纏綿襞積不知其所以然而終身不能自解雖其端莊以為禮正直以為節篤篤不肯為側媚容悅之態而其所以自持乃適見

其深於情也即不幸或以此觀慍受侮憂讒畏譏以至流離困頓而適不能忘也苟非其然而強為牽連若葉公所謂無可奈何而安之之說則是特竊名浮貌而已安在其為天倫而不可易也夫九重之居七華之嚴穆穆皇皇何如人也而乃敢私相謂之美忽然若忘其如天之尊如父之嚴而乃以閭巷歌謠男女相悅之辭比擬而指斥無已褻乎蓋其愛慕之深發於言辭文字聲音色澤之間者不如是然後可以曲盡此屈原離騷之所以繼三百篇之作而太史公贊之謂日月爭光者也予瞻之賦亦猶是也苟非其然即朝夕於君所而乃心之罔不在焉或鮮矣況天一方之渺渺哉離于林家在望美之限其軒舊無名余因山名而名之且為記以自勗

借竹軒記

軒之內借床借簟借氈借筍借櫃借筆借架借酒甌借茶筅借書皆非我也軒之外借山借水借石借花借草借樹皆非我

也軒既非我無之而非借而獨竹乎云爾蓬萊生曰軒以內皆可提挈負持者也提挈負持者借之易軒以外不可徙者也不可徙者借之雖舉難以例易也抑余自此來軒者此之有也軒以內軒以外者此之有也而惟竹無有乎此有之為固無之為獨舉獨以例同也蓋余既以望美名軒為文以記之矣既而思之軒非我也望美者我也所我而名非我惡乎可非我而名我是非惟借之又從以攘而有之惡乎可且夫余記固云以天之尊以父之嚴而乃敢私以美褻也褻於情而不自知則吾固不敢逭吾罪矣而褻於名而又從以及乎非我則吾罪滋重矣吾故仍望美之号以自見而易軒之名曰借竹明軒之非我而已乃請生為余張其說謂余借竹之貞與潔而況是又非余意也余方懼重罪之不暇而又求譽乎余方借軒而攘而有之之是惡又敢借竹而攘而有之乎雖然余亦欲因是以有援於諸生竹可借也貞與潔可借乎況又進於貞與潔者乎學道而無諸己也將其借之乎雖乎國乎學文而無諸己也則其借之乎昌

蔡于房僭乎哉匪呂蔡房臣猶不足借況借於借者乎況借於
借而又未之能借者乎余蓋借於借而未之借者也諸生其亦
可以知所愧矣而奚云乎哉

和平會卷序

潭陽長田李氏至德之後世有令緒聚族於一里之內禮儀文
采無羨於外其所與婚媾皆湖士君子之家不以貴富挾而視
聽之雅均其良辰嘉日內外董之醵集揖讓折旋繾之以咏歌
有士相見之遺意近者年少之秀若干人與其遠近姑姊妹之婿
弟干人合約爲會名曰責善契而以序來屬余聞而韙之然今
之所謂契者吾不知其何爲也而湖南文何契之多也噫已爲文患
言契之非古今請爲諸君易其稱可乎抑所云責善者意則甚
善然吾懼先蹈之甚難而宜昭其群之羞也不佞少溺於詞章老
將至而愈嬈未嘗一日用力於誠信明善之大方然其有所操之
藝則斯有所與游之友矣惟能知古人之文然後能知人之文惟

受人之評品疵摘而不怒惟能受其評品疵摘而不怒然後又從以評品疵摘於其人之文而不疑夫如是者吾於友蓋四五人而已吾結髮宦遊數十年周行萬里之道雜識以雲其取之之難如此況吾所操之藝至淺耳今夫善者天下之美名也責善者孝之盛節也以美名自任以盛節自期而不出一里之內內外輩之間而居然適三十人之多此吾之所以為諸君懼也詩不云乎伐木丁丁鳥鳴嚶嚶相彼鳥矣猶求友聲矧伊人矣不求友生神之聽之終和且平此既饗兄弟而復速諸舅之詩也而有求友之情於義為協請易責善契曰和平會為諸君誦之然則廢責善乎曰何可廢也責善於和平之中無侈其號而務其實無踰其量而適其宜則善之善者矣

苟安室記

梅泉子世居南原至梅泉子而累徙自南原而光陽自光陽而至

[illegible]

犖确穀疏之產僅以給居人饒茶蕣吉貝市以易醯餘外無所利又其地勢雖僻介湖嶺之交而大路由之二方有事則茲其爲阨要余雖未見求禮據圖以徵之又讀梅泉子文如萬壽洞白雲渠苟安室諸記叙其風土俱不見其美又非遺俗避難之陋區也惟其所謂梯桑掩村松子覆水嘀栅鳴吠在白雲之中又謂竹樹蒙密時聞讀書之聲頓令人意思仙仙然此自梅泉子之言之有味耳未必其地可樂如是也梅泉子起南服服冠即有鳥舉自負其欲出遊當世辟厲風生達官不足以盈其眥儒不足以壓其首惟求古書與攀載之人神氣相往來吾謂文章之不古若時文以壞之講學以混之也壞者尚可改混之則不可復今士惟多讀書通文章之法曉事物之情僞爲格致出而用之廟朝之上爲事業爲名節不遇而老於山林之中仍不失爲文章其識解論議往往嶄絕洞快如矢破的如鑷取朽雖其於六經之旨聖賢之用心顧未知如何而總其所長可謂一時之奇才矣夫象犀珠玉出於海山之阻而來觀者必於都市豈

非以至寶所居非僻陋寒儉之輿直而望氣而識之定價以售之者要在稠人之會繁華之衢歟以梅泉子之才而旅遊十年僅得一進士歸而自適於萬壽洞白雲渠至自名其室曰苟安則吾疑廷宰相不能無任其責而即如余輩歐陽公所謂無資攘臂之間民猶不能不悵然而失圖誠不顧梅泉子苟安於此室也梅泉子來余復記其室余為知所感者以應之亦淮南小山之餘意云爾

質齋記

李君伯曾訪余于貝州余與伯曾別十数年矣相見甚喜是日余又聞赦洽然無幽憂之懷春雨瀟瀟竟夕相與從容為歡笑間則披其所得詩古文数十篇讀之文甚樂伯曾忽改容曰吾久遊於外求薄少為老母養苦不能滿吾將歸矣吾且去文而就質韜跡匿足於萬山之中泯然以吾窮也吾故以質名吾齋子盍為記之余聞之不覺悵然有惜心乃使伯曾之心果信也吾不知何時復見伯曾繼見之伯曾文去矣吾何所讀而樂之如今日也伯曾之文錦繡也使

爲錦繡者一朝易其棧杼而爲布帛則吾不知其爲利孰多而其不足於觀者之目則有間矣余方爲伯曾惜伯曾之自視又烏能無情乎雖然微獨伯曾耳雖余之拙陋亦嘗操其藝術以自騁其區區之名不爲不久而年歲之所遷人事之所更居然不能無今昔之異而況伯曾乎昔子貢對棘子成曰文猶質也質猶文也虎豹之鞹猶犬羊之鞹其言若甚辯而吾每讀之猶未能曉然於心今伯曾既已自擇於去就之分而無所悔其必有以知之矣吾又何足以爲伯曾言雖然吾觀伯曾所爲文愈博辯奇麗惟意之所恣而不裹於常使人驟見惝然而驚既則津津然不能捨若是而可以遽言去文哉艸木之花必極光艷而後厭而後落而後實成焉今伯曾之於文光艷甚矣而尚鮮然無厭之意以此卜之吾之爲伯曾惜者或過矣而吾猶有幸乎好書之爲質齋記云

書李士吉卷

使吾遇子於道不知其何人而與之語而得之則吾之驚且喜何如

也今吾見子之才識美矣吾亦可謂顚倒於子矣然以吾未嘗聞
子之名過歆而望子過渴故見子之如斯而以爲固然豈爲惟以固
然又從以若有不盡然士之行於世而求早譽者可知難矣早譽之
不能無早譽乎士方貧賤戎之在謟然後進之於長者則不可以
不恭不謟之謂節恭之謂行行之不備而節立者未之有也子將遊
於禮義乎則禮義之門不可以不恭也將遊於勢利乎則勢利之
塗又不得以不恭也子與吾言與子之朋儕言而無甚異者則甚
衆之然天下之長於子者其性不同子勿以吾繄之也士始學於鄉
自視足以賢於其鄉及學於州而知夫鄉之不足賢也及學於國
知夫州之不足賢也及學於天下而知夫國之不足賢也賢於天下
則幾言而夫惟賢於天下者必無賢之心苟無賢之心然後天下
賢己一也天下之人不可計也使己才足以當十人奈百人何足以
當百人奈千人何其必有術乎知百人之不可當則無寧伏於十
人彼十人者知我才足以當十人而無故伏於十人則必喜而反伏於

我彼百人者見我未嘗與十人敵而十人盍故伏我則畏而又從以伏我我苟用此術千人可伏也不然而攘臂號於衆曰我能當千人云爾則人思與之敵矣人思與之敵則突往而不敗哉此吾所謂術也非道也夫惟道則無所謂伏者焉無所謂伏者焉君子有感德大器而不與而混於文辭乎混文辭之末至此者乎子且歸而讀十年書其必有進於斯者乎

夏亭集序

相國夏亭柳文簡公遺集一卷後公四百餘年裔孫之居羅州者某某用家藏本繕寫以序徵建昌建昌謹按集中公所撰著僅請嚴喪制請恤刑典請汰僧徒請行布幣請禁兩妻請停州縣人吏請飭守令愛民奏七本間多首尾不具并箋四本律詩七首摘句二而已其餘皆後人記述之附錄耳世代遠而文獻缺雖有存焉者畧矣而若其奏箋乃後孫爲翰林官因校秘藏室錄而得之者又可謂難矣因竊惟臯陶益稷之謨伊之訓仲虺之

諧其言之傳天崇深信天下之至文也而使史官不載於書則亦不能孤行而自傳既載之以傳則一謨一訓一誥優已爲萬世百王之强而無以尙矣又安用蓋乎哉括古今所重於言者凡以生世不能有大作爲而毀點湮沒之可悲也故區區於藝事之末冀有以不朽若夫三代之賢臣其值之盛施庸之著爲何如而尙肯措意於斯藝以自命哉况有道之士并與其事業而視之如浮雲載不載傳不傳真不足以一哂矣今之論國朝名相者孰不以公與黃翼成許文敬爲稱首而是豈嘗見三相國之文章又豈皆致諸秘錄而閱諸家藏者徒以世宗之致理比隆三代時則有此三相國輔佐之功軒天地焯日月而夫孺子因不剽耳而騰口也豈公之子孫所得以私哉雖並尙宜好德生人之所性也故形色以求之嗜好以徵之雖千載之下猶庶幾彷彿其萬一況子孫之於祖先則重之以親親哉而況其精神心志之所注不翅形色嗜好之粗淺哉況斯集所載德學識忠之

彝典禮刑政之說可以垂天下萬世而有辭者歟然則子孫之盡心於斯固宜之而建昌所以執筆感歎於論世考德之際則又有在於斯集之外者惜夫辭之不達而不足以盡之也是為序

釋函溟歷代紀年跋

自唐宋來儒者以談佛書為高致習而成俗旣久則佛之徒又慕中國之文籍樂與士大夫遊上下其議論如漢蕃通闤市交相為利雖足以銷鋒躪燧息一時之虞而卒亦以此俱獘蓋儒釋之俱獘也久矣以達摩不立文字甚至於不識書乃以其術駕天下使為儒者疑其言於易大傳中庸之言及之釋氏有如此者卒並為釋氏而慕中國之文籍固宜其耳惟儒者好談佛書為不知之甚者也何以言之余嘗讀佛書甚辭汪洋窅渺難可究詰要以天地古今為幻妄雖其所稱無量無數之劫與三千大千之世界皆電也漚也空中之花也目中之翳也是則佛亦電漚花翳之中之一人耳彼方自以為幻妄吾何用好此幻妄為哉若夫為佛

之徒者雖讀其書竊未嘗成佛竊未嘗成佛則竊見天地之為天地古今之為古今竊見天地古今則又安能不竊慕中國之書籍哉且如有人問佛是何代人則必曰周昭王時人佛法何時入中國則必曰漢明帝時佛書譯於何時則必曰姚秦曰李唐夫以佛書之皆覩之國也漢也秦也唐也何獨非外夷何以不曰靈鷲苑鷲而為是鑿鑿乎哉蓋竊猶可以證他而他不可證他如使中國無文籍則釋氏又烏從以騁其說哉故曰為釋氏而慕中國之文籍者固其宜也大乘菴僧秉演以菴主函演所輯歷代紀年示余以求言其書自王皇逮至我　朝揭名號標年數井井有次演之徒曰擊雲為庵以申其師之意又云甬雅入乎信可珍也因憶余年前亦嘗好抄佛書今雖謝去之已久然觀函之為此而意不能無動故不得以俱與之說甚函而敘其為此之故為函解如右演云函聚徒千人講授不下山年七十餘無倦色無矜容若是函固非浮屠而徇名者也

贈送高邦瑞序

吾宗有青皐之子羨中從余于京城之寓舍與其友光州高君邦瑞俱羨中年甫逾弱邦瑞加其二而余又甞與京士宋南一同遊其年與羨中齊此三人者皆南方陽來之秀也然羨中吾同姓又故人子愛之無俟言南一之先世又吾之自出而余居與將與之爲依惟邦瑞則可謂疎矣然余觀邦瑞之爲人靜拙多恥寡言笑周旋有法度蓋一面而心儀之既與居有日而愈見其可喜余所〻居室甚湫三丈以其三之一爲寢而隔之余則居其隔外之二而以其奧讓三人余與賓客並接談笑衎如而三人讀書自若有疑難則闖寢而與之語至夜明燭於奧而余則向寢偃臥而聽其讀寢紙塗油蠟甚瑩照見三人竝影高低正尺如對好畫圖邦瑞讀朱先生書其讀聲韻抑揚嫺雅使人聽之知其頰舌有津〻之味時遇感槩奮勵之辭輒爲變音以肖其辭余每爲之竦然至其太抗壯則余又笑嘲之使勿然〻邦瑞有疾不能久讀〻數板餘則掩卷以

手醫師而生誦雅頌論語以為課同吾語余曰某之(者)學未始不有
喜也而天疾疾我矣某甚憾焉藉以醫藥之餘幸而有閒則將出
遊名山大川以達乎京師用自騁其遐覽而展其聞見歸且復取吾
書讀之所淺有發乎既又為書數百十言以告別而求一言贈余既
啓其言而又喜其文辭之美不得以無應余吾聞之學者無他焉
為己而已矣為則為己不為則不為非天之所能與也天且不能與況
於人乎況於外物乎子之言天疾疾我夫天果疾疾子乎子果疾
疾乎則孰使子讀聖賢之書而志好之孰使子慕名山大川之勝
與京師之富而思有以往遊之孰使子為文如斯之美孰使子來言
於余如此其至夫使天而果疾疾子也則不能使子然子而果疾疾
也則又不能然子又何憾焉且子告余者文也而余之語於子者亦文
也子之文雖美非子之所以為美也子固有所以為美者矣子之文
不足以盡子之美余又豈能以余之文而增美於子乎由是言之雖
聖賢之書亦文耳君吾以竊為聖賢之文尚不足以盡聖賢之美也

抒又以為人之讀聖賢之文而終莫者彼固有所以為莫者也將因書以發之耳然此余默然蘊乎中而未敢輕與人道者今為邦瑞其勉旃邦瑞果有志於學則天固未嘗疾夜邦瑞也以其不為則雖聖賢之書不足以美邦瑞況名山大川與師之觀又其外物者歟是在邦瑞而已

贈宋南一序

宋生南一受其王大人之命來與余游余之謫隱豈能有資於南一惟南一先世昔有甥舅之戚於余之黨而余又與南一族兄允明承吉雖以此雖相見日淺而相與之誼為深況放棄憂思寂寞之中得佳士與其處於余何其幸也南一好託錄余詩文余來此島所謂詩多矣而文僅一二篇意欲為南一為之而未有其說亦者南一王大人扶杖過余寓舍視南一日間所讀書色津津喜顧余譚談鄭重既曰吾家自數世來頗裕於鄉至吾高曾兩世吾以己丑生甲子一周之歲家不戒于火凡衣服器用以至先世之籍悉燒無

有而惟老幼男女數十口得免於凍餒吾固地以爲之序編纂而寢處
其中者無月然意獨浩然凡物之今無有者皆始非我有也惟此孫
方年十七手書杜工部詩數卷頗楷正可觀吾爲之粧池而置之案
上愛之如珍寶今亦燼矣以此不能不感慨孫在旁言他物尚可念是
則在孫請旬月之暇爲大人還之吾意殊不信至期果如其言視前
加好吾於是大悟天下萬物惟此爲我有也自是艱難困匱無所攖
吾心而惟諸孫筆墨之費之不給是吾憂也此孫之弟四皆能畫字
其弟二者尤癖書其母吾婦孀孫問此奚爲也母曰將爲燭夜孫曰
筆於服曷若筆於藝請斷是以易楮母笑諾之吾見此心又以爲
婦女能不吝其機猶泥於其父祖乎將諸孫學書其棄紙尚可塗
墻壁今書稍工往往爲人袖去并棄紙而不可得吾心乃益喜與吾孫
同學兒其家或有裕於吾者然見吾孫爲書用紙闊大則輒取諸
之而不吝自齋來也吾心亦無所惜凡此皆吾老人之意甚不足以涵
容之聽然吾於吾孫則已勤矣而今幸又遇于或者天其有以遂之

歟余聞之不覺有感于中旣謹諭聞命矣而且記其辭以示南一凡爲文以示人者皆其人所不知而得吾文而方諭者也然則南一家中談宜若無待於余文然天下難盡者倫理也易動者人情也人之受父母若祖父母之恩自始生而日月多矣涵濡於其中如魚之忘水久矣及聞人誦隣里翁嫗壽其子孫者未有不怵然而感讀書至古人慈孝之事則又加慽焉使南一覩吾之文而忽然自省二十年所蒙鞠養之勤使聞者爲之感而記其辭如此南一讀此而必聞古人之事則豈能不以古人之所以大有立者自奮而豈僅自安於今之所能已哉南一旣有志於學而顧數數然請余文章之術余恐其不專而尚蘄之然文章亦無他焉惟情至者爲真文其次則言之有序而已即讀余之此文亦足以知史記漢書之法度余又非夸辭以貽南一者也

祭聖初文

子之多藝國人所聞 子之多毀雖我亦云獨知子 天分甚好

心心無一棧可與適道子昭過房王母云吾弟為楬婚憂之猶常
吾饒猜忌邊華衣十箱子於其旁曾不敢量及弟既壯猶韜於子
出入捧擁呵喤聒耳子不我厭賓以為養子晉謂我羨汝子非他
子之小腹文何其多罰我以律子寧不餘雖多云然亦不好書
子於貨財絶不屑屑百萬以下云有如無子於翰墨既專且勤
瀆贖玉璽堆積於前又來輒攫時　日盡所癖如此可謂不吝
子之遠遊琴一篋二謂子失路子方得意蛾眉曼睩不慕侯伯
布衣而生日閱郵驛既倦而歸家徒四壁無妻無子窮人之戚
子猶不然曰有老母呴呴其息孰云出涕搔首科頭結心朋友
踧踧縮縮斂若訓是受吾觀世士競趨禹言盜嬰否鉤榮肖劉其根
子雖不檢足以踰人寧躓於人天胡不伸　聖主憐才台輿之官
何斯之濫戢于一權惟子之家死孝三世既絶其胤胡殄其緒
天不可問我哀何既哀而無補我困貧子妻家之德丈夫所恥
德厚情薄疾恨沒齒昔潘誄楊亦陵悼亡境雖如之豈如我悲

念宗吾命子償于門叔雅姪長俚錄有云聰蘗出遊人謂芽兒如影隨形十有餘年匪直也媾執如子舊舊哀雖契猶有契緣舊袍雖破猶有破存豈有如今不遺一痕我哭則慟子聞不聞

嗚呼哀哉

祭韓經香尚書文

年月日謹東向致告于近故太學士韓公之靈余於古文篤好澗泉顏降朝岩正群澗澗余生恨晚同誰甚傳時則雖公若憚於還群氣之感中以景援闕宮一選尉我婿婿玉署騎省步武聰翩窩擬退習人或謂然余之敬公非惟以年春風施帷秋露拂弦琴乎其容萬乎其言直置文章時少此賢禽嗅鬼嗟曰是天乎天厄氣晦棊不渝不穢豈曰榮公三籠兩藩名完福備理猶鄭存云胡厭濁脩蛻遐騫梟哉清都抗手羣仙忽返而睨太息淚漣蘭坡菑壤鵷鴻鵷已先惟茲一酌而歆潔腐嗚呼哀哉

梁進士進永曉義集書序

凡為文章之術無它曰多讀古人之所為而慕而效之以求之所為期乎古人之所為而已然效之近與不近在乎慕之深與不深在乎讀之多與不多所謂多讀者又非以一先生之言凡然積歲而讀之之謂也天下有不可不讀之書雖狹其數而學之要不下千百種自非志強氣銳聰明雄達之士不足以言讀書不足以言讀書則又烏可以言文哉治科舉之學者揣摩帖括求售於一時而直以古文為迂闊專心於經旨者考論聖賢之精微而以雜書為戒二者雖其卑高之不侔而其所局之不分與致力之易以為則同若所謂多讀而慕效為文者雖不知其於道果有合乎不乎於世果有用乎不乎而其為之而致力則甚難矣故科舉之學者在郡盈郡在縣盈縣無論已極乎儒者之事而世所稱經學顯門名家亦往往有之惟能文章之人通國而指不數然其勢然也余嘗有感於晚近學案諸公之言其曰誦大經章句數十萬言博涉乎

於天下國家之故靡不瞭然兩漢盛唐詩文作者之流二十四代歷史之編遍搜而序訖盡爲文章以敎以彝蓋公之自道如此則公之意可知公之意可知則公之才又有以可想何其壯也湖南古稱人才之府余於茲方多與其君子遊蓋信前聞之不爽然要以公所云云者挈之則前乎公而未嘗多有後乎公而又無以當之若是則雖公之爲文其皆快然壽於其所願欲而無少恨歟抑負奇不遇抗爽言於羣推之中以來一信於天下後世之人而不自知其筆墨之酣飽也然士而如公信可謂能讀書矣能慕效古人之所爲者矣公十上禮部七十始成進士其所治學藝詁訓遠近至今傳稱若其自号則又深有契於濂洛精微之敎而炳炳未已然余則以爲舉藝以至經學公亦無所歉於前而充於後者也要以公之所自道而想見公之平生於斯集之中與斯集之外則幸矣請以是諗于南方之學者

雙谿寺詩契帖序

韓文公謫潮州所與語者一釋子而已蘇子瞻崎嶇瓊惠見於詩文者黎子雲翟夫子故人而已語曰楚之南多石而少人蓋自昔然也歲癸巳余以罪竄于珍之金甲島去京師千餘里斥鹵之與居魚鰕之與隣若不能一日堪而所可異者十室之內名士多於葭蘆足音繁於蓬藋操觚弄墨者楚楚有思致皆足以發余之狂言此韓蘇二公之所無而余所獨得者是以居島十二月肌膚鬚髮無少損及還家久而不忘形諸夢寐因憶余初謫益山時李鳳朝抵書曰寥寥天壤索解人難矣何處非益山蓋知我我貴之感即人文淵藪如京師尚未易免況益山乎若珍則比益愈荒遠而乃能如是殆地靈之所萃歟茂尊鄭君緒余竄是島昔之從余遊者俱從君遊嗚嗚唱酬連章累牘風流文采比余有彬焉日者馳書于余曰此與金松塢朴蕙史許覺軒諸儒約集山寺各出錢修契事拈韵命詩

裒成一帖可樂也上譴以外職遞代爲交承子爲請居交承之前輩不可無一言弁諸卷首一以慰旅思一以申諸儒之旧好也余於是重有感焉黃魯直寄子瞻詩曰飽喫惠州飯細和淵明詩夫以子瞻之出處氣味求之當世罕有合者乃至於上友千古襲其陳迹以宣其消摇彷托之氣今君之譽望才識過余遠甚而不幸流離困躓偶與余同其地也余李鳳朝蓋所謂君之索解人而天涯海角無由相接噫可悲也幸而有身之諸儒相問訊無虛日君於是可以忘返矣余所居之京師未必有深信篤好君與余如松塢蕙史覺軒其人者矣荷亭老人呂圭亨序

又

古之人之事傳之之久者必待文章之士有所發揮之而乃事之愈奇傳之愈久遠耳呂荷亭鄭茂亭二大夫以文章名相持不幸相繼竄于珍島郡郡之文人詞客從遊者亦一日

郡儒之從茂亭遊者約偕契于郡東之進谿寺各分韻賦成一帖以荷亭在謫不久未及約可恨致書求為序揭之帖首帖成朴生蕙史携示余亦要一言余讀之卒業而嘆曰是帖也茂亭宗主之荷亭為叙之郡之諸雋彥皆與有篇章之留文采之之盛已足以照耀千秋矣余何贅為然余有所不辭者昔在京師與二大夫隔一巷之居時以追隨常官務倥偬不暇為風流勝事今偶出守是郡得厠名於二大老之後以備風流勝事於千里之外者豈非事迹之幽奇歟是帖之傳也余之此言亦不為無少助云沃州隱吏平泉李秉奎序

歲在丁酉莫春會于進谿寺偕詩契會者為二十人分老杜詩晴水流花逕春星帶草堂檢書燒燭短看劍引盃長四句二十字為韻賦各體

伏以詩云伐木矧求友之聲和易曰斷金是同心之利惟易記難忘雖久不暫維我茂亭先生 清朝第班名家藻鑑鳳皇池上學士之絲綸尚傳鷓鴣聲中文章之六國誰敵撤蓮燭而歸院蘇子感恩燃藜杖而照經太乙校勘廼者逐臣之夏終是愛 君之命岐路三秋別一從渡湘之行孤舟盡日攜我係濟川之纜下玉署而遠遊上琳宮而頻職步馬蘭若水舟復清賦鵬雲林風烟一櫂顧命登門奉袂未免管窺入海傾蠡自知鷦濫尋徐黃之畫社落境漸佳接元白之芳隣竹筒隨探敢傳白雪莫問下俚之巴秩叙青雲敢望東海之鄰于時近 千秋之慶節金鑑昭二（始設修契在二月八日）逢百世之高師水鏡淡二始以修契情叙蘭亭之觴可與言詩罰依梓澤之臨卜莫春者日暖風恬期三秋芳菊黃楓紺（契會以三九月望日定約）晉培言多蠅槐才疎硯藝千里會面三生有因廿人同盟九死無憾敢記今日之樂而合雲雖以賀茲卯之遭山明水晴

蕙史朴晉培

賦

穀朝差以修事兮續東南之盡美得雲林之舊籍兮臨藉溪之長沚地逐人而必姸兮又莫春之和晷過程川而近午兮會晉亭而上巳天時協於人和兮聊逍遙而樂只日玉人之教頭兮儼裘鉞於詩史降玉局之仙郎兮絲金鑾之學士既利齒之喫名兮風通籍而聽仕千一會而遭際兮進建日而尺趍摟畫多於玉女兮倏晦明而風起攜瓊雷而延玦兮睠相望於荊紫感誼賦於集鵬兮緬原佩於扈芷天不遠於惇復兮道愈亨而身否德不孤而有鄰兮玉無脛而遠邇雖天荒之未破兮尚如鄉於士子孫索遊於泰山兮杜花幸於蜀墨會霧逮而與偕兮士所貴者知己語合契而執左兮要不諼於永矢繞一言之風馳兮暨然諾之此靡張青天而承業兮蔚可覘矣其軌約曰憲而曰務繼契規之是尸臚姓銜而註韵揭先甲而序齒若金玉之報振要終始而條理分而季於春稽其什貢之名氏容鉅軸於汗牛覩藏金於

酣蟻别慶吊之相赴於世教於既弛匪竹林之誕飲假鹿洞之樹作荷老序而升之庇有光於爾紙詩香筒而交歲蜀金駝而巫擬微斯人而誰與兮曰吾徒其勉爾勿來者之可追兮恒今日之是似均六言以附賸兮庶可致於千里永结遊於無情兮君子交如淡水

松塢金彌根

六律

曾年趍拜京洛山意喜吾鄉此遊明月退谿古寺浮雲萬里高樓楚臣澤畔吟罷晉代山陰契修他日江南佛木千秋照得風流

書亭朴鍾祿

五絶

退谿下上斜愛此雲林家詩契逢佳日覲楓又賞花　華蓬

蕙孔春倚玉愧蕙葭芬見陽春日開君未發花　鳳栖盛京華

早旋長者車葢遊続龍否紫禁繞烟花　海亭丁大齊

五古

昨歲拜茂公溫存語可聽古道有消長從訣下 明廷潜出實
生涯獨也原子醒長途慈面促俗曰惜蹭蹬日下何處是蒼范門
懸磬二年滄海園無處作主定雲林占爽塏愛聞貉寺嘉名士
從遊多相邀及不倭顏藝事刀筆未遑隨鞭鐙何幸參同契
古道話以證敢效洛下咏青雲動高興只有一盃一笲息方寸照明
瑩遂若既塵洞披雲躋石磴劃然一長嘯溪山互答應巘々青
嶂秀蓋々遠樹瞑眼看春事闌拾翠聊相贈拔蘭亭如古
論若泉可拜忘茲冠平生但願如月恒風流劇行樂是事
付破甑我生當秉燭歸來茫然花逕　念寫金允源

七絶

踏盡年々萬百塵先生顏則海之濱道亨身否知由命世
望傷神又々莫春
何處俗人來覓真琳宮眼界愛清新舊藏遊々拜穗開事
別有先生骨裏春

育始相契美里仁百年契不負情親衣冠不下蘭亭會
詩酒濃於栗里眞
洞天烟景解留人況復羣賢共四隣歸鳥落花跡上寺
一壺出祖餞殘春
芝履風流世絕倫翩翩江海謫仙身特許鯫生同作契
尊前讙笑滿堂眞

松谷朴恒浚

五排

莫春蘭契集昔癸樓今丁宴飲同慈寺登臨不忍真丁林雲
籠鼠筆請月照鵝經千載餘風韻羣賢萃地靈我公推重
望如日替　明廷誰意潮州貶獨憐楚澤醒天心應燭照地
甫久飄零鄉士風斯獨林居亦不高心俱陶令盡眼與阮公
青閱蜀知文雅歐蘇見典型世人誰疾妬吾輩始視聽敢從
驚退騁徒懸渭合涇稍如開匪跡且許世門庭潔志方滋慕
流光已改萱誇尊鋪綺席嵐霧閑疏欞深契仍修約清歡

欲忘形須看書卷重不讓鼎彝銘命駕來千里流芳美百
齡詞章懸日月文采被滄溟此帖他時見何須想曉星

米山許潔

長短句

入若魯愚那見害延古多才未免放在外屈原葬魚感服忠
義如彼萬賈誼賦鵩世稱文章若是大禍福循環理不待並
以蕃下以蔡古今被讒非徒然亦有消長二道相遞否與泰豈
知黃經一字誤仙緣間卧雲林洞裏水木丹青繪絢佩薛芷
愁戀瘴雨濕緬憶蓬萊杳然端雲霧問有幾錢買得沃州
山播藉名辭人口爛炙瞻風月庚究罪今世難容且將奈瀛洲
夜月相思不見幾相思南荒風流茅一壇篪籟坐了席上一團
和氣中青眼待人又傾蓋路下致吟強飯顆嘲瘦太富貴有命
非特不易得只恐泛泛宦海拍天瀨駒在空谷不惜生芻秣
麝過春山可愛見草翻修禊蘭亭三月莫結社香山九老會

憶昨歌舞繁華便是一塲夢只々佳人眉掃蛾畵含見雲
漠々山疊々甚處踏天花雨霈春服姑未成徒仰翔凰千
仞翩薰猶同器忘美悪沙礫在後愧淘汰鶺脛鳧脛轉
爲長短句曲々長々是學周鄭々鄧艾々長沙擧袖嘆夾寀
邯鄲追步蓋顚仆郢門有誰絶唱高羽音宥容欷和睦征旆
飄揚宗匠風行與月斧添修五鳳樓閣有所賴又願醫家
良劑換骨丹郛詩病此癲癩化工造物本無私誰家獨生
艸書帶　　菊隱李南彥

四言

學寵于鄉年又最老不有鄉人德於何致晚喜爲詩是
乖一道遂主夏盟風月花艸　　虜松塢
我同于庚子與我好又同于情俱有親老于昔於我耕
植自保于賢於我不雜豈艸　　虜蘇山
貌寢心雄然露氣浩退若無能是謂近道崴々筆于言四

座傾倒論若餐花評合脩草　右菊隱

右文皇〻髦〻有選豈以若士渫翰其實若器瑚璉若

穀瑞道禾　柟樟于木蕙蘭于草　右蕙史

筆有心畫文有腹藁之子之才一何隤倒為貧驅入膺

肩遠道尋師于食耻為小草　右松菴

卓〻癡翁同荒茲島溫〻淨仲克紹厥考兒孫妍秀亦

多既抱我來何及翁已宿草　右米山

擴闈賜侃詩範書灑令儀樸學貞如子好子有文祖福

祿壽考子有羣季池塘春草　右覺軒

人誰不欲賢劫墅老為閭為訓後生是遺擴余至閭堂

范淨掃魚躍清池鶯啼芳草　右海亭

讀猗軒帖敎子皇考厥有文種福乎龍藻子之不孫〻宅

于蓬島〻青玄圃手種瑤草　右溪亭

昔以戚聯今者惠好謝伊可愛利兇是抱所以望厚學勉

以古道子師荷山序其詩性　虞松溪

士而弗學賤于臺皂士而能學貴于金寶學欲需世强
記傳政蓋猶業醫必資本性　虞硯山

攟以越豈贈以吾稿古人行之是謂交道子好觀羣疏
我讎討豈惟書帶目爲鄭性　虞琴湖

不琢不栽玉豈爲寶不濯不齊衣何以諧子晦于名文
章是好不見螢燈出於腐性　虞蒼岩

隨我乘桴天風浩浩子時懸非悠我灑掃學精于勤天
壁非寶穀之陸秋在耘其性　虞書亭

城市闐闐神爲物惱張張廬南山蒔花蓺稻世與無求偶
隨我好人亦有言一心兩性　虞芍菴

于才既美子年尚早士方需時觀其所造克勤乃到
忝祖考寔寔惠貞庭風動性　虞松谷

境遷而瞰處隱而燥之子攸居海山縈抱載誅載鋤農

知稱老巫居可畫鳧鴈水艸　右云谷

凡報于公爲利所餡藹藹良人清愼以保時狂吹寵夫

喪其抱擊鮮之筆倚馬而艸　右樹隱

有人如玉字曰誠諾避于刀筆韓非所好濟我患難弗

揮灊齊齋豈無他日爲子孫艸　右念齋

晉陽之蘇卽我先好欽厥家風潔行如漯玉樹在庭孰

不爲寶儀乎奚士不生惡艸　右景坡

先氏雖晚學氏須早不早于氏無悔于老予當其年況　以下四人追契

有華藻煒煒三秀方爲瑞艸　右聞亭

慧香玩易上窺太醇遇景爲訪下視崔顥仙基畫鳴灵

藥夜樵蓬門日高玄經載艸　右海史

生生正言炳象退老有亭抑鷗爲子孫保遺韻千載想

像有道淸風明月不除庭艸　右淨堂

天不我將罪無所肆放之南荒甘以枯槁易以輾　君

鼻禰參議君以蕭蕭不恨寸草 自度

秋〻諸彥催我以詩爲契爲帖百世可保金石並書江
山交蘇孫之恩我勞人草之 敢催帖

行〻諸彥式燕且詩或舞傲〻或歌浩〻及時爲樂淋
漓顛倒人生幾何輕塵弱草 敘會遊

茂亭鄭萬朝

七排

百年漁採水雲鄉十載遊教翰墨場已判此身須寂寞
誰能一日破遊荒鳥鳴虫語難消受雷聲風馳幾悵望
千里逢迎應有數半生離合亦無常山多法侶同蓮社天
遣奎仙下夜郎麈尾清談靡兩晉牛腰巨軸軼三唐投之
木李心相許結以金蘭契不忘才子東春花繞筆良辰
節慶玉觴觴畫中佳境方田蔗吟裏奇緣草宿粱敢謂登
門元禮客時來載酒子雲堂

蘇山李承曦

釋賦

述夫世路陂陁年光荏苒悵風檣於涉灘悵日馭於迫崦
古來文章之士每遭窮蹇時有枝忌之人必言巧憸扶惟光
生　王庭鳳翥天府瓏談繩美叡於袁楊聰芳譽於儀徵
風流文采之照世可以為師詩禮忠孝之傳家所由者卿
何乃華途早驗絕息夕聦雖警機之暗投棄輿論之莫
掩殲鄉經歲閱百端之悲歡憂國瞻天覩一節於表陰於京
湖魚相忘雲鳥不厭遵海岸之名區下雲林之小广向話計
於禪室經卷藥爐翻塵喧於山居石床蒲笠單時則鶯梭
日暖燕幕風聦楊柳千絲萬縷桃花兩點三點槐春驟之
微々碧海瑋清硯瓣參之花々青郊雲濟遊乃志西浴沂徵
之渡對意長浮卯而移楊帛晏均而社歛金徽玉軫奏一曲之
戲陣紫靈清霜見萬丈之光蹴於是同人契偕慨余點黍
臺一現於鉢華勉三復於圭玷集蘭閣之命節結社莊遊敷

猗蘭水之地身閒春盡檢　現丘朴鳳瑞

六絕

江山送寄篆邊庁朋友盟深笠車酒憶白蓮社老琴香界空看書
不載人間毀譽暫隨江上樵漁荷衣此日休恨竹帛他時有書
況乎邪堪索居覆雷跡隔千餘風霜腐去雁君丹鳳何時吐書
自愧腹無蓄備容蟠根及雲陳山陰羽客安在願把鵝兒換書
招集春賓盡是香禪酉茶半香初畫將吞草心事契帖中一書

松溪朴長浚

辭

鐵穫般兮尚書徐世匪蜀兮獨進黨衆根茂盛兮害佳苗於晌
起兮山可標鳳啣書降天朝賜鏡湖兮一曲遂感春風兮喚與
挑惹蹤愚兮鄰生語生性野兮漁又推捷一枝兮足鷦鷯屬生兮
命兮昌要空青雲兮洛橋霽知音兮恨未調花枯桐兮無聊懶
附尾兮千里趁蚊蠅翮兮九霄翺翔承高顧兮頗折腰交一言兮

認清標碧海兮追〻雲林兮寥〻嘉賓兮孔昭吉日兮相招
琴書兮百憂消會蓮社兮傾蓋邀花娟〻兮星嬌鳥嚶
兮亦還商晝情飛兮良宵憶佛印兮豬文燒

蓉岩李時源

七古

聞說詩人語宦蜀謫仙任此遊翔曲徑翔寺萬水月白天
西山中雲樹綠中有一閣署雲林滿架圖書讓仙錄一檐
風烟留斥翠萬軸琳琅華孝王想見東坡老居士昔日惠州
今日海儋然亦被羅春夢疑是前身來玉局隨遊幾多黎
子輩會吟園案相愛賦三四醉曲輞川遊六七冠童沂水浴
茂公不幸江山幸草木精光入遊騰百川秋水注汪洋一身
渺然滄海粟長不相忘參同契欲隨之愧尾續坡壤奇
沒四十年風夜寫公詞廣〻傳酬隨事十二時造次不離循
綠〻下澤款段鄉里間衣食亦雖常哉足十丈炎塵趨不得

妻孥俱是錮樹叔多謝諸公不遐弃兮送瓊韵燈相厚開我迷
雲渾身眼卻向禪門解脫彷浣筆硯和蘭亭帖耿耿終夜
燒短燭　　　　　　　　　　　　　　　　橘隱許承

九言

底事先生今作山中翁面帷前身應是列仙伴玉墀退朝隨田
叢舊麟匀天廣樂想聞琴鳳笙黃徑綠字一朝被譴謫流落
塵寰而今年少羨光風轉蕙徑秋高含馥太陽照葵塵莫猶
頑暖山中野服日日相追隨盈尺借階不澆鄉人祖海水天風忽忽
有風歸在一捲清儀塵襟恍如瀰承肩誨命斯言玉無玷忝
同契誼其利金可斷面面畫發高家家人爭買笠圖坡公處處名
已滿天字濟勝飲足蕉三叢烟霞修養最宜茶七椀天巴山
青下有鴻飛寺東風三月花陰如張傘蘭亭故事更修禊載
下一觴一詠豈不樂且銜酒盃得失無擬蛇添足發眉腹自誰
知鶴無壓邦公歸不復江山猶精精木金雞唱日佳期應非遙特

鑑以前豈曾辨姸媸度天然度始能知長短　松菴郭震樵

三五七言

一仙官蔽海干枯形楚澤岳今圓前用韓丹恍不愧蔑城老出手追〻日夜看

此會團我心歆交誼徵金石磬香蘭萬嵩園善餘龢生来頁笈遐荒從此更齊看

訪有壇盟如磐石村雜杏花白海岸楓林丹風流萬古留江漢歸後猶將此卷看　琴湖丁允燮

詞　調寄滿江紅

紫綠春山真箇是文章光彩曾記得風流一種白玉無玷玉問仙官鸞鳳閒游州還客盛天塹最多情今雨古雲來又良辰古　雜來肥遺花豔此日會云離合想往事如今空對研藝全為千年芬芳此間蘭亭三月香塵歆願今公不棄化豐城雖龍劍

芳菴許鈕

自一至十

才放模楷標準倡文風移俗蠢契匠石軍談味中允花木
深穰穰春山碧隱嶙峻粧濃作眉顰呈媚是蓋髮鬟眞紫陌
宦情如薄蟬蒼生塵劫等朝菌蓬島山人衣蘋薜蘿玉堂學
士氣萬蘇第海御皆仙緣離此白羊窠谷多道氣或守玄牝
風期差晚從王庭飛發魚春操莫回笑陳仲飲泉酬與白傅
為隣重君寺林竹蘇篇間適每聽田吟高寒岌岌憧同大
夫堆石岩岩爭觀師尹三生苦粟轉金輪一曲洋洋調玉軫
井蛙受侮河龍臺燕見猜野隼臨罷堪自娛避世亦無惆悵
濤聲鐘陰雨壓塵歡有餘興無盡相傳不泯敎引

覺軒 啓祈

五律

千里跡無媒先生怎得來登交宜透石結契豈論尉御加登
龍客跨非起亂才此生恨未忘此日此銜盃　谿亭深相然

七律

訪仙謫下沃州陽契會諸生選一鄉 朝夕萬千觀氣象春秋
三九占風光座如芸海開尊酒我爲南豐有瓣香癸丑山陰亭
上禊風流今古共弘長　玄谷梁寧賢

帖成帖中人各謄藏一本時鄭松菴有萬頃郡新寫之行無
暇手鈔爲憂余爲之替寫忽忽荒潦乞無煩第二眼中
後亭累客題于沃州鄭園詠歸齋中長至月中澣

靈字二十六疊　　鄭茂亭

牧丹花落晴香亭素月光沈謝后庭沐髮有期差十日抱裯無命賦三星平陽遊舞多勳寵太液陪輿憶舊經聞說蒼梧從帝葬如何瑤瑟怨湘靈　退宮人

正氣千秋漢壽亭神明陟降玉皇庭生前惟有劉玄德死後應爲太白星入畏英姿森鳳目世知大義炳麟經蕭祠巫鼓如招魄威罰何無示赫靈　村巫招關王魂慨然賦此

桑梓舊居花樹亭春陰隨處滿槐庭晚來謝墅携明月誰復虞廷覲星景寰宇方遙多事會廟堂宜仗大猷經功成身老歸依近私壑先公地下靈　上書鄭大臣範朝葵堂公從兄

捷書靈　遞鄭亭次弟南方幹不庭十年勳業千莖髮一百姓歌謠一福星應晴蘇客雖辭贐（余行時有贐）已識韋兒但教經（二童不以官廩資其家而贐余故云）年昔但欽仁愛勝封疆危日仗威靈　憶李判奉重夏二童云

四十琴書朱杏亭對床有弟兒過庭上車不就自卿月中批墨除爲使

星宿甫自陞亞卿而不肯近赤以勅旨旁拜官皆不
就聞近又特授海西觀察使連呈𢿅章云耳
誰復昏衢可秉炬君能抗
疏當傳經御壁蜩理果然吾舊情新悲俱有靈
水盡山窮宿此亭消醒夢破擬立空庭晨雞不已凌風雨夜鵲無依
怨月星僕本恨人來遠道誰其知者抱遺經欲言難說行難進動物
如吾最不靈　　獨夜又疊
竹爲籬樹竹爲亭又見叢叢碧滿庭篠蕩揚州登內貢蒼筤震
肆曉而呈然將芳躅趁殘陽亦抱香名載六經一種天涯經風雨只教謫
客惱魂靈　　詠竹
收殺風留悵離亭千載琵琶厭屬庭風世蕪勞在惡鳥半生牛
女只寒星清魂未退江郞筆傳難遇釋氏經白日登仙終是別金
丹難熟不須靈　　邑人來訪其歸悵甚以別雁爲題
悔上勞勞送客亭柴門人去閉荒庭蜩螗吟葉蕭蕭雨螢燐流林
錯落星世事堪從方外見名場猶悔夢中經未歸孫　山恨蹔只恐
兒童覘妄靈　　邑人歸後又疊

跡混漁樵下野亭身辭鴈鶩退猶庭結之序已識非人境隨海邦
圍有客星衣佩華　堪入賦囊花　子不明發沙鷗已過虞文靖
胡騎寧隨趙武靈虞文靖集謝人贈白鷺衣詩着隨野鶴渾相稱不近沙鷗亦不驚
已失功名記硯亭誰將涕淚洒秦庭東歸叔伯何多日並拶臣民
若人亦星晝說外憂無勝敗始知中道有權經四隣要講和親策
從古未成是乞靈

有客傳京十近事

瑟瑟筠篁風滿亭雅雅藻荇月橫庭螢侵高座唇鷺鳥魚噴
清波岸躍星棟遶森林茶橘頌嚼晉香州補茶經被人饒羅魚旗
夢魘精前溪曉雨靈

偶成

吹是天涯孤嶼亭亭臨天海欲無庭退潮不見盈盃水垂釣徒
鷗鷺在留星弃與無車悲薛館甚於歸木翁鄒從亦屈遊我昌黎
學今鱷退服古鱷靈

命僮釣魚潮退不得魚而還悵然又賦

漂渺孤登海上亭雲林誘我入山庭龍騰島盡仍無地鶴頂峯高
可摘星巷僻兒童驟生客寺荒出鼠飫殘經胸中積痞都消盡

謾病爲服茶暫寓山寺

不是泉香是佛靈

碧琛書仍墨妙亭溪山花竹湊簷庭已愛烟波太忍窒又驚雲露

亦徵星傳宗妙錄虎頭畫壁世歸裝斗角經我涉雕軒今五載

羨君日日拜先靈

寺傍不十步有米山家額以碧琛亭

飄然還渡碧波亭直走親庭與禁庭百口門闌團若月千官晃

佩簇如星更憐此事真難得不似吾身已所經　聖主聞之應賜問

花中臣右一生靈

飄然有思

覆溪寺供佛祝願文

齋沐頂禮月癸日去悔以罪累瀆爲彌欽雖瀆之悔誠有不任伏惟尊靈是降是臨我吾修戒々影戒衾巧佞浮浦驕俎貪淫種々世間遊戲于陰一切惡業猶自警發其奈苦輪賦命崎嶇遭時多難九字氣禝惴々于仕塵跕禁林有手既袖有口既喑不謂禍胎腎伏棧潛災宅抵重而雪頭淋釜我以魚籠我以禽籍々楚秆䊮々鈞譚匪慝伊患遂投海瀞昔無恩仇結于紳簪清惡脣蕃才枝融淋巨浸衆舟始于歸潦尾之盡焦豈覆重琴有古辛無古辛神目䣝木沐人誰不祿神豈難諶陋茲海島百魔所侵南方多暑瘴霧氏霖食無稻粱病無木蔘晴恒余躬惟悴行吟千里去國隔絕高參龍輿還御䠞衛傳䖍耿々此斗灣淚莫禁戚々吾母年與悍深念彼阿手地分雷𨟠一骨蹋々誰與聯群二妹戀惡夏發如顛燔弱婦獨勞朝饔夕針稚子號呼日望雲岑

女賦竹竿喜同藻硈曷其有佸日月駸駸我聞詠愛是耽
淪沈惟佛慈悲古出愛心伏惟菩薩顯觀世音現瑞爲
華放光爲金來食與食不待炊爨來衣與衣不待織紝有
吾有秦天道相尋圓滿具足云賜自今善財行施摩尼珠
琛璚裝簡備莫罄微忱伏惟菩薩是量是斟是矜是
念是鑑是歆

歲戊戌臘書于雪窗下

寧齋南遷記　單

민영규 교수 기증
연세대학교 중앙도서관
2003년 5월 25일

望美軒記

寶城郡治古城東南隅其山曰望美隋而不甚高松篁楓桔之絪隱暎可愛郡中相傳曾有仙女降此山山以得名山下有川曰臙脂有潭曰珠簾皆以此余思果如其說即名美可也何云望也无乃遷〔亦有〕人逐客如昔之蘇子瞻者嘗至于此山旋面北望而不能已因以名之歟今不可〔知〕已然子瞻之謫黄州雖距汴京為遠猶在夏口武昌山川相繆之間若寶城者湖南之窮界也自此以外惟大海接天風濤澒澋可以謂之天一方矣可以渺渺兮余懷矣嘗試論之人之有天屬即有天性其思愛鍾乎有生之初无俟言也若夫男女之間外內截臣主之際尊卑迥焉一日由內而托乎外由卑而干乎尊

至別而合至踈而容其事爲人道之所不可無人心[也]所共願
欲而其主義以爲情乃[有]在乎夫屬之外其愛慕之思芬芳
悱惻纏綿襞結不知其所以然而終身不能自觧雖其端正
以爲禮正直以爲節萬萬不肯爲側媚容悅之態而其所以
自持乃逾見其[一]於情也卽不幸或以此艱悒受悔憂諳畏
譏以至流離困頓而逾不能忘也苟非其然而強爲牽連若
葉公所謂無可奈何而安之之說則是特空名浮貌而已安
在其[为]大倫而不可易也夫九重之居七章之服穆穆皇皇何
如人也而乃敢私謂之美忽然若忘[其]如天之尊如父之嚴而
乃以閭巷歌謠男女相說之辞比擬而指斥無以褻乎蓋其
愛慕之深發於言語文字聲音色澤之間者必如是然後

可以申盡其情此屈原離騷之所以繼三百篇之作太史公
替之謂與日月爭光者也子瞻之賦亦猶是也苟非其然即
朝夕於君所以乃心之罔不在者或鮮矣況天一方之渺々
哉館于林家在望美山之隈其軒久無名余因山之名而名
之且為記以自勗

釋函洱歷代紀年跋

自唐宋來儒者以談佛書為高致習而成俗既久則佛之徒
又慕中國之文籍樂與士大夫遊上下其儀論如漢蕃通關市
交相為利雖足以銷鋒灌燧無一時之虞而卒亦以此俱弊
蓋儒釋之俱弊也久矣如達磨不立文字慧能不識書乃以
其術駕天下使為儒子疑其於易大傳中庸之言後之釋氏

有如此者乎然為釋氏而慕中國之文籍固其宜耳惟儒者紛談佛書為不知之甚者也何以言之余嘗讀佛書其辭汪〻窅渺難可究結要以天地古今為幻妄雖其所稱無量無數之刼與三千大千之世界皆電也漚也空中之花也目中之翳也是則佛亦電漚花翳之中一人耳彼方自以為幻妄吾何用如此幻妄為哉若夫為佛之徒者雖讀其書宲未嘗成佛宲未嘗代佛則宲見天地之為天地古今之為古今宲見天地古今則又安能不宲慕中國之書籍哉且如有人問佛是何代人則必曰周昭王時人佛法何時入中國則必曰漢明帝時佛書譯於何時則必曰姚秦曰李唐夫以佛書之旨視之周也漢也唐也何獨非幻妄何以不曰電漚花翳而為是鑿鑿乎哉盍宲

猶可以證幻而幻不可以證幻如使中國無文籍則釋氏又
烏從以騁其說哉故曰為釋氏而慕中國之文籍者固宜也
大乘庵僧秉演以庵主函湏所輯歷代紀年示余以求言其書
自三皇逮至我朝揭名號標年數井井有次湏之徒曰檠雲
為序以申其師之意文亦爾雅八璽信可珍也因憶余年前
亦嘗好抄佛書今雖謝去之久已然都函之為此而意不能
無動故不得以俱斃之說甚函而叙其為此之故為函辭如
右演云函聚徒千人講授不下山年七十餘無倦心無矜容
若是則函固非浮慕而徇名者也

南庵學契序

契者券也聖人與書並作刻竹木使民用之以為信也楔者

禊也古俗春日水嬉以祓除不祥者也晉王羲之與諸人會爲詩文列叙其姓名號曰蘭亭禊今之爲契雖不必水禧祓除有蘭亭之宲而其羣聚列名大抵仿晉人風流與會一時偶然之勝事非如今人有所爲而爲者且禊與契不同以列名之券爲契者又誤也井田之世四民各以業聚居其名既同載於版籍而平居隣黨相友睦不待約誓而信戰國爭分霸者始有載書今之契者其載書之遺意歟然匹士相交非若與國之連衡即令有久要不忘之言藏之于心足矣焉用契哉今自農工負販之賤以至四方遊士無不契也其中多有殖財貨顯售姦利爲官府所憎嫉閭里所苦即不然而惟曰道義相尚患難相救者可謂

善矣然道義非可預期爲也人各有心雖父師之嚴昆弟之親有時而不能無畔寧能一日書名於紙上而保其終身之偕臧乎患難亦然古來感槩然諾緩急不相負者不聞其先有約契也要之名高則附衆勢彊則結多其勢有以然也順天南庵僧擎雲用其術講授其衆常百餘人余既與擎雲爲方外交而其所受業者秉演余尤愛之演請於余曰吾徒常聚爲學契欲乞公文爲之序余爲許諾因見所謂契者名與義皆非古浸以成俗乃至逃名棄恩枯槁寂寞之徒亦復倣其事然彼固無與於世者也吾無從以難之矣抑余與擎雲生同歲擎雲之雄於其衆已十數年聚徒如此其繁余亦蚤伏得無實之稱不爲不著然狷妄寡好平生所與同志屈指

無多人今又獲罪流放幽憂之暇時態惠茲方年少之士聊以自貽其類情且以相娛樂於海山瘴之中不知如此幾時乃得如聲雲否也又可笑已

送嘉石韓侯陞移蔚山序

某來寶城之數月知郡韓侯陞移蔚山府將行矣顧維罪累之人不可以出餞於境輒爲文以送之曰凡長吏者以近民爲治者也故欲觀長吏者之能與否則亦必近民然後得之故廟朝之所未逮者觀察使得以察焉藩閫之所或遺者而廉訪使又得以訪焉民愈近而得愈多其勢然也余嘗三奉使命觀政於郡國顧又有難焉傳車以警動則情未達削跡以偵探則事未覈且吾方留心於訪而吾耳目有時而欺吾

心偏聽先人之殺逆詐僞不信之患往往而有之惟年前嘗
謫居西塞日與其土人遊處既久而狎雖畏卑戀咎拘繫跧
伏非所敢聞於其邑之政而時或覘之以氣色聽之以歌謠
民之情僞可以無所隱而吾又得之於無心之地因思歐陽
永叔在夷陵有悟而吏事始以此也今於茲郡亦去以余所
聞候之政蓋約已而裕民者試舉其縣候始至挈一縢一僕
以自隨縢求一布將為相候取視之駭曰此杞材也亟命易
之以麁既又遣縢还而自養庖人郡為海山窮界飲食烹飪
不如法候春秋七十矣日啖鹽菜罕御肉枯苦澹泊處之無
所難僕欲買繩屨候怒曰奈何不自為草屨而求買為日責
令梱一屨每主吏有供物之少即喜而多即嚬蹙余方館于

郡吏家每聞吏相聚語不以私怨之我輩者此侯而已侯爲政二年節蓄有餘財庸以贍學資蠲里徭補吏饑爲惠甚多然余姑略其惠而詳其儉者惟儉故惠言儉而惠在其中矣抑余自來此後不敢以朝夕之須累侯而侯時時載酒携魚扶杖而過枉所謂既醉以酒既飽以德則有日矣獨又有感者頃値侯之生辰致盛食于余之所居有遠近來學者數人時方天寒雪作余呼與共食飮方行酒見小吏疾走至而厨傳者踵其後吏將侯命曰寄謝諸生讀書良苦可謂老夫一歡也其食如致於余者而其數視其人余得與列坐啜啜大喜過望心以爲一事也而侯之好學重士待賓客有禮周恤人情皆可書昔班固范曄爲史如循吏諸傳多書瑣碎之事

若無甚關係而至今讀之乃完然得其狀貌余素悅其文辭顧恨不能似然姑叙未此以後所得於侯之政者書之如此此觀察之所未詳下上必而廉訪之所未必盡也而其義則又露附於古之爲史者余又聞蔚郡府也號爲難治令得侯如此可以爲蔚人賀請以此文尊侯之先路其有不側耳而聆拭目而待者乎是爲序

借竹軒說

軒之內借床借簟借甌借笥借櫃借筆架借酒器茶兕借書皆非我也軒之外借山借水借石借花借草借樹借竹皆非我也軒既非我無之而非借而獨竹乎云哉望美生曰軒以內皆可提挈負持者也提挈負持者借之易軒與軒以外不

可徙者也不可徙者借之難擧難而例易也抑余自北來軒者北之有也軒以內軒以外者北之有也而惟竹無有乎北有之爲同無之爲獨擧獨而例同也蓋余旣以望美名軒爲文以記之矣旣而思之軒非我也望美者我也以我名而非我惡乎可非我而名我是非惟借之又從而攘爲有之惡乎可且夫余記固云如天之尊如父之嚴而乃敢私以爲美則褻於情而不自知則吾固不敢逭吾罪矣而褻於名而又從以及乎非我則吾罪茲重矣吾故仍望美之號以自見而易軒之名曰借竹明軒之非我而已乃諸生爲余張其說謂余借竹之直與潔以況是又非余意也余方懼重罪之不暇而又祈譽乎余方借軒攘而有之 之是惡又敢借竹而攘而有

之乎雖然余亦欲因是以有復於諸生矜可借也貞與潔可借乎況又進於貞與潔者乎學道而無諸己也將其借之于雒于閩乎學文而無諸己也則其借之于昌黎乎廬陵乎雖閩昌黎廬陵猶不足借況借於借者乎況借於借而又未之能借者乎余蓋借於借而未之借者也諸生其亦可而知所愧矣而奚云乎哉

聖人無夜氣論

聖人無夜氣者非無夜氣也無時而無夜氣也昔貧之士弊衣百結呼寒咤叱之聲終夕而不已及夫瞰日初出裸背負牖而曝之溫然可愛則始曰良哉朝氣也彼豈知此耶謂朝氣者乃富厚重茵之家之夕氣哉病瘧之人熱至如潮寒至

如沍終日而不止及夫景晏風清熱退汗收精神乍蘇則始曰良哉夕氣也彼豈知此所謂夕氣者乃彊壯無疾者之晝氣哉然富厚者終夕而無寒則是亦無貧士之朝氣也彊壯者終日而無憊則是亦無病夫之夕氣也然則聖人朝晝之氣乃衆人之所謂夜氣而惟其終身無物欲之蔽故志氣常清明心常無放常清明則無夜常無放則無朝晝無晝無夜是無氣也無氣則純乎理也由是言之謂聖人無氣可也奚特無夜氣哉或曰若子之說孟子何不言聖人之無氣而必稱夜氣哉曰孟子之言為衆人而發衆人蔽於氣質而梏於物欲其心常放其志氣常濁常昏有如貧士之苦寒病夫之苦瘧而又不知日出之可暖熱退之可蘇者孟子於是指其

未應事物本心可見之時而言之曰良哉夜氣也若孟子則
豈不知此所謂夜氣者乃聖人朝晝之氣哉然聖人之氣
旣已純乎理而無可言者矣與其指聖人無可言之氣以喩
衆人曷若就衆人有可見之氣以證本心然學者之滯於言
辭者不知以夜氣存本心而反以本心求夜氣則是於內外
賓主之分大逕庭矣而亦將有以氣助長之病故胡氏
復爲聖人無夜氣之說以見孟子所言不過爲衆人放失
良心者使之由是而省察而已易曰復見天地之心程子解之
曰可復以見天地之心而謂復爲天地之心則不可蓋天地之心
本無不善無復可見聖人作易垂象亦爲學者言耳
康節詩論復云冬至子之半天心未改移孟子之言一日之夜氣

也。康節之言一年之夜氣也觀乎復之說則知聖人之無夜氣矣

送高君邦瑞序

吾宗青皋之子美中從余于寶城之謫與(舍)其友光州高君邦瑞俱美中年甫踰弱邦瑞加其二而余又前與南一同遊其年與美中齊此三人者皆南方後来之秀也然美中吾同姓又故人子愛之無倦言南一之先世又吾之自出而余居此將與之為依惟邦瑞則可謂疎矣然余觀邦瑞之為人靜拙多恥寡言笑周旋有法度蓋一面而心儀之旣與居有日而逾見可喜余所居室其深三丈以其三之一為窓而屬之余則據其屬外之二而其奧讓三人余與賓客應接談笑紛如而三人讀書自若有疑難則闖窓而與之語至夜明燭於奧

而余則向窗側卧而聽其讀窓紙塗油蠟甚瑩照見二人笠影高低正仄如對好畫圖邦瑞讀朱先生書其讀聲韻折綯雅使人聽之知其媲古有律〻之味時遇感緊奮勵之辞輙為變音以肖其聲余每為之竦然至其大抗壯則余又笑嘲之使然〻邦瑞有疾不能久讀〻數板餘即掩卷以手翳燭而坐誦雅頌論語以為課閒嘗語余曰某之學未始不有志也而天則疲疾我矣某甚憾焉請以醫藥之餘幸而有間則將出遊名山大川以達乎京師用自叙其憶鬱而廣其聞見歸且復取吾書而讀之庶幾有獲乎既又為書數百十言以告別而非一言之贈余既感其意而又嘉其文辞之美不得以無應余嘗聞之學者無他焉為己而已已為則為己不為

則不爲非天之所能與也天且不能與況於人乎況於外物
乎子之言曰天疢疾我夫天果疢疾子乎子果疢疾乎則孰
使子讀聖賢之書而知好之孰使子慕名山大川之勝與京
師之富而思有以往從之孰使子爲文如此之美孰使子求
言於余如此其至夫使天而果疢疾子也則不能使子然子
而果疢疾也則又不能然子又何憾焉且子告余者文也而
余之語於子者亦文也子之文雖美非子之所以爲美也子
固有所以爲美者矣子之文不足以盡子之美余又豈能以
余之文而增美於子乎由是言之雖聖賢之書亦文耳吾嘗
意竊以爲聖賢文之尚不足以盡聖賢之美也抑又以爲人
之之讀聖賢之文而美者彼固有所以爲美也特因書以發之

耳然此余默然蘊乎中而未敢輕與人道者今爲邦瑞言之邦瑞其勉旃邦瑞果有志於學則天固未嘗棄疾邦瑞也知其不爲則雖聖賢之書不足以美邦瑞況名山大川京師之觀又其物外者歟是在邦瑞而已

書可隱遺集後

贈持憲可隱李公事行具載誌碣二篇(銘)此皆近世儒林名公之筆豈顓蒙奔陋者所敢贅辭於其後哉然竊謂知德莫詳乎通而論定必俟於久不佞方謫居貝州日與其賢士遊有語及公無不誦慕其風儀而以至村氓野老嘗及見公之容儀者亦皆嘖嘖相傳道蓋公沒三十餘年矣而至今如昨日公之獲此於鄉黨州閭里豈其無所本哉公之孫教文甫既

已從事師門為南服之望而其諸子文學皆有規矩亦足以徵公所貽之遠矣公遺詩文若干篇并附録一卷其家屬余校勘且為之一言余不敢辭按誌銘中稱公好書而不自私以待來讀者此在公固踈節然公所藏書至今無恙有鄭侯公擇之遺意自余來此幽憂寂寞之中時從公家借書以自遣是則余未為非荷公之惠者也又何感也

答鄭雲藍書

某在京都時獲聽四方賢士之論知有雲藍鄭布衣雅矣平生多遊遠獨皇華亭以外不識路以此無緣一會冬初有此行途由玉果見清溪紅樹茅茨隱暎處輒欣然問之意以為雲藍宅也暮宿院背店聞相距為三十里嚴程不可以迂也

為之惘々而發凡某所從聞雲監之風誼者其人皆南州之
秀然在北而聞則未有詳於葛君至南而聞又未有詳於美
中自得美中與之處吾於雲監不見而知已見之所謂面貌
言笑甚至所嗜好無不審者某於雲監則然甯不謂雲監乃
反以加之於某也昳日々下午倚枕吟病聞窓外美中與
人語雲監先生安寧否不問可知為葛君來也葛君入座寒
暄畢向大袍濶袖中抖擻出一書意又或以為雲監有書否
然不敢必也及見書果雲監也蓋某於雲監書跡亦已所謂
審者也披緘展牘喜不自勝不暇以區々感謝語為報讀
至草木之年以下輒又悵恨不能已某輩已聞之於美中
矣美中言雲藍嘗對人語李某與我同庚嗟呼孔北海

知世間有倫在某可謂至幸然抑不知雲藍此言豈羨我耶無論某無可羨即雲藍自非羨人者其亦惘我已而聞雲藍十歲內外已以神童聞即今文章又如此其邃且鉅也然如使某三十年前遇雲藍尚為同隊之魚即今文章某亦不敢以千里畏人耶愧於雲藍者踵不出門脇不至席此二事也而雲藍為雲間龍若李鳳源真凡鳥耳獨兢於雲藍則未書耶云西謫南遷而已雲藍乃欲以此而張之歟嗟乎其亦惘我而已今與我同庚者其貴顯則有樹羽毛羅弓矢為丈夫之遇於時者矣而某固未嘗羨之獨於雲藍布衣歆艷之如此已可謂大逕庭矣而雲藍顧又有取於南遷西謫之窮者華之以高文如被文繡於枯木非耶稱也嗟乎其惘我而已若

夫劉忠宣趙文烈金文敬之云則又恐雲藍見教之過也夫
以遷謫之故而處用三賢相語諉則某又將以古之道德望
雲藍〻〻豈不蹙然矣乎雖然士不以上等自期轉輾流遁其
終為俗下而已來書曰中豈人之所易識哉愚請因以演之
曰中固非人之所易識亦非人之所易能若是則雲藍之見
教有說矣惟出而自期者高然後汚不至為胡廣趙戒惟處
而自期者大然後不流而為种明逸常夷甫是則又所以文
易而不可忽者也苟能斯道矣則所謂千載可朝暮過而四海
之內兄弟也同庚不同庚不足論又況所謂百里而未獲千
里而終遂者何有于是哉然某之私心則有不能捨者賴天
之靈有南歸之日思與雲藍相期于班荊之間雖不能悉攄

其平素之蘊而亦足以奉一言之箴誨且與較其身之孰長而顔頷之孰加老然又未敢頽質也恵貺莞席謹已拜登仁者之贈永以為好雖（惟）是荒嬉放弛嗜卧好睡有愧乎管幼安之膝張子韶之趺久矣又加之以便體之具其何緫以堪之蔦君別去美中亦將於日間啟覲歲暮多病悄然益無以為悵學力之淺何由有進既已不避而見貽矣繇此而時恵嘉音庸以警言我之昏陋慰我之寂寞是所厚望焉臘將除矣仰惟上奉大耋喜懼並劬惟冀侍彩增歡進修自愛不備

答經香太史書

秋杪在鄉承覆教嗣於郭外又承下書到此又承小札前

後三度款〻懇〻旣引勉其愚陋而復慮其疾病困頓庸以
警厲而慰藉之如有不能已者次第奉閱感歎曷勝郭外
所承書先到京寓時值無人使者虛旋及道次倥偬無暇
修筆硯事闕然至今又此郡前守已陞去其胤子不曾來府
以後次下札久始入覽念惟渥承嘉惠若是其重複而顧無
一字之報雖廣度善恕諒亦不能不以爲訝也伏惟冬令崇
體動止對時貞固向來餘愼漸臻康復否竊覸雅意江湖廊
廟雖非二致荒濱風雪旣不愜於調養脩門咫尺未免有陳
就之勞不審近日現住何處无任馳溯繼以懸念某罪重譴
薄善地安居銘恩訟愆有涕有汗蓋嘗自惟稟氣駁而檢身
疎雖嘗讀聖賢之書不爲不久而不過以口耳四寸爲鞶帨

之資而已何曾斯須用力於微密之地約之工哉其所以自治者如是則雖於敵以下何敢忘效責難之義而篤誠意之學哉讀朱子書至吾身行以下一段每不覺愯然而怛然重以疾病淹歲證形醜惟隻身孤寄體弱情軟又不能無憂慮之意雖然尚有賴以自壯者當世值大人君子如閤下而不以曉曉之譚見謫反慰撫之有加此則得之於大人君子者然也遠近游學之士往往有賢父師之教知趨向之大方者而携書載酒相問於寂寞之濱甚或守而不去此則得之遠近之士又然也所得如此烏可曰無上下之交而不見知於人哉然又非敢特此而自足也特感閤下見念之厚而言之不斷而已至惟嘿然而諒之湖南之學近有故侍郎盧沙奇

公倡於一隅灼然有以自得性理之通藪文章之浩瀚既已名聞一世其論學諸篇要爲來後必傳之書不審閣下平日之論以爲如何今其門人弟子散處諸邑皆能教授其鄉里蔚然相望某地有某〻某地有某〻某地有某某地有某〻地有某〻地有某〻地有某此皆篤行劬經隱居不躁者也某地有某〻雖低佪場屋間而才學俱優者也若某地某〻地某則又以文辭能自見者也昔元徵之論甄代父子昌黎嘉其善事不悔昌黎薦士李習之猶勗其勿量力而爲之徵之不足道若閣下今之韓子也惟閣下可以此聞抑惟某可以此進固知閣下蕭然超然相忘於勢利之道無所爲力於此等人〻排干名求譽於時者然竊怖以爲閣下學問文章爲朝

野所共想望以官居大宗師之位九一國之士有可以聞於
閤下而閤下或有所不及聞則亦知某輩乎知於閤下者之
與有責耳輒敢枚累如此計惟察其迂而諒其悃也竒
公以徵士躋卿貳在法宜易名聞其門人將以來歲謀太
常之狀當亦有聞於下執事者也自某來此每見士人家
冠昏喪祭禀禀鄉尚古禮都下搢紳所不能行者於斯乎
見之良辰佳日水邊林下徃徃有尊俎儼介讀法聽講之
會村童野老習覩而不驚問何從而取斯則皆曰自長
城信乎風俗之興壞常由乎人而儒者之不可少也若是
夫因紀茲方所聞見不覺支蔓如此甚非处約之所宜
非特夫閤下之知我疇為而其然也伏惟覽訖亟拔之

箴無使煩人以重某之罪也不備

歸而求之有餘師論

孟子謂曹交曰子歸而求之有餘師朱子釋之曰求之事親敬長之間夫事親敬長者我也以我師我可乎曰事親敬長者我也而知事親敬長者我師也能事親敬長者我師也使我而無良知則何以知親之當事長之當敬使我而無良能則雖知親之當事長之當敬何以能事能敬我之有此知與能然後我以是事我之親我以是敬我之長而我亦以是求我之師蓋所謂我者有形體者之謂也所謂我師者視之而無見聽之而無聞執之而無象雖無見無聞無象而其神明之具自發見之昭著

能此使形體之我惟是師是聽此我與我師之辨也而人惟蔽於物欲一朝改其師而遷焉視形體之所嗜好者而往從之久而不返則甚且不恤其形體而至於喪我況烏知我與我師之辨哉今所疑以我師我云者是正不知之過也不知由於不求不求由於不歸歸之爲言非惟使曹交敀也天下之不歸者多矣子苟疑之盍亦所以歸哉曰審如是也人皆可使歸而求之即有餘矣何以復有師弟子之名何以復用講學爲也曰噫此不可以易言也姑以師喻今夫學書者同一師而業有精麁者敏鈍之才異也人之道於亦然同一心而覺有偏全者粹駁之質不同也如使才之鈍者惟信師之所授而不復

質難則終身而不可得以精矣如使質之駁者惟信心之所蔽而不復省察則終身而不可得以通矣然才鈍而惟師之信者雖不精猶不畔棄其師若質駁而惟心之信則非惟不通將恐猖狂恣睢而無所不至蓋心者理與氣之會而良知良能之所蔽又不但孝敬之一端而已此其說至難而不可不慎者也故易曰忠信所以進德也脩辭立其誠所以居業也中庸曰尊德性而道問學朱子車輪鳥翼之說備矣夫陸氏王氏之學非不能敏而求之者也非不能有餘者也而王惟其師心之過而至欲廢師友講學之道則偏矣故其學終流於詖遁遁而不可捄此又儒者之甚戒也朱子之釋宲於此章註末寓之以論語餘力學文之意夫餘力尚必

學文則安可以歸求爲有餘哉此朱子之釋宗旨本旨不同而亦陰補孟子之說且微陸氏之敝者也雖然以寓愚規之孟子不屑於曹交非惟礼貌衣冠言動之間而已抑以交之淺陋本不當妄希驥進登大賢之門而問堯舜之道特見孟子方以後車傳食爲時君之所尊礼而其門人亦多矣天下之英才名聞諸侯交也竊不勝其欣羨歆艶之心遂踵門而求見又請假館而留業役其來見也見而所言不過如此則設使來留而得留亦何業之有不過幾日固將歸矣歸則且大言我孟子之門人也又將益之以誑曰孟子謂我可以爲堯舜之道此其必然之情也孟子探其情而距之正以交

之所以爲交非病不求師耳正病求師且求師以名者貴求於師外求師以道者求之於內求之於外則出遊四方而嘗不足求於之內則敀遡方寸而自有餘此又今者求師者之所當先辨也夫以求名之心求師則雖得孟子以爲師其人則不過交耳況世無孟子久矣而猶紛紛出遊以爲名者其必有交之不若者矣

葛細凉淡寧齋銘

余以潛廬號者久矣今聞美中言葛君細凉亦號淡寧者本細凉家風也余不敢與細凉爭細凉曰請有定以之余又不得辭細凉蚤從蘆沙奇先生學又與鄭雲藍爲鄰被服儒雅有闇然自修之美余盖必重之不

獨以其為琅琊之華胄而已銘曰孔孟既遠理與事二道為
無用〻則功利貫獅王佐學猶可議董見大原而乏其施光
乃祖經緯天地寀惟尹説謙曰仲叡史官修隙劣兵優吏
稗家述誕倏神忽鬼俗儒拘迹申韓是為定于有宋三代厥
幾紫陽小學標揭宗旨寧靜致遠澹泊明志惟精是研惟性
乃理是為存養是為格致曠四百載若符節値不視其源曷
遠其委不徵其根易茂其彙若奇治平修正以至若孫曾玄
禰祖是自惟葛緜〻遠矣東徙有忠有孝而不火熾暨至于
君懷紹惕墜早從師友悦聞仁義我叩其蘊歆若有愧惟行
之難父母昆季庭無大悔餘力文字我聞其言既感而喟惟
忠武侯方隱不誠想其所為不過期事苟過斯事是則出位

是則願外是則末異雖以有聞淡寧則末易之覃芳天下以衣后妃採之王服是緯人謂其榮易不增貴坙々谷萋々混于凡卉惟其葛矣匪萬匪尉我銘淡寧以見其意忠武有後因曰弗類

書新孝子事

宝城郡太谷里有孝姓人本貫慶州流寓不振尚以士族行此人椎魯不識字與母兄析居能力田以自活兄窶甚有時飢餓其母兩昇若因聞里中目之爲不孝子此人今年三十餘矣夏四月　制書下令外道監司守令修明鄉約勸孝悌禁邪辟籍民之善惡而獎扶之郡守奉　制書用古讀法礼布諭大小人民此人於稠衆中聞郡諭意瞿首閔黙良久徑

趍至母家跽謝其兄曰弟昏弗孝弗悔罪不可活幸以母與兄之愛許我改孚則請奉私貲三之二以助兄事母又曰弟心欲養母于弟之家然兄長子也弟不敢干母與兄大驚歎退具則籍其田産歸之兄而又以其私為母具食物每五日適市買鮮魚以進自是里中呼此人為新孝子鄉約長以會之日召之與之酒書其名於善籍且問何以能改之速也此人不能荅頓首而已李生東璋請余道知此云

論曰余嘗擬為鄉約儀大畧以為難行考之朱子書及國朝先賢之言亦未嘗必其可行蓋非惟流俗見然也今聞此事殆知鄉約之知此夫人必而慕父母知

好色有妻子則耵愛分而天性浸衰薄年踰壯則嗜欲
益深而筋骨強矣此人之能愧悔而復其初一難也
谷窮耳目無聞見之人其頑如木石無異幸一聞
善言以開介其耵以為人之灵知則其遷善速而無留
礙勢或然耳若宝城雖海濱然其俗彬彬衣冠之家
相望方此人之初里中目之謂不孝則此人固聞之矣
然猶不悔至年三十者此豈有可移之勢哉二難也
古之晉元乙普明猶其官長面諭之也此人在京師
八百里外一聞知諭之言而洒然洗濯其心翻然而化
雖以吾 君堯舜之聖其得此於民蓋不數數覯
矣此三難也或謂此人畏惡箝籍之四訓而改其惡孔

子曰小人怵刑凫子曰畏威如疾民之上也果今出於怵且畏猶足為小人之上抑余覌此人非惟怵且畏者意其中固已有愧悔之萌而特以縱棄循習雖欲改圖以自新躊躇不能快忸怩而不能復一朝天誘其便而導以跻于本然之域如草木思榮於陰崖而時雨適降雨之功溥矣而草木亦未嘗無萌也且吾聞之事物之不常有而德之應乎期者謂之祥瑞此人雖微其事足以為瑞庶幾聖主之化由是而日升使民斯日遷善而不自知此其為瑞何如哉

和平會卷序

潭陽長申李氏至德之後世有令緒聚族於一里之內而礼儀文彩無羨於外其所與婚媾皆湖南士君子之家不以貴

富挾而視德之維均其良辰嘉日內外黨之鱗集揖讓折還緒文以詠歌有士相見之遺意近者年少之秀若干人與其遠近姑姊妹之婿若干人合約為會名曰責善契而以序來屬余聞而懿之然今之所謂契者吾不知其何謂也而湖南又何契之多也頃已為文悉言契之非古今請為諸君易其稱可乎抑所云責善者意則甚善然吾懼允蹈之甚難而宣昭其辨之蚤也不佞少溺於詞章老將至而愈嬉未嘗一日用力於誠身明善之大方然其有所擇之藝則斯有所與游之友矣惟能知古人之文然後能知人之文惟能知人之文然後能評品疵摘於人之文惟能相知其然然後能受人之評品疵摘而不怒惟能受其評品疵摘而不怒然後又從以

評品疵摘於其人之文而不疑夫是者吾於友蓋四五人而已吾結髮宦遊數十年周行万里之道結識如雲其取之之難如此況吾所採之藝至淺耳今夫善者天下之美名也責善者君子之盛節也以美名自任以盛節相期而不出一里之內內外黨之間而居然逾三十人之多此吾之所以為諸君懼也詩不云乎伐木丁丁鳥鳴嚶嚶相彼鳥矣猶求友聲矧伊人矣不求友生神之聽之終和且平此既饗兄弟而復速舅甥之辭也而有求友之情焉於義為協請易責善契曰和平會詣君論之然則所責善乎曰何可所乎責善於和平之中無傷其體而務其實無隳其量而適其宜斯善之善矣

與奇松沙書

誼惟冬令靜養起居有相建昌雖未嘗有夙昔之雅而蓋自弱齡已能饗慕先王考令監大名因以聞知康成之有小同久矣宦遊遍四方獨無南州之緣由前而積責沈之愧由是而遲傾蓋之歡自來此後幸從士友家得借遺集一部朝夕敬玩而且與李美中諸人同處亦以日聞尊座之風誼雖高山景行慨然莫追而典型未沫彷彿若通稍慰平日慇然之依茲奉一書敢效挹契之願顧以罪累之蹤不敢覼縷支蔓於尚口乃之窮際倘維默諒之所自愧者尤有在焉建昌亦於童年嘗奉教於先大夫負劍辟咡依如隔晨而荒穢浮宰重以王務私累之擾汩居然逾無聞不足畏之年矣自松沙而視之其猶足以齒錄於記存之末而有可以一言之教

嘅言之至此窃有慼慼於中蓋非徒然也萬〻不戩惟祈進
德益新謹拜

書李士吉卷

使吾遇子於道不知其何人而與之語而得之則吾且驚
喜何知也今吾見子之才誠矣美吾亦可謂傾倒於子
矣然以吾來此聞子之名過厭而訪王子過渴故見子之
知此而以為固然豈惟以為固然又從以若有不盡然
士之行於世而求蚤譽者可以知難矣蚤譽猶難況
蚤譽之不能無蚤訾乎士方貧賤戒之在諂然
後進之於長者則不可以不恭不諂之謂節恭之謂
行行不脩而節立者未之有也子將遊於禮義乎

則禮義之門不可以不恭也將遊於勢利乎則勢利之途
又不得以不恭也子旬吾言与々子之明辭言而無甚異
吾則甚樂之然天下之長於子者其性不同子勿以吾槩
之也士始學於鄉自視足以賢於其鄉及學於州而知夫
鄉之不足賢也賢於天下則幾矣而夫惟賢於天下者
必無賢於心焉無賢之心然後天下賢之已一也天下之人
不可計也使已才足以當十人奈百人何足以當百人奈千
人何其必有術焉知百人之不可當則無寧伏於十人
彼十人者知我才足以當十人而無故而伏於十人則必
喜而反伏於我彼百人者見我未嘗與十人敵而十人無
故而伏我則必畏而又從以伏於我苟用此術雖千人

可伏也即百人千人皆可用是而不然而攘臂彌於衆曰我能當千人云爾則人思與之敵則奚翅而不敗然此吾所謂術也非道也夫惟道則無所謂伏之者焉君子有盛德大業而不與而況於文辭乎況文辭之末至於工者乎子且放而讀十年書其必有斯進於者矣

無所謂伏之者焉

贈宋南一序

宋生南一受其王大人之命來與余游余之論陋豈能有資於南一惟南一先世嘗有甥舅之戚於余之黨而余又南一與族兄允明承旨謹以此雖相見日淺而相與之誼為深況棄憂思寂寞之中得佳士與共處於余何其幸也南一好記錄余詩文余來此後所為詩多矣

而文僅一二篇意欲爲南一爲之而未有其說昨者南一王
大人扶杖過余寓舍視南一日聞所讀書至律二喜顧余謔
謔鄭童既則曰余家自數世來頗稱於鄉里吾傍落矣吾以
己丑生甲子一周之歲家不戒于火凡平衣服器用以至先
世之籍盡燒無有而惟男女老幼數十口得免於焦爛吾閱
地以爲廬編蒿而寢處其中者屢月然意獨浩然以爲凡物
之今無有者皆是非我有也惟此孫方年十七手書杜工部
詩數卷頗楷正可觀吾爲粧之池而置之案上愛之如珍寶
今亦燼矣以此不能不歎惋孫在傍言他物尚可念此則在
孫請旬月之暇爲大人還之吾意殊不信至期果如其言視
前加好吾於是大悟天下萬物惟此爲我有也自是艱難困

匱無所攖吾心而惟諸孫筆墨之費之不繼是吾憂也此孫
之第四皆能畫字其第二者尤癖書其母嘗辟纑孫問此奚
爲也母曰將爲汝衣孫曰華於服昌若華於藝請鬻是以易楮
母笑諾之吾見此心又以爲婦女能不吝其機杼況於其父
祖乎始諸孫學書其棄紙尚可以塗牆壁令書稍工往往爲
人袖去並棄紙而不可得吾心乃益喜與吾孫同學見其家
或俗有於吾者然見吾孫爲書用紙濶大輒取去之而不必
自齋來也吾心亦無所惜凡此可吾老人之言甚不足溷
客之聽然吾於吾孫則已勤矣而今幸遇子或者天其有以
遂之歟余聞之不覺有感于中旣謹謝聞命矣而且記其辭
以示南一凡爲文以示人者皆其人所不知而得吾文而方

諭者也此則南一家中語宜若無待於余文而天下雖盡者
倫理也易動者人情也人之喪父母若祖父母之恩自始生
而日月多矣涵濡於其中如魚之在水久矣及聞人語隣里
翁嫗養其子孫者未有不怵然而感讀書至古人慈孝之事
則又加感焉使南一觀吾之文而忽然自省二十年所蒙教
養之勤使聞者為之感而記其辭如此南一讀此而如聞古
人之事則豈能不以古人之所以大有立者自奮而宜僶自
安於今之所能已哉南一既有志於學而顧數數然訪余文
章之術余恐其不專一而嘗斷之然文章亦無他焉惟情至
者為真文其次言之有序而已郎讀余之此文亦足以知史記
漢書之法度又非夸辭以負南一者也

贈尹許二君序

詩小藝也有道之士固不屑屑於此然自詩人言之要爲守窮閒不可少之事而殫百年之精神嘗懼其不給蓋菁華無巨細未有不專而能者也頃見黃雲卿與人序云欲選鳳藻于霖諸人之詩爲一集余爲之駭然曰鳳藻亦足以爲詩人乎旣又自思自二十時至于今二十餘年其間目力與心力十之五六未嘗不費之于詩雖嘗閒習爲古文又閒治宋儒家言而皆詩之餘隙耳無論本末輕重之倒置即專於詩如此而詩亦竟不工每視于霖之高妙雲卿之精之刻羨企如異世人而不可及歟則天分有限又非不專之過也斯又可愧焉己順天尹泰卿祀禮許周彥與雲卿友深究詩道介雲卿而

而訪余于寓舍俱以詩爲贄清婉有可喜其爲人又皆樸茂方還矣榮利數然期有獲于此者可謂得天分而又專者也南士多以講學聞以雲御獨以博覽群書自豪尤有志於鄭漁仲馬貴與之著述而姑未之能今以詩人嚴雲卿則淺之雲卿也詩雖小藝其必有根柢焉夫以二君之天分與專以加之以讀書以厚其根柢則于嚴雲卿無所畏而也況於余乎請以是勉二君

與李嚴試 相高書

僕頻年居田野嘗有聞於樊須之圃矣凡蔬茹之族其種之美者其始之出土也甚艱爲圃之術惟擇其種而相其地之宜或耰而播或撥而種適其淺深疎密之度而加之以膏壤

以厚其培壅而俟其出然其有出與不出圃之所不能必也
雖出矣而有盛與不盛又圃之所不能力也其用志勤者朝
夕抱甕以灌之而其不出者終於不出而已雖出矣而或卷
屈沮抑瘁焉若不勝而無以自立者或旁披側撓紛絮雜出
而無有順其性者此雖抱甕之勤而無如之何也惟其將盛
者必以種之數日而有霢霂焉凡得霢霂而出者其莖挺
然若無所畏其葉油然若有悦豫而不自知夫霢霂之潤奚
異乎抱甕之灌哉然而其效若是者天與之人殊也凡若是
則不惟出之無艱其盛又可卜也彼所謂瘁與紛者雖出矣而
曾未旬日而又有蠹焉惟此挺然油然則蠹不敢伺而卒遂
其暢茂孟子所謂孰能禦之者是也因以竊歎士之自致

於道德者固無俟乎命之有然有不然則又聖賢之所不能必也不能力也其幸而出乎時又幸而得展施其所有而莫之閼又能內顧其中而有愉快無愧怍則必其得於天者厚也是又不能不謂之命可以感矣僕於足下齒髮加長而交游之分尚疏足下所造之深又非僕之所能具聞然竊嘗聞足下雖以太夫人之命黽勉科第而絕未嘗留意於必得之術僕聞而韙之然私獨以爲近時徼幸之途非如足下者所可偶然而取之足下爲人無論閥閱聲華即骨相亦必早發不知天將何以處足下乃者朝廷大徵儒孝之士用成周賓興之制而課之三舍僕於是喜足下之時猶夫嘉蔬之值霢霂也及夫　至尊親賜華札太史

氏定高下而足下裒然為首一世之士皆羨足下今日之所沾渥而僕則又知足下他日之盛大鴨茂可由是而無疑也僕之謭劣尚不足以知足下於殆遑敢圖足下之後而其所以質言如此者蓋以僕之驗於圃者而卜天之厚足下然也夫以足下所見所學之過人其於一時之獲豈足為愉快然足下內顧於中諒亦必無絲毫之愧怍而適追先人之志報喜於高堂之上此亦足下夙昔之心也繼是以往雖公卿之貴方伯連帥之富館閣之清華銓衡之要膴皆可馴而致之其亦挺然焉油然焉孰能為嘗於足下哉夫僕於足下雖未能測其所造之一二而嘗見足下好讀李文成之書而數稱述其事誠使足下之於他日盛大鴨茂而莫之閼則此李

文成之道行也此國之肥也蒼生之福也士大夫之榮也又豈惟區〻爲足下幸哉雖然足下其尚慎旃古人云三不幸不足爲足下賤而大名之下其實難副此亦足下之所宜兢〻者足下其尚慎旃僕身在罪謫豈敢爲慶賀人事而感足下頃日都門之餞厚意無以報輒自抒其所見逆耳替書冀足下一覽而從之勿以浮累之名厠之于書記之簿是仰

曺氏派譜序

譜有序昉於蘇氏〻自謂也非他人爲也凡文不自爲而求他人爲者必其言之嫌乎私而事之疑乎傳否於是而求能文章之士之言以爲重以公於天下後世至於譜則固一家之私而已家傳即譜傳無藉乎序〻雖甚文又無加乎譜何

庸求之歸熙甫論壽序之非古曰是不過言某人生世今幾何耳夫某人。世生今幾何與某姓以誰為祖以誰為子孫均之無庸文也若夫祖之孰賢子孫之孰顯則又別有文以紀述則可非所以序於譜孰非祖也而獨賢乎哉孰非子孫之獨顯乎哉親親賢賢貴貴其道不同譜之所以係親親而已賢貴非所言也余見近世為譜者必求序於他人余竊以為非古夫為譜而求序於他人雖能文章而其言足重余猶以為非古況文之不嫺而不足重如余者乎幸余既以為非古而又躬為之後而不之辭乎然故熙甫平生為壽序最多編其集者病之而為之鮮則乃曰壽序非古而先生為之則古文也文之有應酬雖名家如熙甫猶不能已況乎余乎曹氏居寶城者以高麗侍中昌寧府院君爲祖侍中在麗季威望煇爀在我　聖祖之亞昇華以來後承寢微然有如靜窩追齋夫子登上庠遊於大儒之門以德學聞至近代有如守分堂又繼靜窩追齋之業鄉人士至今稱之夫賢与貴非所言譜也而若侍中則遠矣若靜窩追齋守分堂之賢則又幽而不彰矣序其譜不可以不書求文者曹生某也余謫寶城甚之遊而譜成適於是時某之求於余以此而余之不能辭亦以此云

苟安室記

梅泉子世居南原梅至泉子而累徙自南原而光陽自光陽而求禮〻〻縣寡壞瘠梅泉子所居山曰白雲曰洞萬壽

乇崛岩犖确穀蔬之産僅以給居人饒茶蕣吉貝市以易鹺
餘外無所利又其地勢雖僻介湖山嶺之交而大路由之二方
有事則兹其爲阨要余雖未見求礼據圖以徵之又讀梅
泉子文如萬壽洞白雲渠荷。室安諸記敍其風土俱不
見其美又非遺俗避難之隩區也惟其所謂栭栗掩村
松子叢木塒栅鳴吠在白雲之中又謂弁樹叢畲時聞
詩書之声頗令人意思僊僊然此自梅泉子之言之有味
耳未必其地之可樂如是也梅泉子起南服勝冠即有雋
譽自負其能出遊當世踔厲風生達宦不足以盈其眥
睨儒不足以屈其首惟求古書友數千載之人神氣相往來
嘗謂文章之不古若時文之以壞之講學以溷之也環

者尚可改混之則不可復分士惟多讀書通文章之法曉事
物之情僞爲格致出而用之廟朝之上爲事業爲名節不遇
而老於山林之中仍不失爲文章其識解論議往往嶄絶洞
快如矢破的如鉅取朽雖其於六經之旨聖賢之用心顧未
如知何而總其所長可謂一時之奇才矣夫象犀珠玉出於
海山之阻而來現者必於都市豈非以至寶所居非僻陋寒
儉之與而宜望氣而識之定価而售之者要在稠衆之會繁
華之衢歟以梅泉子之才而旅遊十年僅得一進士故而自
逋於万壽洞白雲渠至自名其室曰苟安則吾恐朝廷宰相
不能無任其責而即如余輩歐陽公所謂無資攘臂之閑民
猶不能不悵然而失畐誠不顧梅泉子之苟安於此室也梅

泉子求余復記其室余爲叙所感者以應之亦淮南小山之餘意云爾

質齋記

李君伯曾訪余于貝州余與伯曾別十數年矣相見甚喜是日余又聞赦欣然無幽憂之懷春雨濛濛竟夕相與從容爲懽笑間則發其篋得詩古文數篇讀之又甚樂伯曾忽改容曰吾久遊於外求薄火爲老母養甚苦不能滿吾將敀矣吾且去文而就質韜踪匿景於萬山之中泯然以忘吾竆也吾故以質名吾齋子盍爲之記余聞之不覺悵然有惜心焉使伯曾之言果信也吾不知何時復見伯曾縱見之伯曾之文去矣吾何所讀而樂之如今日也伯曾之文錦繡也使爲

錦繡者一朝易其機杼而爲布帛則吾不知其爲利孰多而甚不足於觀者之目則有間矣余方爲伯曾惜伯曾之自視又焉能無情乎雖然微獨伯曾耳雖余之拙陋乖而擇其藝術以自聘其區區之名不爲不久矣而年歲之所遷人事之所更居然不能無今昔之異而況伯曾乎昔子貢對棘子成曰文猶質也質猶文也虎豹之鞟猶犬羊之鞟其言若此詳而吾嘗讀之猶未能曉然於心今伯曾既已自擇於去就之分而無所憾其必有以知之矣吾又何足以爲伯曾言雖然吾觀伯曾近所爲文愈博辯奇嵬惟意之所恣而不衷於常使人驟見惝然而驚既則津津然不能捨若是而可以遽言去文哉草木之華必極其光豔而後斂而後落而後實

成焉今伯曾之於文光艷甚矣而尚鮮然無欲厭之意以此卜之吾之爲伯曾惜其或過矣而吾猶有幸焉姑書之以爲質齋記云

永慕亭記

據一區之墺田焉廬焉於其間而全於其後昆第分而族以蕃子孫長而去以遠此古昔三代生民之所同也自夫周末游學盛而士輕離於其鄉秦人開阡陌廢禮義析官出贅而宗法大壞民始有忘其本始者居今而思復古之道固宜以去居去葬爲善然吾行四方多矣其所見鄉村之聚人士之居宛然如三代之旧者無往而無之獨不聞古道之行何哉又吾頗以文字自娛人之過所而見

求者亦多然其所求為文之題可數言而盡曰某齋某堂某
亭非其田廬與書塾則佺舍也其文可類作為板本易其人
與地之名而施之則可一日而應百人此非惟三代詩書之
所無徵雖後世所謂古文未有如此以應人之求而能傳於
後者顧今之為文則不習此不足以行於世吾又不知其何
謂也宗人秉浩訪余于貝州求記其佺舍之名兼全求慕亭者
蓋求禮芋洞李氏系出臨瀛大君貞簡公々々々之孫雲陽
令令南始從雲陽令之孫持平公殉于倭難其後子孫久不振
嘗於聲而裕於寬麟趾仁厚之振々至今猶可覘其地得崇
岡廣川以為勝足以遊眺覽之賞而其宗族子弟以時節享
祀之餘讌會於亭上有行葦之風其父兄之秀則又相聚

而肄業歌誦之聲不絕此其皆可書而亭之名則必曰永慕吾於是有以見諸宗之重本治也雖然請有以一言贈傳曰思事親不可以不知人況慕祖先之烈而思所以光復其門戶則焉可以不懋哉吾觀湖南近日儒學大振而文章之士亦往往而出於東浩之雋茂有材志者蓋亦求之師友之益而因以究聖賢豪傑之事于是而能獲焉則其於永慕亭之光而祖先之忱穆大矣不然而徒求記於余者得其不腆之文歸而揭之亭何足以重哉姑以是應其求

寓峰和尚塔銘

順天大覺庵僧德旻訪余于寶城之謫廬以其師寓峰和尚之狀請曰願有以銘旻端謹通儒書尤善於詩與余游息雖

氿又以書來曰吾師之於佛之教可謂精矣其有功於寺刹
可謂鉅矣然是奉聞士大夫文章有體不肯以浮圖傳鋪張
語是不敢強惟是吾師一生忠孝其心事皦然不可泯沒或
者立言君子之所不拒乎余嘉其辭之令而述之勤迺按狀
曰師諱樂鉉字天然㠀峰其号也其先驪州王族其考曰金
駿中其妣曰朴氏自靈岩徙羅州而生師師初即善慧用術者
言使出家年十三薙髮於清溪寺遊歷諸方至三十始升堂
教授大振其宗風中歲遠遊東至金剛東南至大小白山坐
禪於彼流之玉浮菴晩居順天松廣世壽八十七也歲閏二
月十七日微疾自書偈擲筆而逝越三日火于東峰下收骨
而塔之實(寶) 純廟三十年也師年七十八游遺之喪自以形骸

不可以為禮哀痛泣血憔悴如枯槁臘三年不啜醬隣里目
之謂孝童或謂孝僧平生必以子夜起先业鄉望闕四拜風
雨疾病未嘗廢國有大喪輒自設齋醮禪誠祈祝或有問曰
佛氏之法以道為樂子何沾沾如此師瞠曰子謂以道樂道
是何物或曰惟心而已師曰夫心者萬累雖空萬理斯備心
若無理如秤之無星何從而為道忠孝理之固有者逃寂而
忘忠孝不思甚矣丈夫遇而登庸則有朝廷之忠其不遇而
隱淪則有山林之忠吾所以晰夕熏修誓報　君恩者乃
吾以為道也噫此德旻所謂不可泯沒而求余之言者歟抑
余聞在昔龍蛇之亂　宣廟西狩清虛大師休靜伏謁道左
曰臣老不能從請以二弟子見於是松雲惟政奉使入日本

以口舌折狡虜驕虛靈圭從趙重峯先生錦山之役執干戈而松雲之功騎虛之烈清虛之所敎也又聞南漢行成孝廟以鳳林大君質于瀋陽壯士金汝浚從行值滿州人大宴壯士被酒大罵滿人哰舌不敢害其後 孝廟在禁苑秋風聞鴻鴈聲悵然思金壯士至今傳之歌謠師於壯士爲喬梓而清虛大師爲法祖也無亦忠義之成性不以世出世有間而其所自來有然耶雖然清虛之功存社稷金壯士姓名猶輝映於野史若師則遭世昇平沒齒枯槁雖其自謂有山林之忠誰能知之雖然吾覩近世士大夫席祖先之閥閱荷
君上之寵祿恥藉手而致身者不過爲婦寺之小忠而其亦出於誠然者恒少而出於利恒者多然則師之望拜

祈祝於人跡不知之地至老死而靡悔者可以謂賢矣銘曰以善文故名縉紳以好施故德于貧民以嚴淨故常有護神其異孔多我不具陳載以忠孝視以貞珉

詩話

安眠海自運浩浩朝黃宮此意誰能識欲獻腰金翁今日午睡初起忽思老坡此詩不覺一笑腰金翁誰也何為獻之子瞻終是習氣未盡雖百謫流雅尚不忘腰金翁也 安眠海自運謫中三適之一

道家以腦為海以尻為河以足掌心為湧泉穴凡導引湧自泉穴始 河車輓至海關即成道矣

誠其讀易者論此人身只是一未濟心居中其腎為

輔心是火腎是水上一半是心火氣升處多下一半是腎水
氣下處多火升而不能降爲燥水下而不能升爲濕燥濕之
極能令人死豈水火之咎哉導之無其術耳故引水而濟火
引火而濟水及其久也則火可入水水可生火龍鉛虎汞無
所不宜而九轉丹砂成矣

余嘗在燕一日偶〔值〕雪晴便衣坐訪張五溪世準張爲余作擘
窠大書墨瀋可一手許筆大如椽揮灑飛動無不如意忽取
余袖中扇作細楷具有楷法與真化工之妙令人至今想之
不能忘也

黄太史云凡作書爲詩須意無於佳乃佳處〔須〕以神韻意思
爲善嚴滄浪論詩如鏡花水月玲瓏透徹羚羊掛角無

跡可尋矣陽於五龍鱗爪東現西沒　東方詩道之昌始自
麗朝三李白雲於竹根迸地龍腰曲蕉葉當窓鳳尾長湖
平弦印當心月浦闊貪吞入口潮極體物屬對之工而殊非
大雅規範逢逢似郊島句語益齋北遊萬卷堂中與趙虞
諸公遊極一時之選岳陽之行崎嶇吳蜀忠誠懇至溢於辭
表江山之壯又足以長其氣格故其詩卓然名家高妥不減
唐賢然猶未能備衆體而兼綜錯矣至於牧隱天分尤高人
工尤至入唐出宋縱橫馳騖近於古之所謂化者氣魄之雄
韻響之偉東方所未有也余於斯道固未足以窺諸賢之藩
籬然乃所願則學牧隱者也國朝穆陵以前詩學極盛當時
自湖堂以至大學士之選皆先詩而後文專為華使儐接計

也然其辭使亦未聞有文章之士特以敏捷為長務相容悅以
為勝耶以儐使諸公亦多不能盡其才皇華諸集大率
無可覩者牧齋乃謂奉使諸公駝格以俯取之大可笑
也然自丙丁来以無復有中外唱和之勝而文苑始專崇
詞翰儒林則又以詩為薄技詩遂不貴矣
七絶如鄭東溟云長安俠少出關西楊柳青々黃鳥啼
笑脫錦袍留酒肆能令公輩醉如泥
申汾厓云白登當日事蒼黃虜騎崩騰不可當半夜
西門能出戰至今人說李延陽如此音韻雖聲之開
元天寶何愧哉
金三淵練光亭云雪嶽幽棲客関河又薄遊隨身有

清月卜夜在高樓釼舞魚龍靜盃行星沃流雞鳴相顧
起乘與木蘭舟吾家參奉先生詩云江城通曉望雲日
亂汀洲萬軸檣如束千家瓦欲流波光半粉壁天勢向
簾鉤指點微茫處頭頭拱列州此二詩共揭一亭未知甲乙
何如但恐後來無復能繼者矣
練光亭鄭翰林詩古今膾炙次韻者亦多矣殊不知
此詩專以声調勝兩歌長堤草色多送君南浦動悲
歌大同江水何時盡別淚年年添綠波此佳處正在一添
字用平声近惟申紫霞和之云急管推絃長思多不
成沉醉不成歌大同江水西流去不為情人東倒波此能
得声調之意余嘗登練光亭與客談詩至此固言

世謂七絶上下同調者輒謂陽關格此可笑陽關格須是一
林泓之一。之字故人之無字平不然則非陽關也因舉唐宋
陽關諸體以明之鄭詩雖非陽關格而亦有其意此惟
紫霞能知之耳
古人七言律詩皆從第一句做下須第一句好然後通篇
煥若神明今人却先做兩隻對句後尋日月頭詩何以
得知古人第一句為法亦不同大抵以雄渾為貴如洛
城一別四千里鄭縣亭子澗之濱七月七日苦炎熱鳳
凰台上鳳凰遊碧城十二玉闌干漢文皇帝有高台玉
濬樓船下益州此等不可悉記須時〻諷詠方不墮凡
近〻未紫霞詩會此紫霞詩如東園風露洗脩木

夜不能眠聊小登落月亭〻憐半破秋山簇〻見高棱遙砧
響音荅柳揚梅遠火光搖升降燈曙色迢〻那可望紅墻
一面絳河澄此詩幾無遺憾而。難其反處尤在第一二
句
凡遇名山大川高樓傑閣而題詩者須用孟子說大人藐之
〻法切不可爲他所壓若心動則詩便不佳矣金崗從
古無名作以此故也惟鄭湖陰云萬二千峯頑畧歸蕭
〻落葉打秋衣正陽寺裏鍾聲曉邊瓊方知四十非
爲第一此雖不能情景并到然亦可謂無浮響矣
遼野七百里天地之間無一點山獅爲天下壯觀余爲詩
云散漫郊陵盡依微草樹生一天隨意闊千里入望

平當時頗自謂能後讀崔簡易遼野。云詩遙空自盡無山處淡靄多生有稀村其間雖更十倍而無寫景如畫以此知前輩之不[illegible]及也

此遙空自畫無山处又寫得太小处〻可用也

余遊燕與姜古歡同車日課吟酬自此微有所見於詩故余嘗自署為古歡詩弟子古歡之詩於天趣則少遜而此行頗有自然之句如寒星皆在水宿霧欲沉城則雖唐人何以過之　近世詩人唯甘山李黃中之作為最高吾宗偖堂徵君與古歡亦一時之名家也甘山邃於仙與古歡長於佛理而偖堂專守儒家法終至有弓旌之招至其詩則又博採菁華辭理俱勝大似靖節子昂

灌水亭記

湖南寶城郡治北十里村曰亭子村前有大川横流曰亭子
川蓋古有太古洗心之亭與天皇院之址俱廢矣而村與川
之名以此云川出於長興獅子山下南流至嶺之河東爲丰
時江入于海上下七百里水悉崖岸無可以灌田寶城地勢
尤高民常苦暵郡人林君愼源材而隱於稼者也每臨川而
嘆曰以若水之大顧不能爲人用何哉會歲大無方春饑莩
載道君乃募流民萬餘人築石於川之中流截以滙之其延八
十步袤得其三之二而弱其崇之出於水之大而水之中以
之穹窿屈儀陛之形山閣八月秋熟役竣而役者有聊歸
鄉里名之曰活人堤復自堤開爲長溝鑿屋架壑六七里
引以至亭子村奠在稻田明年又自村引之十餘里至道湖

之坪池溉池種悉為膏壤民仰其利居戶日繁相與斲石為碑以志君之惠然君之家則以玆役而磬矣君耶自有者牧殖而已或以勞君君笑曰吾方行吾志以自愉快寧復問區區耶蓋渠之窮及池遠而分而灌者無以至畜泄啓閉不可以不時或甚風雨與夫昏夜候人不可以無庇乃作亭於材隅當堤之衝跨渠以瞰野為楹者九而覆之以茅扁曰灌水至是灌水之事畢矣亭成以庚寅三月距堤成癸未為八年楊山趙景協久客於君既歸而以其事語余徵余文而為記噫余奚足以為記余讀書從政數十年至今無一日之澤以加於人四體不動有田廬而不能治余愧林君多矣然景協之來之勤也不獲以辭姑次其梗槩以記之

景協又言君貌端慤造、似無他能內獨晰制於心集下衆夫以肄大役不煩声色錙銖無遺筭并書之以遺來後使有知君之爲人焉

贈邦瑞南一美中

余自貝州宥還遞路過秋城爲美中也邦瑞南一亦隨之與之三宿于美中之家將別呼三人者與之語曰余今皈矣即美中已皈而邦瑞南一亦且皈矣不惟余別三人別余即三人亦相別此可悵然者矣燕皈于壘以泥也蜂皈于筒以蜜也仕而皈者課其功之大細賈而皈者較其利之豐嗇凡人與物之性皆安其居廬巢窟而不欲遷也其必有所欲然後出而游若是則其亦必有

所獲而敀其心固宜自喜自幸而别雖悵可無論也余不知
三人者之敀其亦有然者歟若余則以謫来者也君命之謫
不敢不行非有所欲者也幸而飲食優遊於是得以免於
死以徼幸而蒙今日之福雖其殆無所欲而其終未為無
所獲若諸君則皆奉其尊人之命有所過聽於余而
從之遊繭足負　攻苦食淡相守於寂寞之中者百餘
日而不懈豈其無所欲而徒然哉苟有所欲則百餘日
之間非其淺也今其别而敀也其所獲宜若可言者然
唐肆非所以求馬也沮澤非所以求材也從余於寂寞
之中非所以求勢利也然則必其有取於余之所以為
余者余之所以為余要以能文詞耳　其於道德仁

義則未之有行也然使諸君而取余之文詞則亦不爲無益者余觀諸君雖敏穎有才志而久留而察之未見有大進於初者余爲諸君告之以爲文之術可謂盡心矣而其效如此況余之所未能而未嘗告者乎吾不知諸君今日之歸將安所爲説哉雖然是猶爲諸君憂也若余則又有私懼焉余歸之後諸君之鄉其君子長者之倫萬一有謂自夫李某之來此後進之從與遊者其文詞不見有進而尚浮華輕實學俗以愈靡云爾則是余之大戾也是則在諸君而已諸君苟自此益奮勵修飭旣日進其文藝而因以測識聖賢之大指又能自約於規矱而無擇言擇行則又安知諸君之不反重余而使未能者疑乎能未嘗告者且謂之有告者歟旣以爲諸

君規中以摹望焉甲午暮春三日

擬到碧潼謝上表

臣某昧死言臣準丁義禁配府文一道奉 啓下竄臣平安道碧潼郡已於今月某日到該郡居住者奉公無狀方竢嚴誅馭下以寬幸從輕典惟示不同中國之義有以仰見上天之仁退省愆郵彌深感惕中謝伏念臣虛猶蘗姿實固禰束髮受書慨然慕古人之學拔身從仕思欲訓 明主之知竊居培[illegible]者幾年汔無尼言之可效叨賦皇華於萬里亦必專對之足稱屬當遄歲直指之行乃是微臣匪躬之日彈蟹自大吏二石千以下按廉遍全省數十州之間既險阻艱難之備

經雖強梁豪右而不避惟以竭力為務對揚尺一之書未嘗
虔時之宜經營方寸之內有物相觸人方卒怒於歷舟無
故至前去莫先容於蟠木致其在途之際謗讟已騰及夫
返陛之初衷情莫暴是非付之公共民有朝論之直魏
其而事變起於横来乃至仇家之告張敞衛言荒忽
見載鬼於一車積毀浸尋聞殺人於三至臣獨拊心
而傷悼 上猶屈法而愍憐不即挫抒之深文俾
禦魑魅于遠裔三江接地已極遐荒九嶷蔽天但
瞻日月生際昇平未嘗並首而爭敵今雖倫落猶仍
下肩於齊民況無瘴癘熏蒸之患將以優游厥
咏於斯實所望曷敢必恨茲蓋伏遇高厚則天大中

為道教亦多術雨露霜雪之以時物能有容山藪江河之莫
測遂（衍）今肖蝡亦被煦咻謂臣少弱之年宜存未減務臣狂疎
之俾免大何臣敢不戴罪為榮居屯若泰瞻望屺岵縱憐烏
鳥之啣情憔悴江湘尚冀鳳凰之覽泣若曰文章以報國庥
幾能焉每念名節於平生厥惟艱矣

青坡口占

江干楊柳試霜新驛路黃花送逐臣老淚即今非曩日不應沾灑向家人薄譴南州罪亦榮稻魚兼美水泉清不須遠說瘴關險看取同時過海行

沈紀堂約於中路相遇以騎騾為識路見騎騾者皆非也至公州悵然有作

故人到何處一路思依〻頻見青騾過青騾背上非為有道中約翻添江外愁青騾消息斷三月過熊州

錦江秋雁行

大之不如天池鵬扶搖羊角風雲兼小之不如人家燕雕梁繡幕呈絢練（美也）江北江南道路長年去年來何事恥不是畏繒

黴不是戀稻粱可憐毰毸短毛翮惟思仰首睎太陽太陽高高有時照其間安得無雪霜相勞苦復勞苦忍知不敢傷昨夜西風急吹我適何方忽遇當年留宿處一拚清惡蒲瀟湘

黃花亭

黃花亭外對黃花從此南州路更賒半世光陰多客裏重陽風雨又天涯綿綿漠漠無山野已見青青有竹家向晚浮雲西北合側身那禁一長嗟（余於丁丑重陽按廉湖右登拱北樓有關山風雨一四首風雨重陽空把杯之句翌年復命以事竄碧潼人謂關山千里語本不當於拱北樓乃詩讖也至潼過重九因有詩云亦知榮辱皆仍定那意關山又此杯風雨每從佳節至菊花偏為異鄉開此事忽忽今十六年矣昨日過北梆明日傳重九豈向所謂讖者於今又合歟循環感慨不已附記如此）

全州

信美完山府扶輿遠發祥晩山如黛綠秋野似金黃王跡崇

郊柿物華後胥商連年問豐沛南北路何長

電線

寒山漠〻野悠〻真立長竿亘未休慚愧漢陽城裏線

伴人相送到全州

任實道中

秋日驂還清人勞歇復西山紅葉雨一路碧溪明店背孤峯出橋因廢碓成險途何敢憚佳處或留情

自淳昌至順天界沿路風景甚佳

峽溪無惡石川衣火驚瀾晚風紅稻滑踈雨綠筍寒亂疾加餐飯遷居當拜官湖南如此好合是一來看

松廣寺

來夜松聲撼客眠龍華堂外月孤懸勞生遲作江南令不及虛公兩法年（虛住為近世名宿此其本寺也）枯木千年豈復春老僧元自不誑人憑君勘取真空話翠竹黃花總法身（寺外有普照國師手植枯木一株相傳師遺囑云枯木復生我即再來至今六百年木不加枯亦不復生圍以短墻以防人之搖撼云）

八寶城界紀見

稻塍魚梁宛轉通結茅多住瀼西東村深水帶三分竹秋淺山御一半楓好景初輸詩卷裏西羈愁添着西園中眼前不乏林泉勝擬向誰家作寓公

借坡集讀東坡八首次韻須便寄家弟

園中何所有脩竹賤如蒿堂下有井泉可省綆汲勞食罷何所為嗒如枯禪逃一月不梳頭飛蓬誰為膏

但恐鏡中人憔悴凋髩毛時、自激昂杭佑雲天高

又

小吏縣門去老農田野適繻頭小兒女引筆撲棗栗亦有下山僧日百掻行乞而我獨何人坐受此安逸旦夕有兩盂起居有一室、固知我有食當從何出聊為丈夫語仍時重歎処

又

春來忽多病風痰注肩背一持指遂不伸閉戶受鍼艾胡復自掇患厄甚傷年會要我者仁天甚辭聽大塊幸以仍頑健兮甘投荒兮漪、清漢流盡、南山舊誰謂千里遠長時眼中在羊

東偶所獨夫豈不嗜膾

又

借書復借書卷帙稍可數既誦河南文復閱龜山語髯公自何邑屬我鋺樽峯何獨非我師循以杳一携嘗吳稱見人門戶相支拄但見東邊日不分西邊雨及看澗溪毛曷嘗廢筐筥千古有好人零落皆黃土但恨不見我洛閩〔蜀〕誰道許

又

少小有奇志一舉隘八荒中歲頻叢道河伯旋面墻憂患互相乘觳觫倏已衰藹藹同時彥哀哀旦既昌進退無依利何殊觸角羊惟茲好脩願恢

哉不可忘

又

湖南盛物華元氣恐雕斲英俊亦時有意輕嶺表慭
嘗覩高峰辨暑天飛霜雹嗟跎數百年幾人傳此參
願言恨未從搜訪窮海岂明時議貢舉群儒徵卓
犖耕種苟及時雨會沾渥日勖哉此方士牛毛見麟
喻家也
角

又

京居不如鄉邑居不如村村中信樸陋茅蓋黃土垣舍
下畜鷄豚房中長子孫但得長官好渡夜無打門
瓦盆釃濁酒醺醺狀理存人生貴適意一口寧兩

滄老農偶過我為我仔細論豈惟感我心可以貽後昆

又

南土不知秋暄暖窮歲年時栽寒露菊爛爛黃金錢方今十月交禾稼猶在田能令鄭台州不愁坐無氈火寒憶拊背家有諸弟貧書此遠相慰餘外刪萬千

食鼇戲作

饞僧心頭兩肩肥犨子名聞九肋稀香霧蒲盃初馥馥嫩霜隨箸已霏霏縮(神放門關)頭未避臨門客動指那禁染鼻歸堪笑老坡緣底壞歧亭魚餘戒全非 昔者僧得道而不戒殺常頭鵝定四隻腿龜生而重裙詩話袁州舉人如玩江龜九肋者稀

讀坡詩蒼梧寄穎濱韻次之以呈荷亭

藍關暮雪感韓湘淮水風濤愁子方一別無端隔萬里使人

聞之心茫茫我輩亦稱遷謫若何殊小兒眩迷歲平生
每恨疆域隘此来却愁道途長況復送君過海去
海上山多那可望憧憧之思徒為耳盡於大易覌悔悋
我省愆豈復敢知君佩戒無或荒從今且閉二鳥口
春風接翼還故鄉
退之贈東野詩言自比

又寄荷亭

涉江何處采芙蓉海隅西南重復重金甲津过人獨
去碧波亭外雁難逢幽吟自合酬山鬼宴坐惟應出
洞龍每到相思無寄處菜頭空坼旧封書

又

相思何处辨瓊雷橋雨笙烟黯不開賴是一絲清夕好

凌波羅襪訪君回

又

寶城邦有寶珍島定無珍寶重無珍重相思勿損

神

黃花

但道黃花澹黃花淡更濃怕人愁寂寞故故蔽秋冬

畫蘭贈玉田林樑材

玉露消消欲化霜江潭悱惻念群芳畫師不是無心者會寫靈均九畹香想見湛山望魯心猗蘭千載感何況美人香草關情性不信風騷有古今用筆無多占紙寬一花一葉補應難空諸有處處皆禪境

陣陣香風湧鼻端兩打風披只數莖亭亭玉立最關情
儒教放作欹斜勢難道幽芳不是貞病思羈愁撥未開
夜深風露獨徘徊半生歷落同心少逐臭何妨海上來把
泝南宋且莫漫自將性格要人看不須更向誰家法似
此花堪目以蘭

題阮堂蘭帖 帖上有小像題曰飄飄而羽化而登仙

秋老風流老更顛海天一笠記登仙殘香剩墨堪惆悵交 中有丁寶畫處
臂人間四十年過眼畜意也消琉璃一瞰外是中旦可憐
粉塌揭紅紙記取當年鄭板橋 善畫蘭者

贈大乘庵僧秉演

秋冬之際最難悵逢着瞿曇默一笑開海上初逢太

顚語山中誰道子瞻來天涯佩玦憐吾病法李幢竿賴甬才寄南語庵諸老宿他時要躡石頭回

大乘庵僧肇雲秉演與陽吏朴寅淳俱至喜賦

天涯流落已多時向廢盃觴病廢詩偶此直成蓮社集那能長負菊花枝灯前十載曾諳面石上三生旧證期好囑流雲逗明月筠欣西畔下遲遲望美軒中此一時花林洞裏旧題詩雪鴻何处曾留爪風木年來不定枝鮭菜殷勤勞遠餽海山迢遞黯前期縱然未可留連久秣馬明旦且小遲頃歲癸未余在花林縣衙子舍晨昏之暇與諸少吏賦詩為娛且為評定其高下一日得詩甚佳疑非花林吏作詢之乃與陽吏朴寅淳因事謫來者也余為召見而亟賞之寅淳尋赦去此已十一年矣今聞余南遷携酒與魚崎嶇遠訪人荒野老而詩益健可喜也念余自花林以後重罹哀恤僅而不死不能固守墳

庚復起從政後安獲讁流落江潭嗟乎江潭尚有歸日即此生此去何可復仍如花林時哉因話到花林振觸了竭寅淳亦未必忘此恨也况此傍人哉臨行步前霄韻贈別仍叙感余如此癸巳陽月上澣書于望美軒中

因話楞嚴富樓那義及諸方頓漸參戲問答云

凝雲未決已多時且道寒暄且道詩明中本忘非花翳悟後仍修定騈枝了達何須求證參真空那有應緣期請君直下分明道電裏穿針擬議遲

同宋南一極會李荊玉秉瑋拈韻

南國英英兩少年明珠拾得瘴江邊早將實事開田地別有靈心入洞天同社緣結從此始異時論價定誰先相看偶似臨皐夜月小山高更悄然 時十月並望也

光陽崔雲皐炳勛携酒見訪聞其家居有溪山之勝且誦黃

雲卿舊韻臨別次韻

。道聞幽居趣味長脩篁千樹抵研牀雲山送色連壺首淚水（白雲亦與智異相對）

（智異在方壺）分流入帶方秋雨巡畦行採藥春寒踞石坐傳觴寧城大筆（雲皐子爲太史寧）

（城公後裔）風流遠留取兒孫翰墨香緇塵京洛鬢絲長鐵硯何時日出（桑維翰作鐵硯做王普）

（出扶桑臧道登科）桑臭味因緣同近局登音傾倒在他方奮衩王子留複履袖（褸）

裒金錢泛十觴歲暮羈愁兼病思憑君歸去報黃香

三起三點燈

今夜三起三點燈〻前巔頰對嶒崚枕邊一霎涼〻雨雲到

（江華山名）摩尼（尼）迎幾層有誦近處諸人詩余多不契至兩行楊柳一灣

沙柏袖亭〻野菊花爲之轉節不問可知爲黃雲卿也（孟嘉爲庾太尉從事桓太傅何如人鑑庾〻〻在 左家諸云此爲黃異）

小異猶堪識孟嘉休將老眼眩金沙故應江夏黃童詰柏袖

亭〻野菊花

即事

天風吹雪不到地〻湿蘼蕪長緑臟勁篁貞菊何耶難
羊鼻(魏徵)老公自珷媚百万鴻鴈皆南徂何由得見北来書我正
酒渴喫甘子家中今日思何如

讀蘇黄詩

子瞻作俚語奕〻天仙氣魯直為艷句兀〻枯禪味子瞻無
不可濁涇混清渭魯直逃空谷知希則我貴子瞻尚可慕
魯直大可畏俱拈一瓣香千載遥相慰天於趙宋世何太
不惜貴

戲作

潘都監女敬東坡可奈蘿湯蜜汁何頗取一壚香色味崔家小婦感人多 ||賣酒者以壺見餉

同李元昉庵會朴訥庵基赫尹逢南柱甲南一莿王諸人作拈坡韻

十月南方氣似秋遙知江沃少行舟屢爲遠客輕千里多識高人隘一州桂棹蘭槳時悵望荷衣蕙帶且淹留縱然漂泊君恩重善地尋常得勝游

身如鴻雁已經秋心似烟波未繫舟山郭年深微有堞海門天遠更無州行巡綠竹題詩滿手擘黃灯勸客留晴雪隔溪梅欲放擕君擬作近治游

旅愁無隙可侵。相四壁書圖一榻深佳句終然難棄擲

古經隨處好參尋松風正沸茶如雪海日初暾橋似金客去堂空時宴坐自慊氣味近叢林

南原崔戚 春九 見訪拈坡韻

艸浦橋邊楓葉飛記曾相見便相違雲山百疊能來往歲谷重來可當故客裏歡情無易感醉中狂態莫相非勸文寄与山靈語勸向碑陰洗石衣 廷寓爲碑閣已刻訖

宋友青皋遣其子 光秀 美中來游喜拈坡韻

不通名字意先殊誰遣瓊枝入座隅年少声華聞已熟故人眉目對堪圖身如老馬寧知道情似游魚未忘湖

竹〻寄覸竹灘 高胥

竹露洗盃遥共賀生兒如此百無憂

夜坐聽美中邦瑞 高琎柱 讀書有感書示

一燈兮照半龕餘遙夜無眠聽古書孫舍未曾愁鵩鳥講堂翻欲賀鱣魚江河日下遺經遠草木年深舊學疎删為女娘畫眉黛自家蓬鬢幾時梳

珎島朴斯文源大代荷亭呂侍講我于居停取有辨香之願因見津逮問偶特為荷亭致書于我崎嶇海山之間其事當求之古人甚可感也臨歸又乞筆次余韻一首亦有可觀為之屬余以贈別

嘹唳霜鴻送九秋那知人度碧波舟山陽偶似逢區冊天上何曾隱惠州說昔語多同不解報歸心急要難留他年泳社搘青眼硯北香南許共遊

呈嘉石韓太守 應周

民吏相安歲有秋使君官閑冷於舟裏年來許惟三逕　聖
代酬恩且一州每愧芳樽頻見餉謝慙麻字也旁留監學停
杖仍乗輿不是山公愛出遊

談藝贈許奎尹鍾均

聊殊甘苦疾徐間繩墨千秋一魯班雅道陵夷吾輩在江湖
零落幾人還清樽馥馥須沾吻華月涓涓只照顏布襪青鞋
從此始名山何處不堪攀

自詠

一墮南州瘴海間幾回青鎖點朝班村童挾冊來相問
老僕思家遣已還遙遙夜眠稀工入夢靜時愁劇例回
顏十年再閱涪州易古義遲遲未可攀

與諸友偶吟

午夢初回曳杖行鋒簷聊復暢幽情鳥巢寂歷盤空樹人戶參差負古。謫城舍每慚賓客聚瘴鄉全賴井泉情連霄明月因無寐剛喜林風送雨聲

次保卿寄示韻

木蓮花下小園廬記取寒衣掩淚初十六年來俱老大別離心事較何如黃花白雪淹時候碧海青山繞起居終是弟兄非一體將詩煩寄在家余

夜々松風吼蔽廬篝燈炉火對眠初情懷切處書難盡想到真時畫不如風雨彭城尋旧夕瘴烟浪泊阻鄉居安心定是安身法遙視平安但似余

不甘苑〻守田廬湖海青蒼放眼初老僕猶能隨穎士
文君亦悔嫁相如已知鵰鶚俱齊物只是鳧駒未卜居
歲晏梅花消息斷天涯渺〻欲愁余

又寄諸弟

却愁兄不弟寒知未信家居勝遠離咬菜如今難做事
催租從古易妨詩惠連才調皆吾季汜氏家風定孰兒（稚春一家友愛人謂之衣無常主兒無常父）
千里相思無別語延豐書札共修持

仙巖肇月上人（惠勤冩茶唐）來訪信宿同吟（第二首以下皆拈坡韻）

竹裏初驚午睡慵鏘〻環錫下西峰貌癯欲過林間
雋擔重應盡鉢底龍狀語真堪洗箏笛鈍根

那可鬪機鋒他時閏集看題品疏篇從來淡勝濃
我亦曾年學道人多生緣業在紅塵明時未杜毘耶障
土聊棲舜若身緇白馨歡惟忌俗素葷隨飽不濂貧溼
也鮮靈雲意且待桃花爛熳春
香炉峰頂白雲環髮長木葉芝有好顏披墨梨伽來海上現
優曇鉢在人間嚙香未樁多生倚較甫先輸一味閑顧楷
孝 詩雲在青天水在瓶
雲天瓶水句便令闔閭坐高山
問余水何是意西來一樹芬芳五葉栽真到千今無可說空山
流水又花開
不獨非清万頃陂雲飛鳥過已多時數人那得君恩去卜
度角量已是遲

夕龕香燈亂哦聲鳥衣座隅曉雲縈海鶴寒月動林鳥語
簡知明眼才豐惜少髭須古來風雅盛方外亦相扶
在昔饒奇志如今作老夫遠遊隨迂梗眞堊信枯梧濩落三英
頎嵯峨五嶽畐只如横浦子塵榻印蹇趺
覽子相諂諾吾寧不慨然本非枯槁士無補 聖明年異眼
喧都市同胞載漏船榕燈寒少夕猶似對金蓮
憂臘亂加吾老容皺骨轉清不如三昧得稀保五言域界
行到遍西江吸幾平才高能受砭久已伏無明
雪晴山擁郭烟曙竹遮門偶見山中惠因知石上源蘭香
後莫蘘蓮淨本無煩宴坐心無段緘書寄故園
都來三日作約莫一編餘惠遠能同飲痛明不自書瘴陰

山影薄寒雨竹聲踈怪此枯禪客能華歲晏予
錯莫江南今愁來鬢一年雪舟閒自繫風鴈少相
連解帶圍松竹携瓢汲井泉自從編管後益信
杲師賢
綠竹黃橙地甘泉瘴未洩久留諳土語妥處愧心
短晷垂天影高風曳海音和詩無喫飯明日
定如今
詩與酬何似隃麼數斗濃石頭斜出筍雲外側
成筆峰鴈急人爭攫堆高壘不容老坡留險韻
千載一僧逢
曹溪有一能歡喜地先登心依不汲井詩為無盡

燈浦腥朝結蜃唊雨凍成氷文字情緣在勞公手裏藤
云何是詩境竪指問天龍跡泯羚懸角心專鹿眷首曙星皆
入海寒日已登峰忽似聞鐘唄清晨禮梵宮

諸少友聯句詠木枕題其後

遠道相携伴布衣禁廬猶記側華簪四方詎合隨時用一片
長存向上心轉慮思鄉如渴路拘來題句是知音回看絺帳
多英俊便腹邊韶愧更深

得荷亭書且喜且感夜不能寐隨意紀懷還呈

官職長低眷屬單較僧身世不多歡如何更隨卿湘去苦羡
山中老懶殘師豹縱橫衲子稀霧中山日黯無輝秖應五祖
心猶在不向牛頭寫佛歸海內風流日杳冥人間傔素尚縱

擯憐才竟屬吾儕事任是無緣也有情曾ㄙ帖裏綦明遠子美詩中黃四娘愚弄人家好男顛倒並看醉是良方木逢一士獨遊時枉嘯溪山老古雖落得吴(趣)與ㄙ子笑雪松ㄴ雪語何為梅新來柳殘名在府驛荒村認玉州宜謫謫知田舍好假饒多馬不如牛龍女獻珠三寶書麻姑試爪百憂亡不知萬九窮綠底富貴風流合擅場蟲魚細瑣注紛羅牛渚燃犀照未多並笑韓ㄙ不識字南宮初食良只語蛇葛粉輕明鼠矢乾天留炅藥未曾慳那由便學飛仙術海上山中日徙還

夜語

天涯何必恨淹留結客多從歲合時芳處寒梅春欲動

滿面脩升月初生眼若如悟女塔墳手裏芳香有幽思
賴是江西詩社好峨洋一曲證牙期

次荊亭送方貞寶次東坡贈王仲素遂蒙予刀圭韻

五百童女兒入海遂沙泥海枯復爲田是誰採不
迷示人真仙藥金砂不用齋爾盡〻冬青枝底寒
麗山睡誰知乾闥屎使人氣兆虎毀者及奔馬
老夫思易妻屢骿昧養生遠愧莊與嵇吾兄村
丑健晴奇略相高謫金寄遠既是匯隨赫蹄
叮嚀囑勤服盛歎爲復重以陸均蓮不煩
華山撐太乙浸沆瀣正衆邪自擠御王揮疑

明珠辟惡雷霆犀苟能病求艾猶勝悔噬臍湖海足唱酬歲
晏風雪凄老大難爲情外家記栗梨

石耳吟次林匡隱送示韻效其體

白木長鑱斸黃精磵阿窮寵松覃生家居豈愁食單薄老爲
遠謫眞瞰名孤山絶調千年在古豔幽異謝離䌽憐我憔悴
遠相餉山骨纍蔺遣誰採調糅宜餌瀹宜湯綠雲玄雪浮清
香傾筐簸之微有響見之硬澀疑難嚐乃知物性有如此棄
鵝楮鷄徒軟美朝饕放箸捫腹卧頭流上頂吾腹裡故人縱
有倚深情石丈能無嗔剮櫟況聞辨（一辨性命蹋空採來詩句）命蹋空語何不便學神
仙成丹砂鍾乳雜空青瓊漿一醉千年醒始無所聞無不聞
石上之耳安足聽

次春艇贈美中韻贈春艇 本坡韻

聚首但膝椽貝棟開口瀉心餅注甕自我來茲得君賢不愁放棄天脫輕嗜痂遂臭君性癖木癭石章吾病痛學道學文本無形捉搦不住如流汞要須常作千仞想柱如點也謂之鳳足目俱到真快事夢作公侯終是夢德儀風節仰嶙峋茲邦本以君家重但將奇志晶孟晉莫對流光神虛送內金外尾先分別性之定者無動靜不然闊負此一段牛背横笛閒堪弄

同荆玉美仲作時南一歸家

萬木杏杏梅欲香一年促促意何長諸君豈爲問奇字老我徒 侯芭載酒問奇字於揚雄 思集驗 陸贄謫忠州 方雪落窓前聞更寂詩成被裡起還忘遙憐郢市高

歌者正復今宵憶此堂

歲暮雜著

買珠山畔古城斜亭子川西野老家帖帳澹烟殘照裡冬青數樹送年華

贈尹酉堂 時悼七

湖南風氣日新清下筆騃騃六藝廳有友不愁千古遠無妻絶覺半生貧濛濛竹樹山中雪稍稍魚香江上春慚愧往來緣底事屬年看我未歸人

歲後恭卿美中重訪次前韻

春到江南亦不逢開樽完似去年時氷開水藻紛相映日靜空雲慵欲垂強道孤居能自遣即看暫別費相思芒鞋踏破

良勞苦此意終當與古期

贈李士吉 道鳳

看君意氣在人前談屑霏思湧泉少擇幾時須勞力古来此
事不関天春林雨過催花使夜牖燈含寂照禪儘有麦雲詞
賦好未妨山澤臞仙

同諸友吟

疎林漠々夾烟横每到黃昏意不平病與羈愁知有約老爲
經學恐無成市橋人遠孤猶吠野水春寒犢未耕故里漁樵
終可憶何當揮手謝諸生
剪々輕風掠素衿娟々瘦月度墻陰新春小市魚腥入久卧
虛堂藥氣深毀郡殘縣荊楚色一宵揚抗漢唐心 古来南紀

精英在要轉丹砂直到金

秋山無盡帶烟霞曲〻清溪定〻沙憶我來時纔行句問君

何處讀書家遠郡追隨忽是重英年吐囑見心花不知藏拙

將何贈圍坐寒窓又日斜

何須高擧學餐霞莫爲虛名閒斂沙案事但應真著力好人

多是不難家夜來竹牖堪邀月春到盆池足灌花似我微才

那有羨一生處得路歧斜

烏雲挾雨各歸山皓月盈庭未掩關久客風流新舊際薄寒

春意有無間　宮樓賜酺人同醉海昵催耕事未閒豈敢便

望歸去早且將歸意一開顔

初春雜題

濛ㆍ似雨還非雨淡ㆍ疑烟不是烟若道雲山遮北望南
來原自少晴天
東風吹雨夜添池鳥哢窓前睡起遲莫倚晴暄減絮
薄寒終是未花時
正月依如二月天溪西楊柳已堪眠經年但見冬青樹春樹
青ㆍ逾可憐
終朝無語坐南榮細數庭階新艸生記得香山老人語暄
暄和
和時節病心情 好時節冷淡病心情香山忠州謫中句
我家如此覆黃茅秖少坐籬插竹梢那得故園移汝去
卧看風葉滿窓交
庭心仰出一泓泉籬脚斜侵五畝田潤物誰能如汝易只從

庭畔到籬邊

灌水亭唱酬

亭子村前亭子成趙哴田去又暑行五年文字先留兆千里
湖山押主盟出郭依〻經歲多憑欄湫〻異鄉情今宵倘慰
孤臣望夜迴天長北斗橫
閑
豈不恨歸久未成病餘聊復作闈行娛人乍記來時面沙鳥
新添宿病盟春城花枝先有態夜深溪水獨何情伊來也識
安心劣只減樽前逸氣橫
陂塘溝澮似天成一道清泉百道行不讀農書憫水利能辭
官職締山盟躬勤每致傭無力殼厚翻令客寡情縱我歸家
應有多籬前休撤小橋橫

君家知易復忘難一路沙明竹樹寒水碓舂秔運小約木筒
藏窗倚曲欄却悔經年今始到還疑何處久曾看亭川也是
山陽地為底羈棲得暫寬
衣冠稠會笑談成未覺天涯在遠行經歲虀鹽憐學味
異鄉花樹感宗盟身窮剩負年々路澁少難酬処々情況
却亭川好村舍通宵文墨乱縱横
旧裘新袷稱宜難正晝暄多薄合寒病裡工夫貪向壁春来
心事怕憑欄飛泉滞々生幽聽淡靄濛々入遠看寄美溪
邊答省客去閒還是釣船寬
點黑披麻寫并難淡青濃綠際荒寒苦芦芽短々分漁艇
竹樹深々護藥欄峽水遠來洲鷺聽旅人閒步野翁

着更憐曉靄遮前山顛拓展空虛万里寬

為農雖好亦艱難此老生涯太甚寒氷外奐梁連壁開竹間

鷄柵帯牛欄買山券入羣邪避灌水碑成過客看月下荷鋤

歸便宿何須經業似兜寬

豈是天涯有定期心懷長似待人遲偶來野逈村稀處空見

牛歸鳥下時漢代寬書應已遍楚臣騷賦敢言私桃花映竹

春江好且與漁翁理釣絲

見電報吟

一紙書來照面光孤臣感喜未曾望歸心已似登前道別緒

猶然在異鄉授館主人真意厚及門年少揔才良何由提挈

同時去西坐吾廬說此生

觀水歸路吟

綠溪十里遠相尋峽氣幽幽晝正陰高擁湍流陂勢壯細穿
岩窒磴痕深豈惟耕汲同資水合遣禽魚盡姓林萬卷讀書
無所補此來重愧老農心

句海篤佳
可知吾道未全窮盼望多時摠不空　聖代絲綸方雨露故
人懷袖正春風亂題詩句從歌畢趣嗅花枝蘂小紅不記經
年爲客苦異時佳夕在牽中

東風吹雨試花新小閣明燈列衆賓聞赦不知千里遠撿詩
堪愧一年貧事殊離合均如今天遞寒暄併依春止有句
君依戀意未盈全喜是情真

春雨

淡於零露膩於塵一日無多五日頻已識無聲能潤物却看
有意欲留人忽芽毿毿泥難住喜竹焼嬌滴來句寄謝江南
蘅杜語相思千里好爲春

病中走筆爲長句呈雲藍青皐兩東植齋

無等山高高無等大東南服天攢亞蟻蛭紛紛不可數昨余步
登雲月嶺俯瞰數十州郡勢縈青繞白滃無際松江亭
口青林缺一尾湖影遠看細勿染赤壁錦步障雪山羅列
香螺髻術者但知一家私天以本爲斯人計河西先生今何在
芦下老子亦不待近日頗覺風氣殊重禮由來不重賄吾覌
雲藍真賢士吾識青皐乃君子二君交[illegible]差難答嘲何紛
騰講學家有平章事天風吹我巧來此病中呼卝滿一紙

明日仍視立夫氏士生住世出世間出处堆合長循環循環百変一
不変體中各有無等山

舟入灌水亭

亭川花木已知春十日重来意更新聖代即今無棄物浮生随処
有情人沙橋景翳紛衣影溪閣風多漾酒鱗我自欣〻君自喜
明朝怊悵理亞均

宿松廣寺作

僕本嶔崎者萬事落人後雖則落人後　至眷良獨厚無挾
長有恃以此期不負兒癡時見摑摩挲竟慈母朝庭盛
英妙四十已老醜貴居日軒〻誰憐我亦久本末与長短知我唯
我后留謫亦何傷孤直終見取臣有無量願后有無量壽

謫居無甚悲宥故無甚喜餘生長爲客百慮淡爲水适跣
入山寺明日過親忌即今故無甚得早不過躬將祀丁香不違
畔仰露荷風裡迎門一笑面已矣長已矣徒慕之推隱莫悔臯
魚仕佛說父母恩普告爲人子孰中憶念恩吾生尤偏被哀哀
卒無報愧爲名教士
昨宿鳳川上今過牛山隅悵故豈不亟我馬不能驅藹藹實
朋列躚躚蛸學徒館主反執役 小子隨丈夫百里遠相從此
意良難孤應憾有南榮笑何與多人俱烏歟不可羣斯
人宜與吾

遠村孤燈

溪西村壁點燈微屋木空濛辨四園焆焆不隨山月落

搖搖欲學水螢飛豈知此舍皆成今想見明朝殆披衣望遠
恨無千里目故園应亦照柴扉
孤燈焰似野僧徹想見妻兒共聚圍籬外蕭蕭聞犬吠窓間
歷歷見虫飛須防剔燼翻燒簀更怕添油易涴衣錦燭西
清消息斷隙光聊復借鄰扉

走筆贈李光初兼柬黃雲卿

十二年前曾見君一見已知君善文讀君史論二三策怒潮捲
地空梟雲是時褰宇方多故 朝廷急士士如雨謂當見
君中書堂布衣落筆動人全豈知漂泊尚如今旧面
惟對皺瘡溲母老家貧失靜坐出多故少長苦幽相
如暫為陶卭客元亮近卜南郭宅白雲山色一時高

瘦梅老鳴鶴真相敵復聞山中去讀書世間此樂應無如嗚呼世間此樂應無如安得從之成三笑自憐福比才更少

挽林別將 愼源

三年吾復謫荒來一夕君能蛻濁迴縱不車過猶腹痛並無驂脫只心哀長堤歲久滋蒙利一障時危畧見才蹉想山陽風笛夜旧軒疎竹掩蒼苔

鳳凰城

滿目荒寒甚行人渡水初廢田惟虎跡修溥似人居戰地唐營盡遺民楚憤餘山光金石好聊復暫停車

大凌河　明末古戰場

當年原野蔽旌旗只剩寒飈送客程事偕賢愚同有憾時移天地自無情沙魚夜食侵腥氣塞馬昏啼帶嘯聲壠上陳安（六朝人）竟何在東流河水石頭傾

遼野

散漫邱陵盡低微草樹生一天隨意濶千里入望平英豪紆遠略霸業倚徐程亭亭白塔幾度夕陽明

閱中雜絶

潞河城裏夜迢迢珠市銀燈近更遥月上鐘鳴人不斷蒲城佳麗似元宵

河流一帶古城隈桂棹蘭橈次第開聞說今年春尚淺江南

船子不曾來 白河

蘇門樹色尔沉浮一泒春江漘不收似此烟波堪送老商量

只是小漁舟 蘇門

落日寒鴉遠欲無中條山色隱模糊渓秋棗栗千家竹不羨

江南有木奴 野雞坨

朔方身手揔閑丁頭白長亭又短亭除送行人無個事卧看

楊柳拂天青

野田漠〻草離〻何代功臣有墓碑寒食東風吹不到石階

樓厭海松枝

漘黃楊柳拂綠〻布穀声中雨一犁牛最恭愛棚菴

畔路水田茅屋似高麗

拱北樓

江南有此好樓坮北客初隨鴻鴈來粉堞丹甍迥迢忽
白沙翠壁紛縈迴関山千里一翹首風雨重陽空把杯
聖主不知臣不肖繡衣使者何為哉

永保亭

永保亭前春水渾烏棲坮下暮雲繁千家烟火依
山郭万里風濤入海門暇日登臨猶客恨盛時歌舞
亦君恩不妨大酌姑蘇酒忽發狂言又罪言

落花巖 百濟義慈王與宮人游宴唐兵忽至宮人皆墮巖而死

深宮綠竹醉無愁王氣那知半夜收能使佳人同死
節縱然亡國也風流紅粧寶靨銷春影翠帶

香裙逐水漚一例芳魂招不得麗華亭又綠珠樓

定惠秋望

寺樓秋日淨絲々悵望雲飛下葉時向晚青山如潑墨隔江
疎雨過陶陂柳色蕭疎不敵樓微霜撼々響林邱曉来自策
青驢去添作溪西一段秋

練光亭 碧滄行時

浿江楊柳拂征塵又上浮樓一問津綠水可憐前夜雨紅亭
如夢旧時春荷衣蕙帯悲遊子桂棹蘭檣憶美人欲嗅多情
鄭留守長堤携手共沾巾

百祥樓

舟渡清川水自波安陵城郭帆前過長堤漲落歛黄柳曲淑

曛生靜碧荷去國敢言知已少窮途偏愧累人多蒲江漁笛
非關恨却助恒郎嗅奈何

廣州無忘樓

獨上高樓俯大荒感今懷古一茫茫川原浩渺盈寒雲草樹
參差下夕陽漢代白登著七日秦時黃鳥恨三良兒童不識
風塵苦岌岌喧呼作戰場
天時人事日悠悠江漢無情水自流百濟繁華何處問中原
消息至今愁歲寒雨雪長隨客地迥江山盡入樓且對老兵
拚一醉城隅殘照未全收
百濟山頭雲蒲城三田渡口少人行穿倉老鼠長搜粟繞堞
寒鴉大点兵弱國君臣千載恨盛時中外一家情滄桑徃惻

何須問漢上高樓已失名

朴淵 松都瀑布

昨雨喜無寐起來看瀑流風濡凌霽旭雪墜盪清
秋翠壁愁飛動紅亭謌拍浮真源湛不競堪與
至人遊

巖嶭天磨顛蕭條冐莫州江山古餘国風雨送殘秋
古寺楓林落空城瀑沛流故人京洛去悃悵不同遊
寧齋用瓊雷韻寄來仍其題五里疊各有所屬
寧齋在謫士多從學者僧徒亦多唱和又寧齋
近作有謝崔碩餉酒之作 荷亭
荊野咫尺是沅湘楚累㬋跼悲殊方况吾與子嬰重

譴地角天涯何茫茫譬諸中州大幅負南極滇貴西斯藏着
取同時過海行（寧齋句子）子詩意厚情何長過海之行夫何如一步
一回並茲望蘇黃命舛鳳皆是幟轂筆殊羊俱亡不須較量
地善惡古來流蔡分要荒但把困衡文相昂何處非吾安樂
鄉
衡南秀氣運江湘樂乎有朋居遠方門戶習熟洛閩氣効工
欲尋遺緒茫鄭家不同陳家諟世其家業犢而藏香案仙人
落九天山川周歷資三長紙窓竹屋視儕帳衣冠列坐衡宇
望憔悴行吟類相嘲風雅古道其不亡聞萋談隔世
事自傷狮客滯遐荒儻屋三閱月未逢一士居茲
鄉

古德如雲住南湘結茆洗鉢開十方超詰絃解文自高下
秉俗學俱迷涯溟演年表辨歷代雲月偈語闕三藏
費修居士毋負百家久許瞿王無見長松花箋紙貝葉
書維那軍將紛相望書畫圖堪作三笑傳經誦不須一句
匕一本云風流堪作書畫圖傳照惟不須能所匕 寺居瀟灑亦詩境秋山簇秀秋
山荒留衣頗常煩莫識高人寺在無何鄉
香羅六幅斂瀟湘火禘當壚題孔方那有阮公懷曠達雁憐
老杜室蒼茫金貂不用身邊解綠蟻新做甕尾裏藏送融致
辭誠懇款命前引酌味醇長糟餔醨啜深相勸客汁薤湯詎
足望龍女捧珠三寶喜麻姑試爪百憂亡竇篤箋潑墨存遊
戲巫壁籠紗託闢荒譬安之醍具堪易色真忘何處是他鄉

維鳥可矰魚可淵一夜帚米不可方南去極天何所見沃如手積
氣浮混茫天吳帷變詭相侮土屋如窟潠走藏衰髮澍
多雪點少冬至月自短不離愁長況逢儉歲來如王蒿萊
阡陌彌四望孤身誰與禦魑魅桂潮十室九流丐老妻
弱息各天涯終南田舍日就荒澀醪引滿今初適昨日

送人歸故鄉

青皐詞公犀照　荷亭累人

聞君賢嗣師吾友咼巖風姿逈似君樸學定知名跨
寵倩書已見氣干雲擁漢海國魚龍起奏長畢
木欣怡悵今生無物勉崩後出緒斯文

與寧齋吟　李海鳴詩

夫子何須嘆道窮江南詞賦未全空誰知招隱非高操我見離騷是夜風旅食飽經菰米白歸裝催及杏花紅行人不識

王程急可敢相留楚澤中

謫舍未看眼更新如何致此禮相賓疎狂竟作難醫疾退散猶存不去貧山郡聽笳今夜雨漢城沽酒十年春浮萍綠水人間事幸有詩篇記得眞

李悟堂進香挽　黃梅泉詩

未見先生寄壽詩庚年万事入追思河汾弟子描經日元佑朝廷側席時每爲蒼生詢舊髮紙憑素養說朗

願我未上黨山如旧青泡之成淚萬絲

遺山歌曲震川文講學家中未古聞老去詞章知載道才

高手熟過專門循朝共薦今韓愈名世何須後子雲由識郎
山千載後行人下馬有高墳
十年龍臥首烟霞。果肘痕生鬢已皤。火悔偏詩天下聞，老
嗟癡屑志卷中多。大儒亦有名山癖。國児猶從進士科。三
復琴翁知浼語。春風吹滿大湖波

申威堂大將軍挽

赫葉平城最有家風五朝人瑞一元戎推原經術知兵本遣
世昇平少戰功麾下偏裨瑊輩象家中諸子偉才雄蓋棺
萬事公何憾溢眼哀榮爛始終
曾聞天語倚長城不是西平也北平直道人知應自來福何施
能得此完名昇未想識湖驪倦之一夜空傳櫪馬驚門外

東岡無限淚春風曾國舊諸生

昭陽草木肅然光輔國新阡記某岡骨不待埋應已蛻

論當久定古誰方畫工踈萬像傳都下部曲伸情祭

路傍竊嘆登門同運氣琴仙唔老揔云亾

園林高臥顛、重濱餘事風流寂典刑合境見丹黃三種

遯家中年同賦九歌醒文人縮手屯田奏蔘家每還魂刀

斗膽豈称才難今日已千秋大樹一飄零

此學

大雪

人天無際白紛々須洞如將世界分一望川原有樹四

騰光氣厚於雲惟來淨々寒何在只是毯々靜極聞

漸老惟欣豐歲徵山爐酒熟不辭曛

春日

春服僊〻試薄寒濁醪灧〻寄餘懽半生旅食終可補名士躬耕古亦難空裏遊絲連晝下樹頭一鳥向人看却憐旧日風塵容一榻蕭然老幼安

苟安室

茅竹蕭然揀地閒愛君廬合著空顔背檣不禁材行路開戶全収宅主山兄弟進隨來飯後兒童遊戲在花間除非猿鳥無人到籍有柴門且莫關

樹〻溪南黃鳥飛家〻雨後蕨芽肥百年村大永堪飲初夏山中花未稀松深猶自採葷去烟際多應種栗故想古桃源亦如是君來莫問路亭微

李海石 谷城 新田 相勉

朴素峯 谷城 杢 齋鏞

李寧齋 江華 鳳藻

詩鈔

金梧岡 艸

寧齋南遷紀

象魏 闕也周礼大宰正月之吉縣治象之法于象魏使万民觀治象挾日斂

含禭 口實曰含衣服曰禭小宰喪荒受其含禭幣玉之事

辟名 空作文書與實不相應也宰夫凡失財用物辟名者以官刑詔冢宰誅之

碧潼謝上表

…免言臣準于義禁府關文一道奉 啓下竄臣平安道碧潼郡已於今月某日到該郡屋住者奉公無狀方俟叩誅馭下以寬幸從輕典惟示不同中國之義有以仰見上天之仁退省愆郵痛深感愓中謝伏念臣 蓋猶藐末姿質固褊束髮受書慨然慕古人之學拔身從仕思欲酬 明主之知竊居臺館者幾年無片言之可效叨職皇華於萬里亦乏專對之專（足）稱屬當選歲直指之行乃是微身匪躬之日彈擊自大吏二千石以下按廉遍全省數十州之間既險阻艱難之備經雖強梁豪右而不避惟以竭力為務對揚尺一之書未嘗廢時之宜經營方寸之內有物相觸人方卒然於虛毋無故至前世莫先容於蟠木致其在途之陰誘讒已構乃夫廷陛之初衷暘莫暴然是那付之公共或有朝論之直魏其而事變起

於精來乃至仇家之告張敞衛言荒忽見載鬼於一車積毀浸
尋鬪殺人於三至臣獨捫心傷悼 上猶屈法而愍憐不卽挫扞
之深文俾禦魑魅于遠裔三江接地已極邊荒九嶺蔽天但瞻日
月生陰承平未嘗北首而爭敵今雖淪落猶得下肩於齊民況益
瘴癘重巒之患得以優遊飮啄於斯實過所望曷敢少恨兹
蓋伏遇高厚則天大中爲道教亦多術而露霜雪之以時物能
有容山藪江河之莫測遂今省蟆亦被煥咏謂臣少弱之年宜
存減務臣 拜疏之行俾免大何臣 不敢不戴異恩爲榮居屯若泰
瞻望陟岵徒憐烏鳥之私情憔悴江湘尚羨鳳凰之攬德君
日文章以報國所幾能焉每念名節於平生庶維難矣

禱洞仙嶺神文

年月日碧潼郡遠竄人李京謹具餅一百禱于洞仙之神曰余有 以

罪竄西千里道路孔艱自詒伊始側聞山神甚有靈異行旅往來必虔禱祀伊余不佞不工謀身不獲于人遑于鬼神今遭大困聊且吁籲雖則吁籲罔知所愬閔閔默默惟神俱塑今愚如此神庶無尤俾不能言亦或處休

與舍弟書

自發行後計與弟書六七次并看過否弟與吾書四次吾皆見之其後無亦有書吾猶未及見否此中去月二十四日得好雨雨後驟涼意塞上秋早奴如此至近日却又烘熱熱如雨前不知京中又何似爾時兩堂氣度安康弟與季弟均好家中大小無欠否弟讀何書不浪拋光陰否孩子能行走供嬉笑否吾在此中平安狀前已略及今月初二日移寓于塘室塘室若金氏墓田之下之空舍也前有蓮塘此中人呼塘爲樓邑此室爲樓邑室今云塘者雅之也

距前主人家可數十武隔一小阜順流而上也室并八間分其半
一爲吾屋一爲趙村夫屋吾屋實四間也四間中二間爲室二間
爲廳吾屋實二間也二間中一間爲主榻吾與曺衛將居之一間昌
龍居之又雜亂什物吾屋一間之半也無尾茅剝老杉皮覆之以
小石累累其上窓壁墐土礫無紙堗上編蘆爲簟坐處向西南
每日下午卽爆炙不可耐輒徙榻就门與廳之間卧以避之然室外皆
萬峯接天日光易匿不宜久也此室爲金氏所築趙村夫借居
有年而余又寄趙村夫夫有一婆爲吾炊米粟醬鹽吾自出之
每早食時昌龍從室中衿尾盜取物入廚與婆嗟善爲之吾隔
壁所之食之吾與曺衛將對而食餘以與昌龍至夕又然大約一
一日中所爲事惟食也此中風俗甚厚前主人待我過厚吾心不
安故移至此正欲小自困苦然主人與其孫日日來問安否不已

又家出將用某少許助吾文旌乃傳其來勸吾博此皆當謝吾不甚謝吾見其人年三十以上皆不呼名呼某鄉某有司此中人通稱也甚向時或出門至塘上看荷花塘可二畝花居三分之三惜未稍晚不見其盛時然此地乃有此花正不必以盛為佳欲為賦之心慢未能也此中苦無書今日從村塾學堂借孟子一帙來將讀之但村人未見吾但坐讀書又惱之謂不屑也此殊可憫吾心甚細又甚不欲絕物如此然世不知吾謂吾妄且怪吾殊不曉第則勿謂吾然也諸所云此皆屋處飲食瑣屑之談然第見之如身至前以為慰也第作答亦倣此為之又可慰吾也不一八月五日兄書

畢閩門外有笑拜蒼龍於壙中鉤大鮒魚甚白而肥又不可盡書也

韶護堂詩稿選序

松陽林君有瑞學詩于韶護子手錄韶護子詩爲一卷示余
而求爲之序余已從韶護子聞有瑞之爲人及一見眉目淸朗談吐
有韻心甚儀之且喜韶護子之英才也仍惟余與韶護子文字相與
之情可謂久且深矣文字無可輟之日卽情無可忘之時所不可知
者年壽之孰先後耳韶護子不爲余序則余序韶護子要當
期之已久遠不必汲汲也獨感有瑞之意輒論韶護子之詩爲文以
贈有瑞俾有瑞歸而質之于韶護子其以余言不謬也則有瑞亦可
因是而有進焉嘗謂天下之學術大略有二途其求速成而自營門
户者莫如因己之才之長而篤焉其能融液羣言而鋪施一代者莫
如就時之俗之偏而矯焉凡其鉅細難易之別可知矣韶護子每謂
余詩文長於說理蓋文章有理有辭猶經緯之相須至於風騷之
遺尤其紀事異體徒理不足以言工余固知其然也然性質不變

自幼好爲先生之言久而習之余不得以毁圖矣然今之爲詩者不獨
余也皆自托於理勝而俗下日甚雖謂之無詩可也若夫玲瓏超妙之
思沈雄奡兀之氣高華煒麗之色舂容駿厲之音激揚頓挫之節悠
來淸疏之韻閑雅幽靜之態神與景會興在象先人旣不得窺
測其所從來而已亦不自知其然而然者許今世惟韶護子可以庶幾
云爾夫以韶護子之詩置之古人之例而第其高下則吾未知何如而
居乎今之世欲以自拔於萎靡膚率之患則不讀韶護子之詩而
不可能也昔孟子論眉道以刺之而無刺鄉人皆好者目之以愿而謂
狂者可與進取狷者有所不爲韶護子之於詩其初蓋從狂狷入中
歲以來漸趨乎易幾於自泯其形跡然世之論韶護子之詩者或猶
議其異於似此鄉人之刺也不然則何以見韶護子之詩哉余嘗從
韶護子爲文以道此意今又爲有瑞言之亦將以紓余之感而非敢

爲他人辨詰同異云 辛卯三月五日沁洲李鳳藻書于明美堂燈下

書李士吉卷

使吾遇子於道不知其何人而與之語而得之則吾之驚且喜何如也
今吾見子之才誠美矣吾亦可謂傾倒於子矣然以吾未嘗聞子之
名過歟而望子過渴故見子之如飢而以爲固然豈惟以爲固然又
從以若有不足然士之行於世而求聲譽者可以知難矣聲譽惟難
聲譽〻之不能無聲譽〻乎士方貧賤式之在諂然後進之於長者則不
可以不恭不諂之謂節恭之謂行〻不備而節之者未之有也子恃遊
於禮〻義〻乎則禮義之門不可以不恭也恃遊於勢利乎則勢利之道
又不得以不恭也子與吾言異〻子之朋儕言而無甚異吾則甚樂
之然天下之長於子者其性不同子勿以吾既樂之也士始學於鄉自視
足以賢於其鄉及學於州而知夫鄉之不足賢也及學於國而知夫

州之不足賢也及學於天下而知夫國之不足賢也賢於天下則幾矣而夫惟賢於天下者必無賢之心焉無賢之心然後天下賢之已一也天下之人不可許也使己才足以當十人奈百人何足以當百人奈千人何其必有術焉知百人之不可當則無寧伏於十人役十人者知我才足以當十人而無故而伏於十人則必害而反伏於我此伏十人之術也即百人千人皆可用是而伏之不然而攘臂歸於衆曰我能當百人云爾則人思與之敵矣人患與之敵則奚崖而不敢然此吾所謂術也非道也夫惟道則無所謂伏者焉無所謂伏之者焉予有盛德大業而不與而況於文辭乎況文辭之未至於工者乎予且歸而讀十年書其必有進於斯者乎

望美軒記

寶城郡治古城東南隅其山曰望美隆而不甚高松箭楓栝之

縹緲然可愛鄉中相傳曾有仙女降此山山以得名山下有泉曰臙脂有潭曰珠簾皆以此余思果如其說卽名美可也何云望也無乃迂人逐客如昔之蘇子瞻者嘗登于此山旋回北望而不能已因以名也歟今不可知已然子瞻之謫黃州雖指汴京爲遠猶在夏口武昌山川相繆之間若寶城者湖南之窮界也自此以外惟大海接天風濤洶湧可以謂之天一方矣可以渺渺兮余懷矣嘗試論之人有天屬卽有天性其恩愛鍾於有生之初無俟言也若夫男女之間內外截且言之隆尊卑過焉一日由內而托乎外由卑而干乎尊至別而合至疎而密其事爲人道之所不可無人心之所所其頤欲而其主義以爲情乃有在乎天屬之外其愛慕之思芬芳悱惻纏綿辟積結不知其所以然而終身不能自解雖其端莊以爲禮正直以爲節方方不肯爲側媚乞容悅之

態而其所以自持乃逾遁見其一於情也既不幸哉以此靚愓受[憂]悔讒畏譏以至流離困頓而逾遁不能忘也苟非其然而強為牽連若藥之所謂無可奈何而安之々說則是特空名浮兒而已安在其為是倫而不可易也夫九重之居七章之服穆々皇々何如人也而乃敢私謂之美忽然若忘其如天之尊如父之嚴而乃以閭巷歌謠男女相說之辭比擬而措作無已甚君子蓋其愛慕之深發於言語文字辭音色澤之間者止如是然後可以曲盡其情比屈原離騷之所以繼三百篇之作太史公讚之謂與日月爭光者也子瞻之賦亦猶是也苟非其然即朝夕於君所以乃心之罔不在者哉鮮矣况天一方之渺々我館于林家在望美山之隈其軒無名余因山之名而名之且為記以自勖

黃花亭

黃花亭外對黃花從此南州路更賒半世光陰多客
裏重陽風雨又天涯幾經漢漢無山野已見青青有竹
家向晚浮生西北合側身那禁一長嗟

余於丁丑重陽按廉湖右登拱北樓有関千里一回首風雨重陽望
地蓋之句翌年命生事竄風碧潼人謂関山千里語本不當於拱北
樓乃詩讖也又此杯風雨每佳節至菊花偏為羇鄉開此事忽忽
今十六七年矣昨日過北樓明日值重九豈向所謂讖者於今又合歟
循環感慨不已付記於此

全州

信美完山府扶輿遠發祥晩山如黛綠秋野似金黃
王跡崇郊禘物華侈肴商建年問曲豆沛南北路何
長

電緣

雲山漠々野悠々直益去長竿且未休魁愧漢陽城裏綠伴人相送到全州

任實途中

秋日發羈還晴勞人歇復行四山紅葉雨一路碧溪明店背孤峯出橋因府確成陰途何敢憚佳處或留情

自淳昌至順天沿路風景甚佳

峽深無悪石川永少驚瀾晚風紅稻滑疎雨綠蕉寬亂疾加餐飯遷巖當拜官湖南如此好合是一來看

松廣寺

來夜松拜撼客眠龍華堂外月孤懸勞生遲遲作江南夢不及盧公兩法年 盧住爲近世名宿 此其本寺也

枯木千年豈復春老僧元自不諳人憑心呂勘取眞

空諸翠竹黃花摠法身

寺外有普照國師手植枯木一株相傳師遺囑云枯木復生我即再來至今亦百年木不加枯亦不復生園以短墻以防人之推撼云

讀坡詩賡梧寄題濱韻次之以呈荷亭

藍關暮雪撼韓湘淮水風濤愁子方一別無端隔萬里使人聞之心茫茫我輩亦稱遷謫苦何殊小兒眩迷藏平生無恨彊域隘飢來卻愁道途長況復送君過海去海上山多那可望憧憧之思徒爲耳盡於大易規悔亡念我省從悠豈復敢知君珮戎無武荒徙个且閉二鳥口春風接翼還故鄉

又寄荷亭

涉江誰與采芙蓉海國西南重復重金甲津邊人獨去碧波亭外鴈難逢絕吟自合酬山鬼宴坐惟應出

洄龍每到相思無寄處案頭空坼舊書封

又

寶城那有寶珠島定無珠寶重兼珠重相思忽
損神

黃花

但道黃花落黃花落更濃怕人愁寂寞故々待秋冬

畫蘭贈王田林樑材

玉露娟々欲化霜江潭悱惻念羣芳畫師不是無心者
會寫美均九畹香
想見達山望魯心猗蘭千載感何深美人香草憎情
性不信風騷有古今
用筆無多點紙寬一花一葉補應難空諸有處皆禪

鏡津津香風湧鼻端
雨打風披只斂莖亭亭玉立最關情儘教放作欹斜勢
難道幽芳不是貞
病思羈愁搯未開夜深風露獨徘徊半生歷虐同心
少逐臭何妨海上來
北派南宗且莫漫自將性格要人看不須更向誰家法
側臥雁難自側蘭

題阮堂蘭後　帖上有畫像題曰瓢瓢如羽化而登仙

秋色風流老更顛海天一笠記登仙殘香剩墨墮怊悵
交臂月人向罕年
過眼烟雲意也消琉璃廠外是中朝可憐粉塌裡紅紙
記取當年鄭板橋

贈大乘庵秉演

秋冬之際最難懷蓬藋蕭然一笑開海上初逢太顛語山
中誰道子瞻來天涯珮玦憐吾病法李幢竿賴爾才寄語
南庵諸老宿他時要踏石頭回

大乘庵僧秉演興陽吏朴漁淳具至吉賦

天涯流落已多時向爾杯觴病爾詩偶此真成蓮社集
那能長負菊花枝燈前十載曾諳面石上三生舊證明
好喚流雲遲明月獨窓西畔下遲遲
望美軒中此一時花林洞裏舊題名詩雪鴻何處曾留爪
風木年來不定枝鮭菜殷勤勞遠餽海山迢遞豈前期
縱然未可留連久秣馬明朝且少遲

因話楞嚴富樓那義及諸方頓漸案戲向拏雲

疑雲未決已多時　且置寒暄且置詩　明中本無非花翳
悟後仍修定駢枝　了達何須求證案　真空那有應緣期
請君直下分明道　電裡穿針擬議遲

同南一荊玉拈韻

南國英英兩少年　明珠收拾瘴江邊　早將要事開田地
別有靈心入洞天　同社結緣從此始　異時論価定誰先　相看
偶似臨皐夜　月小山高更悄然

光陽崔雲皐見訪　炳勛

聞道幽齋趣味長　修篁千樹抵研桑　雲山送色連書章
漯水分流入帝方　秋雨迴畦行采藥　春寒踞石坐傳觴
城大筆風流遠　留取兒孫翰墨香
白雲山在智異山相對　智異一名方壺　帶方南原故號　漯水水名
雲皐爲太史窊城之後裔

緇塵京洛髩絲長鐵硯何時日出栗臭味因緣同近局

竝言傾倒在地方盒收王子留進履袖包金錢泛十觴

歲暮羈愁兼病思憑君寄去報黃香

三起三點燈

個夜三起三點燈々前顦顇對嶙崚桃邊一霎涼々雨雪

到摩尼定幾時

有誦述處諸人詩余多不契至如行楊柳一灣沙拍袖

亭々野菊花為之擊節不向可知爲黃雲卿也

小異猶堪識孟嘉休將老眼瞪金沙故應江夏是黃童

語猶袖亭々野菊花

卽事

天風吹雪不到地々濕靡益長綠賦勁笪自負菊何所難筆

蟲吳老乞自娬媚百萬鴻鴈皆南徂何由見得仉來書我
正酒唱喫甘子家中个日思何如

戲作

潘都監女敬東坡可參蘆湯密許何領取一罎香色味
崔家少婦感人多 有崔姓人小妻買酒者以一罎見餉味甚厚

同諸友拈坡韻

十月南方氣似秋誰知江漢少行舟屢爲遠客輕千里
多識高人隱一州桂棹蘭檣時悵望荷衣蕙帶且淹留縱
然漂泊君思重舊地尋常得勝遊
身如鴻鴈已經秋心似烟波未繫舟山郭年深微有堞海
門天遠更無州行迴孫仲題詩滿手擘黃橙勸客留晴雪
屬溪梅欲放携君擬作近沿遊

無隙可相侵四壁書圍一榻深佳句纔然難棄擲古
文隨處好參尋松風正沸茶如雪海日初暾橘似金旁素堂
空時宴坐自媪氣味近叢林

南原崔戚 壬九見訪

草浦洲邊帆葉飛記曾相見便相違雲山百疊能來往歲
暮重逢可當歸客裏歡情兼易感醉中狂態莫相非動
文寄與山靈語勸向山陰洗舌衣 近寫之碑聞已刻訖

宗友青阜千里遠其子光秀來遊遂索拈韻

不通名字意先殊誰遣瑣枝入座隅年少拜華聞已熟故
人眉目對堪圖身如老馬寧知道情似游魚未忘湖竹露洗
杯聊共賀生兒如飢百憂無 寄餉竹溪齋

夜坐聽諸少友讀書有感書示

一燈分照半龕餘，蓬底無眠讀古書。旅舍未曾愁鵩鳥，講堂翻欲賀鱣魚。江河日下遺經遠，草木年深舊學踈。剛為女娘畫眉黛，自家蓬鬢幾時梳。

呈韓太守 雁用

民吏相安歲有秋，使君官閣冷於舟。衰年定許唯三逕，聖代酬恩且一州。每愧芳樽頻見餉，翻慙府字也容留。藍輿竹杖仍乘興，不是山公愛出遊。

談藝贈許大奎尹鍾均

耶殊甘苦疾徐間，繩墨千秋一魯班。雅道陵夷吾輩在，江湖歷落幾人還。清樽馥馥須沾吻，華月娟娟只照顏。布襪青鞋泥汎始，名山何處不可攀。

自録

一墮南州瘴海間幾回青瑣點朝班村童挾册來相問老僕思
家遣已還遥夜眠稀工入夢靜時愁劇倒回顧十年每閲語
州易古義迢迢未可攀

與諸友偶吟

午夢初回曳杖行矮簷茆復暢幽情鳥巢寂歷盤空樹
人戶參差負古城論舍每嫌賓客聚瘴鄉全賴井泉清
連宵明月困無寐剛喜林風送雨聲

次保卿寄示韻

木蓮花下小園廬記取牽衣掩淚初十六年來俱老大別離
心事較何如黃花白雪淹時候碧海青山繞起居終是爺兄
那一禮待詩頻寄在家餘
夜夜松風吼齩虎篝灯炉火對眠初情於切處書難盡想到

眞時盡亞不如風雨彭城君口寧瘴烟浹泊阻鄉居安心定是安身法處逃手安但例余

不付樹將々守田居湖海青蒼放眼初老僕猶能隨頭士文君應悔嫁相如已知鵬鷃俱齊物只是兒駒未卜居歲晏梅花消息斷天涯渺々欲愁余

寄諸弟

却愁兒不解寒知未信家居勝遠離吃菜如今難做事作粗從古易妨詩謝家才調皆吾季阿氏家風定就兒千里相思無別語近豐書札共供持

諸少友賦句詠木桃題其後

遠道相携伴布衾禁居猶記側華簪四方詎合隨時用一席長存向上心轉處思鄉如得路拍來題句是知音回看

絳帳多英俊便腹遑韶愧更深

夜話

天涯何必恨淹遲 結客多從歲暮時 幾處寒梅春欲動
滿窓脩竹月初垂 眼前妙悟空階境 手裏芳香有所思
賴是江西詩社好 峨洋一曲證牙期

同荊玉美中作時南一歸家

萬木春〻樣欲香 一年促〻意何長 諸君豈為問奇字 侯芭載酒問奇字於楊雄
老我徒思集驗方 陸贄謫忠州 雪後窓前同更寂 詩成被裏起遲忘
適情卽市高歌者 正復今宵憶此堂

歲暮雜著

貫珠山畔古城斜 亭子川西野老家 惆悵淡烟殘照裡
青松枒送年華

贈尹白堂　時悼七

湖南風氣日清新下筆騷々六藝崔有友不愁千里逢益
身餘覺半生貧蕩々仰樹山中雪稍々奧香江上春慚愧
往來緣底事隔年看我未歸人

謝荷亭送女貞宗次東坡贈王仲素遂蒙分刀圭韻
五百秦女兒入海逐沙泥海枯復為田靈性猶不迷示人真仙
藥金砂不用齋欝々文青枝葉宗荒山畦誰知乾鼠屎
使人氣如霓跂者及奔馬老夫思易妻居軀眛春生遠愧
莊與松吾兄才且健畸命賦相齋論含寄遠既邑斷隨赫
蹄叮嚀嘆動限感歎為復圭重以陸地蓬不煩華山榜太乙
浸流瀣正衆邪自擠衛桀瘴疑明珠辟惡當靈犀苟能病
杞艾猶勝悔噬臍湖海足唱酬岁旦安風雪淒老大難為情

外家起栗梨

鳳凰城

滿目荒寒迥行人渡水初廢田惟偉跡脩薄似人居戰地唐
營盡遺民楚憤餘山先全石好聊復暫停車

大凌河 明末古戰塲

當年原野蔽旗旌只剩殘骸送客程事僭賢愚同有憾
時移天地自無情沙昏夜食侵腥氣塞馬昏悲帶嘯聲
壠上陳安竟何在東流河水不西傾

遼野

散漫郊陵盡依微草樹生一天隨意濶千里入望平英直家 闊
行遠路羈旅念倚程亭亭三白塔幾度夕陽明
傾傾白塔掛斜陽渺渺青巾山入半洋一望烟波涏此闊幾徑

難別使人傷君仙舊市無消息得士田擠有坍先安得長
繩三丈足逝將日月繫扶桑

燕中雜記

路河城裏夜迢迢珠市銀灯近更庭月上鐘鳥人不斷滿
城佳麗似元宵
河流一帶古城濶桂棹蘭橋次第開聞說今年春尚淺江南
艇子不曾來
薊門楊色系沉浮一派春江潛不收似與烟波堪送老商
量只是小漁舟
霜日寒鴉遠欲無中條山色隱模糊深秋棗栗千家好
不羨江南有木奴
翔方身手撥開丁頭白長程又短亭除送行人無個事卧

看楊柳拂天青

野田漠漠草離離何代功臣有墓碑寒食東風吹不到石
牌梅壓海松枝

澹黃楊柳拂絲絲布穀聲中雨一犁最愛茶州庵畔路
水田茅屋似高麗

拱北樓

江南有此好樓臺北客初隨鴻雁來粉堞丹甍迴超忽白
沙翠壁紛縈迴關山千里一翹首風雨重陽空把杯聖主
不知臣不肖繡衣使者何爲。

來保亭

來保亭前春水渾烏棲臺下暮雲屯千家烟火依山郭
萬里風濤入海門暇日登臨猶客恨感時歌舞亦君恩

不妨大酌姑蘇酒忽發狂言又眾言

菊花巖

深宮綠竹醉義慈王氣那知半夜收能使佳人同死節
從然亡國也風流紅粧寶曆銷春影翠帶香裙逐水迴
一例芳魂招不得麗華亭又綠珠樓

定惠秋望

寺樓秋日淨悠〻悵望雲飛鳥下時向晚青山如潑墨
隔江疎雨過臨陂
柳色蕭疎下敝棧微霜撼〻響林卯曉來自策青驢
去添作渼西一段秋

線光亭 碧潼作時

浿江楊柳拂征塵又上浮槎一向津綠水可憐前夜月紅亭

如夢舊時春荷衣蕙帶悲遊子桂棹蘭橈憶美人欲嘆多情鄭留守長堤攜手共沾巾

百祥樓

再度晴川水自波安陵城郭怪前過長堤隱岸斂黃柳曲溆瞳生靜碧荷去国敢言知己少窮途偏愧愚人多滿江漢留帆閑恨却助桓郎嘆奈何

廣州無忌樓

獨上高樓俯大荒感今懷古一茫〻川原浩渺無窮雪草樹參差下夕陽漢代白登圍七日秦時黃鳥恨三良兒童不識風塵苦歲〻嘻〻作戰場

天時人事自悠〻江沃無情水自流百濟繁華何處問中原消息至今愁多寒雨雪長隨窮地迴江山盡入樓且對

老去拚一醉城隅殘照未全收

百濟山頭雪滿城三田渡口少人行勞倉老鼠長搜粟繞堞

寒鴉大占兵弱國君臣千載恨盛時中外一家情滄桑往

劫何須問沃上高棧已失名

朴淵 松都瀑布

昨雨喜無痕起來看瀑流風端凌霧旭雪壑盪清秋犀

壁愁飛動紅亭訝泊渟真源渾不競堪與至人侔

巍嶭天磨鎮蕭條蜀莫州江山餘古國風雨送殘秋古寺

楓林廢空城瀑布流故人京 去惆悵不同遊

清州道中

屢向西原路遥知上黨城山圍長野勢川駛大江聲

依烽燧春雲見旆旌閒防多所闕吟眺念承平

先凡槐打奠晚食

溪閣開樽敞沙橋引網逢映空瀲玉交手銀星晏陂初定人喧席屢移紛紜甚一飽重愧杜陵詩

隱身菴 在君奠洞高處國初無世子所居

入山何處更君奠結寺當時已隱身但畜雲烟作老佛盡收泉瀑謝游人林中薝蔔香初定木末芙蓉態更新夜宿西寮清磬發起看天宇滿星辰

不到吴源盡那知淨界殊孤峯聳佛殿飛溜洒傳廚解帶看雲過撞鐘惜夜阻隔房人歸宿缺月上浮圖

登金烏山城

許君扶我登金烏山上城中天下無一萬壑千峯忽平陸七池九井似江湖鷄豚近日自相放粟麥終年常免租徑欲移

家買山住何須更羨桃源圖

採薇亭 冶隱舊居

崧陽王氣竟蕭條夫子南來道未消蒲眼江山非古國
終身官職是前朝卿儕有恥能先變草木無情亦後凋
一曲採薇亭下水傷心猶似侍中橋

贈李士吉

看君意氣在人前談屑霏霏思湧泉少壯幾時須努力
古來此事不關天春林雨過催花使夜牖燈含寂照禪
儘有凌雲詞賦好未妨山澤臞癯僊

歲後與諸少友吟

春到江南亦不逢開樽完似去年時采向木落紛相映日靜
空雲懶欲垂強道孤居能自遣即看暫別費相思甚艱踏

師弟

郭泰曰經師易得人師難求欲以素絲之質附近於朱藍也

龍門 伊川先生隱居龍門止四方學者曰尊所聞行所知足矣何必及吾門也

鹿洞 唐李渤與兄涉俱隱白鹿洞創臺榭後朱子知南康軍奏復其舊為學規守之

舌耕 賈逵門徒來學贈獻者積粟盈倉世謂舌耕也

腹笥 邊韶字孝先嘗日假臥弟子私嘲曰邊孝先腹便便懶讀書但欲眠韶應之曰邊為姓孝為字腹便便五經笥但欲眠寐與周公同夢靜與孔子同意

執經追壟畔 孫期家貧事母至孝牧豕於大澤中以奉養遠從學者皆執經壟畔以追之

閉門成都市 沈麟士隱吳差山從學者數百人各營屋宇依止其側時人語曰吳差山中有賢士閉門教授成都市

柳宗元曰命師門不非虧夫繩墨之側不拒異不師

儒之席不推曲

青出於藍而青於藍冰生於水而寒於水 李謐師孔璠後

璠還就謐請業門生語云

管鮑分金

僑札贈紵

蕭朱結綬 書傳

王貢彈冠

雲霞之契 分薦上應

杵臼之交

謝瞻與范泰爲一一

吳佑公孫穆遂定交於杵臼之間

色染朱藍 楊子曰夫交之道猶素之白也染朱則赤染藍則青

情深膠漆 雷義與陳重相讓茂才鄉里爲語曰膠漆雖堅不如雷與陳

裏飯 子輿與子桑友霖雨十日子輿曰子桑殆病矣裹飯而往食之 見莊子

指囷 魯肅 周瑜見三國志

山林友 韋逞居有孝蕭話辯云

金蘭簿 戴弘正每得密友焚香告祖考書

財交 魏書見

忘年 禰衡見張

白水 晉文公事

青松 絕交論曰援青松而誓心

寒盟 鹽官爲吳子交

陸雲 司馬德操宅洲之陽

寄梅 陸凱寄范曄詩曰折梅逢驛使寄與隴頭人江南無所有聊贈一枝春

肆雅云

甲辰臘月十五日性[illegible]

甯齋簡帖

甯齋簡帖

別來幾日戀如經年海水天風思〻甚遥
恍疑伯牙送成連刺舟蓬萊時追歸後
今復增劇瘧苦計已完令善定備將見書
想好諸凡壹如並深馳系景人間文字若
泄阻胃可向通集海瘴尤甚不見太陽終
日閉門且煩耐極而坐遂想此時蓑湖十里
碧雲紅粧珠露香風身坐舫艇小舠手鈎
金鯽莫不覺心意俱注爽然自失日與群

觀今公談此書叢於嶺峨錄書勢一笑耶君
荷母叢書之費有般集疏秫米麴子酒窖扇
皇木話經似是荷母要來而無易舉可辦與
其中庵扇則未知荷母用之何處不嘗盡用
桐油之扇以給兩家主人其餘三柄則仍封懸
庫上後須盡收備如數分之耳秫麴之釀費
後明日可叢叢識嘗白木後便錄價一兩之
韋可以其季氏因年前陵席幸趙達以候

垂諭憂慮傍欽尤問安 鄙稿中借竹軒
一卷荷舟携去君覽之示 得相萊揀之行
京耗要得仰告貴仰子 勿論庶寶隨便
見示爲幸 聞有船便 朝起稱此年 第不
諮究惟在心惱 累人至郁 此旨年前朝
令日對覽清朗 此荷舟叢所節見也
後便繩鞋一部 以令程吾足者 買送而餘價承人望吾足撰
別紙與荷舟閱耳

韋觀閣學有寄荷舟長律次韻並付惠
思大同但字有小異耳
君今歸矣我何之送別沙頭立故遲絕塞風
烟無舊慣窮途心事有誰知正逢明月團圓
夜又值梅花爛熳時應念海中雙影在眼穿
惟待寄來詩

甯齋流人藁

聞向者專倅于鄉庵聚總 迄尾矣幸
衰殘支將無從撓否負恩益切罪人伏望
恩補海州觀察之 命三疏後待罪于海
州地不敢視務竟自請勘拿究罪戮不測
特命減等以萬頃古羣山島流二年 莫惶隕
戚從之外有何它言金直閣篆商悳亦以前洪州
觀察因罪同地同紀年今到內浦地方病作
無以趲程先嶠巡子撿前到茅項是宿留調治矣

此函入燃後數日可相照矣 來以四年前讀書

中間滄桑屢變 田廬今又以讀書為此記浮

生長漫遊以與 君相違為憾因以振觸恩

先翁而不可復觀矣 今事如此奈何 秋汝豪年

惟上不識諸留面談 當為蕭門人所識 舊曆五月二十六日

當勉華僑函已封矣 輒於外附數字

不知此函中定有何語 然要亦不出當之

所欲言耳

別懷如海非楮可盡松下送別遠望勞勞至今
在眼中也朝綠頻覺秋意未審數日來
令候何似瘧苦則猶隱否兒子安閒頌禱
以冀勿藥有效是爲望也情記其宿防尊村又
望宿江鏡至昨日纔到論山馬忽歸塞至渡江
鏡不能時歸陷於泥淖拔而擢以致能逃因爲一
宿之文錢亭少妻情香不獲也自此貰驢登程此
馬則使奴牽去此飼馬一兩日後回去妻行則雖

北狼狽而此馬〻由吾生塞極不安有馬者借人乘
自古所難況此也此北馬去了罷馬矣別爲可嘆
貴如甲想府丹勞關吾來當到家後而馬回中途
從弟速便如此爲樂也吾詩遂中所謂南還紀恩
集文一卷冊樣稍長於第一張印在人處乞寄論於此收捡
新選此卷不來細貴遠論矣如吾在韓州望爲善爲
諸從行便還遞擲爲望此是簡單借冊於如是錢寄年
惟望續勤筆不能一一筆此悤悤
甯齋在謫所 弟具

還家未了旬而得此 專書 執謂弟頃出千

里程登羣山稍高難之來今年意建此人亦

奇事也 前聞 瘇若者未免擾高君云今亦不

勝憂閼自在省邊窯云甚庸當忽發白來秋風善

清想此間已靄然以此為聆 諸家諸凡均為謐話

兒曹好之者德風語人云云在心 郡人思得首邊中擾馬

邑遠鷄龍山下遂欲千里由清州訪戚友四五更以此爲之

第佛至今卅七年始到 家中安穩身上不至甚疾者

聖恩假歸述有酒可醉亦有溪鮮野蔌足以自娛
但小池蒲葭無堪賞觀者由借茭湖一曲殊令人健
羨此時荷花想已盡然尾郊天機雲錦殆橫出延
練寫秋光更好一番詩境也紀恩集一卷歸后撿之
乃至漢第前園來談欲耳想同以為錦上綿緞竹梳又
此情跡邃之高葉花好家中方有書癖人得此方
療如得還丹矣甚時馬病今無建茲兩馬因病而塞別
無足不安於心大矣從後須談為之 宋和赫頓首 此

事到今殊難矣 莫自勉之之 吾輩既居移其家 唯以有

賞給則例也而罷還推錢物則 雖係書鋪之事 未嘗非沒顏面 當由意外

宥罪還之速而然後也 然其時既迫 丁寧打算深亦無之

云乎 吾兩人之前 今忽有此說話 致令荷舟懊惱此責

島人無怨也 然吾則何可到今許蕩盡 令荷舟吃虧耶

此并荷舟量處之耳 凡事無大小 惟我無敢作則可矣

何人向我說何話 不須動心 荷已爲荷舟之了此事云云

偶以前說 聊更誦一笑 留此不藏 謝我

以自勉云

甯齋昌書

歲行盡矣，百感交集，惟以一忘字爲排遣
諸舊日事，尚可忘，與詩舟則新知逾於舊交
一別無緣復會，並與書字而斷絶之，此時
安得不無之，又那能忘。雪深如海，閉門無人可
與聞剝啄聲。高雅入座，叢奏，如見顏面，每得
手函諸幅，真得高雅細叩，意切藹總。秋冬來
蘭棣增謚，眷集均彩慰滿。我之閒靜，惟日
以臨池爲事，清趣可想。德鳳亦安耶。向来借

騎馬其後蹇病卯君云此亦幸也濟村若浦
諸處君能久惕此帝可轉覓地鄰人十月得一
孫男自此日以抱弄開口亦不暇君書作字此
于自賀然書無能也又堪自笑家中大都安穩
高雅想以目聲者臻佳也希厲何在多也與
仲君對林連三日書之真同塞責自視亦可
厭不知前每見之亦有一二入眼者否願無言
懿老兄弟素未嘗習但求書一二紙矣大辱

古柏館吾書也有無亦知所傷彭以筆意老懶
不經不能但字跡不佳亦亦甚是何體爲以爲類
法則務每見頓美吾仲云欲借彭帖之佳者
務一寫後便送之云而家中本無彭帖借之
亦難所以至今未能之非亦之也聞高君亦達
春務欲一番見我云遠途事何可必而聞之
可然可喜甚筆然則又要何如耶以是爲眵
幸亦甚間有一頃往復而其後亦邀未仲知

稍近乎亦如此況遠處乎難合之不可常人

生何時不然惟此降點逢之相惱而色損寄烟

具乾者更之篆帖網巾又不必費念而到終

歲少墨頭之白髮餘亦常有現著之巾耳明年

更尚當加冠於頭況之頂其年十四頭稍小些

一網巾尚助則無事矣或稍大稍小亦宜依用不

必見換也此書當以丁酉歲入燬矣惟以近日

多私篤望筆不盡意不藏幸復 情記 鳳藻 書

丙申臘念日

濟滄書後未聞利稅之報方以何鬱嵩
隸之來芳緘入手藉認伊時未道去路益遠
蘭棣爾後山文均善鍼滿我心以後一擔珠
露全風又送一番荷花矣對之嘗後見憶
我則憶荷每憶荷花甚情安得不更漫耶
今年大雨發千年來所未見此近諸處雨積
稽遂不免斷間湘以南大有亡樂亂可慮
壇若何文取前年耶陸上向完為之奉惠鄙人

自送別後又過一月，憂虞殆盡，令身又積痒成
祟，最是眼痛，夜輒達曙，引筆而難於
為書，年痼疾，復役之而已。病中間中以孫兒為
消遣，甚餘別怪眼了，老懶何足言，此隸為影臊
節目而遺之，伏枕作字，頗不得心，字如春蚓，可
笑。並希以時珍以善名藏。奉謝寧齋居士台覽
日錄與望海亭記以回，又未收載，愧愧。更此候
之，當亦久稽，近頗安閒，方將為之精償文債

右此北齊康業等碑文直篆 雖爲之好古
足觀頻以爲恨 蓋以詩札多付之 馬韓再行來過
甚以恨何 船人多不傳宋搨之 今付此隷而書
筆觀近體法以筆閑 聞未聞之邪
竭出張節連身所法札錄之
此楷書乃虞世南孔子廟堂碑 吾弟欲
臨仿者 此體端精 堪使石基輩 臨學故
并此付去耳

甯無可易渡者向來粗炭十日始到又數日
始又從前年租年不損而薀鬱已生蠹矣以
此觀之尾熟已決不可能餽了如何真花
不送如是菜送了些如是爛欄又漲薀比也如
醬屬少可餽則餽了如此既見方者存不甚
京耳此數行何其說食之多也東坡詩曰書
生說食真膏肓矣
新刻如意付完蘭雪詩如何

海水天風勞我華程三日不見如三月兮
即奉來函藉認別來安泰
令姪叔姪頃移駐荷如面鄙狀只有問耳
定無恙遠地時夢到菱湖雲際臨清
風四面棹一扁舟往來萬荷花中荷有
已老矣六月新開者清香撲鼻如遊
玉井同舟惟嵎堂不見韋觀荷舟
最後至背上書字不可辨惟記用朱

砂書之耳不知此夢當何兆也覺來燭
下爲作此書寄家宗寄此是夢中覺
後也一笑不識寄此
於孟子文之第幾日　甯居士手具
書來未幾事見如夢兆亦奇矣異
矣一點靈犀千里相通此所謂者也
薇舟居士感而書之

病裏相逢未能快意叙懷至今悵然
嘗美意能饒諧此便素箋畫
令起居清旺懽業不嘗謂後能
無餘或至厭煩之餘繼用至祝情理
病後雖能眠食如舊而真元積虛
從來善養病時釣魚弄墨亦因
此久廢矣四家書亦自棄帖臨
寫亦因病未央羅雍爲至今未能從

便付去甚愧艱乏纔始臨幾字以
便則庶甚就矣寬如吾筆日又以將
事日日紛撓眩暈則了所易爲筆
以示鄉儀 丁酉八月十八日 情紀曺記
東齋高李 奉大筆之事渴待便
未息小筆毫試書之則極柔書
樣甚小不堪用此畢了常借錯
大筆未送外

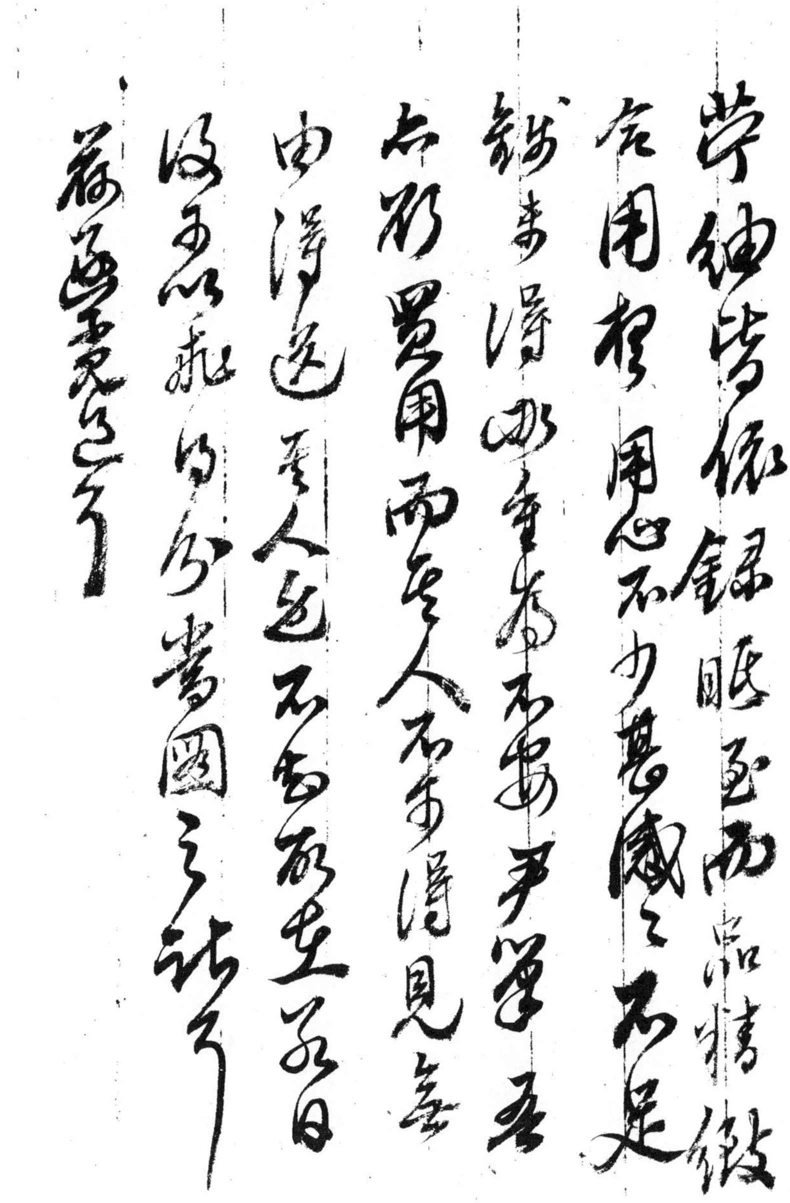

吹童穀客色馬尾竹皮裹
衆猜猜不得捫籥未必果是
必竹竿良病夫也先知予同
曾有述遷龢鶘鵠詩瘊呼
解其封果於竹竿良節短
下僉短金緣如撒霜中動

未善操良竿莫此強為揮
作釣勢宛如鼻騰揚病夫
病稼蘇綴詞志痊愈
病蓑夜臥荷舟以竹竿來
表甚作五古要篇
荷舟　耕齋

縱馬驅車不放還詞人才思
動湖山曾留文學非生客攢
道風神似舊顔數樹蟬
清吟病後滿池荷長場
來問釣漁翁味原無別
兩地相思水一灣

耕齋

去年時節又回還安臥望君
在此山籬々竹笋仍生長娟々
荷露尚霑顔直因悵念來尋
道君爲紫氣到世間歸去西風
應是文章杜州城外畫烟隱
李聰荷舟
甫[illegible]

聞荷每名久矣逢場不手以無詩法筆

奉贈

寗齋昔自島中還盛說高風鄭

穆山九檐清安迎貌鷹樓看後續

勸潤類論詩妙更超言外好償

名仍滿世忠我亦淮年南竄者佃

祇慶綠蔓灣

荷亭退士

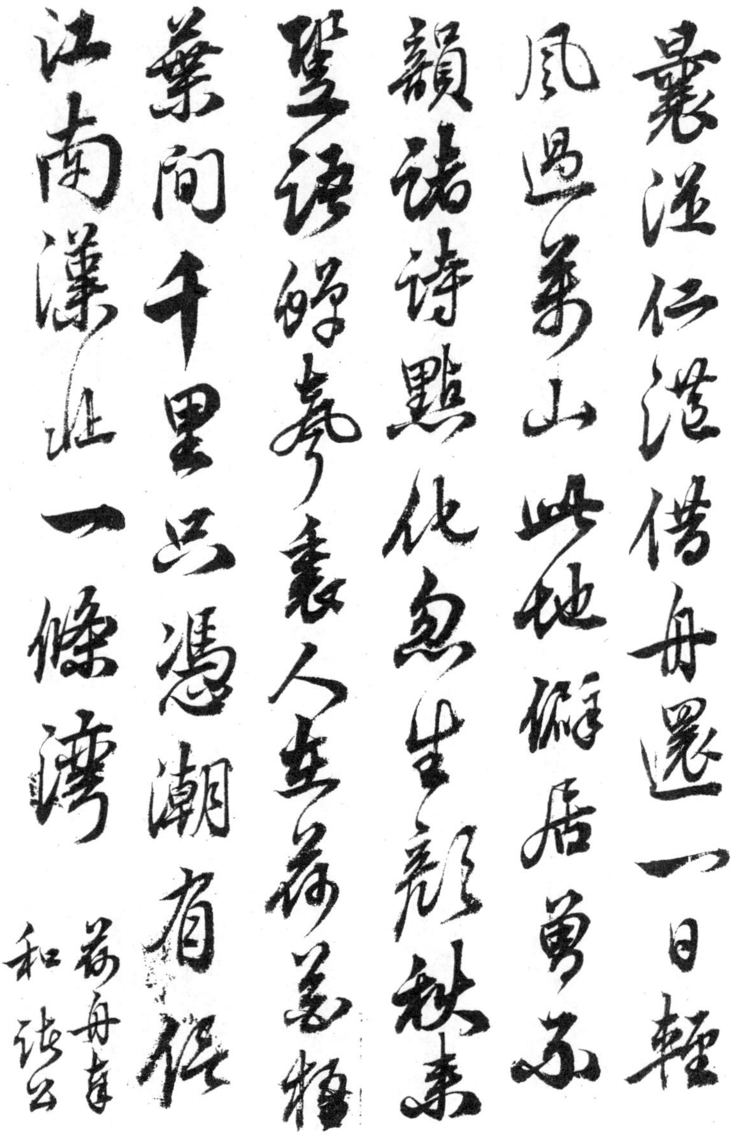
襄溪仁渚借舟還一日輕
風過萬山此地僻居萬不
韻諸詩點化忽生龍秋来
璧語鮮壽囊人無蘇萬梅
葉間千里只憑潮有信
江南漢北一條灣
蒋舟奉
和張公

別時無不搵手以候 兄又渡也歸路甚由
灑然獨一敍暢之為 兄不能已者詩云無不顧負
以去以憐不能開懷約略寫此情境矣伏惟
兄體日來福安萬千 程發來到此論湖馬變
不能前自此貫驛萬遣 蘇舟馬轉還送此行
陪去狼狽不堪悲甚不安矣再昨首途 兄弟兄弟
屢辭之四年別按擬云耳 順須形萬萬字毬
未由惟希
時諒不備具 甯來弟拜

聞見不爲不博而書法止於姸秀而乏於腕力
不足故耳 秋史則腕力亦勝但偏於巧然兼二史
則可爲東國名家 蓋前人之所未發者矣
余性好書而懶矜莊鮮寫成
篇者雖無日不執筆
皆縱橫斷續無倫

汝語耳無置案頭
遂時作多體且多
錄古人雅跋
向來肆意張旭用
敬之道然不好書名

稍有淡意此亦自知

善前人作書不茍且

亦不免為名使耳

蒼舟晏誨忌拙

丁丑初冬六瀞

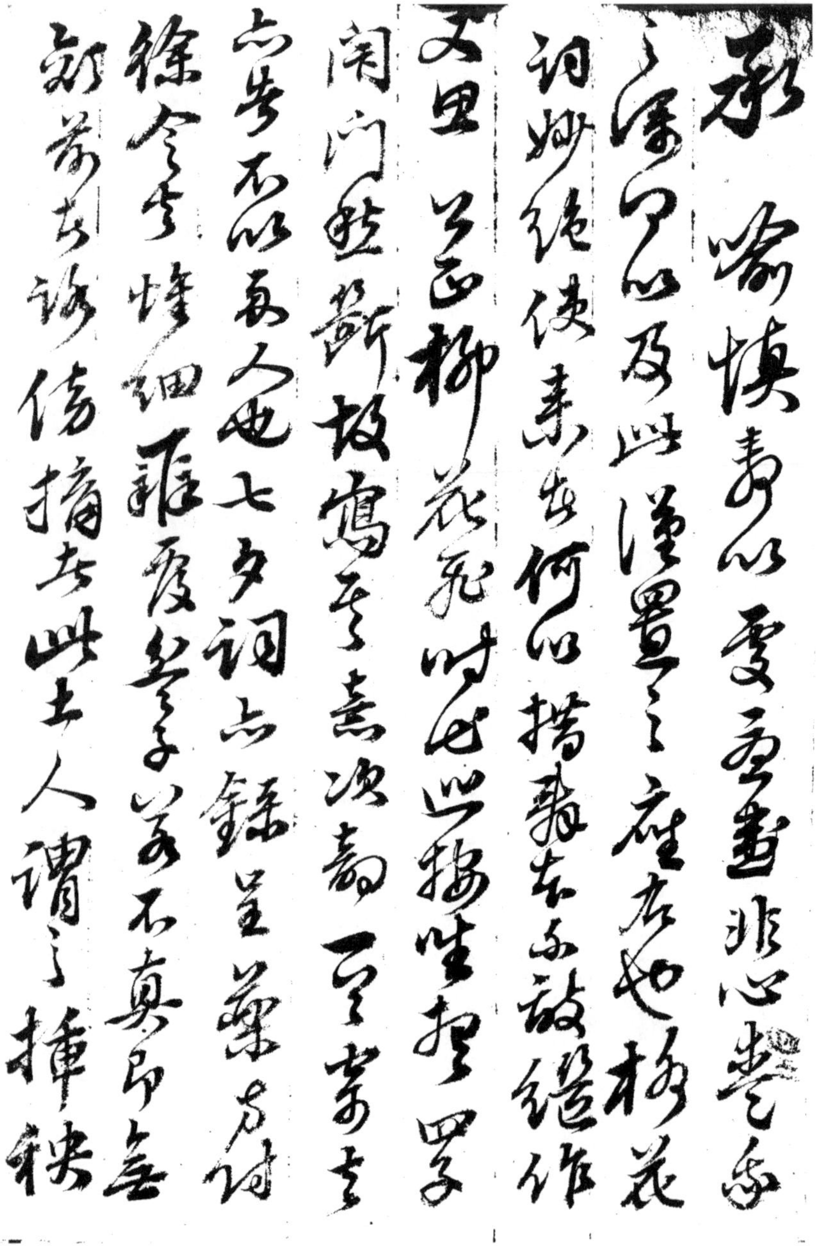

寅齋尺牘

讀易隨記

正本

讀易隨記

[illegible]

讀易隨記

有實若無虛昔者曾子友苟自存有實
何以容新受益然來衆善遂居聖门右
闌道未渠百自撥三石杼工何及賢達
内顧諒多疚嘗聞人好惡蓋謹為之首
且置九家言此義期速剖

和陶飲酒

此一行

明義堂集卷十 九

讀易隨說

繫辭十則說

易有太極

至大至極之理。形於下則爲器。其數二。奇也偶也。凡天下萬物。無有不具乎此數者。其位三。上也中也下也。凡天下萬事。無有不屬乎此位者。聖人名其數曰陰陽。名其位曰天人地。至其形於上者。蓋非數與位之所能名。而凡天下萬物萬事。無有不具乎此理者。故名之曰道。而贊之曰太極。古者作易之聖人。實有是道。有之爲言。猶云得也。此孔子所以贊伏羲也。然。陰陽天人地。未嘗離太極之外也。特以器之有數與位。

故曰。陰陽天人地。而不曰太極也。太極。未嘗超陰陽天人地之先也。特以道之無數與位之可名。故曰太極。而不曰陰陽天人地也。太極之道。非惟作易之聖人有之。凡人之參乎天地者。皆有之。特聖人。首出而設教耳。

是生兩儀

聖人既有其道矣。是實生兩儀焉。生者。猶云爲也。又出也。兩儀者。畫⚊以儀奇。畫⚋以儀偶也。然⚊⚋。本一畫。⚊者。⚋之連者也。⚋者。⚊之斷者也。故兩儀。實一儀也。

兩儀生四象

既爲兩儀矣。兩儀即生四象。四象者。以奇偶而乘乎上中下。

爲三奇之象ㅅ丿。爲三偶之象ㅅ丶。爲二奇一偶之象ㅅ丶。爲二偶一奇之象ㅅ丿。蓋兩儀各三。則爲六。六奇六偶。是爲四象。

附圖

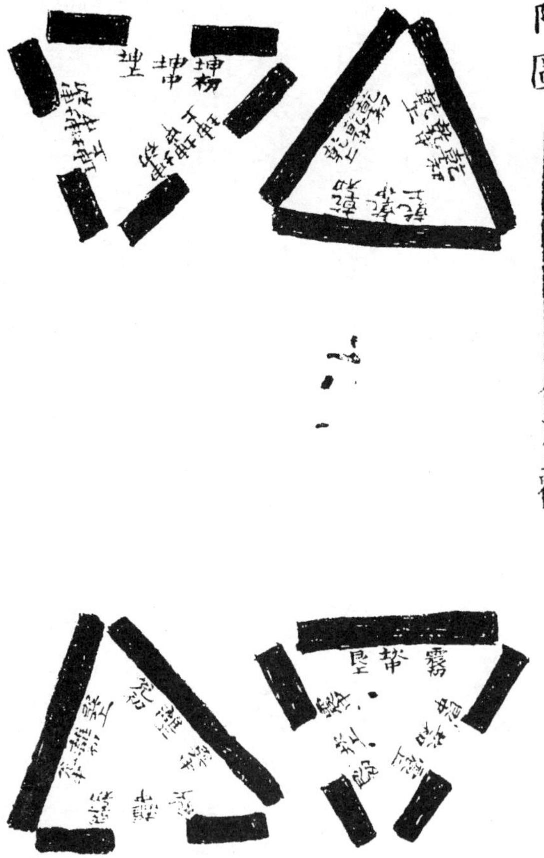

四象生八卦

旣爲四象矣。四象。即生八卦。八卦者。三奇成天卦☰。三偶成地卦☷。二奇一偶。成風卦☴。火卦☲。澤卦☱。二偶一奇。成雷卦☳。水卦☵。山卦☶也。蓋四象。已具八卦。但於二奇一偶之象。偶下成風。偶中成火。偶上成澤。二偶一奇之象。奇下成雷。奇中成水。奇上成山。并與三奇之天。三偶之地。爲八卦。至是而所乘之位。定矣。象之爲言。猶儀也。卦之爲言。猶象也。

八卦定吉凶吉凶生大業

旣爲八卦矣。於是乎定吉凶。不曰生而曰定者。兩儀四象八卦。乃已成之器。聖人。特儀之象之卦之耳。若夫以奇爲陽。以陽屬君子。以君子道長爲吉。以偶爲陰。以陰屬小人。以小人道長爲凶。此皆聖人所以立名設教者也。向非聖人。則孰知夫此哉。蓋太極之理。百姓。日用而不知。非如成器之易於儀象。故曰定。至是而聖人之功用見矣。吉凶既定。變化相推。萬物萬事之不可得以窮詰者。无不從此而出。業孰大焉。故大業者。太極之終也。太極者。大業之本也。

八卦成列象在其中 說見上四象生八卦

象在其中者。言以四象而成八卦。八卦既列。則四象。仍在八卦之中也。下所云爻在其中變在其中動在其中。皆倣此。

因而重之爻在其中

重卦。不知自何時然。要亦上古之聖人也。因而重之者。因奇爻之位而重畫奇。因偶畫之位而重畫偶。重三奇成天。天☰。重三偶。成地地☷。重二奇一偶。成風風☴。火火☲。澤澤☱。重二偶一奇。成雷雷☳。水水☵。山山☶也。凡下三爻爲內。上三爻爲外。上下之序。定自文王。上古。只有內外。即以重乾言。則外上爻。即今九四也。此因內上爻即今九三而重之也。外下爻。即今上九也。此因內下爻即今初九而重之也。中爻則內外本同。故因重。爲易知。而上下爻則難辨矣。故風風。但知爲重巽。而不知其本☴也。澤澤。但知爲重兌。而不知其本☱也。雷雷。但知爲重震。而不知其本☳也。山山。但知爲重艮。而不知其本䷬也。此所以易象之不傳歟。

附圖

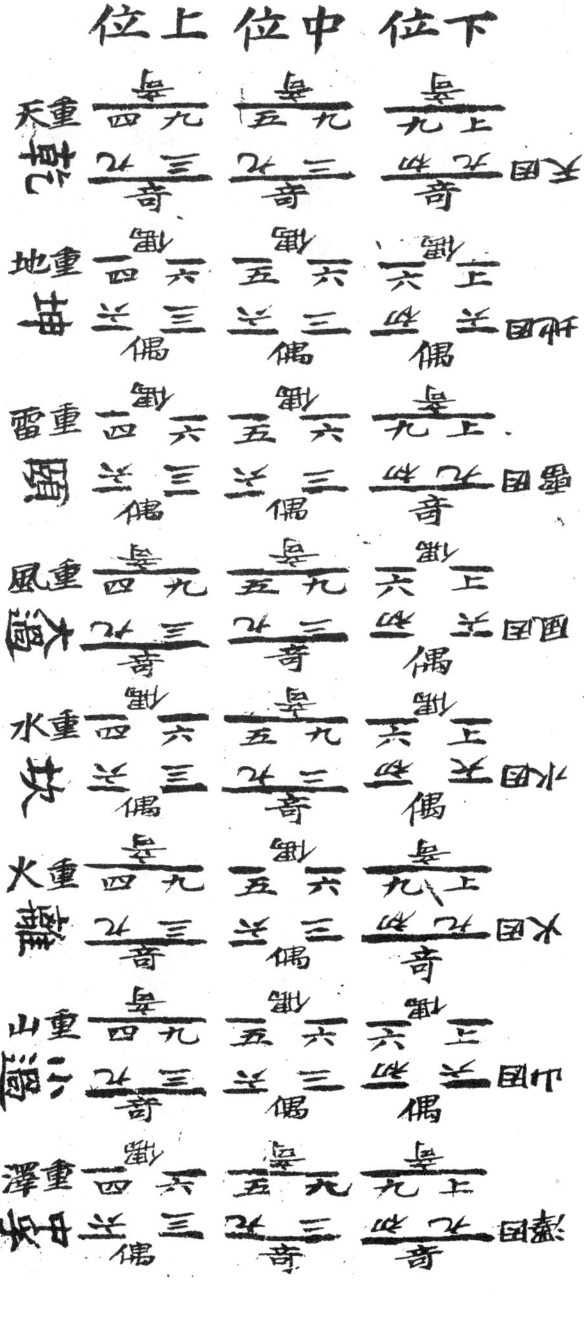

由是觀之。單八卦則乾坤震巽坎離艮兌也。重八卦則乾坤頤大過坎離小過中孚也。蓋當因重之時。只有卦象。而未立卦名。尚無乾坤。安有震巽頤大過艮兌小過中孚之異稱哉。故上唯曰雷雷風風山山澤澤。而雷雷之象。即今頤也。風風之象。即今大過也。山山之象。即今小過也。澤澤之象。即今中孚也。此本因四象而重之。合成八卦。亦不待因單八卦而重之然後始成也。

附四象合成八卦圖

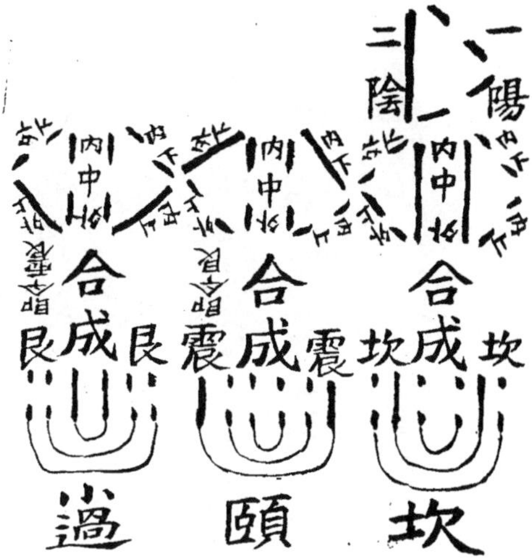

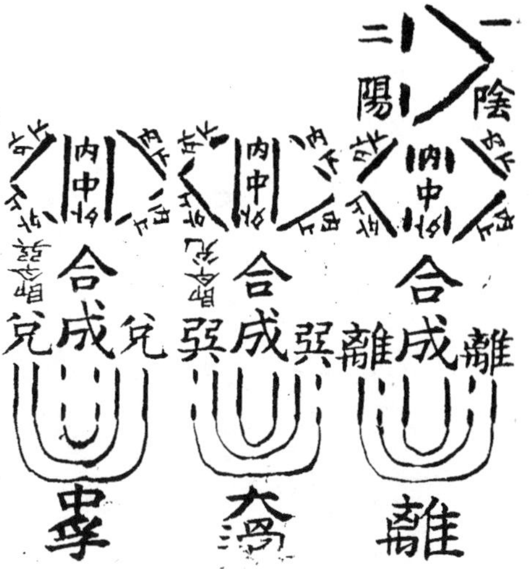

四隻象者。以二乘三之本體也。八雙象者。因以重之之變相也。一象。各具三位。位移。象隨移。然。重乾重坤重坎重離內外如一。故不見其移。若頤大過小過中孚則見其移矣。然內卦則以三爻之上爻爲上。外卦則以三爻之下爻爲上。蓋自內而往者。其首必在外。自外而來者。其首必在內。其勢然也。易本无首无尾。即以內卦之上。外卦之下。并作下看。亦通。要以相迎相合為始。然則三與四。象雖似移。而位仍不移。但重其畫耳。初上二五。皆然。若重震重艮重巽重兌。則內外卦之位同者。畫皆不同。非乾坤坎離之例。故此與他雜卦。同爲始。復所交而成者。唯此八卦。直從四象而合。不藉他卦之交。所以爲五十六卦之本始也歟。

易之爲象。不交。即合。不合。即交。交者。陰交陽陽交陰也。合者。陽合陽陰合陰也。因而重之則合矣。剛柔相推則交矣。若取四象。錯而交之。則[illegible]即成泰否。[illegible]即成旣濟未濟。隨蠱漸歸妹中[illegible]頤[illegible]。而更無變通矣。故須因而合之。始成乾坤等八卦。以爲易之原始。而留却泰否等八卦。以爲易之要終也。

剛柔相推變在其中 推者上推下下推上也變者推而變之也

旣因而重之。以爲大八卦矣。於是乎男女相感。子母相育。錯之綜之。以盡天下之變。然其法。亦不出於以二畫乘三位也。但因則以合。變則以交。此以變而生生。故合則爲不交也。

乾與坤相推 初上變姤 二五變同人 三四變履 四三變小畜 五二變大有 上初變夬

中孚與小過相推 初上變渙 二五變益 三四變小畜重出 四三變履重出 五二變損 上初變節

離與坎相推 初上變旅重出 二五變大有重出 三四變噬嗑 四三變賁 五二變同人重出 上初變豐重出

頤與大過相推 初上變剝重出 二五變損重出 三四變賁重出 四三變噬嗑重出 五二變益重出 上初變復重出

大過與頤相推 初上變夬重出 二五變咸重出 三四變困重出 四三變井重出 五二變恒重出 上初變姤重出

三号

坎與離相推　初上變節(重出)　二五變比(重出)　三四變井　四三變困　五二變師(重出)　上初變渙(重出)

小過與中孚相推　初上變豐　二五變恒　三四變豫(重出)　四三變謙(重出)　五二變咸　上初變旅

坤與乾相推　初上變復　二五變師　三四變謙　四三變豫　五二變比　上初變剝

重出下不盡記以此例看最上最下兩邊出者為首出也

右第一變

姤與復相推　初上不交　二五變遯　三四變訟　四三變巽　五二變鼎　上初不交

同人與師相推　初上變遯　二五不交　三四變无妄　四三變家人　五二不交　上初變革

履與謙相推　初上變訟　二五變无妄　三四不交　四三不交　五二變睽　上初變兌

小畜與豫相推　初上變巽　二五變家人　三四不交　四三不交　五二變大畜　上初變需

大有與比相推　初上變鼎　二五不交　三四變睽　四三變大畜　五二不交　上初變大壯

夬與剝相推　初上不交　二五變革　三四變兌　四三變需　五二變大壯　上初不交

又　七　三十排

渙與豐相推　初上不交　二五變觀　三四變巽　四三變訟　五二變蒙　上初不交

益與恒相推　初上變觀　二五不交　三四變家人　四三變旡妄　五二不交　上初變屯

損與咸相推　初上變蒙　二五不交　三四變大畜　四三變睽　五二不交　上初變臨

節與旅相推　初上不交　二五變屯　三四變需　四三變兌　五二變臨　上初不交

噬嗑與井相推　初上變晉　二五變睽　三四不交　四三不交　五二變旡妄　上初變震

賁與困相推　初上變艮　二五變大畜　三四不交　四三不交　五二變家人　上初變巽

困與賁相推　初上變兌　二五變萃　三四不交　四三不交　五二變解　上初變訟

井與噬嗑相推　初上變需　二五變蹇　三四不交　四三不交　五二變升　上初變巽

旅與節相推　初上不交　二五變咼　三四變晉　四三變艮　五二變遯　上初不交

咸與損相推　初上變革　二五不交　三四變萃　四三變蹇　五二不交　上初變遯

恒與益相推 初上變大壯 二五不交 三四變解 四三變升 五二不交 上初變咼

豐與渙相推 初上不交 二五變大壯 三四變震 四三變明夷 五二變革 上初不交

剝與夬相推 初上不交 二五變蒙 三四變艮 四三變晉 五二變觀 上初不交

比與大有相推 初上變屯 二五不交 三四變蹇 四三變萃 五二不交 上初變觀

豫與小畜相推 初上變震 二五變解 三四不交 四三不交 五二變萃 上初變晉

謙與履相推 初上變明夷 二五變升 三四不交 四三不交 五二變蹇 上初變艮

師與同人相推 初上變臨 二五不交 三四變升 四三變解 五二不交 上初變蒙

復與姤相推 初上不交 二五變臨 三四變明夷 四三變震 五二變屯 上初不交

右第二變

遯與臨相推 初上不交 二五不交 三四變否 四三變漸 五二不交 上初不交

訟與明夷相推　初上不交　二五變否　三四不交　四三不交　五二變未濟　上初不交

巽與震相推　初上不交　二五變漸　三四不交　四三不交　五二變蠱　上初不交

鼎與屯相推　初上不交　二五不交　三四變未濟　四三變蠱　五二不交　上初不交

无妄與升相推　初上變否　二五不交　三四不交　四三不交　五二不交　上初變隨

家人與解相推　初上變漸　二五不交　三四不交　四三不交　五二不交　上初變既濟

革與蒙相推　初上不交　二五不交　三四變隨　四三變既濟　五二不交　上初不交

睽與蹇相推　初上變未濟　二五不交　三四不交　四三不交　五二不交　上初變歸妹

兌與艮相推　初上不交　二五變隨　三四不交　四三不交　五二變歸妹　上初不交

大畜與萃相推　初上變蠱　二五不交　三四不交　四三不交　五二不交　上初變泰

需與晉相推　初上不交　二五變既濟　三四不交　四三不交　五二變泰　上初不交

大壯與觀相推	初上不交	二五不交	三四變歸妹	四三變泰	五二不交	上初不交
觀與大壯相推	初上不交	二五不交	三四變漸	四三變否	五二不交	上初不交
晉與需相推	初上不交	二五變未濟	三四不交	四三不交	五二變否	上初不交
萃與大畜相推	初上變隨	二五不交	三四不交	四三不交	五二不交	上初變否
艮與兌相推	初上不交	二五變蠱	三四不交	四三不交	五二變漸	上初不交
蹇與睽相推	初上變既濟	二五不交	三四不交	四三不交	五二不交	上初變漸
蒙與革相推	初上不交	二五不交	三四變蠱	四三變未濟	五二不交	上初不交
解與家人相推	初上變歸妹	二五不交	三四不交	四三不交	五二不交	上初變未濟
升與无妄相推	初上變泰	二五不交	三四不交	四三不交	五二不交	上初變蠱
屯與鼎相推	初上不交	二五不交	三四變既濟	四三變隨	五二不交	上初不交

震與巽相推初上不交二五變歸妹三四不交四三不交五二變隨上初不交
明夷與訟相推初上不交二五變泰三四不交四三不交五二變旣濟上初不交
臨與遯相推初上不交二五不交三四變泰四三變歸妹五二不交上初不交

右第三變

否與泰無可相推故內外三三爻爻合而還坤
否本單坤上單乾
漸與歸妹無可相推故內外三三爻爻合而還小過
漸本單艮上單巽本兌
未濟與旣濟無可相推故內外三三爻爻合而還坎
未濟本單坎上單離
蠱與隨無可相推故內外三三爻爻合而還大過
蠱本單巽上單艮本震
隨與蠱無可相推故內外三三爻爻合而還頤
隨本單震上單兌本巽
旣濟與未濟無可相推故內外三三爻爻合而還離
旣濟本單離上單坎

以上三号

歸妹與漸無可相推故內三爻外三爻合而還中孚歸妹本單兌上單震 本艮

泰與否無可相推故內三爻外三爻合而還乾泰本單乾上單坤

以下二号

繫辭焉而命之動在其中矣

繫辭亦不知自何時然文王以前亦必有之繫辭而命之非唯元亨利貞之謂也乾爲乾坤爲坤皆所以命之也動在其中者如乾之姤坤之復也非動則無以占其爻辭故曰動在其中也當與上八卦定吉凶吉凶成大業參看

原始要終

始者始八卦也乾坤坎離頤大過中孚小過是也終者終八卦也泰否既濟未濟隨蠱漸歸妹是也始復爲終終復爲始

始終之循環无窮故曰无方无體不可爲典要此易象之所以難測歟此皆上古之易部氏所云先天之學而世所不傳者也自茲以降爲文王序卦定上下之位專以進退消長論易而內外交感之形隱矣文王序卦切於人事主於義理程子之傳備矣然朱子固以爲非伏羲之錫矣

另頁不印

更

土

剛柔推變圖一

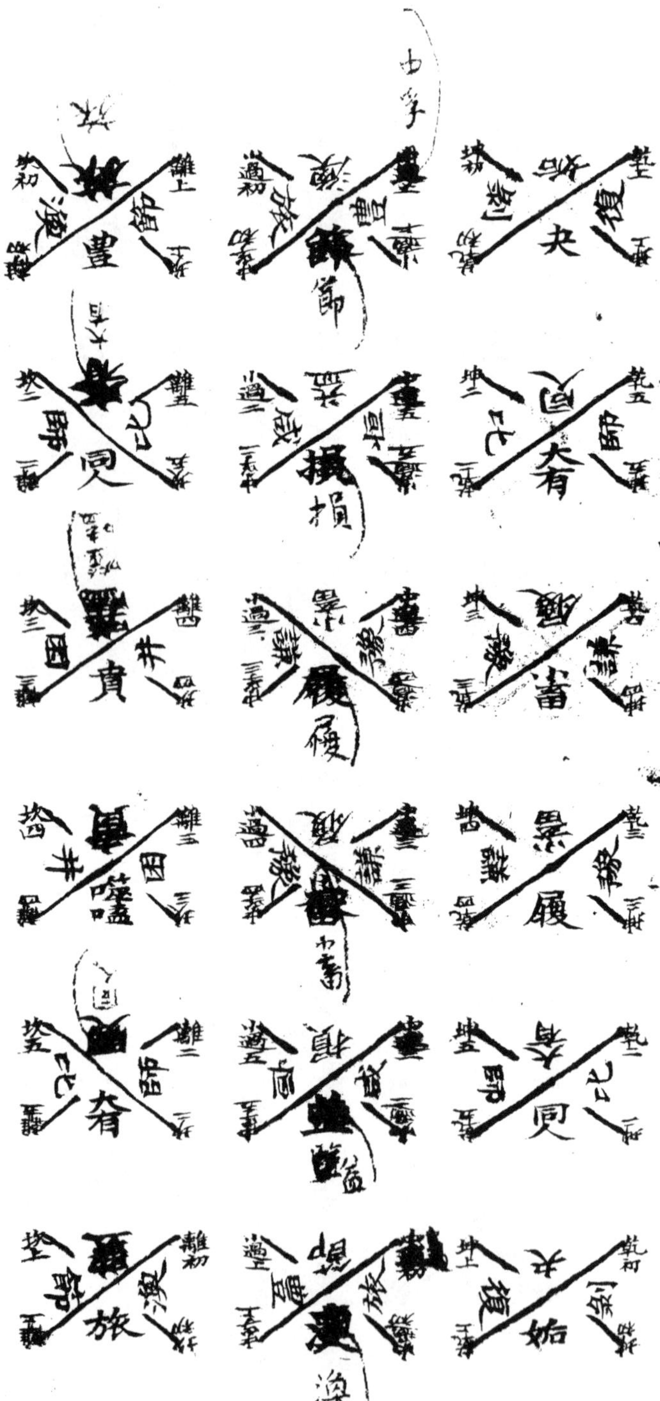

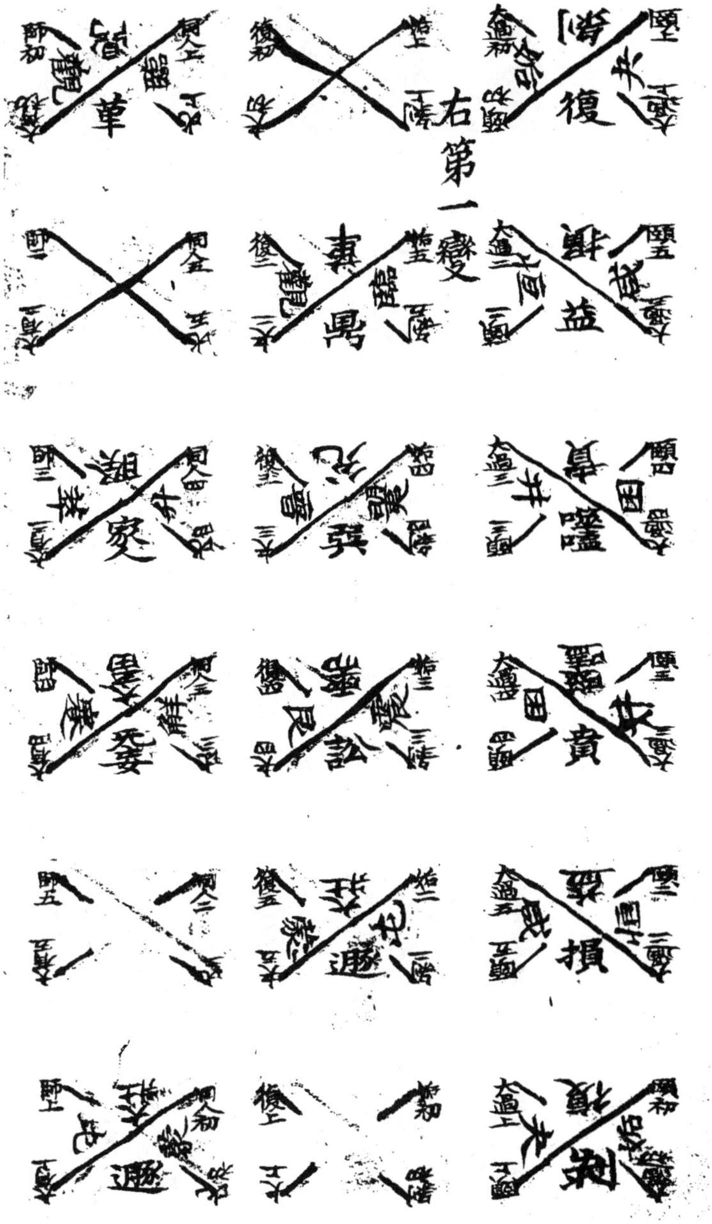

右第一變

十三

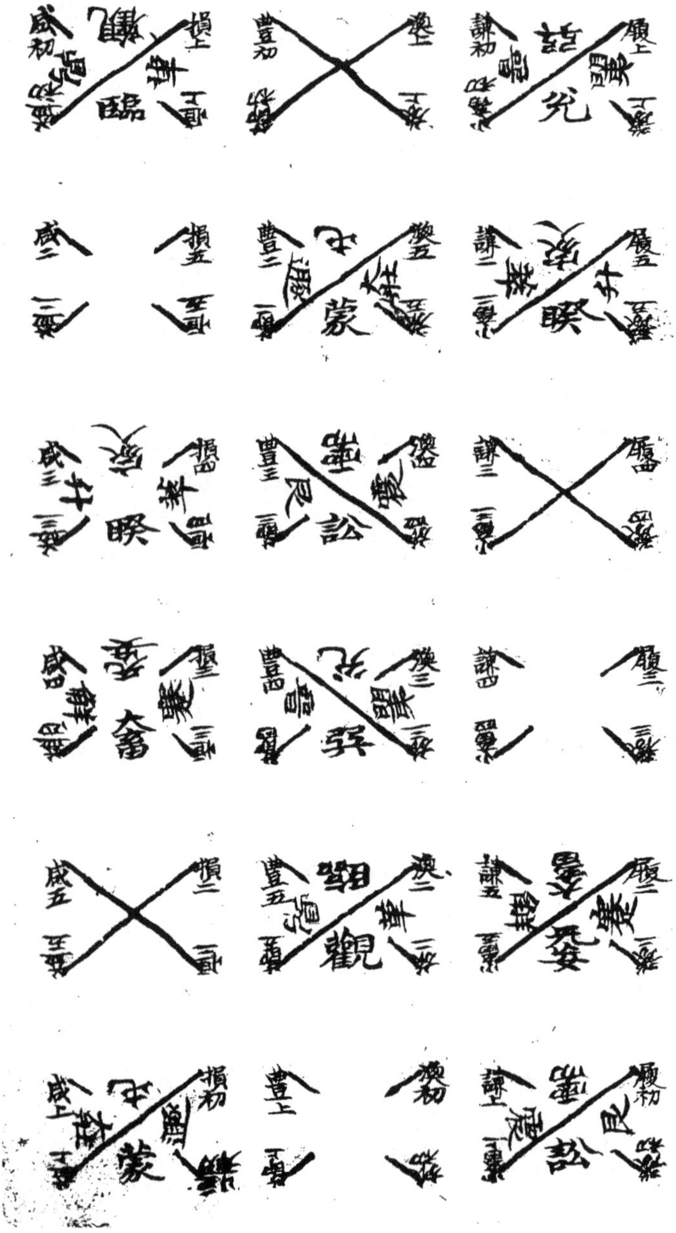

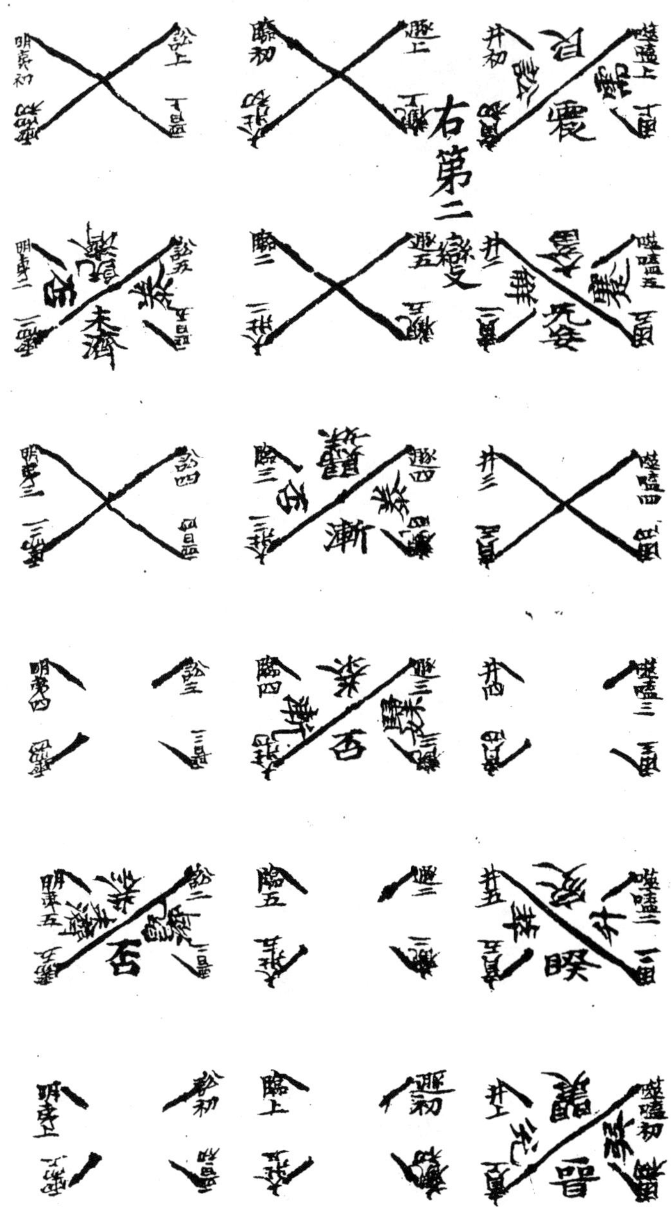

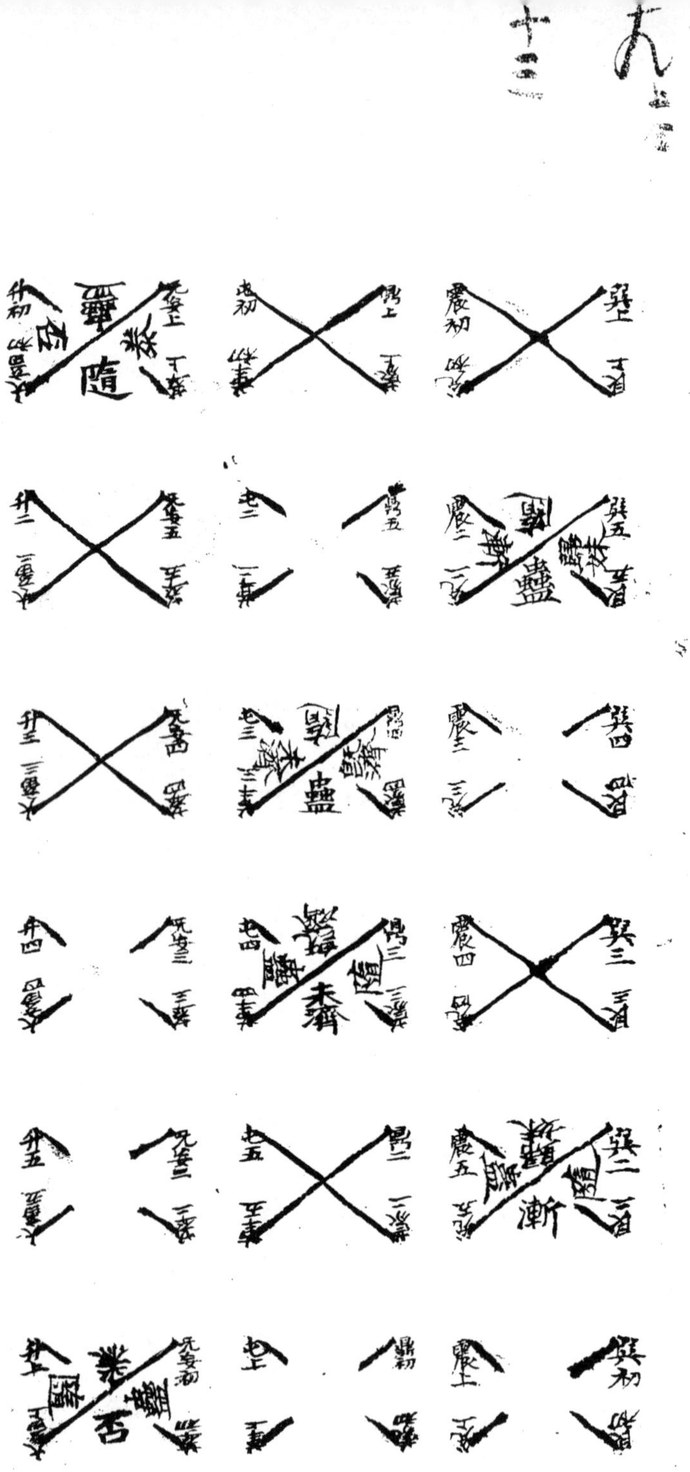
隨
蠱
漸

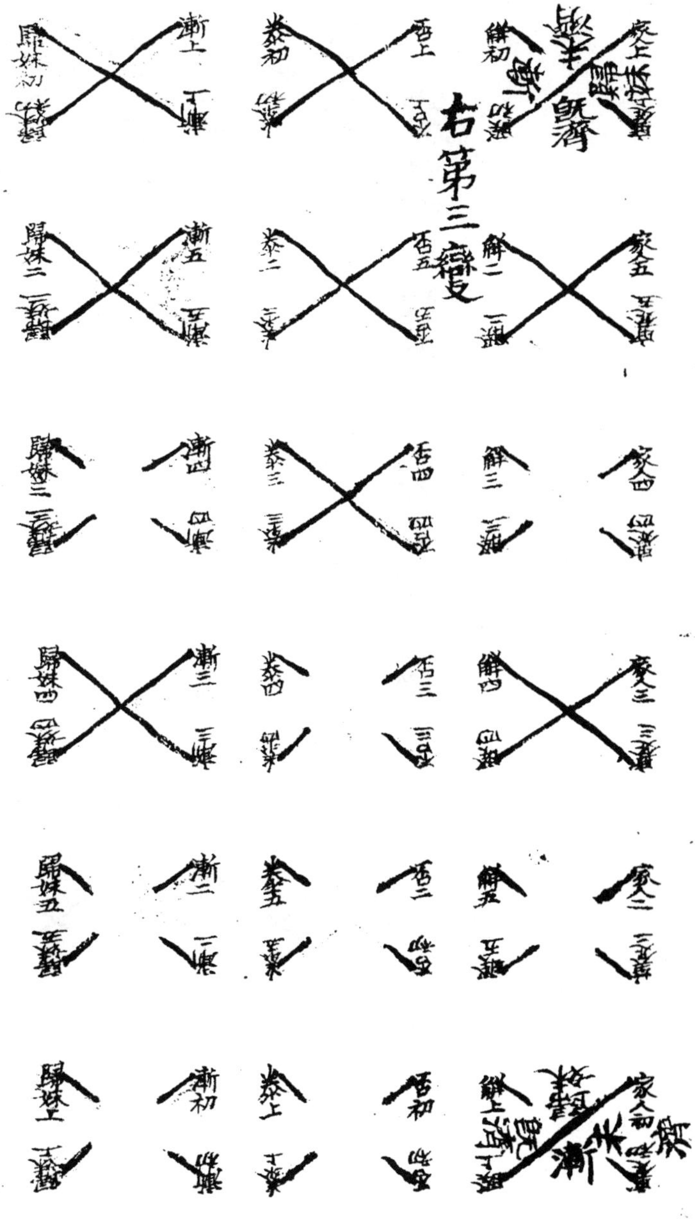
右第三變

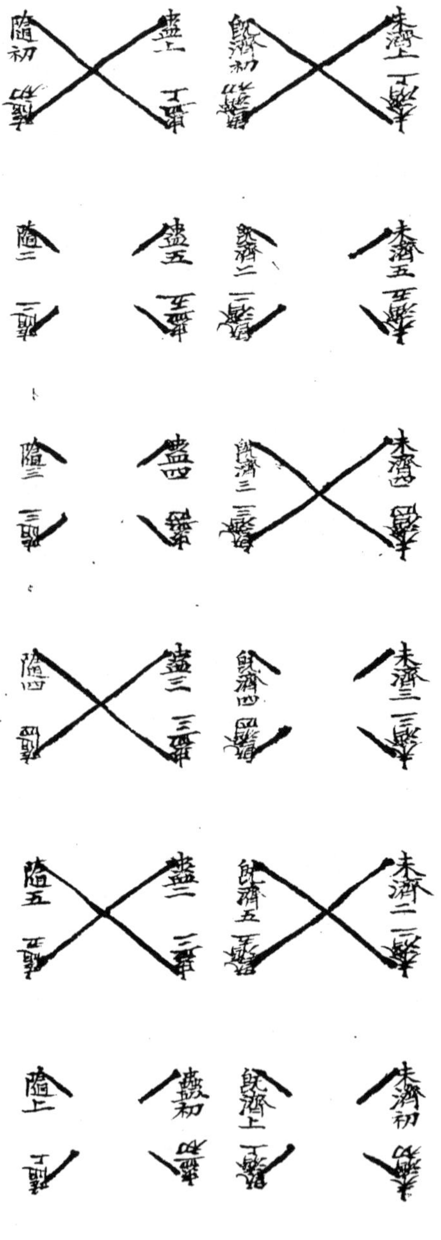

右無可推故無變八終卦合而還八始卦

剛柔推變圖二

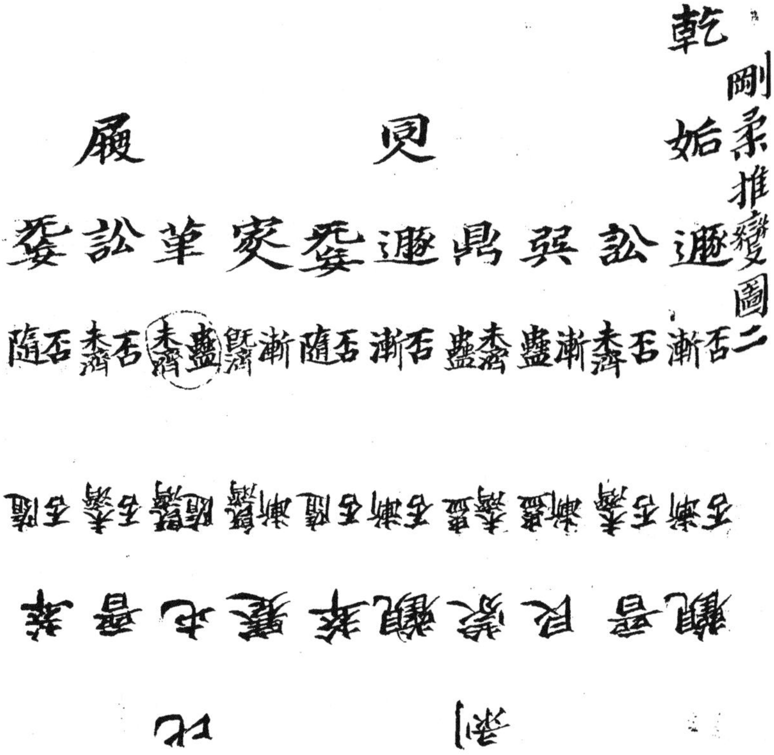

十五頁上

蓄　有

睽	兌	巽	家	畜	需	鼎	睽	畜	大壯
未濟 歸妹	漸蠱	漸 蠱	漸 既濟	蠱 泰	既濟 泰	未濟 蠱	未濟 歸妹	蠱 泰	漸 否

十二 十六

孚

夬 渙 益

革 兌 需 奞 觀 巽 訟 蒙 觀 家

蠱 未濟 蠱 漸 既濟 泰 漸 否 漸 否 漸 蠱 否 未濟 蠱 未濟 漸 否 漸 既濟

既濟 漸 否 漸 未濟 蠱 未濟 否 蠱 漸 否 漸 歸妹 泰 既濟 歸妹 隨 未濟 蠱

蹇 遯 咼 晉 艮 遯 臨 翼 震 咼

旅 復

坤

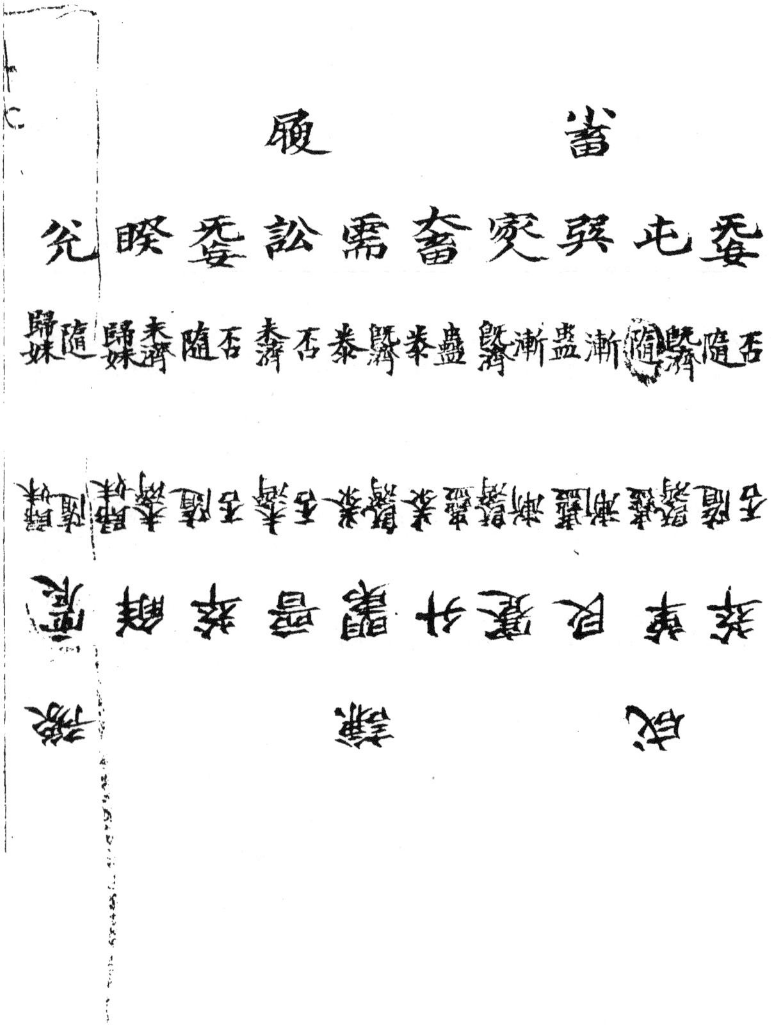
否隨既濟隨漸蠱漸既濟蠱泰既濟泰否泰否隨未濟歸妹隨歸妹

十二

十一

否 離

損 節 旅

蒙 大畜 睽 臨 屯 需 兌 臨 鼎 晉

蠱未濟 蠱泰 未濟歸妹 泰歸妹 既濟隨 既濟泰 隨歸妹 泰歸妹 未濟蠱 未濟否

遘

豐 恒

訟 蒙 夬 震 巽 革 夬 解 升 咸

否未濟 蠱未濟 漸否 歸妹隨 泰既濟 蠱既濟 漸否 歸妹未濟 泰蠱 未濟蠱

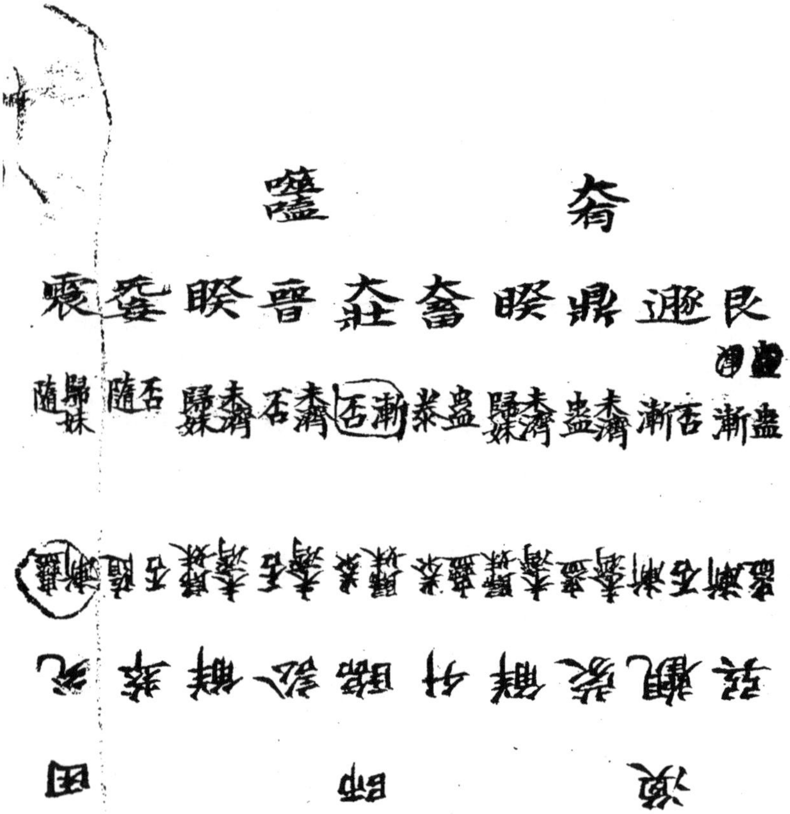

有 十六

賁 同 豐

艮 奮 家 闚 遯 婁 家 革 巽 震

蠱漸 蠱泰 漸歸濟 泰歸濟 否漸 否隨 漸歸濟 蠱泰 漸否 歸妹隨

比 井

兌 臨 屯 蹇 萃 觀 需 蹇 升 巽

蠱漸 泰歸妹 隨歸濟 漸歸濟 隨否 漸否 歸濟泰 歸濟漸 泰蠱 漸蠱

十九

頤　剝　損

蹇　革　蒙　艮　晉　觀　蒙　奮　睽　臨

未濟既濟　蠱既濟　未濟蠱　漸蠱　未濟否　漸否　蠱未濟　蠱泰　未濟歸妹　泰歸妹

恒　姤　節　坎

奆　解　升　咸　遯　訟　巽　鼎　屯　需

漸否　歸妹未濟　泰蠱　未濟蠱　否漸　否未濟　漸蠱　未濟蠱　既濟隨　既濟泰

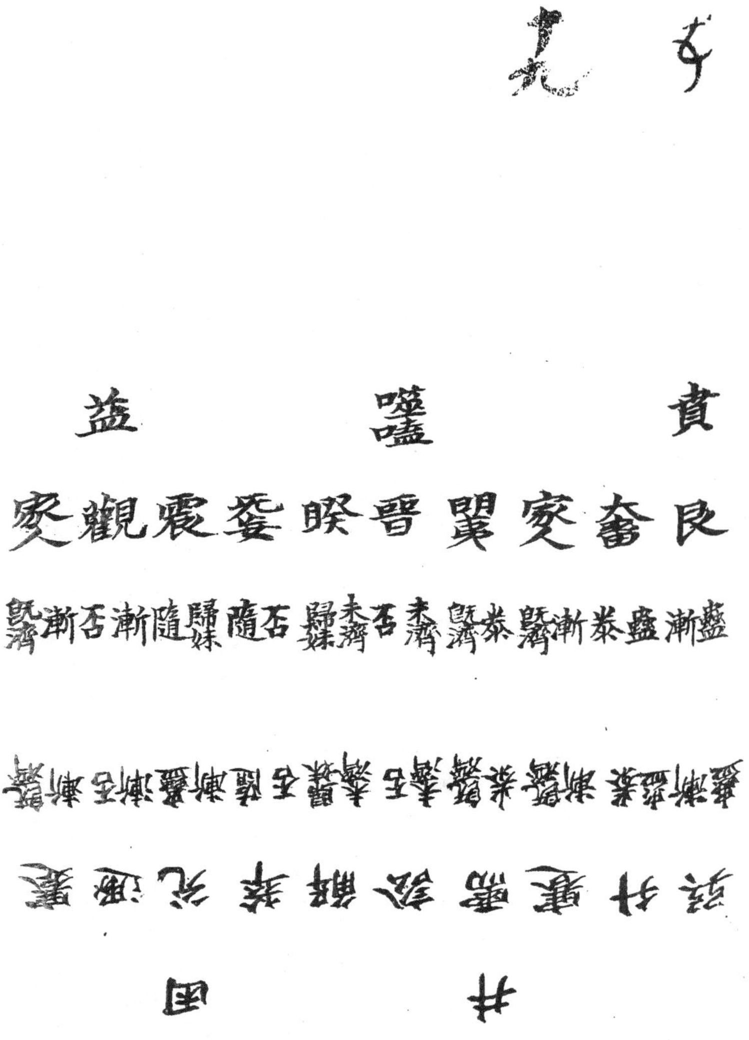

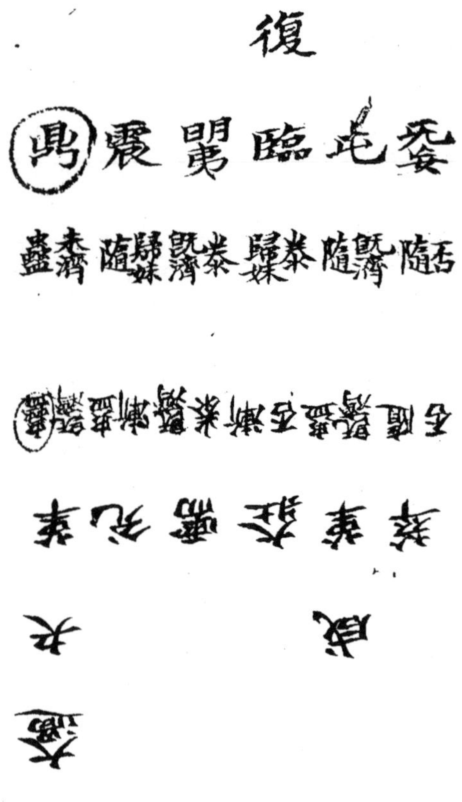

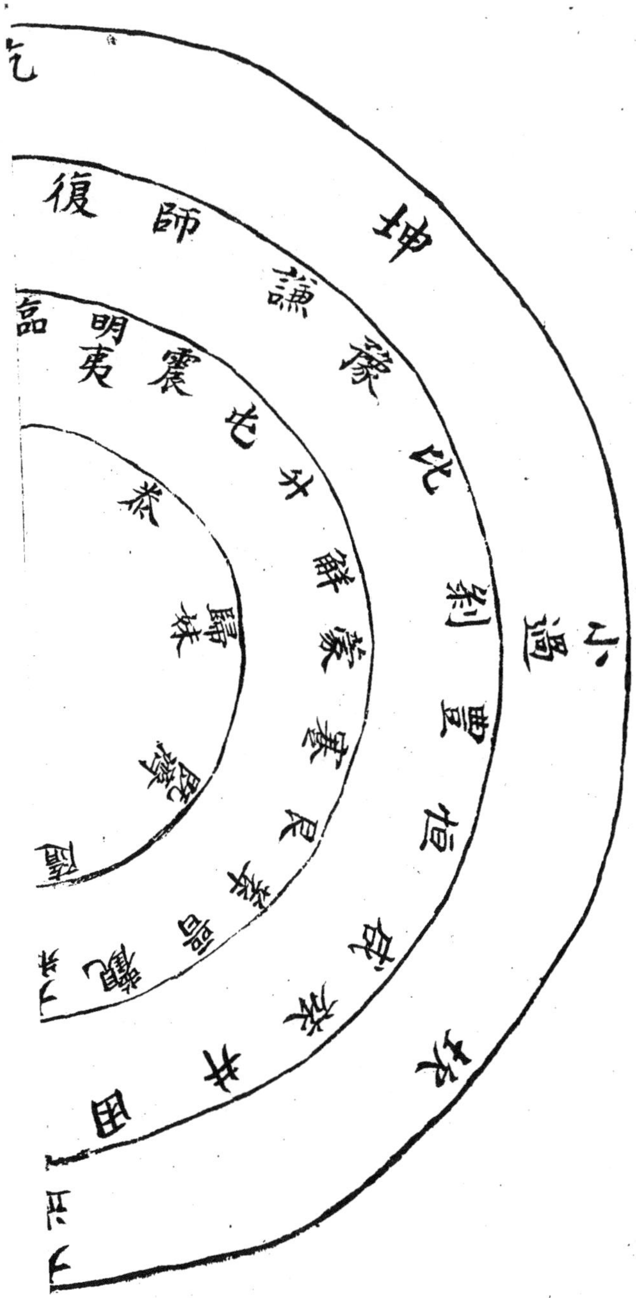
坤
小過
復
師
謙
豫
比
剝
豐
恒
井
困
明夷
震
屯
升
解
蒙
蹇
艮
歸妹

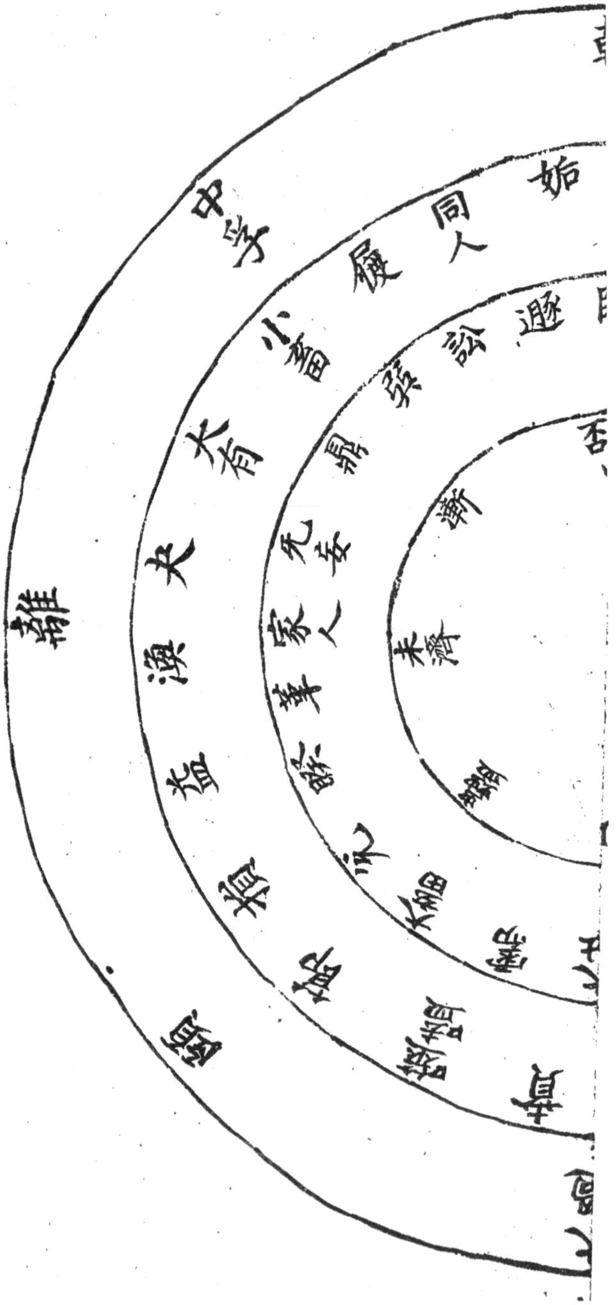
中孚
姤
同人
履
小畜
大有
夬
渙
益
損
巽
訟
遯
鼎
无妄
家人
革
睽
漸
未濟

廿三 廿五 另書排

始終八卦說

☰單乾中一爻交則爲☲單離

☷單坤中一爻交則爲☵單坎

䷀重乾中二爻交則爲䷼中孚

䷁重坤中二爻交則爲䷽小過

䷀重乾中四爻交則爲䷚頤

䷁重坤中四爻交則爲䷛大過

四号

此圖本出於童子金弘任。而今稍修潤之。使易曉。

童子曰。坎離者。天地之始交也。中孚小過。重畫卦之坎離也。頤大過。重畫卦之大坎離也。而山澤雷風。皆攝入其中。俱爲坎離。又配合五十六卦。則五十六卦俱爲坎離。自屯二十卦而後爲剝復。爲配合卦之大離火。自无妄二十卦而後爲夬姤。爲配合卦之大坎水。此序卦之精義也。

三号

張行成曰。唯一无對。唯中无對。乾坤。陰陽之一。坎離。陰陽之中。頤大過。似乾坤。中孚小過。似坎離。所以皆无對。朱子引之。

漢京人金□□著有三圖館說爲類屋所壓

以明邵子三十六宮之說。定卦之表章。始於此。然。謂中孚小過。似坎離則近之矣。而謂頤大過。似乾坤則語不甚曉。蓋唯一无對。唯乾坤。爲然。其餘六卦。皆得乾坤之中爻者也。

乾

入乾爲 乾乾
入坤爲 泰否
入坎爲 需訟
入離爲 大有同人
入中孚爲 小畜履
入小過爲 大壯遯
入頤爲 大畜无妄

坎

入乾爲 訟需
入坤爲 師比
入坎爲 坎坎
入離爲 未濟既濟
入中孚爲 渙節
入小過爲 解蹇
入頤爲 蒙屯

金童子八正卦。相生五十六卦二十八合之圖。

謂重乾生三合。同人大有 无妄大畜 遯大壯

重坤生四合。師比 泰否 臨觀 謙豫

重坎生四合。屯蒙 蹇解 需訟 既濟未濟

重離生二合。噬嗑賁 晉明夷 頤生二合。剝復 損益 大過生六合。

入大過為 夬姤

坤

入乾為 否泰

入坤為 坤坤

入坎為 比師

入離為 晉明夷

入中孚為 觀臨

入小過為 豫謙

入頤為 剝復

入大過為 萃升

中孚入乾為 姤夬

入大過為 困井

離

入乾為 同人大有

入坤為 明夷晉

入坎為 既濟未濟

入離為 離離

入中孚為 家人睽

入小過為 豐旅

入頤為 賁噬嗑

入大過為 革鼎

頤

入乾為 遯大壯

夬姤萃升困井革鼎隨蠱咸恒中孚生五合。小畜履家人睽漸歸妹巽兌渙節小過生二合。震艮豐旅八正卦之外。他卦不得生合云。按此圖。明八正卦之妙。可謂發前所未發。但其所謂生合。專以序卦先後為次。故八卦生合。太不均適。乾三。何以坤四。坎四。何以離二。大過又何

廿二止

十一二
十三二

入坤爲 升萃
入坎爲 井困
入離爲 鼎革
入中孚爲 巽兌
入小過爲 恒咸
入頤爲 蠱隨
入大過爲 大過大過
大過入乾爲 无妄大畜
入坤爲 復剝
入坎爲 屯蒙

入坤爲 謙豫
入坎爲 蹇解
入離爲 旅豐
入中孚爲 漸歸妹
入小過爲 小過小過
入頤爲 艮震
大過入大過爲 咸恒
入乾爲 履小畜
入坤爲 臨觀
入坎爲 節渙

獨六合乎。易本无方。序卦。自以人事次之。一合之中。不必拘於先後。假如屯蒙。爲一合。則豈蒙屯。不得爲一合耶。但須以八加八。取其自然之妙。今取童子之意而變其例。開列如此。童子。以生合言。故其圖。先母而後子。愚則以爲此乃神

卦 廿三

入離爲 噬嗑 賁

入中孚爲 益 損

入小過爲 震 艮

入頤爲 頤 頤

入大過爲 隨 蠱

童子所云一合之合字。當改稱綜。

泰

入泰爲 坤 乾 既濟

入否爲 否 否

入既濟爲 比 同人

入未濟爲 晉 訟

入離爲 睽 家人

入中孚爲 中孚 中孚

入小過爲 歸妹 漸

入頤爲 損 益

入大過爲 兌 巽

入泰爲 師 大有

入否爲 訟 晉

入既濟爲 坎 離

入未濟爲 未濟 未濟

而明之之事。非最初交生之本。故不言生合。先揭童子所謂子卦之名。而其下。列書入某卦則爲某某卦。以見變化無窮而不離本體焉而已。若八正卦生成之序。要以愚所論相推之說。爲正。與此互相發明而不相奪也。

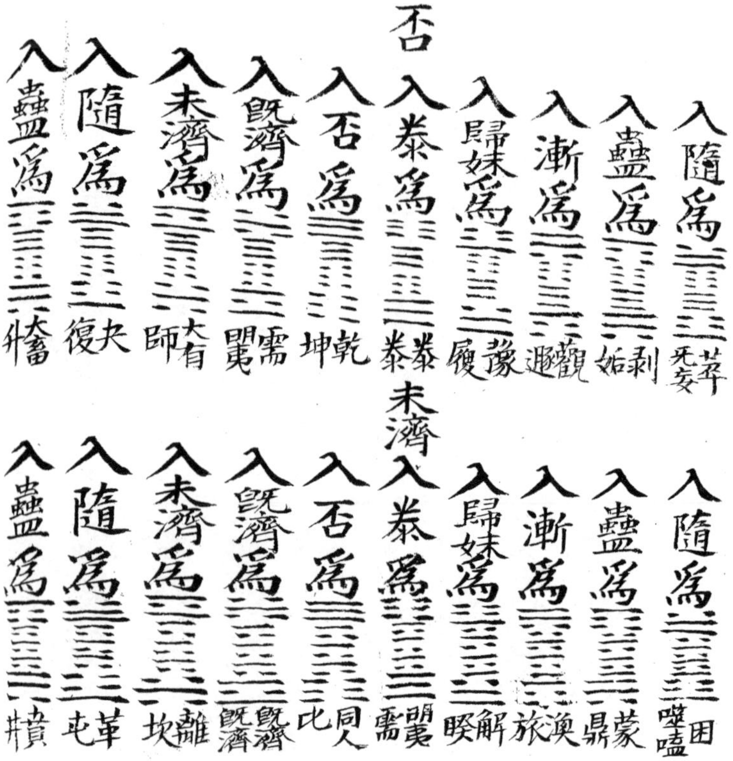

此依前八正卦入爲諸卦之法。而另開八卦。蓋前八正卦。自宋相傳之稱。此八卦。今所剏名。因其自錯可以對自綜。成終可以抗成始。故亦可謂之正卦也。正者。不移之名。八正卦。以一卦而正倒皆此卦。此八卦。以一綜而正倒皆此綜也。然易本無詳下定例。方。終亦可始。即依此圖

隨

入漸爲 小畜 謙

入歸妹爲 大壯 臨

入泰爲 臨 大壯

入否爲 復 豫

入既濟爲 節 豐

入未濟爲 睽 觧

入隨爲 兌 震

入蠱爲 損 恒

入漸爲 中孚 小過

入歸妹爲 歸妹 歸妹

漸

入漸爲 家人 蹇

入歸妹爲 豐 節

入泰爲 升 大畜

入否爲 姤 剝

入既濟爲 井 賁

入未濟爲 鼎 蒙

入隨爲 大過 頤

入蠱爲 蠱 蠱

入漸爲 巽 艮

入歸妹爲 恒 損

而言。雖謂他卦。盡由於此八卦。亦何不可之有。此圖一對兩卦。雖非序卦之綜法。却是以錯爲綜。其妙又別。如比之錯。爲大有。大有之綜。爲同人。則比與同人爲一對。大有之錯。爲比。比之綜。爲師。則大有與師。爲一對。又如坤之錯。爲乾。乾

蠱

入泰爲 謙 小畜 歸妹　入泰爲 復 夬

入否爲 遯 觀　入否爲 旡妄 萃

入旣濟爲 蹇 家人　入旣濟爲 屯 革

入未濟爲 旅 渙　入未濟爲 噬嗑 困

入隨爲 咸 益　入隨爲 隨 隨

入蠱爲 艮 巽　入蠱爲 頤 大過

入漸爲 漸 漸　入漸爲 益 咸

入歸妹爲 小過 中孚　入歸妹爲 震 兌

之綜。爲乾則坤與乾爲一對。然此乾非本乾。乃乾之綜之乾也。否之錯。爲泰。泰之綜。爲否。則否與否。爲一對。此否亦非本否。乃泰之綜之否。諦而觀之。整齊不亂。始八卦。皆相錯爲對。終八卦皆自錯爲對。他卦皆以錯之綜爲對。與前圖無異。而妙則過之。

若以童子序卦之次。言之。則否入否。爲乾坤。未濟入未濟。爲坎離。隨入漸。爲中孚小過。歸妹入蠱。爲頤大過。是則此八卦。反生乾等八正卦矣。此所謂終亦可以爲始也。蓋始八卦者。因而重之也。圖已見上。終八卦者。因重相錯

也。附圖

下位 中位 上位

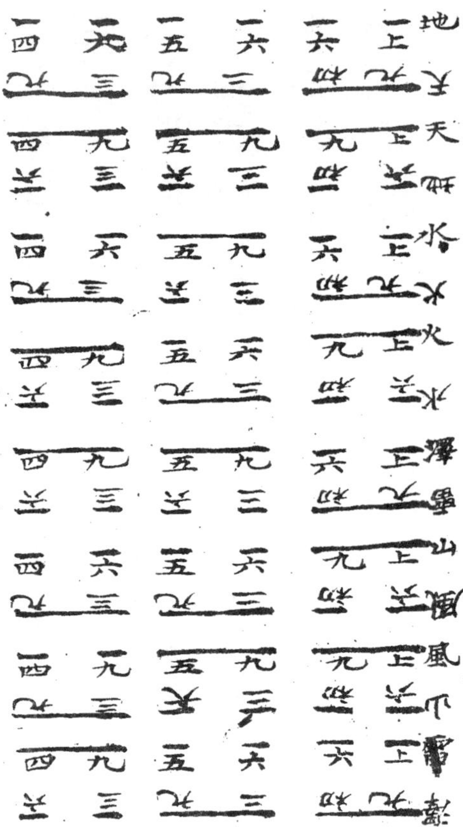

泰 否 既濟 未濟 隨 蠱 漸 歸妹

此八卦。本四象之錯者。語詳上四象圖說。因陽加陽。因陰加陰之謂重。因陽加陰。因陰加陽。故此則謂之錯也。

坎☵ 離☲ 取此二卦交爻相間則爲

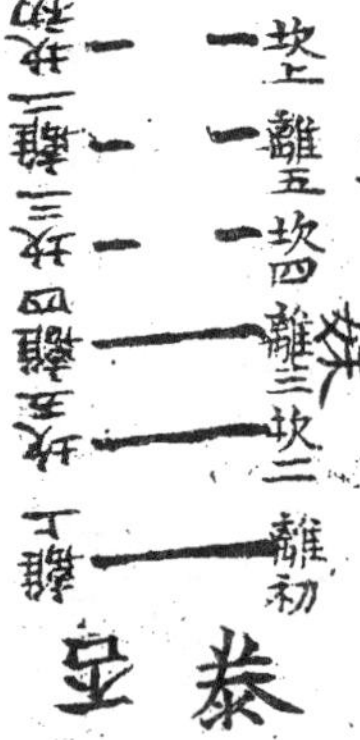

泰 否

乾䷀ 取此二卦爻爻相間則爲

坤䷁

中孚䷼ 取此二卦爻爻相間則爲

小過䷽

頤䷚ 取此二卦爻爻相間則爲

大過䷛

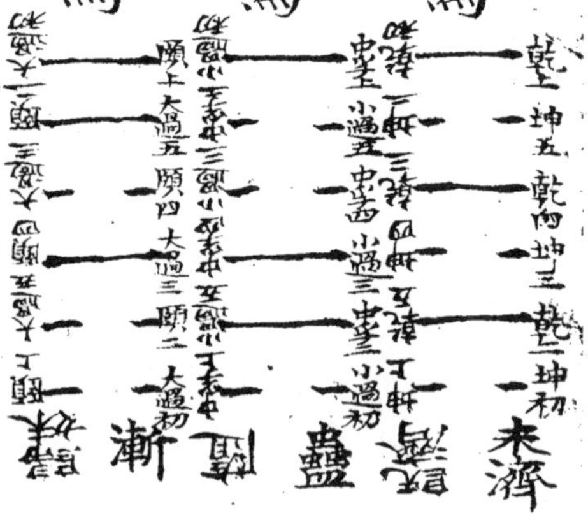

以此圖觀之。始八卦。卽終八卦矣。若取終八卦。爻爻相間。則又爲始八卦矣。無始無終。豈不信哉。而從來只知始八卦。而不知終八卦。豈異於言乾而不言坤哉。愚之偶見於此。亦或有補於易學之一矣。

卅

文王序卦因因而重重之之圖

天天天天
乾中乾
水雷山水
坎中小過
水地地水
坎中坤
地天天地
坤中乾
地山雷地
坤中頤
地澤風地
坤中大過
山地地雷
頤中坤
山雷山雷
頤中小過
水水水水
坎中坎

乾乾
屯蒙
師比
泰否
謙豫
臨觀
剝復
頤頤
坎坎

三十六宮說

地地地地
坤中坤
水天天水
坎中乾
風天天風
中孚中乾
天火火天
乾中離
澤雷山風
大過中小過
火雷山火
離中小過
天雷山天
乾中小過
澤風澤風
大過中中孚
火火火火
離中離

坤坤
需訟
小畜履
同人大有
隨蠱
噬嗑賁
无妄大畜
大過大過
離離

右上經十八宮 今同 三十六卦 今三十卦 陽一百四爻 陰一百十二爻

澤山雷風 大過中頤 咸恒

火地地火 離中坤 晉明夷

水山雷水 坎中頤 蹇解

澤天天風 大過中乾 夬姤

澤水水風 大過中坎 困井

雷雷山山 小過中小過 震艮

雷火火山 小過中離 豐旅

風水水澤 中孚中坎 渙節

雷山山 小過中頤 小過小過

天山雷天 乾中頤 遯大壯

風火火澤 中孚中離 家人睽

山澤風雷 頤中大過 損益

澤地地風 大過中坤 萃升

澤火火風 大過中離 革鼎

風山雷澤 中孚中頤 漸歸妹

風風澤澤 中孚中中孚 巽兌

風澤風澤 中孚中大過 中孚中孚

水火火水 坎中離 既濟未濟

右下經十八宮今同三十六卦今三十四卦 陽一百十二爻 陰一百四爻

上下經合七十二卦今六十四卦

四百三十二爻今三百八十四爻

乾坤連宮
屯蒙革鼎間二十四宮反
需訟晉明夷間十六宮正
師比同人大有間二宮正
小畜履謙豫間二宮反
泰否自錯
隨蠱自錯
臨觀遯大壯間八宮正
噬嗑賁困井間十四宮反
剝復夬姤間十一宮正
无妄大畜萃升間十一宮反
頤大過連宮正
坎離連宮

咸恒損益間四宮正
家人睽蹇解連宮反
震艮巽兌間二宮正
漸歸妹自錯
豐旅節渙間一宮反
中孚小過連宮正
旣濟未濟自錯

右二十錯間連正反之例

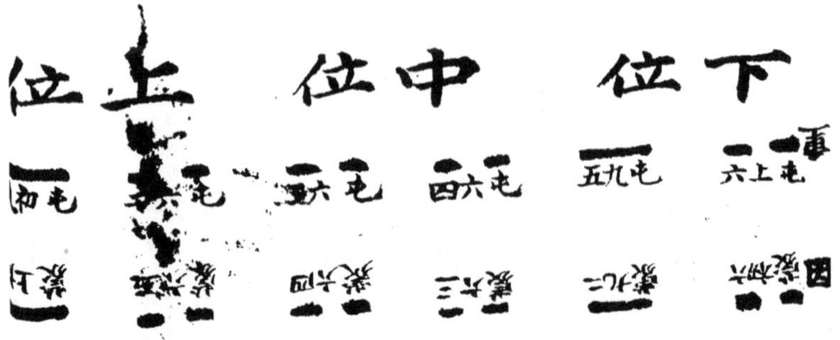

此爲屯蒙一宫。他三十五宫。并依此例因重。因重之法。語詳上四象說。蓋伏羲用此爲八始卦。文王仍用此。通序三十六宫。但伏羲以單八卦。爲八始卦。重卦。未詳何聖人。此始依孔穎達說。故因重。尚易見。文王。却於現成六爻一卦上。又加現成六爻一卦。遂以六十四卦。合之爲三十六宫。分之爲七十二卦。其中八始卦。雖亦因重。仍是本卦。命名繫辭既無可別。故并不傳乾坤等各有二卦者。其餘諸宫。亦皆離析。不能相屬。至邵朱二子。始闡斯理。含蓄未盡發。又得來氏錯綜之說而幾無憾矣。然。來氏。亦謂文王。自刱綜法。不知因而重之。不是以八加八。乃因位重畫。而羲文同用此妙耳。非必因蒙重屯。即謂因屯重蒙。亦通。蓋序卦時。尚是伏羲易。旡方隅可指。至序卦而繫辭。然後。爲文王之易。首尻確定。不可更通。自是有屯蒙而無蒙屯矣。他例幷如此。

主 廿九

乾 孚 離 頤 大過 坎 小過 坤

六爻以本位變他卦之例

初二三四五上爻變	初二三四五爻變	初二三四爻變	初二三爻變	初二爻變	初爻變
地地坤	山地剝	風地觀	天地否	天山遯	天風姤
雷山小過	火山旅	天山遯	風山漸	風地觀	風水渙
水水坎	風水渙	山水蒙	火水未濟	火風鼎	火山旅
澤風大過	天風姤	火風鼎	山風蠱	山水蒙	山地剝
山雷頤	地雷復	水雷屯	澤雷隨	澤火革	澤天夬
火火離	雷火豐	澤火革	水火旣濟	水雷屯	水澤節
風澤中孚	水澤節	地澤臨	雷澤歸妹	雷天大壯	雷火豐
天天乾	澤天夬	雷天大壯	地天泰	地澤臨	地雷復

初五。爲始復
夬剝豐渙旅
節二。四。爲遯
臨觀大壯鼎
屯革蒙。三。爲
八終卦。上。爲
八始卦。

巳上八始卦

第一變

否　地天泰　山天大畜　風天小畜　天天乾　天澤履　天雷无妄

初五。爲无妄升萃大畜家人解蹇睽。二四。爲履謙豫小畜困賁井噬嗑。三。爲八始卦。上。爲八終卦。

隨　山風蠱　地風升　水風井　澤風大過　澤水困　澤地萃

未濟　水火旣濟　風火家人　山火賁　火火離　火雷噬嗑　火澤睽

歸妹　風山漸　水山蹇　地山謙　雷山小過　雷地豫　雷水解

漸　雷澤歸妹　火澤睽　天澤履　風澤中孚　風天小畜　風火家人

旣濟　火水未濟　雷水解　澤水困　水水坎　水風井　水山蹇

蠱　澤雷隨　天雷无妄　火雷噬嗑　山雷頤　山火賁　山天大畜　已上八終卦

泰　天地否　澤地萃　雷地豫　地地坤　地山謙　地風升　第一變

風雷益　天雷无妄　天火同人

始　地雷復　山雷頤　天雷无妄　天火同人　天天乾　天天乾

初五。爲第一變。二四。爲第

三三　（姤當作乾）　三十

渙　旅　剝　夬　節　豐　復　遯　觀　鼎

雷火豐　火火離　天火同人　風火家人　風雷益　風澤中孚　三變。三。爲終卦第一變之一。六爲本卦。

水澤節　風澤中孚　山澤損　火澤睽　火天大有　火火離

地天夬（澤）　天天乾　火天大有　山天大畜　山澤損　山雷頤

山地剝　地地坤　水地比　澤地萃　澤山咸　澤風大過

火山旅　雷山小過　澤山咸　水山蹇　水地比　水水坎

風水渙　水水坎　地水師　雷水解　雷風恒　雷山小過　已上八始卦

天風姤　澤風大過　雷風恒　地風升　地水師　地地坤　第二變。一

地澤臨　山澤損　風澤中孚　天澤履　天天乾　天火同人　一五。爲第三變。二四。爲第

雷天大壯　火天大有　天天乾　風天小畜　風澤中孚　風雷益　一變。三。爲終卦第二變之

水雷屯　風雷益　水水坎　火雷噬嗑　火火離　火天大有　二。六爲本卦。

三十

蒙 澤火革 天火同人 火火離 山火賁 山雷頤 山澤損

革 山水蒙 地水師 水水坎 澤水困 澤風大過 澤山咸

屯 火風鼎 雷風恒 澤風大過 水風井 水水坎 水地比

大壯 風地觀 水地比 地地坤 雷地豫 雷山小過 雷風恒 已上八始卦

臨 天山遯 澤山咸 雷山小過 地山謙 地地坤 地水師 第二變二

无妄 地風升 山風蠱 風風巽 天風姤 天水訟 天地否

萃 山天大畜 地天泰 水地比 天需 澤天夬 澤澤兌 澤雷隨

睽 水山蹇 風山漸 山山艮 火山旅 火地晉 火水未濟

解 風火家人 水火旣濟 地火明夷 雷火豐 雷雷震 雷澤歸妹

一五。爲第一
變。二四。爲第
三變。三。爲始
卦第二變之
一。六爲本卦。

卅二 周作雷地豫

家人 雷水解 火水未濟 天水訟 風水渙 風風巽 風山漸
蹇 火澤睽 雷澤歸妹 澤澤兌 水澤節 水天需 水火既濟
大畜 澤地萃 天地否 火天大有 山地剝 山山艮 山風蠱 巳上八終卦
升 天雷无妄 澤雷隨 雷雷震 地雷復 地火明夷 地天泰 第二變一
履 地山謙 山山艮 水山漸 天山遯 天地否 天水訟 一五。爲第三 變。二一四。爲第
困 山火賁 地火明夷 水火既濟（火水未濟） 澤火革 澤雷隨 澤澤兌 二變之一。三。 爲始卦第二
噬嗑 水風井 風風巽 山風蠱 火風鼎 火水未濟 火地晉 變之二。六爲
豫 風天小畜 雷天需（水） 地天泰 雷天大壯 雷澤歸妹 雷雷震 本卦。
小畜 雷地豫 火地晉 天地否 風地觀 風山漸 風風巽
井 火雷噬嗑 雷雷震 澤雷隨 水雷屯 水火既濟 水天需

三十一

賁　澤水困　火地晉　火水未濟　山水蒙　山風蠱　山山艮　巳上八終卦

謙　天澤履　澤澤兌　雷澤歸妹　地澤臨　地天泰　地火明夷第二變二

同人　地水師　山水蒙　風水渙　天水訟　天風姤　天山遯初五。爲第二變之二。二四

益　雷風恒　火風鼎　天風姤　風風巽　風水渙　風地觀爲第二變之一。三爲終卦

大有　水地比　風地觀　山地剝　火地晉　火山旅　火風鼎第三變。上爲本卦。

損　澤山咸　天山遯　火山旅　山山艮　山地剝　山水蒙

咸　山澤損　地澤臨　水澤節　澤澤兌　澤天夬　澤火革

比　火天大有　雷天大壯　澤天夬　水天需　水澤節　水雷屯

恒　風雷益　水雷屯　地雷復　雷雷震　雷火豐　雷天大壯　巳上八始卦

三十一

師　天火同人　澤火革　雷火豐　地火明夷　地雷復　地澤臨第三變

卅二

訟　地火明夷　山火賁　風火家人　天火同人　天雷无妄　天澤履變初五。爲第二變之二。二四爲第二變之一。三。爲始卦第三變。上爲本卦。

兌　山山艮　地山謙　水山蹇　澤山咸　澤地萃　澤水困

晉　水天需　風天小畜　山天大畜　火天大有　火澤睽　火雷噬嗑

震　風風巽　水風井（火雷噬嗑）　地風升（天雷无妄）　雷風恒（風雷益）　雷水解（風火家人）　雷地豫

巽　雷雷震　天地否　風地觀　風山漸　風風巽　風天小畜

需　火地晉　雷地豫　澤地萃　水地比　水山蹇　水風井

艮　澤澤兌　天澤履　火澤睽　山澤損　山天大畜　山火賁已上八終卦

明夷　天水訟　澤水困　雷水解　地水師　地風升　地山謙第三變

三十二

易象之初。原無無故而變者。剛柔相推。上下下上。然後變也。亦無二三爻一時俱變者。今此所列變卦。乃啓蒙筮變之法。非繫辭所謂變也。然。據此觀之。有以見八始八終。循環无窮之妙。非如卦歌姤遯貢觀剥之下。强添晋大有之爲无理也。

單卦正偏交合成重卦圖

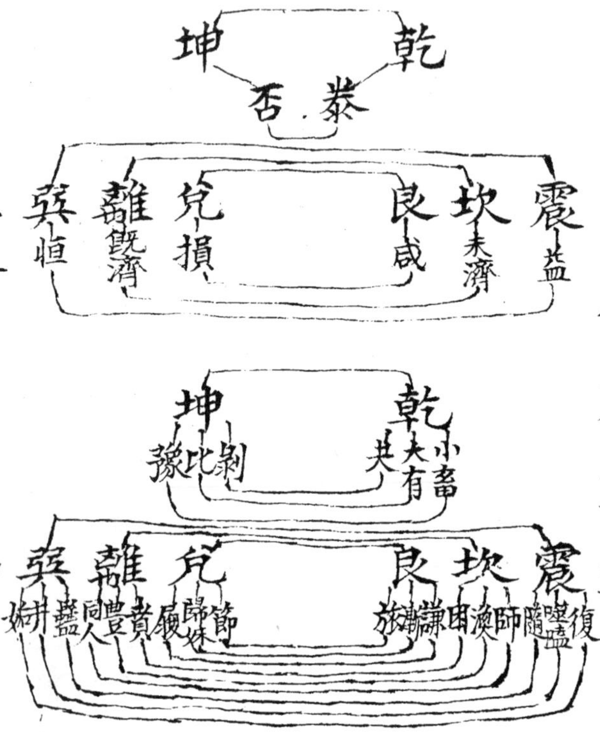

右正交

右偏交

據此圖。則唯泰否旣濟未濟咸損益恒八卦。爲交。蓋父必與母交。母必與父交。長男必與長女交。中男必與中女交。少男必與少女交。女之於男。亦然。苟其上下異位。老少異時。則無可交之義。故不交也。此但以陰陽而言之。故不曰不交。

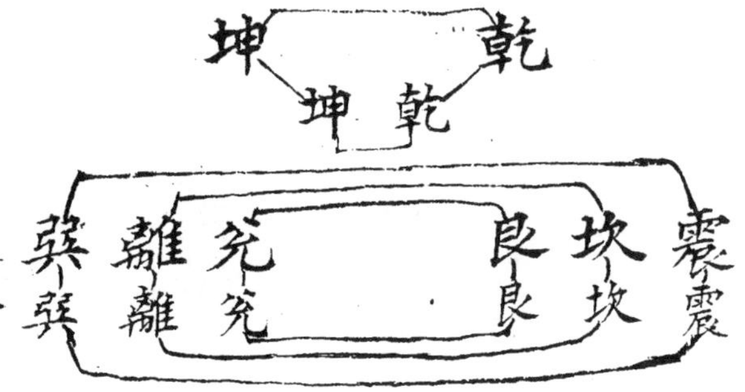

右正合

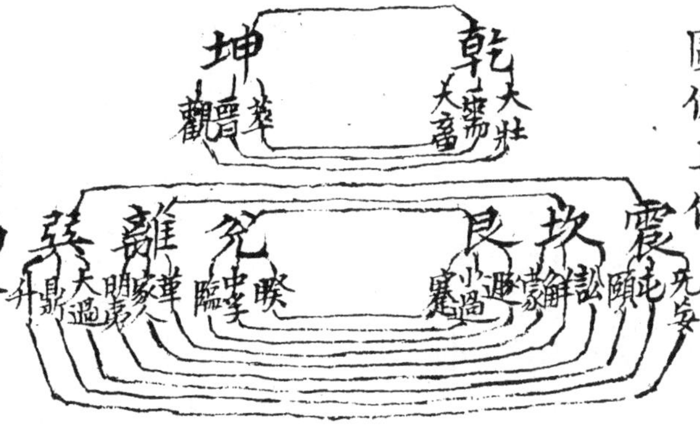

右偏合

合錯同交錯圖仿上例

而曰偏交。合亦仿此。咸恒損益。即隨蠱漸歸妹也。震兌艮巽。即頤中孚小過大過也。此以序卦卦位而言之。然。交即八終。合即八始也。八始。重卦而後始交。故氣厚而能生育。八終以單卦而即交。故氣盡而不能生育。其理然也。然以剛柔相推而言。只是八始卦三變而爲八終卦。非并出而分爲交合也。此特并舉以明始終之可以相對而已。上所圖六爻俱變意亦仿此。

共

六十四卦正隅錯綜定例

凡☰乾 ☵坎 ☷坤 ☲離 此四卦。謂之四正。 ☳震 ☶艮 ☴巽 ☱兌 此四卦。謂之四隅。

正隅之名。以邵子先天圖方位而設也。

凡錯者。奇偶相錯。☰☷

凡綜者上下相綜。䷀ 初與上綜。二與五綜。三與四綜。

錯綜之法。明儒來氏所剏論。而錯綜二字。本出繫辭。

有以正正自綜相錯而純者。䷀乾（天上天） 得重卦二 ䷁坤（地上地）

純者。六陽六陰也。不可但曰正。故。曰純以別之。自綜者。從上觀之亦此卦。從下觀之亦此卦也。

有以正正自綜相錯者。坎䷜坎
得重卦二　離䷝離
有以隅隅自綜相錯者。頤䷚頤　中孚䷼中孚
得雜卦四　大過䷛大過　小過䷽小過
此當在咸恒損益之次。而與乾坤坎離四重卦同列者。以
其能自綜也。
有以正正相綜相錯者。比䷇師　需䷄訟　泰否既濟未濟
得雜卦八　大有䷍同人　晉䷢明夷　見下自錯
此以乾坤坎離四正。雜之。無一隅卦。故卦名卦畫。俱以正
綜正也。

有以正隅相綜相錯者。得雜卦三十二

復 剝　謙 豫　升 萃
姤 夬　履 小畜　无妄 大畜
臨 觀　蹇 解　蒙 屯
遯 大壯　睽 家人　革 鼎
渙 節　困 井
豐 旅　賁 噬嗑

此雜卦之半正半隅者也。自剝夬至臨遯。半乾坤也。自解家人至困賁。半坎離也。以卦名而綜。則復當綜豫。而以卦畫而綜。故復綜於剝。然豫即在復之下。以卦名而綜。則謙當綜剝。而以卦畫而綜。故謙綜於豫。然剝即在謙之上。是則復剝謙豫四卦。有連綜之勢。以其本同一陽故也。自萃至臨。亦然。以其本同二陽故也。它例皆然。

有以隅隅相綜相錯者。艮䷲震　兌䷸巽

得重卦四

損䷩益　咸䷟恒

雜卦四

頤大過中孚小過見上自綜

有以隅隅相綜自錯者。蠱䷐隨　漸䷵歸妹

得雜卦四

有以正正相綜自錯者。否䷊泰　既濟䷿未濟

得雜卦四

廿六

莫妙於咸恒損益以下並綜。蓋卦名卦畫之所以不同者。以有四隅也。下觀之則震。上觀之則艮。下觀之則艮。上觀之則震也。巽兌亦然。故此四卦本自相綜。而咸恒損益。得以雜之。無一正卦。故卦名卦畫判焉不同。而相錯而觀。則渙然合矣。其尤妙者。頤大過小過中孚隨蠱漸歸妹等。皆以二卦而具咸恒損益四卦之體。頤等四卦。有錯而無綜。隨等四卦。有綜而無錯。無錯無綜故。自綜。無錯故自錯也。泰否既未濟四卦。亦與隨等同例。而以其皆四正也。故以終之。蓋此三綜者。易所以成終也。故自咸損等至未濟。皆交交相應。正與八重卦之爻爻不相應。爲對也。讀易而不知此例。則有目而無綱矣。

易圈序

余尚幼讀易乾卦便疑既有上九何得見羣龍无首隱之於心未敢質於長者後因耽治文辭置不復省邇年重經憂疢意頗嚮道研究大學之旨又疑身為家國天下之本即心為身之本意為心之本知為意之本物為知之本心為身之本固是意為心之本已不是知為意之本更不是若物為知之本則并不成理世儒講說如雲雨何以於此大段不甚致疑又何以余獨疑人所不疑因思幾十年前讀易時據案咿唔掩卷沈思光景乃知余方寸中夙有疑病非人人所應有也今冬偶得来矣鮮易說喜其錯綜諸圖可以發明邵朱二夫子未盡之旨潛玩久之但其排先天加倍而宗

卦歌八變殊屬強解忽思從来只有卦圖無爻圖豈爻獨不可圖耶遂信手為大小圈子若干因見六十四卦畫在其中正變順逆其妙无窮乃悟羲皇畫卦元是以二乘三一法乃萬化之所從出而若所謂八分十六十六分三十二與以八加八之數捴是後来安排非自然之易也即余幼時讀易之疑雖兒戲可笑然非此圈則亦無能破余病根者矣无方无體安得有首知来知往何妨有首著之德圓而神其斯之謂乎嗟乎幼時讀易之疑今可以破之獨不知年来大學之疑又何時而可破之哉夫豈昭陵已見而獻陵未見耶儻亦含元殿中問長安路耶姑識之以俟他日

易圈說

易之畫二奇偶也易之位三上中下也二畫乘乎三位而其象爲四三陽也三陰也一陽二陰也一陰二陽也所謂四營而成易也一畫逆順具有三位三畫之位十八所謂十有八變而成卦也四象之中三陽三陰畫純而位定故惟成乾坤一陽二陰畫雜而位移故陽下成震陽中成坎陽上成艮一陰二陽亦然故成巽成離成兌所謂八卦而小成也因而重之以盡天下之變而六十四卦備矣上古聖人作易之本蓋弗過乎是矣漢尚緯學宋取道家皆以河圖論易專主對待故有排張堆疊之勢如所謂八爲十六十六爲三十二有位而無名又如剝變晉晉變大有竟亦莫曉其義苟能掃除對待之象而獨觀夫作易之本則一理流行而衆妙歷然

卅八止

朱子所云不待窺馬圖人文已宣朗者是也然對待既有圖則流行不應無圖對待須方流行須圓諸家圓圖皆因以重之以後之流行而非八卦小成以前之流行也蓍之德圓而神卦之德方而知爻之德雖賈蓍今不可得見然圖卦不如圖爻爻雖卦中之爻而卦本以爻而畫爻即畫也蓍之所取象也易之最先也今圖爻而用圖卦之圓法則卦在其中而蓍之德可見矣故三陽之圈得乾六三陰之圈得坤六一陽二陰之圈得震等三卦各二一陰二陽之圈得巽等三卦各二因而重之則一陽五陰之圈得復等六卦各二一陰五陽之圈得姤等六卦各二二陽四陰而陽相連之圈得臨等六卦各二二陰四陽而陰相連之圈得遯等六卦各

二二陽四陰而二陽間一陰之圈得明夷等六卦各二二陰四陽而二陰間一陽之圈得訟等六卦各二二陽四陰而二陽間二陰之圈得震等三卦各四二陰四陽而二陰間二陽之圈得巽等三卦各四三陰三陽而一間二之圈得隨等十二卦各一三陽三陰而三相連之圈得益等六卦各二三陽三陰而三相間之圈得既濟等二卦各六六陽之圈得乾十二六陰之圈得坤十二合為小圈四大圈十三小卦二十四大卦一百五十六夫不曰成而曰得者以其皆自然而得無所事乎成也惟上古聖人設教以示天下則謂之成易後之為圖說者可得不可成成則非自然也

易學圖

另圖不印

三陽

三陰

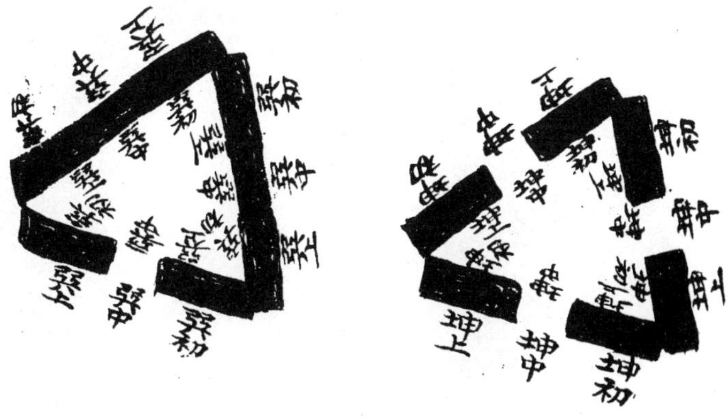

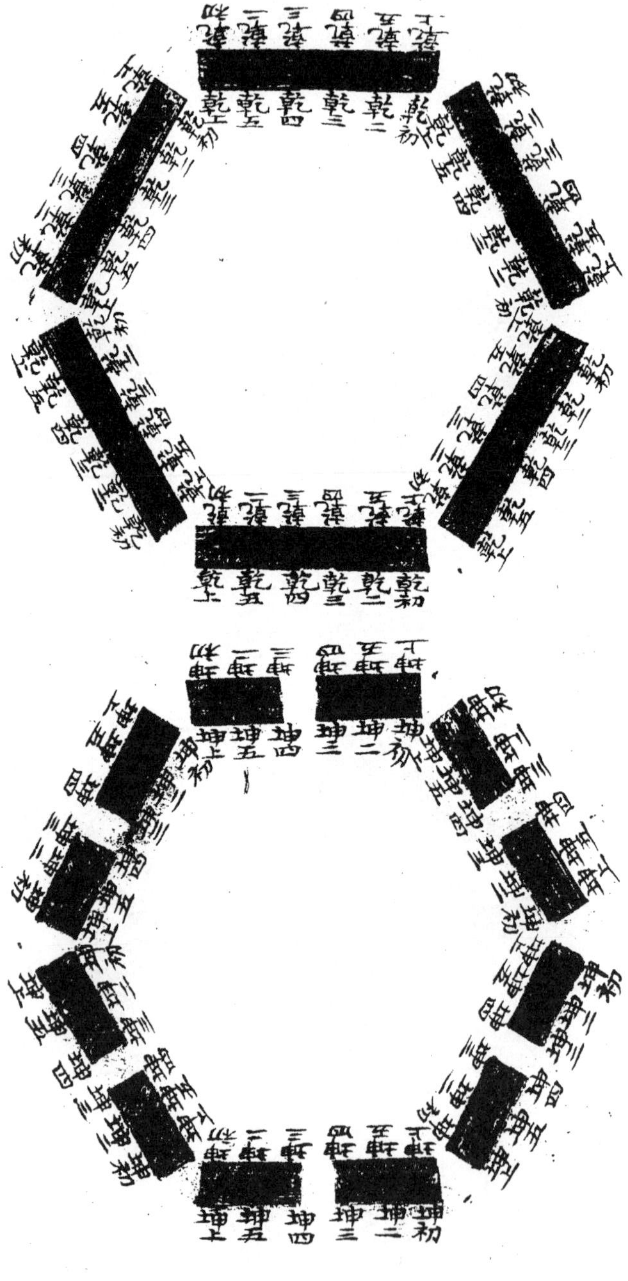

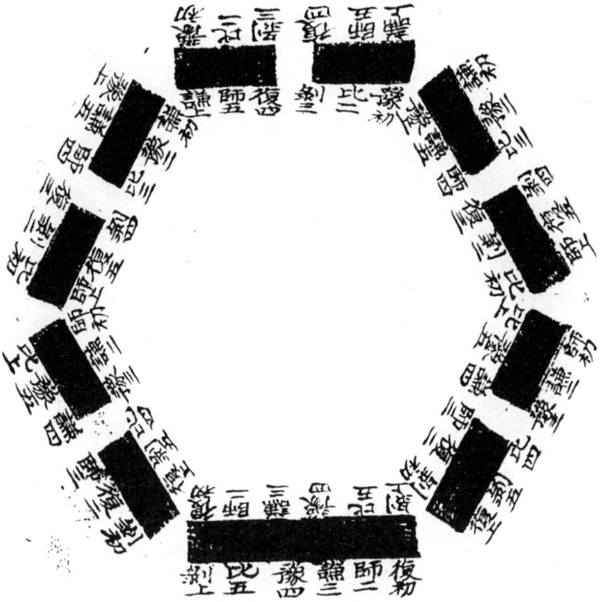

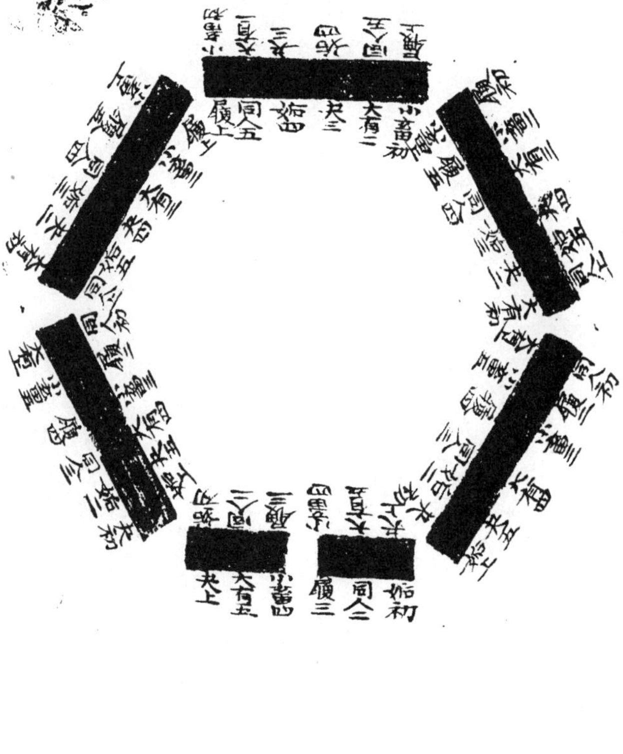

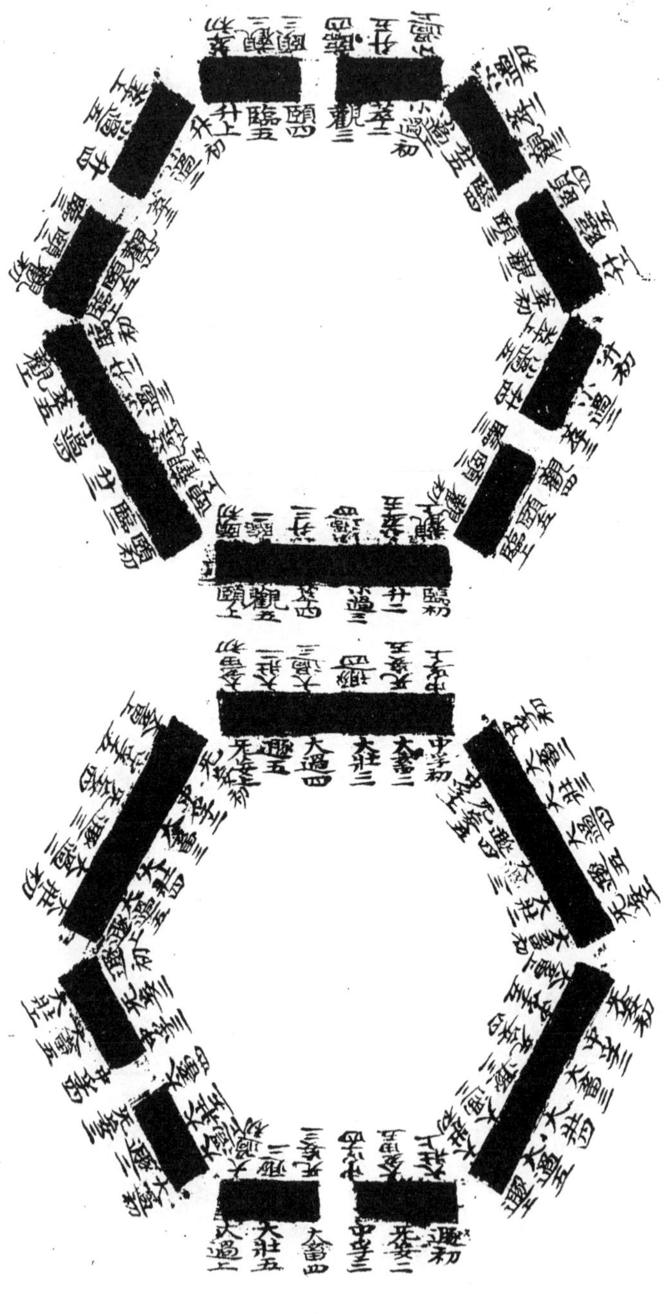

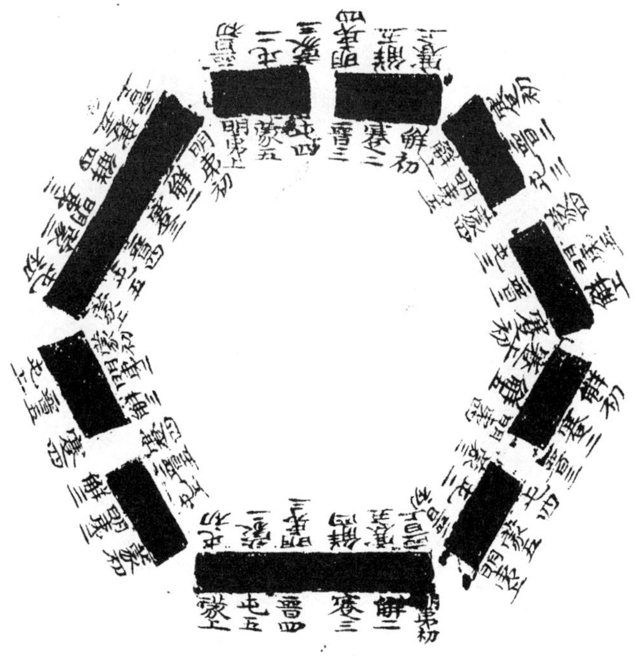

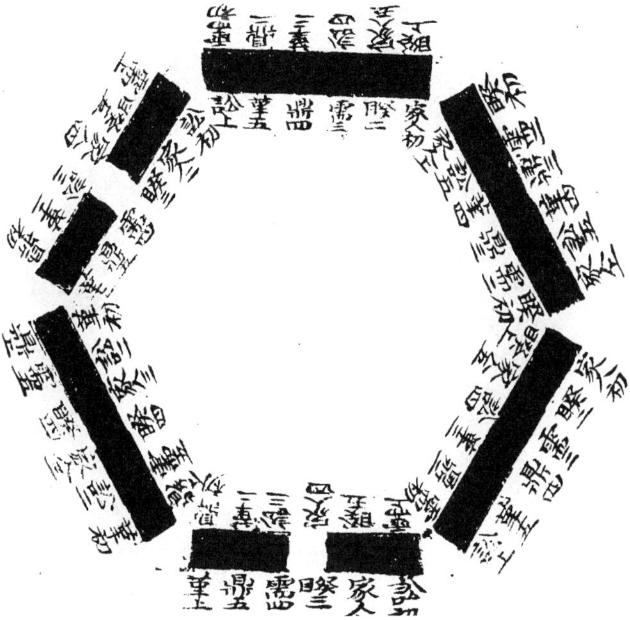

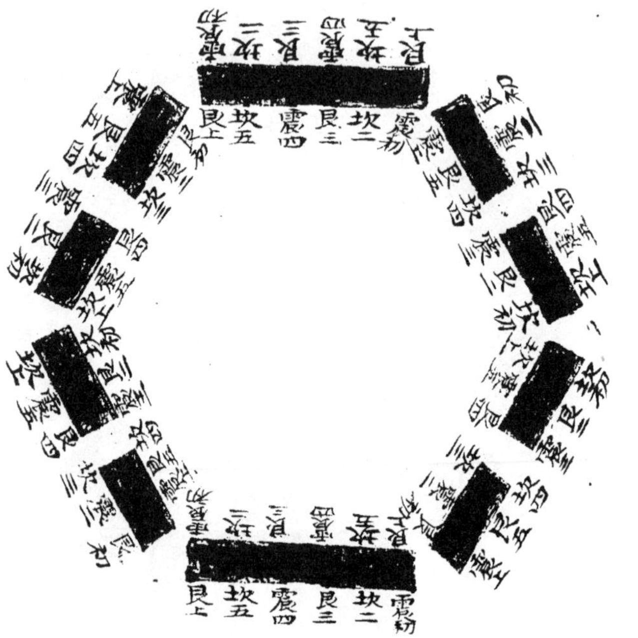
震初 坎二 艮三 震四 坎五 艮上

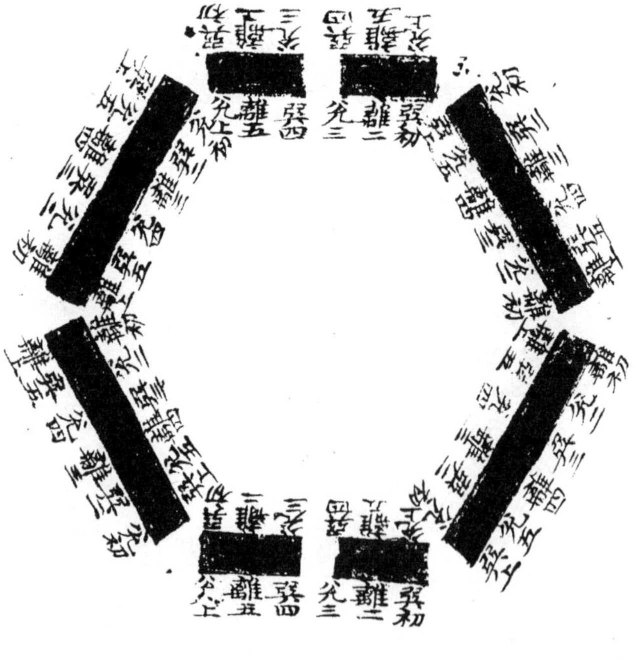
巽初 離二 兌三 巽四 離五 兌上

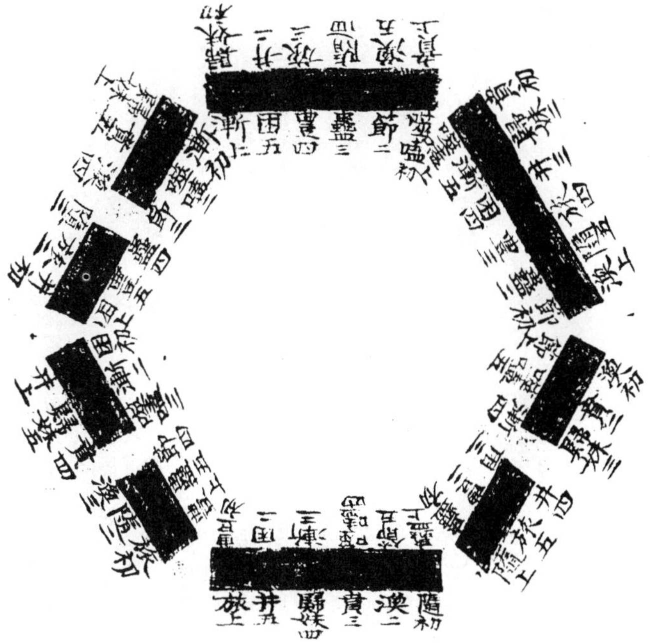

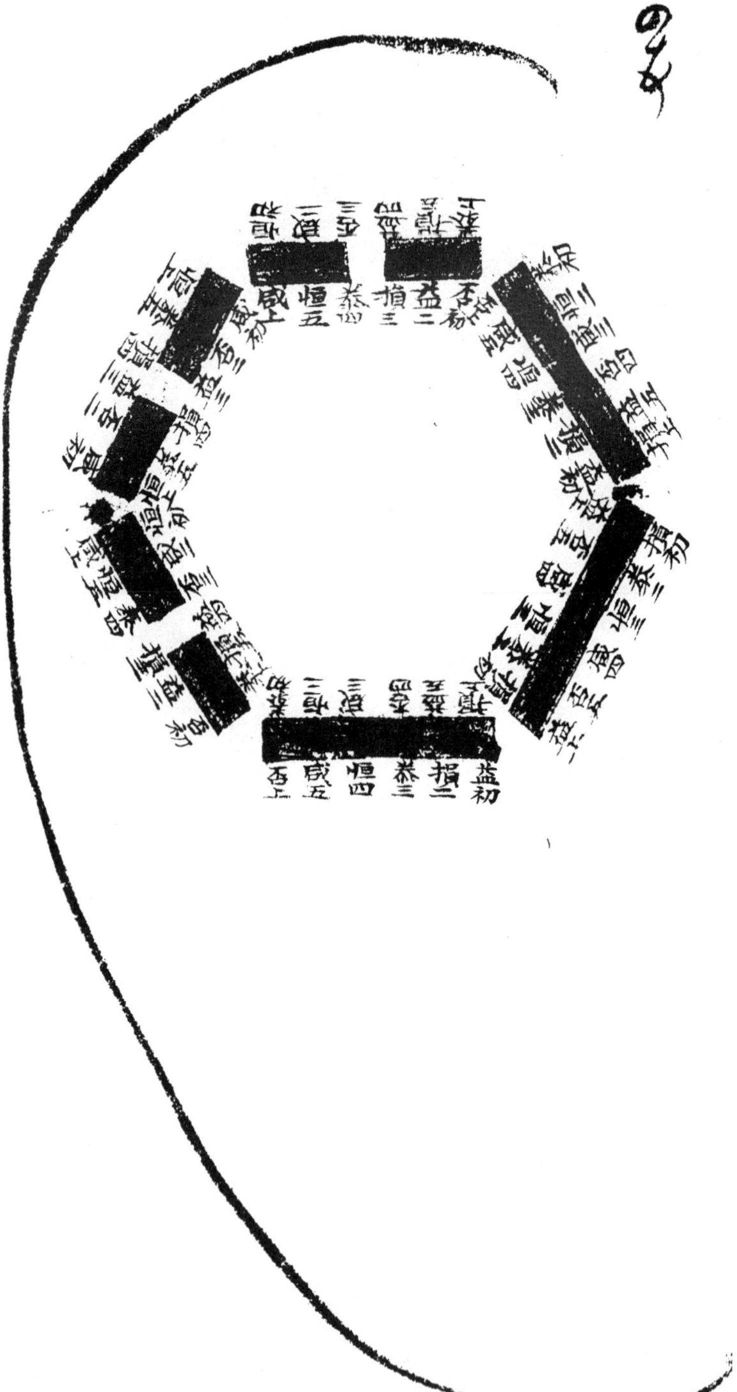
否初 益二 損三 泰四 恒五 咸上
益初 損二 泰三 恒四 咸五 否上

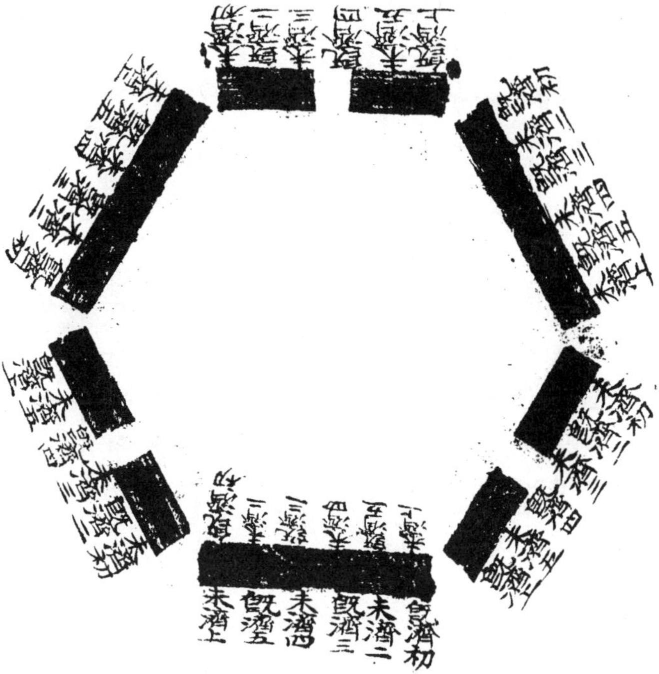
既濟初
未濟二
既濟三
未濟四
既濟五
未濟上

易圈方圖

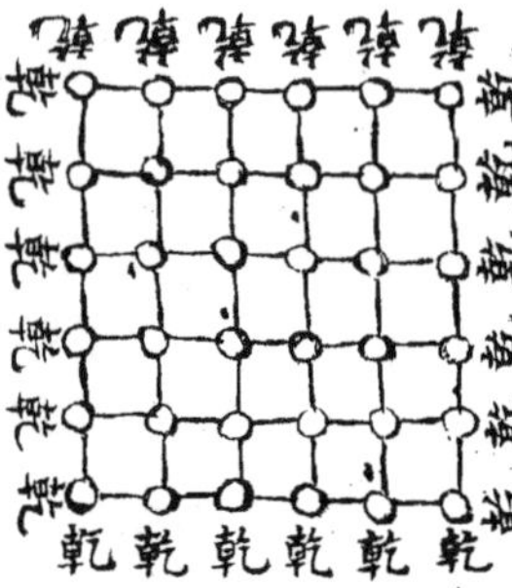

六陽六陰相錯

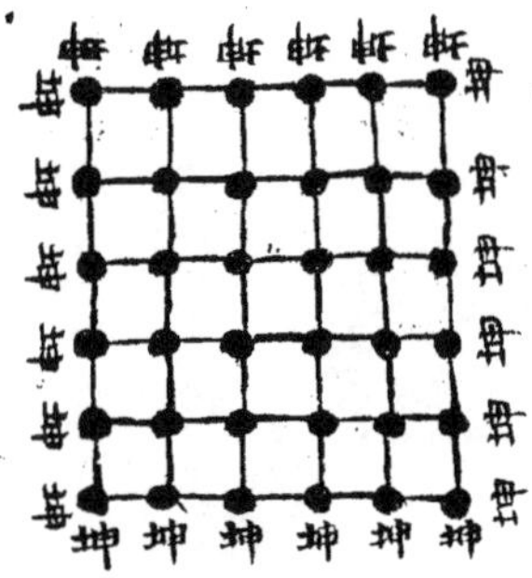

一陽五陰
一陰五陽 相錯

二陽四陰陽相連
二陰四陽陰相連
相錯

二陽四陰陽間一陰

二陰四陽陰間一陽相錯

二陽四陰陽間二陰

二陰四陽陰間二陽相錯

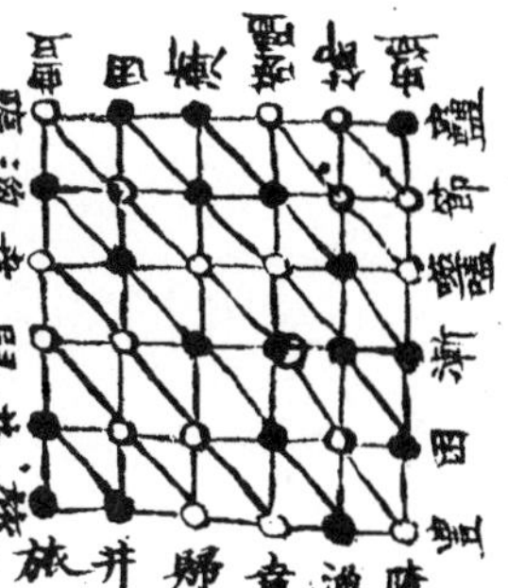

三陰三陽一間二自錯

三陰三陽三對連自錯

三陰三陽六相間 自錯

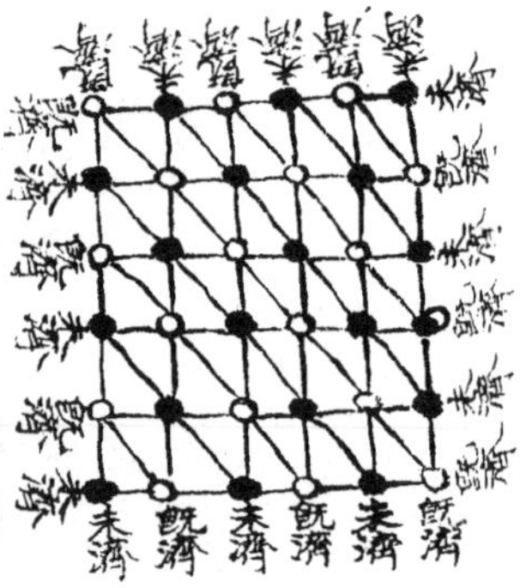

易說僭疑

疑太極不應稱一

古今易說皆謂一生兩兩生四四生八夫兩四八者孔子之所言也若一者孔子之所不言也孔子不曰易有一極是生兩儀而曰易有太極是生兩儀則極之得名離乎象數也審矣何可釋太爲一耶然則太極何物孔子曰形而上者謂之道是也道固一也如貞夫一一以貫之皆喻夫道也然但不可曰一生兩若謂一生兩則是道但生兩而自兩以下則皆自相生育而不得直出於道矣此理精賾難曉且論兩儀夫兩者何也一箇又一箇也儀者何也陽儀奇陰儀偶也然則

兩儀者。一箇奇一箇偶也。奇偶。雖則兩個。其實一箇。何以言之奇者。非他。即偶之連者也。偶者。非他。即奇之斷者也。且今畫一奇〔偶 奇 偶〕。則中一畫黑者。奇也。兩傍白處。已偶矣。畫一偶〔閒 偶 偶〕。則左右兩畫黑者。偶也。而中間白處。已奇矣。故。無論虛實高下曲直燥濕黑白諸形諸色。大抵纔有一。便有二。纔有二。便有一。然纔有云者。亦贅也。究竟言之。一二二一。皆贅也。老子曰吾不知其名。字之曰道。強爲之名曰大。是也。易有太極。即此道之形於上者也。是生兩儀。即此道之形於下者也。道。形於下而爲器。於是乎有形。於是乎有名。於是乎有數。形者。奇偶也。名者。陰陽也。數者。一二也。即今滿世間。皆奇。則何處有陽之名。滿世間皆偶。則何處有陰之名。天地之生。久矣。萬化萬變。無所窮極。聖人憂世設敎。思有以會通而融合之。向所謂貞一一貫。卽此義也。若夫未有天地之先。冥冥濛濛。本自無形。何從有數。況天地所以生之理。冲漠氤氳。不可名狀。又孰得以謂之一乎。故知一者。對二而稱也。其必在形而下之後乎。故曰易有太極。是生兩儀。猶言是生一儀也。兩儀可以爲一儀。則太極不可以爲一極。

疑太極不可圖

來氏曰太極兩儀四象八卦。雖畢見於圖中。而其所以生生者。莫之見焉。其實。太極。不過陰陽之渾淪者耳。原非先有太極而後兩儀生。既有兩儀而後四象八卦生也。又豈兩儀生而太極遯。四象生而兩儀亾。八卦生而四象隱。四象八卦各爲一物。而別有太極。宰其中統其外哉。愚竊味其言而善之。然其所謂太極見於圖中而所以生者莫之見者。不免失之於源頭矣。夫太極。乃萬化之所以生。冲漠無眹。本不可圖而圖之。一失也。旣圖而又謂莫之見。二失也。以太極與兩儀四象八卦。并列於圖而別求所以生者。是謂太極之先。又有生太極者乎。三失也。旣求太極之所自生。則太極。已降爲一物。而猶謂兩儀四象八卦之外。別無太極。四失也。此四失。病在陰陽渾淪一語。太極。乃所以陰所以陽之理。非一半陰一半陽之物。今圖太極。爲一半陰一半陽之物。則太極乃器也。而非道也。況一半陰一半陽。見之於圖。則陰陽。極分明矣。何以謂之渾淪乎。然此非獨來氏之失也。蓋所由來久矣。

疑太極即作易聖人

然此皆道器之統論。尚屬懸空說話。未入本題耳。從來說太極。多是懸空說。所以旨趣不了。致有聽熒。若繫辭本題則孔子明言易有太極。易者。易書也。易書有太極之道也。易書有太極之道者。謂作易之聖人。有太極之道也。作易之聖人有太極之道。是生兩儀。是者。聖人也。生者。爲也。是人是書。始爲此兩儀。兩儀者。非必陰陽也。乃奇畫偶畫也。故曰儀。儀者猶象也。畫此以儀彼耳。若謂兩儀是陰陽。則旣已陰陽矣。又何所儀哉。兩儀生四象者。言旣爲兩儀。則兩儀便自爲四象也。四象者。非必老陰老陽少陰少陽也。乃三奇。三偶。二奇一偶。二偶一奇也。故曰象。畫此以象彼耳。若謂四象是老少陰陽。則旣已老少陰陽矣。又何所象哉。四象生八卦者。言旣爲四象則四象便自爲八卦也。八卦者。非必天地水火山澤雷風也。乃三連。三斷。上連上斷。中連中斷。下連下斷也。故曰卦。卦亦儀象之類耳。若夫以奇偶。儀陰陽。以三奇三偶等。象~~老~~太少。以三連三斷等。卦天地水火山澤雷風。則所謂八卦定吉凶。吉凶生大業也。原初羲皇。仰觀俯察。但見天地人物。皆有奇偶之形。故。始爲兩畫。又見天地人物。皆有上中下之位。故。復設三位。以二畫乘乎三位而爲四象。四象則八卦備矣。四象生八卦。不過於二奇一偶之象。挑出三卦。二偶一奇之象。挑出三卦。并三奇三偶兩象而爲八卦也。故。愚竊謂羲皇畫卦。乃萬世人文之祖。正如史皇造字。初只爲象形會意。非必欲以此字。作爲經典。垂訓義理也。因旣爲八卦。復見此八卦。非惟儀象可觀。亦可垂訓義理。故。以儀屬陰陽。以象屬老少。太老少之說。愚所未喻。而相傳已久。故不敢遽廢。且此只論儀象各有所屬故云。以卦屬天地等。而又以天有健之義理。故名天曰乾。地有順之義理。故名地曰坤。此不知何聖人立名。而要在上古。故并及於此。後來。又見陽有君子之儀象。故以陽長陰消爲吉。陰有小人之儀象。故以陰盛陽衰爲凶。自是以後。吉凶相推。變化無窮。而況且因而重之。則易不可勝用矣。故曰大業。大業者。太極之終也。太極者。大業之始也。苟非太極之聖人。則何以能定天下之吉凶而生天下之大業乎。故於八卦之下大業之上。忽換生字而書一定字。所以明聖人之功用也。然則孔子此語。乃一部易通序。而非懸空論道器而已。由是以觀。則太極之不可稱一。與不可圖。尤不勘自辨矣。

疑四象不當稱太少

兩儀之爲陰陽。不問可知。八卦之爲天地水火山澤雷風。明有經訓。唯四象。孔子不言何以爲四。漢以來相傳爲太陰太陽少陰少陽。二千年來。奉爲定論。愚獨疑其名不經見。似乎讖緯方術之言也。太者。無對之稱。唯太極。方可稱太。今以對少。則字義之謬。又不翅以一釋太矣。故。從來或稱太或稱老。太豈可與老通耶。今按諸圖。太陰之左。白而書之曰少陽。太陽之右。黑而書之曰少陰。少陽之白。與太陽之白。何以別之。少陰之黑。與太陰之黑。何以別之。只見陽上有半黑。陰上有半白。孰知其非太而少耶。又見陽上有半白。陰上有半黑。孰知其非少而太耶。是固以白上又白。爲太陽。黑上又黑。爲太陰。然。若然。則四象須連兩儀而觀。始成四象。八卦。須連四象而觀。始成八卦。然則兩儀。何獨無所承藉而能成兩儀乎。且以義理言之。太陽。乾也。太陰。坤也。陽。未至乾。不可謂太陰。未至坤。不可謂太。又若改太稱老。則是乾爲陽之過於老者也。坤爲陰之過於老者也。老猶不可以生育。況過於老者。焉得爲萬物資始資生乎。且如震之爲震。巽之爲巽。主在下爻。今加陰於陰之上而名之曰震。則是震以上爻而成。當爲老陰而不得爲陽。加陽於陽之上而名之曰巽。則是巽以上爻而成。當爲老陽而不得爲陰。此皆愚之所不敢知也。及創爲易圖。始悟二畫乘三位。四象即八卦之妙。而諸疑豁然。心甚自快。蓋以二畫象一位。則爲

矣。此便是二。以二畫乘二位則爲

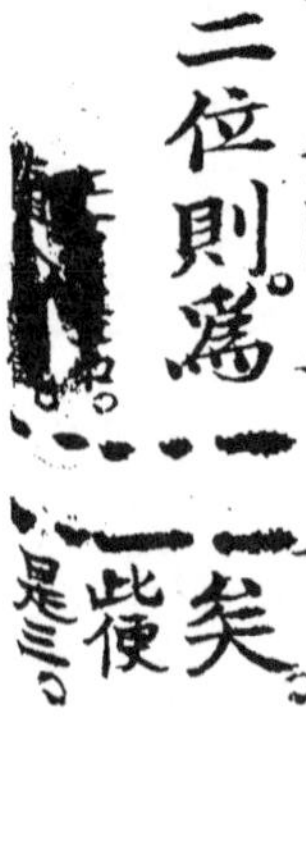

矣。此便是三。

以二畫乘三位則爲⚍⚎（詳見圖。此方是四。）故二畫乘一位者兩儀也（此亦非以乘一位而名也。但以二畫故言。）二畫乘三位者四象也（此爲四象正體）唯二畫乘二位則無名。何也。兩儀四象之間原無三也。二畫乘四位則無數。何也。四象八卦之外即因以重之原無五也。伏羲只是此法。孔子只說此數。則如今所云太少之名與位不已贅乎。蓋易至於四象而八卦備矣。但於二象之中挑出上中下六卦。定其名位而已。（說見上。）　按筮法。⚌謂之陽爻。⚏謂之陰爻。⚍⚎俱謂之勝爻。據此可見從來所謂四象。只是三象而少陰即少陽。少陽即少陰。何所取象而別其名乎。須是如愚所圖四象然後。方爲四象。此愚所以敢於立說。而欲決二千年疑案者也。

疑先天易無了時

卦之有上下。自文王始也。曰初曰二曰三曰四曰五曰上。皆文王所命。以明進退消長之理。邵子所謂後天也。羲皇重卦。只是內外。無所謂上下也。蓋進退消長。自是文王之易。若羲皇先天。則只有交感化育之理而已。其說已詳於前矣。後來只見卦是上下。故遂謂六十四之上。更可加一百二十八。而遂至於幾千百。易爲天地間未了之書。若以內外而言。則外下爻與內下爻相迎相合。外中爻與內中爻相迎相合。外上爻與內上爻相迎相合。此八正卦之所以生五十六卦。而更

五十二

五十一出

例

不得加一畫於其外。雖有後出之聖人。只可神而明之。默而成之。決不得於六十四之上。更加一百二十八也。來氏誕加一倍。是一直死數。愚則謂加一倍。乃一直生數。何可曰死數。然無論生數死數。只是不了耳。但看先天圖。乾與坤相迎合。兌與艮相迎合。離與坎相迎合。震與巽相迎合。此乃自然之易理。更無罅漏欠闕。何處更加一倍。即知因而重之。亦只是此法。八卦生五十六卦。亦只是此法。舍此而論易。則易爲未了之書。亦無時可了矣。或曰頤大過中孚小過。能迎合。震兌艮巽。不能迎合。然則震兌艮巽。只爲單八卦而不能爲重八卦乎。曰云云。見上。因而重之說。 但莫向故紙上。看卦看爻。試颺在太虛空裏上下四方無挂搭依靠處。但看奇畫偶畫。相間相連。爲如何。便可許君親見伏羲來矣。

疑河圖洛書

包犧氏。仰觀俯察以作易。仰觀則何所不觀。俯察則何所不察。龍馬果出於其時。則宜亦在俯察之一。而是奚足爲易之本原哉。龍馬。語不見經。河圖。固有之。周家藏之。與天球同寶。孔子思之。與鳳鳥同瑞。然今未聞天球作何經典。鳳鳥生何文字。唯河圖洛書。以有繫辭聖人則之一句。遂謂作易之本。此歐陽公所以并疑繫辭者也。然聖人則之。只欲則其圖書之象。以開人文之始而已。繫辭。亦不言河洛圖書。其有易數也。天乃錫禹洪範九疇。乃謂大法九類。天以錫禹。猶云天錫勇智天錫純嘏之類。豈天命洛龜以錫禹耶。今觀圖書。大抵似一手所作。同是白點黑點。何必圓者爲圖。而方者爲書耶。一二至九十之數。自是天地生成。何待河圖而知之。然一爲白點。二爲黑點。雖非河圖本色。而其爲圖則可按矣。若洪範一二三四。則只是序次之數。有何關係。而謂出於洛書耶。設使洛書。先五五五。後五五六。則猶可謂五行五事五福六極之數也。今五行只一點。五事只二點。五福六極。又合爲九點。皇極稽疑庶徵之無數者。亦因其序而點之。何以知其五行五事五福六極及皇極等也。禹雖聖人。決不能徵此圖而知其範也。此皆漢儒。創爲緯讖。傅會經典。以乾鑿度等興漢聖劉之語。媚悅其上。求以除禁立官。以保遺經之一線。易未嘗有禁。然他經皆禁。易無以獨行故然。其用心則誠苦矣。不可專以干求祿仕而斥其矯妄也。然芻狗已陳。日月方中。何庸掇拾其緒餘。以爲大道之本原哉。以朱子之明睿醇深。而尚云不可并斥。終莫曉其何故也。

疑五行

謨稱六府。範列五行。此只爲利用厚養財成輔相之資而已。何預於性命向上事哉。自鄒衍始論五德。雖以秦皇之焚坑。而獨信此語。漢祖第一符命。乃赤帝斬白帝。自是以後。罕不可破矣。及至諸儒釋經。乃曰木神仁。火神禮。金神義。水神智。土神信。此豈儒者之言耶。夫天下無道外之物。方技雖小。其本固自道出。小德并行。可也。今以方術而反證聖經。則是孔子所罕言之性命。不過方士之所云耶。漢儒無論已。周子太極圖。太極陰陽之下。攙入孔子繫辭所不言之五行。而其下。曰乾道成男。坤道成女。萬物化生。自是遂以二五。爲生人之本。程朱之所恪遵也。今何敢言。但未知五與二。果同歟。異歟。五與二同。則五在二中。言二而五斯在矣。何必更言五。五與二異。則是人不得直稟於陰陽。而必資陰陽合變所成之五行。又從以調和之。然後爲人也。然則何不曰五行成男女。而又於五行之下。更着乾道坤道字乎。或曰今醫者。指人身而言。曰何者是金。何者是木何者是水。是火。是土。其言。鑿鑿可證。豈非五行爲人耶。曰人固非無緣而直生者也。本自陰陽而生。陰陽之中。固已包含此五行。何但五行。天下萬理。無不畢具。所謂萬物皆備於我者也。豈其五行相合然後。始爲人哉。或曰然則五性者。何也。曰五性。乃太極之理。太極無形。性亦無形。有形者。尙不必言五行。無形者。何可言五行也。雖是無形。只是有理。遇仁處。便仁。遇義處。便義。此自是太極神妙之所以能然。而唯人得之。爲萬物之靈。五行者。五物也。五物之性。如何能備而爲人。或曰五行。非五物也。乃五物之氣也。

五十五

87

曰若言氣則陰陽盡矣。若言質則五物而已。且謂非五物而是五氣者。謂物未生而氣先生歟。若是則人物之氣。亦可以爲五行歟。夫人物之氣。不可以爲五物。而五物之氣。獨可以爲人。則是五物。無待於人。而人獨有待於五物也。安在其物賤而人貴也。佛書。謂四大和合以爲人。而感言金輪水輪等世界相續。讀其書者。無不以爲誕。何於太極圖而無少疑哉。蓋佛書。本不言陰陽而只言四大。理雖未備。而語不得不然。若旣言太極陰陽而復言五行。則恐是剩句也。

疑後天方位

疑卦歌游現

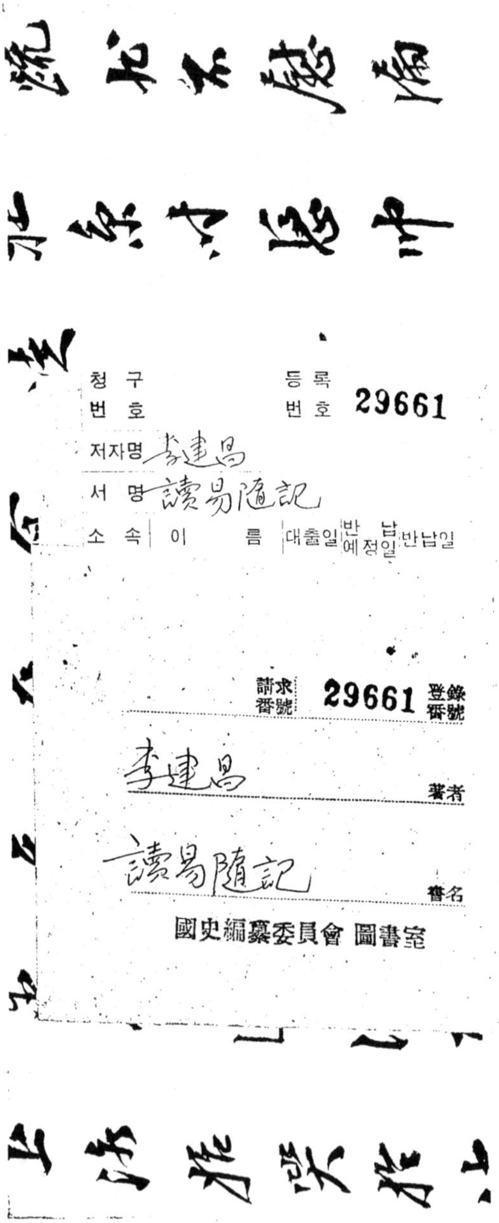

청 구
번 호
등 록
번 호 29661
저자명 李建昌
서 명 讀易隨記
소 속 이 름 대출일 반납예정일 반납일
請求番號
29661 登錄番號
李建昌
著者
讀易隨記
書名
國史編纂委員會 圖書室

黨議通略 上

自序

先議政府君纂次國朝文獻百有餘卷悉皆手錄字細如豆大書則卷可三四倍今士大夫家巾箱之富鮮有若斯者世或謂所藏多秘傳軼事不以示外人然府君平生苦心勤力有述無作此書皆 列朝起居注所載教令章奏及先輩名公卿誌狀文牘惟是年經月緯引類比事以存其大全而已即令付諸寫官行之通邑大都無不可者第以遺澤所寓編帙浩穰不敢以煩耳目又自十數年來不肖遊宦四方不能挈挾以自隨每獲暇歸鄉一出之以曬蟫而已自頃守制家居之日爲久而重罹創毒目視

遂滅往往手卷而不能讀蓋府君錄此書時春秋五十內
外或至耆年未已而不肖今尚未四十也復惟不肖幼時
受書府君懷膝間課讀之暇口授故事日若干條其於野
史尤詳不肖時方騃多不省而府君則言之津津如與無
不曉者道也及府君棄不肖而不肖稍稍有知尋繹前所
承聆茫乎不可記墜緒餘恨靡有窮已況於今日乎況過
此以往乎視篋暗記益惛無再少之理恐不能卒業於是
書以負府君辟咡之誨而當世又鮮先生長者多識前言
往行之人如諸弟及他朋友乃反有時叩質於不肖以爲
斷港之一筏庸是以愧以懼玆於府君所述諸篇中鈔取

其關繫之尤鉅者都爲二卷將以提其鈐領而塡其間架旣欲自便其閱覽而亦以應諸弟之問但以通叙首尾事情文氣稍令聯屬故於其間不得已處往往有臆見徵辭之附綴者要不敢著爲定本公諸同好焉耳若其先之以黨議者抑有說焉國朝黨弊爲歷代所未有卽自 穆陵乙亥至 元陵乙亥一百八十年之間公私文字之所紀載十之七八要非他事無論誰是誰非誰得誰失誰正誰邪誰忠誰逆大抵不出於黨耳他日修正史者必先撮畧黨議仿馬書班志別爲一部然後其他可整理而不紊猶宋史先標道而次別儒林文苑蓋事有時而變則史例亦

有時而不同此亦不肖前日所承聆而記其大意也嗚呼
唏矣

黨議通略目次

壬戌三告變之獄

己酉擬書

辛酉擬書

尼懷之釁

己巳換局

甲戌更化

丙申處分

丁酉獨對

景宗朝

英宗朝

黨議通略目次 終

黨議通畧上

完山 李建昌 鳳藻 著

宣祖朝 附光海朝

宣祖初領相李浚慶卒遺箚曰今人高談大言結爲朋比終必爲國家難拔之患時儒臣李珥以道學才猷領袖山林 上甚尊寵之浚慶意指珥等也珥疏卞曰朝廷淸明安有朋黨人之將死其言善浚慶之死其言惡三司請追奪浚慶官柳成龍獨不與曰大臣臨死進言有不當斥之可也罪之無已甚乎左相洪暹等皆言浚慶有功德不可罪乃止後數年浚慶之言驗初 明宗黜尹元衡用李樑

樑姊爲　仁順后母以　后叔沈義謙尚少故樑得頗恣
貪亂義謙旣壯且貴密奏樑罪竄之遂延攬前輩得賢聲
銓郞吳健欲引金孝元自代義謙沮之孝元清苦士爲後
輩所宗其少時嘗與元衡贅婿李肇敏善至攜卧具就之
義謙以公事造元衡見其狀至是斥言孝元乃元衡門客
金繼輝揮手止之曰愼勿出口此其少年事也後孝元竟
爲銓郞多引名士以自輔聲譽藉甚有薦義謙弟忠謙可
代銓郞者孝元曰天官豈外戚家物耶又短義謙曰是夫
戇不足用也時　仁順后已薨義謙無內援士類以虛名
排義謙并斥前輩之爲義謙地者人謂孝元修隙矣朴淳

乙亥黨論

爲右相大諫許曄因微事請推考淳自引去自是黨議遂分時主孝元者金宇顒柳成龍許曄李山海李潑鄭惟吉鄭芝衍號東人以孝元居京東乾川也主義謙者朴淳金繼輝鄭澈尹斗壽具思孟洪聖民辛應時號西人以義謙居京西貞陵坊也東人喜尚名節西人多老成持重其不肖者亦多附麗或出入兩間相攻擊是謂乙亥黨論左相盧守愼用李珥言白 上曰沈義謙金孝元互言囂囂恐士林不靖請兩出之 上曰兩人互言何事守愼曰言平生過失耳珥曰此兩人未必深相嫌怨但世俗浮薄親戚故舊各以傳聞相告語遂紛紜如此大臣欲鎭定之甚善

上乃授孝元慶興府使而義謙爲開城留守吏判鄭大
年等言慶興近胡非書生所宜乃移富寧富寧亦邊地東
人多訟孝元屈且咎守愼珥珥爲請於 上復移孝元於
內地又引李潑爲銓郎歲餘修撰金誠一因經筵盛言貪
黷恣行許曄繼劾尹斗壽受珍島郡守李銖賂米李潑並
論斗壽弟根壽從子晛隱慝語多無實金繼輝疏卞之潑
自詰臺執市人張世良謂爲斗壽受匿珍島米拷掠無完
膚終不服 上疑之命釋世良勿問承旨宋應漑等爭不
可 上罷應漑時潑等力主淸議慷慨日甚雖爲 上所
絀而士類趍附盖衆李珥屢移書李潑鄭澈間勉以同心

國事兩人皆不聽反謂珥含糊共不快之初東西始潰珥中立無所偏倚或譏珥天下安有兩是兩非珥曰武王夷齊兩是也春秋之戰兩非也及見潑等鍛鍊米獄而稍不直之意頗嚮西人知事白仁傑疏請保合東西李珥爲搆疏仁傑性疎坦漏其事正言宋應泂劾珥經幄臣不宜代人草疏金宇顒曰珥君子不可劾也吾輩豈可爲一應泂陷於小人哉乃請遞應泂應泂應漑弟也東人爲性傳有盛名其徒相推重以爲性傳得地萬物咸遂性傳嘗悅一妓及遭喪妓被髮出入李潑往吊見而駭之鄭仁弘起自山野爲掌令以風裁自持首劾性傳東人不知仁弘實聞

潑言而疑李珥使之也珥爲大憲仁弘請於珥曰聞沈義謙嘗居喪圖起復義不可与此人同朝願從公劾之珥曰事久傳聞不可信且義謙在今日所謂孤雛腐鼠盍舍諸仁弘欲棄官歸李潑說珥曰公知士類之有憾於公乎今公誠能絶一義謙則士類惟公是聽而東西復合矣且公惜義謙獨不惜仁弘之去乎珥意動乃與仁弘聯啓曰青陽君沈義謙貪權樂勢積失士類心請罷職旣草啓珥顧仁弘曰他日不可添增句語仁弘諾之翌日仁弘獨啓乃曰義謙援附士類以助聲勢 上問曰旣云失士類心又云援附士類援附者爲誰仁弘以尹斗壽根壽鄭澈對珥

謂仁弘曰澈介士非附義謙者且珥嘗薦澈今在言地聽子劾澈珥乃反覆人也仁弘難之復疏言澈非義謙黨臣前啓失實請遞臣珥又疏言澈與義謙情厚則有之而氣味逈然不同正言尹承勳駁珥曰凡人必志同氣合然後相親密旣曰情厚何謂逈然不同珥下言韓愈之於柳宗元司馬光之於王安石蘇軾之於章惇皆情如兄弟而心事若燕越又詆承勳無識趨附士類受其風旨 上黙承勳於外大憲李墍等疏言珥不宜反詆承勳輕侮臺閣請并罷之珥始劾義謙欲以慰東人及救澈斥承勳蓋取嫉於東人珥歎曰時人乃以我對承勳我豈至於是耶久之

有宗室慶安令瑤者對啟言時弊謂由柳成龍李潑金孝
元金應南專權誤國 上頗納之命革銓郎薦代之法故
例銓郎必以年少儒臣極選相推引爲激揚甄别之資沈
金之釁亦自此始至是遽革之東人皆惕息而成龍等不
安去時人皆謂瑤受李珥指云會北虜尼湯介犯邊 上
擢李珥爲兵判悉委戎務珥便宜征調或先舉後聞一日
被召入内兵曹眩卧不能進 上遣醫診視於是三司宋
應漑李潑許篈等劾珥專擅驕慢珥待罪 上慰勉甚摯
珥乞咨詢左右如謂臣罪可貫臣不敢不從政不然乞竄
殛臣以謝言者三司又言珥禦下蔽上領相朴淳護軍成

渾訟珥斥應溉等而渾請㪅其主論者左相金貴榮右相
鄭芝衍曰此事須平心處之朝廷惜李珥宜爲之保全令
名今摧折臺閣至欲鉤探言根他日雖權奸當國孰敢言
者 上責罷貴榮芝衍都承旨朴謹元跡請留二相而斥
珥及淳渾謹元應溉翕皆珥所嘗論劾至是詬辱珥益甚
初珥嘗不得於庶母棄家入山後悔歸爲大儒及登第上
跡自列其事應溉詆珥至言珥本緇髡化身還俗豢養權
門出沒山林自以爲特立當世超然於是非之外或稱義
謙之短或擧孝元之長以求至公之名下誣當世上欺
殿下始爲兩非之說終乃三變其論內售傾陷逞智自用

癸未三竄

以亂朝廷此賣國之奸也於是太學生柳拱辰四百七十人全羅儒生徐台壽黃海儒生柳帶春四百餘人及王子師傅河洛等相繼爲珥渾疏下 上褒嘉之乃 御筆親撰教文有曰憸人在位朝著不寧司寇失刑國是靡定尚寛肆市之誅薄施惟輕之典命竄謹元應泂篈是謂癸未三竄 上屢下教崇奬李珥成渾曰珥渾君子也不患有黨惟患黨之少予亦用朱熹之説願入珥渾之黨大諫金宇顒疏請調停畧曰李珥以儒學博識遭遇明時 殿下傾心倚任計行言聽惜其志大而才疏量淺而意偏蔽於所學滯於所見不能合一國之公以成天下之務徒欲任

一己之私違拂舉世之情章奏頻煩不免強辭設施輕踈
不厭人望士類之心始失所圖亦非一人之私論然珥之
本心豈有他哉珥之本心士類莫不諒之初未嘗遽有攻
擊之意不意三司論議漸至乖激彈章峻刻殊駭聽聞因
其失誤無情之事指以慢上擅權又因其辭氣不服加以
固寵要君揮斥公論之名至以誤國小人目之醜肆詆斥
此豈足以服人心哉蓋緣近日珥與士類頗不相協怪鬼
異論紛然雜出於其間如頃日慶安令瑤輒指柳成龍等
四人爲專擅成龍等俱以清名雅望取重山林實帷幄之
寶臣瑤言一出浸不自安疑珥益深而浮躁喜事之徒因

事并起始有攻擊之擧玆亦豈士類之本心哉亦緣成龍
旣去而臺閣無復有重望鎭物之人故恣意排擊至此也
若成渾蹤則以擧朝爲朋讒而不究士類之本心以珥爲
被人中傷而不原其失人心之所由山野之人未曉朝廷
曲折徒懷憤世之心其言雖失中亦豈可深咎哉竊願
殿下於珥則諒其本心而知其疎謬之病於三司則抑其
浮躁而察士類之情開誠曉喩坦懷無阻不洱不挫潛銷
鋒穎則庶乎其可矣 上不納李珥旣失東人心常邑邑
不樂曰苟有公眼人久久觀我所爲必能明我心及拜吏
判引咎乞致仕請宥朴謹元許篈皆不許然終不請宥宋

應漑又言癸未三司諸臣皆浮躁不可復用又引白惟咸

爲郞專用西人珥客宋翼弼多聚鄉儒日投疏發東人過

惡珥不能禁東人憾之益次骨未幾珥卒家有咀呪事或

謂東人所爲云初 上遇李珥甚隆及卒恩禮殊薄領相

盧守愼請宥三竄 上許之且曰應漑等言珥奸珥果奸

乎守愼曰珥喜佞己者也自此東人覘 上意改乃合謀

以李珥成渾朴淳鄭澈辛應時朴應男金繼輝尹斗壽根

壽朴漸李海壽洪聖民具鳳齡等悉名爲沈義謙黨三司

彈駁無虛日李潑疏言臣嘗以經濟許李珥道學推成渾

平日交道甚厚今公論重而私誼輕故舊可念而國不可

負 上頗信之公州教授趙憲生員李貴李珥成渾門人
也累疏訟師冤又歷詆盧守愼鄭惟吉柳坱李山海權克
禮金應南白惟讓盧稙宋言愼李好閔盧稷等不報憲疏
不已 上命焚其疏而竄之鄭汝立全州人聰明善議論
李珥奇之引爲修撰汝立每以珥比孔子及珥卒諂附李
潑凡所以害珥者必甘心焉嘗於經筵極詆珥 上曰汝
立今之邢恕也時東人滿朝以汝立爲第一流潑尤力薦
之 上終不用汝立乃棄官歸鄉召聚四方無賴托爲鄉
射禮陰謀不軌趙憲疏有汝立必反語時人皆笑之宋翼
弼生於下賤有才氣李珥成渾與之友世號爲西人謀主

至是以與人爭堰爲刑官所索窘甚思飜覆以自脫乃與成渾鄭澈門人賓客之在湖南者往來謀議盡得汝立反狀使鄉人告變汝立居湖南而變書初從黃海監司以聞者翼弼在白川故也時李山海鄭彥信爲相當國彥信與汝立同宗相善欲以亂言斬告變人大憲洪聖民執不可乃發使捕汝立汝立逃大索八道汝立自刺死載其尸至京師轘斬之鞫其子玉男彥信爲委官治獄踰月翼弼說鄭澈疏論鞫事踈緩白惟咸復言李潑等交結汝立彥信庇覆逆狀領相盧守愼爲 上言逆變起於搢紳宜從容而治之不可動於虛說 上責罷守愼及彥信起澈爲相

己丑鞫獄

惟咸爲獻納又以成渾爲吏叅命竄金宇顒鄭仁弘以與
汝立相厚也澈以汝立從子緝及湖南民宣弘福所告請
鞫鄭彦信洪宗祿鄭昌衍李潑白惟讓彦信弟彦智潑弟
洁惟昌衍得釋餘皆竄邊是謂己丑鞫獄臺諫白惟咸等
幷劾宋言愼等十數人或竄或罷湖南儒生丁岩壽疏列
李山海韓孝純柳成龍金應南李陽元黨比誤國請悉罷
之趙憲自謫歸與湖南儒生梁山璹迭疏如岩壽語　上
素嫉憲乃曰趙憲尚不知畏欲再踰摩天嶺耶特拜柳成
龍爲吏判稍叙東人以分西人之勢又　教曰宋翼弼以
命私奴日與趙憲謀跡事必窮治之翼弼匿諸西人家終

不說東人洪汝諄黜爲全羅監司畏罪覬賞与儒生梁千會千頃姜海丁岩壽等謀詗察汝立之黨首告羅州訓導鄭介清爲汝立相地鞫問無驗介清力學好古朴淳嘗薦于朝而官之後与李山海善西人以此嫉之介清著書有東漢節義之弊岩壽䟽言介清排節義遂以排節義爲罪杖流道死崔永慶晋州人嘗從曺植遊孝友有至性清苦絕世成渾甚重之謂人曰吾見崔君歸清風滿袖矣自是得徵至持平後附李山海鄭彦信身居林下遙聞朝論浸與成渾鄭澈有隙汝立獄起賊招皆云吉三峯爲上將朝廷大索吉三峯後有賊招云三峯居晋州乃私奴也又有

云三峯乃羅州士人也又有云三峯姓崔不姓吉其言年貌亦人人殊或謂年三十或謂六十或謂面瘦或謂肥且髯於是蜚語相傳曰三峯必晉州士人崔永慶年六十瘦而髯者也或說洪汝諄曰西人嫉永慶甚於介清誠得永慶以告則爲功大矣汝諄乃密移慶尚右兵使梁士瑩發吏捕永慶搜其家得所爲書多訊時事且以逆獄比士禍梁千頃疏言永慶實汝立宗主命鞫之永慶就鞫風采揚揚獄卒相顧驚歎時鄭澈主獄問事郎李恒福從容謂鄭澈曰自獄起踰年賊招多矣孰有言崔永慶者今以道聽之說陷處士萬一不幸公何以辭其責乎且聞外議公與

永慶有怨豈有是哉澈悟謝會成渾亦致書托澈救永慶澈白 上感言永慶行誼氣節不應爲逆乃得釋永慶出獄渾遣子文濬言之永慶不知渾之救已謂文濬曰吾見惡於汝翁故至此臺諫具宬趙洽等渾門人也聞永慶語而怒啓請再鞫永慶 上亦惡永慶命更訊與汝立通問狀永慶竟死於獄鄭彥信等皆以通汝立再鞫彥信之始逮其子慄跡下久不與汝立通成渾與鄭澈書言大臣不可殺故得末減後 上檢汝立文書中多彥信札怒其欺杖流道死慄慚恨自殺李潑素負重名鄭澈雖惡潑然屢爲 上言潑交汝立愛而不知惡而已天下豈有兩汝立

哉　上不聽飭令加訊澈請告柳成龍代爲委官時潑累
刑垂死成龍与潑俱東人然亦不相能且畏愼不敢救竟
加杖殺之潑母年七十子八歲及弟洁皆死于獄白惟讓
亦與三子俱死其從弟惟咸日赴臺彈擊揚揚自得人皆
嫉之叅奉尹起莘都事曹大中別坐柳夢井皆有時名以
非辜死時四方告變者相續治獄踰年東人株連以千計
鄭澈性剛亢好飮酒使氣放言自愉快盧守愼罷相待罪
澈使人問曰相公前薦引汝立今何如矣守愼答曰人見
自不同耳鄭介清供引朱子語澈厲聲曰汝何敢言朱子
朱子背師乎謂介清背朴淳也崔永慶之鞫澈望見而笑

曰以彼之貌偃臥竹林叢中嘲諷當世宜人之稱賢者也
又以手自畫其頸曰彼乃欲加此於我盖永慶嘗云鄭澈
可梟也然澈於彥信潑永慶之死皆力救之東人不知也
或傳鄭緝宣弘福臨刑呼曰陷我以多引東人何爲殺我
蓋澈客湖南諸士所爲而澈亦不知也成渾以道學爲儒
宗自李珥卒鄭澈等每有事輒書議以決之獄起渾居鄉
不來其於東人多所救解而卒不得東人反謂渾使澈盡
殺東人云初鄭仁弘劾禹性傳李潑主之柳成龍金誠一
李敬中李德馨皆右性傳汝立附潑求銓郎敬中沮之仁
弘指敬中爲媢嫉及汝立誅成龍白 上言敬中有先見

時敬中已死　上命贈官而仁弘以此被罪潑之死成龍
又不救故仁弘之黨遂與成龍爲仇故有南人北人之分
以性傳居南山潑居北岳也自逆獄以來時論悉歸左相
鄭澈而領相李山海右相柳成龍亦爲　上所任用成渾
與澈謀逐山海宋翼弼泄之山海懼思中傷之儲嗣未立
朝臣多屬望於光海君而　上方愛仁嬪所生信城君澈
欲請建儲約山海同對山海許之前一日山海密招仁嬪
弟金公諒謂曰今鄭相欲立光海而殺信城母子及汝矣
公諒大驚即入告仁嬪仁嬪泣訴於　上　上不信曰此
浮言也明日山海稱病不朝澈與成龍同對澈首言建儲

上大怒曰今予尚在卿欲何爲澈蒼黃出成龍不敢言而退於是東人朝士儒生迭疏攻澈專擅自恣殺崔永慶及他諸罪三司承山海指將合啓金睟與禹性傳善往議之性傳素嫉山海乃止睟勿預大憲洪汝諄疏劾性傳睟削其職於是南北之論愈激而東人之名遂絶汝諄嘗告崔永慶爲東人所不齒而特以附山海劾性傳故遂与山海爲北人之魁云大憲李元翼等連啓悉竄鄭澈尹斗壽等凡以西人名者皆逐之杖殺梁千頃贈崔永慶官以澈等罪榜示朝堂以柳成龍兼行吏判事悉用南北人踰年倭寇至　上西狩至開城百姓遮道乞召鄭澈諸臣皆咎

李山海誤國敗事黄愼草敎文有曰首倡幸蜀國忠之頭、
可斬謂山海贊去邠也　上命竄山海柳成龍請同罪亦
罷之召尹斗壽於謫中拜左相又召鄭澈赴平壤西人稍
進至義州尹根壽欲劾汝諄李元翼成渾曰元翼何可劾
兩司乃請竄汝諄及宋言愼李弘老任蒙正柳永吉弘老
又疏詆尹斗壽訟李山海相与紛紛不已　上御製詩示
羣臣曰諸臣今日後忍復各西東然諸臣終不悛也甲午
還京尹斗壽罷相柳成龍金應南鄭琢相繼入相時　廟
社虛莽庶事草刱而大憲金字顒等首論鄭澈之罪以爲
崔永慶寃死致兵禍之報三司鄭曄申欽訟澈斥字顒、

上罷曄等字顒雖与鄭仁弘汝立善而尤重柳成龍故卒
爲南人時天將胡澤來致中朝意令我奏請姑聽倭封貢
柳成龍欲許之與成渾入對渾極言國勢危迫須少緩兵
鋒以自圖 上盛怒切責之成龍喋不敢言而退於是三
司交章攻和議金字顒柳永慶主之然字顒專攻渾永慶
及李爾瞻北人也并嫉成龍揚言曰主和者乃成龍而令
使字顒專攻渾以自免成龍眞奸邪也由是字顒亦不能
恣攻渾初 上西狩路過坡州問成渾家何在李弘老在
側詭指所見江上村曰此是也 上曰何不來見予弘老
曰此時渠豈肯來耶時渾家居 車駕過後始聞欲赴之

兵已塞路遂避入山中適光海君分朝在伊川召渾渾乃往轉向寧邊謁 上弘老又譖之曰渾此來爲光海圖傳位耳 上怒甚然時方播越倚渾以爲重故强尊禮之及還京渾自海州復命 上乃責渾曰始予過鄕居而卿不見予予之得罪大矣未幾復以和議被譴渾惶愧歸鄕尋卒自以心事未暴遺令薄葬時鄭澈亦卒 上從臺諫言追削澈官自是西人多擯斥而南北迭相攻擊矣柳成龍雖乏骨鯁之節其才識爲中興功臣之冠李元翼李德馨皆有勞於再造成龍薦李舜臣終始力保而西人及北人以嫉成龍并疑舜臣詆謀無所不至舜臣被急徵其母以

憂卒金德齡亦爲西人所殺郭再祐幾危而僅免皆黨論
之所敺也西人自趙憲梁山璹高敬命之死以節義勝而
功業實遜於東人事具他書此惟以黨議見下亦仿此李
山海雖被逐而　上眷念終不已鄭琢希　上旨請宥山
海金宇顒劾琢免相北人謂柳成龍恐山海復用以偪己
故使宇顒逐琢也以此益惡成龍會遣使辨楊鎬之誣
上欲成龍行成龍以病辭　上薄之李爾瞻欲劾成龍李
憲國不從　上是爾瞻而罷憲國官南以恭金藎國欲以
李山海子慶全通清路銓郎鄭經世執不許以恭等疑經
世受成龍指且見　上意厭成龍乃劾成龍主和誤國遝

軍年利諸罪并論禹性傳等諸南人金宇顒救成龍李墍
并劾宇顒臺諫文弘道受洪汝諄鄭仁弘指蹤詆成龍擬
以杞檜金藎國亦北人然以弘道言爲過甚欲改其辭弘
道引避　上爲罷藎國李元翼疏言成龍淸忠汝諄讒誣
又劾任國老蔡謙吉鄭榮國等皆北人也李德馨本南人
以李山海婿故出入南北間至是見北黨漸盛還投南人
北人之自好者稍稍恥与汝諄等同事李墍爲吏判欲擬
汝諄大憲銓郞南以恭握筆不書金藎國疏劾汝諄樂禍
無厭汝諄嗾柳希緖劾以恭藎國及宋馹朴彛敍李德泂
慶暹李必榮等目爲浮薄或罷或出惟柳希奮以戚里得

免以恭蓋國等常居要地有時望重惜名器失志爭進者皆赴愬於山海汝諄於是主山海汝諄者爲大北主以恭蓋國者爲小北及小北被譴而山海汝諄又相與爭權山海黨謂之肉北汝諄黨謂之骨北李爾瞻踪劾洪汝諄

上兩黜之復參進西人未幾體察李貴自嶺南還論鄭仁弘居鄉不法事仁弘踪下曰臣與成渾鄭澈不相能又不快於柳成龍今其徒嫉臣如此因極詆渾搆殺崔永慶不赴國難主和議諸事并劾鄭經世居喪飮酒大憲黃愼踪下渾誣　上遞愼悉逐西人在朝者有好渾毒澈之教以柳永慶爲吏判鄭仁弘爲大憲李恒福平生無黨至是欲

沮永慶吏判故爲其黨所劾指爲鄭澈腹心以此免相仁
弘赴召首論崔永慶再鞫時臺諫具宬之罪竄之未幾柳
永慶爲相專政仁弘等多罷遞專用小北初光海君冊儲
二十年累遣使請封中朝以臨海君居長持之不許臨海
光海皆恭嬪朴氏出臨海狂暴多失德光海有監撫功
懿仁后嘗取而子之中外皆屬心無異辭及 懿仁后薨
禮官復欲遣使請封 上曰不請冊妃而請封何也遂冊
仁穆后後 后生永昌大君領相柳永慶援 世宗時
廣平臨瀛二大君例率百官陳賀左相許頊右相韓應寅
曰一大君生何必陳賀永慶乃止然人皆疑永慶迎 上

意爲大君地也　上有疾密教傳位于世子招諸相永慶曰今召時相他相不得與他相皆退永慶獨啓請收曰今日之　教出於羣情之外臣不敢承　命兵判朴承宗与永慶謀勒兵扈宮以備非常人心洶洶皆言永慶不欲立世子時李山海李爾瞻爲永慶所逐久不叙欲密托光海爲他日計与光海嬪兄柳希奮日夜聚議因人情之不平嗾臺諫宋錫慶以用藥不審請罪御醫許浚將以及永慶時永慶方爲藥院都提調也永慶令宋驥以他事迎擊錫慶　上罷錫慶官山海爾瞻計不售乃以李惺李憕往嶺南見鄭經世極言永慶謀危儲君狀勸其上疏經世謝曰

道不同不相爲謀又往說鄭仁弘仁弘慨然自鄕呈疏曰
柳永慶秘　聖旨而遂諸相所謂羣情者國人之不願歟
抑私黨之所不欲歟異時將自爲彌遠而濟王我東宮歟
上怒甚曰仁弘欲令世子速受傳位爲人臣者忍以退
舊君爲能事耶自此光海每問安　上輒責之曰未受册
命何以稱世子問安其勿更來光海伏地嘔血臺諫李效
元等劾仁弘動搖君父離間骨肉幷論山海幷慶全及爾
瞻等悉竄配之進士鄭蘊疏救仁弘不報時許頊成泳崔天
健洪湜成俊耇李效元李惟弘金大來宋應洵李德温宋
駿宋駬南復圭柳惺朴承宗柳永謹柳永詢李瀞李慶禥

朴而章黃暹黃昱黃謹中曹明勗成以文閔慶基朴顏賢申光立申橈皆右永慶謂之柳黨金藎國亦入柳黨南以恭金著國南以信朴彝叙任兖任章不附永慶謂之南黨柳希奮雖以光海故与大北計事然本小北尤与以恭善故亦稱南黨此皆於小北中又歧爲二者也 上昇遐光海即日即位以李山海爲院相釋仁弘爾瞻擢用之戮柳永慶金大來柳黨皆坐罪然小北尚不盡斥以柳希奮用事故也自是賊臣當國一擧而殺臨海再擧而殺晉陵三擧而殺永昌四擧而殺綾昌五擧而戮延興之尸而廢母之論成其前後主凶論者鄭仁弘李爾瞻許筠白大珩鄭

造尹訒李偉卿韓纘男朴鼎吉朴道弘蔡謙吉李尙恒李
覺韓希吉等皆大北也其被誘脅而不能自異者相臣韓
孝純以下不可悉記亦皆大北也柳希奮朴承宗李爾瞻
并封勳號爲三昌然希奮承宗稍立異承宗又有救護西
宮之功卒以身殉光海此二人小北也南以恭黨亦多不
入廢論李山海卒於光海之初其子慶全與爾瞻有郤改
爲小北後又爲南人云當時守正立節者如李元翼李德
馨鄭逑皆南人也如李恒福鄭弘翼金德誠吳允謙皆西
人也大北惟奇自獻以領相獻正議與李恒福同竄鄭蘊
初師仁弘及見仁弘不終乃自削弟子籍上疏極言鄭昌

衍李濱柳夢寅以右蘊自立人謂之中北云初術士南師古謂人曰國都東有駱峰西有鞍峴兩山相爭之象也必有東西人之爭駱者各馬東人必分裂各立鞍者革而安也西人必得革除之時而安云後其言悉驗

仁祖朝至　孝宗朝

仁祖反正彝倫再叙文武勳臣金瑬李貴申景禛具宏張維洪瑞鳳崔鳴吉沈命世等皆故李珥成渾門人及李恒福所嘗引薦者從錮廢中起協贊擧義大北自鄭仁弘李爾瞻以下悉誅死後無敢以大北名者國論遂歸西人西人積憾東人始欲并錮南北金尚憲主其說然當時舊德

凋喪惟李元翼獨存反正翼日自江上肩輿赴朝人心始
大定遂立爲首相以此南人得不廢小北不能自立多投
附西南矣諸臣首請成渾鄭澈復官賜祭李元翼因請己
丑罪人李潑等復官並許之於是京外儒生請以李珥成
渾從祀文廟嶺南儒生迭疏詆珥入山毁形有玷名教渾
遺君負國陰戕士類西人吳允謙趙翼等疏卞嶺儒之誣
上有二臣釁累人所共知之教自是從祀可否爲西南
攻鬪之大案朝士儒生投甀相爭無虛歲云奇自獻雖樹
立以本大北而其子俊格犯逆誅故遂不收敍李适之變
自獻及北人金元亮尹守謙李時言玄緝等名罣變書被

拿而 上將播遷金瑬請直斬諸囚而行以絕內應李貴爭曰殺一不辜王者不爲今無故而加濫刑可乎瑬堅請之貴曰自獻舊輔相立節昏朝今混被誅戮願諭之以倉卒不得已之意使死者自知非辜又請勿斬而縊之於是并殺元亮等四十九人於一夜間李元翼及朝始聞之愕然曰誅殺如此而首相不得聞吾耄矣將焉用哉嘆咤不已北人權縉以前判書竄嶺南勳臣具仁垕使監司閔聖徵直斬之事定以濫殺逮聖徵諸勳臣皆言聖徵心實爲國止削其官柳夢寅本中北不預廢論反正後逃西山不出後被逮自陳所著老寡婦詩按獄者以爲訖服而斬之

其甥洪瑞鳳方爲勳臣而不能救自是朴弘耇李仁居柳孝立鄭雲同權大進之獄相續反側不安數年未已盖以失志者半國而朝廷不能以恢平爲務故至此廟堂爲文通諭八道以奇自獻柳夢寅欲爲廢主復讎壽張凶圖爲諸賊之本又追著大北諸人之罪謂與光海鴆弑 宣廟其說尤無據仁城君珙多爲諸賊所引柳孝立獄後百官廷請置辟大諫鄭蘊疏曰今不問形迹之虛實一信賊招而已則逆獄將無虛歲仁城雖除豈無仁城 先王之子噫其盡矣殷鑑不遠近在廢朝使廢朝雖有昏亂之政但不殺同氣不廢 母后雖以 殿下之德不能有此位也

又極詆諸勳臣曰 殿下以此輩得國終以此輩亡國
上始不欲殺珙諸勳臣爭不止不得已從之時方議國
婚東人尹毅立女膺選勳臣李貴金自點等力沮之檢閱
睦性善正字柳碩應旨言事非斥廷臣誅仁城罷尹婚諸
事副提學鄭經世典翰李埈等與諸南人在朝者倡爲清
議至以李貴等戕害骨肉比之爾瞻西人憤怨謂南人欲
因此變換朝廷然鄭蘊鄭經世以節義經行聞其所執爲
朝野所共知故不能顯斥獨以性善碩卑少羣起攻之金
尚憲代經世爲副學疏詆性善碩欲以己黨爲戚里時乎
則結肺腑之援欲留諸賊所推戴之王子世亂則受酬言

之功聞者皆甚之右相申欽臺諫黄床西人也然右經世
等爲李貴所詬罵大諫李聖求南人也反攻性善請焚其
跡以此驟用至拜相時南人柄用者惟李聖求李光庭張
顯光金時讓等數人北人惟南以雄嘗爲吏判每注擬參
用西南北爲三望時號三色桃花不久被劾去趙絅以清
名爲時所重嘗以臺諫劾勳相洪瑞鳳貪侈金尚憲請下
絅於獄閔馨男疏言諫官被鞫國朝所未有事得已李烓
善文辭好議論與金尚憲有仇及尚憲赴瀋陽烓以附清
人告國陰事被極刑然事不明南人冤之當時朝議如
元宗追崇及講和斥和之議雖有異同不繫西南故并不

載反正初勳臣當國士類多附之而金尚憲獨持風裁於
是有勳西清西之目未幾又變爲老西少西勳西中金瑬
主老李貴主少老西申欽吳允謙金尚容務欲用西南而
三司朴炡羅萬甲李基祚姜碩期皆慕尚憲之風自名少
西南以恭与柳希奮植黨昏朝爲高官然終不預廢論世
以此多之李景稷本無黨与李爾瞻爲踈屬爾瞻將害徐
渻景稷与渻有通家誼爲往見爾瞻而解之不悅者譁言
景稷通爾瞻及廢論起景稷以不參庭請得罪至是允謙
擬以恭於大憲尚容擬景稷於大諫炡等爭之李貴白
上言允謙尚容與金瑬合欲引進負累之人瑬又斥炡等

狂愚自用 上疑烜等樹黨至欲鞠之尋命遞竄大提學
張維疏救三司出補羅州牧使朝議大閧完城君崔鳴吉
上疏兩解之畧曰自分黨以來當軸者以銓曹爲根本以
三司爲爪牙又推其中有重望者一人以爲監主凡通塞
人才是非朝政一決于監主之私室故三司論議如出一
口銓衡之地彈駁不到而監主之家鞍馬盈門堂堂公朝
遂爲黨私之窩窟反正之後彼此人才一時登庸皆因自
己聲望不階汲引之力故銓曹之權始輕臺閣論事無所
稟承雖異議間出固不害爲淸朝之美事今此數臣持論
過峻責人太苛流言飛聞機牙并發相隨而入於罟阱之

中是可惜也南以恭雖柳希奮朴承宗所親而与主張廢論者作爲仇敵竄謫累年閱事既久計慮優長誠可與共謀國事臣在銓曹亦欲擬用而不果因金瑬議始通清顯而少輩不容遂生風浪然臣今捨以恭而救少輩者非所見有變也良以諸臣攻以恭非欲全棄特不許清望而已使朝廷薄遞諸臣而仍用以恭可矣何必累加摧折使清議之士皆懷不平而重開以恭之路乎李景稷嘗往見爾瞻邀入書室爲朴自興所見造謗傳播及庭請不參幾陷不測人始知景稷之本情而餘毀紛然至今未已景稷是臣儕輩也少有才名交游士類居家事親有可觀之行但

負才使氣此其病處耳書室私語叅證未明庭請立異事
跡有據不以難明之過揜其有據之善此前輩之論是也
雖無酬酢於廢論而足及權奸之門菑田納屨終未免嫌
此後輩之言亦出於公正不可據以爲罪也末俗浮薄喜
造名目罥罥之說非今斯今反正之初亦有清西勳西尹
西申西之目傳之者甚多而終於無事者以朝廷未嘗分
別而無心以處之故耳大要前輩年紀旣高閱歷已多故
其論常主於寬恕後輩血氣方强名節自勵故其說常主
於清峻寬恕者或流於情勝清峻者或失於過刻二者所
尚之相反其勢然也臣少時一隊士友如黃愼鄭曄吳允

譓諸人以儒學行誼爲前輩所重金瑬洪瑞鳳金尚憲諸人以清名華聞爲後輩所推而論事之際緩急不同譏評前輩之言蓋亦多矣而前輩處之怡然終不介意此全交之道也歲月浸尋人事漸變昔之後輩反爲今日之前輩而又將前日清峻之論議與一隊年少而自居於受人譏評之地互換之道正好一笑今前輩寬恕之道獨及於若干人之不能無瑕點者而不及於一時持清議之士是何異於惡舟之傾而移左以就右乎尹西申西尹昉申欽二家子弟之稱也未久皆復合至　上末年又有原黨洛黨山黨漢黨之目原黨主原平府院君元斗杓洛黨主上洛

府院君金自點皆勳臣也山黨主金集而宋浚吉宋時烈等輔之皆連山懷德山林中人故謂之山黨漢黨主金堉及申冕皆居漢上故謂之漢黨初金尚憲倡義斥和下城後遁歸山中後爲清人所索拘縶燕館不屈經歲歸拜爲相薦金長生及其子集有王佐才長生造朝尋卒集服除起爲贊善輔世子時金堉以經濟進用建請革貢賦爲大同法集不可會吏判缺朝野望集枋政而 上以林墰爲吏判集棄官去三司館學交章請留又請令墰避賢路墰辭免 上召集從子益熙追集諭意集乃還爲吏判悉引賢士布列朝廷二宋爲首而尹宣擧李惟泰次第徵召南

人權認許穆尹鑴等亦預其選士類顒顒望風矣世傳反
正初勳臣會盟有密約二事曰無失國婚曰崇用山林所
以固形勢而收名實也方宋時烈等有盛名勳臣金自點
元斗杓李厚源爭相薦引許爲主人及昭顯嬪姜氏賜死
自點實釀其禍事見他書士論以此擯自點而歸斗杓厚
源自點憾甚申冕方居顯路与金益熙爭權益熙挾山人
重劾冕黨自點趙絅爲大憲与諸南人謀欲并傾諸黨事
未發而宋浚吉以執義筵啓請竄李時萬李以存申冕李
之恒李海昌嚴鼎耉黃㦿以黨自點也又請罷李行進李
時楷以黨斗杓也俱以士類附勳宰爲辭而人之多寡罰

之輕重異焉 孝宗卽位銳意討復悉以國政聽浚吉時烈而黜自點自點乃使譯官李馨長譖於淸人曰新 王退舊臣進用山林之人待以不次其意將以有爲於是淸遣六使査問事機不測領相李景奭以身自當与禮判趙絅就囚于灣上淸人尋意解乃已自點初命竄未幾謀逆事覺與子鉽并誅鉽臨死供自點遣馨長囑淸人縛宋時烈等以去其謀出自申冕冕被栲不服死後鞫馨長馨長至死猶言申冕無罪云或傳宋時烈等將赴朝以冕世貴有盛名使人致意冕曰諸山人果出耶曰然冕曰出將何爲曰復讎雪恥伸姜嬪寃此二事今日所先也冕曰爲我

謝山人君輩如鳳聞其聲人自慕之時出而羽儀亦無不可但下與鷄鶩刺促未有不爲婦人孺子所笑也語傳山黨大慍晃卒以此死云有閔愼者其祖死其父廢疾時烈引宋光寧事令愼代父承重金堉使臺諫劾愼廢父以侵時烈及堉卒其子佐明以隧道塟時烈又使人疏論其僭曹漢英右堉閔鼎重維重右時烈相訟不決自是山漢之隙如水火 明聖后冊嬪金氏爲戚里佐明素有幹能世期繼父爲相而時烈揚言戚臣不可復用士類憚時烈多不與通問佐明子錫冑有文譽登第十年而無肯許清顯者憾時烈次骨或謂鄭太和曰山人與戚里之怨深矣庸

可復解乎太和曰世變無窮安知其不復合吾老矣公等尚或見之

顯宗朝

孝宗昇遐　慈懿大妃在東朝大明禮及國制母后爲長衆子皆服朞贊成宋時烈引喪服禮庶子雖承重不得三年當以古禮服朞謂　孝宗本　仁祖次嫡而非長子也進善尹鑴曰禮疏第一子死立第二子亦名長子　孝宗升儲嗣正合此文時烈曰禮疏四種不得三年其一曰體而不正謂雖以己出且傳重而非長嫡則不得爲正也領相鄭太和止時烈曰公勿復此言萬一奸人執此言以搆

禍於朝廷奈何鐫又引禮君喪內外宗皆斬以重君臣也
時烈折之曰子無臣母之義太和遂據國制定朞而時烈
鐫之說皆不行　顯宗元年掌令許穆疏言體而不正謂
妾子也　孝宗乃大妃之嫡子何謂不正時烈歸鄉李惟
泰在朝主四種之議甚力或謂惟泰今但言服朞自是國
制非以古禮則彼說息矣惟泰不從時烈又獻議曰今以
禮疏所云長子死第二子立亦名長子之文以爲當斬之
證臣未知所謂長子死者死於何時耶無乃長子死於幼
時而父不服之謂耶使長子成人而死父既服斬而又立
次嫡其死又謂長子而又服斬則豈禮所謂不貳斬之義

耶庶雖妾子之號而嫡出之第二子同名庶子庶非賤稱乃衆子之謂也　孝廟固不害爲　仁廟之庶子也昔文王舍伯邑考而立武王而周公制禮則必眷眷於長少之辨今如穆所云則檀弓之免子游之衰果不足恤耶文曰使　世宗八王子相繼立爲儲嗣則將八斬耶宋浚吉議與時烈略同尹鑴与李惟泰書曰禮爲長子斬者謂其承祖禰之序也詎庶之家然也受祖宗社稷之宗爲天下神人之主則其爲長也大矣其爲宗也尊矣故奪嫡奪宗事絕常倫王朝之禮有時与士庶不同也太王之宗移於王季不得歸於太伯漢室之宗移於茂陵不得歸於臨江宗

之所在卽服之所隆也服之所降卽宗之所替也今執長庶之說而昧大統之重以委巷之禮而論王朝之典是不亦貳其宗而夷其尊乎時烈又辨之曰長子主宗經也次子奪宗權也不曰立而曰奪聖人經權之義嚴矣服與統自是二事服之降明嫡之義也統之移尊君之道也初尹善道在光海時討李爾瞻被竄然實受柳希奮指也以此反正後不得顯用嘗爲孝宗潛邸時師傅及卽位希得高位爲宋時烈等所沮積成怨嫉至是乃疏曰時烈以宗統歸於主廟社之君以嫡統歸於己死之長子宗統嫡統寧可二乎夫承父詔受天命猶不得謂之正統則是假世子

乎攝皇帝乎古公雖立季歷而古公之統猶在太伯之後乎若是則國人之志靡定而季歷之子孫何可保也議制之初世多右鑴說尹宣舉父子始亦以三年爲是然宋時烈方居賓師西人尊慕之不敢貳及鑴書行而善道疏發始知南人欲假此而殺時烈逐西人也於是西人并起右時烈攻善道副學兪棨首請焚其疏三司館學請鞫請刑右尹權諰疏言善道詆讒雖可惡亦敢言之士也且 先朝舊師傅不可輕殺三司移攻諰諰辭歸竄善道於三水黜許穆補外郡趙嗣基疏救善道等以貶君短喪目時烈被竄嶺南儒生柳世哲等千餘人疏進喪服攷證且言

列聖朝相傳之嫡統終歸暗昧不明之地命施儒罰 下
教示中外己亥服制實遵五禮儀非用古禮如復籍托傾
陷者當用重刑自此以禮訟爲厲禁者十年判府事趙絅
老成有重望修撰洪宇遠號爲清名士至是皆以救善道
被錮不敘南人益怏怏矣及 仁宣后薨復議 慈懿大
妃服制禮判趙珩等始以朞年啟定時宋時烈在外金壽
興壽恒兄弟爲相當國朝議以爲 大妃喪制不可與
先王同乃改請服大功嶺南儒生都愼徽疏言以 殿下
爲衆庶婦所誕生則是衆庶孫也 上召壽興等問曰己
亥服制實用國制五儀禮今日大功之議與己亥同乎異

乎壽興等不敢明言連四問四啟乃曰己亥衆論紛紜終
以國制爲定而中外之人皆以爲不行三年出於古禮四
種之說今請大功亦以衆子婦服之之意也 上大怒曰
己亥服制予以爲用國制而中外以爲用古禮是國家所
用爲輕諸臣所用爲重也鄉等皆蒙 先王厚恩敢主體
而不正之說薄於君而厚於何人乎乃竄壽興珩及臺諫
南二星等并削諸臺以救壽興故也初金錫胄素怨宋時
烈乃与南人許積等深相結納宗室楨柟等皆 仁祖王
孫也出入無時 上所愛厚其外家爲南人吳氏故又與
積等連密諸南人謀以宗戚爲內援而逐西人換朝廷以

宋時烈爲西人領袖而所論禮制久爲人情所不厭乃乘
時而發楨錫胄之力爲多壽興得罪積爲相而南人稍得
進錫胄一歲中超遷至兵判

肅宗朝

是歲　顯宗昇遐　肅宗卽位命領府事宋時烈撰進誌
文晉州儒生郭世楗疏曰己亥議制庶子之說實倡於時
烈　大行大王克正十九年顚倒之國是卞別嫡庶推究
誤禮者之首從不幸　晏駕壽興竄配而時烈獨漏憲章
時烈者　孝廟之罪人　先王之罪人豈可使兩朝罪人
濫握彤管以涵德美乎且嫡統之正　先王實錄中第一

盛烈也爲時烈者將欲紀實乎則自首負犯將欲掩美乎則　聖德湮沒時烈之握此筆難矣大憲閔著重持平李秀彦等請鞠問不許館學疏斥　答曰世楗忠言何爲凶疏無乃以予爲幼主而探試淺深乎畿儒李必益請罪世楗招致時烈　命竄必益以許穆爲大憲尹鑴爲掌令悉敍議禮廢錮人命吏叅金錫胄撰進誌文又以大提學李端夏所撰行狀服制釐正一段語意熹微且不擧己亥議禮者之名命端夏改入端夏時烈門人也疏言　兩朝賓師不忍指名　上迫之再三端夏乃改曰宋時烈所引禮云云　上覽曰予年少不能文又不知禮然必言時烈誤

禮然後　先王處分之意爲明白所引禮之所字以誤字
改之時　上春秋十四擧朝無不震慴端夏退出疏言迫
於　嚴敎書誤字　上以知師而不知君責罷之於是南
人布列三司李沃睦昌明南天漢李宇鼎等迭起攻時烈
持平權惰獨言己亥時烈之黨以禮爲禁凡主三年之說
者目以嫁禍盡竄錮之今又以三年之歸正而深治朞功
之說則不幾近於尋前車之轍乎大諫李之翼亦言典禮
非黨論也而今以黨論論典禮使時烈不黨西而黨南則
今日兩司必無罪時烈者矣時烈固非德備之君子然以
儒爲名以禮得罪亦足以羞愧其心罷職不可已而加律

恐非所宜也臺諫爭請加律并請宋浚吉追奪領相許積
罰言宋時烈厚蒙　孝宗不世之遇貶降二字實時烈之
至冤以此爲罪無以服時烈之心矣人臣貶降君父其罪
至大今日言者雖無深意安知異日傾危之輩不持以爲
慘刻之言哉尋命時烈遠竄左相鄭致和兵判李尚眞大
司成南九萬校理尹趾善等相繼疏救執義尹拯及京外
儒疏爲師申卞者并不報尚眞疏略曰昔我　孝廟欲泄
山河之耻求忠義之士若宋時烈其人也際會感應之妙
不翅雲龍風虎相許相期之意可以貫金石而泣鬼神今
以不測無狀之罪加之時烈垂諸簡冊傳之後世必有竊

議　孝廟知人之明而　孝廟之大志大業亦恐由此而
疑其無實臣竊惜之　孝廟嘗以貂裘賜時烈辭以不稱
孝廟教曰卿未曉予意耶早晚遼薊風雪將與同仇之
資也當日君臣之間有如此者雖遭中途之慟未及用此
裘於遼野而宣意今日風雪用之於過嶺之行歟初福昌
君楨福善君柟福平君梗常在禁中潛奸宮女陰結朝紳
睥睨非望清風府院君金佑明與其從子錫冑亦素与相
善錫冑雖憾宋時烈設計傾之而自以本西人故終不与
諸南協力惡吳挺緯兄弟倚諸福之爲甥中外張甚思有
以去之會有京城大俠許堅者其父某　仁祖潛邸時故

人也往訛佑明曰公外西人而内南人也我外南人而内
西人也請与公爲黨論可乎今 上 仁祖之孫也我之
世交也我見世交之家朝夕有危而不忍不言公爲肺腑
獨無意乎佑明亦念 上幼弱多疾無親兄弟強宗近昵
恐致不測乃疏發諸福奸狀以紅袖有子證之 命下楨
柟及内人常葉貴禮于獄吳挺緯請撥于許穆尹鐫入請
上召佑明問楨柟事何從得之將以迫辱 上素愛楨
柟乃 教曰信聽人言幾殺至親不勝痛泣因命并釋楨
等佑明聞事中變不敢詣闕待命于禁府許積權大運等
請對夜深張燭積等甫入閤聞哭聲 明聖大妃御閤内

哭且敎曰紅袖之變 先王及予所親見聞者 主上幼冲不知予恐宮闈之不嚴告于父親有此疏 主上不以予言爲是卿等又謂此事曖昧乎積惶恐請還鞫楨等尋因 上命并竄楨柟及宮女數月并宥還自此南人皆怨

大妃尹鑴延奏請 上管束 慈聖趙嗣基於公會大言曰復見 文定王后叅判洪宇遠疏曰家人之象女正位乎內男正位乎外婦人不預外事無專制之義 慈聖未嘗垂簾而猝御殿堂親自隔壁有此過舉不能諫止子之過也諫或欠於巽順至於傷恩亦子之過也願深惟幹蠱不可負之義以成 慈聖不貳過之懿德焉幼學朴瀗

跡曰宋時烈當先主即位之初目見國勢危孤陰爲後日之計乃引檀弓子游之説外眩耳目内有所附及至末年典禮大定時烈意以　先主之照其肺肝必由於數三公子故倡爲陰險之言欲售網打之計及時烈竄逐其黨百計窺覘内以驚動　慈聖之心外以疑惑　殿下之聽以至於此也於是　大妃下諺教于朝廷有欲死語許積跡請先招致憲于政院試製文驗其自爲与否政院試以趙括母上書憲所製有云括母之上書請勿使括也今臣之上跡請討時烈也皆所以爲國也括母之書不用於其時而已今臣之跡不徒不用將欲置之重律何聖代擧措之

如是也命鞫問尋竄之承旨趙嗣基救瀗曰 慈聖有不安之心至下惻怛之教反覆思惟未得其故此 殿下之過耶朝臣之過耶臣請先伏誅以明 殿下之無過頒殿下負罪引慝以安 慈聖之心若瀗者腐雛也雖置重辟何足以贖其罪然瀗跡一 上舉朝欲殺之蓋其跡指意陰僻巧中一時之忌諱也至於語及 慈聖亦與誹謗者有間臣恐重治瀗則適足以歸怨於 慈聖矣 上有人子不忍聞之教命削嗣基官判府事金壽恒疏畧曰今之罪宋時烈者輒曰執國命作威福假令時烈誠有擅國之罪終始委任非 孝宗与先王乎以 孝廟之聖 先王

之明受制於下任其擅弄而莫之正乎前後進言者率多悖倫逆理至有勸 殿下以照管 慈殿以子而照管父母豈其理哉家人之彖指男女內外之謂非母與子之謂也豈可引用哉朴瀗之言大不敬也趙嗣基之徒營護如不及彼其獨不爲 慈聖地乎 上大怒答曰卿將欲離間我母子仰天推心生不如死三司合啓竄壽恒初 上答許積跡有曰時烈之極罪覆載所不容以正國法以雪
孝廟受辱之恥此乃孤日夜切齒之望也自是南人知
上意欲殺時烈迭請加律然以時烈 兩朝賓師難於遽殺乃先發告 廟之說始嗾儒生黃錩薛居一等疏言

誤禮旣正宜上告　祖宗之靈盖臣下之罪非大逆不以告旣告則時烈不得不死也許穆尹鑴主其說而許積以爲時烈之罪不至於死金錫胄又不欲殺時烈以重南人之權故錫等疏留中不下會湖儒柳彌明疏訟時烈借製於人其人欲欺彌明立功於時人疏辭引宗統嫡統語多謬妄彌明實不知其云何也以此鞠彌明竄之告　廟之議益激大諫李元禎白　上曰告廟非欲加罪時烈也有事則告禮也尹元衡之罪雖上告而不加律矣　上然之時時烈自德源移配長鬐者又以臺啓圍籬安置禮制釐正已過四年矣元禎先以此試　上意而退與臺諫鄭之虎

將發啓正言李后定以爲不可知事金壽弘前以議禮与許穆等同被錮者也至是盛言 孝廟之於時烈待之如太公武侯今不可殺判府事鄭知和踈曰尹元衡死於明宗末年 宣廟初以削勳告 廟元禎乃謂雖告 廟不加罪何其誣罔之甚乎曷嘗有人臣之罪至於上告太廟而其人不死者乎 上乃悟見欺引見大臣三司責之右相許穆抗言時烈壞禮亂統不可不告設令告 廟之後有加律之舉豈可憲是而不告今所重在 太廟乎在時烈乎元禎遂發啓館儒尹櫶等七百餘人踈訟時烈金錫胄遣人沮之不得又爲代稿使呈之亦不許又使金

萬基子鎭龜鎭圭中路刼諸儒欲奪其跡諸儒拳毆之跡入櫶竄鼠極邊時諸儒爲時烈下者無不竄而獨尹憲卿者無罪憲卿用錫胄文故也會有慶科西人儒生以跡事被停擧者數百人 上命悉解之而諸儒猶不欲赴尹鑴使臺諫姑停告 廟之啟諸儒乃悉赴時許穆尹鑴之黨議論日益刻深儒生李碩徵跡言時烈之徒以僞朝閏位待先王呂聖齊寫玉冊篆文王字缺一畫有不臣之心許穆權大運亦言之因金錫胄救解得已會試試官李正英朴泰輔以美疢惡石爲賦題擧子不肯製請改之閔熙告上曰此題之意与檀弓免子游裒同皆譏捨長而立庶

也穆又劉論之正英与泰輔俱被竄 顯宗祔廟議以鄭
太和配享旣定矣而太和子載嵩爲大諫立異於告 廟
之論耳言亡父引國制獻服朞之議朞則一也臣不敢預
於此議於是許穆請寢太和陞祔臺諫繼發遂命勿祔掌
樂正趙嘉錫疏言穆初議以太和爲可配今忽言不合老
耄甚矣載嵩疏前太和可配載嵩疏後太和不可配可謂
公是非乎今削載嵩竄嘉錫尋以配享不可無相臣復祔
太和云生員宋尚敏疏進冊子備陳禮訟始末其中有云
孝廟非長子服以長子則不誠 上激怒杖殺之并殺
寫疏者朴世徵於是兩司復請時烈加律 命巨濟荐棘

兼判金錫胄等築墩于江都調集僧軍水使李萹領其役有投
書者畧云黨禍之至於此極者由宗統之失其序也昭顯
世子之孫林昌君眞重人也諸公若立此君豈不快哉又
言領府事鄭知和前判書洪處亮金宇亨李正英前參判
李翊相申最尹深可使爲政以副羣望錫胄以書聞尹鑴
請環衛宮城以備非常又請諸公卿之家并給自衛無使
有武元衡之事會得可疑人李有湞鞫之有湞承服就誅
鑴不服死林昌君焜与其弟煜并置濟州又有掛書於京
城者言西人叛狀尹鑴客李煥所爲也煥就鞫將服鑴上
密劄救之時鑴專務恐動　上心密劄累上至謂光海不

誅李興立以致大禍不可不亟念宜易置將兵者俾無後悔意指金錫胄也有湞既誅權大運等皆言邦禮釐正宜告不告故有凶書許積亦以爲然三司迭請乃許大提學金錫胄撰教文惟言有湞事而不及禮論會錫胄往江華李夏鎮權瑎等添其句語有曰祗緣大憝之罔悛以致邪說之益熾夷倫斁紀終爲無父無君之歸履霜堅氷嗟非一朝一夕之故又曰德禮爲施仁之本有時并行春秋有討賊之文所貴一統錫胄歸跡卞非己語云權瑎撰告廟文則學自己亥奸臣亂統馴致亂賊乃其羽翼既告廟兩司請宋時烈按律五十七啟大臣率鄉宰連請不許

初許穆尹鐫俱爲許積所薦引及穆以不次用与積并相
鐫亦至吏判權勢相埒其黨自好者多附穆鐫爲名正言
李壽慶於筵中斥積被遞掌令金海一等復請罷許之正
言李瑞雨救壽慶副學李堂揆等并請罷瑞雨指爲植黨
穆白 上曰壽慶瑞雨所善者惟臣而已臣豈黨壽慶而
負 殿下哉 上爲敘壽慶以安穆鐫欲以海一補外吏
郎柳命賢爭之鐫請推命賢目以猥濫穆乞暇歸鄉諸承
旨聯疏請留而洪處大李夏鎭鄭晳獨不預鐫亦留疏出
城鐫爲吏判有擬官 上或靳點則鐫質問於 上修撰
柳命堅當面斥之鐫反詈命堅 上積不安乃許鐫歸鐫

黨議通略　肅宗朝　三十七

上萬言疏歷詆許積權大運　上特諭積慰安之以鑴爲狙擊承旨鄭樸請改諭語不許許穆與書吏判洪宇遠使用李沃沃以淮陽府使擬副學吏議柳命天疏言沃嘗抵宋時烈書卑諂不忍正視及國是既定沃反論時烈今擬副學未知其可也沃弟浡疏詆命天及其弟命賢貪淫鄙瑣命天又疏發沃曾隨其父觀徵慶尚監營偸匿寧海灾田百結又奪武人李重信李暹馬又奪衿川民田諸奸狀持平李玄逸并劾沃命天忿懟捃摭如賈豎女子爭言皆不足信請并削之承旨兪夏益留守吳始復叅判閔黯皆上疏爲命天立證判義禁金錫胄議讞具言沃奸狀有據

命賢兄弟所坐多無實命沃淳并逵竄沃許穆黨也諸柳許積黨也自此南人分清濁之目權大運大載李鳳徵洪宇遠等并主許穆力言宋時烈之罪當告 廟加律自爲清峻之論閔熙兄弟吳挺昌兄弟叔姪并主許積爲寬緩之論時稱濁南挺昌兄挺緯別爲清南云尹鑴初與許穆同爲清南領袖後因行事貪縱爲穆所不與故前攻鑴者亦多附穆爲清南儒生具綸疏言今日朝廷有清南濁南之目互相擯斥与儒臣許穆尹鑴同其議者目之曰清與領相許積同其議者目之曰濁此三臣愛君憂國豈有偏黨之私哉但人心不一轉成傾軋耳正言趙根疏曰夫以

李沃之汚賤反覆吳挺緯之貪婪滅法趙嗣基之邪慝怪毒何以謂之清南也無乃濁南之濁尤有甚於清南之濁而得此名耶此正如鼎底釜底以黑相訾耳根西人也許穆跡咎金錫冑議讞失平錫冑跡言涇渭中盪餘波射人急流不退禍將滅頂涇渭謂清濁也左尹南九萬跡曰許積庶子校書正字堅之妻清風府院君之妾弟也府院君妾爲堅所毆折齒號哭而歸惡聲載路府院君之妾雖賤人乃 慈殿之庶母也堅乃敢毆打僇辱如是而無爲
殿下言者大司憲尹鑴所斫伐禁松數千株造家舍凡斫松消十株者罪至全家而宰相權門獨可盡山斫取而勿

問乎又言勢家子弟掠人妻妾亦指堅也　上驚甚令禁府捕廳覈之左相權大運等白鑴所搆舍不過十數間判尹金宇亨左尹申㝡查驗西道禁山松三百株皆入鑴家刑判李觀徵更查以爲非鑴所犯　下教慰鑴禁府查堅妻禮亨淫亂狀禮亨流配堅奪告身府院君妾折齒非堅所爲置不問捕廳查譯官徐孝男子婦李次玉被掠至社稷洞高門大家五日後還權大運謂次玉弱女徑斃可憲請移禁府以緩其獄會有宋尚敏及李有湞之獄鞫事方張不復問次玉矣宋時烈既移巨濟李元禎請并治黨与閔鼎重維重李䎘李翊李選并遠竄　上又以南九萬搆

誣陷人并竄之自是許積父子勢愈盛許穆乃上箚略曰

領議政許積旣任大責權位益盛締交戚里以爲形勢宦

侍貴近結爲密客伺 上動靜以爲迎合歡 上興作深

山險阻城壘萬杵以勤事惑 上意以專權力其庶孼子

堅所爲無狀國人所共知掌邦法者莫之禁因南九萬跡

事始發覺而專陰匿覆蓋之九萬竄堅卒無事人心益不

快 上得此人與共國望治難矣 上怒切責之使穆自

首所聞伺上動靜語穆待罪不爲聞命竄權大載李鳳徵

李沃權瑎削洪宇遠官皆以黨穆也積盡室歸忠州 上

一日三遣承旨以慰諭之未幾積還朝如故穆竟歸鄉先

是　上幼多疾楨柟与許堅交通嘗會于鄭元老家柟謂堅曰　上有不諱汝父肯立我我郎兵判汝矣遂歃血爲盟因謀逐西人以宋時烈爲名朴瀗所謂數三公子是也金錫胄与許積最善元老亦与錫胄密而錫胄內弟申範華宗華冕子也以仇時烈故多与南人遊而錫胄復使交諸福及金佑明起紅袖之獄而諸福并仇金氏然以錫胄嘗聞元老之謀故畏其先發諸南之爲諸福者終不敢顯攻錫胄錫胄以此權傾內外積等濁南皆附之錫胄機警善覘勢自清濁之分而知　上意人心益厭南人決意欲傾之與國舅光城府院君金萬基謀引萬基叔益勳爲御

將以自輔又致意于時烈約以釋憾同事數諭範華元老
探楨堅隱狀一日得堅手書有麗水辛女先除之語指
中宮姓金誕辛丑也遂以密聞　上乃遣武人李立身南
斗北朴斌等察柟堅錫冑多與立身等金銀令往交諸家
婢日夜留宿柟婢有痛指者立身等問之婢曰因造戰服
甚多執針傷指耳三人以告會許積祖潛延謚大激公卿
西人相驚謂堅伏甲將屠預宴者金錫冑辭不往萬基至
酒未行徑取他杯飲之曰吾偶饑耳及盃行卽堅辭曰吾
醉耳盖慮其鴆也忽有雞飛入盡碎其酒器積令殺雞自
語曰鷄者酉也其西人歟是日雨甚　上命出　御用帳

庚申換局

愼送積家以修宴左右曰積已取去矣　上大怒曰此韓明澮之所不敢爲也趣召大將柳赫然申汝哲於宴所萬基亦起積大驚趣駕隨之詣闕不得入而諸將已易置矣於是勒免領相許積以金壽恒代之奪訓將柳赫然符以金萬基代之盡逐南人而召西人是謂庚申換局居數日鄭元老上變柟堅謀叛狀悉露柟絞堅伏誅許積辭連就拿供曰臣若與知乎則何爲有丙辰密誅乎　上惻然免爲庶人盖積嘗奏言　上體多疾強宗布列起居飮食務從愼重云及禁府請究次玉事盡發堅奸淫狀　上怒積爲子掩覆命賜死積爲人英敏有相才身不犯惡逆以悖

子死世或悲之自宋時烈倡大義之說而尹鑴亦慕之及
得志請設體府鍊兵積儲名圖恢復許積爲體察使兼總
兩局軍務尋罷之歲餘復設鑴求爲副使而不得至發怨
言積廣置屯田於外邑使堅妾兄弟姜萬鐵萬松爲別將
任其事及堅獄起體府罷萬松等亦誅時言者以體府復
設爲謀逆之本窮治其黨南入門生故吏鮮有得免然體
府之復亦金錫冑所贊也尹鑴就逮兩司以鑴管束 慈
聖復設體府二事請誅之南九萬貽書朝中曰人主不可
手滑逆獄之外不宜復開刑殺之路李尚真亦言我朝未
嘗輕殺士大夫鑴雖當死貸之亦或一道及 上下鑴密

跡有易置將臣之語朝議憤嫉謂鏞幾魚肉西人矣遂不之救鏞竟賜死鏞臨死曰朝廷奈何殺儒者云初宋時烈主四種之禮李惟泰贊之及時烈得罪惟泰亦竄西人之言禮者并歸此兩人時烈欲擯惟泰聲言惟泰改禮說爲

孝宗非庶子將以求活於時人許積爲　上言聞惟泰悔罪改說請釋之惟泰跡言已見與時烈同未嘗易辭又爲書自下於時烈至是　上以惟泰時烈所見本同雖時烈非果以　孝宗爲庶子也乃命時烈量移清風復宋浚吉官時烈在棘中聞移欲不行曰吾實以　孝宗爲庶

上誤聞而移我然吾罪固自如也禁府郎押行者駁曰公

猶罪人也焉有罪人移配而不往者強之乃行未幾宥還
時命錄金錫胄鄭元老李立身等保社勳旣告　廟會盟
而有武人李元成者又告元老嘗与吳挺昌謀逆復鞫之
挺昌元老承服正刑元老將刑曰吾所同謀者申範華也
前告不盡發者亦聽範華也範華就逮禁府憚錫胄莫肯
覈者兩司請嚴訊錫胄乃䟽言臣實使範華潛察逆狀如
王守仁遣冀元亨覘宸濠事今朝議洶洶乃欲爲叛賊報
仇請錄範華功以明其冤　上可之又命御將金益勳校
理李師命有詗察功并錄之時原錄者六人追錄者五人
逆獄皆出鉤探無確證主其事者錫胄等數人而廷臣不

與聞人情疑惑追錄命下士類益不平之於是掌令沈濡首啓言諸臣雖有微勞旂常重典不宜輕施錫胄爲範華揚功掩罪非斥朝廷爲失言三司林泳宋光淵朴泰遜申琓及大憲呂聖齊相繼爭之左相閔鼎重右相李尚眞亦言不可 上不從迫頒相金壽恒策勳壽恒子昌協與其舅羅良佐論時事良佐曰詗察之政非聖世所宜有盍亟罷之昌協曰 仁廟初亦有是事良佐曰 仁廟反正雖應天順人其勢不能無疑故不得已行之今 聖明在上冲年爲羣小所欺今既覺悟處分得正何慮之有何不令反側者自安昌協曰尤齋意也良佐驚曰焉有儒者而爲

此不正之謀哉後必有大禍尤齋宋時烈號也李珥成渾

從祀之議自反正初始歷數 朝每西儒疏請則南人詆

詈不已至是西人當國命許從祀竄南人儒生趙信乾等

南人不敢復言時善類彙征臺閣尤盛廉直則趙持謙朴

泰輔文學則吳道一林泳言議則韓泰東力量則朴泰遜

恬雅則權斗紀皆年少名官也力主清議遇事敢言稍稍

排勳戚以自立少論之名始此閔鼎重維重兄弟俱有時

望 仁顯后既冊封維重方居兵判議者謂外戚不可握

政柄大憲李端夏請為維重別設一司袪其名而重其實

後端夏為吏判校理朴泰輔疏言端夏曾以大提學怵於

天威追改 先王行狀爲公議所斥又薦李字鼎睦昌明欲與通志共事人共嗤笑至頃日閔維重之仍掌本兵毀 累朝之大防啓外戚之干政端夏不思匡救乃爲別設一司之說求媚於上下今不可任以冢宰端夏引去泰輔亦罷自是士類與二閔不相能初 顯廟之喪清人賜祭二壇儐使吳始壽白 上曰通官張孝禮謂譯官朴廷薰云爾國 先王受制強臣不得自由故皇帝愍之而加禮也 上聞之驚憤欲遣使卞誣而未果時聞者皆謂始壽自造此言以擠宋時烈云至是 上遣使赴燕詰問孝禮孝禮曰無之乃鞫始壽与廷薰廷薰亦曰無之始壽則

曰聞於廷藎　上賜始壽死廷藎遠配掌令鄭載禧曰今
殺始壽而廷藎生則是朝廷不信大臣之言而信賤譯也
且我使出疆與彼交際必憑譯舌謄之以奏報後若有變
辭自脫如廷藎者皆將罪使臣乎司諫趙持謙曰方始壽
之始出此言廷藎無一辭自明今見始壽敗而專歸之始
壽始壽固當死廷藎之罪烏可輕乎鞫廷藎至死不服然
後殺始壽未晩太諫尹趾完曰始壽之罪固人情之所共
嫉但言根是異國之人證左乃象胥之輩不可以此輕殺
大臣無寧持貸其死沒齒荒裔不害爲屈法而全恩校理
朴泰輔議同正言金萬埰持平金鎭龜斥持謙泰輔庇護

始壽領相金壽恒請竄持謙等出趾完爲通信使始壽竟死自是士類与金壽恒又不協辛酉監試有人投空券列書南人十三大家狀若告變者考官密啓於 上 上付之金錫冑錫冑令武人金煥復察諸南人煥本西人而得官於南人者也煥辭不能錫冑欲斬之煥乃從錫冑曰許璽許瑛方在江上汝可往寓其隣与之博博勝曰取國亦如此璽等如應之則汝即許与同反煥曰彼無反意反以我爲反則奈何錫冑曰有吾在勿慮乃多与銀錢以資之煥如其言璽瑛果應又使煥察柳命堅命堅名士煥不能遽結先交其客金翊戴以情告之又察李德周皆未得其

狀時錫胄有事赴燕以煥托金益勳益勳欲自以爲功促煥甚急煥數問翊戴得命堅事未翊戴曰但見命堅嘗造弓爲可疑耳會有流言謂煥陽托詗察實謀不軌中外喧傳益勳召煥令急告變煥懼請得益勳御營軍二人夜至翊戴家擒而歸脅之曰汝從我告變不者必先殺汝翊戴曰命堅無反狀何忍誣之拒不從煥乃請益勳因翊戴先入告璽瑛璽瑛被逮卽服煥遂爲勳臣升坐中階恐翊戴反累己功故不復言翊戴事益勳俟之終日無聞業已因翊戴不可私縱之悶甚不知所出乃自詣鞫廳言之金壽恒方主獄斥之曰事不出告者口何可妄逮會其日錫胄

壬戌三告變

自燕還乃謂益勳曰往兒房密啓事下鞫廳則何爲也兒房者闕内將臣歇宿處也益勳曰吾不文柰何錫胄郎取簡紙背草啓與之益勳如其言　上以益勳啓下鞫廳鞫逮翊戴而訊之翊戴見煥坐中階心艶之乃告命堅命堅就鞫与翊戴面質卒無驗煥他所引李德周等亦多無實又有金重夏者告閔黯按之尤虛妄是謂壬戌三告變之獄於是命堅黯得免重夏翊戴遠配而德周殞於杖尋命斬翊戴益煥重夏皆錫胄益勳所嗾而翊戴無援故獨死云時士類爭言金益勳誘人爲逆其心甚於自爲逆趙持謙首論金重夏金翊戴不宜異同且爲人所誘而誣告人

者與誘人以誣告人者其間相去幾何翊戴死金煥獨有
功可乎又言金益勳貪侈家有六大門爲世所側目韓泰
東持益勳尤峻曰益勳嘗諂事許積積所愛馬益勳手自
距鐵今設有微勞是亦彭寵之子密耳豈可使司一國之
命執持謙又言譏察之失曰聖主御世如上天之臨下日
月以照之雨露以潤之風雨以振之雖有虹霓不正之氣
干於其間亦自消自滅而已爲今之計惟當明政刑敷德
澤肅紀綱以圖治化之隆譏察乃衰季之事不可爲也南
九萬亦請罷決諸囚曰所謂上變者惟當告人謀逆而已
凡若怨謗亂言者皆以急變上聞則國人將重足而立是

豈古聖人不罪誹謗之意哉自庚申以後廣開告密之門皆金錫胄所爲然　士類亦畏錫胄止請黜益勳　上勉從之數月復召益勳臺諫僉得一朴泰維疏爭之并論大臣不言庇護循私　上怒斥補得一泰維促令之官大臣三司力爭得寢益勳寵遇如故時閔鼎重爲相欲建行戶布諸事爲首相金壽恒所沮又自以戚里恐士類不與欲倚山林爲重乃白　上召宋時烈朴世采尹拯時烈方在驪江　上遣趙持謙招之持謙具以近事告時烈且言金益勳所爲無狀時烈曰誠如是則益勳死無足惜持謙歸語人曰大老所見亦与吾輩同矣及時烈造朝錫胄具言監

試變書及 上命本末訟益勳無罪時烈意惟難之 上
見時烈曰今朝議方持金益勳予將以大老之言決之以
爲何如時烈遜謝再三但曰金長生臣之師而益勳長生
之孫臣不能善導益勳使至於此臣之罪也時烈雅以大
義自命至是首請 孝宗定世室又請 太祖加謚曰
太祖開國三百年鞏固之業實基於威化回軍昭大義於
日星宜以昭義正倫爲謚又言 神懿 元敬二后位版
獨書 王太后宜去太字始時烈之至朝議謂時烈起廢
造朝必有昌言宏猷裨補 聖德顒顒望其風采及見無
他建白紛然以 宗廟典禮爲請而其意皆假借以自重

殊失人望朴世采素敬時烈至是同朝日夕執禮甚虔尹
拯承召至果川不進世采往問之拯夜與共宿從容曰西
南怨毒不可解三戚門戶不可杜今之時態異己者斥之
順己者與之此風亦不可不變公能之乎世采默然良久
曰皆不能拯曰三者不可爲則吾不可入遂逕歸蓋拯意
欲削勳籍踈罪案沮金萬基金錫胄閔鼎重而并規時烈
之失也世采心獨善之乃以謚議戒時烈曰 太祖回軍
實以化家爲國非專出於大義且帝王之謚當以王業爲
重回軍乃潛龍時事不應加謚時烈怒謂世采竊聽先君
又因事叱世采子泰殷謂今世之王雱時士類皆直世采

而不歸時烈時烈之門可以雀羅矣於是益勳子弟瞰其
隙日來泣訴求助時烈恚少輩之貳己乃上劄言臣不能
一言救益勳者誠以臺論方張不敢以臣之衰朽出氣力
以惹鬧端也又揚言曰益勳實爲國討賊旣享其功復求
其罪爲不可自是士類大譁以爲長者溺於偏私變其初
見遂有自立之意矣持平朴泰維方在鄉欲疏論謚議之
失而　上已允時烈之請將行追謚人皆挽泰維以爲無
益故疏不果上草稿已行於世臺諫李宏以泰維侵侮大
老欲彈之趙持謙韓泰東申琓執不可儒生趙匡漢等疏
詆泰維以爲少輩慝他日飜覆欲自貳於大老以免禍矣

道一與玧聯疏盛言泰維清直士不可罷時烈遂留疏歸
鄉故事儒賢告歸館儒輒上疏請留至是館儒皆直少輩
不肯留時烈金錫胄白　上請罷道一等　上始不從錫
胄強之自取官案於　上前請斥補道一蔚珍縣監　上
可之錫胄曰昔韓琦以空頭勑出任守忠處事貴剛決然
也又請補泰維高山察訪并罷持謙泰東玧錫胄出又令
臺諫攜疏請收還道一等凡錫胄所爲多不可測如此道
一等旣獲罪時稱五諫自大臣金壽恒閔鼎重以下至三
司交章請寢不納時雖素不悦少輩者莫不惜之其後壽
恒鼎重皆主錫胄議李尙眞疏曰被譴諸臣皆務持風采

清操可尚今一擧而盡逐之其如國事何朴世采疏斥錫胄擧枉措直錫胄疏曰今以持謙道一爲直則爲持謙道一所侵侮者可以謂之枉乎加大凌長敬老之風衰順非堅僞淫朋之跡彰山林之士徒以一時意趣牽係顧戀不識世情乃至見譏稱金認賊爲子其亦左矣於是館儒黃霨等復謂錫胄侵侮儒賢陳疏請罷 上命竄霨世采亦辭歸老少之論遂潰裂不復合主宋時烈金錫胄金益勳者爲老論主朴世采趙持謙韓泰東吳道一者爲少論少論之名始於爭追録成於貳謚議時前輩大臣中惟李尚眞力扶少論而尹趾完南九萬柳尚運年位稍過於五諫亦

主少論云初尹宣擧年十七以太學生上疏請斬虜使江都之亂仲父烇妻李氏及其友權順長金益兼皆死宣擧以父在故微服以免後与宋浚吉宋時烈共事金長生父子　孝廟初屢被徵召自以不能死於江都矢志自廢孝宗敦勉甚至終不出時烈嘗言汝望脚伸吉甫頭回天下事乃可爲吉甫宣擧字也汝望宣擧兄文擧字也文擧亦不仕故云時南人尹鑴博學有重名宣擧時烈皆与之遊時烈尤爲之傾倒然心實害其能鑴嘗著中庸說頗與朱子異同時烈斥鑴爲異端宣擧曰此其少時事也今不足追咎且異端必如陸九淵者可以當之鑴何能爲時烈

乃屈意益善遇之嘗爲吏判超遷鑴爲進善鑴与人訟墓
地時烈爲言於　上曰不可以訟者待賢士請勿案文書
而直凌之以歸鑴宣擧曰安有不問曲直而凌訟者乎貽
書時烈以非之及禮訟起鑴先唱卑主貳宗之說尹善道
繼上疏欲因鑴說以搆殺時烈時烈始以讒賊目鑴人莫
能難矣鑴以高節自負有召輒不起時烈嘗比之伯夷後
与許積交結稍稍爲奸利宣擧以書責之曰綽約處子忽
倚門而不知恥果有此心何獨德期於歸妹之初乎鑴怒
遂与之絶時烈嘗問宣擧曰今以鑴爲君子乎爲小人乎
宣擧曰小人也時烈乃喜自是以議禮爲厲禁錮鑴等一不

用宣舉卒時烈祭之曰兩儀昏濛一星孤明衆流奔趨砥
柱不傾慎老之沒典型有在一方之士以所事事慎老謂
全集號慎獨齋也其叙江都事則曰中經大難非欲苟全
且在觀志身不敢專其義守節不仕則曰荷衣蕙帶皭然
不滓又爲洪翼漢等作三學士傳贊曰潔身守志如尹公
宣舉事雖不同同歸一致其推隆如此鑴亦遣子祭宣舉
門人欲不受嗣子拯曰彼以舊誼來拒之已甚及出其文
有曰子謂我妄攖世禍我謂子不能自樹盖忿憾之辭也
拯亦悔之時烈聞拯之受鑴酹也大疑之復祭宣舉有云
惟是江說小有未契江者鑴居驪江謂宣舉終不絕鑴也

己酉擬書

拯嘗師事時烈時烈甚重之及鑴等得志時烈竄逐其門人弟子以禮訟得罪不可勝記拯亦嘗代湖儒草疏力救時烈然自宣擧文子歛退未嘗見嫉惡於人又多与南人連姻南人頗敬重之故獨不及於黨禍而時烈愈益疑之拯嘗請宣擧碣文於時烈并以宣擧嘗擬與時烈書示之宣擧在時每謂士林出處雖不同而禍福不可不共之時烈在朝有所失未嘗不告誡後見行事益不厭乃歷陳其病欲切責之會時烈因事去朝宣擧遂止至是拯以爲父師存亡義不容有隱乃示其書書中有云尹鑴許穆趙絅洪宇遠等不可終廢宜稍加甄錄是謂己酉擬書時烈見

之怒以爲宣擧果右鐫也時烈雅稱大儒世多以泰山喬岳目之及朴世采爲宣擧行狀稱引甚盛有喬嶽之喩時烈又不平之乃爲宣擧碣曰余於狀德之文茫然不知所以爲辭銘則曰允矣和叔極其揄揚我述不作示此銘章和叔世采字也拯書請改之曰閣下与先人交好幾年反借和叔後生之語以爲重何哉時烈答曰吾視和叔如喬嶽又與世采書曰喬嶽之說和叔用之吾亦借用之後又畧改數語報世采曰弱固不可以敵強奈何又以拯受鐫酹爲咎世采爲拯言其無他時烈又書曰昔草廬嘗言鐫於江都事不屑美村無乃其子病之欲彌縫然也復以淡

墨抹江都事字而使之見草廬李惟泰號也美村宣舉號
也拯以其語問惟泰惟泰曰烏有是哉尤公之攻人也以
他人之言假托以攻之使人与人相鬪而已則從傍兩病
之此尤公之勝筭也君亦爲尤公所欺矣尤公指時烈也
惟泰既与時烈俱以誤禮被竄而時烈造爲惟泰改禮求
免之說拯往候時烈棘籬中聞其言還又貽書問惟泰實
無所改初宣舉遣拯受朱書於時烈耳戒之曰尤庵突兀
處難及然病痛亦不少汝宜知之至是拯乃疑時烈病不
在於氣質而在於心術矣及時烈起廢入朝結連勳戚專
務報復士論睽貳人望大觖拯乃爲書以規時烈曰拯以

忝在門下之久竊覸於所存所發似未免於朱夫子所戒王伯并用義利雙行之說請姑以一二事明之門下道學一宗於晦翁事業專在於大義惟其主張太過故己不能虛心而受益自引太高故人不得獻疑而發難於是尚同者見親而替否被踈匡拂者有患而將順者無災此所以大名壓世而實德內疚者也蓋其自處偏於剛而不覺其過然自克勇者爲剛而今以責人猛爲剛理勝欲者爲剛而今以力服人爲剛則亦不得爲眞剛也是以見於酬酢之間者其於譏誚諷切抑揚予奪之語開口肆筆痛切深刻攻人勝人而後已一言之同異一事之差互分之又分

析之又析平生情義棄之如遺殆類申韓之少恩矣惟其
如是故游於門下者莫不以承望附會爲尊賢傾訐險薄
爲嫉惡高者慕其名下者貪其利相歆以勢相怵以威饋
問踰禮承奉過情人畏其威不懷其德宛然富貴之門庭
而無復儒者氣象其影如此其形可見矣至於文章言論
若無晦翁之言則殆無以信其說然或只得其名而未必
得其義或先立己意而引晦翁而重之甚者幾於挾天子
以令諸侯是以人皆外不能抗而内多不服卒生樹立倡
明春秋之義徒以言語取辦而無實以繼之是以内修外
攘安强復雪之圖了無卓然之成事而所可見者惟祿位

辛酉擬書

之隆重聲名之洋溢而已以所發於外者揆其所存茍爲氣質之不能變而學問之不以誠也一誠未立一己未克失得之效乃至於此春秋之大義晦翁之學術与夫薦紳章甫之所倚仰在門下之一身者終無其實可以有辭於天下後世則豈非痛傷萬萬者乎今若爲門下計者衛武九十而箴警曾子臨終而易簀誠能一朝奮發剗除鱗甲洗滌辛葷一誠所立百度俱貞表裏小大無往而不出乎天理于以紹前人之統酬初志之所期眞如戶樞之轉耳門下以爲何如書成示世采世采力止之所謂辛酉擬書也會時烈謂李翔曰木川人有以美村爲江都俘奴不合

享祀者何不覈之盖宜舉祀於鄉已累年而人所未聞也拯以書問時烈何人傳此語時烈曰聞之許璜許璜者不知何人也時烈門人居木川者問之則又答曰我爲造言之人拯盖疑憾寢其書未幾有南人權以鏈者時烈之外孫而拯之妻姪也与拯言時烈事勸拯諫之拯自言擬書未寄且誦王伯義利語以鏈歸語時烈時烈索其書於世采世采諱之時烈孫淳錫世采婿也竊得之以示時烈時烈大怒曰拯必殺我時烈又謂門人曰昔金益熙以尹宣擧爲忍人以其逼妻死也又與拯書曰金尚書之論先公不但曰忍人而已盖傷其同氣之死謂出於先公倡之也

拯報時烈曰金公一家殺身成仁義烈炳炳死者固無怨
悔生者豈有尤人金尚書苟怨先人則豈有登薦牘以欺
君哉又曰以不肖之故貽辱先人并与先妣明白之節而
湮滅之罪通幽明萬死難贖仁人君子寧不盡傷於心乎
時烈答曰金尚書之前後異觀愚所不敢知問諸水濱可
也豈亦謂非復吳下阿蒙耶益熙益兼兄也時益熙卒已
久此言亦時烈自造也自是拯痛父母之辱遂与時烈絕
當是時老少之論已裂一時士類方爲時烈所摧抑無所
於歸及拯與時烈絕爭推拯爲宗主拯自少有重名屢膺
徵召自以母先殉節父又守志引退不出人方以不用於

尼懷之釁

世惜之而遽値罔極之變遂引咎自廢世多哀悼而駭憤者時烈居懷德拯居尼城是謂尼懷之釁宋時烈使北道人崔愼上疏言尹拯倒戈背師陰肆譏議萬古天下寧有此人且擧江都俘奴之說朴世采爲拯疏下之時金壽恒閔鼎重爲相方附時烈主老論乃白　上請勿以儒賢待拯　上從之右相南九萬同對獨不發一言而退尼懷之事自此而遂達於朝廷矣尹拯貽史官書以下江都之說曰栗谷有入山之失先人無可死之義栗谷李珥號也館儒李震顔疏言拯誣引先賢　上以震顔發人私書令停擧金壽恒救解之宋時烈與人書曰尹宣擧於江都爲虜

所脅跪而得生又改名爲宣卜又曰今拯以權金二公爲無義死爲此言者眞胡種也又曰今日無我一人則朱子不得爲亞聖而凶鑴爲眞儒栗谷不得爲東方大賢權金二公皆爲傷勇之死而洪打豕爲天下義主宣卜之黨紛紜跳梁矣又以書答朴世采曰吾恃和叔爲世道計和叔乃不肯爲吾所恃而反欲爲彼所恃一時之名可喜奈天下後世公議何世采答曰一舉而辱人之兩親乖朋友平生之誼傷孝子罔極之情以至人心不服國論不協禍難之萌靡有紀極是亦終無害於世道者耶又與人書兩非之曰美村於江都事可謂狼狽而後來自靖旣明正尤丈

亦許以爲友今不宜追咎於身後矣若尹鑴背朱子之説
美丈但謂之過越其於服制之議又但謂之輕率恐皆未
盡於義尤丈之疑亦非異事然若斷之爲世道害至謂附
鑴背朱者又其論之太過者也若以狠愎而謂無可死反
乖美村自靖之義以未盡而謂皆合理欲抗尤丈先見之
明此則子仁之惑又甚矣愚謂美丈還他未盡尤丈還他
太過子仁還他甚惑然後得失可以畧定矣子仁拯字也
世采又貽書勸拯以全師生之誼拯亦答世采自陳其悔
然卒不得復合後宋時烈又自謂跡詆尹宣擧文子曰尹
鑴敢誣朱子一世風靡宣擧其尤者也春秋之法先治黨

與有王者作宣舉當先鑴伏法臣始旣忘身斥鑴今又舍
鑴斥宣舉拯所以痛刻而嫉臣者亦其眞心也宣舉門人
羅良佐等相率卞師誣朴泰輔製其疏以爲時烈之擢鑴
進善在鑴改註中庸之後其於宣舉則砥柱一星之誅潔
身守志之贊并在旣沒之後安有所謂忘身而斥之哉
上以良佐反詈大老命竄之副學崔錫鼎承旨吳道一三
司李墪李益壽僉集一等疏救良佐并削黜尼懷之爭益
激禧嬪張氏誕　景廟　上欲册儲嗣廢壺位恐西人不
從稍進南人宗室東平君杭結嬪兄希載有寵三司金萬
重李徵明閔鎭周韓聖佑等相繼以論宮禁事得罪吏判

朴世采袖箚極論闕失 上怒逐之領相南九萬与右相
呂聖齊請對匡救并竄極邊 上召大臣六卿三司敎曰
今將定元子號不從者納官退去吏判南龍翼首進曰臣
退則退矣而 中殿春秋方盛 此擧爲太早矣尹趾完崔
奎瑞柳尚運皆如龍翼言而南人睦昌明等依違而已幼
學柳緯漢請直封爲 世子又請釋諸南人竄錮者 上
惡其迎合竄之及宋時烈疏言建儲之早引宋哲宗事
上激怒曰時烈以士林領袖顯有不滿之意緯漢疏無怪
矣命時烈龍翼等削黜拜睦來善金德遠爲相悉召南人
兩司李沆等首請時烈竄棘許之 上方怒時烈乃敎曰

己巳換局

尹拯事舉世紛紜爲時烈言者皆曲不如爲拯者之直當時反其是非者由大臣也命竄金壽恒閔鼎重又命復以儒賢待拯又因諸儒疏命黜李珥成渾從祀曰自兩臣從祀而時烈戕人病國至於与尹拯爭而彝倫幾斁絕矣吏判沈梓等率諸臣訟庚申獄之冤大憲睦昌明等連啓請殺宋時烈等於是削保社勳復許積尹鑴官而惟柟堅不與焉宋時烈金壽恒金益勳李師命洪致祥等或賜死或正刑李立身南斗北朴斌皆杖斃是謂己巳換局惟金錫冑前死命奪官籍產錫冑在時自以多仇忌畏甚深房曲室一夜屢徙及卒又爲起塚至是竟爲人所發有一子懼

禍自殺時烈始竄路過金集墓以文祭之曰小子有此行拯乃騫騰以拯時擬政望也臨終又謂人曰此禍由拯何疑拯聞時烈卒猶爲之行素數日云壽恒温雅有賢名惟以其從孫女納爲貴人爲士論所不與且与時烈最善南人多怨之以此終不免　中殿閔氏遜于私第金貴人亦被黜以禧嬪升爲中宮前判書吳斗寅前叅判李世華前應教朴泰輔上疏極諫被鞫杖流斗寅泰輔道卒判府事李尚眞亦以諫竄邊卒事詳他書時老少合一以名義樹立而并被罪禍南人惟校理李启定有疏諫而其黨格之不以聞南人德少論之嘗救己也故請於　上贈趙持謙

韓泰東官恤其妻子又爭訟尹拯曰君師父雖一體辱其父何可以爲師乎又於伸尹鑴也引拯父子不絶鑴爲證未幾拜拯大憲召之拯辭疏畧曰臣於宋時烈自少以師事之不幸情義不保以致朝論紛紜 聖明憂嘆畢竟於兩賢黜享之 批亦及此事若以歸罪於兩臣兩臣何預焉以臣之故上玷 聖敎追累前賢臣罪一也尹鑴亦先臣所嘗善也告戒不從終至相絶乃者筵臣之伸鑴舉臣以證之臣未嘗言鑴之冤謂臣稱冤者妄也臣因仍泯默未免爲保任匪人之歸臣罪二也且朴泰輔臣甥也自聞其死心神驚隕不料 聖明之世乃見此事云兩司詆拯

甲戌更化

矯誣變幻請削奪從之金鎭龜子春澤有才任數慕金錫胄之爲人与韓重爀等謀聚銀貨圖復　壼位以千金聘宮人之妹爲妾以通內逕而又潛奸張希載之妻以覘南人之往來者右相閔黯訓將李義徵廉得其狀使咸以完上變鞫春澤等重爀先自服黯將因以羅織之請對　上忽下嚴教命黯及判禁柳命賢島配奪義徵符以申汝哲尹趾完爲兩局大將起南九萬爲領相悉逐諸南人伸宋時烈金壽恒金錫胄金益勳等乃下悔悟之教迎復　中殿降張氏仍舊爵命自今著爲邦制勿復以嬪御登后妃是謂甲戌更化時　聖斷奮發人情驚喜鼓舞而或有以

處變爲疑者兵判徐文重至曰八年六年毋事維均有子無子輕重自別今宜以己巳之爭爭之從子宗泰止之乃己承旨朴泰淳等啓言　壹位升黜是何等事而遽下一紙有若尋常節文者豈慎重之道哉請召大臣會議至當

上可之九萬造朝首言承旨之失曰今日之事与己巳何異以禮言之亦當以死爭之而但今日與己巳別者中宮以正后復位一國不可二尊也今臣子之心惟以復位爲慶降位爲慼惝怳驚愕而已今欲諸臣之會議者是子而議母臣而議君天下寧有是哉且嬉嬪之還舊爵可以言降不可以言黜　上納之尹趾完貽書九萬勸請嬉

嬪供奉如例九萬不從曰是則過矣時金春澤已放老論
金閔子弟爭言春澤有功宜授鎭龜大將以償之金昌協
恥之貽書鎭龜弟鎭圭數春澤曰設令渠有通天之學貫
古之識其所處則下流也衆惡皆歸千人所指今不自量
如此攘臂於倫紀是非之際雖堂堂正論一經其口便不
光鮮何其愚且妄也士大夫雖甚無䏶人情固莫不自愛
誰肯与渠闖通謀計以自汚身名耶九萬將赴朝左相朴
世采問所奏事九萬曰必先誅韓重爀世采大驚曰將何
以處春澤九萬曰重爀鞫事有證春澤特無發露耳何可
顧春澤而憖重爀哉世采憮然九萬疏畧曰金錫胄詗察

之擧心雖頗忠實虧世道己巳當國者旣以詗察爲極罪加以淫刑而閔黯又誘以究欲驅半國之人賴天日之明奸謀不售自陷大戮然此徑一開覆轍相尋此風不革國必莫救今日第一大事惟在此徑之一掃而已掃之之道不但在治以究之嚴至於韓重爀等之罪亦宜明白處之然後衆心快而羣情服夫　坤位圖復此何等事而渠輩敢圖耶抑將圖之於何處耶無賴賤士生心如此國安得以不畀人安得以不疑今日億兆之心所以歡忻踴躍者非但以壼位之復爲慶而已誠以　殿下爲千古所無之擧光明正大如日月之更無纖毫翳爲大幸也若如諸囚

之供則是玆事不能無助於渠輩也其爲　聖德之累顧
何如哉黯黨之欲殺諸囚者以復位之有害於己也今之
欲殺諸囚者以圖復之說誣辱歸於國家也罪名雖若相
似法意不翅霄壤何得以黯黨之爲疑哉且時事雖換
朝廷則一焉有昨日承欵而今日遽釋者乎請治重𤓰等
快正王誅爲　聖上解中外之疑惑爲　坤宮明復位之
正大爲士大夫洗千古之羞辱是所謂尊朝廷於日月之
上者也又曰蓋自甲寅以來朝廷之變易者屢矣禍亂之
階皆知根柢於黨論而飜覆之機或謂因緣於私逕是以
罪人之心未嘗自服與人之誦亦多窃議威罰亟行而紀

綱愈不立黜陟屢新而人心愈益疑賤人之指高位有如逆旅遐荒之視流竄隱若卧龍乃至乳臭狂童自以爲操縱國命臣誠私心痛之重爀竟栲死以完之告也張希載諺書通於禧嬪有 中宮与貴人聚銀圖復之語至是諺書發 上將以謀害國母誅希載時議皆殺之九萬獨曰希載在 世子爲八議之親不可輕施刑訊況以諺書爲罪則勢必連及於禧嬪禧嬪不安則 世子亦不安 世子不安則 宗社危矣前日 世子定號諸臣以太早難之己巳讒人乃謂 世子獨渠輩屬心而諸臣不然故有罔測之禍今若不爲 世子深長慮以致他日之難言則

無乃實己巳讒人之説耶朴世采爭之曰希載不當救九萬曰吾言不中 宗社之福也吾雖爲萬古罪人可以無恨如不幸而中如 宗社何臺諫李畬俞得一請曰今殺希載他日有及於禧嬪則某等亦當以死爭之九萬曰使希載以他罪死則吾何爲救之今希載与禧嬪其事爲一今不救希載後何以救禧嬪且諸君寧能保禧嬪無事耶抑心知其不能然而外爲此言耶 上從九萬言貸希載死圍籬安置尹趾完爲右相凡所獻議皆与九萬同有金寅者上變告李義徵等義徵以貪婪賜死其他多無實時將誅咸以完誣告之罪九萬趾完曰金寅所謂逆獄者已

歸虛矣是亦欲害人而已以完欲害西人則殺之寅欲害南人則獨可貸乎欲跡論之不果寅發希載謗書者也時三司論己巳諸臣之罪輿情憤嫉爭欲深治之吳道一李奎齡曰順旨與請廢不同今若置順旨者於極罪則設有請廢何以加其法乎乃啟竄其重者十餘人而止故相臣惟閔黯將臣惟李義徵以外無賜死者道一又請跡釋諸囚且以李萬元有樹立於己巳李鳳徵亦有跡語可尚請褒用之金昌協貽書南九萬曰哀貞芭磁人皆痛恨其失刑今日之凶徒反不欲深治何哉抑昌協先人之禍有以自取而不可與己卯乙巳比歟頤聞明公一言之重耳九

萬不答曰吾謂昌協讀書士今無識甚矣設使我爲誅其
讎豈可以私先許之耶乃上疏曰向來朝臣之一進一退
有若晝夜之相反春秋之迭代每使此一番人議彼一番
人之罪是所謂人方爲刀俎我方爲魚肉者也積疑之餘
蓄怨之中其處置之不得其平固其勢也臣之無狀亦未
免於標榜者久矣至己未疏論鑴堅也若非 聖明保全
臣幾無餘命矣其在人情寧有相假借之意但以時勢与
國事揆之曾前屢覆之轍旣臭之載今不可不痛懲而猛
省況此黨人類多故家大族其自作奸孽陷於重科者旣
以伏其罪矣若其情犯差輕則不可不以次開宥才用可

紀者則不可不以漸收用議者或曰治黨人不嚴畏他日報復噫此等語每當一番人進退必以爲杜人口之資彼此一也有何擇焉今日廷臣惟宜一心奉上掃除黨習必期於無所謂他日者可也今胡以爲他日必有是事而我則不畏而已云耶初李翔以儒逸從宋時烈遊爲人樸鄙證其姻親之逢獄而覬其貨爲世所不直李師命以名家子早顯文譽附金錫冑圖占勳籍貪躁不已至己巳俱爲南人所殺至是幷復官三司吳道一朴泰尚疏請還收時論快之時命復保社勳而師命等五人追錄者不復老論怨益深左相朴世采以不殺張希載而殺韓重爀頗咎南

九萬又謂宋時烈身任大義死於士禍不宜追訾其小失至欲配享於趙光祖書院金昌協最尊時烈而亦以配享爲過乃止自是世采之徒多復爲老論者如俞得一申琓申銋是也世采上劉陳皇極蕩平之說曰我朝東西之目始非有君子小人之辨如陰陽黑白之不相容者其後兩黨之得失前後相掩較其大致則一敗於汝立再敗於仁弘三敗於向日權奸之黨是皆出於東人一邊論者以此爲邪正之分固宜矣然所謂南人別立者亦多或屏退林野或抗言正論是以反正以後登庸之盛與西人無別重以 列聖撫馭有方此所以久而後始壞者也今雖無屏

追抗言如前日之名臣者然亦豈宜舉一邊之人而盡棄之以爲口實執臣請於其逆獄奸黨斷不可貸者處之益加嚴明如高麗鄭夢周定五案之例其非在此類而賢能可用者仍許蕩滌自新并臻寅恭焉又論南九萬深長慮不足以服一時之心徐文重倡義草䟽朴泰淳啟請會議爲失言云**世采尋卒而蕩平之名自世采始自建儲至**壺閫之變老少二黨同樹名義同罹竄錮更化之初吳斗寅朴泰輔并施旌典而李珥成渾復從祀文廟西人同時升進時老論舊臣多凋喪南九萬以直節重望首秉鈞軸九萬素不以少論自命尤不預尼懷事至是少論皆望尹

拯爲相而九萬獨不可曰知其必不可致而徒重其禮是
不誠也且安有人主不識面之輔相歟是以少論亦多不
協而特以所建白事事与老論相反故老論憾之次骨或
謂九萬曰今稍屈意徇老論一二事則老少復合而於國
事爲幸矣九萬堅不從於是老論嗾幼學姜敏著疏言好
惡人所同有而大臣意見超出常情之外以營救惡逆爲
事 坤位升降之論瞻前顧後用意尤縝密令人莫測雖
自謂不怵於禍福人孰信之掌令洪灦繼言敏著慷慨忠
憤 上竄敏著罷灦手諭慰安九萬而九萬辭歸鄉已巳
初以 坤位廢易遣使于燕 上使申厚載問於左相睦

來善曰彼問廢妃何以見廢當以何辭對來善曰此非人臣所敢言 上教及奏文有不順二字當以不恭順對厚載以來善言白於 上 上然之而政院日記書厚載所奏以不恭順爲不恭敬至是臺啓請鞫來善南九萬言不可以此輕殺大臣洪灊等持不已尹誠教爲執義欲停吳道一曰子欲以一己之論輕停擧國之議白首嶺海爲子悶之誠教曰生殺大臣國之大事子反以禍福怵我耶遂停之衆謗大喧削誠教館祿而出補外權大運無他罪而獨以己巳首相故被竄尹趾完請宥之修撰鄭澔劾趾完趾完亦辭歸修撰丁思慎疏曰權大運睦來善以四朝耆

舊當　坤聖出宮之日大運則入對出劄辭意懇切來善
則獨先請對於命輟供奉之初反復諫爭其始終心事斷
斷無他乃今俱被大罪死亡無日　殿下念簪履之舊恩
豈不爲之愍惻也哉至如李玄逸爲　坤聖抗疏前後非
一設使疏語有未詳審者此不過山野疎闊之致原其大
意出於匡輔而當時忠愛之悃反媒罔極之罪纔脫圜扉
遠赴絶塞凡人抱冤尚宜恕究況曾所禮遇之臣乎臺諫
論思愼嘗救罪魁　命削黜玄逸以儒名進己巳疏言廢
妃雖自絶于天宜置之別宮謹其糾禁厚其供給至是以
謹其糾禁語涉不敬竄配之李義徵子泓渤与張希載家人

謀使希載奴業同埋穢物於張氏先塋又以木標書 世
子年諱狀若呪咀者而又誘兵判申汝哲家奴竊其號牌
墜於埋穢處使人告變欲以嫁禍於西人時南九萬復爲
領相與左相柳尙運右相申翼相主其獄慮事及諸張請
勿窮治止決配業同後泓渤事露伏誅九萬等以過慮誤
事自劾先是韓重爀之死金春澤罪狀未盡露南九萬亦
憚其族强置勿問仁顯后薨春澤倡言后喪由禧嬪巫蠱
先募人呼於朝堂曰前爲希載貸死者不可在此列指九
萬等也左相柳尙運疏言近有咎甲戌以後刑政之失者
臣請與九萬同罪 上慰解之禧嬪嘗於所居處設神堂

爲　世子祈福　上治蠱獄親鞫禧嬪諸婢引神堂爲證
領相崔錫鼎三上劄請爲禧嬪全恩曰禧嬪設有罔赦之
罪念　春宮誕育之恩爲　春宮憂傷之慮少賜寬貸不
至窮竟暴揚以安　春宮幸甚臣所以不忍於禧嬪者爲
世子也爲　聖明也爲　宗社也非爲禧嬪也判府事柳
尙運尹趾善徐文重議同時　世子年十三上書言臣母
爲非臣不應不知請同死且席藁宮門外泣訴諸臣曰願
活我母左相李世白拂衣而避之錫鼎泣曰臣敢不以死
報　邸下　上竟賜禧嬪死復鞫希載業同及諸張悉誅
之皆世白所贊也右相申琓獨言子無絕母之義請　世

子服緦擧哀朝廷問慰如例治喪亦宜從厚許之掌令尹
弘卨劾錫鼎不思討逆之義持平朴彙登正言俞命凝救
錫鼎　上命遞命凝幼學朴奎瑞任敞疏言　世子不當
恝然於正母之被弑而庇護私親當以禧嬪弑逆之罪告
廟頒赦持平李東彦等合啓論南九萬尹趾完柳尚運崔
錫鼎庇護惡逆馴致禍變　命九萬尚運中途付處錫鼎
竄配趾完罷職敞亦竄　仁顯初喪南人吳始復權重經
等謀復禧嬪倡議欲黜疏李鳳徵先以禧嬪服制疏探
上意有翟儀遂空之語至誅希載始復等并島配輔德朴
萬鼎前有禧嬪供奉之請至是亦竄之東平君杭辭連希

黨議通畧　肅宗朝　六十八

載獄賜死禧嬪既自盡少論自贊成尹拯以下及南人小
北多跡請保護 東宮而老論無發一言者護軍姜世龜
跡引魏主殺子母鹿語曰不謂 聖世乃見此事臺啓爭
斥世龜以爲甚悶 命竄之時人情憂疑謂有不測然
上撫 世子有加睥睨者不得售且察南九萬崔錫鼎之
忠復召錫鼎爲相多用少論又册 仁元后后家少論也
正言金普澤劾崔錫鼎并論南九萬有曰 明陵之松柏
凄涼黃扉之茀舃輝暎語尤深刻錫鼎陳情跡畧曰南九
萬臣之師也立朝處身自有本末當賊堅之張也抗章極
言有南海之謫戊辰銓長之被逐請對力爭有慶源之謫

己巳又有江陵之謫甲戌當國以後衆言敲撼幸免大僇
終有牙山之謫蓋其累遭竄逐不少挫抑精忠諒節可謂
無愧於古人者當其欲寬希載也臣亦以爲過九萬曰凡
天下之事當觀時義所在己巳之事後宮隆盛臣子當以
扶護 壼位爲主今日之事異於是又當以扶護 儲宮
爲主旣以扶護爲主宜無所不用其極耳由此觀之其心
事皦然可質神明末後禍變之輾轉非所逆覩以此爲罪
不亦寃乎夫顧一身之利害揣後日之禍福是乃鄙夫小
人之所爲而謂九萬之忠而爲之乎 傳曰俟河之淸人
壽幾何又曰吾儕小人朝不慮夕夫不卹目前之譏謗而

徼福於不可必之後日此天下之愚人也九萬殆不至此
若臣辛巳之事誠以 王家處變權度自別而公卿之臣
與國爲體苟有所懷不敢不盡与有司執法之論并行而
不悖臣心膽怯弱知憲禍淺徒懷 宗社之隱憂不暇一
身之私計謬謂誅止諸婢 王法可伸法外容貸 儲位
可安膚學未識妄論經權此臣之罪也及夫 處分之後
春宮啓處無損良由慰存撫安之篤至則 殿下處義
之道可謂得其當而無容間然臣惟自訟罪悔撫躬齰舌
而已普澤春澤弟也 世子嘗謁 明陵欲歷臨禧嬪墓
禮判金鎭圭沮之又欲率百官上壽至跡請蒙允鎭圭跡

李建昌全集

言歲飢不宜盛舉遂寢之鎮圭春澤叔也至乙酉 上以
目疾遽命傳禪大臣率百官軍民請收乃已自是春澤等
益不自安人言洶洶矣
初張希載在謫閫其妻与春澤通奸書與諸張有云春澤
欲殺我并不利 東宮諸張之鞫其辭發於囚供金昌集
主其獄匿不以聞至是儒生林溥李潛相繼疏論其事潛
南人也溥以少論稱潛疏尤深刻其畧曰今諸臣假名義
之號盡罪一邊之人踵起而爭功者幾年矣夫張氏賜盡
諸張繼族宜無更問者而猶曰名義名義云爾則其心欲
更逞於何地耶其所謂市恩徼福之說悖逆尤甚人臣事

君固不可以市儌爲心而苟其有市與儌也則不於吾君之子而市儌之將於誰哉不有愈於邑 殿下之子而市儌於亂賊哉今 春宮与春澤勢不兩立也明矣今之爲春宮願死者未必皆忠其爲春澤之說而不顧 春宮者未必皆逆特其所遭者異義所與者異途不能無失人亟人之分也而 殿下於護 春宮者黜之黨春澤者寵之豈愛 春宮不若愛春澤哉今左右前後莫不向刃於春宮而 殿下猶未之覺何也 上乃逮問張獄時治事諸臣年久死亡無可問者 上罷昌集而流春澤於濟州時少論方當國三司之議皆直溥潛欲深治春澤老論

譁然曰今少論不爲吾儕卞白則是將盡殺吾儕以實溥潛之言也崔錫鼎使子昌大貽書朝中曰夫東西之分已過百年此固難醫之痼疾而至於老少則同室之鬪輾轉乖激以至今日老黨之人凡於論議擧措一切以黨心從事有識之所以深非而世道之所以受害也今爲黨者苟能以不爭不黨不同不比爲心凡於論議擧措一切以公正從事且將物我彼此之界好惡愛憎之心与夫平昔忿猜怨憾之端擱置一邊只就每一件事先究義理之極折其是非之衷又必參之以時義事勢毋狃於積習毋牽於私朋獨觀昭曠之原執中緣督而行之務反於前轍之跡

然後始可以當君子之目合於古所謂彼以暴吾以仁之義矣老少之分始於庚申治黨人緩急之爭其時被罪之人非有可惜特以濫觴之過非　王政之公也故數三君子顯言力爭羅謗毁遭譴黜而不顧四方之公議翕然是之卽少輩之根本規模不在於偏激峻急而在於平正寬恕也向於一邊之人則雖其罪無可惜持平務恕惟恐攻伐之或過今於老黨則雖其本根之未始不同而仇怨相尋惟以攻伐爲心是豈不爲前後兩截而重失自家之本色耶此則道理然也且凡黨比相攻勢同戰陣其名之曲直而得失係焉所挾之長短而勝敗形焉老黨之長在於

偏峻少黨之長在於寬平老黨之世執國命黨親盤據植
根固而流波漫其安身立命本不在於仁義誠實以挾藉
爲至計以驅喝爲能事至或假借名義以爲重或指陳闕
失以爲名雖其機關運用不越乎排軋異己圖濟私利而
推鋒假勇人未易犯此所以爲三王之罪人而以爭鬪則
莫强之兵也故其言論常主於峻急以是至於敗衄而不
自悔焉吾黨之人羈旅之臣也内外無所挾藉勢力氣勢
萬不及老黨而徒以區區公論之空名得与老黨相抗其
長專在於寬平而已今捨寬平而行峻急正所謂以短擊
長譬如與人戰而失其長技吾見其終於大敗也藉使目

下雖獲一時之微利事變相尋於無窮而朝局之改換無常時移事往之後以公眼而追觀則爵祿榮寵之不能長保彼此同之而乃与本色寬平之寸長而并失之矣可不惜哉此又利害然也時錫鼎主獄務以慰老論心而老論謂溥跡始出於少論故憾之益深溥潛皆杖死初金壽恒兄弟當國事無大小壹禀於宋時烈而行然往往爲時烈所詬壽恒諸子亦不平之及時烈壽恒同時遭禍金昌協欲藉時烈以重壽恒自是專意尊慕之老論之前疑時烈者亦皆翕然同聲以昌協倡之也羅良佐貽書昌協弟昌翕歷叙時烈所嘗辱壽恒之語以甚之昌翕曰吾父固嘗

以師道待尤菴矣師於弟子有嚴訓宜也吾豈効尼山之徒哉昌協嘗報良佐書曰來諭謂姪於尤翁高下任情前後頓異夫尤翁只是一尤翁耳然在前日則自南人以外舉世無不尊之直以躋於程朱至今日則舉世毀之殆將擬於共吺此世道之至變也若姪則自始至終胷中只一尤翁無二尤翁是以雖舉世尊之亦不增吾之尤翁舉世毀之亦不足損吾之尤翁由前則人疑其不滿由後則人疑其過隆若吾胷中之尤翁固自如也是則世人之無常而非姪之無常也來教又爲所言公當公言之豈有可與言不可與言之理夫尤翁在前日則盡西人皆其徒也正

如一家子弟詬父兄事固無彼此之嫌今則西人之外皆
尤翁敵也一言之脫便有以藉其口而助之攻何可不愼
乎今謂所言者公而無復有諱忌則其不爲對仇敵而說
父兄之過者幾希矣尤翁之任世旣久言行淵一國則其
賢與否不難知也姪獨怪夫舅主前則景仰尊慕言必稱
先生又從以受累世墓文矣今則憤疾痛惡歷數其罪不
以毫髮原貸是誠所謂前後高下之異而貫三光而徹九
幽猶不若是懸也若謂尼山事後始知其心術云爾則舅
主所指尤翁之罪貪財漁色不孝不忠非昔者無而今者
有也雖非尼山事而亦旣爲無狀小人矣數十年中一切

置不問出八門下惟謹及其得過於尼山然後始乃斥絶之若是何也豈朋友交際之失罪有重於所謂不孝不忠者耶其亦乖乎大小輕重之倫矣若謂前不聞今始備聞云爾則前之不聞宜非由於不聰今之備聞又安知非有所自耶且他事尚可謂之未聞若所謂假冒大義欺負

聖祖遥執朝權威福一世則又非如微行細節人所難見者尚可諉於前後之異聞耶抑舅主所以處尤翁者惟尼山是視尼山貳尤翁實由於墓文夫墓文之託固當於賢者而不於非賢者矣尼山之師事尤翁凡幾年矣其言行隱微宜無不知輒以墓文爲託則固不以爲非君子矣及

文成而猶嫌於借重和叔必欲其自爲定論者固以其言
之信於來世尤有重於和叔之言也至所望不副釁隙大
生然後本原心術之論出而尤翁遂爲無狀人向使墓文
一副其所望則尤翁之爲賢人君子固將自如而尼山之
服勤盡誠舅主之尊敬致禮亦將一如前日而不替矣夫
尤翁之爲君子爲小人宜自有大體之不可易者使其本
原心術誠小人也則其爲墓文雖善亦何能遽變爲君子
佛氏之教人雖有彌天罪過只一念阿彌陀佛便能滅除
惡業免墮地獄嘗笑其言以爲無理今此無乃類之乎良
佐多爲書暴列時烈陰事故昌協言如此初宋時烈慕李

景奭之賢布衣草屨往來其門下景奭亟薦引之以至同列 仁祖嘗迫於清人命景奭爲三田渡碑頌清主功德景奭辭不獲時烈嘗爲文以壽景奭盛言其功存社稷而有壽而康之語蓋暗用朱子譏孫覿文也後時烈求婚於景奭而不得又 顯宗幸温泉景奭疏斥在鄉朝臣之不來問安者時烈疑其逼己乃上疏詆景奭直比之覿又與人書以景奭爲鄉愿至是朴世堂撰景奭碑銘曰行僞順非世有其人梟鳳殊類載怒載嗔於是金昌翕貽書于李德壽極詆景奭世堂而又使館儒洪啟迪上疏卞之曰今以時烈爲亂政之少正卯則是 孝廟之政亂也自此有

譏議時烈者老論輒羣起以爲誣　孝廟其說自昌翕啓迪始南九萬未嘗言宋時烈是非病革始爲三家事文三家者曹漢英及景奭世堂皆受詆譏於時烈者也九萬爲言其誣并斥金昌協兄弟輕詆先輩之失云尹拯卒崔錫鼎代泮儒祭拯文曰觀世之儒虛憍矜代色厲爲剛邦聞爲達恂恂忠恕獨專內省黃中通理錦衣尚絅出處義之一其初終志蠱不事用乾潛龍家讎既深國恥未雪非曰果忘虞幾歸潔豈如夫人騖外徇名空言不躬高論無成館儒金楺等又上疏以爲錫鼎誣毀　孝廟崔昌大上疏略曰弱國不幸遭值刼數皮幣珠玉有不得免丙子以後

山林遺逸之士固以爲深恥而舉不欲自輕於去就然其出處之義厥有二途觀時勢之可否審材力之長短自量其出當世道可以有爲則行仁政以得民務爲修攘之本修軍實以壯國期收復雪之功此則出而成大義者也厥或不可則力辭朝命履貞不渝晦跡山林畢命田畝潔身而全節此則處而全大義者也其有起應徵辟據高位握重權徒能大言義理而了無事爲之實則名號誠美矣豈與夫終身不出者同日論也或曰朱子亦嘗立身於事虜之朝未覩匡復之效而撥亂復讎之議屢形於所譔述豈必以無實事得美名獨病時烈哉曰不然朱子之職其顯

者不過崇政殿說書耳非有公卿將相之位處可行之地
操可爲之柄也今時烈位望權力顧何如也無一事一劃
以效修攘之實於憂勤責勵之朝其虛罔也甚矣堂堂大
義獨可以爲宋氏之私物哉自更化以後臺省銓選之間
老少相鬪者不可勝記科獄其尤著者也其在己卯則崔
錫鼎爲命官吳道一爲主文而科賦李聖輝等換封事發
并島配爲奴削其榜臺諫李坦韓永徽等累啓請罷道一
然道一實與他試官閔鎭厚等通同試取無可以爲罪者
尋因他事被竄榜中李濟洪錫輔金一鏡等後中他科餘
人多復科者壬午謁聖試官多老論中科者皆其親屬幼

學崔世鎰跡言洪禹瑞之於洪受瀗趙道彬之於趙泰采任埅之於李畬李縡之於李晩堅皆三寸親韓永祚之於金鎭圭洪萬遇之於權世恒皆四寸親金萬謹卽李思永之婿李海朝卽閔鎭厚之姻婭　命鞫世鎰杖流之至壬辰庭試李墪主試吳遂元李獻英李獻章兄弟以試券有可疑李眞伋以過限幷拔榜俱無證案特以遂元等父兄皆忤時論故至此少論尤冤之初　上於輔相中最重南九萬九萬引錫鼎同升錫鼎前後九拜領相雖間有譴罷旋卽倚用以此少論常主國政者二十餘年至庚寅　上忽責崔錫鼎提擧藥院侍疾不謹黜之三司疏救者幷削

逐悉用老論人莫測其所由時南九萬已卒錫鼎尋亦卒老論專用事自此始初尹宣擧與俞棨相善嘗共編禮書名曰家禮源流宣擧棨卒尹拯續成之藏于家拯於棨亦嘗以爲師棨孫相基又學於拯相基托左相李頤命刊行源流頤命許之相基索源流於拯拯惟相基之不謀而請刊也且以頤命異趣故故不出而拯子行教則曰此吾父祖書也相基乃詬拯旣背一師又背一師遂絕之而取源流初本刊之鄭澔權尚夏爲序跋詆拯爲邪怨相基上疏奏其書 上以澔侵詆儒賢罷其職 上每謂拯爲父絕師父重師輕老論言非是斥之甚嚴以是老論不敢言尼

懷者十數年而 上厚禮拯至拜相拯終不出及源流事
起而拯卒 上悼之御製追惟先正臣尹拯詩曰儒林尊
道德小子亦嘗欽平生不識面沒日恨彌深又曰生三雖
事一自有輕重殊可笑論思長甘心大老誣論思長謂澔
官副學也於是湖儒柳奎疏卞源流事又言權尚夏爲宋
時烈碑以己巳之禍爲拯所釀泮儒尹志述率八路儒生
朴光世等疏斥奎救澔修撰魚有龜臺諫金在魯李宏等
繼之承旨吳命恒李善溥却光世等疏不捧尼懷之爭復
大起 上命章疏言源流者勿入而言者猶不止老論則
左相金昌集判府事李畬大司成閔鎭遠承旨李喬岳李

縡洪好人三司洪啓迪趙尚健等少論則副提學柳鳳輝大諫李世最三司李眞儒鄭栻宋眞明正字金弘錫等迭疏言宋尹是非不復及源流事館學諸儒互相施罰屢月未已 上命入尹拯辛酉擬書及宋時烈所撰尹宣擧墓文 覽訖下教曰今觀擬書果多操切之辭墓文則元無辱及宣擧者前後諸儒以伸卞時烈被罰者并解之明年畿儒申球疏言尹宣擧文集多譏議 孝廟語蓋宣擧嘗以不死江都累疏自引或言其不必過者宣擧曰吾與
上同患難故耳又曰今日可言他日不可出口又曰聖人達權與匹夫不同又上疏中有曰無忘在莒又曰願以臣

丙申處分

爲杜擧至是球歷言宣擧欲自掩其不死反責　孝廟之
不能死左相金昌集繼球跡詆益力請勿以宣擧父子稱
先正奪宣擧謚又請進　覽其文集承旨金普澤遂請宣
擧父子削奪官爵　上許之下敎罪宣擧則曰身負難洗
之累自處無過之地敢以杜擧之罰君誣毁　聖祖罪拯
則曰背師之罪人是謂丙申處分持平金鎭商又請宣擧
書院及文集版并毁銷昌集申請之兵參李大成跡曰昔
章惇欲毁司馬光資治通鑑版以有神宗御製序不敢議
今宣擧文集載　孝顯兩廟恩批十有七且有宸翰視神
宗一序尤可貴重相臣如知有此則宜不敢請毁且本集

黨議通略　　肅宗朝　　七十九

中石室語錄九版皆先正與金尚憲問答語也附錄魯岡
書院營建文又金壽恒所撰也相臣之私義亦宜有不忍
者矣時少論判府事趙相愚徐宗泰叅判吳命峻金演趙
泰耉李光佐趙泰億大諫李世勉司直李善溥三司尹淳
沈珙呂必禧儒生吳命尹李弘濟權弼衡黃萬程等交章
訟冤或罷或竄弼衡疏尤峻激有賊球亟集欲爲柳子光
之語　上命疏儒下獄少論儒生百千成羣脫巾爭起或
至呼哭蓋自是少論始甘心思逞於老論而無復爲持平
之議者矣司果李世德擊錚就囚　上原情數十萬言文多
不能載畧曰今之毀詆拯者以爲墓文自一事也擬書自

一事也相絕自一事也拯之絕時烈實由於末梢書札僇辱其兩親此何有於墓文而言者乃置末梢之辱只稱墓文之無辱可乎墓文之潛蓄不平誠拯之所不憮也然豈但以此遽相絕乎然拯所以起時烈之本原者則墓文固亦其一事耳又歷詆時烈曰向年　聖上遣史官索取孝廟御札於時烈時烈以爲御札在黃江權尙夏家乃令史官迤往取去因抵書於人曰勸送史官於黃江老耄嘗讀朱子書豈無所見而然歟噫朱子之擅役王人見於何書耶其爲　孝廟挽詩借製於金益廉有麋心甘野草鳳詔帶天香宇宙懷深恥風塵有暗傷之句自謂得意之作

筆之於書未知朱子之撓宋孝宗亦有此事耶又在　先朝以陵寢事時論多咎時烈時烈抵書於大臣曰陵行連年廢閣溫泉逐歲擧行不能無疑於人心當初　聖意以弘濟洞爲道遠而不用雖如　寧陵之近不能展省則與遠何異乃無一毫自反之意專咎臣下何也未知朱子之議山陵亦有此辭氣耶昔　孝廟獨留時烈賜便坐屛左右密詢復雪之計勤問不已乃以刑家修己四字塞責又以從祀五賢更加取舍金弘郁寃死可念陳對　上曰今日所急非此事也時烈所謂大義者止此一說更無繼進之策及　孝廟之喪不待大葬徑出國門乃曰我不受永

安之詔若是而謂之忠於　孝廟可乎曾在丁丑南漢之圍嘗以短刀絛繩自隨示以必死之意及下城之日終不踐言自謂無當死之義宋浚吉貽書責之浚吉文集時烈所勘定而其書見拔卒之兩門釁孽生篋笥始發而短刀之說狼籍於浚吉門人之通文噫不死南漢豈至爲大累而時烈平生每以節義自居惡人議己崎嶇掩護終不得掩今彼輩顧以尹宣擧謂之掩累正爲時烈道也蓋時烈名爲法朱子而實則假借而已名爲忠　孝廟而實則虛僞而已異於己者輒謂之背朱子攻其短者反謂之誣　聖朝使一世莫敢議己又從而肆然號於國中曰我朱子嫡

丁酉獨對

傳之學也我　孝廟同德之臣也其徒從而和之如出一口噫若此不已無少懲遏則竊恐朱子之道不尊　孝廟之志不白而聖人之心法春秋之大義將壞了無餘矣命世德遠竄自崔錫鼎之罷相而無以保護言於　上者上忽荐下嚴教責　世子過失中外惶惑莫測　特召左相李頤命屛史官語秘不聞是謂丁酉獨對頤命出而命世子聽政且　教世子曰近日處分事關斯文顧不重歟是非大定可以不惑於百世予志汝遵莫之或撓於是人多謂　上爲老論罪尹氏老論亦爲　上謀易儲其贊聽政則將因是以傾之云時領府事尹趾完年九十矣

舁櫬入京請保護䟽曰　東宮睿質天成至孝無間中遭
變故無幾微之形於外毓德三十年一國莫不延頸不意
今日乃聞此語必有陰邪不逞之徒孽牙其間敗人家國
者　殿下何不念此昔在甲戌大臣南九萬曲意隄防竭
誠調護今九萬已矣只有垂死之微臣不能鎭伏人心言
之及此心骨俱寒至於獨對之擧尤上下之胥失　殿下
安可以相臣爲私人相臣亦何敢爲人主之私臣哉　上
怒切責之頤命䟽卞獨對實爲保護無他語趾完留䟽歸
曰頤命誠能如是則臣將不惜忠臣之名以与之豈曰私
臣哉司直李大成等搢紳䟽曰　春宮懿德至行不可殫

記

明陵國恤號擗哀毁之容國人皆悅近日侍湯憂遑焦灼之誠 五載靡懈嘗御書筵宮官問邸下自期如何則答曰非曰能之乃所願則以舜何人爲期卽此一言可見進德修業自期之弘遠嘗隨 殿下禱雨 太廟神色不怡顧謂從臣曰 聖躬親勞靈應尚遲言念民事罔知攸濟卽此一言可見孝親勤民誠意之篤至唯其如是之故凡我臣民罔不曰吾君之子今者 筵教之未安其間委折有未詳悉無怪乎羣情之駭而國言之沸也宜以獨對時事明白開釋使上下洞然無疑焉其後 英廟年間有金福澤之獄獨對始露盖 上以二王子托顧命因問士

人中誰可信任者頤命以金春澤之從弟龍澤及李天紀
對 上令頤命致意於龍澤天紀此獨對大畧云龍澤天
紀得頤命所致意大喜以爲此 宗社計也乃与頤命子
姪喜之器之金昌集孫省行等謀陰蓄武士術客以備不
虞時延齡君房居第二方爲 上所眷 延礽君房居第
三令聞日著老論不知所擇或相與異同未幾延齡卒始
專屬心於 延礽君而省行福澤至私謁藩邸矣事詳下
文 景廟素仁孝講論經史問難多出意表自遭變故憂
悸成祟寢不如初及代理無所施爲仰成於諸相老論亦
無以伺其失而昌集頤命方當國其子姪所爲亦不盡知

也時復李翔李師命官金長生從祀文廟并擬宋浚吉宋時烈從祀皆老論所欲爲而數十年持難者至是悉行禧嬪遷葬 東宮將望哭校理金鎮商上疏止之

黨議通畧上 終

按此書筆蹟甚系寸耕齋
李建昇先生精抄本也殆不
疑先生當甲午政變以國事日
非乱逆用事與其伯氏參判公
建昌連袖退居于江華故號
徑三年戊戌不幸參判公歿又
十三年庚戌秋國亡乃棄家亡命
于蒲洲恒道村終不返而終于其
地為堂鄭丈寅祭耕齋丈文
入藏者泳珪誌

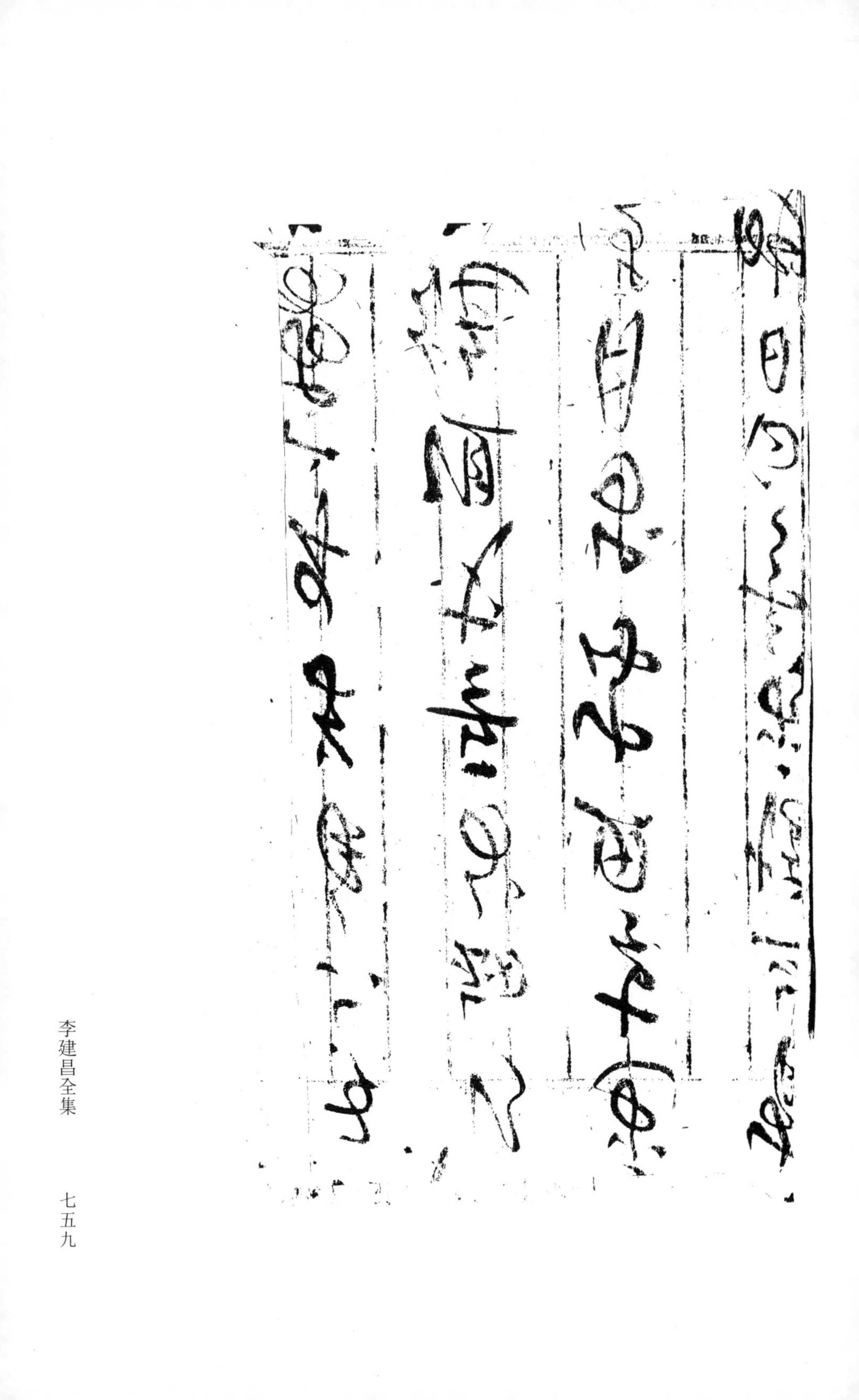

通畧 坤

景宗朝

景廟卽位太學生尹志述請以禧嬪處分載於 先王行狀曰辛巳之變暗密難測我 先王明燭幾微夬施典章使宮闈肅而輿情洽求之簡冊所罕見也文言當幷載斯文處分 命志述遠配領相金昌集臺諫金㮶鄭宅河等交章救之以爲士氣不可摧折鄉儒趙重遇疏請禧嬪崇報下獄杖死人心益不平方是時 仁元后在東朝慶恩府院君金柱臣本少論而意嘗向老論 上國舅咸原府院君魚有龜本老論而老論不與共事自分黨以來戚宦宮妾有

40464

西南老少之目迭相爲援 上病愈瘇大小祭奠多
不能行臨朝常淵默章奏多委滯老論旣內懷不自
安而又恐少論南人因內逞而圖已也故謀益急左
相李頤命請册封以銀貨六萬自隨人皆惟之承旨
李眞儉疏曰今心人陷溺世道波蕩乘機窺伺者敢
舉不敢議之事欲售傾慝嘗試之計竊權閃弄者追
擬不忍聞之言 敢肆操切迫脅之習重遏抗恩以悖
義志述假義以絕恩此皆 殿下之罪人而國人之
所共惡也重遏旣死固無可論若仲救志述有若敢
言立鄭之事緬配薄罰終至反汗而候已徒知志述

不知 君父此何義理丁酉獨對已非人臣光明之
舉而今番大臣之赴京也請封自是常典不費一錢
可以順成六萬餘銀貸用之何處頤命還准納銀貨
疏千以備不虞而已及請勅至有 朝解王妻子姪
均諭之語時 上以世子權攝所謂 王子姪者指
先王子姪也勅使聞王子數人金昌集以 延礽
君爵號及 延礽夫人姓貫書示之勅使又欲見
延礽君時右相趙泰耇新卜未起上疏曰上國吊列
國之君而并及弟姪之爲陪臣者古無是焉上國行
之爲失禮陪臣受之爲冒嫌今日王子諸宗豈敢安

於此哉且皇旨止稱均輸案減多少某某出某要既非
皇旨則何爲公然書示哉昌集疏下勑使強請書示
不得不從持平李廷熽疏劾泰耇以危險之語恭開
骨肉泰耇引義不出湖儒李夢寅持斧伏閤疏論尹
志述之罪且言獨對大臣偷去六萬之銀起承宣之
誅或當國首相書給一張之紙致右揆之驚慮 命
夢寅邊竄并竄李真儉數月李廷熽以正言疏請建
儲曰 殿下春秋鼎盛尚無繼嗣國勢岌嶪人心渙
散亟宜念國家之大本定社稷之大策 批下廟堂
於是領相金昌集左相李健命判府事趙泰采戶判

閔鎭遠兵判李晩成刑判李宜顯工判李觀命判尹

李弘述大憲洪啓迪大諫洪錫輔承旨趙榮福校理

申昉等入對稟旨　上無可否昌集等進請曰此不

容一刻遲緩願速賜允從　上曰允從矣昌集曰臺

臣疏請遵　祖宗之典似指　恭請王教書也然此

大事願稟定于　東朝而得手教宣示之然後臣等

可以奉行因出閤外至夜半昌集等望見殿庭燈燭

微明寂然無聲意不能無疑鎭遠故復請對泰采上

之曰豈可促迫爲也有頃召入案上有　東朝封書

上指之曰在此矣昌集使健命讀曰　孝宗血脈

先王嘗面命　上與　延礽君而已豈有他哉昌集
等頓首涕泣稱賀俄命令榮福書　傳教曰以延
礽君爲儲嗣奉而進覽　上頷可之時辛丑八月也
上卽位元年春秋三十四　內殿春秋未滿二十
上雖有疾臣民未嘗聞至是遽有是擧人情不測
司直柳鳳輝尚遲乎也疏言建儲何等事時相不及
聞諸宰率不得預半夜嚴廬一請再請卒遽此急遽弄
迫脅此可謂無人臣禮者也成命旣下雖不容他議
大臣之罪不可不正　聖上亦宜明斷總攬毋使威
福下移時趙泰耉在外不與聞疏所云時相也於是

老論大譁曰爲有偕君而遣論駁者手 世弟辭疏
有疏辭危險心膽震隕之語三司洪啓迪俞崇等送
請鞫鳳輝趙泰耉疏言鳳輝雖狂妄爲國陳忠今日
忠於 殿下後亦忠於 世弟三司又并攻泰耉
世弟又疏請勿深治鳳輝以安臣心 命鳳輝遠竄
十月執義趙聖復疏請 世弟參聽庶務即日 傳
教曰予有奇疾誠難酬應萬幾大小國事并令 世
弟裁斷俾予安意調養 承旨李箕翊等入 請還收不
許請鞫聖復而退左參贊崔錫恒錫鼎弟也詣闕請對
箕翊以夜深不許錫恒强之乃稟 特命留門鑰而

引見錫恒泣懇還收　上曰予當思之力陳至三更
上動容曰還收可也　時李健命聞錫恒入始與兵
參金在魯延至閤下聞已還收遂歸他相皆不動翌
日健命疏論錫恒一宗臣深夜求對承旨不宜許入
戶參趙泰億請對戚作大臣三司袖手傍觀高枕熟
睡無一人爭論及以錫恒之入而攻承旨倫常絶矣
國不國矣司直朴泰恒等搢紳三十人疏論聖復召
諸大臣司直李光佐清恩君韓配夏刑參李肇副司
果韓世良相繼疏論世良疏曰嗚呼痛矣天無二日
地無二王北面於　殿下之廷者敢懷陰移天位顚

諸心而發諸口者司直權瑎等南人縉紳疏曰嗚乎
皇天豈欲亂亡我國家耶 殿下何爲賊臣所激惱
而爲此教耶兩司以世良瑎語逼請鞫之且論崔錫
恒趙泰億構誣廷臣後數日復 命世弟裁斷如前
教金昌集等率百官請對不許庭啓請還收至四日
世弟五疏固辭有分若分痛之 教且 教下朝
廷曰予病不可視事時使左右者例舉行左右可乎
世弟可乎昌集等謂 聖教至此不敢不從乃聯
劄請以丁酉代理事目施行而撤庭請惟李光佐及
臺諫柳復明以爲不可復明光論也時有 教召趙

泰耉曰抛棄前事洗滌時態悔悟入城以安將亡

之國又內賜小學一部卷首有 御札亦如之泰耉

即馳詣朝堂諸相聯劄已上矣乃從宣仁門入請對

崔錫恒李光佐李肇韓配夏金演李台佐等隨至承

旨洪錫輔趙榮福以泰耉被劾相臣不可遽入作之

急有 教曰聞右相入來即爲進見於是昌集等不

得已隨泰耉同入泰耉力請還收昌集等同聲請之

良久 上有頷可意昌集等承旨還收 傳教泰耉

退錫輔進曰今日右相之來 上何自知之迫問至

再三 上無答都承旨洪啓迪曰自今罷置政院無益

矣兩司急有疏朴致遠等啓勸泰壽以大臣交通宦
侍潛圖進見此南衮夜開北門之類也 請令承政院并諸
宦侍内援者出付有司乃 下教曰予坐難修堂閣
閤外前導等聲 如右相之入宦侍無罪兩司建啓不已
自朴泰恒等縉紳疏後司直沈壽賢等繼之疏會連
設會冬昇祈雲有東臣之 命少論會者數十人難
於疏首前參判金一鏡秩最居前且自求爲首一鏡
雖能文然素麁悖人皆不慨聞一鏡爲首稍稍罷去
疏下止李眞儒尹聖時朴弼夢徐宗廈鄭楷李明誼
六人疏略曰聖復闖於前四凶肆於後宗社危極臣

民因極吾 君薪服謝事臣子之情痛迫如何而罷
勉庭請塞責三日而止聽旨上劄任自裁定至請堅
命有司舉行噫是豈人臣所敢發諸口筆諸書哉甲
戌兩司論 己巳大臣半日庭請之罪比之於造訒仁
弘半日三日真是百步之於五十步也己巳諸臣尚
作以造訒仁弘則今日彼輩雖追冀顯恭操之誅且
己巳猶未有因 下劄請如彼輩者也中外人情波駭
與沸歲猶彼相回此真逆也胡乃稽吾 王也四西
之罪固難戴頭於天壤間矣昔在甲戌之初 一二
老苦心長慮為調護之道則彼輩視若仇讎自辛巳

以米措作尤甚任敬朴奎瑞泯爲無言輒逼漸擬丁
酉獨對李頤命前席取上旨欲格諸相以詢可否苟究
其情誠有難以代理告廟明言故事而金昌集力爲
涸遏或恐事體嚴重其執難動耳尚賴 先王止慈
之德人無敢開口而百里解疾亦有一介黄髮之效忠
保有今日逮 殿下嗣位志述逼虜無復人理昌集
起而和之泰徵薄謹猶不獲施昌集至謂 殿下不
足與有爲彼黨既不以君父待 殿下而亦不以臣
子自處今日聖復彼黨指揮使令中一也壽誠之謀
潜售非常之 敎遽降彼黨之偵伺揣摩固已爛熟

力爭回天元非本意而雖以外面事體言之集也左
足不窺於戶外健也纔驅僅止於闕下其於國家之
處分曾無片語之到其於聖復之罪狀未有半辭之
及如是而尚可掩其心跡乎昌集以故相壽恒之子
壽恒臨絶戒其子力避權要昌集悖然因念貪權樂
勢為子不孝若是為臣不忠固其所也顧命乃師命
之第乞藏禍心怨毒尤憯泰采甚失鄙夫患得負義
健命暗曲回慝病國害民四凶勢成百邪影從爪牙
腹心左右前後無非相國之私人其視藩府殆若弁
髦今日國勢危且急矣庭班之撤右相急到禁扃密

旨求對則承旨而昌言承望四色之風一遇沮格一遇
劾聲宣室 特召天陛 明衡昌言只健命蒼皇窘步
跳踉顛蹶景象駭怪走卒指笑嘻嘻三日請對一
命終靳是 聖上俯燭其不誠故也况班已撤矣劉
已入矣肺肝畢露自辭難逃固當駢首席藁恭俟鈇
鉞更舉何顏覥然於香案之前哉噫君臣之義至嚴
且重一有蹉跌悉罹犯鞫之誅有不得辭況彼黨積
漸既久長抱日大不臣之志一劉孔龢無君之惡萬
目難掩三綱五倫滅絶無餘春秋無將不足以繩其
罪漢法不道不足以準其律茲實天地之所不容神

人之所同救者也 疏入 中旨薄降凡以老論名者
皆逐之意在少論於是三司李濡朴弼夢梁聖揆李
明誼尹定等交論金昌集等諸老論急加流竄殺尹
志述趙聖復而趙泰耈崔錫恒爲相與金一鏡并主
國論一鏡嘗爲寧邊府使宦者朴尚儉寧邊人也一
鏡厚遇之後因結爲内援既換局尚儉遂欲不利于
世弟與宮人石烈必貞及宦者文有道等謀先逐
張世相世相亦宦者名隸 世弟宮屬而與老論交
結者也至是 命竄之 世弟白 上言尚儉等之
橫請出付有司 上許之既而有 下教[illegible] 世弟

曰可任自爲之尚儉所造也尚儉又托以有狐設機
穽於清暉門塞　世弟朝覲之路　世弟求復見不
得乃夜令宮官從官爲儉等狀因欲避位出閣　大
妃下諺教于朝廷欲許　世弟辭位以保　先王所
授爵號辭極哀痛趙泰耈等與三司諸宰請對極諫
嗚咽涕泣諸臣相繼力請出尚儉等鞫之　上良久
始許泰耈復退請　世弟陳孝友之誠以慰安之　又
白　東朝曰　上已處分諺教不敢顯布謹以封還
時判禁沈檀請直斬尚儉一鏡亦言尚儉罪狀已著
無可鞫問泰耈不可崔錫恒按獄尚儉有遒承服誅

右列各員杖斃於是前參判鄭游浩疏言國本有動搖
之漸 慈聖下哀痛之教而大臣擅自封還宦婢之
獄或請直斬或令徑斃使罪狀不盡究覈且 先朝
舊臣盡行斥逐未諳何事何罪 臺諫論竄游浩壬寅夏
使臣李健命等還 世弟封典准完其翼日而有睦
虎龍之上變虎龍者南人庶孽也以能詩游士夫間
白望者 延礽君應師也與虎龍善因結金龍澤李
天紀等預其密議及 上卽位建儲之議順成龍澤
等欲殺虎龍以滅口 一鏡覘知之嗾使告變崔錫恒
爲委官李森爲捕將擅一鏡爲禁堂按其事大殺老

論事多不能悉載會有伏行以討逆本末陳奏藝提
柳鳳輝楨曰本年三月日閑散睦虎龍告稱賤臣或
以刃或以藥或以廢黜陰謀造逆不勝驚惶來告郎
着役府某府兩司官會坐推鞫虎龍供稱以刃云者
全勇士挾匕首入宮塗廁之謂而賊輩私相稱曰大
急手以藥云者給藥於宮女和於飲食之中也稱曰
小急手所謂以黜云者以金締結內豎搆成罷目欲
為廢黜之計稱曰平地手鄭麟重李器之李喜之金
龍澤李天紀沈尚吉趙洽等綱繆諸賊龍澤給寶釰
於白望國喪之日踰墻入宮行大急手麟重龍澤天

紀器之喜之洪義人洪哲人等使白望香閤宮人二英納銀於四寸宮人國成行藥之事喜之作諺文歌辭流入宮中詛　主上具草轎令使宦者張世相疏國發乃下草中有廢世子爲德讓君之語金民澤趙滄尚吉義人喜之等出銀有差云據此拿問被告各人

麟重供稱俺與天紀龍澤白望等相會結納時俺掌中書義字白望掌中書養字郎掌相李　願命字云尚吉供稱天紀喜東銀貸俺給銀一百兩且送娘製扇五十柄天紀用於締結宮禁之事云白望供稱一日偕麟重往龍澤家則喜之天紀在坐遂酌酒相盟結

爲死生之交俺曰　主上如有不諱則世無劉備奈何諸人曰自有其人各書掌中以示心事龍澤書忠字他人或書義字信字而俺書養字左右不知其義而天紀獨覺得大笑蓋李顧命字養叔之謂俺疑龍澤推戴顧命故附劉備而所歛銀貨自捕廳搜得於二英移藏處龍澤所贈之劍又現捉於俺所住處此是大殿贓物云天紀供稱所謂三手之事俺與龍澤書之器之白望等交歛銀貨爛熳相議無不與同初往龍澤家見白望好身手問其勇力酌酒相盟結爲死生之交白望掌中書養字左右相顧不知其義俺獨覺得

大矣白望言以銀五百兩買得中原丸藥一欵即號
者趙洽出銀二千兩圖成行藥之事俺手扎中所謂
宂臣即指宦者張世相而久也入去有何所聞云若
久即白望之字而變服入闕促行藥之事也龍澤供
稱上變人以俺給寶劍於白望 先大王國喪日入
宮行大急手云而俺則以皮鞘之爲刀出給白望納
供矣自捕廳得寶劍於白望處而長短粧飾與右人
所言一無差錯爲刀之說自歸巧飾云世相供稱與
鄭宇寬李正植金昌道相親往來國家處分之事無
不聞荅且有國喝之言矯令事正植輩入送于內人

處行藥事白望送于俺處謀逆的實云云英供稱白
望等所送銀子傳納于宮女池氏使之圖成行藥之
事寄見白望書中有黃色尺蓮箋家翻封池氏出來
其家時白望親自給送云云正植供稱與世相昌道等
素所親切賊輩常汲汲 主上爲有病患及閭虛樽怯
於盡死爲此行藥爲事李臣宗城扈衛事領相金昌集
忌武臣李森勇力出爲忠清兵使所親柳就章分付
於大將李弘述代爲中軍弘述與昌集志同義合爲
此舉措盡世相爲魁宇寬爲腹心俺爲機括云昌道
供稱正植旣已直招而李器之陞見領相曰時事甚

扈衛宮城好矣領相曰然李森有將略不不與同
事甚急矣領相與李健命顧命趙泰采言于兵曹判
書李晚成出森爲忠清兵使大臣相議以柳就章爲
中軍事分付大將扈衛之計不能詳知而闊略之言
則欲使異議之人不敢入徵銀盜事其來已久而俺
亦不免同參其中云宇寬供與昌道略同一觀供稱
俺覺天紀指蝶圖爲換局陰謀與宇寬所爲條件各
異曾經器之家則與人密語曰君爲一國首相之孫
與宇寬作牌相結作何事乎此是昌集孫金省行也俺
與諸賊相親所爲無不與知云就章供頃年斗月往

見領相則曰近來事機殊常兵軍門將官當以親信
人布置遍而令公未經中軍若有闕則爲之甚好其後
李森爲忠清兵使俺謂渠益標曰中軍作闕若得大
臣分付則可以爲之益標往告領相仍言于大將李
弘述以俺啓下遂遞郞挨刺弘述曰時事甚危一邊以
軍兵分守闕門一邊大臣白敎宦侍之有害於當路
者軍兵其聽從乎俺答曰大將傳令豈有不從之理
乎往見昌集則問曰君願見主將而從容接話乎其
意欲使俺接見而酬酢此等事也俺旣有酬酢同情
之邪烏得免乎李遷供稱家與頤命家切隣常常往

來乎西後頤命與昌集每圖麻東上宮之事以俺家連
辟於世相東宮聞天紀龍澤之輩日夜經營之謀聞
得聞同參謀逆云益標佚稱俺以就章圖差中軍
事徙備局云云知情納宮金盛御佚稱宇奇上言行樂
事喜之器之與雲澤民澤寄為主張使吾為傳給世
相之際器之言吾父亦已知之其父即頤命也又言
其後徙昌集傔慕則曰金時泰得弘述家錄給世相
方圖換局云昨年見李字恒則曰昌道外又為使喚
於世相者乃洪采也以此故言於昌集則曰洪采往
來世相家頤有所傳吾覺心器矣俺既與昌集輩與

之酬酢難免同參云洪柔供稱尙行謂俺曰罯之處
與父之被禍爲行藥宮中之事吾亦與知汝往世相
家探知否傳其言往聞則世相曰內間事旣已整頓
外事宜善爲而兩局大將必以吾人爲之然後雖有
某事可以無憂其後昌集聞往來世相家事以此答
之昌集笑之旣而與尙行往見世相探知行藥事同
參的實據此照得議政府大臣查啟御議會議三手
之謀蓋非一夕之故當 先王寢疾之時陰謀已成
遠 主上嗣服之後凶圖益急亂逆之情叵測附麗
之徒寔繁或有顧忌而徑斃或有直辭而承款者且

略其支流姑掇其本原以　先朝大臣久擅國柄淫於富貴黷于貨財第宅極其宏侈田園跨遍州縣戕賢毒正蠹國害民貪權樂勢後義先利凡此悖性悪行亦是薄物細故始則患得患失終爲不奪不厭竊弄威福倒持太阿藏無君之心蓄不臣之志先樹朝廷之黨與陰養閭巷之無賴使其子姪孫與陰藪之屬締結逆閹媾得銀貨鑽通私逕內開行藥之事主張而探聞廷將易置之際齊坐而指教天紀以喜器之血黨擣白望壽章之字而推戴之人已定就章承昌屏集之家指授弘述陳兵之策而縢縣之謀將行

以建命同歸爲淏泰承天免禪從徙古以來亂逆代出
而未有若此之窮凶極惡者也據此將逆魁昌集頤
命等按法勘處其餘一應同參謀逆人未及正法罪
人連坐支屬從輕重擬議斷遏外合將所擾顛末奏
聞天聽竊想臣嗣位未久守國不愼大逆不道之變
出於輔相之刑闇於防患失於任人反躬自責無以
爲心仍將事狀略奏如右云云弘豹擬金一鏡敎討逆頒
敎文曰顧予脩寄於艱難叨此援遺手鞅大師命致
祥之悲語妖惡自戊辰蘖禩之初賊敬出瑞之間發
陰邪在辛巳壺變之際敲撼危動之計百狀逼辱誣

誣之說萬端尚積　先大王止慈之仁恩允邁古昔
獲令予小子不肖之涼德式至今日謂戒異圖之步
迴豈意賊情之叵測三十年醞釀蓋久血徒寔繁一
二臣嚴憚英雄驕氣益橫孔汲仇荀之道直呼嗟南
柳尹崔之云亡韓顯蔡操之故奸噫嘻頓集健末之
得肆前勇去王室之羽翼空朝著而無人排布私黨之
腹心盤踞官爵而募士夤緣紅袖締結黃門銀貨錢財
恣通賄於禁掖妖人劍客盡儲養於門墻挾匕首於
深宮外擬發讒之塗則購千金於大國內圖霍顯之
行蓋秦斯爲趙高之深交晉敦有錢鳳之夾助處書

歷歷逆節昭昭顧命掌中春字之書推戴之謀約已定喪裡矯詔之草廢黜之情狀孔彰罔隱語而欲除潛呼國舅之姪名頗誓言而決死占驗日變之吉凶此爲非獨子家見要皆是死士宿將日前得書於閫陛獨對知期夜半聚首於壽司宗謀有定龍澤結姻婭之親容一聽指揮天紀托里閈之朋私陰受約束至於一龍之發語尤見諸賊之歸心昌集使昌道因守龍而交通內宮暗嗾縱省行與德修而相結賂訓先識內屋戚畹伺動靜而成勢中權奴使擅生殺而立成一札更圖於垂宸遲速數探世相三木丕出於

外間操縱亂要晚成偶或遽逼宮城之陳兵柳何免禁
庭之蹀血奉先庚而陵紀神鑑孔昭待小愆而滯程
異志欲逞健命頤為元渠為第於同臺性行特類集
居領自居左而勝席聲勢相援異國宜揚敵毀吾君
而擠撐殘孽吮瘍猶作首惡以儷侗恭案本以惡得
失之鄙夫密附圖基逆之凶黨人情憤一天之共戴
汝將安歸王章揭三尺之至嚴其亦同赦大抵四凶
之誅劉宋隆三手之陰謀林溥以謀害陳邦本非無
根而無痕李潛以同月為處可謂從前薪之茂陵大懟
伏輦遂致人心之憤喜餘醜滿獄足想天網之難逃

前後承款者二十餘人次第按問者七八個周已將
逆賊昌集頤命弘述望麟重龍澤天紀善之器之二
英尙吉世桐寃字寬昌植正道德修字恒就壹臧節
洪來擢一覩克復臺標明佐旣置正法擾仕百之秘
藏氣獲佩鈕之在西竄二八之奸細莫非用銀之尋
谿藥來售於李文數餌毒之來極機踏伺於初夏譬
炊飯之已熟謀議悉出於大家巨室貨物皆資於列
閭雄藩爭則恃黷股肱之舊臣渠乃反爲肘腋之急
變先朝之寵養忍負遇賜橫擇今日之刑章莫饒
我心傷悔時虎龍所告鄭麟重等事皆　肅宗末年

所謀識而金處鼎於辭所引柳龍章等事又指 上
即位以後而言前後被告者皆昌集頤命家子姪賓客
而朝議以睦劉為三手一串故鞫於臺論多相混 公
私久近證左不甚明白龍澤天紀喜之器之省行及
望等皆不服而死輒蹌斬之徐德修等正刑承服之
招亦多出於累訊無死逆亂之中昌集等之死臺諫
請施盤水加劍之典 荅曰依又啓然則當加釰乎
又 荅曰依及遣使斬之趙泰耇疏言大臣不可正
刑 命收加劍之教而獨李健命以使者先發故被
斬餘得賜死其以株逮死及流竄者不可勝數虎龍

變書語侵 世弟 世弟又名宮官涕泣欲避位崔
錫恒曰 上鞫案語及 東宮者并不載獄成策扶
社稷以虎龍為東城君攅局之初金一鏡引南人沈
檀為吏判多用己巳後登廢錮者欲令南人攻殺老論
然後并逐南人趙泰耉以為此詭道不可一鏡又力
請禧嬪崇報而李光佐執不可吏議徐命均首翻檀
老拷不可用南人廢枳者不當遽錄尹志述罪雖當
死太學生不可殺遂被斥及鞫事之始一鏡欲盡殺
老論大諫李師尚疏請嚴懲討有無俾易檀之語泰
耉光佐及崔錫恒皆以為過甚趙泰采雖與劉他

無可措而一鏡以爲四凶不可分首從泰耉與泰來
爲從兄弟故引避不預其論三司懲討之論遂分緩
急緩者主泰耉急者主一鏡一鏡嗾正言申鄭誨盡
劾三司并請命均遐竄持平趙最壽疏論鄭誨已巳
餘黨一鏡不宜引避請遞一鏡吏參師尚請并進遞
誨最壽一鏡上疏乞遞不許尹淳始與李真儒諫爲
搢紳疏及閑一鏡爲首卞鄉避之一鏡用事淳多與
人言一鏡非人望一鏡惡同淳爲緩少定首姜鋧爲
史銜以一鏡爲首李光佐趙泰億次之持平鄭壽期
疏論鋧老耄不合史事一鏡抵書師尚曰此事由李

趙翊先佐泰億所居一鏡後雖壽期也泰億上疏發
一鏡書辭一鏡疑泰億從淳聞書事乃令正言朴徽
賓劾淳回邪壽期疏言淳文華儒雅徽賓鄙猥一鏡
貪天爲功氣勢堂堂一鏡累疏自下輒稱爲國討賊
爲世所嫉云一鏡討逆教文出初有懷用鍾巫語見
者大駭旋改之而楚塗蹀血句或認他書多引用不
必改或又不知其出處而不敢言既而一鏡復上疏
用鍾巫事人皆知其故意然也淳從容語錫恒曰今
不作一鏡後必爲患錫恒曰今作一鏡人必群起而
救之是盡驅而納於一鏡之網也且吾黨在朝一一

鏡何敢爲惡大諫金東弼獨疏言一鏡代撰　王言
揷入剩語荒雜紕繆引用乖異衆口譁然指謂狂悖
並論呂官貪𢙿排亂異己大憝李世最疏言一鏡一
腔熱血扶天擎日不可以微眚掩其樹立昔諸葛亮
曰法孝直輔翼其主公合得翺翔今豈可禁之使不得
行其意耶一鏡無法正之驕横而論功則尤大云大
諫南就明等訟一鏡作東弼解然不已正言柳壽垣
鳳輝從子也疏言趙泰耇牽動浮議不嚴國是波引
偏私心跡莫掩清議不張正氣消沮替掘假借姑息
富貴鄉奇𡢃濫選東壁有若酬勞尤出望外於是輒

論大關吏議李明彦欲以東鄕補外吏判李肇不可明彦辭遞李貞儒爲吏議請對出壽垣爲禮安縣監東鄕爲光州牧使崔錫恒疏論貞儒守執比之金錫胄并請東鄕壽垣還收外補寢以東鄕爲嶺伯時急少方盛從討益峻校理李貞濟請稍從寬有大寒當春語副學李師尚疏詆貞洪願聽他日又論東鄕妻弟李廷熯熯妻趙泰來之女係國咀呪埋凶於東鄕家請先逮東鄕持平尹容啓言師尚會鄒傾險用意不美大憲朴泰尚曰誅李濟疏救師尚作容時趙泰耉崔錫恒相繼卒一鏡勢益張李光佐爲相力主

調停李真儒亦擯一鏡而多從緩少正言李瑞章以
徵李勃史荊柳鳳輝此亦緩少主之云自換局以來
復尹宣舉父子官贈尹拯諡南九萬朴世采尹趾完
崔錫鼎配享 肅廟朝識謂 肅宗末年改令多非
上意至請付標釐正壬辰科亦復與遂元李獻章等
爲三司而李真儒尚堅辭不出其辭正言疏略曰臣
才本鈍滯其時應舉之文不免僅呈於亂雜既以晚
發爲登則亦無可據之道未錯成命寔是 先朝之
特教則到今混同追復豈非未安之甚乎臣之不可
以文官自處其義皎然所謂皮之不存毛將焉傅者

也乞命復收紅牌焉　上嘗於筵中怒曰承旨知左
相崔錫恒所爲乎國正則已如其不然左相何敢乃
爾拿鞫可矣因命承旨幷罷職右相李光佐入對請
收　上曰錫恒無嚴右相救之非矣光佐曰錫恒有
忘身殉國之忠矣　上曰然則過矣推考可也光佐
曰大臣無推考之例　上無答修撰權斗經疏請愼
辭氣有吾君諱述語兩司作窠之一鏡疏曰吾
君果有病乎吾　君近四十年無此病今何病也其
必有以也蓋　上疾寀不可爲換局以復諸臣爭言
天顔勝昔明斷無比然大小　公事多不能處分或

條或免或無辜落或暴恭加震怒擊屏震屋樑筵臣戰慄
而皆以微細事如承旨行步緩緩史官聽視頻頻等
事也每 上怒嗔諸臣諷言 上令日動火相與退
出少頃復入卽得准請稟旨而出一日 下教曰內
官崔溵排軋與君照律可也諸臣入請溵罪 上曰
當用何律諸臣不能對 上曰奪告身可也然竟不知
排軋何由也又嘗問諸臣曰曾前白晉大臣安在蓋
指金昌集也時昌集賜死已久矣 上性篤友愛每
見 世弟必有哀容有時親詣 東宮佇立門外曰
欲聞吾弟讀書聲少論諸臣亦皆盡心保護 儲位

以安云

英宗朝

景宗昇遐 英宗卽位李光佐爲院相公除後首以
柳鳳輝爲左相而以閔鎭遠 先后同氣特命放釋
累 下教飭厲群臣無黨而且以雷異求言 幼學李
義淵疏言 大行有疾群小壅蔽請仲策儲諸臣大
諫權益寬司直李明彥等疏云云大略言 聖上 肅
廟次嫡 大行命弟 大行無嗣大統自歸 殿下
況策儲乃 大行奉 慈旨而行者群凶貪天爲功
至請代理 殿下爲此輩所擁立何辭以示天下後

世右相趙泰億白 上言唐宦官擁立有定策國老
門生天子之號令以定策自功何以異此又引禮經
不附太子及漢衛綰 太湖李澂與書以訟柳鳳輝
之忠又討義淵以為 殿下父兄之讎 上始無罪
義淵意諸臣强之乃 命島配義淵疏有一鏡睽血
語司直宋戴厚等復言一鏡所引鍾巫沙丘睽血等
事以骨肉罔極之禍 上命入一鏡教文罪 下教
有咄呼 殯殿寧使溘然之論而三司無一請討者
玉堂李巨源承旨李明誼伸救一鏡甚力拿更辭并
言此不過大臣錯誤非大逆也 上命一鏡島棘後因

諸臣請鞫乖濶不得已許之乃　命并鞫一鏡及睦
虎龍絅學洪得一等疏請　親鞫勿委諸臣至請以
衆鏡治一鏡何以得情　上亦建遽史官禁隷詞鞫
李趙泰億爲委官不自安請　親鞫　上乃親鞫一
鏡向　上或稱臣或稱吾　上問同情者一鏡曰吾
以白首之年寧可賣友圖生乎　上曰吾將斬汝以
告　殯殿一鏡曰吾亦願死於　大行之側虎龍語
亦悖慢　命斬一鏡虎龍杖斃斬其足義瀏亦杖斃
一鏡旣誅老論言者日起少論惴惴無人色時　上
專任領相李光佐寵遇甚隆少論倚以爲重而修撰

李匡德疏論諸相曰近以一鏡事 處分嚴明前有
護黨之疑後有籠討之罪大小臣僚驚惶戰掉雖三
大臣之慘被人言者進退出入惟 殿下是從夫人
謂大臣與謳 上之罪人同心相掩護此何等罪也
殿下欲罪謳者則固已七八分入其說矣欲罪大
臣則因山迫近姑為羈縻之計此時 殿下之心誠
李不識手王手伯手三大臣 謂柳鳳輝趙泰億李光
佐也大臣異命峻疏劾光佐曰在前盛時士大夫當
得喪之際皆能守正不阿無徼合苟容之風故雖有
一時之敗未見道喪之恥今 殿下惟欲蕩平建極

未必有好惡黜陟之意而朝廷之風氣先變士夫之
志趣漸污讜議致李光佐陰居輦轂之責身拋廉恥
之外言言諛悅事事推謝惟恐一言之不合一事之
或忤公除日在　殯殿之側　殿下之哀淚未乾急
進私親建祠之請又於哀遑之中請摹　御容求媚
固寵媒避　殿下之樂聞　殿下高臨俯觀盡元燭
其情狀李光佐果疏求去　上嚴留之　上之鞫虎
龍也有一鏡辛丑疏同情之　教承旨鄭錫三白
上曰辛丑疏乃搢紳疏也　上命入其疏於是柳鳳
煇方萬規相繼疏言辛丑疏有冀類語其後一鏡文

宇三用冀靈閻顯因太后擁立幼主霍顯因太后鴆
弑許后此指斥 肅廟也先是壬寅金盛鄭之招有
娃宮人行藥謀弑語藥院日記中 上寄吐出黃水
一升藥廳引為行藥所出來諸臣請查覈始許之既而
以無其人拒之大臣三司百官爭請者數歲校理尹
愢教疏言意或此婢經事 先朝 殿下以所愛亦
愛之意有不忍乎至是萬規言愢教意指不測 上
惡之命斬萬規鼎煥弃竄時吏議丑鳳朝方主時論
萬規之鞫詞連并竄然持其說者不已 上命竄辛
丑參疏人李真儒等六人罪李光佐忌名老論閔鎮

遠鄭澔及前論廢者亦滿朝閔鎭遠入朝爲禮判留
請以 王子敬義君爲儲嗣 上可之鎭遠因白辛
丑建儲四大臣之冤曰彼以建儲爲廢立代理爲篡奪
者非誣諸臣也乃誣 殿下也 殿下之誣雪然
後諸臣之冤可白然諸臣之冤不白則 聖誣不可
卞矣因上袖劄略曰 大行大王以不世出之英姿
不幸中年疾疾自量患候之難强托 殿下以儲嗣
仍命代理庶務諸臣憂傷哀痛不忍奉承蓋亦有日
及其有 世弟可孚左右可孚之 教則 聖慮愈
深遠矣而一種諸人自生疑怯恐其不利於己趙泰

者卒其意冒入蒙對輒以宗社將亡爲言臣未知左右用事則宗社可安 殿下代理則宗社果亡乎夫疾病聖賢之所不免顧何損於 聖德而曲諱 先王之有疾陰以自脫其掩蔽無嚴之跡而不恤其上加詬累寧不痛心彼於 肅廟處分則恣意誣毀謂由於積年沉痾 先王則秘諱疾恙言或及此輒指爲逆必如明言 先王之有疾病小人潛蔽數年之間變易 肅廟之舊臣僚者一出於羣邪之脅亂然後始可解中外之惑釋後世之疑而亦以明 先王本然之盛德矣鄭澔拜右相與鍊遠議伸壬寅獄疏

略曰虎龍變書出於誘引只是誣獄而已既如其誣則未承服已承服未正刑已正刑者何別焉自古誣獄未有如壬寅者三年鍛鍊惟意所欲言出於罪人之口不書者有之不出於罪人之口而書之者有之其所謂承服者安知不出於渠輩之所粧撰乎安知不出於死中求生者之胡辭亂説耶至於四大臣之禍専出於鍛鍊伏理而搆成則渠不過數事夫宮城扈衛之説不過以李森出忠賊爲證而森之句求出外通朝共知柳就章代居中軍未久而又擬平閫若如渠輩之言則豈有旋使出外哉至於養字摧藏者

其果一毫近似乎癡字又豈有深意乎事足不仁亦
謂之癡何以為貶証 先王乎李健命之禍比三臣
最酷以其自請專對也 殿下知之否乎代理太非
纂逆則趙泰采之死又何罪也此四臣者徒以 肅
廟舊臣不忍舍吾 君之子終不免於刑戮而已李
健命之以請冊 世弟入燕也清人問 上疾何祟
健命對以癡謂無嗣道也臺諫以此罪健命比桓溫
之廢帝奕淵所謂癡字事也於是悉復金昌集李頤
命李健命趙泰采等臣賜諡建祠曰四忠盡翻壬寅獄
雖已承服者皆伸之誅前訓將尹就商内侍孫荆佐

等李帥尚亦以 傳教正刑以尚儉一鏡之賞也時
老論復欲大行殺戮 上曰予亦憐被誣衊豈無憤
疾之之心然辨誣雪冤可也報復不可也浩鎭遠又請
以壬寅鞫案告 廟須教次對舉條直書 大行大
王有疾爲奸黨所欺蔽以示八方時歸爲領疾於是
司果鄭鎬三疏略曰凡父兄之事雖尋常言動在身
後對人而言尚且休然況筵提 聖候暴揚前事臧
祖宗之神靈駭四方之聽闕貽萬世之譏議哉籍
令 先朝盡爲羣下所欺蔽如桐臣之言亦惟當曰
罪在羣下斯亦足快其意何忍爲此反常之論哉徐

命均宋寅明趙文命等相結言之　上寵錫三而寢
領疾太學生鄭楺等疏言　先王大漸李光佐不設
議藥聽趙泰億撰敎文有那知半夜之間之句意以
爲　先王無疾而薨　上命竄楺鄭澔等激訐不已
上頗病之而趙文命顯命宋寅明累疏言蕩平之
說　上納之會諸臣爭請殺柳鳳輝李眞儒等庭啓
至三十八次連三年不休兵判洪致中不預庭請
上遂以爲相既而　上命辛丑疏下決一人施次律
次一人李眞儒也次律謂絞也時辛丑疏下鄭楷已
沒眞儒及朴弼夢李明誼尹聖時徐宗厦方在謫堂

諫爭啓言五人當幷正刑乃合三司請對大憲李喬
岳等先請四人正刑　上曰五何以爲四也其一當用
次律乎喬岳等曰其一亦不可用次律將繼此而
請正刑　上忽大怒曰四人不並正刑則其一先用次
律其後又將論四人乎諸臣以謟詐籠絡君父可
乎一命三司幷削黜乃遂黜閔鎮遠以下諸老論而
起李光佐趙泰億爲相台用少論是謂丁未換局特
釆趙顯命疏言　殿下親近爲彼此黨人富貴之傳
舍包重之士孰堪奔走於呼聚喝散之下哉且大懲
討多濫衆以私憤者辛壬人之罪也報復是懲專意

傾陷者乙巳人之罪也而邊遏矣 殿下旣有以知
之則用舍當以公平而乃又純進而純退之何也
上善其言李光佐造朝首以定國是爲請大司成宋
寅明於筵中大言曰臣請爲 殿下定之壬寅之獄
可分三等壽逌天紀龍澤麟重肇自 肅廟末年構
用銀貨締結宦妾根藉不可掩也若書寄贈銀之案
雖不可信而旣有未遑之言不可不謂逆鞫因之承
服者無可論而其未承服者當有別白自李晚成
以下罪不明白仍其官爵可矣若李頤命金昌集或
嗾人上疏或塞責庭請庭請而聯劄聯劄而復請庭

汗此陰陽捭闔也大抵此事若不純然一出於公便
是逆九十九分有公而一分有私亦便是逆跡雖有
據心則無將弩藉過矣而爵謚大不可也 上褒嘉
不已命改定壬寅案略如寅明言 上欲仍頤命等
官光佐爭之 上曰聯劄與三手自是兩件事乃以
聯劄混入鞫案不其過乎光佐曰 先王元年釋務
昌集等為人臣懷二心此覆載所不容也 上不得已
命奪李頤命金昌集李健命官而趙泰采只收其謚
光佐又固爭之吏判吳命恒白 上曰趙泰耉精忠
無瑕之純臣也李真儒辛丑疏外無他罪矣 上命

恭耆及柳鳳輝復官賜祭時鳳輝沒於謫所矣尋又
命奪恭耆官辛丑疏下五人并量移三司金浩等論
閔鎮遠鄭澔頒疾事請竄之 上頗難之久而始許
咸原府院君魚有龜本老論辛壬之際多與少論相
關通而外為老論救護甚力乙巳後專附鎮遠及鎮
遠之竄上疏言 景廟寔有疾羣小欺蔽皆如鎮遠
言頒疾之議鎮遠主之臣寔與聞請與鎮遠同罪云
初 景廟昇遐方大漸醫官李公胤出語人曰不可
為也 上促召不肯入語多悖慢及臺諫論鞫諸醫
公胤供曰將傾之天隻手何以扶之 命竄公胤沈

維賢者 景宗前妃弟也 國恤後與其友李有翼
語有翼問 太行何疾昇遐維賢曰吾承急召入環
翠亭 上玉色如常一宦在側而大臣入請皐復矣
維賢有翼及朴弼顯等乃以公胤之言附益而宣播
之使李天海候 上陵幸駕前發凶言至斥 東朝
上命史官勿書而誅天海時鄭澔等以爲明 先
王之有疾然後凶言可熄故創須疾之論任徵夏以
臺諫上疏直云 殿下當一亂後又斥言 景廟之
無所知聞者多憤激以爲老論侵誣 先王而 上
不誅少論南人之桀驁者悀凶言益甚湖南湖西連

年有掛書多不忍聞世謂丁未換局 上欲慰安失
志者而爲之也然掛書終不止捕賊不能得奉朝賀
崔奎瑞馳告逆變數日而逆賊李麟佐等陷淸州京
師戒嚴始 命摠戎使金重器出征重器逗遛不進
兵判吳命恒自請出征 上以李光佐領兵曹事命
恒爲都巡撫使 賜尙方釖統內外諸軍事命恒戰
十餘日而擒麟佐又遣其從事朴文秀討平嶺南賊
而訓將李森嘗以捕將主壬寅獄老論當國必欲殺
之幽南閭獄數年 上全釋之復授將任至是森壹
聽李光佐指詗察得宜內外諸賊多被捕賊招多引

森者森每待罪　上輒推手慰諭抗重兵如故賊平
錄揚武勳以命恒爲海恩府院君文秀森及趙文命
顯命等皆預焉文命無他功時毋　世子嬪文命女
也文命與宋寅明方以蕩平主國論且兼御將故兄
弟叅勳籍云初賊黨傳檄列邑皆如天海逆言而其
軍中設　景宗位牌朝夕哭及就招多發不道語侄
璟者供云維賢弼顯有翼與李河等既倡逆言與謀有
年至昨年間換局日事不成矣老論厚　先王人心
共憤時事可爲也而今少論復入入者雖幾少而竣
少論皆有覬凡人才覬則悉心消矣鄭希亮韓世弘

等促之使速反而平安兵使李思晟許以關西兵赴京與賊合謀舉事入京先殺緩少而用峻少與南人云於是老論謂少論多預逆謀而緩少亦從老論而附和焉亂初老論散班諸臣皆以奔問赴京揚言光佐命恒不可信　上乃下教曰今逆變由於黨論凡為黨論於此時者無彼此皆逆也當梟首以徇老論以此不敢言而光佐命恒得以戮力成功及事定趙文命宋寅明遍往見老論在京者具言環等諸囚供因謂光佐森治逆不嚴文命謂俞拓基曰鏡虎之誅少論舉皆奪魄其時如有大處分則無敢復言少論者

矣 聖上仁柔不斷孰肯念其世守之論而陵心易
圖乎此今日之變所由起也宋寅明謂李光佐曰三
南賊不足憂帽下賊最可憂及入白 上則又謂今
日捨李光佐則不可爲國云云時老論所欲殺者無
如光佐泰及李真儒而賊格皆謂光佐素有忠節森
感 上再生之恩必不從賊先殺此兩人云而真儒
之名終始不出於鞫廳弼顯以泰仁縣監反其從兄
弼夢俱以長論所僞稱有召命逃去弼夢客朴萬廷
往羅州以弼夢起兵狀告真儒真儒方在謫卽縛萬
廷以聞于官弼夢就捕與弼顯俱伏誅而 上

以一鏡疏下復出彌夢、命逮逆其餘四人 尹聖時李
明誼又以他事逮鞫拷明誼杖斃尋 命真儒及徐
宗廈還配李思晟南泰徵金重器皆出論武將也思
晟泰徵以賊魁伏誅重器亦屢爲賊所引其餘出論
株連者甚衆而思晟泰徵嘗爲李光佐所薦思晟之
逮吳命恒方出征請曰臣素知思晟之才如韓輔無
實則下送于臣軍中焉 上歎曰非卿誰能爲此言
者及思晟誅而命恒班師白衣待罪 上慰解之時
宋寅明請悉叙老論被錮者特列三司而持平鄭益
河等首論光佐命恒量移李真儒等爲引思晟泰徵

以致亂光佐疏下士意吳彥徽在乙巳時亦嘗擬闢
師之望非臣所獨萬也因論李真儒之冤曰高儉之
殺真儒泣告 景廟曰 殿下不誅此奴何顏復入
先王殯殿乎壬寅北使未來封 世弟皇旨曰 國
王如有螽斯之慶 王其再奏 時諸宰會議所以對
真儒曰名號已定他日一 王子生何用煩奏此義宜
獨真儒知之當時之臣莫不然也然真儒之向上赤
心皦然有如此矣 上甚不平之屢以光佐命恒所
請量移有追咎之 教而老論言者益深劾命恒以
處卒寅明復請釋閔鎮遠又出語洪致中曰吾等

隨人論閔相令乃知其先見矣致中以其言白 上曰
臣謂臣之子姪曰持心當以宋崔明爲法矣又曰今
殿下雖欲蕩平而朝無一從政者奈何 上曰從
穀李真儒追施柳鳳輝逆律復建四忠祠則諸臣可
入乎致中因極言金昌集等之冤 上納之時老論
起廢赴難者皆徑歸不肯留致中獨乍出以覲 上
意尋亦引歸大憲李秉常持平趙正純等相繼論金
昌集等攻李光佐時 孝章世子薨趙文命自以戚
里失内援慮老論因以傾己乃益附老論數於 上
前言李光佐短長然 上猶重光佐有論者輒竄之

會兩司連啓請李真儒島配而持平任璞獨言真儒
名不出於逆招罪無加於往日島配為過重自此少
論為臺諫引避者七人 上乃命真儒極邊遠竄而
猶意臺諫請重律持平南渭老停啓不復論璞渭老
時小北也自辛丑後南人小北皆多與少論同歸
上益疑璞渭老黨李光佐指於是修撰李亮臣疏論
光佐十二罪斥爲逆魁 上召詰之亮臣言宋寅明
臣之戚弟為臣言光佐治逆多縱以是知之 上命
竄亮臣而內愈賢寅明尊 下嚴教并罷璞渭老等
自是李光佐亦不敢復訟李真儒而韓䟽言金昌集

等不可伸曰代理 命下渠輩初亦庭請轉奉承則何為庭請既庭請則何為聯劄既聯劄舉行節目則又何為隨人而入僕僕謝罪而請反汗等大略如宋寅明等才處初所言者自是少論之罪四相不敢復言建儲代理事而輒曰庭請聯劄諸啟為三變云趙文命宋寅明乞退 上問其故趙顯命曰以蕩平之不可廢也寅明曰開一線路則可以蕩平矣 上曰何謂也寅明曰建儲代理非逆也少論為經而老論為權而已昌集頤命有些子逆孫當用許積例趙泰采李健命則誠寃矣伸此兩人則此開一線路也老

論可以同事矣 上曰金昌集立朝行事平素論如
又不清儉省約之譏不可曰不知不非證也其他則
無可罪矣然 上終難之會有掛書人李錫孝其供
辭又如天淵 上驚痛閉閤不視事數日大臣三司
請對不許屢 下教言直禍致逆變久之乃引諸臣
議四相事尹淳以三變罪四相曰既不純於 景廟
又不純於 殿下矣宋寅明曰臣則爲三層議論職
劉不敢言昌集頤命不可無罪健命泰采無可罪矣
上曰大抵四相以諱請代理而謂之逆乎 景廟
之教曰左右可乎 世弟可乎少論當之將如之何

虎龍受一鏡之嗾欲社予是豈可封君者哉李頤府
吳海恩何嚴於瞞劉而庇疏下之甚乎瞞劉為逆則
過於何處乎設有非矣既誅死而復追奪不已甚
若謂之忠則過矣金昌集李頤命及其子若孫不可
論健命泰采復其官可矣洪致中曰 上曰瞞劉非
逆則昌集頤命有何罪乎 上曰今若并伸四人則
時人不悖鬱姑俟之可也時李光佐免相李台佐為
相頓立蕩平他少論無敢復爭者是謂己酉處分又
下教曰一鏡締結尚儉已有斷案疏下三人終不
可不問 命復鞫李眞儒等時老論直請正刑而大

諫趙錫命等請鞫 上以違其旨逐錫命右相李
集建白請訊李眞儒尹聖時徐宗廈皆斃於杖任徵
夏亦杖斃徵夏就鞫三年受刑數十次不服至是集
并殺之以自解於少論云 初 上起閔鎭遠於謫中
欲復相之而度其必不肯乃 召鎭遠及李光佐左
執鎭遠手右執光佐手使之釋憾且謂鎭遠曰戊申
諸賊欲殺領相云可知李領府心事矣鎭遠曰臣則
戊申以後益疑光佐矣光佐曰臣嘗論鎭遠者不得
已也雖宋寅明主寬緩之論者亦嘗請罷鎭遠矣
上曰宋寅明戊申以後覺其甚忠先見云而卿則終

不知閔領府心事乎光佐曰人之心腸非可穿而過也臣何以知彼哉因請 上放手 上竟不能釋其憾後 上每卜相輒嘆曰李領府閔判府當今領袖也而一則人不使立於朝一則已不肯立於朝奈何自己酉後李光佐引罪歸鄉而老論爭疏言仲雷之不拘廉介之不明其自好者皆謂 聖誣未雪團是未仲居鄉不肯來其尤峻者如李縡金鎮商尹心衡李台重則或終身不仕其附洪致中金在魯時時從仕者其實相與論病之少論則不敢不仕故其峻者亦不肯附趙宋然自李光佐之去而益無幾於上下

矣 上方專意蕩平蕩平之法必以一老一少對擧
並除而南人小北亦關之大憝趙觀彬疏言 殿下
欲祛黨而反添一黨於兩黨之外別有非陰非陽之
物與陰陽形而爲三雖不得爲君子還不得爲黨性
小人承旨吳光運南人也疏略曰 殿下誠得諸色
目中自好者感以誠意責以忠義布滿 朝列使之融
化於蕩平之爐冶然後其效可見今但取其腹下之
毳背上之毛責以高飛之六翮雖多亦奚爲哉彼其
心以爲少論獨爲而老論得之則必有禍矣乃飾蕩
平之名以欺 殿下而又乞憐於一邊使一邊之人

氣象意健 臣願朝廷做得眞蕩平無爲假蕩平焉 靈城君朴文秀亦告 上曰 殿下終不能使李光佐閔鎭遠聚頭共事此假蕩平也持平李錫杓應旨上萬言疏其論蕩平一條爲知友所挽不果呈其略曰殿下以金在魯判銓則必以李宗城佐之以宋寅明判銓則必以申昉佐之其於用人則必雙擧而互對於聽言則不曾分是而別非此韓愈所謂賢者亦與千金不肖者亦與千金者也夫我國黨禍已成百餘年痼疾始而臭味結而冤家終而水火昔而傍觀結而操戈今而魚肉矣雖以 肅廟之英明剛毅

不能破之於前 景廟之沈量淵度不能禁之於後
以至于今日噫老黨之於少黨固自有主客強弱之勢
矣老黨之人世執國命黨親盤據其根柢固已深固
而若少黨則既無內外之援權力無所資不過一羈
旅之臣耳是故權駕凌轢氣意豪健擺亂異己務快
己私者老黨之本習也 瞻前顧後畏首畏尾巧避形
跡不敢擔當者少黨之本色也 彼之長處雖若在於
勇往直前而所短仍在於此 此之所短雖若在於其
軟退怯而所長亦由於是 此固彼此優劣之所由判
也 不幸辛壬年間一種貪權之徒脫却本來守拙之

面目循回自嘗人務峻之套習其機關運用專在挪
異濟私之計固已不服乎人心而逆鏡鴟張之後朝
廷又畏其氣勢雖其一時士類之厓異者終不能明
言顯攻以啟鷹鸇之逐故彼邊之勤敵者無論清濁
混目之鏡竟及其伏法之時雖乃紛然請討而生前
斷腕既未勇決死後誅心殆近淺時彼方欲至逆我
負固我執肯曲恕其心曲為之分剖乎本以積惡納
之勢示弱憂海固自不少而況經此翻太半韓魏之
膝協 手虛喝之威矣嗜利無恥之輩固不足道雖
高談大言者亦且隨時變化向之指為異者今忽為

向昔之日爲陰者今反爲陽其與無恥之輩不過五十步百步之間耳夫逆自逆吾自吾彼自彼此自此一鏡之逆何玷乎吾潔何解乎彼濁而必欲換吾之頸而承彼之頷頭豈非士大夫之羞乎況其地處人望足以彈壓彼此者亦於一邊偏用寬恕之政寬恕之不足至於恐畏恐畏之不足終至畢屈此而若此他尚何說臣於居鄉常聽村諺則皆曰少論方伯老論守令雖有如天大事營門與不從之請 殿下曷嘗見道伯之名出黨色者敢欺罷老黨之大家者乎奉朝賀之行一也而閔鎭遠之坐席此膝恭趨李光

佐之到館彼病巧發今日體統紀綱之不振未必不
由於此等處也時老少之峻者皆不循趙文命等而
上益厚遇之文命兄弟宋寅明金在魯相結入相
世有趙宋乾坤金鑄作之諾李健命趙泰采之仲雖
中於寅明而其他尚未盡翻老論日以為言而 上
外憚李光佐內顧趙宋輒遷延不許 上尤不喜金
昌集有訟其忠者輒 盛氣折之或以擬辭阻其說
至癸丑臺諫權熞李濟等疏訟金李兩相 上怒激
惱召閔鎮遠李光佐幷許致仕因 下手書於史官
曰諸黨之中俱有亂逆本非為 三宗血脈其沐亦

非辛壬戊庚也實由乎庚子 國恤之日此所謂匪擇君也閔鎭遠之義理李光佐之固執昧長夜之未悟者也今可以悚然矣承旨趙明翼請對欲作之 上擧所佩囊示之曰金昌集書在此是果爲 三宗血脈者耶明翼曰當昌集時有人妄稱曰昌集書以達於殿下者 殿下安知其非詐耶 上謂閔鎭遠曰建儲事明先正大而使徐德修撰知予意何也德修卽日中三大臣之名不入其中矣德修且謂予曰其時若無內應則領相有擇君之議矣鎭遠曰庚子 國恤後 聖候不豫諸臣議建儲臣言卽位未踰

年即爲建儲則中外不知必有疑惑戮力夾輔過三
年然後議之可也昌集與臣議同李晚成責其緩則
昌集曰上年衰多當早議建儲今日吾 君之子只
有一位天命人心更歸何處及臺疏猝發臣甚驚怪
見昌集曰一臺官猝然發此論何耶然此論旣發不
可以遏之今日遂至請對次策夫 三宗血脈只有
殿下上有 慈殿之教 景廟之命則 殿下雖有
太伯沖雍之志其可逃避乎有何可攈知者乎此不
過德修此輩陰秘不逞之徒以觀建儲遲待三年之議
攻斥其遂欲作爲己功藉昌集之名而已遲待三年

議宗由是始臣請同罪 上曰德修豈自辨者耶
鏡虎名為 景廟故為 景廟者欺而入 德修無名
為耳故為耳者亦見欺而入非但德修之謂也探知
者乃利欲也若耳待之未充其欲則終必懷二心矣
德修 上命配 貞聖后從子壬寅獄 承服正刑者
也至乙卯 莊獻世子 誕生領相李宜顯等請因慶
命復金李兩相官 上召君諸臣復以昌集擇君之
說 下教又曰昌集密以情忌欲殺李頤命此 教
老論所莫知也宜顯等難於仰對遽辭退 上曰今
則卿等釋然矣因果 下教言昌集等不可伸回欲

藉定策奇謀其功昌集也反覆其間醸成巨測虎龍

也角之証 上醸成逆亂錬夢鏡夢之逆統露與錬昌

集之事若論疏下士時人不知其心昌集鏡夢跡雖

氷炭心寔貫通宜顯等疏下則輒 教曰卿等既釋

然而何又 出此言宜顯等又言未嘗釋然 命削奪

癸丑之 教在正月十九日故謂之十九 下教乙

卯之 教時值夜半故謂之半夜 下教自此每以

十九半夜之 教抗老論然老論訟冤者終不已丁

巳南人金聖鐸疏訟其師李玄逸推是聖鐸以護逆

就鞫修撰鄭履儉疏言天下之逆一也今日逆賊乃

以名在丹書者敢稱大臣力請伸雪護逆之律亦有
低仰與輕重耶謂老論訟金李也老論大諱爭疏言
履儉以代理爲弦儺尹汲韓翼謩主其論少論卿
趙榮國尹東度等數十人疏斥羅召集者以其三度
之無臣卿而彼以儺代理搆陷云 上乃命汲翼謩
拿鞫既而 命卻聽判府事金興慶左相金在魯右
相宋寅明等率百官庭請進聽不許廷臣至有出矣
言者曰臣等自今復爲黨論者誠狗子也 上哂之
時李光佐屛居有年矣馳入力請 回聽 上命汲
翼謩爲島棘起光佐爲領相改蕩平之名稱曰混沌開

頃昨日以前付之先天敢有言先天之事者誅趙緬
命人賀曰今日方見英雄手段矣　上賜酒曰李光
佐以下同飲之諭以洗滌黨心時閔鎮遠已卒他
光論在朝者唯唯不敢言　論歲達城府夫人朱徐德
修祖母也　上每以諸賊出言由於德修之承服命
仍寘逆案至是　上命伸德修以慰府夫人之寃老
論因此得復捷先天事俞拓基為右相請復金李
上名諸臣曰三堂皆有逆所重不在宗社而在謀身
若　先朝大臣豈染於此哉處分之有先後何難之
有金昌集李頤命并復其官左相金在魯請并復李

天紀金龍澤金省衍等　上不許李先佐趙顯命趙
遠命金始炯徐宗玉等進疏言十年大定之國是一
朝變改　上答曰今日北面於予者何敢開喙因累
下嚴教毋他步論不敢復爭而李光佐以憂辭持
李台重等三司合請柳鳳輝趙泰耈李光佐追奪
上疑賀及台重因却大小公事有決意釋負之教
在魯等洊請乃止　命改壬寅逆案名曰勘案癸卯
討逆科改名曰別試因告　廟頒教是謂庚申處分
時在魯等進請悉去壬寅案并伸天紀等　上難之
而趙顯命宋寅明亦言干犯　先朝不可輕變在魯

曰干犯若謂三手也三手之誅旣白而猶曰干犯則
聖誣終不盡卞也且以天紀等為逆者是實虎龍
之言也顯命等無以難顯命荅以私問閔亨洙曰天
紀龍澤輩辛壬間自謂保護 東宮則猶可也而庚
子以前國言已藉藉果何為乎亨洙曰不然 肅宗
使李頤命致意天紀等如 宣廟之遺教七臣托王
子事天紀等雖布韋旣承 密教豈不盡心乎頤命
曰何以證之亨洙曰龍澤之家有 肅宗賜詩 今上
親筆也吾從允翼與洙見之頤命曰然則天紀龍澤可
伸也乃白 上曰 殿下嘗此詩否 上曰無之頤

命頫首曰 殿下豈以孤竹清風自言心事臣等敬
遺 殿下於無聯之地而乃有此言耶 上愀然起
入 東朝使久出曰李頤命獨對即此堂也至今想
之愴然矣所謂七臣者誠是也 東朝教予曰四大
臣何不自爲建請而借李廷熽乎其時予之氣力如
今日則豈能辭建儲乎蓋宋有趙汝愚以予處大臣
地則當如 東朝之教而苟無大力量豈不難乎內
有儉刑外有斧鑕豈不危乎予不立則 三宗血脈
墜矣朝鮮亡矣若非 景廟盛德予豈有今日乎而
儉事出予入達于 景廟欣然從之有放逐宦侍之

命予饒出忘北有紅袖直進 上前曰何為此教也而石烈崧所予曰姑待之自有為之之日予不得已泣告 東朝 東朝教曰寧以延礽君保全還邸也予曰然則於臣幸矣國事則罔涯矣予之此言豈徒為身而發哉 東朝甫下教而趙泰耇又封還之矣顯命莫知 上指不敢有所對 上良久命鶴龍譯遠材見欲并鞫閔翼洙宋寅明救翼洙得已遠材就鞫曰臣何以知其僞也 殿下以爲僞 殿下自當知之 上曰非汝父之僞也是虎龍所爲也今其請於前而寬遠材時閔亨洙在側惶怖無人色蹶

命曰國亨洙而僞詩露亨洙之功大矣 上忽命逮
前奉事金福澤 親鞫之曰汝甚孔 福澤曰願聞其
罪 上曰昔年汝私來見我不有而不字之言又不
有復寢之說乎遂鞫之福澤龍澤從弟也福澤所
言世亦無詳之者 上既誅福澤而禁諸臣無得復
言此事久之持平李匡誼啓請福澤加律 上大怒
逮匡誼兄參判匡德 親鞫問何以使弟把葉匡德
對曰臣請言之當辛壬時討逆方張而臣父子無一
預於其間非以彼爲無罪也竊以爲 東宮乃 先
王之子 當宁之弟國家若無嗣續宗社之托將安

歸于八域臣民口雖不敢言而心繫目屬久矣乃〻一邊之徒自以為私奉一邊之徒又從而欲不利之此何等變也今不明為 東宮下私奉者之誣而混致誅討無所顧藉大不貽禍於宗社小不貽害於身名不可為也千秋萬歲後天位大定不利之類固當伏法私奉之徒亦必正罪方以可克贊 聖心奉揚天討云爾此臣父子意也已〻以後臣亦未嘗在朝及今

殿下嚴治福澤臣常以為私奉者正法矣義理可伸天討可行故為此疏臣亦無辭以挽之也且福澤以私心謂 殿下 殿下中心憤嫉至數十年之後

因壽匡罪此千古帝王所未有之盛事也 正宜播諸
歌詠垂之史冊而朝廷反禁不宣泄此大臣之過也
上曰此汝之罪也如汝者不仕於朝故朝廷至此
且累 教曰汝知乎心汝知乎心汝家父子兄弟幾
十年誣詬今日頓開上一針也 命釋匡德而猶以
犯禁竄匡誼匡德眞望子而朴世采外孫也世業始
爲蕩平之說匡德及趙文命等皆主之辛壬初文命
等多爲峻少所擯不得仕匡德族黨貴戚人爭薦引
而不肯出或問之則答曰吾於蕩平之世然後出也
及文命等當國蕩平之論大行匡德終不進人又問

之室廷德曰吾所蕩平者欲取老論之峻者與少論之
峻者釋憾以共國事也豈與嗜富貴損廉恥者爲哉
又爲文以諭子弟曰下 聖諭三字吾蕩平骨子也
我 聖上心事本一延礽君耳既而策之東宮竟踐
大位雖宗社之福於 聖心實不幸事也彼一隊不
逞之徒敢生貪天之計 白地藉弄公然欲累於不敢
言之地如是之故鏡虎因此而藉口麟亮因此而下
手國家幾危而幸存今日爲臣子者雖當明目張膽
爲 聖上痛卞喜嚚些事之誣使我 聖上孤竹清風
之心事軒豁昭朗於八方之內萬世之下則彼鏡虎

之誣雖百車之多自如洪爐消雪所謂皮之不存毛將焉傅者也今則不然一邊之人必欲剛害善類以爲如此然後 聖誣可下其意若以爲善類輩所爲 聖上無不與聞嗚乎此豈可忍者乎一邊人則語及此等處終不敢明言顯斥其意又若尙不能無疑於 聖躬也此又豈臣子之所可忍耶吾家議論惟欲下此輩之誣構 聖躬者此誣旣雪則鏡虎麟亮之誣不攻自破旣而罷之後收拾老少南北之無故而有才者同心共濟若人心不如我心則態然而退老死田廬之下如此而已爾未幾 上下特教命

盡燒金應徵案曰鏡虎以予爲逆魁置予逆案此豈
可仍置哉洪啓迪以下九人復官贈職 其餘亂招誣
告之類勿論於是左相宋寅明右相趙顯命請於
上曰三等之說臣等亦不信但金龍澤李天紀輩締
結逸陰事聞 君相況有儀詩之罪是亦逆也宜別
置一案 上從之命龍澤天紀李喜之沈尚吉鄭麟
重五人勿論金在魯曰若是則壬寅之案雖燒而猶
行也 上乃并伸五人爲文曰大訓將以告 廟御
將朴文秀平安監司李宗城入請對政院以宗城藩
臣不許文秀先入請召宗城并力陳五人不可不置

逆案曰不如是則 殿下孤竹清風之心事無以見
昭於後世矣文秀對筆書曰布衣布功結果 而朝
請以此爲五人羅添入大訓中又請以前日三黨皆白
有逆之 教幷載之 上責重此兩人 特許之而
司勳文秀宗城寔入撞決此之趙泰耉金在魯等與
諸老論入言今文秀等更不敢以庚子後事羅五人
爲以庚子前爲斷案然苟如其說三黨請承則是
死事之臣與鏡夢爲對也 上乃復改三黨有逆句
而文秀宗城俱罷職既以大訓告 廟宋寅明請定
爲金石之典有議者必誅 上可之是謂辛酉大訓

後聞章洙卒其兄昌洙疏言此弟爲趙顯命所賣輕
錄僞詩以成五人案 上以語犯大訓命却膳又命
釋賁傳位顯命入叩地呼曰大訓既成 上告 陟降
而昌洙敢爲此言是無 殿下也無 宗廟也不殺
昌洙國必亡 殿下不殺之臣有六子必殺之 上
命鞫昌洙而竄之未幾釋之先是老論士類皆詆言
五人事閔鎭遠乙巳翻案雖弁仲之而其所著日錄
皆著此等之説也以金省行私謂爲然及僞詩事露
老論乃謂龍澤等皆有功宗社甚至締結宦妾不復
自諱而昌洙疏直曰建儲定策不能無賴於居間者

李緯金元衍等辭有識及引古爲文辭以明締結之
無可靡獨趙觀彬貽書寫洪責之曰他人則吾不知
若吾父則未嘗知此黨之爲何狀人云觀彬泰來子
也而賞以 特敎仲金福澤於是老論愧 上意縉
紳合疏尹陽來爲首疏略曰鏡虎麟夢白有根本倡
目嬪之說售北門之計者誰也懟憾於建儲之議敲
撼於定難之日者誰也以代理爲忠出以賊鏡爲可
獎謗聖躬而陰賢麟之謀爲逆地而擢徽晟之畫者
誰也門生國老之說爲一鏡之後殿者誰也三年按
獄之際作虎龍之窩主者誰也於是三司合啓請趙

泰耇柳鳳輝李光佐趙泰億崔錫恒之罪 上問趙
顯命曰柳鳳輝卿以爲何如顯命曰臣兄每自稱不
忠以不能討鳳輝也鳳輝黨戊申之嚆矢 上曰卿
兄弟真血忱也遂命泰耇鳳輝錫恒權益寬鄭楷等
并追奪兩司又請奪光佐泰億不許大憲李宗城疏
曰臣與光佐義則袒免情雖師敎忠可以貫日吾可
以有世 上不荅罷其職己巳左相金若魯請慰恤
金省行與宦者張世相宮人墨世 上命書傳敎曰
墨世金省行白望之冤國人知之墨世白望從優恤
給省行贈職仍累 敎曰白望即 孝章世子外屬

也其時韓聽所謂白望孫李氏請鞫者其意可知矣
墨世樣被訊鞫緘口而死寧不殘忍先書墨世可見
乎心矣又以鄭夢等出誣廉 下教諸臣曰此等話
天罵日之說豈可留之 聖衷 上厲聲曰今日安
知無懷此心者又 教曰白望恤典或以爲私乎諸
臣曰孰敢以爲私 上又厲聲曰卿等雖不以爲私
必有以爲私者又曰今則國體固矣君綱正矣予將
當爲之事盡爲之矣因 命世子聽政自此言者建
請李光佐趙泰億姚奇吳瓚閔百祥趙明鼎等皆以
論光佐被竄 上追念光佐曰甲辰無此人無今日

戊申無此人無今日又曰甲辰不設侍藥廳何不責
予而罪尤佐乎壬申　命追復崔錫恒有與泰耉有
聞之　教仍命致祭時　上幸潛邸開閣如己酉事
諸臣不敢爭至乙亥金羅監司趙雲逵家除掛毒賊
尹光哲嘗鞫之光哲志子就商孫也志時論羅州其文
書中多前牧使李夏徵書　命逮夏徵親問何以交
遊就商子孫夏徵曰就商豈逆耶又問一鏡何如對曰
一鏡亦非逆也有一鏡然後有臣鄰又自語曰豈但
吾心少論之心皆然遂斬之夏徵眮彥明讀之侄子
也時趙文命子載浩方為相既勸　上行大處分出

又聘諸少論使早自辨於是禮判李益炡前監司沈
星鎭司直鄭翬良李昌壽承旨鄭弘淳吏議趙載洪
判書李昌誼司直李春躋韓師得刑參權一衡司果
金始煒金尚重金尚翥司直李裕身尹東度李得宗
李重祚府使趙載敏尹東暹鄭純儉尹得雨司果
徐命膺鄭尚淳佐郎李壽勛司果徐有度申應顯仁
平君李齊赫司直李日躋趙迪命宋徵啓副學吳遂采
戶議崔尚翽前府使宋昌明吏參曹命采刑議朴師
訥佐郎李儁徽前持平邊致明呂善亨前正郎趙宗
溟副正字沈勗之持平洪良漢及第鄭昌聖輔德李堣

司直李昌儒昌任司直李光濟鄭彥儒李齋華前執
義李鳳齡司果沈穀李光濂光瀷前郡事沈埜鄭景
瑞前縣監柳德基副正字鄭彥濯李世孝及弟李永
祚正字李世源前府使趙鎭世判書李喆輔持平韓
光協及弟李宜饒工判洪象徵靈城君朴文秀處(?)留
徐命彬等及小北司直南泰齊前大諫南泰耆前及
第南泰會司果南德老南雲老僕正李壽鳳李壽德
司直任煒正字任璹司書任希教判決朴玶司直崔
成大前獻納李墉司果李壽基鄭恒齡崔台衡司正
朴道天正字申景濬宋瑹等相繼投疏或聯或獨或

請泰耆圖標等加律或請先從泰僮等追奪或以
曾前蔽於壹爾自訟或以在外及老病不能即日懲討
自引或曰如夢始覺或曰如醉方醒 上皆賜優批
有一隅海東乾坤復明之 教有諸臣如此亦復何
憂之 後乃臨殿受賀命不呈疏不參賀之人並令
諸關將盡黜之尋 命寢之且 教曰人人自陳反
兇宗意此後勿捧此等疏 處分既定苟有北面之
心者其何有異哉判府事李宗城上疏言頃年一疏
自陷於伸救罪人之罪臣惟被罪然後臣心可安
上許之命削黜付處時惟司直沈鏴以在鄉不能赴

參質班疏引之無他語但曰麻順常分罪合萬死前承
旨申致雲最後呈疏政院以禁令不納踰月 上親
臨試士有一務凶言滿紙遂令譏詗塲内獲沈鼎衍
誅之戊申賊成衍之弟也春川地又有發軍謀逆者
得志之弟思一鏡之姪子寅濟有濟德濟弘濟及其
黨宋彩岳李埈呂光學等鞫之辭連致雲致雲承服
曰鼎衍凶書臣與朴師緝同爲也又發凶言不忍聞
命閔李适側磔之所編供曰福夢即臣叔也泰徵
即臣舅也申致雲李夏徵李巨源沈鏞柳壽垣尹尚
白金浩皆臣黨也相與稱一鏡之忠李光佐之節者

久矣壽垣供辭略如師緯鏞最後就逮 上親問壽
垣何如人鏞對曰向國有讎者也遂以為承服而並
正刑壽垣鏞之死趙載浩入賀 上曰今始擬振矣
謂二人最峻少也於是 命鳳輝泰耈就鞫師尚疏
下五人權益寬李明彥金浩 權悏 權繼金弘錫尹尚
白等并施逆律斬朴纘新李光佐崔錫恒趙泰億并
追奪告 廟頒教 命撰闡義昭鑑初 景廟違豫
厭進食會供新蠏 景廟為之加餐至是致雲供辭
有蠏醬語且適 東朝 上涕泣入告 東朝 東
朝教曰其時有進蠏而乃御廚例供亦非自 東朝

進也 上命書昭鑑中文 命李公瀜逭施孚戩金在
魯為昭鑑撮諭旨 肅廟甲戌 壼位光復一國均
懽而首相南九萬乃言今日庶子以復位為慶以降
位為慽其心與己巳何異張希載閔黯李義徵等謀
危 聖母事發逮鞫九萬以希載為 東宮外親謂
有淺長慮徑請酌處而乎希載奴業同埋凶張氏山
以詛 東宮欲以嫁禍縉紳尋詞其家鞫業同則九
萬及柳尚運申翼相苛故饒治後更鞫而情節畢異
及辛巳 聖母升遐 有巫蠱變 肅廟親鞫宮婢晉
桐崔錫鼎九萬門人也劄請勿問 肅廟不聽悉付

按誅亞罪諸相臣自九萬倡爲深長慮之説終使山
逆假息釀成禍變而彼此輩遂與名義背馳及指討逆
之論爲不利於 東宮以混合於乙巳乃盡有林溥
李潛緒出 肅廟獨其將爲亂階而誅之又於丙申
大明儒林是非擧小世莫感憾久矣庚子
望沉嗣 孝顯肅三朝血脈 景廟同氣正有 令
上一身而毓祥宮於 聖母素有純誠 上又英廟
彼輩恐一朝國本有歸更無得志之期泰耆先肆冒
嬪之說以爲挾持之及 上位定儲貳則尚運之子圖
樛忠上章肆其懟筆而泰耆徒以嘆護之既而 聖

疾愈加代理有 命四大臣上疏劾則一鏡等七賊
援章溫柄締結宮妾致 上有辭位之議已又嗾虎
龍以起誣獄上逞凌逼之計下成屠戮之禍一鏡又
預伏凶言於流章與教文以資戊申滔天之逆謀幸
賴皇天 祖宗之靈底訖天誅而餘種遺孽糾結睥
睨至於今爲之逆而極矣源頭一差流波漸漫涓涓
不塞終成江河可不愼哉 元景夏白 上曰溯論禍
源恐過 景廟在魯曰不然則此爲無頭書 上卒
不用其文闡義昭鑑成諸臣請復四忠祠 上曰建
儲四相由我而死豈不愴然然立祠過矣知事李成

中曰闡義之後不可不褒奬乃許之惟五人家以戴
大訓故人不敢言至丙戌 上以五人事詢廷臣且
教曰龍澤同休戚之人也不可以麟吉輩比而泰齊
對曰李喜之獨非同休戚之家乎希功望責特其餘
事爲國之心五人一也趙雲逵鄭昌順同聲奏曰希
望非可論專出爲國之心矣金尚喆曰希望小爲國
多矣左相金致仁進曰可見奉國之公論矣於是
命板五人之名於大訓謂之洗補大訓仍復李天紀
沈尚吉鄭麟重官至壬辰息 下教命復李光佐崔
錫恒趙泰億官名曰大蕩平參判趙榮順參議金應

隷及他老論多黜官去 命鞫榮順直捧結案榮順
書曰國盜不討私讎不復不孝不忠依 傳教遲晩
榮順泰采孫也 命梟首旋 命減死安置道踰年復
教曰榮順賢矣命宥之乙未庭試崔錫恒孫守元
趙泰億曾孫璟進從孫榮毅俱登第啓言諸務
當同命官金尚喆提學李福源疏請三人削科可
之 正宗即位公除後因 承旨金若行等疏復奪尹宣
擧尹拯李光佐崔錫恒趙泰億官旋 命尹宣擧
父子復官

原論

嗚呼朋黨之名所由來遠矣然其邪正逆順之分與
夫衆寡之別久暫之殊可指而言也歐陽修之論朋
黨自唐虞殷周始然四凶與紂之惡十六相與武王
之賢不待辨而明者也且堯之時所謂朋者不過四
與十六則其亦不足爲大朋也若殷之百萬周之三千
可謂大矣然是則敵國之勢然也非可以朋言也
且夫四凶之爲朋在堯倦勤之年而舜立而竄殛之
其害不能久紂之餘風至頑民而未殄然亦不出乎
武王成王之世而已降至後世朋黨之盛莫甚於東

漢及唐宋之間東漢之黨衆且久矣然李固陳蕃之爲忠與夫梁冀張讓之爲惡是亦人皆可以言者矣唐之黨不然牛僧孺李宗閔均之非君子也亦非小人之甚者也蓋已難乎言之矣宋之黨則有甚焉范仲淹程頤蘇軾劉摯皆君子也雖呂惠卿王安石亦不可斥之爲小人斯尤朋黨之所未有也然唐之黨前後僅數十年宋之黨亦不過數世而卒以亡國且夫唐宋之世亦未有人人皆黨也若夫擧一國之衆而分而爲二爲三爲四歷二百餘年之久而不復合其於邪正逆順之分亦卒無能明言而定論者惟我

朝爲然其亦可謂古今朋黨之至大至久至難言者歟竊嘗論之其故有八道學太重一也名義太嚴二也文詞太繁三也刑獄太密四也臺閣太峻五也官職太清六也閥閱太盛七也承平太久八也何謂道學之太重夫天下之人各有其身則各有其心自私自利喜相競而耻相讓其勢然也古之聖賢有憂之者出崇禮以磨其外明善以壹其本使皆有以勝其暴肆爭奪之氣而措之于和順公正之域天下之人翕然而尊尚之親其賢而樂其利沒世而不能忘夫若是者非以其有勢位氣力可以畏服而然也由其

能為克己之學而得無我之道其心曠然無彼此同
異之別而以天下為一家中國為一人善與人同而
不獲其身斯其為人之所難能而道學之名歸焉者
也若夫己有所未克而我有所不能無則雖其所讀
為聖賢之書所服為聖賢之服所行亦未始非為聖
賢之行而其自私自利之心猶夫天下之庸人而卒
無以相遠也夫以庸人之心而居道學之名斯已不
可矣況率天下之庸人以成吾道學之黨以號令於
當世而使人莫敢撟其非則其視古聖賢為何如也
己日以尊我日以大私日以固利日以厚人亦孰不

欲爲是哉於是競奪之勢成而禍亂興焉與庸人相
競奪者必庸人也故其禍止於一時而與道學相競
奪者必道學也故其禍流於無窮夫所責於道學者
以其有無窮之患也不以其有無窮之禍也而今其
效若是意者道學之弊未必皆是而其彼推重者之
過也何謂名義之太嚴夫名義者天下之公物而非
一人一家之所得私也昔孔子之世天下大亂烝報
簒弑之禍代不絕而國相望恬焉不以爲怪故孔子
作春秋以空言代斧鉞自是以後人倫始明今之讀
春秋者其於孔子之所貶斥有不知其爲惡者其時

然也所謂名義者亦若是而已矣今謂舉天下之人皆不知名義之為何物而獨我知之云爾則是必其國之亂如春秋之世而其人之賢如孔子然後可也不幾近於自聖而誣一世哉且夫名義何常之有哉孔子作春秋尊周室而孟子勸諸侯行王政孔子不與衛君而子路死之孔子欲墮三家之城而冉有宰我臣之然孟子為亞聖而三子者猶得與於升堂之列由今觀之孰不謂孟子謀纂奪而子路冉有宰我從亂逆哉又孰不謂孔子非聖人而其流弊之至於斯哉天下之變至無窮也人心之微至難見也其要

莫如務寬其異在乎隨時固不可以一時一事強爲之名而無爲之義封己以集人求爲是否勝之術也況甲所以爲名者乙又從以成其罪乙所以爲義者甲又從以錄其慝名義果何常之有哉自古朋黨之爭莫不自謂君子而斥人爲小人後之尚論者猶以是病之今則不然謂小人之不足湛其家而夷其類也故忍假名義之說悉驅納之於亂賊然後快焉其亦可謂不仁之甚而甚於作俑者矣何謂文詞之太繁夫抉摘字句以罪人者前世所譏而我 朝百餘年來士大夫之遭黨禍者大抵皆坐於此其始

也不原其心而求罪於其言其終也不究其言而成罪於其文夫心者藏於方寸言者發於俄頃故心有過人或不盡見口有失亦不過於一時惟文不然一登紙墨傳之久遠既不可以擦壓磨滅而收其抉摘而求罪者愈久而愈工有為之考証焉有為之箋注焉有為之鉤距其要語焉有為之敷衍其餘意焉其用心之精致力之勤不翅如先儒之於經典而以之為攻人殺人之資不售則不止世安得以有完文亦安得以有完人哉其亦悲矣然其所以致此者有由誠使論君上者但曰陛下内多欲外施仁義論宰相

者但曰願得尚方劒斬佞臣一人頭云爾則雖其戇直狂妄足以干不測之誅於當時而其言樸其辭俗雖欲扶摘而求之無可以復加矣文章之體與時俱降非惟我 朝然也而從未有曼衍煩僿如我 朝之甚者曼衍故不切於事情煩僿故務刻於議論事情不切則曲直難明而是非難覈聞之者易以眩議論務刻則愛惡愈偏而感憤愈激見之者易以觸徒使公車之牋奏搢紳之書牘藤碣毫楮堆積委藉窮老盡氣而有不能遍其說者文既若是其繁則雖有善於辭令者難乎其無失矣況文之繁如此而出之

黨也者數宜其紛綸轇轕相尋而不靖也何謂刑獄
之太密夫刑不上太夫禮也宋不殺宰相高麗不殺
諫官我　朝以忠厚立　國而黨禍相連戕殺無紀
譏覘識者賞之論遂為厲禁斯已不能無憾者矣若夫
鞫獄之嚴尤前代所未有至蓋前代所謂關三木下獄
衣朝衣斬東市者未始無濫且酷也而此出人主一
時之怒與權倖宵小之私憾而已故濫戚方逞而正
氣莫過大禍不救而直名愈伸當時之士既顯訟其
冤而後之尚論者翕然稱之哉　朝鑑前代之失不
欲輕殺無辜而黨人之相戕也則必鍛之以名義傅

之以文法以成其罪定其名爲亂逆下之於獄拷掠
訊鞫具有節次要至於口招手署自認當死然後誅
之周書曰既道極厥辜時乃不可殺諸葛亮治蜀輸
情者雖重必宥焉有道來輸情而必誅者乎是無
他焉如是然後方可以義刑義殺稱於國中而雖心
知其寃枉者終不敢開口一言以自陷於亂逆之黨
也且夫殺一人則一人而已姑無遽發而鞫之使其
血肉求死不得則誣己猶且甘之誣人何惜之有於
是有援引株連而可以織其朋類此法所以治叛逆
而加之於士大夫雖其時移事變反覆不常而若其

相殘以相報則如踵一轍不少改悔國之不空亦幸矣尚何望於人才之衆多哉何謂臺閣之太峻太臺閣之設固將與人主爭是非也然是亦有輕重大小之別焉其重且大者言之而不聽則去之可也其輕且小者言之而不聽則置之可也今不究其輕重大小而其言一發不得請則不止前者雖去而後者復繼人主亦狃以爲常而言之聒聒曰故事然也有從而停之者則譁然以爲大恠比其弊惟我 朝然也且夫有事於朝言之者固是也不言者亦未必皆非也設令可言而不言是亦庸人之常態豈可以憎嫉

者而一人倡論數十人從之其不從則搏擊先及故
不得不立異以自下所言之事未及徹於上而所言
之人已相潰於下此又一弊也然是猶其節目之小者
耳大要事有一定之理人無必同之見臺閣雖重亦
朝廷一官耳旣不當以臺閣而獨異於衆人亦不當
以衆人苟徇於臺閣今黨人之相攻也必以其類先
布列於臺閣倡爲峻論排軋異己以原情爲容奸以
全恩爲亂法請竄請鞫請斬請孥一有少緩則又移
鋒以加之此古所謂獄吏之深文而我 朝所謂臺
閣之體也夫臺閣之職在於補拾繩糾成君德而正

官邪而已掇拾短長黨伐是事其自待也已薄而猶求勝於朝廷其何以感人主之尊服衆人之心哉故峻論之名始於臺閣終爲黨伐之藉口以峻爲戒猶恐其過以峻爲貴何所不至何謂官職之太清夫天工人代固有不慎官之有大小內外則然矣若所謂清者何名哉有清斯有濁人雖不肖寧肯自安於濁而不慕其清哉此必爭之勢自隋唐宋重文詞貴科第而文職始盛然唐之翰苑宋之兩制其員額猶不至如我 朝之濫而權勢猶不至如我 朝之重也我 朝專以文職爲激厲士大夫之具所謂清官名

塗視古亦已濫矣而卿相之貴皆出於此又其制多
以相薦引爲用於是年少氣銳之士權傾朝野咳唾
顧眄足以榮辱當世而不悅者衆之怨則爲士禍久
則爲黨論然士禍者小人之害士類固其宜也黨論
則士類自相爭也同一士類而何爲其相爭哉其必
有所以爭之之資矣道學與官職是已爭道學者一
則爭官職者十道學之黨百則官職之黨千非道學
之重則無以爲官職之宗主非官職之清則無以爲
道學之聲援此其勢交相爲内外而其得失成敗亦
未嘗不交相交爲終始焉蓋天下之禍常啓於盛矣

世道之患必由於偏重故曰太名之下難久居又曰國之利器不可以示人豈不信哉何謂閥閱之太盛夫天下之事當與天下人共之萬世之事當與萬世人共之非吾之所得與也吾猶不可以得與況吾子孫乎吾賢也子孫不肖也子孫之不及於吾吾其如之何吾未賢也子孫賢也子孫之不同於吾吾又如之何且使吾賢而子孫亦賢又安必其事吾事哉吾事農也吾子孫未必皆農吾事工也吾子孫未必皆工農工之賤猶然況吾幸而貴顯有言議於朝廷又敢必吾子孫之皆貴顯哉設使貴顯矣吾所言議乃

為一時而發吾子孫之時何必復有此言議哉吾子孫猶然況吾所與爭言議者之子孫又何能責顯而復與吾子孫爭此哉此必無之理也而獨我 朝有之其為閥閱則可謂盛矣而國家何利焉夫積久則不變守固則不通不變不通之人雖與爲一家之務而況國乎今雖欲變而通之強者安其樂弱者恥其繼賢者急其祖愚者毀其族勢不可也且自其有生之始至于婚姻交遊皆是黨也顧寧有可改之路然惟上之人一日奮勵立賢黜俊不拘資地其所擧措出尋常萬萬則從前偲偲之議論皆可束之一隅以

付天下萬世公心公眼而已誰肯槩執然黨論爲哉
自黨論之分而取關閱愈甚前之關閱猶以資地後
之關閱純以黨論 祖宗名器遂爲黨人之私物而
一國之慕歸焉黨論何得以不熾哉何謂昇平之太
久夫昇平之久國之福也亦國之憂也孟子曰國家
閒暇盤樂怠傲此之道也故古之明君哲輔必兢兢
於是修明政刑勤民詰戎維日不足尚何暇爲黨論
哉我 朝列聖繼作比隆前古賢士大夫號爲極盛
其於盤樂怠傲無一事或近者惟文治過隆議論多
於成功擧皆容盛於懋寀故其經邦制政之要有遜於

漢唐而寇敵之來卒然無以當之及其既去則上下晏如若未始有難者國小壤偏仁恩浹洽外無巨盜之吞噬內絕權臣之覬覦不惟人事蓋亦有天幸焉於是士大夫之精神心術無所用之始相與爲朋黨之論相矜以道義相高以名節風厲以維持世教督動人心有所補益於國家而不專爲執刺而已然向使移斯心而措之實用內以自治其身以消其感慨激切之氣外以施之國政以袪其支離文飾之弊則君臣同休福垂後世亦何事之不可辦而何他日之是憂哉傳曰必世而後仁又曰積德百年而與天世

與百年可謂久矣今黨論之久不翅倍簁而講之極其詳守之極其專行之極其遠自有國有家以來所未有者也誠能[illegible]斯心而行王政則其效又何如也使孔孟而見之則其有不痛惜於斯者乎夫是八者黨論之所由來也而其得失則彼此均焉吾非為一偏之黨而言之也吾固曰邪正逆順之分卒無能明言定論者也吾固曰至大至久至難言者也

忠清右道暗行御史別單

全

忠清右道暗行御史李建昌別單

昨年〻形統計全省可謂大登之歲是白乎矣近水之地浦落每多依山之邑風損偏甚失農之民在〻離散是白乎乃此猶屬一時之細憫是白遣最是積久之寃難醫之瘼即虛結是耳湖右一路無土而有稅者雖未知假量爲幾何而每當臣露蹤之日訴牒塡委過半是頉給之請是白乎矣正賦有限虛徵無紀其何由一〻頉給乎如欲寃稅之移劃宜先隱結之查起而事合叅商難以遽議是白遣第有目下亡使之道各邑隱結入於吏頫者年增歲加厥數夥多

前監司時至有査出之擧而其所謂營吏補料錢排定即論列中所陳者也其外則無他發落是白乎尼今若行會各邑勿爲張大之査起只從無主之結務從精實隨査隨頉其所應稅條即以已査出之隱結代充是白乎矣無但從民願濫數而至於不足無或拘吏言虛名而歸於無實則民隱可慰吏奸可戢是白如乎請令該道臣 稟處是白齊

一本道社還發賣事已有書 啓論列是白在果今年正月因京司關飭有社還一萬石作上之令而各處社還已分給者未收捧已發賣者未立本實無留在故前監司以合錄穀代納待秋捧移充之意論報得題今方行會矣此係 國用之時急則自下擧行似當從速作上是白乎矣第念發賣作錢本是不得已之政且其定價之際各循民願一從時直則除却浮費之外上納實

數必爲縱無多故其所酌定不無稍濫之慮然除良衆頭立本之方又未知何以區處是白乎乙喻本營之庫留在錢二萬八千九百七十七兩二錢四分卽前監司時社還發賣之餘剩今雖散在各邑姑未合上而亦當次第投刷是白乎所此乃本出於還則恐合仍用於還或以此裁定於發賣之價是白去乃或以此留用於立本之資是白去乃請令該道臣量宜措處務歸便民是白齊

一各邑守令官需旣有元定之數則其收其捧似不必深究前論有欠忠厚是白乎矣挽近以來所謂官需之捧大違經法純是牟利每於作伕之初預執饒民之田指名曰官結先期發令沒數收入則上納之餘在難捧職由於是奮戶防結吏奸之尤甚者而今乃自官犯之其何以奉公而臨民乎試以昨年言之以民情則窮之部顚領以 國計則太倉罄竭而列邑

官需秋捧夏賣無一遺縮石價結價不啻倍蓰合計數朔之內坐獲一年之贏先公後私尚矣無論幸其不幸抑或近之是白遣至於莫重惟正之供盡為吏胥高執取剩之資不退自退拖至今冬事體法意更無餘地是白乎矣如欲為一切之法拔本之論則官需先捧別般嚴禁然後吏奸可杜公納可充是白遣官需既曰先捧則無論本邑代錢宜其隨入隨用是白去乙今乃一併任貿於該邑處初不推入是白如可及至明年春夏之後米價高翔以此一時之直通計幾朔之捧責出於該邑處是白乎尼雖使任貿之米如數留在時盡賣難免無利是白去等況其間所入之雜物先排者不得不賣米而充用則米已盡矣出債賣産艱辛充納至其先排之除給不過官定之歇價而甚至有會計已用之粮米除本作剩一併責出者鄙瑣之極莫此

爲甚飽除還經該色積逋如山雖有房任之轉差牽補不得脫出無期以
縣者別將奸竇流毒一境其愚者無辭免徵貽害九族前者既然後
者踵至相率而入於逋藪邑至於不可爲是白如乎竊謂爲守令者與
其病於吏無寧病於民民病如瘡不過一孔吏病如瘢轉相傳染令列邑
之殘無時可已受病之源實在於此此若誘之逋患歸之謬例荏苒因
循不思矯革則雖誅一白逋吏無益於事矣蓋此饒結先捧與高價
追入之弊皆由於不排朔之故若果依法排朔令朔所捧幾石來朔所捧幾
石石石區處朔朔磨勘則上納無相妨之端該色無生逋之說救弊之方不必他
求是白乎尼以臣愚見則自今爲始令該道臣嚴飭各邑每月朔需米捧上與
用下冊報營準還每第三朔則又並上兩朔已準之冊通同合數更爲勘送是

矣不足而先下者無過一朔有餘而會在者亦無過一朔無論先下與會在如或過
數而越當者小則懲治其吏大則論勘其官是白乎旀此後繡衣耳目中以不
遵排朔之守令按簿後直爲封庫之意旀式以爲別申飭大警動之地恐合
事軆是白齊
一有 國之重其務有四分土以定界設官以制治綏民以輯內詰戎以遏外亘古
至今莫之或易臣今所言保寧事者一舉而四物備焉臣童子何知書生無
謀顧何敢指陳方略明言利害追議八年已定之 朝令妄論三路攸係之邊
情非狂則僭臣罪臣知是白乎乃原因之誦實所耳聞金城之圖既已目擊
苟其有懷于中宜思無隱於 上是白如乎蓋此保寧今付即自 朝廷特
軫蘇營事宜以營之爲重地邑之爲閒局故姑損不急之官益孤單必守之勢

此實時措之良規通變之大政是白乎矣竊惟籌國之道必度始而圖終論事之法先引古而證今粵在建邑設營之初相其地形別以官方邑其邑營其營者此必有所以然而然也逮夫順治壬辰陞保寧爲新城與營合付至三年後旋復各設此亦必有不得不然而然也合之則不過三年分之則前後數百年分之〻便合之〻不便可推而知矣臣既遍歷其地詳探其事則以地形而不便者四以公職而不便者四以民情而不便者四以營府而兼便者一請仍拘格例一〻臚陳之所謂地形之不便者保寧邑治南距藍浦三十里東接青陽北接洪州各五十里背負重嶺爲諸邑之輔車面薄大洋通四方之舟楫此一境之中央而海陸之交界也水營在邑西二十里邊角於陸而臨口於海故設始之初建邑于中以重其本設營于外

以固其圉其勢如古之守白馬蜚狐而據成皋敖倉相倚而必須者也今以海防論之營固緊矣邑固歇矣而海若有警陸豈無虞哉以海陸論脈營邑則營人之喉也邑人之腹也苟虛其腹而徒實其喉則不噎伊廷勢所必至此其一也依寧邑之前面亦有大川之港介于蘇營鎮浦之間各二三十里春水方生艨艟可入凡盜入人家曷嘗盡由乎門路哉或有穴壁者或有踰墻者墻壁雖固不能無患況撤其墻壁移之門路則是又開一門路以順賊之勢也移府合營或近於此萬一有覬覦之徒伺隙而擣虛則將若之何此其二也藉營　國之保障與沁都相埒合屬進奏亦以蘇沁並舉而沁之為營環海而墾之地廣民多所謂且耕且戰天府之地是白乎矣蘇營則不然烏山一麓走入海中緣坂為郭周廻不過十里所謂地如拍拍將飛翼者正

言其褊小之狀非雄偉之形而館廨樓閣市肆閭閻騈若贅疣密如比櫛每海風驟急則舡艤撐鉦而戍人壕中無井泉汲水者自外而入夜則鑿門而通之此皆兵家之所忌脫有倉卒必不可以獨守且其前港亦非安興之路也遡而上之不過洪結之間而大洋在澳山之外水營之設蓋以統轄水師專管一路非必以此一片之地爲天險之金湯也今廢保寧而專恃水營是自如何倘有如前所云則城中之人且不能通水火顧安所施其勇哉此其三也當初合付之時以風高風和之節爲半營半邑之規既有　朝議已經　上裁則典式莫越宜其恪遵是否去乙奈之何一合之後仍留累不來餼廩既加樓基增麗依舊是蘇營之水使非保寧之本官則營蹄雖云可忘弁髦何以不念是自平喻且以虞侯言之其所當爲者瞭望也所報也而棄其舊鎮守此空城處非其地任非其職遐殘和無可恤民事本不相關擾

曠之甚事極無謂此其四也所謂空殿之不便者　殿牌杖宮社壇莫嚴莫重
邑所虔奉官所祇護而今也蕭然於寂寞之濱香火只憑齋生灑掃任守
僕觀瞻悚悶道路咨嗟此其一也各項上納公錢公穀至於營府之需用將吏之
支放水使初不看檢只以簿書期會而任本府委之該掌無官之吏何憚何
懼權有所歸奸無不至若是而例問則保寧一邑必無錢穀之名矣既無其官
不親其事不知於義何據而畢竟至於隨乘實貸而橫　國儲則將謂何
此其二也京司及巡兵營公事判付本官者不知知委於營仍復遵行於邑
自邑而轉之營自營而又還之邑去來之間動費時日每致遲延若或邊境
有警羽書交馳則將何以趁期辦事乎此其三也殺獄之檢審異船之
問情負載之鉤捉此皆時急而不容緩者列邑本官當刻親行即例也而水

使爲無官則拘於體面不得自爲有檢獄則移定他邑有問情鞫捉則代送廣侯擧行之稽滯事情之疎忽實非細故此其四也所謂民情之不便者民之於官若子之於父今使捨己之父而謂他人父則此事之所不安而情之所不堪者雖以襁褓縫繃之兒置之高門懸簿之室必不欲以此而易彼啼泣而思舊癃羸而懷歸此亦必然之理也今保寧之民捨一縣之官而屬於三軍之帥執跡而論升也非降也環一境幾萬人心鬱鬱然邑邑然如跛者之思起飢者之思飽卽惟曰復邑一事耳此果出於橫議之士亂法之民則事所當禁言亦奚卹而歸究其故實若有欲忘而不能欲罷而不得者蓋其言曰有邑有官雖死無憾此不但安常之習俗亦可謂秉彝之天性此其一也且夫民之視官其小者愛之

其大者畏之愛之則有隱而畢達畏之則不威而自怯令蘇營以水使衙門
隊戟森列伍伯猙獰蚩蚩之氓抱牒而往望門而逡巡不得訴疑不得決
況營儒之豪悍比前尤甚或濫稱推捉而侵虐萬端或勒差任役而討
索百倍蕩析立至嗷嗷不息此其二也保寧之於蘇營雖二十里而關三重
嶺踰越險艱未合之前或至老而不往來今則責應多般轉輸不絕筋
力盡竭資斧積費愁痛之聲無時可休此其三也邑既無官民志不固
胥吏咸言莫肯安業其居也如寄其從也如歸自辛未以後絕戶數百
餘陳田數千石落以此布與此稅移添於僅存之民則何以聊生此其五也
所謂營邑之俱不便者以言乎邑則若吏若隸服役於二十里之外腹背
相望臭眼莫開其所被弊尤甚於民是白遣以言乎營則當初合屬

以水使之營用營屬之料穀也而保寧官需一百七十石盡入於營用所謂營屬則初不沾溉與前無異食少事煩亦復呼冤是白乎旀且向日則營之於邑雖曰一司無甚關涉合屬以來主客之相形彼此之相爭並有私心各自爲計合之愈久而分裂尤甚是白乎矣至於復舊之說則無營無邑如出一口可見大同之論不是一邊之說是白如乎上項所陳十三條不便者的出見聞是非虛罔然則合付之便不過是水使之添況而已水使之添況何益於邊情何補於 國事而爲一營況廢一完邑哉且水使果其才也柰以廩之厚薄爲政之勤慢如其不才也雖加之以萬鍾豈能任事今若斬持於水使之裁況則此 朝廷以餔餕待將帥也豈其然哉臣以爲水使之兼保寧府使自今減下水虞候還任元山別將移定他鎮保寧府使以蔭官

之秩高有聲績者差出是白去乃或以文臣差出是白去乃即令廟堂 稟處俾一邑大小吏民八年斷望之情一朝得施仍令該水使專意戒政益加圖央則邑既頌 恩於骨髓營亦藉力於居遴將見闔境鎮安邊徼增重是白遣臣以不肖叨奉 明命觸冒萬死爲 國家論一大事得有成效則榮踰華衮其爲感爲幸當萬倍於保寧之民矣瀆煩至此惶隕無地是白齊

一安興復鎮事也此事便否利害與保寧復邑大同少異是白如乎大抵禦外之道莫先沿海重邊之策必急募民是白去乙今保寧安興之民皆以合付爲不便舉皆移散不謀而同保寧則地廣人衆猶云可矣而安興即一拳之土也防卒漁戶之居接其間者歷歷可數此若任其蕩析而不即變

通則防禦使之重將安所施哉此安興鎮之合付於泰安以府使兼防禦使者事在丙寅越四年己巳又令防禦使六朔分任至今遵行則空官不過半年比於保寧之全曠雖有差別是白乎矣合付以前安興為屬鎮而僉使與營吏民相習是白如可及至合付之後防禦使自泰安來住則體貌迥別舉行各異而安興所屬之權曾不如泰安吏校之便利故愛憎之間不無偏係主反為客積成嫌怨至於 內下錢五千兩殖利而添料者出給安興僅為六十餘兩而其餘則泰安官屬浮泛撥分用事甚痛惡故臣已令分半出給而挨以強弱難保永久此外則安興所屬無一添補於合付之後而名之曰營廝費屢倍疲殘日甚呼訴無處但願還罷本分復為鎮役是白遣無論彼此每當分任之時奔走出入其所困苦顛連之狀

有甚於保寧是白乎旀以民情言之空官六朔已極可憫而安興吏隸輩以其行營之務不能施之於他處則反侵本居之愚氓欲償新入之浮費至於漁鹽之橫斂酒草之勒奪惡習漸長流害日甚且於軍餉斂散之際沉米鉤賣之節亦使吏輩督行奸弊滋生事甚瑣屑是白乎旀以邊情言之安興即三南交會之路朝夕待變之地而泰安四十里間半是無人之境程道稍間聲息不及則雖在風高之時豈無意外之慮而今乃委其空城付之殘卒者萬萬不可是白如乎臣以爲泰安府使兼帶水軍防禦使則安興守城別將以邊地僉使爲名武履歷窠自今爲始差定下送以爲中外相應緩急相須之方恐合事宜並令廟堂稟處是白齊此二事若果復設則不出一年保寧安興之民必將倍殖於前

而還圍得以完實矣如其不然則虛留之罪臣當無辭是白齊
一各邑弊端有難一一枚擧而舒川一邑弊則劇處數三年以來稅米
軍錢或虛留而指徵無處或積逋而收刷無期者以米以錢厥數過萬
是白遣至於民隱則陳田破戶十倍他邑是白如乎其在急病之義
不可無矯捄之方故他邑查徵錢四千兩移劃于新郡守使之爲先措
據是白遣本郡各吏處前後作奸錢米查徵者亦使督刷是白乎尼比
若准數捧入則邑計民事優可充補而其所區別措處之方已爲面托
於監司是白乎乃臣今復路則不無解弛之慮且官需米一百八十石零
自今爲始除出補弊之意已有知委是白乎乃此亦未知其永久遵行是
白如乎此係一邑之興廢不可徒避煩屑致無成效是白乎尼請令廟堂另

飭該道別般申飭舒川拔輿等事依臣所區劃從速勾當俾無漫漶是

白齊

一安眠一島封山之所重自別故民有犯松刑配無赦法意至嚴是白去乙

挽近以來綱紀解弛奸僞侵生或圖出京關而加報烙給或憑藉公用而惟

意偷斫致使旱麓無濟濟之美牛山有濯濯之歎言念事體已極駭然

是白遣水營之屬謂以禁斫橫行島陸威脅民間如有家舍之新造

船隻之修改者雖私養之木自枯之株皆曰犯松刑之贖之蕩敗無餘甲

戌繡衣所云以七十里一島爲穽於國中者良非過語是白乎所詢諸輿

論皆以爲若無一番變通則沿海諸處民無以支保是如是白乎尼大

抵此島本非水營地也四里屬瑞山一里屬泰安土稅戶役皆於本官而松

則以戰艦所用故水營次知是白乎乃未斫之前松也非艦也見卯而求之
越俎而代之於義無當能除良水營權重於列邑而地遠於本島權重
故犯而莫止地遠故防而易入今若以島松一事全付瑞山泰安兩官使之
課植禁斫依水營例是白遣水營則春秋二次式遣裨將將校巡行摘
奸其外勿復干涉仍飭本道別般廉探于該兩邑以松禁之善否爲官政
之殿最則該守令自當盡心期免後悔至於兩邑邑屬則不但勢力
之不及水營復畀水營之責必不敢無難犯科而勒贖濫捉等弊可
以稍息松政民情稍得其便是白如乎請令道臣 稟處是白齊
一唐津沔川瑞山泰安洪州結城保寧舒川等地漁箭鹽盆處既有均
役廳元收稅則一地兩稅在所當禁是白乎乃水營收稅之捌後仍支放

使成定例 朝家所洞燭是白遣其外各宮各營與班家私設之濫稅臣於所到多有斷革是白加尼乃於今二月初自監營行會於內需司傳令新設收稅云故取見其傳令則漁鹽等稅比之於均廳元額爲三倍之多是白遣至於各浦旅閣器店等屬皆使不得買賣聽知委是白乎尼此不但漁鹽而已其將擧列邑土地之所出而次第收之也臣本昧於事例伏未知內司此等事果是 啓禀後施行是白乎喩蓋此諸般興利當初則雖屬於內司旣入均廳厥有恒稅行之已百餘年則今若疊役民豈無冤若以各宮各營與班家之濫稅不可仍置則別加禁斷并革罷何難之有而今乃從而加之使京鄉駔儈之輩因以爲詭憑之藉 御用敢行攙斷其

在事面所損非細故臣已敢行擅便關飭列邑使之姑勿督捧是白
乎乃臣過境之後必復收刷此若任置則濱海之民其必散之乎四是
白如乎亟 令該司收其傳令撤其收稅恐為懷保之急務是白乎於忠
勳府公文又於二月下來其所收稅諸處亦如內司傳令是白如乎此亦一切禁
斷俾杜後弊其餘各宮各營無名之新稅並令永革嚴明行會之地令
廟堂稟處是白齊
一沿海各邑各鎮搜討軍名色當初分定可見所重而此非臨陣對敵之用
即不過巡行諸島以探海浪賊之有無則一年一次亦云足矣每月晦朔輪行
替代吹鑼擊錚殆若有事之時合標尋牌皆是無用之具此必中古之際
海島空虛人多不逞盜賊憑據多有作亂故設此搜討之舉而今則地益作

而人益繁窮峽絶陬皆成村落烟火相望呼吸相聞何處之可搜何賊之可討而各邑稅米中搜討粮米合百餘石年年浪費軍人輩則雖受此米而情弊盡入於營邑盤纏反乞於愚民風濤間關時月淹滯經此役全家蕩盡聞見所及不勝矜惻是白乎尼搜討軍名色從今革罷粮米段出付該邑鎭或補儲峙是去乃或設砲料是去乃並令道臣 稟處是白齊

一湖右一路古稱士大夫之鄕先賢之風尚存世德之家相望是白乎所魯城則祭奉尹相申詩禮蔚興訓篤敬棣躬貧而無憂隱不近名是白乎尼其在旁求之義合有特異之典是白齊

一韓山居幼學閔淮鎬女即全州李昌夏之妻也昌夏年十七

委禽閔家因留錫館不過一朔因病奄忽方屬纊也閔氏引刀斫二指
流血灌以終不得效撫尸一慟旋即收淚曰哭何爲哉七日不食可以從
君於地下矣遂閉口却食至期未絶乃潛求毒藥服而自殞此事
在昨年八月是白乎尼曾見於臣爲旅伴臣於入境之初目覩其艱
楷友爽驚歎之極尤不可使之泯然是白乎旂孝烈之積鬱未[illegible]
多不可紀無由取捨其優劣故茲以見聞之的確簡舉登 聞是白
乎尼請令該曹亟施旌典是白齊
一昨年前監司畢賑請賞中右道禮山前縣監張胤植保寧前五衛
將田弘奎石城前司果尹滋慶幼學朴來貞韓山幼學金在俊補
賑米錢數爻旣有前 啓是白在果臣於入境之後詢諸輿論則名實

相符此爲嘉歎是白乎旀其外見捕者亦多可稱之人而旣無以博採
並擧故只據道啓敢此更 聞是白遣蓋此出義之心本非徼賞之
計而在 朝廷激勸之道恐不可屬之過境終無示意是白乎乃並
令該曹 稟處是白齊

光緒四年四月十四日

啓下議政府

議政府 啓曰卽見忠淸右道暗行御史李建昌別單則其一湖右一路虛
結冤徵最是難醫之瘼而隱結之入於吏輩者厥數夥多前監司時至
有査出之擧矣今行會各邑勿爲張大査起只從無土之結務從精覈隨
査隨頉其所推應稅條卽以已査出之隱結代充事也

田政事才因左道道臣條偹陳於榻 啓而苟如此論何必改量爲也又何
必查陳爲也今有已查出之隱結則於此而免稅所縮於此而 正賦可補爲
公私事計誠幸甚矣然而只聞民弊則難期於無濫或循吏言則易
歸於不實自營邑另行措處俾有成效
其一前縣司時社還發賣餘剩錢一萬八千九百六十七兩零散在各民或以此
減定於發賣價或以此留用於立本之意令道臣量宜措處事也
緖論非不好矣第今大衆告匱經用艱急纔已劃送於該曹自在何論
其一守令官需每於作伕之初以饒結收捧養戶防結自官犯之而官需則任着該邑
米價翔高後通計責出鄙瑣莫甚之經該邑積逋如山自今爲始令道臣嚴飭各
邑每朔需米捧下冊報營准還送每第三朔則又並上兩朔已准之冊通同勘送而先

下與會在無過之朔如或過數而越當者小則懲治其吏大則論勘其官此後繡衣事
目中以不遵排朔之守令按簿後直爲封庫之意著式事也
正供與官需雖云皆出於民而揆諸事體道理其先後輕重果何居也罔
念奉公惟意營私饒結之預執高價之延之不法大矣無恥極矣如是而尚
可曰處其官而臨其民乎道臣之視若尋常莫之糾正者尤爲慨歎此
繡衣臨陳行會道臣嚴明摘發悉祛謬弊之習至於繡衣事目係是
秘旨特下者則某條某件有不敢自下擅請況此必革乃已之弊乎該御
史宜有警責而已因他事被配勿論
其一保寧之合付蘇營後許多不便者一一臨陳自今水使之兼保寧府使減
下水虞候遷往元山元山別將移定他鎮該府使以蔭官之秩高有聲績者差出

或以文臣差出仍令該水使專意戎政益加闔東事也

是邑之附是營蓋出於鞏固邊圉之意而今以繡錦觀之則以形便而言以事勢而言其合之之爲不便其分之之爲便既若是較然明甚今這

臣更加博採擬將具陳 啓後 稟處

其一安興鎭合付泰安以府使兼防禦使六朔分住之際體貌廻別舉行各異邑鎭吏校强弱不同主反爲客積成嫌怨侵漁各端民弊日甚且安興即三南交會之路而泰安四十里間半是無人之境空城殘卒極爲疎虞矣該府使既兼水軍防禦使則安興守城別將以邊地僉使爲名武履歷者此亦不妨也

安興復鎭之論其與保寧還邑之事同條而共貫矣此亦關問道臣後處之

其一舒川郡稅米軍錢之虛留廠數過萬陳田假户十倍他邑故他邑查徵錢四千

而先爲移劃本郡各吏廒作奸錢米查徵者亦使督刷且官需米中一百八十石零
自今除出補弊之意已有知委另飭該道從速句當事也
邑弊轉劃公納拖滯而補衣之區別充補還爲可幸自營邑爛商措劃
圖所以永久之效
其一安眠島封山所重之地挽近憑藉公用惟意偷斫已極駭然而且水營營屬謂
以禁斫威脅民間勒贖濫捉民無以支保而此島本非水營地也四里屬瑞山里屬
泰安從今以後島松一事全付兩官使之課植禁斫水營則春秋一次式摘奸外勿
復干涉仍飭本道廉探兩邑松禁之善否以爲殿最事也
此島之日就童濯寔由於偷斫濫伐而然而水營所屬憑藉侵漁乃是附
近民瘼之最甚者也不可無變通之政而今若如是行之則更無它窒礙之

端乎令巡水營具意見報府以爲代察之地

其二唐津沔川瑞山泰安洪州結城保寧舒川等地漁箭鹽盆私設濫稅多有觸革而今春自監營因內需司傳令新設收稅比均廳元額爲三倍之多各浦旅閣船店等處皆不得賣買亟令該司收其傳令撤其收稅忠勲府公文亦如內司傳令此亦一切禁斷其餘各宮各營無名新稅並令永罷事也

沿海諸處漁鹽稅額本有均廳句管則今此內司之新設收稅云者是豈成說而並與旅閣船店而一聽知委使不得賣買則其貽害流去將反於何地乎且勲府之干涉於此等事尤是前所未聞毋論某宮某司所謂差人名色一并嚴刑遠配後馳報本府事事爲先分付道臣而更爲有別般行會

其一沿海邑鎭搜討軍有名無實船隻不少從今革罷粮米出付該邑鎭式

補儲置戍設砲料事也

名雖搜討既無其實則除不緊之費補有益之需在事理固然營邑

商議從長處之

其一魯城前參奉尹相甲孝行事也

其一全州李昌夏妻閔氏烈行事也

其一禮山前縣監張胤植保寧前五衛將田弘奎石城前司果尹滋慶幼

學朴來貞韓山幼學金在俊補賑之數旣有道　啓不可無示意令該

曹　稟處事也

此三條幷令各該曹　稟處何如

答曰允

戊寅七月十六日

咸興按覈錄

壬辰四月十二日

咸鏡南道咸興府按覈使臣李

本年三月初十日節到付議政府關文內以臣爲咸興府按覈使促
發嚴査卽速登　聞事奉承　傳敎分付是白只以本月十七日辭
朝二十七日到咸興府與叅覈官文川郡守任百潤眼同開坐應問
各人次第發問目取招盤覈是白如乎推考次壬辰三月二十七日本營
首執事李鳳俊年三十八本牌準白等今此民擾罕有之變
汝爲首校亂民輩本事之根因首從之誰某必有所知雖以當日言之
攔入營庭至有騷悖之擧汝等不能捍禦之罪已無可言而其時事
狀何至於此是加喩今於按覈之下無敢隱諱從實直告亦推問敎
是卧乎在亦當時事狀自營別秋武士也渠輩不　之致從所欲差任
南居吳晩鼎謂有韓鹽役洛周處所捧錢右錢捧給則自願以武士上
去云故自營題下中軍自中營屢爲督捧求乃捉致韓鹽役與該里任

掌決答任掌曰打汝之臀即韓洛周之臀也州南多士與朝官呈單營
門其辭緣則自中營招致朝官後弊所關 啓罷云云中軍旣受由上
京故姑不 啓罷許給由狀矣中軍上去之後朝官士林以不爲 啓罷不
滿其意而數日則別無他事矣去二十四日食後有市民撤廛之說自營
門問其曲折次市民幾人率來事使執事金裕鎔持令旗出往市上則
市廛已盡撤矣渠輩之言曰我等方有事將欲入訴矣以此還告云而
趂求入來故更使執事金裕鎔池成海往招則市人輩方向鄉校而隨
後者數百名亦多觀光之兒童矣市民往校中以齋任柳濤聲挾禠之
故而即爲挺出之際逢見金池兩校以令方入營爲辭還告之後待之
稍久民輩始入來開門納之反其入庭見有剃髮傳背者即柳哥也已
爲無數亂打幾至死境而營門問諸民之何故如此則諸民紛紛有訴
不可詳記而先言中軍不爲 啓罷無罪之民受其侵虐以此市不堪

末民無以生云云則營門分付以當卽　啓罷而其日果發狀　啓矣其
時諸民在前庭兒童多在前後諠雜尤甚故營屬禁呵之際至出投
石之變大抵三四百名成群之民不但市民與近社之民而已至於他處商
賈兒童輩混入作隊其爲首從莫可分別但聞上房軒廊之間有甓
礫之聲而方其時營門卽爲直前移步矣等隨陪其後則諸民輩
見營門向前行次仍無投石之事營門坐定于知樂亭連以曉諭使之
出去則民輩盡爲出去于逍遙門仍爲無事其翌日矣等奉營分
付出去曉諭諸民以中軍　啓罷之意而柳濤馨則曳出歸渠家是
遣江原道營吏沈東道段自東營來此陪住者而當日民擾之際有何
知機難發向加沈擔距此十里許地矣目曾春時民輩出去捉還因橋頭街
沈哥打之燒之而死而聞其時捉來則雖是本邑之民而至於打殺則乃
他道之人或謂江原道糖商適在傍打殺云矣身旣未目睹只憑傳聞

是乎則本府民與所謂糖商有何嫌怨於沈哥是乎喻亦所不知是乎旀
且間民輩捉柳哥於校中之時私捧其柳哥之招則扶襍諸人咸與民
李根模營傔崔哥與沈哥出於柳哥之口云矣當日事之不能捍禦矣
等之罪爲敢發明諸民之詐入營庭即因分付方其詐入之初豈知其
有如此駭悖之擧乎以此相考處寘教味白齊同日本營班首金若洙
年六十九木牌準白等今此民擾罕有之世變也汝爲首校民擾本事
之根因首從之誰某必有詳知者雖以當日言之攔入營庭至有駭悖之
擧汝等不能捍禦之罪已無可論而其時光景何至於此是如喻前後
事狀從實納招亦推問教是臥乎在亦矣身去十三日扈衛廳武士
護送次出往元山聞營下民擾之事三月初二日始還則當日光景實所
不知而但聞以中軍狀罷事有士林稟目而已此外無他可達相考處寘
教味白齊同日本營六吏房金洛紀年五十九木牌準白等今此民擾

罕有之世變也汝爲首吏民擾之本事根因首從之誰某必有詳知者
雖以當日言之攔入營庭至有駭悖之擧汝等不能捍禦之罪已無
可論而其時光景何至於此是加喩前後事狀從實納告亦推問
敎是卧乎在亦矣身在處所聞市民等執挺柳濤馨攔入營庭
之說馳往宣化堂則諸民齊聲曰營傔崔哥在後房願出給云則營
門分付內汝等往搜可也諸民輩往搜而不得則營門使諸民退
去之際自宣化堂後石子踰入者甚多中打門隻其時入庭爲數百名
而矣身在臺上其誰首誰從莫可分別是乎遣其後仍陪營門往
知樂亭雖爲陪護初未捍禦無辭可達之事相考處置敎味白齊
同日本營首通引曹允貞年三十五木牌准白等今此民擾罕有之
變也汝爲首通引當塲目睹必有詳知其時亂民輩情節之何如首
從之誰某一納告汝輩則終始護陪者果有幾人是喩從實直告爲乎

推問教是卧乎在亦市民等有稱寃之事来到三門外依分付開門納之則諸民曰左右多有扶襟者做弊柴米不入爲先柳濤馨捉来爲辭故自營門曉諭出送之際自宣化堂後觀光之児童輩投石於大廳軒砌之間者爲數三箇而營門仍爲行次于知樂亭矣矣等則一邊禁児童之投石終始陪護其外事狀實所不知相考處寘教味白齊

同日本營司門將姜用任年七十五木牌準白等汝等以守門之任民擾時不能捍禦難免其罪其時開門雖有分付衆民入来之際至於縛曳柳哥以有前導則其駭悖之勢何無禁阻乎其時作頭之民汝必詳知從實直告亦推問教是卧乎在亦二月二十四日諸民輩執捉柳濤馨驟入營庭或在後庭或在前庭又或有超上中堦者而其作頭誰某稠人中不能詳記以此相考處寘教味白齊

同日本營執事金裕鏐年三十七木牌準白等今以李鳳俊指觀之則市民作擾之際汝以營分付

再次出去則其時何民首倡緣何起擾汝必詳知且此是未入營庭之前其時聚會之民方在何處合爲幾數是旀至於入庭以後事狀亦必一一詳知從實直告亦推問教是白乎在亦矣身果於二十四日辰時末奉營門分付以市民撤廛事出往査問亦爲曉諭事出去市上則撤廛的實不見一民矣問市民何去則道人皆曰方往鄕校捉柳濤馨云故仍往鄕校之際中路逢老少民數百問其何故撤廛且傳營門分付則諸民無他言但曰欲見柳濤馨云矣其時多酩酒者亦多見兒童矣即爲入告營門則更令傳分付捉入柳濤馨故問柳哥去處則方在萬人傘碑閣後而數千名環立方爲問目云而柳哥則縛以皮繩垂髮而坐矣矣身只率一使令持一令旗何由拔出柳哥乎不得已還現則自營門更爲出送首執事與本府座首而矣身還歇舍處矣諸民喧擁入來于布政門故矣身與池成海入去使道方出入軒上使

開三門諸民盡入而皆是有衣冠有一民亦衣冠掌中有木竿懸之以似
獘紙破衣之白旗揮於營庭曰此是柳哥處所捧旗也自營門取來入鑑
而依所願使之出去之意曉諭則前庭之民稍有退却之意而吳等舉
行之道恐有後處方與同僚相議於新砲衛及下番羅卒以為防護
之際營門分付汝等官屬并為出去不必與民混雜也其時兒童多在
堂後左為喧雜故欲入去驅出則投石頻多紛紛吳營門分付以為宣
可使石入宣堂乎直向行次於投石之中則吳等諫以投石方甚不可向
前營門一向向前其時內庫西邊則多兒童東邊則多稍長者呼
兒童而禁之曰使道來矣自此更無投石矣吳等因為陪營門徃知樂亭
曉諭餘在之民而俄者揮旗之漢大呼一聲超躍如倡夫之㨾而與衆
民出去營門還次宣堂於羅卒掃其所投之石吳等還去直所矣
其時揮旗之漢年可四十其聲音的是平安道漢非本府人也以此

相考處置教昧白齊同日本營執事池成海年四十三木牌準白等
今以李鳳俊招觀之則市民作擾之際汝以營門分付出去則其時何
民首倡緣何起擾汝必詳知且此是未入營門之前則其時聚擾之民
方在何處合爲幾數是旅至於入庭以後事狀亦必一一詳知從實直告
亦推問教是卧乎在亦去月二十四日自宣堂招致矣身分付內今聞市民
等方爲撤市云其撤市委折查問市井頭目招待教是故出往市上則
金裕鏴亦以承分付出去故逢着而伊時果爲撤市市民不見一人亦與
金裕鏴往鄉校洞之路逢着市民冠童數百名問其頭目則答曰頭目
原無云又問何故起擾則吾輩以市米不入無以爲生之故會議撤市
捕捉挾襍之類爲計矣矣身曰有營分付頭目來待可也渠輩曰方
往鄉校當仍詣營門矣矣等以此還告移時聞之則諸民捉柳哥出
去云故金裕鏴奉營分付出去于柳哥處更有座首首執事出去分

付矣矣身在直所而移時座首首執事逐入禀告之際吳民誼擁入来
其中一民揭旗懸紙稱以柳哥之於挾襍諸人之姓名云而紛紛前訴欲
蒙柴米出市之措處則營門分付先自柳哥當爲勘罪所願則一併
許施次曉諭矣其中稍長之民則稍有退却之慮而年少之漢激忿
尤甚一向聒閙矣等或慮日暮後難處故約束砲衛以爲等待之
際堂後有投石之聲而營門向後軒則投石仍止使道出往知樂
亭曉諭諸民退送後因爲還次宣堂以此相考處置教味白齊
同日中營兵校李宗允年四十一木牌準白等今此本府民擾之際中軍
既狀罷則事端之由於中軍昭然可據汝等憑藉侵虐之狀爲先
二納告是遣營啓中朝官士類推捉事何許朝官何許士類以
何事被捉是旀定平民成群之訴亦由何事在於何日其數幾
名是喩無敢隱諱從實納告亦推問教是卧乎在亦矣身以

中營體校中軍之事敢曰不知技贖例是五兩者前中軍則或捧
二十兩或捧四十兩而直遣羅卒收贖以來則實非矣等之罪是乎
遣朝官事段扈衛營武士以吳晩鼎抉擇則渠以謂州南韓監
役洛周處有所捧錢四百兩是如呈營得題付之中軍使之督
納故二月旬間自營招致韓監役以其朝官故不爲詰問 捉其里任掌
至於決答準捧矣其翌日本府朝官等以此呈營自營門以 朝
官不待接之故嚴警飭中軍矣身則大棍懲礪是乎遣士類推捉則
未知何事是乎旅定平民訴段亦以技贖濫徵之故果有該邑
民來聚於南門外孫哥家自營門入廡矣身又以此事更被刑推
仍爲在囚今月十九日始得蒙放是乎尼二十四日民擾即矣身在獄之
時也諸般事狀漠然不知相考處置教味白齊同日定平浦項洞
頭民宋順漢年三十三木牌準白等汝矣等去二月二十日間緣何事

端八十名来到營下是喩從實直告亦推問教是卧乎在亦去二月十六日中營裨哥與面主人不意來到矣洞居宋成㷔金明學兩人處以雜技事就捉是如勒徵一百三十兩故難耐威督同銭果為備給後聞有中間作俑之說故聚會洞民狀內則以四十一人書塡營下来呈者不過十七人而已非八十名也其時特蒙營門處分那錢一百三十兩果為還推以去別無他事以此相考處置教味白齊同日州南社都尹姜珉弘年五十七木牌準白等今此本府民擾即罕有之世變也汝以府內首社之任民擾之根因宜無不知且以各指觀之作擾由於市民屬於州南緣何作擾誰為首從是旀且以沈秉道殺死言之事在汝矣社內則何人作犯是喩今此諸條姑未有現發之首倡則查問一路專在於汝前後事狀一一直指亦推問教是卧乎在亦矣身身為社任民事豈敢曰不知乎當細細陳之矣

營門到任後三十九面各四十兩式年價錢出給一府傾患何可盡言
而至於存問一款本是遐鄉士民處每因京宰宅請囑有自營
存問施行即例也而至於存問之際無入牌旨幾百兩捧上此豈
營門所獨而然也都是中間挾襍者之所為也矣身去月二十四日往
靈臺回路見百姓屯聚可為千百名且聞府下撒壓故問汝等何
為如此乎云則諸民曰君為都尹豈可不知今此州南四千餘戶無
米不入民皆莫保吾等將欲執柳濤聲入訴于營庭云矣身曰
豈有如許之法乎何可為民而如此乎諸民曰我州南之民本是不能
農業買米食之而今則柳哥營幕史哥營傔崔哥沘哥本邑
民李根模如此等挾襍之漢見必殺之且營門前往訴為計矣矣
身雖責其無法而何可以一人禁數萬人乎雖以今此在庭官屬
言之皆是買米以食之人也數三場米穀不出所以至於此也州南

之俗風高之日則都尹廵里禁火而其日矣身因以廵里諸民之作擾果
不參見其後事狀矣身實未詳知是乎遣沈哥殺死事段聞
行路所傳則有江原道民數三名以沈哥曾在江原監營時使涯輩
蕩産云而打之殺之而本社民人等曳出其屍十里外掘而埋之云
矣以此相考處置教味白齊　同日幼學韓啓宰年三十一木牌準
白等令此民擾之後汝矣身撤燒李根模之家舍汝既自言所
訴矣李根模之罪雖一境之所共憤而汝則以私嫌之故至有此破
屋放火之擧謂民擾可乘而然歟抑有所指使者是喻無敢隱
諱從實納告亦推問教是卧乎在亦矣父以本府座首擧行不
過數朔爲李根模之陰害因營分付遞任是乎則這間白徵
見失之錢至於五千餘兩之多由是而矣父吐血而死臨終遺言曰
打殺根模以雪寃恨爲辭矣矣身欲爲報讎採探渠家則

民擾之際根模已爲逃避故不忍憤冤果於去月二十九日打破
李根模之家舍放火翼廊是乎旀矣父根模之所打殺根模之於
矣身則實不共戴天之讎也若見根模則豈但燒火而止哉亦豈有
受人指使以復父讎乎惟願明查俾矣身復讎是乎遣此外無他
可供之辭相考處實教味白齊同日布廛首民金泰周年四十九木
俾準白等今此本府民擾世所罕有之變也汝等果有可冤之事可
憤之人則呈邑呈營豈無其道而成羣起擾以至於犯分蔑法其在
民習爲容若是市廛之重撤之惟意校宫之嚴犯之無難因一柳濤
聲之挾雜作爲藉口之資私捧供招劫髻反縛驅入營庭顯有脅
制之意至有幕僚并逐之請及其依願之後循不卽出甚至於投石宣
堂而極矣尚不知悛又爲徃刼沈秉道打燒而殺之所犯若是柳或
自以爲非擾非亂乎首從之誰某根末之何如汝等必無不知一從實

告以辨玉石無至蔓延并罹之境亦推問教是臥乎在亦昨年臘月以
後南北商路并為阻絶柴糧不入市矣至今二月連三塲無米幾千
名男女老少買米不得彷徨街上相議以京来募僱與鄉中幾
漢扶雜者告營逐出為定而大抵州南市上民人則營屬與柳濤
聲輩亦皆知面豈敢為驅曳入營哉其時乎安道名不知漢衣服
繿縷者曳其柳濤聲而矣身則具衣冠而在營門前何敢生心舉
面入庭乎且其時最晩他民方將出来既非但一二百名何以知其首從
誰其乎但聞入營因分付依願許施云矣至於沘東道事聞有江
原道數三人追去捉来殺之而其江原道民則或曰數朔来留於
府内云而無以詳知矣至於諸民之情則具衣冠入庭初非欲為
民擾也雖以柳濤聲罪狀事言之豈以使道事乎惟願明查
處置教味白齊同日白木廛首民尹戍兼年四十四本牌準白等

今此本府民擾世所罕有之變也汝等果有可寃之事可憤之
人則呈邑呈營豈無其道而成羣起擾以至於犯分蔑法其在民
習爲容若是首從之誰某根求之何如汝等必無不知一從實告以辭
玉石無至蔓延并羅之境亦惟問教是齊乎在亦昨年臘後市
米稀入至二月柴糧永絶矣諸民買米不得相議曰京鄉扶雜者
幾人當遂送次告營爲定而其時矣身則在家無事晩後始隨
人往立布政門外至於營庭自是諸民所畏之地雖賞之不欲入之
處也但見幾百名不可數之人自營出來至於柳濤馨捧招事矣身
初未參見沈秉道則聞有江原道數三人執斧而來曰侻偉逢之云而
所殺之矣其時矣身亦隨人往觀則數千名圍立莫可穿入有何壯
觀期欲觀之乎故爲還來而已此外更無所聞相考處置教味白
齊同日荒貨壓首民金元必年三十八木牌準白等今此本府民擾

世所罕有之變也汝等果有可冤之事可憤之人則呈邑呈營豈無
其道而成群起擾以至於犯分蔑法其在民習焉容若是首從之
誰某根末之何如等必無不知一從實告以辨玉石無至蔓延并罹
之境亦推問教是卧乎在亦矣身適往洪原二十三日夜始歸翌日出
市則諸廛已撤方有諸民輩捉柳濤馨出往防川毆打之擧云故
但聞其言仍爲還家遠行之餘足疾大作更不出門其後事狀果
無緣見此東道事但聞江原道糖商殺之云矣此外無他可供相考
處置教味白齊同月雜物廛首民金五益年三十八木啤準白等令
此本府民擾世所罕有之變也汝等果有可冤之事可憤之人則
呈邑呈營豈無其道而成群起擾以至於犯分蔑法其在民習爲
容若是首從之誰某根末之何如汝等必無不知一從實告以辨玉石
無至蔓延并罹之境亦推問教是卧乎在亦自昨臘以來物貨之路

頓絶至二月數三場柴木不入諸民以此呼寃欲為呈營之計矣其時矣
身則撤廛歸家之際矣父年今七十遣矣身之子替矣身速歸曰人皆撤
廛汝亦撤廛則可也勿往浮浪之處也矣身仍為終日在家不知其他
布政門外與沈哥燒殺處皆不投足矣此外無他可供相考處置教
味白齊同日魚廛首民劉九正年六十五本牌準白等今此本府民
擾世所罕有之變也汝等果有可寃之事可憤之人則呈邑呈營豈
無其道而成羣起擾以至於犯分蔑法其在民習焉容若是首從之
誰某根末之何如汝等必無不知一一從實告以辨玉石無至蔓延并
羅之境亦推問教是卧乎在亦矣身年老病廢名雖廛人不參市
商事而在家聞之則緣於挾雜之人柴木不入諸民將欲呈訴營門
云而此外事狀全然不知相考處置教味白齊同日鐵物廛首
民梁昌順年五十五本牌準白等今此本府民擾世所罕有之變也

汝等果有可究之事可憤之人則呈邑呈營豈無其道而成羣起擾以至於犯分蔑法其在民習焉容若是首從之誰某根末之何如汝等必無不知一從實告以辨玉石無至蔓延并羅之境亦推問教是卧乎在亦矣身適有子病在家救療故不遑他事今此民擾根因全然不知此此外無他可供相考處置教味白齊同日草鞋匠首民金致俊年四十八木牌準白等今此本府民擾世所罕有之變也汝等果有可究之事可憤之人則呈邑呈營豈無其道而成羣起擾以至於犯分蔑法其在民習焉容若是首從之誰某根末之何如汝等必無不知一從實告以辨玉石無至蔓延并羅之境亦推問教是卧乎在亦矣身草鞋匠本是菲薄而適有事故二月二十二日往下原川二十六日始還歸則其間事狀全然不知教味白齊同日市人李光云年三十五木牌準白等觀此徐石甫所指則民擾之日汝與平安道來名不知漢而次飲

酒云此漢卽民擾作頭也汝旣同飮其所和應情節無敢隱諱從實
直告亦推問敎是卧乎在亦矣身本是市民今則無所爲業而民
擾之日矣身自家上來於布政門外則平安道漢方脫上衣而來曰咸鏡
道無人矣勞困如此之際無一人致人事乎矣身初不知其姓名而隨往酒
肆飮厥漢以二盃酒矣其時徐石甫亦同往他肆更與厥漢飮酒矣比
外無他可供之辭相考處置敎味白齊同日果匠徐石甫年四十四本
俾無白等汝矣身於民擾之日與平安道來名不知漢同爲飮酒云此
漢卽民擾作頭也汝以何意同爲飮酒其所和應不問可知無敢隱諱
從實直告亦推問敎是卧乎在亦矣身其日果與諸民觀光於知樂
亭回路見平安道漢舞而出曰咸鏡道亦無人若更有如我二人可以爲萬百姓
之事也矣身仍於布政門外逢見南門外居李光云則方與平安道漢飮
酒於客舍前酒肆矣身亦欲飮次入去酒母以無錢則不與酒云故光云自

出六盃酒價與平安道漢及矣身同飲矣身欲為回謝仍往所知之酒肆又各飲二盃矣時則夕陽時也矣身兩次飲酒專為李光云故也豈為平安道漢勸飲乎此外無他可供之辭相考處置教味白齊同日幼學趙明浩年四十六木牌無白等去月民擾時汝在營門是如可為亂民輩所敺打云緣何事為何人所打是旀其時事狀汝必詳知從實納告亦推問教是卧乎在亦矣身於土官書齋每日往做詩文而其時在營門後庭聞有民許入來故觀光矣若知其民擾則豈可觀光乎年少諸民三四十名自前庭入後庭欲搜覓營儒崔哥故矣身適在其處謂其民曰汝等入庭自活何故如是紛擾乎衆民以矣身謂挽執渠輩有投石而中傷面部仍為仆地則更為無數亂打故精神全失負而歸家乘昏始有省覺其後事實所不知矣其時亂民輩皆無知名之漢而見矣身之衣冠而在營後或疑為扶雜之類故有此打傷也矣身餘年將為不完之人豈不

痛憤有佰顧惜於渠輩而不爲詳告乎果是不知名故也此外無他可供之辭
教味自齊同日幼學柳濤馨年三十二木脾準自等汝以遐土之祇出沒京鄉
圖差校任許多扶雜一境共憤今番之擾由汝而起汝矣前後罪狀一納指是
於二十四日民擾時自初至終以汝所見直告亦推門教是臥乎在亦矣身出入京鄉
只爲科行而在鄉別無扶雜正月初一日校監得差至于二月者因釋菜後會計之
未勘也至二十四日在校中有一人年可二十者率二兒而來問柳校監誰也曰我也
其人指矣身出至中營後數十名齊會無年長者摠角亦多有之前擔後
曳至南門外大路則老火數百名齊聲曰汝輩村入留邑扶雜使柴糧不
通汝則可逐可殺也或踢或打解世帶束後又有何人在後割矣身之髻
矣矣身曰校中是非容或在我至於民怨初無可當如有緣我費財受害
者則何不明言而只以村人留邑之久謂之扶雜乎然則雖死亦究䂓也諸
人曰然則汝豈有別般文筆得差此邑至難之齋任至於數朔乎必是

有扶雜故也矣身曰齋任者守齋而已吾豈扶雜乎真自罪不知也諸
民又曳徃西門外其時則會者老少男女可千餘名曳于萬人衆碑閣又
問曰汝無所罪云然則出入官府扶雜者之黨可指也其中有一長大者年
可三十餘聲音似乎安道漢也此漢每每居前拳踢尤甚曰汝若不告
當場拳殺市人輩曰若打至於不能言何以捧指使之能言可也乎安道
漢曰然則納指也矣身曰無紙筆奈何乎安道漢前列衣矣身衣衿磨墨
於石曰書之於此也矣身曰無罪可指何以書乎厥輩曰然則四門榜書諸
罪人可誦其名也盖其日早朝果有揭榜矣身於徃校中路見之矣其
榜書李根模李哥崔先達沈哥江人貝哥京人柳道變而道傍觀者
皆曰此柳道變必是柳濤馨也矣身旣見此榜故不得已書此人等名
於裂衣衿之上而柳道變則改以柳濤馨矣平安道漢曰此是指辭也汝
須書曰柳濤馨自筆且着名也矣身依而書之平安道漢揭其衿於

杖以爲旗舞躍而呼曰旣捧招可入營也兒童隨後擁入宣化堂庭其時矣身精神已迷而入庭之時着笠裹衣者數十名皆年可二十內外亦無稍長者而門外觀光之人不可勝數矣使道出廳上問何故則平安道漢直上宣化堂階上十餘名隨之揭其書招之衿而前曰此諸漢旣捧招願出給也使道曰汝等可出去也此諸人今不在此處柳哥則當嚴治爲先着枷可也平安道漢曰若着枷則必將抽而活之吾輩可直爲打殺也前史矣身則摠角如袱商者四五名隨平安道漢後以正路甓石碎之於礎荷而打矣身之脚其時亦有投石非欲向宣堂而々落於中階矣其臺上有呼者曰砲衛云云則砲軍別將將入來大門外聚會之民曰砲軍若入則吾當殺之庭中亂民亦曰砲軍若入來幷打殺云此則臥庭中聞之矣俄又一大甓破腦髓血幷流不省人事自此更無所知而聞於亂民退去後自營庭曳出鄉校前路西復之以簞人皆以爲死矣二十五日亦僅在道傍二十

六日家人始聞之擔舁還村其後稍稍有省覺尚今一縷僅存矣至於
亂民之黨果無知面知名者矣此外無他可供之辭相考處置敎味白
齊同日市人韓周甫年六十九木牌準白等去月民擾罕有之世變出也
而尚無首倡之現露則究覈之道方在時急而聞汝爲市廛中年
老之事之民擾之初起汝豈不知首從誰其亦豈不聞從實納告亦推問敎
是臥乎在亦矣身未有所見但以所聞告之矣十一二日間市民有撤廛之說
故矣身指集市井諸人告之曰撤廛者非有大變不敢爲也自有其法何敢
撤市云云也如有可冤之端呈訴可也渠輩或以矣身之言爲然是加喻
不爲撤市矣十四日朝矣身在家聞市已盡撤無一人欲問無處獨自憂
歎曰豈有如許漢等乎何可如是撤廛乎州南社尊前穩城府使全
若變家欲與往議去路聞市民輩往捉挾襍之漢云尤爲驚憂與若
變言曰將爲邑之大事矣豈有如許變乎仍爲還家聞之則其間市

民輩已為自宣化堂出來營門分付依願安集云而市民往鄉校云者莫知由折至日暮出市上見來往衆民問何以往鄉校手諸民曰往校中路逢柳濤馨受供辭仍入營庭幕僚越境土民懲習之意為許則并令許施且有揭榜云矣矣身始知其事狀而歸家二更量營門遣通引崔崇林招入故入謁則營分付既往之事皆我不察所任失人亦我之咎君則年老人也君須出往使諸民依我榜示安業開市可也我則更不為存問等事而廢公事一樣矣矣身曰使道所教至此實無以舉顔對使道矣其前事果是挾襍之類多端而使道未及洞燭也矣身又曰請飭于本官傳令外村使之善入柴來則為好矣使道曰然矣又使道曰沈哥本非吾家人乃東營章來者也到今罪惡貫盈渠自取死然暴屍道傍則過見者指曰彼漢彼漢渠既已死尤為上下人口矣蓋埋瘞則各里任掌之職而此時使道不欲親分付故

如是爲教矣使道又曰此非民擾也吾若廢務捕捉罪人則徒爲傷民此非接戰即是呈訴吾則撫摩而已豈可以此貽民寃哉今作梗者平安道漢舞而出門者也此漢必是亂類也此處之人不過幾人皆衣冠而無他事矣且兒童婦女多爲入來以此諠聒也矣身日使道之教屢屢如此矣身爲此土之民惟有罪悚無辭可達矣二十五日早朝出市上則尚無一人故招過去兒童呼某某市民而來使開廛而終無開者矣矣身有子已死而其所居之廛他處商賈多來接故人猶以爲矣身之廛矣其日他商賈皆出而矣身先開此廛矣其時本官案前先爲行次徒步曉諭而連以催促諸廛皆開矣至二十七日場則柴米充溢價亦頓低矣其後安業居生更無他事至於首從之誰某果非矣身所見所聞之事實無以爲對相考處置教味白齊同日市人徐宗洛年三十六木牌準白等汝以市人居間撤市之說始自汝出云有何意思欲爲撤市

是旅抑有指使之人是喻無隱一毫從實納告亦推問教是卧乎在
亦去月朝官稟目之日其日砲軍亦發送而矣身與崔孟先與成次州南
荷洞里去路市人李文甫自朱正字宅巷出來呼孟先與語之間矣身則
放糞而來則文甫已去矣問孟先曰文甫何言孟先曰文甫所言見今使道
四處存問十斗穀賣者三四百兩捧入米價二合爲五六錢柴一䭾不入若此則
必生大事矣明日往市中撤廛之意言之也我曰何可任意撤廛後將何以爲之
乎文甫曰此則勿慮朝官當答其後矣市廛必無他事也矣身等回路
又逢朱正字矣身問曰俄者李僉知之言然乎朱正字曰汝須一邊往撤
廛而直向布政門前也今日是砲軍上去之日汝輩撤廛上布政門則砲軍
見之必到京傳播而中軍等事亦必皆得上達矣汝必往也矣身喫飯後
至都中傳此言於市民則市民皆不信之矣其後矣身更無參涉矣此外
無他可供之辭相考處置教味白齊同日市人崔孟先年四十八木牌進

白等汝以居間初聞撤屢之說已有徐宗洛所供無敢隱諱直告亦推
問教是臥乎在亦去月與徐宗洛與成次荷洞去路逢李文甫於
朱注書宅巷口文甫在前矣身在後而更有一人蓬頭者從巷口出來
呼文甫曰令監入來文甫轉身之際與矣身及宗洛當面人事使矣身等
暫立以待文甫與蓬頭者入朱注書宅少頃出來矣矣身則其時仍在路上
宗洛則往廁放溺矣文甫謂矣身曰見今存問通出賣穀得百金者
輒捧四五百兩柴米不入民無以堪君須往市上之撤屢也矣身曰屢何可
撤也文甫曰朝官方隨後矣矣身曰朝官之舉我何可因是撤屢乎文
甫曰吾當食後上去汝須先往也矣身來路又逢朱注書兄弟問以此事
則朱注書曰必於今日撤屢砲軍上去自當上聞於京中矣須即撤之
也矣身曰當撤矣矣身往街上則李文甫亦來市人相謂曰朝官使
我撤屢矣矣身曰既往有撤屢之事則市民必受其罪自有法律

受刑蕩産不可為也文甫曰朝官在後何慮之有矣身是居間文甫是
大商居間者大商之使喚也其時不得即撤者廛人數百
家不可一時卒然同心故今日明日所以延至幾日也及其撤廛之日矣身往
外村貿米而去其後事則實所不知矣且矣身更有所可告矣昨夜鷄
鳴有人喚矣身故蓬頭而出則乃李文甫也使矣身衣冠而出而有一
官人服色者從越巷而來文甫曰此朱注書進賜也自矣身家過市路
至城川汊上朱注書謂矣身曰無人故發此言君其逃也矣身曰何為逃
也朱注書曰必逃也不逃不可也矣身曰我本朝夕不繼何可離家逃也且吾
雖無罪若逃則人必曰有罪而逃矣朱注書曰然則君逃之後柴粮吾當繼
之矣矣身思之朱注書之計必是使矣身逃去之後歸罪於矣身之意
也矣身曰吾本無罪何為使之逃乎朱注書曰君豈不使之撤廛乎矣
身曰李文甫亦在此進賜豈不曰朝官在後汝先撤之云乎朱注

書曰君無聞於我之言乎矣身曰進賜雖初不確論於我旣使李文甫
傳之又豈不見我言今日砲軍上去之時必爲撤壓使傳聞於京中
乎進賜豈不爲此言乎朱注書以手指其宕巾曰吾亦曾逃矣此宕巾亦
是逃以得着者也君必逃也終不聽而歸解衣而卧朱注書又獨自來
見曰君必深思也屢屢勸逃而矣身亦不聽矣此外無他可供之辭
相考處置敎味白齊同日市人李文甫年四十七木牌準白等今此民擾
始自撤壓而作擾之首自歸於汝今以徐宋洛崔益先之指觀之汝之設
謀倣事昭然難掩始自何時與何人同謀是旂民擾當日在於何處作
何事議及是喩無敢隱諱從實直告亦推問敎是卧乎在亦矣身自
幼與朱注書同爲商業矣去月十七日朱注書使人來見故往見則朱注書
曰朝官逢辱於中軍柴米不入於場市令監使市人撤壓好矣矣身
曰我以宕巾之下何可壓壓行言乎朱注書曰必爲言之也矣身仍歸之

路逢崔益先徐宗洛兩漢言曰朱注書之言如此汝必往街上而言之也矣身則崔益先處傳此言之外無他辭矣十八日又往朱注書之兄家則朱注書之兄問果傳撤廛之說乎矣身曰傳之於崔益先矣朱注書兄曰令監須更爲上去使市人勿撤廛也使道已洞燭中軍令已狀罷須勿撤廛也矣身更爲往市上逢見崔哥使之勿撤亦更勿此說云矣後以此意傳之於朱注書之兄則朱注書兄答曰果善爲矣如是之後更爲撤廛矣身不知是乎旀昨夜朱注書來矣身家問崔哥所居與矣身同往矣朱注書謂崔哥曰我則十七日使汝撤廛而已矣汝等則十四日撤廛何也崔益先曰十七日因進賜之言傳於市上使撤廛而仍不撤矣其後不撤果不知也朱注書曰汝必勿指告李僉知也若告李僉知便是告我也如是之言矣身聽之是乎旀民擾之日則矣身在朱注書之家朱注書聞有民擾曰此何故也矣身曰吾則但於十七日爲撤廛之言今果不知何事也相爲惟歎

會時與他市民等往客舍前同往者幾人有何說話於朝官是喻從實直告亦推問敎是卧乎在亦矣身幾年廢㕓其日自南門出西門遇李文甫徐宗洛崔益先於路上爲又有韓尚仁來謂矣身曰有可往處故從往則乃金泰周家也方有徐尚鉉矣李文甫先言曰連塲市米不入矣朝官會處以此聽許何如泰周尚鉉等亦曰好矣仍爲同往客舍前朝官會處諸人入庭矣身在路李別提出來而市人亦出來故問則答曰朝官不聽矣仍往韓周甫家李文甫又爲發說則周甫曰本官案前方面處之申飭米終不入奈何周甫仍往社尊家而歸曰不可爲之事也仍罷歸而已此外無他可供之辭相考處敎味白齊同日市民尹衡淳年四十三本牌準白等汝於十四日先爲撤市以致民擾自有入聞從實直告亦推問敎是卧乎在亦矣身去十四日因本府官差役來到吏廳之際聞市㕓已撤而已此外無他可供之辭相考處置敎味白齊同日市民

盧應龍年三十五本牌準白等汝於二十四日先爲撤市以致民擾自有入
聞從實直告亦推問教是卧乎在亦矣身爲與受所因適往他處未
見則他壘已撤矣身最後撤之此外無他可供相考處置教味白齊同
日市人金正洛年三十三本牌準白等汝於二十四日先爲撤市以致民擾自
有入聞從實直告亦推問教是卧乎在亦矣身去二月一冊娶往來妻家故
市中事不能吾者其日亦往外村矣此外無他可供之辭相考處置教味
白齊同日市人李秉默年二十四本牌準白等汝於沈秉道燒死時傍叅
云其時何人殺之汝則何爲往觀是喩無敢隱諱從實直告亦推問教
是卧乎在亦二十四日亂民輩入往營門之時矣身隨入巡察門見柳哥曳
出而已沈哥燒殺時初無往見相考處置教味白齊同日本營使令朴根
益年五十六本牌準白等汝以房長名色有何相關於市人崔莚是喩已有入聞從實直告亦推問
教是卧乎在亦二月二十日崔益先與名不知一老漢來言我等方有呈

訴事門間擧行善者爲望云故答以同居一邑豈有捧人事錢之理乎二
漢仍爲出去更不得見此外無他可供之辭以此相考處置教味白齊同日本
營使令金正律年五十六木牌準白等汝以使令房長名色有何相關
於市人崔益先是喩已有入聞從實直告亦推問教是臥乎在亦二月
二十日崔益先與名不知一老漢來言我等方有呈訴事門間擧行善
者爲望云故答以同居一邑豈有捧人事錢之理乎二漢仍爲出去更
不得見此外無他可供之辭以此相考處置教味白齊同日罪人姜旺
孫年更推白等汝以社任有此民擾不能禁止之罪已無可言雖以初招觀
之營門治蹟之張皇爲說是何道理民擾曲折全不直告極爲痛駭無
敢如前吞吐更良從實直告亦推問教是臥乎在亦矣身所懷已悉
前招而民擾曲折實所不知相考處置教味白齊同日罪人金泰周年
更推白等當初客舍前同往之日汝先首倡至於布政門作擾之時汝

亦隨立前後情節無餘呑吐更良從實直告亦推問教是臥乎在
亦矣身前日夜家時徐尚鉉適在矣家西門外市人李文甫韓尚仁崔
益先等亦到矣家故問其來由則答曰朝官以中軍事方欲呈單
吾市人亦以市中事往議于朝官措處為好云故矣身與諸人同往參
舍前朝官會議處則朝官以舊嫌事為言故矣身等日到今衆
民之事何必以此為言有醉酒朝官曰汝等事吾何言之又有一朝官曰
汝等為汝等之事我等為我等之事云矣朝官旣不許故仍往韓周
甫家會話而歸因為罷散至於二十四日民擾時則矣身雖以不為上去
營門前為指何可信乎追到于布政門則諸人方出來矣其外事狀實
所不知作擾之罪千萬曖昧相考處置教味白齊同日罪人尹成兼年
更推白等汝以大壓頭民宜識事理是去乙布政門外自言往立況哥
死時亦為傍觀始終作擾汝必同參今當嚴問無敢呑吐更良從實

直招亦推問教是卧乎亦二十四日市民等作擾入營時矣身隨入布政門
而已至於沈哥燒殺實所不知相考處置教味白齊同日罪人李光云年更
推白等今此民擾首倡作擾即平安道漢汝與此漢同飮酒盃有若酬勞
而尚切者然其所同一心腸推此可知矣嚴問之下無敢如前隱諱平安道
漢姓名更良從實直告亦推問教是卧乎在亦去月二十四日布政門外逢着
平安道漢則此漢謂以口渴故矣身勸飮酒盃而其姓名未及問知雖
死杖下更無可達之事相考處置教味白齊同日罪人徐名甫年更推
白等今此民擾首倡作擾即平安道漢汝與此漢同飮酒盃有若
酬勞而尚切者然其所同一心腸推可知矣嚴問之下無敢如前隱
諱平安道漢姓名更良從實直告亦推問教是卧乎在亦矣身
所懷卧悉前招而矣身與平安道漢同飮酒盃而已此漢姓名實所
不知相考處置教味白齊同日罪人柳濤馨年更推白等汝以校任

留邑扶穰以致民怨至有潛擾其罪狀從當重勘而民擾曲折當
日事狀今於吏問之下無敢吞吐從實直告亦推問教是卧乎在亦矣
所懷已悉前於而矣身在校中時捉去者年可三十餘許而姓名不知其
時隨從冠童五六名衣色似是衲商而矣身曳出門外時首倡作梗者聲
音亦似乎安道漢姓名則雖死杖下實所不知是乎旀矣身居在外村故市人
無一名知面者相考處置教味白齊同日罪人韓周甫年更推白等汝矣
身初指以爲首從誰某果無所聞然則當初所謂撤壆之說與二十四日
民擾時誰先傳說誰先撤壆汝終不知是喩無敢如前隱諱更良從
實直告亦推問教是卧乎在亦矣身聞崔益先言內二十四日撤市我果
行而誦之矣矣身曰誰使汝如是乎益先曰李文甫其日使我如是矣矣
身曰李文甫撤之則撤乎汝豈可聞一文甫之言而上壆使之撤乎益
先曰文甫之言當有周旋其後者故也矣相 考處置教味白齊同日罪

人徐宗洛年更推白等今此民擾始於撤市汝之初招雖有抵賴既有崔益先金泰周之所招爲敢發明乎作擾情節無敢如前呑吐更良從從實直告之地亦推問教是卧乎在亦矣身初招之外更無他可達之事二十四日則在他處終日回牌是乎還其外他事實無所知相考處置教味白齊同日罪人崔益先年更推白等汝矣身首先發論以致市擾前招雖已承服而二十四日撤壘花營終是呑吐誠極痛歎汝與朱注書說話金正洛等姓何以錄給是旀又與李文甫言此哥之死何人見之是喩既有入聞更良從實直告亦推問教是卧乎在亦矣身以朱注書之言欲爲撤市因聞有營門傳令不爲存問等事云故不撤矣二十四日朝食時朱注書招矣身上去則朱注書問街事近何如答曰不成矣朱注書曰必於武士上京之際撤市然後可得上達京中必往撤之也矣身受其言來街上見諸人言之而觀其物議則先撤者恐有後言之慮

人皆曰汝先撤之云而其時金正洛盧應龍尹衛淳輩使矣身先撤故矣身曰汝何不先撤乎三人等曰果然無論何街一街先撤然後可也即爲撤之是遣錄給朱注書事段朱注書來見矣身問何街先撤乎矣身曰水口街先撤矣朱注書曰然則不可不以先撤之街驅之矣其壘主誰也矣身因錄給其姓名是乎尼矣身死亦宜矣是乎旀沈哥事段其日矣〃身爲買米出外還過加汲擔衆民擁沈哥而來沈哥呼〃活人故矣身抽來而欲爲放送同來元里酒幕使之避之而兒童太多不能即放沈哥以致謝次出酒數三盃價是乎旀矣身則仍爲饑之往他處喫飯而還路見兒童輩又已捉沈哥入大路來矣殺沈哥之漢實所不知初無與朱注書言沈等人名字是遣矣身惟有欲活沈哥之罪至於殺死實爲曖昧矣惟願明查相考處置教味白齊同日金正洛與崔益先面質正洛向益先曰汝豈見我先撤乎益先曰汝豈不以撤壘

次往金泰周家勸之泰周曰汝欲撤之汝撤可也我南門街不撤也汝
豈不曰汝若不撤必以汝為狀頭矣云乎盧應龍與崔益先尹衡淳
面質應龍向益先曰汝何謂我先撤乎益先曰千萬街中水口街豈不
先撤乎應龍曰我與廛也布木廛以下許多廛自在况我之魚廛豈
水口街乎汝之精神出乎衡淳曰汝豈見我乎益先曰果不在街汝之使
喚撤之矣金泰周與金正洛面質泰周向正洛曰汝豈不來見我曰此廛
何為不撤我曰我之撤不撤何關於汝汝曰然則令監豈能堪乎其
歸家蒙被善卧而見之也汝之此言南門街上皆知矣又尹衡淳見我曰
廛事何以為之我曰金正洛往見諸人曰因金泰周故街事不得成是
非一何多也衡淳曰聚街作訴以通市政可也我曰如此則必逢大事矣
李文甫與崔益先面質文甫向益先曰汝豈不於朱注書前言沘
哥捉來事曰沘哥欲活出於大水中而有人再踢入之乎汝又不曰聞之

李宗浩之子乎都是汝殺沈哥也欲活而去者何爲而更來至於死乎
益先曰我欲活而放之而已文甫曰汝本是出民擾之漢其曰買米出
外假言也益先曰汝豈不逢我於萬入舞碑閣前而汝不曰撤市何如乎
我曰我更不爲此等使喚人各不同何以成乎汝豈不曰然則初不如不
經營也云乎李宗浩之子秉默與李文甫崔益先面質秉默向益
先曰沈哥事我初不知汝從何處聞乎文甫曰益先與朱注書言
沈哥之死有人幷踢聞之李宗浩之子云矣益先曰初無此言矣相
考處置教味白齊同日罪人李文甫年更推白等汝矣身首先
發論以致市擾前招雖已承服二十四日撤廛犯營以至戕害人命之
情狀無敢如前吞吐從實直告亦推問教是卧乎在亦撤廛事間
二十四日朱注書果使崔益先徐宗洛撤之益先書先撤者金正洛
尹衡淳盧應龍三人姓名錄給朱注書矣至於犯營殺人實所不

知千萬曖昧相考處置教味白齊同日罪人徐尚鉉年更推白等汝
矣初招旣係於客舍前最初民會時則作擾時作頭之誰某情
節之何如必當詳知今於更問之下無敢呑吐從實直告亦推問教
是卧乎在亦矣身所懷已悉前招而伊日隨從之外飢寒所致從來
得食於第家而已其他則實所不知相考處置教味白齊同日罪
人尹民石年更推白等汝矣初招旣係於客舍前最初民會時
則作擾時作頭之誰某情節之何如必當詳知無敢隱諱更良
從實直告亦推問教是卧乎在亦矣身所懷已悉前招而伊日雖
隨從實無參涉是如乎相考處置教味白齊同日罪人尹衡淳年
更推白等今此民擾始於撤屋汝之初招雖有抵賴旣有崔孟先金
泰周之告爲敢發明作擾情節無敢呑吐更良從實直告亦推問
教是卧乎在亦矣身所懷已悉於前招而于四日市入以他事呈訴本

官有査稟之題伊日自官拕致矣身故矣身入来之間使喚児撤屋
云云而已矣身實無撤屋時干涉相考處置教味白齊同日罪人
金正洛年更推白等今此民擾始於撤屋汝之初拕雖有抵賴旣有
崔益先金泰周之告爲敢發明作擾情節無敢呑吐更良從實
直、告亦推問教是卧乎在亦矣身妻家徃来市中事果無參涉
矣身昨年經大禍身傍無人故金泰周如是爲言且疑矣身陷渠
故然也首撤倡擾千萬曖昧相考處置教味白齊同日罪人李秉
默年更推白等汝於民擾之日入巡察門、者可知同爲作擾是遣沈
哥燒殺時汝又傍見云者旣有出招無敢如前呑吐更良從實直告亦
推問教是卧乎在亦矣身二十四日往妻家十五日夕陽来到則市人等
訴次入于營門云故矣身亦市人之故追到巡察門外而已至於沈
哥殺事實所不知相考處置教味白齊同日罪人朴根益年更推

白等令此民擾攔入營庭雖有許入之分付柳哥之傳曳前導已見亂民之行悖不能禁阻罪在汝等㐌除良當初尹崔兩漢之來見汝等情節之陰秘豈但為推閱之善看今於嚴問之下無敢隱諱更良從實納招亦推問教是卧乎在亦矣身所懷已悉於前招而其時尹崔兩人來見以柴粮通路事欲為入訴云故只以例受錢不捧之意言終而已此外實無所知惟願明查處分教味白齊同日罪人金正律年更推白等令此民擾攔入營庭雖有許入之分付柳哥之縛曳前導已見亂民之行悖不能禁阻罪在汝等㐌除良當初尹崔兩漢之來見汝等情節之陰秘豈但為推閱之善看今於嚴問之下無敢隱諱更良從實納招亦教是卧乎在亦其時尹崔兩漢來見以柴粮通路事將欲入訴云故矣身亦以食粮之漢故謂之曰然則如是為之也例受錢不捧相約之外無他所知矣惟願明查處分教味白齊同日罪人金

恭周年三推白等汝矣身以首壐饒民今此民擾自初主論客舍往
言之時既自汝家而諱囚供指皆歸於汝則作擾情節汝無不知
是去乙一向吞吐尤極痛惋今於嚴覈之下無敢抵賴昭前更良從實
納告亦推問教是卧乎在亦李文甫等會于吳家相議呈訴事
而已尹民石等入往使令廳事實一所不知而市人之當初會議先出於
吳家則爲敢曰無罪乎惟願明查處置教味白齊同日罪人李光云
年三推白等汝與平安道漢既爲同飲不知姓名云者尤極痛歎厥
漢姓名與去處更爲實告汝之同謀情節亦爲無敢隱諱更良
從實直告亦推問教是卧乎在亦吳身屢經罪罰終莫知其姓名而
徐石甫知其姓名居住年紀是如是乎尼此前無他可供之辭惟願
明查處置教味白齊同日罪人徐石甫年三推白等汝與平安道漢
既爲同飲不知姓名云者尤極痛歎厥漢姓名與去處更爲實告汝之

同謀情節亦爲無難隱諱更良從實直告亦推問教是卧乎在亦矣身果無同謀之罪惟以欺罔受此重刑矣平安道漢則姓金名光順年三十三居順川此非矣身之通姓名也渠其時出營之際呼唱壯談自言其如是矣此則諸民皆自聞之矣矣身旣與亂魁同飮敢欲隱諱者雖出愚迷爲敢以無罪發明乎惟願明查處置敎味白齊同日罪人柳濤馨年三推白等汝以當日經擾之身其時首從諸漢終不明告極爲痛歎無敢更爲吞吐從實直告亦推問教是卧乎在亦其時平安道漢今始聞之則姓是金哥而登民輩相呼似稱金平壤云矣其外更無可憶是乎乃矣身旣以挾襍登諸亂民之口有何發明乎惟願明查處置敎味白齊同日罪人韓周甫年三推白等以汝初再招觀之市民往言於朝官之日歸路會于汝家明汝之於此事自初主論可知而往客舍前時汝何不往是喩又其翌日更會汝家議搆呈訴之事已有徐宗洛之招是去乙汝之前後招何無此

言是旀又使尹氏石等往言於使令廳者其計出自何人是旀其後有一使令
往見汝家云所言何事事在何日是喻大抵汝矣身於其徒中名曰知事實為
此擾之主論而暗中措揮全事抵賴萬萬痛惡今於嚴覈之場無敢隱諱如
外除良從實直告亦推問敎是臥乎在亦諸民往見朝官之日歸會于
矣家事前於已有所供而其外實無所知矣身初不料知為民擾但聞其
呈訴之擧而挽執之矣其時往社節家者言言其挽執之事是乎旀尹
民石等往使令廳事初不聞之是乎遣其後亦無使令來往之事雖
至死境豈敢以不知不聞之事納告乎然而市民之歸會亦在於矣家則矣
身為敢曰不忝惟願明查處置敎味白齊向日罪人徐宗洛年三推白等汝與
崔益善自初同議設謀益先則干冒事亦為承服而汝則終是呑吐極為痛
惋且聞汝有往使令廳之事是何曲折是喩前後情節如前除良更為從
實直告亦推問敎是臥乎在亦二十四日事矣身果全然不知矣十八日逢朱

正守說話後北魚興盛次往金泰周家則尹民石徐尚鉉崔益先方先在矣同往朝官會處問之則朝官曰我爲我事汝爲汝事云故還金泰周家其時相議非爲民擾欲爲等狀先爲連通於大門得其用力爲好云故矣身與尹民石崔益先三人同往營門大門尹民石言於諸使令曰今以柴米不入民將飢死之事方爲等訴而等訴之後或有事則善看爲望云則使令等曰我輩手到處我當善看必爲柴粮通路之計也矣等則仍爲還矣矣身其時以居間爲使嗾亦爲觀光次往矣其翌日則又聞會于韓周甫家構等訴云而雖未往參矣身既參前後同謀則焉敢曰無罪惟願明査處置教味白齊

同日罪人崔益先年三推白等二十四日撤廛事汝之再招既已承服而、沈哥抽來之時事狀更爲實告犯營情節亦無隱諱從實直告亦推問教是臥乎在亦前招之外無他加供之辭惟願明査處置教味白齊

同日罪人李文甫年三推白等汝於撤市之首倡既已承服作擾

之情節終不實告今當三推更無敢如前抵賴從實直告亦推問教
是卧手在亦矣身今則前後實狀當書呈言之矣十七日朱注書使矣身
上去撤壓則朝官觀後云而且挾雜之人太甚必無之可也仍以支谷李哥
哥柳濤馨等四人姓名數之二人則矣身忘之矣朱注書言內此人等執
捉割其鬐而放之為好故矣身則為資生之計朱注書之言水火死地
不可擇故以其言傳之於崔益先而已其後則果不知也去二十八日朱注書
請矣身曰令番事令監姑為擔當則吾當秉八辟轎上京或吾兄上京必
使令監無罪矣如是為之也云故矣身信之以至此矣朱注書實出民援矣
身無罪不然則朱注書何以有八辟上京之言又何以晦日往見崔益先
勸其逃去於河水海乎朱注書曰陷矣身而渠之避去故矣身諸族果為
覔捉以來矣且朱執義使矣身言沈哥之死踢入火中見之者李宗浩
之子也昨日朱注書則又曰崔哥矣身皆所不知以朝官呈單事言之

因營題自中營捉韓監役而其時朱注書使韓監役之子呈單曰若不呈單則當為逐出於書堂矣其處有上下書堂故也此事亦與矣身言之矣既而朝官呈單出矣此亦朱注書之所為也矣身所傳撤壓之說全為朱注書所使而至於二十四日作擾時情節果不夥涉實為曖昧惟願明查處分教味白齊同日罪人徐尚鉉年三推白等汝與李文甫等會議于金泰周家轉往客舍前朝官會處則既已承服其他情節汝必皆知今於屢覈之下無敢隱諱更良從實直告亦推問教是臥乎在矣身所供已盡前招而客舍前往見之外實無所知是乎乃既參於諸人會議處則焉敢以無罪發明乎惟願明查處置教味白齊同日罪人尹民石年三推白等汝於客舍會時既有往參又入使令廳有何委折是旀使令廳則何人使去是喻無敢隱諱更良從實納告亦推問教是臥乎在亦使令廳入往事以諸人之言欲為呈訴時善看事是

乎遣其時諸人會于金泰周家李文甫使矣身往使令廳金泰周亦曰好矣而矣身前後所爲雖曰受人指使既是隨處同參則爲敢曰無罪乎惟願明査處置敎味白齊同日罪人金正洛年三推白等廿四汝矣撤屋既出於崔益先金泰周之指雖欲發明豈可得乎既爲撤屋則民擾干涉推此可知矣而全事抵賴者尤爲痛惋今於屢覈之下這間情節無敢隱諱更良從實直告亦推問敎是卧乎在亦矣身所懷已悉於前招而伊時適因出他民擾根因全然不知而崔金兩漢以矣身身傍無人陷之於此也然而矣身撤屋既出於諸招爲敢發明乎惟願明査處置敎味白齊同日罪人李秉默年三推白等汝以年少之漢參於作擾之時巡察門之攔入既已承服起擾情節更爲從實直告亦推問敎是卧乎在亦矣身所告已悉於前招而他無可供是矣既已往觀於營外爲敢發明乎惟願明査處分敎味白齊

跋辭

同日罪人朴根益年三推白等汝明使令房長敢與市人和應令此作擾罪在汝等前後情節一一納告無敢呑吐亦推問敎是卧乎在亦矣身所供已悉於前招而矣身同僚中與市人往來之漢實不聞知矣此外無他可供之辭惟願明査處分敎味白齊同日罪人金正律年三推白等汝以使令房長敢與市人和應令此作擾罪在汝等前後情節一一納告無敢呑吐亦推問敎是卧乎在亦矣身所懷已悉於前招而雖死杖下實無他供而矣身旣與市人不受例錢爲言則爲敢發明乎以此相考處置敎味白齊爲等如各人等招辭是白置有矣治民在於不擾而旣擾則不容以姑息斷獄期於無刑而當刑則不可以肆赦是以周公雖仁引惡者惟慈漢禁至寬傷人者必抵今憲莫重於三尺議讞宜愼於一字是白加乎凡於外邑按覈之擧必先有邑報營 啓然後文蹟可考罪人斯得而今此營底之鬧在係罕有之變命除良第以前監司請罷中軍之 啓觀之旣曰朝

官士類訴狀還至又有定平民七十名呼寃紛聒是如是白乎乃日子在二月二十一日
封發在二十四日是白乎所所謂朝官訴狀即與民擾一串事也蓋以咸興武士
吳萬鼎捧債於前監役韓錫瀗以爲扈衛軍上京路資事呈訴而監
司使中軍推給則中軍捉入韓錫瀗拘留門間以有前別提李俊彦前執義
朱景煥等朝士儒生二十餘人之訴監司旣許中軍罷黜而旋使之受由上京是
白加胥及至經擾之日汲汲封發是白遣定平民段亦以中軍技贖事來訴而
數不過十餘人別無紛聒之事是白乎尼觀其　啓辭之意欲以此等事
專罪中軍而漫漶其民擾之跡只此一張之　啓日子事狀俱爲爽實其外
則無他可據之文報是白遣患失之夫旣已自誘以非擾作梗之民寧復自
覺其爲亂仍與當場和解認爲官村無事及聞按覈之來始乃相顧
惝怳是白乎尼如許之事亦未前聞是白乎旀以民擾事狀言之始以柳
濤馨之挾襟作爲藉口之端私捧勒招驅入營庭仍復打傷其頭腦以

示脅制之氣色廹出營希儌請罷中軍甚至有兒童投石之驚及其一番
依頗相率出去之後餘憤未洩毒手復逞乃於城外道上捉沈東道竟
致戕害紀分蔑法胡至此極而凡於行悖之事輒以所謂平安道一漢推稱渠
帥其後則千百爲羣婦幼居多使見者莫卞其誰某觀其設計似非一二市
徒之所可辦而事過之後則萬口如箝抵死相戒不肯露一民之名雖其時被
打幾死之柳濤馨趙明浩輩屢經詰問皆曰不知是白乎乃第思此擾
始於朝官成於市民必有暗地首事不見形跡者故別般探覈始得情狀
之梗槩是白如乎前正言朱昱煥段素有蔑倫敗紀之罪無以武斷鄉
曲之習紅紙三掛誰人敢當青趺一飛何事不做前監司到營後有一萬兩
請貸事而本以陰憾不加款接渠乃懷恚伺隙乘時闖發一邊則呼召
朝士一邊則嗾囑市民以至此擾而極矣既使其兒製衣給呈單脅胥之以侵
虐無革與情如沸迫之以不留日晷刻逐出境外中軍雖微亦朝廷所

差遣渠輩何敢逐出況中軍之所為即因營題則此蓋由淺入深聲東擊西之意是白遣又使李文甫傳語崔孟先各壓撤鎖直向布政之計四人剃髮告除去挾褋之論已定於十七日而砲軍上京謂可以傳播朝士隨後誘之以無慮及其中軍之許黜又使其兄姑止撤壓之舉是白加可營既中寢許黜變為給由市乃添愁撤壓因以犯營陰計之操縱在於頤指禍色之緩急判於呼吸彼其無知市民惟令是從者不但以其豪富而已蓋渠本市人雖竊科第猶為駔儈之領袖也援覈方始先懷自恸既以八牌犒軍幾日往返之說誘李文甫使之姑為擔當又往見崔孟先啖之以柴糧之利結之以兄弟之義勸其遠遁異域以為藏匿之計成川氷上莫曰半夜無人西門鎖裡焉知平明乃覺渠既名為其臺侍雖無以訊覈而李文甫即渠之差人既與崔孟先之供二符合渠兄朱景煥亦謂渠弟失口無辭發明首倡之目捨此伊誰

是白手旀金光順段本以他省之流民實爲當塲之亂魁登堦舞衿
頭勢猙獰出門覓酹意氣洋溢非但踴躍居前自誇倡夫之伎
倆無又指麾使衆致犯公堂之階級至於更有二人可做百事之說尤
爲凶悖是白手乃始自萬傘閣會處突如其來俄而一道炯走了漠然
不聞姓名之露出只憑諸招物色之跟捕尚未現影令方另飭譏詗
期於捉得是白遣崔孟先段始受李文甫之傳說旣播撤厘之說且與徐
宗洛而往來欲爲聯詐之舉今日明日猶恐遷延此事彼事無不干涉
以至民擾之日亦往朱昱煥家受其催促因以起鬧又於沈秉道逃去
之路曳入於千人之中脅奪其三盃之價所犯之跡雖無承認欲抽之
說可見窩君遁市事則自初而慫擾命案則由渠而被陷適重
之論所宜難逭是白手旀李文甫段以朱昱煥爲財主自謂水火之不
避使崔孟先爲居間稱以柴糧之通路撤市祛襍之計連腸接肚

結義勸逃之語聚首附耳縱異造謀而行悖詐免隨從之叱例是白
遣金泰周段客舍驅詐既自渠家共會營庭作擾亦云門外之隨
立撤鎖雖緩不過免罪之意衣冠何論難掩同黨之跡是白乎於徐宗
洛君民石段朝官會前始為徃詐使令廳裏又何先通到處傳
播馴致撤市之舉居間奔走均歸衆謀之罪是白遣朴根益金正律
段渠以使令房長有何關涉於市事當日之不能訶禁縱難究以深責
兩民之預托看護豈能掩其先聞是白乎於韓周甫段年老解事既為
自中之所信沓初會議敢曰在家而不知撤廛之論縱云挽執搆詐之招胡
可抵賴是白乎尼上項七囚合施重勘是白遣前別提李俊彥段苟
非一狀之居首為有衆民之生心營堂酬酢至提 諭書之重語何無
擇客舍排斥追究市人之嫌謀實不與事或近於見賣罪免於啓
興募係是朝官亦未訊覈是白乎於金正洛段水口先撤之目縱難指

的南門遍播之說既有証指是白遣徐尚鉉韓尚仁段雖無市擾之
跡胡徃朝官之會既是同隊有難全恕是白乎所韓尚仁段在逃
未現是白乎旀李光㕵徐石甫段至愚之類非一例之可責方擾之餘
與三盃之同勸豈有隱情全是沒覺是白遣尹成魚段旣立營前
又向城外雖不預謀於前是何觀之多是白乎旀姜琨弘段身爲社
任不能禁飭觀其供招亦爲無據是白遣韓啓宰段乃父復讎言
之囑非無可據民擾幾日之後有若乘時縱與他因而有異難免毀屋
之當罪是白乎旀金裕鐮池成海段約束砲衛雖出慮患致成投石且
闕後弊是白乎㐆已上十囚所當嚴懲是白遣徐昌先李秉默段雖有
沈哥燒死時在傍之說而一辭發明他無可據是白乎旀趙明浩段
雖有被打之事別無可問之端是白遣盧應龍尹衡淳段雖出於崔蕊
先之指向吏廳至於彼不預撤屋之時魚塵地界亦非水口之街是白叱分

姑爲保授是白乎旀營屬應問各人段捍禦之未能非曰無責端
緒之旣得不足深究故并筭拈而止是白在果臣竊伏惟按覈者按
覈民瘼也非按廉作段也且在一府無關全省故向於永興府按覈時以
分段修　啓有違格例事至有廟　啓問備是白乎乃令此民瘼市人之
鄕音應由於市米之不入由於巡營之存問旣已囚供之根藉便是民瘼之張本則
所謂巡營存問債侵奪民財不可不臚列其若干名數以附奏讞之下方是
白乎尼咸興府州南社金泰周泰晋兄弟處一千五百兩韓錫允處一千三百
兩權尚敏處五百兩李禮根處一百兩尹光珦處五百兩崔敏甲處四百兩韓
心炫處六百兩金致璜處八百兩西元平社李永建處一千五百兩朴聖源處
八百兩崔永仁處五百兩崔寬宗處四百兩廉基貞處八百兩廉洛九處
七百兩朴榮萬處八百兩李秀翁處五百兩加平社韓林基處一千二百兩
李仁根處三百兩宋道有處二百兩州南社任貞黙處九百兩下元川社韓

允恒處一百兩永川社李俊弼處一千兩東古川柳麟源處六百兩西古川社
宋榮玉處一千三百兩東元平社金啓宅處一千五百兩支川社崔致益處七
百兩川原社韓學教處八百兩朱地社金其文處五百兩上宣德社張壽甲
處八百兩連浦崔正浩處一千二百兩東雲社崔智漢處五百兩西雲田社
文衡彬處三百兩上德山社池若淵處三百兩朴容默處七百兩甫青社
金震[illegible]處二百兩定平李光直處三百六十兩金錫進處三百七十兩
元享奎處三百五十兩元世亨處一千兩金鳳觀處三百二十兩李尚奎
六百兩李哲處五百兩孟仁廷處三百兩咸澤奎處六百七十兩孟達玄
處三百兩咸昌進處五百兩李光益處一百兩金履蹟處一百兩朴秀
仁處一百五十兩金章彔處二千兩金章云處二千兩崔應寬處三百兩
韓宗善處一千三百兩孟淳謨處四百兩韓公翟處五百兩趙敏寬處
二百兩金福奎處三百兩永興金其甫處一千兩金允集處三百兩天

應愿處一千五百兩禹應疇處一千五百兩高原趙龍周處二百兩趙弘
周處二百兩金洛九處三百兩梁基昌處三百兩文川朴萬祚處五百兩
金大興處五百兩李根守處五百兩李光允處五百兩朴鳳来處七百
兩德源李永發處三百兩李輔雲處三百兩金時浩處三百兩金昌
建處二百兩金時元處二百兩金永奎處三百兩元五尚處二百兩李承
祚處二百兩朴致現處二百兩金永浩處二百兩金東彦處三百兩安遇
尹尚訥處三百兩安東佐處二百兩李錫之處三百兩朴承徽處二百兩李
達勳處三百兩金一龍處二百兩金浩汝處二百兩金仁性處二百兩金浩
吉處 三百兩 崔大日處三百兩朱洛欽處二百兩已上零瑣之數合之則
亦爲五萬餘兩而此非全省內諸件事也卽咸興一府與臣所經各邑各人處
前監司所捧存問債而詰其中民訴之已著莫掩者錄之且紬緡 銀
布等物又爲稱是而煩不盡載舉隅而反可知其他是白加乎盖此存

問[illegible]者本是生色之名豈爲取悉之術而存之而使之亡問之而責其答不來則捉逃避者徵族無錢則標遲滯者發關最可憐者書生賣文之處也右可屬者冶匠吹鐵之直也苟有升米斗粟出賣於市則錢緡八手隷已打門此[illegible]市米所以絶也又設外邑魚藿等稅商賈不通無米無錢人何以活乎無論存問收稅及他責任驚傳訟[illegible]之錢皆[illegible]爲裨將皮秉奎廳直崔喜景鄉任李近模營奴李明彦輩所[illegible]食而肪祀實亦無幾是白手乃僧齋之聚麀撮泰山盜糧之齎水洩尾閭乃於數朔之間致此一敗塗地惟結北民之怨抑亦貽笑之恥是白手族雖以不恒公用民斂事言之捐補三千兩利條一千兩別封五千兩等名目何謂不恒何以斂民外他諸條無非科外之橫徵故臣已行關勿施是白遣隧歸架下又爲一萬三千兩之多是白手尼前監司李源逵庸闇鄙瑣之狀不可以體重勿論是白手族至於前中軍劉貞之貪虐尤極無狀咸與一境雜技捧贖三

千四百兩盡歸私槖出於兵校刑吏之供具其在任之時稱以夜巡遍行閭里
或有到曉懸燈之家則必以雜技追捉紡績者捉之祭祀者捉之
餅娩者捉之若是而民何以聊生乎此不法之類雖已罷黜不可仍置
是白遣皮吏奎山崔喜景李迎模李明彥段或已上京或已逃避不得
推問是白乎乃此等諸漢如不別施重律無以謝一路之民情是白
乎旀柳濤馨段亦以挾雜之徒致此民怨雖其幾死僅生所宜
依律示懲是白如乎大抵今玆之擾倡於朝官而受囑和應之
類皆州南之市民故咸興人謂以市擾然及其成羣作梗之際城內
城外原居寓居之民一呼百諾從者如雲其能識事理惜身命閉門
斂跡者不過幾箇人而街衢之上下營廨之前後奔波而往有何觀
光之事環堵而立無非望風之徒是白乎尼民雖靡膴亦具彝天
性況玆豊沛之鄉厚沐眷顧之 恩風氣所稟縱曰北方之强俗習

可觀猶有近古者存何遽一朝之間至此反常之甚哉聖人有去食之
訓先儒以餓事為小此等義理非可責之於衆庶而州南一社民[illegible]
無農業朝夕糊口之資握錢赴市而已市無一粒之米至於三塲之久此
其勢何得不亂而當初相約謂以入庭訴冤猶不敢直犯監司是白
加尼及聞砲衛之召而自生恐懼風鶴傳聲瓦礫盈車凌犯至此無復
餘地然方其時監司曰不可使石入宣化堂也挺身提印直向飛石之中
則有顧而呼者曰使道來矣勿投勿投自此投石頓止斯可見倉卒之際
但有一舉措得當則尚可以收拾一分真所謂此事差強人意而亦有
以驗民雖悖亂終有名分道理磨滅他不得使其平居無事之日慈
惠以懷之威重以鎮之常令有愛畏之意則民豈敢絲毫萌心為
此變哉驅之迫之於飢餓困苦之境使之蕭然無樂生之願而隱
然有悖禍之思是則民本不擾特擾之使擾耳可不為之哀矜而痛

恨乎至於朱昱煥者家有餘粟無患販糶之艱身經臨耳不識追
呼之苦而因民之怨逞己之憾計成則增其氣勢事敗則匿其情
狀其爲桀驁之罪非但首倡而已且近來土豪禁斷朝令截嚴而遐土
賤品得一科宦便生自大之想敢售橫行之習蚩蠢之氓認作宜然至
有今番諸於朝官在後市民無患之說而雖以臣過路德源民擾
事觀之其狀頭亦科舉名色此又聞朱昱煥之風而樂慕爲之
者也如此之類在在有之故藩郡必愼然後朝廷始尊科宦不濫後
民志乃定是白乎旀見今北道飢饉咸興尤甚米價翔踊以京中
時價較之幾爲倍之而賑濟無策賦斂日增況此擾攘之餘重以自
干罪戾如欲等底鉤覈則不惟難於連株之多而已誠恐有不自
安之慮且旣得其爲之倡者矣其餘見欺受嗾之徒固在隨從之
科而被則刑訊未加此則逮繫相續雖其勢不得不然而亦有許

多堂得闕漏之處是白乎尼治獄不嚴之罪臣實無辭是白乎
旀臣以無似叨奉使 命不遑啓處夙宵憂懼今當登 聞之際益
切隕越之忱即今善後之圖惟在新使而聲望之所及民方翹足而
待則庶幾有奠安之效是白遣臣則廚傳之弊曠日爲悶故今方自
此復路爲白齊

議政府啓曰即見咸興按覈使李建昌啓本則營下民擾根因首從誰某盤
覈登聞而判付令廟堂稟處事 命下矣 頃者咸州即我豐沛之鄉也 朝家之
眷卹自別士民之習俗可尙唯彼戕綱悖頑之徒蘖芽於間縱恣愚然致有犯
分干紀之變始因困窮之所迫終底民擾之都滾情雖可矜罪案固赦前正言
朱昱煥賦性乖戾行已陰險蓄憾懷惡伺釁乘時指揮朝士謀遂中[illegible]旋囑[illegible]命

民庶遍撤各處布政門直向之說敢萌凌犯之心扶雜人除去之論潛設禁言之計
衆供既備首倡爲謔名在朝籍未及現推時道臣方帶金吾之銜矣亟令開坐
營庭嚴刑捧供即速馳啓金先悅躁以何許賤蛮之蹤乃作當下鬼蜮之魁臨栽
在逃尤極憤惋刻日詗捉無俾漏網崔益先系出市閭干犯命案宜用適重之律
而呈煥訊鞫之場不可不辨賢姑令仍囚待查訖啓聞後處斷李文甫遲呈煥
而接壯與益先兩造厝金眷周容舍挾訴其會家中營庭作擾隨立門外徐宗
洛尹民石到處傳播意在隠動居閭奔走蹤跡誘勸以上四囚并嚴刑遠惡地定
配朴根益金正律韓周輔張維崇明亦難歇勘并刑配前别提李俊秀娣素之
類甘作首論啓嶺之漸騎跨尾大既稱朝官令道臣嚴刑捧招後遠地定配金
正洛以下九囚令本道參酌懲勵其餘無異詿誤并放送幕裨崔秉奎崔喜景
廣開曲逕醸成陽階搆擾之源舍渠伊誰令秋曹嚴刑遠惡島限己身定配勿揀
赦典鄉任李根謨營奴李明秀亦個中之鷹犬也此若不同施其律何以解兆民之

究莞手令道臣另飭譏採胡枉捕獲依律從所施之律施紛擲請磨平常如無
捷推而取怨姑闌安有被驅而受傷宜懲奠習以謝民情嚴刑遠配前監司李源逸
莅任未幾貪污狼藉民不聊生致此擾攘許多贓列悉謂非盡影犯凡係懷保尚能
不失責任則夫豈至此誠甚慨歎令該府拿囚中軍劉員同念厥職從行不法流
毒民間賭犯影多惹起鬧衰弟弟驗惡亦令王府按法正罪令此奏啓結局有違
格例按覈使李建昌惟考可以

六月初三日 進講

上曰參贊官讀之建昌讀自客對曰至走出塞 上曰釋義建昌釋義
訖 上曰文義奏之建昌曰劉勝雖曾爲大夫去官歸鄉則民也以民受郡守之禮
遇而隱情惜己噤默不言杜密猶以謂罪人況人臣立朝受上之恩而惟爲身謀
不思盡言無隱之道則其罪尤當何如哉然當桓靈之時君子道消雖如勝之賢
者亦不敢危言危行而不免爲隱情惜己之人豈其本情哉此爲人主所當鑑
戒也 上曰當言而不言非無隱之義也居鄕而無言於其郡守猶爲不可況臣之於
君乎然使之無言者實由上之不能包容而然也誠可戒也建昌曰 聖教及此舉斯而
推之臣民幸甚矣

戊子按覈時 樂村按覈使 申永閣 安逢 營吏白士宮 金秉學

金秉益 孫源 姜世和

金原杜 文川 崔基恬

崔鍾德 安溪 李仁根

營通引 林貞達 姜鳳俊

崔崇林 金守讓

金根輝 韓興淳

韓用禹 黃舜河

尹明鎮 擧行執事 崔日泓

嚴大岩 李勉晉

宋永熙 本府

鄭基虎

先伯氏參判府君行略

行畧

（先伯氏叅判府君行畧）

先伯氏叅判府君行畧

府君諱建昌字鳳朝號寧齋或稱明美堂始祖　定宗別子德泉君諱厚生謚曰積德遂禮好善世比之河間東平後至户曹判書　贈領議政孝敏公諱景稷是生判敦寧孝簡公諱正英相繼為名臣大顯於時孝簡生諱大成户曹叅判是生諱眞伋翊衛司洗馬是生諱匡顯是生諱忠翊　贈吏曹叅判洗馬之弟諱眞偉進士是生諱匡明　贈吏曹叅議無子以叅判為嗣是生諱勉伯進士　贈吏曹判書是生諱是遠吏曹判書　贈領議政忠貞公　上三年洋夷陷

江都與仲弟　贈吏曹參判諱止遠殉于鄉事載國
史公之祖考也考梁山郡守諱象學用公貴　贈吏
曹參判廉直明達及爲郡縣多茂績妣坡平尹氏八
松先生諱煌之後諱滋九女　贈貞夫人有至行美
德宗御稱女士公生于江華沙谷生有異質自孩提
忠貞公抱持口授書未語先識文字十歲悉誦三經
四書下筆成章世比之鳳凰麒麟所至觀者如堵忠
貞公臨終遺書引程子質美明善之語以勉之蓋其
徽意殆以是與之也時公甫十五歲是歲賜及第出
身七年補起居注選入玉堂公始仕爲朝中最少年

一日 上坐帳中望見公使人問其年 上笑曰是與我同又問生日曰月先矣每侍 上記注筆翰如飛 上稱善出入輒加 顧眄然大院君當國公嘗忤於大院君又家世與人多嫌郤以此低廻下僚十數年未嘗居清要十一年崔益鉉上疏侵大院君有權臣語擧世聳然以爲直公爲持平獨曰春秋爲親者諱益鉉雖直不可以不罪遂長官合疏論之不報朝廷事自此難言矣十一年以歲幣使書狀如燕翰林名士黃鈺張家驤徐郙等一見而歎曰使斯人生於中國當以吾輩之官讓之各爲文序詩卷推重甚盛

時公年二十三十四年以公爲忠淸右道御史屛傳
潛行詢民疾苦衣弊衣徒行往往艱苦備至或問何
乃爾曰不如是無以察隱情有利益於民必施之遇
不法吏擊去之權貴干囑却不售自大吏以下怙勢
自恣者皆大恐曰勢不能屈賂不得入奈何監司趙秉
式聚歛以求媚外行小數干譽貪殘自肥顧畏公淸
直奉錢爲行資公却之秉式卽蜚謗達于京師時大
院君閑居賓客多得罪於朝廷秉式乃謂御史受大
院君指將以傾己宰相有爲秉式地者使人怵公曰禍且
至盍有以自解公不爲聞馳入公州營發秉式隱贓

鉅萬時有京師送人要御史復路奪啓之說公曰不
可緩也星夜還以聞近世御史有論劾先以副本奏
俟可然後敢進至是公懷啓直入闕百僚大駭 上
既微聞譸者言而又意有憾於秉式而誣之也召見
詰責之 威音震疊左右股栗 上曰凡汝所按廉
皆汝耳目之乎抑從人聞之乎公對曰一道之事繁
臣不能一一躬親至論劾大吏不可以不慎臣皆審
閱然後敢聞具有文書在可覆按也時老黃門相顧
咋舌曰吾輩老於 上前然每值 上怒惶恐失辭
李御史何人乃不撓一辭乃命洪州牧使金善根往

驗之爲東式地者風欲其反之善根曰李某欲不忝其祖吾顧不念吾父耶善根邁淳子邁淳嘗有重名者善根恚如御史言東式卒抵罪時公州士人子有受杖于公者出獄自恚不食死東式嗾其子告公遂以殺人竄公極邉碧潼郡時爲東式地者獨甘心欲置公於死其餘知與不知皆歎息爲公訟公以此聲聞當世初朝廷斥倭洋主戰守然實不知中外形勢公以爲憂嘗曰中國者外國之樞也入中國而善覘可以知外國之情既入中國則歎曰中國已不可爲中國如此吾邦必隨之而已李鴻章貽書于我㗳以

通和之利時人皆謂鴻章中國名臣其言可信公獨
曰鴻章大儈也儈惟時勢之從而已我不自強而恃
鴻章後必爲所賣魚允中金玉均號爲才敏能言外
國事及朝廷稍稍與外國交戚里閔泳翊年少結納
名士與魚金諸人主通和議諸人爲泳翊言公可使
四方泳翊亦傾心於公將薦引之公𥌒潼之赦還泳
翊力也諸人嘗邀公飮輒論時事盖泳翊欲借諸人
慫慂公也公往往面斥諸人議泳翊怫然罷酒公曰
誤國者必此輩也
上嘗問泳翊李建昌議云何
泳翊具以告曰此人雖官卑有盛名此等人橫議如

此國是不可定　上以此愈不悅而或謂公內實曉時務特不爲耳以此要之者益多而公益困十九年壬午軍變清兵出歸罪於大院君執而北去　上夜召藝文提學鄭範朝草奏文且曰聞李某善文又多識中國事可以予意召之與議公入謂範朝曰奉天之詔可作此奏不可作此奏須是　聖上面命其大意乃可下筆範朝曰如君意何如公曰聖人人倫之至也今日吾　君之道負罪引慝而已範朝入以告　上嗟歎良久召公諭曰文須汝作致亂之咎悉歸予躬但爲大院君辨釋明白要使見者一字下一淚也

因命公陪護大院君之行清員(差)馬建忠等沮其行奏
草亦不用是歲秋以宣敎官陞通政　特命永帶知
製敎時金允植魚允中用事欲引公以自助每稱奉
旨詢機要文字公悉辭之一日促召公入允中於閤門
外口宣　上諭曰欲往天津乎欲往日本乎欲在此
叅機務乎公謝曰皆不欲亦皆不能允中咄曰固哉
入少頃復出曰疆域之內猶可以宣力乎公不得已
曰諾於是有畿輔按廉之　命　上親授封書曰但
如前好爲之予今知汝矣畿沿十三邑饑公設賑哺
之潛蹤渾入饑民受賑州郡間之竭力救饑民賴以

全活蠲廣州開城水原之税皆萬計悉以便宜行不
煩 上聞別單數十條極陳朝令無常生民受困狀
其所請多報可後有近臣出宰而貪者 上使人以
私戒之曰如不悛予將遣御史如李某者汝其無悔
聞者為之歎息榮之二十一年遭先妣憂自京返葬
江華二十五年奔先考喪于梁山以柩歸以為子不
卒為至慟益無意於榮途嘗曰人生於三事之如一
今吾未死一念惟 吾君在耳然自是鄉居之日為
多與諸弟讀書講學以自娛二十八年起家拜京兆
少尹自朝廷通商以来清倭商民多與我人訟京兆

不能理別置少尹以專之前後爲此者多要人於是
世謂公且顯用矣視事月餘上疏言政府請用銀銅
錢將使外國人操貨權啓無窮之弊又言各國人買
屋無紀請禁我民之賣屋者清貞唐紹儀恚曰禁買
屋非約也爲書詰之公曰我禁我民約於何有紹儀
假李鴻章言怵政府使弛禁公乃密訪賣屋者輒加
以他罪而罪之民不敢賣屋而清人亦無辭以難當
是時屢經變亂京城人民日益凋外國人以仰價買
屋城中人户將盡爲外國人居至是都民喜曰使公
十年少尹可以復我舊居會有咸興民爲亂遂監司

以公爲按覈使亂由市人市人皆自當不得主名公
曰市人必不敢爲亂亂必有所恃與其濫而不得寧
詭而不蔓乃用鈎鉅得邑豪陰嗾者一訊而服雖市
人與亂者至是乃覺以爲神讞既奏附論監司李源
逸貪庸致亂狀俱抵罪三十年秋兩湖賊黨起號稱
東學公上疏請亟發兵剿之以絶滋蔓不當累煩
王言徒事慰撫以驕賊心又言宣撫使魚允中私立
賊號曰民黨民黨者外國無君之邪說禍甚於洪水猛獸
又請尊　聖德堅　聖志罷女伶節賞賚嚴師律擇
藩郡時警報方棘而慶尚監司李容直輦金求官中

外益汹駭疏中并言之大提學金永壽自以代撰綸
音慰諭失辭具疏將請罪　上素寵永壽念不罪公
無以安永壽顧又重罪公故留公疏不下久之會權
鳳熙安孝濟上疏論時事觸　上怒[redacted]
[redacted]乃并竄之竄公于寶城郡明年春赦公既連
喪二親見國事日非曰吾今非覲志之日正宜進言
以自效然不敢遽激訐冀誠以取信　上亦燭其忠
亶薄譴之三十一年湖賊復起　上下皆思用公而
亂已不可為矣是歲六月倭兵犯闕國政大變大院
君視國務金弘集為相以公為工曹叅判弟建昇為

政府主事公稱疾不出建昇亦棄官歸初朝廷開外
交而大院君家居持舊議頗與士類聯聲氣壬午以
後隔閡久矣至是得專除拜士皆靡然趨之爭起爲
官 上默察公獨逡巡心善之是歲冬倭使井上馨
請 上親政 上乃以公爲法部協辦井上馨忽大
恚曰 大君主何得自除官咆哮不止 上爲收其
命而逆臣朴泳孝徐光範始自倭還專國柄矣其後
官制復改 上念舊臣貴戚別置官于宮內府曰特
進而公預焉三十二年八月 坤寧閤之變公與其
友原任叅判洪承憲鄭元夏上疏畧曰今者之擧■

臣知非　聖上意也道路相傳皆云賊已行弑但未
辨賊[redacted]之爲日本人與我人耳臣弑其君在官者殺
無赦　君父之讎不與共天下春秋之例小君亦君
也彼閣部大臣獨不知斯義乎奈何掩匿覆蓋恝然
若無事無乃其中亦有貪禍幸變以售其脅上制下
竊權逞勢之計者乎要之作賊者兵則兵可誅也廷
臣則廷臣可誅也外國人則外國人亦可誅也匹夫
匹婦之死而不得其命者猶無不償之寃焉有　國
母被弑而讎終不復者乎仍請復位發喪□時奸賊
挾強隣行弑方雎盱凶悍無人狀跡入内閣莫不相

頋失色內閣大臣金弘集見疏嘻曰是趙盾我也却
不以聞洪鄭二公適寓江華與公為隣嘗與論出處
二公專以靖潛為義公尚謂天下無必不可為之日
君子無必不欲出之心至是乃決意自廢矣斷髮令
下公避入普門島為空谷佳人歌以見志會有侍講
之除上疏自陳乞得依托僧舍以終餘年如不獲命
加以敦迫臣則有死而已未幾 上從李範晉之言
移蹕俄國公使館國事復變命討稍從 上出三十
三年春範晉薦公有海州觀察之 命 上心欲公
出賜 批褒嘉之曰辭受自有時義卿今不宜苦辭

又曰卿之有守朕已稔知猶且委畀豈無所以公讀
之嗚咽曰 上之於我至矣然奈已矣言何及聞補外
命即日赴海州待罪於民舍曰補外 譴命也不敢
不行觀察榮官也終不敢承 上知其志不可奪
命下理用新法當輸作三年改 命流二年是歲六
月流于智島之古羣山 上實未嘗以公為罪故赦
不踰時自羣山還患風痱卒公以 哲宗三年壬子
五月二十六日生 今上三十五年戊戌六月十八
日卒以是歲十月二十日辛丑葬于乾坪庚坐原從
先兆也元配大邱徐氏領議政宗泰後縣監長淳女

賢而早殁不育次配結城張氏仁根女有懿德先公
十二年卒俱 贈貞夫人男範夏張夫人出娶東萊
鄭氏承旨萬朝女孫男皆幼焉乎公仕宦以來持論
行事動獲謗罪然卒以受 人主之知如此自頃變
亂以來聲望益重世以橫流砥柱仰公至於遐陬絶
域愚夫孺子莫不誠心愛慕焉乎此豈一朝一事之
可致哉乙未之疏雖未徹而遠近之士爭傳誦此固
公之大節然所以致此蓋有積累焉公策名早負重
望當世士大夫無不虛心援引公亦未嘗遯世絶俗
每慨然欲有為而惟其不失於正故與物寡合其所

自試惟使命而已世變無常國家多難用事敗僇之人未始非一時之望風雷晦冥迭眩於前不與於亂逆則陷溺其本心者踵相接也惟公則終始不迷屹然獨立於胥溺之中得全大節何哉盖其無利心而已惟其無利心故見義明見事亦明雖終始於百怪萬變之中而吾所見所守不能移也及赴海州以公服入行裝建昇問凡此行以謫自居何用公服公曰東匪之亂尚未靖海西若有緩急寧可以謫自居乎此公平生之志然也公守約而見達故身處鄉里心絶祿仕然有事輒默運心算至廢寢食若委任在已者

故公所嘗論天下國家之事雖與時議不合由今而視則皆如公所嘗慮呂獻可之先見愈久而益驗也公體不踰中人然眉目疎朗頎晳談笑神采英發有奪人之氣性剛正明白無矜色無矯情與人言坦率簡易然截然若不可犯平生不問家人產業口不言利害無嗜欲獨好書坐卧寢食書未嘗離眼書與意融事物不能亂之甚或穿衣而不知領裾對食不辨甘苦然明於事理論國家政務郡邑利害皆精密諳熟篤於人倫居喪必以禮毀瘠甚人未嘗見啓齒與二弟同室居四十年寢同被食同器衣履無分別樂善

愛才好奬詡人物道人善而人不信爲之怫然不悅獨不喜色莊內壬者學問惟以眞功實得爲要嘗曰如好好色如惡惡臭是謂眞學問若貌與心異者皆假耳晩喜性命之書於道體經旨多自得見解明達通快若有神每讀古人書至忠臣志士勤勞王事臨難授命未嘗不激昂慷慨或至雙淚迸下曰古人節義事功且無論卽其委任殫竭亦可羨也公爲詩文專心刻意不自輕發嘗以國朝五百年文章一家自期不屑與并時人稱有著明美堂集二十四卷公臨終命建昇序次删定爲二十卷又有讀易隨記一卷黨議

記畧一卷藏于家嗚乎建昇何忍述吾兄亦何敢述吾兄哉吾兄大節文章自可以不朽然必得立言君子然後益有光焉隱括自傳畧述至於狀德世系猥有架補烏乎建昇以兄爲師薫炙四十年庶有以發明然識不足以及此噫

甲辰季秋舍弟建昇撰

甯齋簡帖 脫草

일러두기

一。존경각에 소장중인 『甯齋簡札』(C10C-0197 丘庸文庫 (1897))의 탈초 자료이다。

一。내용이 대동소이한 경북대학교 소장본 『荷舟簡牘』(古811。5 하77)과 대교하였다。

一。『영재간찰』에 수록되지 않은 『하주간독』의 내용은 별도로 부록하였다。

一。『영재간찰』에는 이건창과 정한규의 왕복 서간 뒤에 소동파 간독이 있으나 『전집』과는 무관하여 수록하지 않았다。

四三二面

〈荷舟簡牘 7~10면〉

別來幾日、黯如經年、海水天風、思之甚遙、怳疑伯牙送成連刺舟獨去時也。歸後令履增晏、瘇苦計已完合、無它憊歟。兒曹均好、諸凡壹如、並深馳系。累人間又數日苦泄阻胃、可悶。邇來海瘴尤甚、不見太陽、終日閉門、忍煩耐熱而坐、遙想此時菱湖十里、翠蓋紅糚珠露香風、身坐蜻蜓小舠、手釣金鯽魚、不覺心魂俱往、爽然自失。日與韋

四三三面

觀令公談此、至發於吟哦錄、去想一笑。頃者荷舟發還之翌有舡、來致秫米麯子酒蜜扇白木諸種、似是荷舟處來、而無另單可按、只受之。其中尾扇、則未知荷舟用之何處、不當盡用、故只出二扇、以給兩家主人。其餘三柄、則仍封懸壁上、後須示明、當如示分之耳。秫麯已釀爲酒、明日可發瓮試嘗耳。白木後便錄價示之。韋公以其季氏因年前凌官事赴逮、以此

四三四面

重添憂厲、傍觀尤悶、奈何。鄙稿中『借竹軒』一卷、荷舟持去否。覓之不得、故茲探之耳。京耗或有得聞否、有聞則勿論虛實、隨便見示爲希。聞有舡便朝起、略此草草、萬不能究。惟在心照。累人昌頓　六月二十二日朝。

今日頗覺淸朗、此荷舟去後所初見也。

〈後便繩鞋一部、以合於吾足者覓送、而錄價示之爲望。吾足樣、則似與荷舟同耳。〉1

四三五面

韋觀閣學有寄荷舟長律、次韻竝付、意思大同、但字有小異耳。

君今歸矣我何之、送別沙頭立故遲。
絕溢風烟無舊慣、窮途心事有新知。
正逢明月團圓夜、又値荷花爛熳時。
應念海中雙影在、眼穿惟待寄來詩。

四三六面

聞間有專伻于鄉廬、槪認近凡矣。邇來哀履支將無佗撓否、貢念益切。累人伏奉恩補海州觀察之命、三疏後待罪于海州地、不敢視務、竟自法部拿究、罪幾不測、特命減等、以萬頃古羣山島2流二年矣。惶隕感頌之外、有何它言。金3直閣〈篆 商悳〉、亦以前洪州觀察、同罪同地同行耳。今到內浦地、方病作無以趲程、先囑巡檢、前到萬頃邑底留待矣。

〈荷舟簡牘 1~2면〉

四三七面

此函入照後數日、則可相晤矣。吾以四年前謫容、中間滄桑、蹙廢田廬、今又以謫客爲此行、浮生良苦。惟以與君相逢爲慰。因以振觸思先翁而不可復覩矣。人事如此、奈何。旅次索筆艸艸不戩、諸留面罄。甯齋累人手緘。

〈舊曆五月二十五日〉4

甯至韋廣、函已封矣。輒於外附數字、不知此函中定有何語。然要亦不出甯之所欲言耳。

〈荷舟簡牘 21~22면〉

四三八面

別懷如海、非楮可罄、松下送別、遠望勞勞、至今在眼中也。朝涼頓覺秋意、未委數日來、令履何似、瘇苦今則稍勝否。惡客旣去、安閒調攝、似可勿藥有效、是爲望也。情記其日宿防築村、又翌宿江鏡、至昨日纔到論山、馬忽蹄蹇、盖渡江鏡下船時、蹄陷於泥、欲拔而摺、以致然也。因留一宿、今又試牽、少無勝焉。不獲已自此貰騎

登程。此馬則使牽夫姑留此、飼馬一兩日後回去、吾行則雖

四三九面

非狼狽、而此馬之由吾生蹇、極不安。有馬者借人乘、自古所難、良以此也。此非馬夫之罪、馬夫則勿爲嗔責、如何。想荷舟欲聞吾平安到家信、而馬回中途、他無速便、必以爲鬱也。吾詩卷中所謂『南遷紀恩集』文一卷、册樣稍長、第一張卽聖人夜氣論者也。昨檢行篋、此卷不來、似遺漏矣。如果在那、則望爲善置、待後信便還擲爲望。此是單件册、故如是縷縷耳。惟望調安、萬不能一、草此佈函。[5] 〈甯客在論湖 手具〉

四四〇面

還家未一旬、而得此專書、孰謂萬頃半千里、始在群山待高雅之來、今在吾廬逢此人、亦奇事也。第聞瘇苦尚未卻、據高君云今亦不能房闥自在逍遙云、甚庸爲念。數日來秋風益清、想此間已霍然、以此爲盼、諸家諸凡均安謐、諸兒曹好好否。億鳳諸人、一一在心。鄙人恩津道中換馬、過雞龍山下迂數十里、由清州訪戚友四五處、以此處處留滯。至今廿七夕始到。家中安穩、身亦不至甚憊、皆

〈荷舟簡牘 26~27면〉

四四一面

聖恩攸曁也。有酒可醉、亦有溪鱗野蔌、足以自娛。但小池蒲葭、無堪賞翫、無由借菱湖一曲、殊令人健羨。此時荷花想已盡、然卷却天機雲錦段、橫將疋練寫秋光、更好一番詩境也。『紀恩集』一卷 歸後檢之、乃在篋中。前固未詳故耳。想聞以爲豁也。綿絲竹梳、又此情贈、感感。膏藥尤好、家中方有患瘇人、得此可瘳、如得還丹

矣。其時馬病、今無恙否。若馬因吾而蹇、則吾尤不安於心大矣。後次須詳示之。宋昶赫處云云、此

四四二面

事到今殊難矣。盖自初言之、吾輩旣居於其家、臨行有賞給則例也。而還推錢物、則雖係當然之事、未嘗非沒顏面、亶由意外宥還之速而然也。然其時旣已丁寧打算、渠亦無一言于吾兩人之前、今忽有此說話、致令荷舟懊惱、此眞島人無知也。然吾則何可到今許蕩、只令荷舟吃虧耶。此在荷舟量處之耳。凡事無大小、惟我無所怍則可矣、何人向我說何話、不須動心、前已爲荷舟言之、此書云云、偶以前說、聊以更誦、一笑。留此不蔵謝式

八月初三日 甯齋昌頓6

四四三面 〈荷舟簡牘 29~32면〉

歲行盡矣、百感交集、惟以一忘字爲排遣法、舊事尚可忘、與荷舟則新知逾於舊交、一別無緣復會、並與書字而闕然久之、此時安得不思、思又那能忘。雪深如海、閉門無人事、忽聞剝啄聲、高雅入座、驚喜如見荷舟得手函諸幅、且從高雅細叩壹切、藉認秋冬來蘭棣增溢、眷集均晏、慰滿我心、聞靜坐日以臨池爲事、清趣可想。億鳳亦安耶。向來借

四四四面면

騎馬、其後蹇病卽差云、此亦幸也。德村夢浦諸處、不能各幅、此帋可轉覽也。鄙人十月得一孫男、自此日以抱弄開口、亦不暇看書作字、此堪自賀。然老態也、又堪自笑。家中大都安穩、高雅想以目擊者疎傳也。帋屬何其

多也。與仲君對牀、連三日書之、眞同塞責、自視亦可厭。不知荷舟見之、亦有一二入眼者否。顔魯公體、吾兄弟素未嘗習、但或書一二行矣。大屏

四四五面

古柏行吾書也。而此亦初欲仿顔公筆意者、腕不從心、非但字跡不佳、亦不知是何體。若以爲顔法、則荷舟見欺矣。吾仲云欲借顔帖之佳者、爲荷一寫、後便送之云、而家中本無顔帖、借之亦難、所以至今未能、亦非忘之也。聞高君言、來春荷欲一來見我云、遠途事何可必、而聞之已可感可喜。其果然、則又當何如耶。以是爲盼、韋公其間有一次往複、而其後亦邈未聞知。

四四六面

稍近處亦如此、況遠處乎。離合之不可常、人生何時不然。惟此犀點遙遙相照而已。損寄烟具乾肴受之篆、惟網巾又不必費念、吾則終歲少裹頭之日。其餘亦皆有現着之巾耳。明年夏間、當加冠於姪兒之頂、其年十四、頭樣稍小、此則一網巾爲助則感幸矣。或稍大稍小、亦可依用、不必見樣也。此書當以丁酉歲入照矣。惟以迎新多祉爲望。萬不盡意、不蔵奉復。

〈情記鳳藻頓　丙申臘念八日〉

〈荷舟簡牘　37~38면〉

四四七面

濟港書後、未聞利稅之報、方以紆鬱。耑隸之來、芳緘入手、藉認伊時木道吉旋、並悉蘭棣邇安、小大均善、

慰滿我心、如復一握。珠露金風、又送一番荷花矣。對之當復見憶我、則憶荷舟憶荷花、其情安得不更深耶。今年大雨、數十年來所未見、此近諸處、爲雨損稼、遂不勉歉。聞湖以南大有云、樂哉可羨。

瘇苦何、又如前年耶。雖已向完、爲之奉慮。鄙人

四四八面

自送別後、又過一月。憂患始霽、而身又積瘁成祟、最是臂痛、夜輒牽痛、並與引筆而難焉。此爲累年痼疾、亦復任之而已。病中閒中、以孫兒爲消遣、其餘則惟眠耳。老嬾何足言。此隷爲歇脚、留一日而遣之。伏枕作字、臂不從心、字如春蚓、可笑。萬希以時珍善、不蔵奉謝。甯居士手覆。[7]

〈荷舟簡牘 34면 위 편지 아래에 작게 부기됨〉

日錄與望海亭記、此回又未如戒、愧愧。更少俟之、當不久稽也。近頗安閒、方留意稍償文債、

四四九面

而此姑未屬藁耳。然文思荒落、雖爲之恐無足觀、預以爲愧。荷公詩札覓付耳。馬韉至今未送、盖以仁川船人多不信實[8]故耳、今付此隷而去。

韋觀近信、此則久未聞、間或聞之耶

㟝堂諸節、連安[9]耶。此札致之。

此10楷書、乃虞世南孔子廟庭碑、吾弟所臨仿者。此體端精、堪使錫基11輩臨學。故并此付去耳。〈荷舟簡牘 35면 위 편지 아래 한 단락 다음 작게 부기됨〉

四五〇面 〈荷舟簡牘 11면〉

甯無可另復者。向來租炭、十日始到、又數日始入港所、幸租斗不損、而菹缸已生蛭矣。以此觀之、凡熟食、決不可船餽、諒之如何。眞茋不送爲幸、若送之則必腐爛、又非菹比也。如醬屬則可餽則餽之爲好。然見方有存12不甚急耳。此數行、何其說食之多也。東坡詩曰、「書生說食眞膏肓」、一笑。

新刻如意、付完蘭雪詩姑留。

四五一面 〈荷舟簡牘 18~20면〉

13海水天風、勞我夢想、三日不見如三月兮、卽奉來函、藉認別來炎潦、令餐衛增裕、慰荷如面。鄙狀只有悶耳、它無堪道也。昨夢到菱湖、雲日微陰、清風四至、棹一扁舟、往來萬荷花中。荷有已老者、亦有新開者、清香撲鼻、如遊玉井同舟、惟嵎堂不見、韋觀荷舟最後至、背上書者不可辨。惟記用朱

四五二面

砂書之耳。不知此夢當何兆也。覺來燭下爲作此書奉寄、亦不知此是夢中覺後也一笑。不戩奉狀。

秋孟七夕之第幾日、甯居士手具

書來未幾、事果如夢兆、亦奇矣異矣。一點靈犀、千里相通者、此所謂也。

荷舟居士感而書之

四五三面

病裏相逢、未能快意敍懷、至今惄如、如嘗美食不能飽。際此便來、備審令起居淸旺、瘇祟乍苦、旋後能無餘戒否。慰頌之餘、繼用懸祝。情記病後雖能眠食如舊、而眞元積瘁、終未若未病時、釣魚弄墨、亦因此久廢矣。四家書本與玄宰帖臨寫、亦因病未夬蘇、荏苒至今未能、此

四五四面

便付去、甚愧歎。近纔始臨幾字、後便則庶其就矣、寬恕焉。近日又以婚事、日日紛撓。然旣始則了斯易爾。草此不備謝儀。丁酉八月十九日 情記建昇頓

東齋二字、無大筆亦未得此便書送、小羊毫試筆之、則較來書樣甚小小不堪用、始置之當借稍大筆書送計

四五五面

苧紬皆依錄祗至、而品精緻合用、想用心不少、甚感感。不足錢未得辦、重爲不安。尹筆吾亦願買用、而其人不可得見、無由得送、其人近不知所在、若日後可以求得、則當圖之計耳。荷函覓送耳。

四五六面

兒童報客至、馬懸竹皮裹。衆猜猜不得、捫籥未必果。是必竹竿良、病夫已先知。子同曾有求、遙酬鷓鴣詩。
疾呼解其封、果然升竿良。節短下愈短、金絲如撒霜。中勁

四五七面

末善揉、良竿莫此强。手揮作釣勢、宛如魚騰揚。病夫病欲蘇、綴詞志無忘。
病裏夜臥、荷舟以竹竿來、喜甚作五古要酬荷舟

耕齋
14

四五八面

縱馬懸車不放還、詞人才思動湖山。
曾留文字非生客、慣道風神似舊顏。
數樹蟬淸吟病後、滿池荷長竭來間。
釣漁氣味原無別、兩地相思水一灣。

耕齋

四五九面

去年時節又回還、安臥逢君在此山。

篧篧竹竿仍在手、娟娟荷露尙霑顔。
直因憶念來長道、不爲營求到世間。
歸去西風應更好、杜州城外盡烟灣。

奉贈荷舟　甯齋

四六〇面

聞荷舟名久矣、逢場不可以無詩、走筆奉贈。

甯齋昔自島中還、盛説高風鄭稷山。15
几墻清安迎稅駕、樽肴絡續勸開眼。
論詩妙更超言外、好客名仍滿世間。
我亦往年南竄者。征記度綠菱灣。

荷亭退士

四六一面

曩從仁港借舟還、一日輕風過萬山。
此地僻居曾不韻、諸詩點化忽生顔。
秋來跫語蟬聲裏、人在荷花梧葉間。
千里只憑潮有信、江南漢北一條灣。

荷舟奉和諸公

四六二面　(荷舟簡牘 23~24면)

16別時并不握手、恐悞兄又淚也。歸路意思灑然、獨一段黯黯爲兄不能已。古詩云、吾欲負汝去、口噤不能開者、約略寫此情境矣。伏惟兄體日來福安、萬千懸頌。弟到此論湖、馬蹇不能前、自此貰騎前進。荷舟馬隸還送。此行雖無狼狽、而於心甚不安矣。再昨道見韋兄所帶雇隸之回、韋則安抵云耳。順便略候、萬字難盡。惟希時護。不備謹具。甯弟拜啓。17

참고자료: 荷舟簡牘

(2)

荷舟令照

李永伯船、六日始到、吁其難

(3)

哉。承兩度手函、欣認省愉僿息諸凡晏謐、尉荷萬分。此是結識後第一書、況過海安信耶。朝送邑校有函、計先此收到矣。累人自荷舟之還、而詩神亦不來、

(4)
只毰毸瞌睡、睡罷則與韋公講說不過是食單、可笑。今茲有米有饌有炭、吾事濟矣、喜不可量、昂感亦不可量也。船在加潛津外、明日早潮、始可入來云。米炭尚可緩、

(5)
沈菜可謂切急、第思之亦足加餐、望梅止渴、儘有此理、想聞之以爲老饕可憎也。此紙又何爲送來、如此惡札、將焉用之。偶小醉(卽因前送秫米而得之)展紙作數三片、因草此竝

(6)
以爲謝、此又一惡札也。寄語菱湖、千柄荷花、好在好在、風淸月明、尚有夢魂可到、塗香萬斛、主人不知也。(有人迎風坐荷花池上、池神誚爲盜香、見佛書。)又呵又呵。此復

(7)
荷舟廻照。甯齋累人頓。六月十六日。
前便船中所送諸件、件件俱到、今此据單無缺少矣。朝者回函、亦已言之矣。

(11)
別懷惻惻、何堪更提、但以邂逅爲奇緣、則可

（12）

以爲慰耳。數日來、始潦收矣。不審兄體中萬裕、小兒卽今已淸健、近日作何消遣、以度此如年之暑耶。拱溯願言、重以黯然不能已。弟等到此今九日、能食能眠、如是則可以謂之不死耳。韋素苦痔、到海上尤甚、無日不苦。甯亦累瀉頻汗、然此猶不足慮、到此見之、無米無柴、百事皆無、船亦不可得到。後只有再次船便、此亦有去無來。若到風稍高、則立槁可慮、恐負聖主愛欲其生之厚眷、奈何。邊山之行、皆屬閒商、第一無船、兄不可以來此、此中亦無以轉向邊

（13）

山等處、惟以得赦之日相見而已。此間事情、萬萬不可書究、雖荷舟亦曰曾不料此島之至此甚也。如逢荷舟、可詳叩之。萬萬惟祈以時自玉、不備。謹候。六月望日、累弟建昌商悳等大頓。

海天靑湏惟雲氣、往來忽承耑函、盖仵發四日而至、鯨波如山、來者何罪。雖然惠州不在天上、尙有人到、賴以自慰、至如女子區區之辭、自是

（14）

兄所不欲聞、弟亦不欲爲耳。藉審伊時政餘福履增綏、萬分之慰。令姪何日到衙、在京時未聞其當作南行、及此聞之、想兄涔寂中喜甚也。多雨損稼所不能免、重庸獻念。弟今月初六日渡海、其翌抵此、此眞絕島也。無米無柴無鹽幷無魚、東坡先生所謂大抵皆無耳。萬一風高船斷、立槁而已、反不如稍遠稍勝之島。虫臂鼠肝、久住造

化、但恐孤負我

聖主愛欲其生之厚眷耳。所居一間房而已。海潮直到籬根、颶風瘴霧不堪說。兄云蚊蠅可憎、蚊蠅尙爲他處所有、最可憎者蟹也。鴉蟹非可食、似蜞蠘之類、滿庭皆是鴉、無晝無夜、叫聲尤𪓟、人逐之不去、怪哉。韋觀與我對戶而居、但眠時各室耳。食則同卓、居則同榻、此次兄所惠帷扇爲韋觀物、纓爲甯齋物、其外則無彼此、同此受同此用耳。據此可想此間光景。兄書諸片、幷與韋兄讀之笑云。

葆堂未知我二人如此也。萬頃鄭君翰圭、前任稷山知縣、風流好客、詩書琴射、無不精通、家有十里荷花、爲國中所罕有之勝景、其家亦足以

（１５）

濟勝。與我往日無緣、邂逅一面、輒自擔爲東都、隨我與我館、食我以飯、飮我以酒、幷與諸凡瑣瑣、皆不令我憂、不知其何所取而然也。弟旣息念人世、寧可復以此身累於人、而此地果難住、雖有錢莫可得食、距萬頃水路百里、風濤可怖、非此一路、更無道理、不得已甘受鄭知縣之厚意、恬焉不辭、此又何樣身世。俯晛多儀、弟不能一一致謝、反近俗套也。但到此種種、非復中國、惟人情略同、見吾輩如此流落、不知是何窮漢、迺有近郡太守捆載專使、頗覺其爲朝士體面、非惟物物要緊、抑亦光輝十丈矣。但吾自思、在自己則辭其厚祿、於故人則

（１６）

（17）

費其清俸、是誠何義、思之赧然、不但與閔仲叔之于安邑耳。見訪之教、望勿措意、旱路一百五十里尚可也、海路百里、決非可以無事相尋者。倘風波阻之、則動經旬日、豈可曠滯、千萬不當。但望時致官醪、亦不須脯、又不須分別。弟與韋兄、一紙聯訊、好好。日下近耗、兄乃問我、我何以知之、知亦何爲。金客無疾云、稍解憂厲、其弟又不知今作何狀也。二堂逌秋諸兄、亦未知果至有節拍也。弟行邊惟判石一箇從之、渠言俟潦收欲一往衙而請安云、亦未可必也。韋兄則有一村秀才伴行耳。萬萬何

（18）

既、不如且置。肅此謹復。甯齋昌拜啓。

右答淳昌太守徐丙壽號葆堂

（20）

感恩紀事[18]

本當三年役、特命二年流。豈意二年流、不過三旬留。斟量復斟量、恩詔如天優。天德普萬物、聖眷偏二囚。
相顧不能言、涕淚汍難收。豈惟懷感激、所悲無路酬。惟應各歸家、闔門頌千秋。

（24）

別懷惻惻、其何可言。忽逢高生袖致復函、藉審邇日體祺綏旺、萬分之慰。胤君尙滯京寓耶。此次不曾過京、

未得聞其消息矣。近日作何消遣、想一倍孤寂、不如吾輩之初不逢耳。弟歸路邐百里訪肇文兩台、因留三四日、又遇陽村及它戚姻處、去廿七日乃還家。家中一安、身亦無甚苦、皆由聖眷所曁、北望頌祝而已。肇台所居、有似武陵

（25）

源太僻絕。文台仍居虎巖、一貧如洗、皆可悶。陽村近處、尙患擾警、岳丈宅安寧、老人不至凜綴、其長胤新得男、可喜也。諺書已傳之耳。京耗弟亦不得聞、到此所聞皆塗聽、與金堤萬頃間無異耳。魂殿、以去廿七日移奉于明禮宮、因山當在此月內云、而姑未審何日。此外并無所聞、間有告變、金春熙等幾人被捉、姑無宣告耳。萬萬非毫可旣、惟祈以時自玉、不備謝禮。弟建昌拜啓。八月初三日。

眞谷堂 令展　內三紙 甯歸人 復函

（28）

鄭童子錫基書來、如見面喜甚。兄弟俱安、好善讀書否。吾歸家無甚憊耳。不一。李甯齋答。

（32）

鄭錫錬答　墨二丁付去　李甯齋答

見書字知重奉安好、欣喜。今冬讀何冊否、須勤讀勿浪過也。吾壹安耳。姑不盡答。彩衣善過歲、工夫如春日之長也

(35)

此致 萬頃

沙谷手函

荷舟清照

荷舟愛吾筆札、今見此想驚且悵。自去除夕病

(36)

臥、今五旬餘日、素苦風祟肆發、或至手足痲痒、雖稍勝之時、無以執筆。字樣至此、人樣可知。咸守甫來告去、數字付寄。歲前兩次書函皆到矣、更諗近日履用清安、諸凡均謐。示有春間之約、深爲企也。望海寺記、去臘有作今付去。荷舟隨錄文、詳覽則皆流出眞情之文、不必刪淘、亦別無刪淘處。且今則以此病狀、非所可論也。今亦起坐酬接如常、它貌樣則不至如此也。幸勿過慮焉。藕堂如相逢、爲致此意。不戩書儀。

戊二念日。甯齋病居士頓。

(37)

忽又到此時矣。對景攬物、不禁天涯停雲之思。荷舟以惠函至、既披緘疾讀、復從荷君詳聆、近凡清安、慰我積頌。白眉宅搬移那近、眞意外奇事也。對宇連牀、何樂如之。而關山失

(38)

路、萍水佗鄉、其亦可感而已。更維信后有日、兄體益旺、作何消遣、不爲黃嬭所困、想亦不過吟詩弄筆閒事業

也。弟見狀皆在荷舟目中、荷舟歸日、即在嵎堂耳邊、無庸一一贅陳也。餘具夾紙、不備謹謝。千萬惟祈以時珍重。丁酉五月卄五日。弟建昌拜啓。

(39)

免懲戒、似是舊日敍用例也。其時盖因還御廣慶、故法部奏免諸人懲戒、而兄在其中矣。弟則以特詔免戒、尤倍惶感。然此生無圖報之階、諺所云盲者之睡覺不覺何異、秖堪自悼。兄則早晩有一番拖出、然後面勢爲妥、而已來仕路、聞甚艱窄、去益甚焉云。且恐京中無人爲之提誦、悶菀而已。

(40)

近日時事、弟則不見官報、亦無京中往複、都不得聞。大氏局勢、與前大同、外面則安穩、而訛言孔將、殿憂無可解之時、奈何奈何。南下則轉益蕭然、今則守令不過數人云、亦其勢也、遠客歸期、亦從以杳然、悶悶。語失次第、間有聘丈喪事、長老凋盡、姻舊同盡。

荷舟漁人　鄭翰圭臨

註

1 하주간독에는 이 줄이 11면 중간에 붙어 있다。

2 古羣山島：하주간독에는 옆에 잔글씨로 『今爲智島郡所屬』이란 글자가 있다。

3 金：하주간독에는 옆에 잔글씨로 『松峴』이란 글자가 있다。

4 二十五日：하주간독에는 『二十三日』로 되어 있다。

5 하주간독에는 이 아래에 『七月十四朝』란 글자가 더 있고、피봉도 적어 놓았다。

順付回隷 鄭稷山令照　　馬夫回資葉五緡給之耳 甯椷

6 하주간독에는 이 아래에 『坡雲處未及另函 相逢望爲傳此 耿耿』이란 글자가 더 있다。

7 하주간독에는 〈八月十八日〉이란 글자가 더 있다。

8 實：하주간독에는 누락。

9 安：하주간독에는 누락。

10 此：하주간독에는 이 앞에 『諸示書帖、家本無儲、借亦未易、容俟後次、徐徐圖之。此數紙、爲家仲偶書、謾此寄去、日後當另爲書帖付去奉副云耳。』라는 글자가 더 있다。

11 基：하주간독에는 鍊。

12 有存：하주간독에는 옆에 亦無多란 글자가 붙어 있다。

13 하주간독에는 이 앞에 荷舟令按이란 제목이 붙어 있다。

14 耕齋：李建昇、또는 李秉駬(1876~1928)·이병일은 – 보성 적거시 제자로 居然亭주인이다。

15 鄭稷山：鄭翰圭。

16 이 앞에 피봉이 붙어 있다。

金堤前石 鄭 青陽宅 入納　沙谷謝候書

17 하주간독에는 〈七月十四日〉이란 기록이 더 있다。

18 참고：《明美堂集》卷6 〈述恩示韋觀〉 本當三年役、特遣二年流。豈知二年流、不過三旬留。斟量復斟量、聖德天地優。天地普萬物、聖德偏二囚。相顧不能言、涕泗交橫流。豈惟懷感激、所悲無路酬。惟應各歸家、闔門頌千秋。

二〇一八年 十一月 二十日 印刷
二〇一八年 十一月 三十日 發行

發行人 鄭 圭 相
編輯人 安 大 會

東아시아學術院
大東文化研究院

서울特別市 鍾路區 成均館路 二五-二
電話 七六〇-一二七五
發行處 成均館大學校 出版部
(登錄 一九七五年 五月 二十一日 第一九七五-九號)
電話 七六〇-一二五二

정가 90,000원

ISBN 979-11-5550-295-2 94810
979-11-5550-293-3 (세트)